U0108309

戰慄傳說

Bloodcurdling Tales of Horror and The Macabre

霍華·菲力普·洛夫克萊夫特（H.P.Lovecraft）◎著

〔出版緣起〕讓想像飛翔

人活在眞實與想像之間。

眞實有具象的一切：工作、學習、親人、朋友……想像則無所不能：可能存在、也可能發生，但更可能永遠不實現、也不可能發生。想像塡補了眞實的不足，可能也引領了眞實的未來方向，更彌補了人類眞實的痛苦，形成一個可以寄託的空間。

奇幻文學是人類諸多想像的一部分，和許多的創作類型一樣，自成一個流派、各自吸引一群讀者，形成一個以想像爲主軸，與眞實相去甚遠的虛擬世界。

在西方，這個閱讀（創作）類型是成熟的，從中古的騎士、古堡、魔怪，到演化成科幻……等不同特性的分支類型。本身就有足夠的閱讀人口，不斷形成創作的動力。

有時候也會因爲某些事件、作品，一下子使奇幻文學成爲大眾關注的焦點，像《哈利波特》、《魔戒》等作品，不但擴張了奇幻文學的版圖，也給奇幻文學帶來新的生命。

在華文世界裡，沒有西方式的奇幻文學，或者說沒有出版機構，有計畫大規模的引進西方式的奇幻作品。但是我們逃不過穿透力強大的奇幻話題，《哈利波特》、《魔戒》都是例證。可是中國有他自己的奇幻傳統，從《鏡花緣》、《東周列國演義》、《西遊記》，到近代的武俠，其想像與虛擬的特質，其實是東西相互輝映的。

我們可以確定，奇幻文學已在中國社會萌芽，雖然人口可能不夠多，雖然讀者的理解可能像瞎子摸象一般，人人不同，人人只得其中一小部分，但作爲一個出版工作者，我們要說：是時候了！應該下定決心，在閱讀花園中，撒下奇幻的種子，並許願長期耕種、呵護。

「奇幻基地」出版團隊是在這樣的心情與承諾下成立的。以基地爲名，意義深遠。這是奇幻讀者永遠的家，這是意義之一，家是不會關門的，永遠等待奇幻讀者的遊子們，隨時回來，補充知識、停留、分享。當然也是所有奇幻作者、工作者的家，長期陪伴奇幻文學前進。

不擇類型、不論主流與支流、不論傳統或現代、不論西方或中國本土，這種寬容的出版涵蓋面，則是基地的第二項意義。讀者可以想像，未來奇幻基地的出版園地，繁花似錦、眾聲喧嘩。

從原點出發，奇幻基地是城邦出版團隊的新許願，讓想像飛翔，在眞實之外，有一個讀者可以寄託的世界，有興趣的，大家一起來！

奇幻基地發行人　何飛鵬

〔戰慄之城系列序〕超越自然法則

「人類最古老而又最強烈的情感是恐懼，恐懼中最古老而又最強烈的則是對未知的恐懼。」——霍華・菲力普・洛夫克萊夫特（Howard Phillips Lovecraft）

自從盤古開天以來，人類就對各種各樣不瞭解的事物感到恐懼。行雷閃電擁有莫大的破壞力，因此先祖們編造了傳說，拿來當作上天懲善罰惡的實例。巨浪狂濤足以破壞人類的所有創造物，因此成了天崩地裂、世界毀滅的最後徵兆。這些當時的人類所不瞭解的事物，即使連最泯滅人性的惡者都無法壓制自己內心對此的恐懼，也才會被當作善良與正義都對他們束手無策時唯一的天罰。

但是，即使度過歷史上無知與黑暗的年代，經過文藝復興、工業革命，人類依舊無法完全的掌握大自然。狼人、吸血鬼的傳說並不因爲科學昌明而被根絕，甚至還經過更多人的口耳相傳而越來越受到歡迎。

就算是現在，我們擁有了量子物理，擁有了超弦理論，卻還是無法掌握自然界所有的現象，控制所有人類所見的事物。不論科技再怎麼發達，這就是自然對人類有限力量的嘲弄吧！大自然中永遠存有未知，而人類永遠對此種的未知感到恐懼。

何謂未知呢？它是超越了自然法則，不受科學定律約束的一種狀態，也正因爲沒有標準可以依循，身處其中的人類才會感受到無窮盡的恐怖與戰慄。

在洛夫克萊夫特的小說中，未知之力永遠都超越人類的想像，是個一旦開啓，就再也無法保存希望的地獄之門。故事中的主角往往最後必須以身相殉，才能替人類換得暫時苟延殘喘的未來。他的作品是對人類渺小的哀歌，是來自靈魂深處的慟哭。如果要用兩個字來爲他的作品作結論，那就是相信大自然力量是超越人類、無法對抗的，絕望。

在菊地秀行的作品中，未知之力雖然以各種的風貌呈現，但卻永遠保留有一絲曙光，一線光明。吸血鬼雖然是進化的頂端，生態圈的霸主，人類只有被宰制殘殺的份；但吸血鬼獵人D卻願意出生入死爲人類奮戰。魔界都市雖然亡靈處處，妖獸充斥，但梅菲斯特醫生卻依舊願意不眠不休的搶救無辜的受害者，反抗魔界的意志。菊地秀行相信人類可以超越科學，甚至超越傳說和神話的束縛，在他的作品中是對人類的期許和希望。

單純的血腥與殺戮並不恐怖，未知才是最大的敵人。戰慄之城想要呈現出來的就是對未知的兩種態度，絕望和希望。這正是人類奮鬥和消沈的一體兩面，絕望的衝擊之所以大，乃是因爲希望許諾的可能性無限。希望之所以能激勵人心，乃是因爲絕望的深淵讓人痛苦哀號。

面對超越自然法則的一切，你要抱持著什麼樣的態度呢？絕望，還是，希望？打開此書，作出你的決定吧！

奇幻基地總策劃　朱學恒

目錄

【前言】恐怖的遺產

羅伯・布洛奇❶

「人類最古老而強烈的情緒，便是恐懼；最古老而強烈的恐懼，便是未知。」

這是〈文學中的超自然恐怖〉（Supernatural Horror in Literature）一文的開場白，該文至今仍是有關恐怖小說的最佳論文之一。不少人認為，該文作者洛夫克萊夫特，是這類小說的創作大師之一。

一八九〇年八月二十日，霍華・菲力普・洛夫克萊夫特出生於羅德島的普洛維頓斯鎮；是一個古老新英格蘭家庭中最後一位直系子孫，曾目睹過輝煌歲月。他的父親於一八九八年死於痲痺性癡呆症；而母親則一直活到一九二一年，但隨著家道中落，她的心神失常卻與日俱增。

洛夫克萊夫特寫過：「兒時的我非常特別而又敏銳，總是喜歡成人社會，更甚於孩童世界。」事實上，這是他患有精神病的母親為他貼上特別的標籤的，並且「保護」他免於和其他小孩接觸。身為一位過於早熟的小孩，他在四歲那年，就已經學會如何閱讀了，接著很快嘗試寫作。但健康不佳的身

注釋

❶羅伯・布洛奇乃是洛夫克萊夫特門下的年輕弟子。繼老師之後，他成了現代恐怖小說的巨匠之一。布洛奇最負盛名的小說應該算是《驚魂記》（Psycho），曾有兩部轟動的電影改編自此。布洛奇一度封筆過二十二年，爾後才又重返諾曼貝茨（Norman Bates，《驚魂記》之男主角，因精神錯亂而謀殺母親）的世界，並於一九八二年九月發表《驚魂記續集》。

體卻使他無法上大學，最後經濟的窘迫更導致他放棄業餘的新聞工作，轉而爲其他專職作家從事代筆或修潤的工作。並逐漸開始創作自己的詩和小說。

母親去世之後，他在紐約住了一段時間，並和一位年紀較大的女人結了婚，兩年之後協議分手，接著又回到故鄉普洛維頓斯。在此，他和兩位年長的姑媽同住一起。其中一位於一九三二年辭世；他和另一位在世的姑媽則一直住到一九三七年三月十五日他本人撒手爲止。

洛夫克萊夫特的職業作家生涯，大約橫跨了十六年的時間。他始終默默無聞，知名度僅限於一小群通俗雜誌（例如曾經刊登過他的作品的《奇詭故事》〔Weird Tales〕）的讀者。他只能從中賺取一點勉強餬口的稿費，以彌補他那點微不足道的遺產繼承收入。在此同時，他則和其他奇幻小說的作家及讀者廣泛通信，藉此活躍並拓展其平淡無奇的自我世界。其中最忠實而虔誠的成員，日後更組成了「洛夫克萊夫特小說族」；而他遺留下來的一籮筐信件，包括評論、批判、文學建言等等，內容均在鼓勵這些朋友創作或嘗試創作奇幻小說。當他以四十六歲之齡，死於癌症和腎臟炎兩種病魔的交攻時，就連遠方的友人都不禁爲他悼惜，其中有許多人和他只有一紙之緣。

洛夫克萊夫特的文體風格獨樹一幟，經常成爲弟子們效法的對象。在他的同意下，這些弟子和其他人等，會從他的故事裡借取某些奇幻的場景，以及他爲了提高恐怖效果而編造出來的奇書和怪神。

到了去世時，他已經成爲如今所謂的「少數人崇拜的偶像（cult figure）」。不過這個「少數人」實在爲數不多，且對於當時的評論界和出版商而言，完全不具有影響力。要經過一段長時間之後，這個人和他的著作，才引起比較廣泛的群眾注意。

作品為「病態」心靈的產物?!

時至今日，洛夫克萊夫特已經豎立起美國奇幻作家的招牌，經常被拿來和愛倫坡（Poe）相提並論。他的著作在國內外均有出版，而這位性情溫和、作風老舊而保守的新英格蘭紳士，如今已成爲一位家喻戶曉的恐怖小說大師了。

不過有某些評論家並不以爲然。最早發表負面看法的，也許要算是艾德蒙・威爾森（Edmund Wilson，譯注：1895～1972，美國著名文評家兼作者）了，一九四五年他在《紐約客雜誌》（New Yorker）上，斥責洛夫克萊夫特「品味低俗且技巧拙劣」。至於其他的否定者，則將他們的砲火延伸至作家本人以及他的著作上。近年來，《驚奇與驚豔雜誌》（Amazing and Fantastic）的前任編輯——泰德・懷特（Ted White）先生，曾經表達看法，他認爲這種「病態」寫作乃是「病態」心靈的產物——同時他也暗示著，任何受到吸引的讀者也都是「病態」的。

這個想法饒是有趣，但它的修正主義態度卻具有更深遠的意涵。假如我們必須迴避那些生活型態脫離可接受的常軌之外的作品，才得以保護我們的心理健康的話，那麼我們的書架將會立刻空無一物。凡是描述慢性酒鬼、毒癮犯、性變態者，以及帶有自殺傾向的精神病患之文學作品或許眞的可以被一掃而空，但我們也必須準備承擔後果。

我們當然會失去愛倫坡、霍桑（Hawthorne）、莫泊桑（de Maupassant）和卡夫卡（Kafka）等人的努力成果。此外，我們也將喪失《愛麗絲夢遊仙境》（Alice's Adventures in Wonderland）、《哈克貝里・費恩歷險記》（Huckleberry Finn）、《白鯨記》（Moby-Dick）、《罪與罰》（Crime and Punishment）、《戰地春夢》（A Fareware to Arms）、《大亨小傳》（The Great Gatsby）、《追憶似水年

華》（Remembrance of Things Past），以及其他數以百篇的文學名作。我們必須躲開歐亨利（O Henry）、曼殊斐兒（Katherine Mansfield）、薛伍德・安德森（Sherwood Anderson）、維吉尼亞・吳爾芙（Virginia Woolf）、傑克・倫敦（Jack London）、紀德（Andre Gide）、湯瑪斯・沃爾夫（Thomas Wolfe）、毛姆（Somerset Maugham）、劉易士（Sinclair Lewis）、考克多（Jean Cocteau）、克里斯多夫・伊修伍德（Christorpher Isherwood）、福克納（William Faulkner）、王爾德（Oscar Wilde）等許許多多的作家。同樣的，諸如達許・漢密特（Dashiell Hammett）、尼采（Nietzsche）、布蘭登・貝漢（Brendan Behan）、雷蒙・錢德勒（Raymond Chandler）、叔本華（Schopenhauer）和安徒生（Hans Chistian Andersen）這幾位鬼才，也必須受到冷落。詩人將會消失無蹤；拜倫（Byron）、奧登（Auden）、波特萊爾（Baudelaire）、韓波（Rimbaud）、狄倫・托瑪斯（Dylan Thomas）、米蕾（Edna St. Vincent Millay）、史文朋（Swinburne）、魏崙（Verlaine）、哈特・克萊恩（Hart Crane）、惠特曼（Walt Whitman），無一不然。此外，我們也會將馬婁（Marlowe）、惹內（Genet）、田納西・威廉斯（Tennessee Williams）、尤金・歐尼爾（Eugene O'Neill）、諾爾・考華德（Noel Coward），以及——根據某些權威人士的說法——莎士比亞的全套劇作，拋到九霄雲外。

爲了咱們的心理健康，這樣的代價似乎是太高了些，尤其對於洛夫克萊夫特而言。畢竟，他是一個菸酒不沾，也不碰毒品的男人。他的性生活顯然僅限於一次短暫的婚姻，而他的太太還宣稱他是個「絕妙無比的愛人」，就連最無情的毀謗者都找不到任何證據，足以顯示他有同性戀的行爲。儘管他坦承受到精神障礙所苦，但他的日常生活並沒有受到反社會的行爲所破壞。

「病態」，一如美感，經常取決於觀眾的眼光。有時它純屬於個人的信念；例如柯南・道爾（Arthur Conan Doyle）就眞的相信精靈存在，而史維登堡（Emanuel Swedenborg）則對天堂和地獄坦然以對。這兩位都非常懇切地寫出他們非正統的想法，但沒有一位會被普遍認爲是「病態」的。

純粹就想像力而言，我們要怎樣看待一位窮盡大半輩子，以書寫有關哈比族（hobbits，譯注：英國作家托爾金〔J.R.R.Tolkien〕筆下創造的生性善良而平和的穴居矮人）和奧茲國（land of Oz，譯注：小說《綠野仙蹤》所描述的奇幻仙境）的作家呢？儘管托爾金和法蘭克・鮑姆（L. Frank Baum）的作品都具有歡樂的內容，但在他們創造的光明世界底下，還是有某些黑暗與駭人的生物潛伏在洞穴中；無論是矮人還是怪獸，抑或是具有魔力與巫術的邪惡生物，難道這些人也都是「病態」的嗎？

至於那些將恐怖事物放在現實脈絡下的作家，又該如何看待呢？當瑪麗・雪萊（Mary Shelley）在創作《科學怪人》（Frankenstein）時，難道她是心態失衡的嗎？而史帝芬生（Stevenson）的《化身博士》（The Strange Case of Dr. Jekyll and Mr. Hyde），能夠用「心理有毛病」來解釋嗎？你必須有多瘋狂，才有辦法摧毀諸如威爾斯（H. G. Wells）等人所創造的世界？或是改變它的未來，一如赫胥黎（Huxley）和歐威爾（Orwell）那樣病態與無情？

「病態」或健康，全是創造力的活動——包括寫作在內——也是個人想像力的產物，當然會受到個人觀點與生活態度的渲染。它彷彿是因爲想要與人溝通的強烈欲望或需要而產生的。

我們大部分的人都是用一種比較簡單的方式來滿足這種渴望。凡是外表具有魅力，或是精力充沛的人，很少會覺得需要成爲「創造者」，以享受社會所給予的獎勵。無論是失敗的人還是孤獨的人，都以「退出者」的姿態脫離競爭環境，或成爲次文化圈裡的一員；即使是罪惡的元素，也可以讓人享有陰暗的快感。反抗或違逆往往成爲吸引注意力甚至讚譽的方法。

在社會變得如此開放寬容以前，內向的人必須找到其他解決問題的方法。假如沒有人理會孩子們希望被多加注意的渴望——假如沒有人回應「請看看我！」的呼聲——那麼也許這些請求就可以改變一下用詞；比方說：「請看看我的畫——請聽聽我的音樂——請聽我說故事」等等。在這樣的情況下，所有的作家都可被稱爲「病態」，包括那些自以爲優越的評論者。

並非所有創作者都不具外表的吸引力、魅力或社交風範的。但基於某種原因，大部分創作者都擁有自卑或不安全感，使他們被迫要去克服——而且從不復追憶的古代開始，情況就已經是如此了。

因此早在遠古以前，便出現那些裝飾洞穴牆壁的藝術家們、在餘音繚繞的洞穴裡吟唱並彈奏原始樂器的歌手們，以及蹲坐在閃爍營火旁的說故事者。儘管手段和方法屢有更迭，然而那樣的衝動和激發的創造力卻是別無二致的；而時下的有才華者也不外乎如此。

洛夫克萊夫特這位體弱多病而又勤學不倦的小孩，同樣也是如此；這位日益成長的小男孩，被自己的母親反覆灌輸了「我很醜」的信念；到了青少年時期，又發現自己老是侷促不安，且無法和同儕在社會上或經濟上一較長短。就像其他天生不易成功，而又不甘於徹底放棄競賽的人一樣，他一定得找出受人肯定的管道。寫作爲他解決溝通上的問題，也贏得了矚目。假如他覺得踏出世界是一件困難的事，那麼他可以用對外發表文章的方法取而代之，也許世界將會因此造訪他。

但是該從事什麼樣的寫作呢？他做過許多嘗試：無論是模仿愛倫坡的生硬之作——後來在青少年晚期被他銷毀了；或是爲地方報紙撰寫天文學的報導；成爲業餘記者協會的一員，而自行發表科學性或文學性的論文；他也寫過評論；接著則是代筆和修稿的工作。沒有一樣爲他帶來夢寐以求的肯定。他宣稱自己鄙視職場上的飛黃騰達，藉以合理化這樣的遺憾；他說一位眞正的紳士，只能以業餘的身份撰寫文章，而不受任何的羈絆。但他自己的小說，倒是有逐漸增產的跡象。

誠如我們所知，小說有許多種類型，從硬底子的寫實主義，到不著邊際的幻想，不一而足。且從類型上的辨認，我們也能體會某些作家之所以選擇這些類型的原因。他們努力於建立一種形象——且經常視爲一種理想的實踐——以成爲一條鐵錚錚的男子漢、無可撼搖的洞察世事者、浪漫的情人、敏銳而客觀的人類行爲分析者、憤世嫉俗的寫實主義者、悲天憫人的理想主義者、聰明睿智的哲學家、性事活躍者、詩人、無憂無慮的冒險家，以及榮格（Jung）的萬神殿中各種包羅萬象的人格典型。作家總是扮演著各種角色，但這些角色都不代表當事人，儘管其中可能融入了一些個人的信念和態度。

關於這點，洛夫克萊夫特的作品也提供了顯著的例子。其一生對於寒冷的厭惡，明顯的表現在諸如〈冷空氣〉（Cold Air）等多篇故事，以及〈在瘋狂的山上〉（At the Mountains of Madness）這則短篇小說裡。他的海鮮過敏症則具體地呈現在〈印斯茅斯疑雲〉中，而他的音痴則在〈夜半琴聲〉一文發出五音不全的回響。他對貓咪的喜愛也在許多故事中表露無遺；至於他對殖民時代風格建築的喜好，以及他對這類建築的逐漸朽壞所感到的憤怒，同樣可見一斑。

文學探子可以毫無困難地找出證據，指出洛夫克萊夫特一生都具有親英的傾向；從他特別偏好英式拼法上即可顯見，一如我們在〈來自外太空的顏色〉中所見到的。他的文體也透露出其對於十八世紀時的語言、文學形式和生活型態的偏愛——他用的是「favour」這個字——他認爲當時的情況比現在更爲優越。他在私底下則經常宣稱，自己渴望成爲美國獨立戰爭前，國王喬治三世統治下的順民，說不定他眞的相信如此。

當他講話愈來愈油嘴滑舌之後，他開始稱呼自己「老紳士」，還在信上署名爲「老爺爺」，但當時他才不過三十幾歲而已。不過這個裝模作樣的姿態，卻顯示出其對於年齡和老化的關切，且陰魂不散地到處出現在他的作品上。古老的房屋和墳墓，在他的作品中屢見不鮮，而它們的出現往往都是令人不快的，甚至不自然。在〈牆中鼠〉、〈潛伏的恐懼〉（The Lurking Fear）、〈印斯茅斯疑雲〉、〈來自外太空的顏色〉、〈凶宅〉（The Shunned House）、〈魔屋之夢〉（The Dreams in the Witch-House）等十多篇故事裡，都有古代的建築埋藏著驚人的祕密。老年人經常代表著邪惡之人。〈敦威治村怪譚〉裡的華特立巫師，可不是農業局的人所會認同的農夫典型；而營養學家也不會贊同〈屋中畫〉一文中那位老耄屋主的飲食習慣的。其他的老年人還出現在〈他〉（He）、〈查理士．德克斯特．華德的故事〉（The Case of Charles Dexter Ward）和〈恐怖老人〉（The Terrible Old Man）等篇，他們都不是老人病學上的正面例子；而在〈霧中的奇特高屋〉（The Strange High House in the Mist）一文中，無論是住所還是居住者，都一樣令人匪夷所思。而古老的神祇——比方說後期故事的「舊日支配者」——也不足以彌補世代之間的鴻溝。在最好的情況下，洛夫克萊夫特對於年齡的態度是模稜兩可的，不過他對於這個主題的著迷，十分清楚地反映在〈化外之民〉一文裡。

而他對於天文學與物理科學的興趣也是如此；這位古物研究者終其一生也是現代研究發展的學習者。雖然他通常被視為一位奇幻作家，但他的作品裡所包含的科學成分，甚至比時下被喻為「科幻小說」——或美其名為「推理小說」——的類別還要豐富。

〈來自外太空的顏色〉、〈在瘋狂的山上〉以及〈時光魅影〉等篇，都是在科幻小說雜誌上首次發表的，而且名副其實。不過他的大部分作品還是出現在《奇詭故事》上，因而讓許多讀者看不清它的眞實內涵。〈冷空氣〉一文事先做過低溫研究；〈魔屋之夢〉一文則暗示著先進物理學能夠概略地描繪出巫術所使用的力量。〈暗夜呢喃〉則是一則早期的顯著實例，展現出科幻小說的重大主題之一：「外星人就在你我的身邊」。〈印斯茅斯疑雲〉儘管描述了建築物的凋零景象和齷齪的老人，還有變態生物的變態崇拜等，但這個故事的主力，可不是仰仗於任何超自然的事物。其中那些怪誕的巨人乃是生物突變下的產物，而不是什麼黑暗的魔法。

墮落的突變種也出現在〈化外之民〉、〈潛伏的恐懼〉、〈牆中鼠〉等篇，至於古怪的混血種，則出現在〈敦威治村怪譚〉、〈亞瑟．傑敏〉（Arthur Jermyn）這兩篇。還有一些評論家認為，〈他〉、〈紅鉤恐怖事件〉（The Horror at Red Hook）、〈克蘇魯的呼喚〉等篇，乃是可憎的種族歧視的顯著證明。

倘若洛夫克萊夫特果眞是一位種族主義者的話，我們也必須體認到，這個名詞在當時通常並不具有輕蔑的意味。在一九二〇和三〇年代，盎格魯撒克遜人的優越地位幾乎被視為理所當然，無論在文學或日常生活上都是如此。這樣的觀念在新英格蘭地區尤其明顯。在這裡，美國革命女兒會（Daughters of the American Revolution）毫無立足之地，而當故步自封的自由神殿（Shrine of Liberty）居民，見到社區被一群移民者侵入時，莫不感到心驚膽戰。他們忽略了這些「外來者」，其實多半都是由名門貴族的純種美國人所引進的，以便為他們的工廠出賣廉價的勞力，他們只是一臉驚慌地看著城市變得如此擁擠，名勝古蹟讓位給新的建築，而政治、經濟和社會治安更是江河日下。

對洛夫克萊夫特來說，這些轉變都是令人討厭的，無論是私底下或公開發表上，他都表達出這樣的態度。不過他的觀念也不是拘泥不變的。隨著日漸成熟，他一步步踏出自我的窠臼，於是對外的視野擴大了；早期種族歧視的成分，在後來的故事中逐漸減弱或者消失。假如一位作家和一位猶太人結為連理，並且和其他的猶太人交友、通信，其中一位還成為他的文學經紀人，你想他會是個什麼樣的反閃族人士呢？

有個主題始終貫徹在他的生活和著作中，那就是他對於夢境的陶醉。

打從幼童時代開始，洛夫克萊夫特的睡夢就引領他進入一個栩栩如生的世界，裡面充滿各種陌生而奇特的風景，有時則成為可怕夢魘的背景。

他的早期小說經常利用這些夢中瞥見的詭異場景；在他仿效愛倫坡或唐西尼（Dunsany）的散文中，它們是最理想不過的了。之後，隨著個人風格逐漸成形，他更把這些遭遇到的惡夢元素，轉化成令人膽寒而可信的現實情境。他的故事中有許多人物，也同樣受到夢境的支配。而出現在好幾則故事中的另一個自我，例如藍道夫・卡特，也是一位老愛作夢的人；〈銀鑰匙〉和〈通過銀鑰匙之門〉（Through the Gates of the Silver Key，本篇與霍夫曼・普萊斯〔E. Hoffman Price〕合筆完成），都凸顯了主角卡特的夜間幻夢。而長篇小說《卡達思夢尋記》（The Dream-Quest of Unknown Kadath），更是深入卡特的夢國度；至於該小說中的第一篇故事〈藍道夫・卡特的宣言〉（The Statement of Randolph Carter），更是直接擷取洛夫克萊夫特本人的惡夢之一。其他的夢境也出現在〈牆中鼠〉和〈魔屋之夢〉等多篇故事裡。〈克蘇魯的呼喚〉是完整觸及後人皆知的「克蘇魯神話」（Cthulhu Mythos）的首篇小說，裡面有一位神經兮兮的藝術家和遍及全球的伙伴們，以作夢的方式，幫助一位古老的邪神從海底的巢穴中復活過來。

所謂的「克蘇魯神話」，乃是洛夫克萊夫特意圖成名的主要訴求，而其衍生出來的故事，更將他的影響力和興趣全部凝聚在一起。

他對於新英格蘭這塊殖民地的喜愛，以及對於此地的衰落所感到的恐懼，兩者皆具體地呈現在這些故事的虛構情境中。京斯波特和印斯茅斯都是古老的海港；而阿克罕則是一座古老的城鎮，曾經充斥著巫術崇拜的傳統，如今則是米斯卡塔尼克大學的所在地。生性敏銳的學者們居住在這樣的環境下，理所當然成爲這些故事的傳播者或主角。在米斯卡塔尼克大學裡，有些學者發現了一部僅存六本的奇書其中之一，內容涵蓋了許多祕密，其中涉及一個比人類還要古老的種族——舊日支配者（Great Old Ones）。它們是來自其他向度和世界的侵入者，過去曾經統治過地球，但又遭逢其他宇宙勢力的消滅和驅逐。在某些故事中，它們只不過是一群階下囚，例如克蘇魯就被囚禁在沉沒海底的拉葉城，而有些則潛藏在沙漠或極地冰帽的底下。但它們的傳說卻生生不息，一如它們的心電感應（telepathic influence）；包括某些原始的人類，以及某些教派的複雜成員，都還是繼續膜拜它們，並誓言要讓它們重掌地球。

「當繁星的位置正確」時，舊日支配者就能夠穿越天空，從一個世界衝向另一個世界，或從永生不滅的睡夢中振作起來。而離經叛道的《死靈之書》（Necronomicon）裡，則包含了足以協助它們降臨的咒語，以及用來打敗它們的符咒和儀式。

這本書的阿拉伯文原版已經失蹤了，不過先後有人將內文翻譯成希臘文和拉丁文，這兩個版本都是舊日支配者的信徒和敵人共同尋找的標的物。而所謂的「克蘇魯神話」，便經常圍繞著這些生物——諸如憂戈—索陀斯和奈亞魯法特等類。

奈亞魯法特乃直接源自於洛夫克萊夫特的夢境，至於他提到的一些奇怪的地點亦然——例如冷原（plateau of Leng）與寒荒（Cold Waste）上的卡達思等。至於某些恐怖外星生物的居住地——憂果思，則是冥王星的另一個名稱；在〈憂果思之菌〉（Fungi From Yoggoth）這首詩作中，提到更多形形色色的生物和地點，皆與他的散文有關。

有一些則是從其他人的作品中借來的；至於「克蘇魯神話」的基本概念，也許得大大歸功於亞瑟·馬欽（Arthur Machen），因爲他寫過一支發育不良的原始墮落種族，至今仍祕密地生存在荒涼的威爾斯山丘下。洛夫克萊夫特對於這個想法印象非常深刻，但他卻獨力將這個人類之前有存活者的地方觀念，擴展成廣大無邊的宇宙論，因而成爲他個人的獨創。

於是他爲現實和夢境兩者，逐步建立起一套基本理論，幾乎可說是整個宇宙的歷史觀。因此，

「克蘇魯神話」雖是文學創作，但就廣度和深度而言，卻遠遠超過喀貝爾（Cabell）、劉易士或托爾金的文字世界。

當現代人的想像中充滿各種虛幻世界，少數幾位當代作家便開始將冒險故事的場景，放置在波伊茲麥（Poictesme）、培瑞藍達（Perelanda）或中土世界（Middle-earth）裡。不過以神話為基礎的故事和小說，也還是繼續繁衍倍增。若就模仿和啓發的角度來看，洛夫克萊夫特恐怕比其他的當代作家都更具有影響力，除卻海明威（Ernest Hemingway）之外。

但這並不是一蹴可幾的事。誠如所知，他一生幾乎沒有受過評論家的注意。幾本年度「最佳」短篇小說選集，只在「落選名單」中列出他的兩篇故事；且連一篇都沒付印過。而他大部分的成果都展現在《奇詭故事》這本低級的通俗雜誌上，且從來沒有人為他的作品畫個封面插圖什麼的。畫插圖這樣的禮遇通常都保留給較受歡迎的作家和他們筆下的人物——例如西貝里・昆恩（Seabury Quinn）筆下的法國偵探朱爾・葛蘭丁（Jules de Grandin），或是羅伯特・霍華（Robert E. Howard）筆下的蠻荒探險家柯南（Conan）。

在洛夫克萊夫特晚年，幾位最成功的短篇小說作家發現到，每週出版的「通俗雜誌」——《科里爾雜誌》（Colleir's）、《自由雜誌》（Liberty）、《星期六晚郵週刊》（The Saturday Evening Post）——儼然成為一個來者不拒且具高報酬的市場，另外則是月刊型雜誌的高銷售量。具有「嚴肅」企圖的作家經常受到《大西洋月刊》（The Atlantic Monthly）、《美國水星雜誌》（American Mercury）、《紐約客》或其他地區性雜誌的青睞。世界上最偉大的短篇小說作家則是薩洛揚（William Saroyan）；那是他自己告訴我們的。

洛夫克萊夫特可沒說過這樣的豪語。在他去世時，其與日俱增的貢獻著實為《奇詭故事》的專欄增添不少光彩；另外還有一些科幻雜誌，也在一小群喜好奇幻和科幻小說的讀者之間私下流通。不過這些雜誌的讀者群並不豐富，而且影響力也相當有限。

除了《奇詭故事》這本小型的加拿大雜誌之外，洛夫克萊夫特在海外所發表的成果，就只有刊登在英國湯普森（Christine Campbell Thompson）出版的品質低劣的〈嚴禁夜讀〉（Not at Night）系列中。其中有一篇後來重新刊登在一本美國選集上，另外有兩次試著將他的小說以精裝本出版，但都功敗垂成。所以他的書連一本翻譯本都沒有。接下來的幾年，有一篇故事被改編成廣播劇。電影製造商則根本不爲所動；電視上也看不到他的蹤影，就連平裝書也都找不到。洛夫克萊夫特已經撒手人寰，且歸根究底地說，就連他的作品也銷聲匿跡了。

但「洛夫克萊夫特小說族」卻仍然屹立不搖。其中有兩位——同樣身爲作家的奧古斯特・德勒斯（August Derleth）和多納德・旺得萊（Donald Wandrei）——則誘使出版商將他的故事集結成冊。但在一籌莫展的情況下，他們決定自組一間名爲「阿克罕出版社」的公司，接著宣布《化外之民選集》（The Outsider and Others）一書出版。這本高達數十萬言的盛大鉅作，售價僅爲五塊錢美金，而且假如事先預購的話，還可以拿到三塊五毛的價格。儘管事先曾在奇幻和科幻小說界裡廣泛宣傳，但還是只有一百五十份訂單，而剩下來的一千一百一十八本，則是花了四年以上的時間才銷售完畢。

爲了克服市場上的冷淡，阿克罕出版社繼續推出另一本姊妹作《睡牆之外》（Beyond the Wall of Sleep），逐漸把其他當代作家的奇幻作品也收錄進來。隨後發生了一連串錯綜複雜的事件，包括：洛夫克萊夫特有一位死於一九四一年的姑媽索取版稅；他的文學執行人於十年後自殺身亡；還有旺多萊與德勒斯之間的法律糾紛等。

但洛夫克萊夫特的作品，終究還是存活了下來。甚至比一九四〇年代之後德勒斯仿效他的文體和主題所寫的作品更歷久不衰。德勒斯曾以〈太陽橋〉（Solar Pons）這篇仿作而贏得讚譽，其所根據的是柯南・道爾一系列的福爾摩斯（Sherlock Holmes）偵探故事。但他卻只從洛夫克萊夫特最平凡的作品中套用一、兩句話，實在讓人很難將整部作品稱為「身後的合作結晶」。就算他拋棄這樣的藉口，其想要呈現出洛夫克萊夫特精髓的努力也仍然未果；他雖然敲響了音符，卻失去了整首曲子。

正是德勒斯經常使用「克蘇魯神話」一詞，來描述洛夫克萊夫特的宇宙觀。可惜的是，就連他自己的寫作都扭曲了這個用語的意涵，這或許和他是一位叛道、散漫的天主教徒有直接關係。不管怎麼說，他將洛夫克萊夫特筆下的「舊日支配者」分成好、壞兩個陣營，彼此爭奪著土地而非農場。後來還有一些仿效者繼續採用這個說法，因而遠遠脫離了洛夫克萊夫特的軌道之外。

但是想想德勒斯的影響力，有個事實至今仍然舉足輕重——那就是，他極力支持人們重新燃起對洛夫克萊夫特作品的興趣。自從旺得萊為二次世界大戰服役之後，阿克罕出版社的活動，多半僅限於編輯洛夫克萊夫特的書信，最後出版成五冊。然而德勒斯卻繼續將洛夫克萊夫特的短篇小說付梓，他從原來的選集中擷取部分，再冠上新的書名出版。當奇幻文學開始興盛之後，他將好幾篇故事的再版權賣了出去，甚至包括幾篇著作權已經消失的作品，一直到一九六一年去世時，他才索回這些文學資產的掌控權。早在一九四五年，他已為洛夫克萊夫特編纂了一本軍用版的平裝選集。其出人意表的受到歡迎，再加上廣大的讀者群，都激勵了日後世界各地的平裝書商予以再版。逐漸增加的曝光率最後更造就了一群新的讀者，他們是一群對作家和他的作品深感興趣的熱衷者。隨著他在海外的知名度逐漸打開，洛夫克萊夫特——一如他的前輩愛倫坡——最後終於受到美國文學界的矚目。

自法蘭克・鮑姆開始寫作後不久，一些關懷年輕人心靈與品德的守護者便展開了行動，以杜絕鮑姆的奧茲國系列叢書出現在公共圖書館的架上。時至今日，這項反鮑姆的運動已經失敗了。結果之所以會如此，這要大大歸功於一九三九年《綠野仙蹤》（The Wizard of Oz）這部電影的賣座。雖然洛夫克萊夫特有些小說也曾被改編爲電視影片或電影，但至今還沒有一流的電影出現過。因此，克蘇魯還不是個家喻戶曉的名字。

不過，關於這方面的文章和嚴肅的評論卻逐年增加。洛夫克萊夫特儼然已經成爲好幾本傳記文學和回憶錄的主角，再加上不勝枚舉的學術研究。他的書全都擺在圖書館的架上。位於普洛維頓斯的布朗大學，甚至還有一整套洛夫克萊夫特的館藏呢！無論是他的散文、詩篇，以及一大部分的書信，如今都已經出版了，而且似乎注定如此，只要他的知名度和聲譽繼續扶搖直上的話。辭世幾乎過了半個世紀，他一生都失之交臂的名聲，這才終於歸到洛夫克萊夫特的身上。

爲何人們對於恐怖小說的興趣，會蟄伏如此之久呢？而又是什麼原因，讓它目前大受歡迎呢？

也許答案就藏在洛夫克萊夫特的作品中。偉大的克蘇魯和古神從未眞正死去，但唯有當「繁星的位置正確」時，它們才能甦醒過來。自洛夫克萊夫特誕生以來，其筆下最古老且最強烈的恐懼形式

——對未知的恐懼——雖然沉寂了許多年，但終究永垂不朽。

唯物主義的年代已經綻放曙光，科學如同救星般受到歡呼，其將世界從未知的古老恐懼中釋放出來。就連那些曾經相信超自然力量的人，如今也轉而致力於心靈研究，以為心靈現象提出科學根據。理性的強調主宰著今日的小說。傑克博士（Dr. Jekyll）的變身，是因為化學藥劑的結果，而不是什麼魔力使然。就算存在著一些吸血鬼（Dracula）之類的怪物，它們也能夠被諸如范海辛（Van Helsing）等科學家發現和打敗。

而文學界所認同的少數幾本恐怖小說，盡是古物研究者或退休的英國紳士遇到鬼的故事，幾乎毫無例外可言。恐懼只不過一種獨特的現象，來自於某些不尋常的個人經驗。

第一次世界大戰卻改變了這樣的想法。大災難成為人類共同的財產，恐懼侵入了我們的日常生活——還有數以百萬的死亡。理性主義者藉由否認這些死亡以戰勝恐懼；在接下來的十年裡，心靈論和精神探索更是成了眾人熱中的興趣。

不過恐怖傳奇的描述又是另一回事了；這些不登大雅之堂的鄙俗之作，一律被流放到一些默默無聞的刊物上，例如《奇詭故事》等。當洛夫克萊夫特開始執筆寫作時，沒有一位自認為飽經世事的人，膽敢將這些作品嚴肅地看成文學或者現實生活的隱喻。

就在同一時期，文字作品面對電影和廣播的競爭也愈來愈激烈。隨著有聲電影的誕生，大眾便將他們的擁護轉向這種新的形式上。

在戰後社經動亂中，德國製片場創造了許多超自然的奇幻電影，以反映出歐洲觀眾揮之不去的疑惑和恐懼。美國人則正值人口擴張和物質發達的繁盛時期，因而對於這類的主題不屑一顧。美國的神祕電影和朗夏內（Lon Chaney）的恐怖電影，都不受到觀眾歡迎。

一直要到這個國家面臨經濟蕭條之後，超自然的力量才得到某種程度的認可。諸如《熄燈》（Light Out）與《內在聖堂》（Inner Sanctum）這類的廣播劇，才開始受到大眾的青睞，尤其受到年輕人歡迎。正是他們的迴響，才使得恐怖電影賣座成功，並成爲一九三〇年代的日常消費；他們心目中的英雄是金剛，而陰沉的高貴王者則是吸血鬼卓九勒。科學怪人更成爲他們自身形象的替身，在高度競爭的社會裡，在長輩們的嚴格掌控下，他們都是一群遭社會遺棄的邊緣人，或是權威的受害者。

但大部分觀眾仍然拒絕這種奇幻類型，而較偏愛逃避主義式的電影，例如「無厘頭式」的喜劇片，包括「衝動的女繼承人」的英勇事蹟、卑微的女店員美夢成眞、貧窮但誠實的年輕人致富成功。就連幫派電影也不忘迎合這樣的願景；反英雄人物也具有追求財富的共同目標，雖然是透過非正統的手段。美國大夢尚未破滅，繁榮即將來臨；個人的努力，再加上科技的進步，仍然能夠帶來成功。懷疑論者和異議份子或許讀過「無產階級文學」，或甚至擁護共產主義的理想，但他們還是相信自己的力量可以將世界按照心中的願望重塑。一如維護現狀的保守份子，他們也繼續堅定地排斥超自然界的怪力亂神。

第二次世界大戰卻集體毀滅了這些作夢者和異議份子。僥倖存活下來的人，則被迫面對可怕的眞相。龐大的權力**有可能**會落入惡人的手中——世界**有可能**會被摧毀——科學，和它所創造的生化和核子武器，都不是人類的救星，而是無所不在的敵人。

在那個充斥著各種「主義」的年代裡——法西斯主義、共產主義、軍國主義、宗派主義、麥卡錫主義、種族主義、恐怖主義，甚至是掛羊頭賣狗肉的理想主義等——每一種意識型態都讓人徒增厭惡，且證明其對於防範領導者的腐化毫無作用。在這樣的心態下，三〇年代裡的電影怪獸，到了四〇年代根本嚇唬不了人。甚至只要高腳七與矮冬瓜（Abbott & Costello）就足以智取它們。怪獸的角色被瘋狂的科學家、史前時代的動物、或來自外太空的物種所取代。這類威脅以許多形式出現，但它們的動機卻只有兩個——要不佔領世界，要不消滅世界。

混亂與不安全感之下的產物——驅魔主義

然而，英雄到了結局時總會戰勝的。世界終究會倖免於難，這樣的訊息是可以暫時令人安心的。

但在接下來的幾十年裡，個人的不安全感卻日益升高。自然資源的耗竭、通貨膨脹的急速竄升、區域性的戰爭、政府與企業的腐化、政治暗殺、街頭暴力、集體屠殺、毒癮的增加與擴散等，在這幾十年內成爲嚴重問題。沒有一位螢幕上的英雄可以伸出援手或提供解決之道。

就如同洛夫克萊夫特小說中的舊日支配者重返地球之後，接踵而至的便是混亂與暴動，這個世界似乎也已準備好最後一戰，既然此時「繁星已經就好定位了」。

正是在這充滿懷疑、驚恐甚至沮喪的時刻下，許多人轉而向某個仍然苟延殘喘的「主義」求救。那就是，**驅魔主義**（**exorcism**）。

牆壁上的塗鴉宣稱：「上帝已死。」而電視諧星則爲一連串的行爲冠上千篇一律的解釋——「是魔鬼逼我幹的。」

是黑色幽默吧！或許是，不過玩笑中總是透露著許多眞相。當《魔鬼怪嬰》（Rosemary's Baby，譯注：另一較常見的譯名爲《失嬰記》）這本書和電影問世之後，正式宣告了撒旦在地球重生，其諷刺性的尖矛卻被人們日漸體悟的眞相給磨鈍了。信奉巫術和撒旦主義的教派確實普遍了起來，而體認到惡勢力的具體存在，更是號召了許多擁護者。唯物主義者仍然嗤之以鼻，但其中有些人卻開始在車子的保險桿上，貼上「尼克森是魔鬼怪嬰」這樣的標語。其表面的用意是有趣的——但在這些玩笑背後，仍可感受到一股眞切的渴望，欲將人類的不幸擬人化。撒旦於是成了代罪羔羊。而驅魔——那是古老而半被遺忘的儀式，可以協助我們擺脫妖魔——突然間掠奪了芸芸大眾的想像力和注意力。

回想起來，《大法師》（The Exorcist）這本書幾乎不算是一座文學里程碑，接下來的電影也是不合邏輯而且囉哩囉唆的。只有極少數的觀眾能夠清楚地解釋魔鬼的起源、爲何這個魔頭要佔領一個小孩，而最後它又要如何完成使命。而它們的旨趣也不屬於宗教範圍。有個小女孩的臉在化妝之下，變形得難以言喻，就如同哈潑・馬克斯（Harpo Marx，譯注：1893～1964，美國著名喜劇演員，爲Marx Brothers喜劇檔的一員）的鬼臉一般，口裡吐出穢言和綠色的豆子湯，或是將頭整整轉動三百六十度，而這似乎成了電影的主要賣點所在。

顯而易見的是，這意味著是魔鬼逼她做的。票房的賣座結果則讓電影製造商和發行商相信，這樣的作法是會獲利的。地獄已經成了一項搶手的資產。

如今，魔鬼又再度現身，且伴隨著其他地代理小魔頭，一窩蜂地出現在小說和電影上；《大法師》衍生出一系列的作品；《凶兆》（The Omen）則成了三部曲；至於《哨兵》（The Sentinel）等其他作品更是得寸進尺，指出魔鬼不但還好好地活著，而且就住在你家附近的汽車電影院裡。

假如魔鬼眞的活著，那麼其他的妖魔鬼怪，似乎也會在它的清醒下躍躍欲試。而它們果眞如此。吸血鬼再度起身，準備睡前來杯血淋淋的小酌，好讓自己恢復精力；活人無法戰勝它們，而這些死屍則會從墳墓裡自動甦醒過來，拿羊群的腸子當作宵夜，以代替人類的內臟。毛茸茸的狼人也如法炮製；而一位疑似精神異常的屠殺者，則被精神科醫生正經八百地指爲「不羈人」（the Bogeyman）。無論是鬼魂、食屍鬼、女妖，還是夢魘，全都大量出沒在地球上，就連外太空的《異形》（The Alien）也會在人類的胸膛裡孵化，待現身之後，更會在太空船上像貓捉老鼠一樣掀起一場大災難。

顯著的暴力行爲在一連串的「灑狗血電影」（spatter films）裡日益增加，而許多恐怖小說裡所描繪的屠宰場面，從每一方面來看，都可說是陳腔濫調。葛蘭德・圭格諾（Grand Guignol，譯注：恐怖劇場大師）已降級成「沒啥了不起」的「惡人」。

恐怖的遺產

而這些也都是洛夫克萊夫特作品中的怪物所發出的大吼——抑或尖叫。是嗎？

想想驅魔的現象吧！只不過這次是從藝術家而非觀眾的角度出發。大部分選擇從事恐怖類型的作家，都會將自身的恐懼暴露出來，並傳達給他的觀眾，藉以達到驅魔的目的。這類的作家在童年時代通常都具有天賦異稟——或說是受到詛咒——因而擁有格外活躍的想像力。等到成年之後，他們便把早年對於痛苦、死亡和未知的恐懼，轉化成小說的形式；透過理性的思維，凡是讓他們感到害怕的，他們也要教讀者害怕。他們善用共同的文化遺產，包括神話、傳說和童話故事等，並且運用技巧，將他們的幻想以逼眞的現實傳達出來。

這類的嘗試成功與否，取決於如何以各種方式將讀者的情緒融進來，並達成所謂「暫時停止懷疑」的效果。這並不是一件輕而易舉的事；在恐怖小說的領域裡，初出茅廬的作家往往只能提供一些衍生或過時的成果。

洛夫克萊夫特也不例外。在早期的故事中，他經常過度依賴形容詞的使用，而非藉助暗示的力量，結果一敗塗地。不過他逐漸學會克制的價值，並採用較爲寫實的手法。一方面修正他的風格，一方面也修正他的手法。

整體而言，大部分的小說都可分成兩大類，兩者都企圖建立敘述者的可信度。簡要言之，敘述者要不就比讀者聰明，要不就比讀者所知更少。

在第一種情況下，寫作的手法是企圖使讀者相信，任何一位像作者那樣聰明的人，一定知道作者在說些什麼，而且顯然是在講眞話。只要相信敘述者，也就會相信這個故事。

另一種手法的最佳典範，也許要算是拉德納（Ring Lardner）的短篇小說〈理髮〉（Hair Cut）了。在此，一位無知的小鎭理髮師在渾然不覺的情況下，其對讀者所揭露的眞相，竟然比敘述者本身所意識到的還要多。

而洛夫克萊夫特的方法，則是將這兩種技巧合而爲一。

他的敘述者通常都是科學家、或是智慧高超的學者，都帶著明顯的權威口吻向讀者說話。同時，他們也都展現出同樣明顯的缺點——倒不是愚蠢，而是當他們在面對如此可信又客觀的怪事時，總是表現出過分小心的態度，因而道出某些不合理的疑慮。如此一來，讀者很快就會認爲，這些人所懷疑的，實際上乃是恐怖的眞相。而且到了故事結尾，敘述者還會被迫承認，藏匿在他所暗示的恐怖事件背後到底是什麼，而讀者們也將一起分享眞相所帶來的極致恐懼。

作家個人的幻想來源，有很大程度是受到敏感的早年所閱讀或觀察到的事物所影響。今日的小說家或電影創造者，經常要到很晚才認識文學傳統。他們的在青少年時期的影響來源，通常是科幻電影，以及一九五、六〇年代所流行的漫畫。因此，他們所呈現的恐怖，有一大部分是依賴殘酷而顯著的暴力。他們在影片上詳述令人毛骨悚然的細節，並利用特效在銀幕製造出驚人的效果，他們選擇輕而易舉地引起噁心和厭惡感，而非費力地製造眞正的恐懼。即使是一些較輕鬆的嘗試，例如「超級英雄」的重現江湖，也都透露出他們的思考依賴於童年的漫畫。如此一來，他們的努力也最容易獲得時下青少年觀眾的青睞。

洛夫克萊夫特卻在恐怖類型的古典傳統上具有紮實的根基，並且不折不扣地展現出來。而這也是他的作品持久不衰的力量來源，且經過半世紀的變動和混亂之後，仍能繼續俘虜一群成熟的追隨者，其道理也在此。

在〈文學中的超自然恐怖〉中，他如此寫道：「小孩會永遠害怕黑暗，而對於遺傳性的衝動心有靈犀的成年人，若知道怪物所組成的隱密而深邃的世界，可能就在繁星以外的虛空中浮動著，或者在某些邪惡的空間裡，虎視眈眈地逼近咱們的地球，唯獨死者和狂者得以一窺堂奧，一想到這些，他們將永遠顫抖不已。」

洛夫克萊夫特以行雲流水的散文體，試圖說明為何恐怖小說會吸引某些類型的讀者。藉此，他也不知不覺地揭示出其所以寫作的原因——試圖捕捉他一生對於未知的恐懼。

五十年前他對於讀者的描述，至今仍然準確無誤。在這個混亂的時代中，仿效他的作品隨處可見——並非根據遺傳性的衝動，而是基於現今的事實——地球之外的邪魔可能不請自來，也可能來自我們本身。我們也許會有意識地將他的宇宙觀斥為無稽之談，但我們有一部分的人，將會寒毛直豎地肯定箇中所隱藏的恐懼。

在洛夫克萊夫特創作的年代，「克蘇魯神話」和揚言要重振並重掌地球的古神威脅，這些都可以被當成一則未來的瘋狂寓言，而輕易打發掉。但今日卻有愈來愈多的懷疑，這樣的未來也許就在你我的眼前。

果真如此，那麼洛夫克萊夫特確實是將恐怖的遺產留給了我們。

牆中鼠

一九二三年七月十六日，待最後一名工人完成工作後，我便搬入了艾克斯罕修道院。該院的修復工程是一項曠日廢時的任務，因爲這座遭人遺棄的廢墟早已所剩無幾，僅存一些斷垣殘壁，但它卻是我祖先們的居所，因此，我並沒有因爲修復它所產生的任何費用而萌生退意。詹姆斯一世統治時期，此地發生了一樁駭人聽聞的悲劇，該屋主人連同他的五名子女與幾位僕役，全都遭遇不測，從此，這個地方便一直杳無人跡；這樁慘案至今仍留下許多懸而未解的疑端，主人的第三個兒子——也就是我的直系祖先，這樁連鎖暴力事件的唯一倖存者——當時在一片恐懼與懷疑當中，而被迫離鄉背井。

直到這位唯一的繼承人被判定爲兇手，這塊地便歸還給皇室，而這位被控謀殺的嫌犯，卻從未企圖脫罪，或設法要回他的祖產。他受到某種比良知或法律更爲巨大的恐怖力量所震撼，因此瘋狂地想要將這棟古老的建物完全摒除於他的視線和記憶之外。然後，這位華特·德拉波先生，也就是第十一任巴隆·艾克斯罕男爵，從此便逃到維吉尼亞州，而他在當地所建立的家族，到十八世紀成了人人所熟知的德拉波家族。

艾克斯罕修道院始終無人居住，儘管後來曾經分給諾瑞家族作爲他們的地產，還曾因爲它那高度混合的建築體，而被大大地研究了一番；這是一棟涵蓋好幾座哥德式樓塔的建築，坐落在一棟撒克遜或羅馬式的附屬建物上，然而這棟附屬建物的基座——倘若傳言屬實的話——又屬於一種更早期的風格，或數種風格的綜合體，比方說羅馬風格，甚至是督伊德教派或威爾斯本土流派。這個基座非常獨特，其中一面還和懸崖上的石灰岩融爲一體，因此修道院便佇立在懸崖邊緣，俯望著安徹斯特村西邊三里之外的荒涼谷地。

建築師和古物研究者都喜歡探索這棟被遺忘了數世紀之久的詭異遺址，然而村民卻恨之入骨。他們已經恨了數百年之久，早在當年我的祖先住在那裡時就開始了，如今再加上那些青苔和廢棄堆，更使他們不改仇視的態度。我在安徹斯特村還待不到一天，就知道自己來自一個受人詛咒的家族。而本週，工人們已經爆破了艾克斯罕修道院，大夥正急於忘卻這些殘存的痕跡。

我向來知道家族裡一些明顯的史料，也知道我的第一位美國祖先，是在一股詭譎的氣氛中才來到這塊殖民地的。但我卻在德拉波家族一向秉持的緘默政策下，對細節完全不知情。不像那些務農的鄰居們，我們很少會去吹噓那些參加聖戰的祖先們，或是中古時代與文藝復興時期的英雄好漢；我們也沒有任何一種傳統傳遞下來，只除了那張內戰以前，每一位大地主都會留給長子，等他撒手人寰之後方能開啓的密封信函。我們所珍惜的，是那些移居美國以來所締造的榮耀；那是一種足以誇耀和尊崇的榮耀，儘管它或多或少屬於保守與孤僻的維吉尼亞傳統。

內戰期間，我們的福報消失殆盡，我們的生存命脈因位於詹姆斯河岸上的卡法斯農場失火而改變。我年事漸高的祖父終於在那場火災之中喪命，並伴隨著那張曾將我們與往昔相連的信一同消殞。至今我仍然記得七歲當年所目睹的那場火燄，還有聯邦士兵的嘶吼聲、女人的尖叫聲，以及黑人們的哭嚎乞求聲。我父親那時人在軍中，正爲捍衛里奇蒙❶而戰，母親和我可是通過了重重的關卡之後，才得以越過戰線與他重逢。

戰爭結束之時，我們舉家北移來到我母親的故鄉；我就是在那裡長大成人的，接著度過我的中年歲月，最後更成爲一位頑固但闊綽的北方佬。父親和我都不知道那封祖傳的信裡寫些什麼，而我又全心全意地投入麻州那片灰暗的買賣生活之中，因此對於這些顯然埋藏在古老家族史中的祕密，完全喪失了興趣。假如我曾經猜疑過它們的眞相的話，那我將會多麼樂於把艾克斯罕修道院留給苔蘚、鼠輩和蜘蛛網啊！

我的父親於一九〇四年過世，卻沒有留下隻字片語給我，或我那名早已喪母的十歲獨子——阿福。雖然我只能半開玩笑地提供這男孩一些有關過去的臆測，但他卻打翻了家族的史料秩序；在一九一七年戰爭末期，當他被徵調到英國加入空軍的時候，竟寫給我一些極爲有趣的家族傳說。德拉波家族顯然擁有一段多采多姿的歷史，又或許該形容爲邪惡多端吧！我兒子的一位友人，亦即皇家空軍的艾德華・諾瑞上校，就住在我們安徹斯特家宅的附近，他講述了一些饒富趣味的傳言，其天馬行空與難以置信的程度，恐怕只有極少數的小說家可堪比擬。至於諾瑞本人，當然沒把這些流言蜚語看得太認眞；但它們卻撩撥起我兒子的興趣，並成爲寫給我的家書的絕佳素材。的確是這些傳奇故事，使我將注意力轉移至那遠在大西洋彼岸的祖產上，更促使我下定決心買回這棟家宅，並將它修復一番。先前，諾瑞曾經將這棟美景如畫卻遺世獨立的宅邸展示給阿福看，並打算以一個極爲合理的價格賣給他，因爲當時，他叔叔正是這棟建築的所有人。

我於一九一八年買下艾克斯罕修道院，卻馬上因爲我兒子殘廢退役返鄉，使我幾乎無暇顧及它的修復計畫。在他還活在人世的那兩年裡，我滿腦子除了照顧他以外，別無他想，甚至還將我的事業交由合作夥伴們全權處置。

譯注

❶里奇蒙（Richmond）為英國地名。

到了一九二一年，當我發現自己舉目無親、前途茫茫，而且是個年華已逝的退休廠主時，我痛下決定，要把剩餘的年歲投注在我的新領地上。於是我在十二月時，走訪了一趟安徹斯特村。諾瑞上校讓我感到非常愉悅，這位圓圓胖胖、親切可掬的年輕人，對我兒子評價很高，此外他也允諾要幫我彙整整個計畫和所有軼聞傳說，以爲即將到來的修復工作盡一份心力。而我，則以不帶情緒的眼光來看待艾克斯罕修道院；對我來說，它只不過是一堆搖搖欲墜的中古廢墟而已，到處布滿苔癬，白嘴鴨的築巢更使它千瘡百孔。這棟坐落於懸崖峭壁上的建築日漸頹圮，包括地板以及一些內部結構都已遭到剝蝕，只有那幾棟獨立塔樓的外牆得以倖免。

當我逐步將這棟大宅還原至三百年前祖先們所遺留下來的樣貌，我便開始雇用工人進行修復。每一次，我都被趕離工地，因爲安徹斯特的村民們對於這個地方，皆懷著難以置信的恐懼與憎恨；這種情緒有時甚至大到足以感染那些外來的工人，造成不少人索性不幹：而這股恐懼和憎恨的情緒，顯然也蔓延至這座修道院和它的古老家族在內。

我兒子曾經告訴過我，他在造訪此地期間，多少會遭人迴避，因爲他是德拉波家族的一員。如今，我發現自己也基於類似的理由而遭到暗中排擠。直到後來，我才讓這些村民相信我對這棟家產有多麼無知。不過即使到了這時，他們還是一樣不喜歡我，因此我只好透過諾瑞的斡旋，才能蒐集到大部分的鄉野傳說。也許這些村民所無法原諒的，是我竟然來此修復一個讓他們深惡痛絕的象徵物；畢竟，不管合理與否，他們將艾克斯罕修道院視爲一個比惡靈和狼人的棲息地還要糟糕的地方。

我將諾瑞爲我蒐集的故事串連起來，同時參酌幾位專門研究廢墟的學者所提供的說明，由此推斷出：艾克斯罕修道院坐落於一處史前的神殿遺址上；可能是督伊德教，或是前督伊德教派的神殿，總之它與巨石柱群（Stonehenge）屬於同一個時期。有些莫名其妙的儀式曾在那裡舉行，這幾乎是眾所皆知的事，此外，我們也聽到一些討厭的傳說，是關於這些儀式被移植到羅馬人所引入的大神母西比莉的膜拜傳統中❷。

地下室的牆上刻著「DIV……OPS……MAGNA. MAT……」的字樣，字跡仍然清晰可辨，這是地母瑪格那瑪特❸的標誌，羅馬市民一度被禁止崇拜瑪格那瑪特，但是他們照樣崇拜。安徹斯特曾是奧古斯都第三軍團的營地，我們從許多遺留下來的殘蹟中即可證明，而且據說西比莉的神殿十分輝煌奪目，聚集了許多膜拜者，並在一位佛里幾亞❹祭司的指揮下，進行一些不知名的儀式。傳說更加油添醋地描述，這個古老宗教的沒落其實並沒有終結這個神殿的祕密祭神儀式，這些祭司儘管披上新信仰的外衣，骨子裡卻沒有眞正改變。類似的說法還包括：這個古老的宗教並未隨著羅馬勢力的衰亡而消失，幾位撒克遜人再加上這座神殿的遺跡，均賦予這個古老的宗教基本的輪廓，之後更依樣畫葫地保留了下來，使其成爲一處宗教崇拜的中心，半個七王國時期❺以來始終讓人畏懼。一篇西元一千年左右的紀年史中還提到，這棟堅固的石造修道院裡，存在著一處詭異而強大的教派，而四面則環繞著綿延不絕的花園，根本不需要外牆，就能讓那些心懷恐懼的百姓退避三舍。這個地方並沒有遭到丹麥人

譯注

❷大神母西比莉（Cybele）為古時小亞細亞（現今土耳其在亞洲的部分）人民所崇拜之自然女神或大地女神，她使大地回春，五穀豐收。

❸地母瑪格那瑪特（Magna Mater）為羅馬帝國時期所祭奉的眾神之母。

❹佛里幾亞（Phrygia）為小亞細亞中部的一個古王國。

❺七王國時期（heptarchy），四四九～八二八年的英國，為盎格魯撒克遜時代，包括Kent、South Saxons（Sussex）、West Saxons（Wessex）、East Saxons（Essex）、East Anglia、Mercia及Northumberland等七個王國。

的摧毀，但是在諾曼民族的掃蕩下❻而大趨沒落。之後在毫無阻礙的情況下，亨利三世於一二六一年將這個地方送給了我的祖先吉爾伯特．德拉波，也就是艾克斯罕男爵（First Baron Exham）。

在此之前，我的家族從未有過不良紀錄，不過在當時，奇怪的事情應該已經發生了。在一本紀年史中，德拉波於一三〇七年時被喻爲「上帝詛咒的對象」，而鄉野傳說對於這棟蓋在古老神殿與修道院的地基上的城堡，也盡是一些邪惡與令人恐慌的描述。至於那些爐邊故事，更是極盡恐嚇之能事，且因爲其令人膽寒的語帶保留，以及充滿疑雲的閃爍其辭，使它們的恐怖程度再加一等。故事中把我的祖先說成一群世襲惡魔——吉爾．德．雷茲與薩德侯爵❼和他們相比實在不算什麼——低聲暗示他們必須爲幾件村民失蹤案負責。

明顯地，最壞的人是男爵們和他們的直系繼承人；至少，這些人受到最多的議論。據說，一繼承人往往神祕地早死，好讓路給另一個更合適的後裔。在這個家族的內部，似乎帶有某種宗教狂熱，由家族中的領導者負責掌控，有時則與某幾位成員的關係特別密切。然而性格，而非家系顯然才是這股狂熱的基礎所在，因爲這股狂熱也侵入了這個家族的幾位姻親成員之中。比方說，來自康瓦耳郡的瑪格麗特．翠芙夫人，也就是第五男爵的次子——迦得福瑞的妻子。瑪格麗特在所有村童的心目中，乃是一位最著名的煞星；她也是一首恐怖異常的古老民謠中所描述的魔女，這首民謠至今仍在威爾斯的邊界流傳著。而民謠中也保留了瑪麗．德拉波夫人的醜陋傳聞，儘管兩則故事的重點不同。瑪麗夫人嫁給舒斯菲爾德伯爵不久，便慘遭伯爵和其母親的聯手殺害，沒想到這兩位兇手在向牧師坦承他們不敢向世人吐露的實情之後，竟然受到寬恕與祝福。

這些神話與民謠通常都帶著未經查證的迷信成分，使我厭惡至極。它們不但歷久不衰，且在我家譜上流傳的時日如此之長，著實讓人苦惱不已；當中一些指責使我想起我的一位近親的一樁醜聞——

我的叔叔，也就是卡法斯農場的藍道夫・德拉波，等他從墨西哥戰爭歸來之後，卻和黑人混在一起，成了一名巫毒教派的祭司。

至於在石灰岩山崖下那座迎風的貧瘠山谷中，所流傳的種種鬼哭神號的故事，則要模稜兩可許多，因此倒不怎麼困擾我，例如春雨過後墳場發出來的惡臭；有一晚，約翰・克雷夫爵士騎著馬，在一處無人的田野上，踩到了一團混亂且發出尖叫的白色東西；以及一位僕人在大白天裡看到修道院裡有不乾淨的東西之後，從此便發了瘋。當時的我還是個眾所皆知的懷疑論者，因此都把這些事情當成是陳腐的鬼話。

相形之下，那些關於失蹤農民的陳述則較不容錯過，儘管依照中古時期的習俗，它們並不具有特別的重要性。窺探珍奇，意味著受死，已經有不只一顆被砍下來的頭顱，掛在艾克斯罕修道院四周的堡壘前公開展示——不過這些痕跡已經磨滅殆盡。

這些陳述當中有幾則是特別詭異的，使我多麼希望年輕時能夠多瞭解一些比較神話學。舉例來說，其中有一則是關於一大群帶著蝙蝠翅膀的惡魔，每晚都在修道院裡，讓那些巫婆們不得安寧——這一大群惡魔所需要的食物，或許可以解釋為何大花園裡所種植的粗劣蔬菜，多得如此不成比例。其中最生動的一則，便是那群鼠輩大軍的壯烈史詩——在這棟城堡發生慘案而註定遭人遺棄後三個月，這群驚惶奔逃的污穢大軍，竟然一窩蜂地竄出——然後這群精瘦、骯髒而又貪婪的大隊，便在城堡之

譯注

❻Norman Conquest，指諾曼人在一〇六六年征服英國。

❼吉爾・德・雷茲（Gilles de Retz）為二十世紀美國恐怖小說作家；薩德侯爵（Marquis de Sade，1740～1814）為法國色情文學作家。

前橫掃而過，並將一些家禽、貓、狗、豬、羊等全部吞噬入腹，甚至在怒火消退之前，還生吞了兩名不幸的人。於是圍繞著這群罪無可赦的齧齒目大軍，便衍生出一籮筐的神話，並在村裡的家家戶戶之間散播開來，同時引起了一連串的詛咒和恐慌。

當我以長者的固執，將祖產修復工作推向完成時，這類的傳說使我不勝其擾。不過你們一點也不該認為是這些故事造成我的主要心理狀態。反之，我還不斷受到諾瑞上校，以及那群在一旁協助我的古物研究者的讚美與鼓勵。當這項任務完成時，那是自開工以來的兩年多之後，我環顧那些大房間、護牆、拱形的天花板、輻射狀的窗戶，以及寬廣的樓梯，內心的驕傲實足以完全彌補修復工程的龐大費用。

中世紀的每一項特徵都巧妙地複製了出來，而新增的部分也與原來的牆面和地基，做了完美的結合。待祖先們的居所完工之後，我期待它最終能為我換回失去的地方名聲。我打算在此永久居住，同時證明德拉波家族的成員不一定都是惡魔。儘管艾克斯罕修道院十分符合中世紀的特色，但它的內部卻煥然一新，並未受到那些古老的害蟲與鬼魅之類的干擾，這個事實更令我感到安慰。

如同我說過的，我是在一九二三年七月十六日時搬進來的。一家子總共有七名僕人與九隻貓，我對貓特別偏愛。其中最老的一隻叫做「黑人」，牠有七歲大了，跟著我從麻薩諸塞州波爾頓市的老家遷移至此；其他幾隻貓則是在修道院的復原過程中，我跟諾瑞上校的家人同住的那段期間蒐集來的。

在這五天之中，我們以極為沉穩的心情，處理每日的例行工作，而我大部分的時間，則用來整理家族的陳年史料。如今我已對華特．德拉波最後的那樁悲劇，以及他為何逃亡，掌握了許多詳盡的線索；而我相信，那封在卡法斯農場大火中燒毀的信件，記載的可能就是這些內容。事情似乎是這樣的：我的這位祖先被指證歷歷地判定，他趁著全家人在睡夢當中，將他們給宰了，只除了四位僕人逃過一劫；他是在發現一樁驚人的事實兩星期後，犯下此滔天罪行的。然而此驚人的發現究竟是什麼，他並沒有向任何人洩漏——或許只向協助他行兇後逃亡的僕人洩漏——但是卻引起了不少捕風捉影。

這起蓄意殺人的慘案，對象包括他的父親、三位兄弟和兩名姊妹，最後竟然得到村民的普遍寬恕，而且還受到法外開恩，致使這位罪犯得以在保全名譽、毫髮無傷，而且無須僞裝的情況下，從容地逃至維吉尼亞州；甚囂塵上的說法是，他是因爲買了這塊古老的詛咒之地才遭此下場的。至於他到底發現了什麼，才使他犯下如此驚天動地的罪行，我甚至無從揣測起。華特・德拉波對於家族裡的那些邪惡謠傳，必定早有所聞，因此這些史料應該不會對他造成新的刺激。難道說，是他當時目睹了一些可怕的古老儀式，或者在修道院附近，見到了某些恐怖而含有深意的符號？在英國時，他始終以一名害羞與溫和的年輕人著稱。然而到了維吉尼亞州，他似乎變得如此憂懼不安。然而在另一名溫文儒雅的冒險家——法蘭西斯・哈利的日記中，更提到他的公正、榮譽與優雅是無與倫比的。

就在七月二十二日當天，發生了第一起事件，儘管這件事有點被人疏忽了，不過它與後來的事件卻有一種不可思議的關聯。這件事是如此地單純，以致很容易被忽略，而且在當時的情況下，根本不可能被注意到；但請你們務必記住，我當時可是置身在一棟幾近全新的建築物中，只除了部分牆壁還未整修，況且周遭全是一些神智清明的僕人們，因此，心有罣礙將是一件很奇怪的事，儘管這個地方眞的出現了異狀。

之後我只記得一件事——我那隻老黑貓的警覺與焦躁，已經完全超出了牠的本性，而我對於牠的情緒向來瞭若指掌。牠從一個房間流浪到另一個房間，不但心情騷動不安，還不斷在那棟哥德式建物的牆壁上嗅來嗅去。我知道這聽起來非常了無新意——就如同那些鬼故事中必然出現的狗一樣，總是在牠的主人見到鬼影之前嗥吠不已——但我還是忍不住要說。

隔天有位僕人抱怨，這棟房子裡所有的貓都變得那樣忐忑不安。他到書房來找我，那是一間位於二樓西側的挑高房間，有穹窿形的拱門、黑色的橡木鑲板，以及一扇哥德式的三角窗，俯望著那座石灰岩山崖與那片荒涼山谷；甚至就在他說話的時候，我又看到黑人烏黑亮麗的身影，正沿著西側的牆壁爬來爬去，還不時用爪子對那塊古老石頭上覆蓋的嶄新鑲板搔刮一番。

於是我告訴那位男僕，一定有什麼味道或氣體從那個古老的石塊中散發出來，雖然人類的感官察覺不到，且中間隔著新造的石板，不過卻對貓咪的靈敏感官起了作用。我眞的這麼相信，因此當那位僕人暗示有老鼠的蹤影時，我還告訴他，這裡已經有三百年沒出現過老鼠了，甚至是附近村莊裡的田鼠，也很難在這些高牆裡找到，從來沒聽說過牠們會在這種地方遊蕩的。那天下午我去拜訪諾瑞上校，而他也向我拍胸脯保證，田鼠幾乎不可能如此唐突與意外地侵擾修道院。

那天晚上，我照例把工作交給一位男僕，之後便到西塔的大房間裡歇息，我把這個房間當作我的寢室，從書房經過一道石梯和短廊之後便可到達，短廊的前半部仍然維持舊觀，後半部則已完全修復。這是個圓形的房間，非常高聳，沒有護牆板，而是懸掛著我從倫敦親自挑選的掛毯。

看見黑人跟來之後，我便將那扇沉重的哥德式房門關上，就著仿蠟燭式的電燈泡稍事休息，最後才把燈光完全捻熄，沉入那張精雕細琢、懸著罩蓋的四角床，而那隻敏感異常的貓，則仍然習慣性地跨躺在我腳上。我並沒有將窗簾掩上，而是眼睜睜地瞪著面前那扇窄小的北窗。天空中有一點點曙光，將窗戶精緻的花式窗格剪影了出來。

我一定是睡著了，因爲當貓咪從牠原先安詳的姿勢猛然奮起時，我清楚記得自己離開了一些奇怪的夢境。我看見牠籠罩在模糊的曙光中，頭部竭力往前伸展，前腳踏在我的足踝上，後腳則往後一伸。牠正聚精會神地朝著那扇窗戶的西側，緊盯著牆上的某一點不放，那個點在我看來毫無稀奇之處，不過此時，我的注意力卻完全凝聚在那兒。

就在我觀看的同時，我知道黑人的騷動不是毫無理由的。我說不準牆上的掛毯是否真的移動了。不過我想，它確實稍微移動了一下。然而從它背面卻發出一種低沉、清晰的奔跑聲，像是老鼠之類的動物所發出的——這點我倒是可以拍胸脯保證。那隻貓立刻跳上那張用來屏隔的掛毯，再以牠的重量將那個發出聲音的部位扯到地上，於是那面潮濕而古老的石牆便暴露了出來，到處可見修復工人塡補的痕跡，卻沒有看到任何齧齒類動物徘徊的蹤影。黑人靠著這部分的牆壁來回奔跑，一邊撕扯著那塊掉落下來的掛毯，有時似乎想將腳掌伸進牆壁和橡木地板之間。但牠並沒有任何發現，過了一會兒，牠便意興闌珊地回來繼續趴在我的腳上。儘管我動也沒動一下，不過那個晚上我再也睡不著了。

一到早上，我便詢問了所有的僕人，結果並沒有人察覺到任何異狀，只有那名廚師還記得那隻貓曾經趴在她的窗台上休息。不知在夜裡的何時，那隻貓的叫聲把那位廚師給吵醒了，使她及時留意到這隻貓故意從敞開的房門急奔下樓。後來，我昏昏沉沉地度過了那天的中午，到了下午又再度拜訪諾瑞上校，他對於我告訴他的事情似乎很有興趣。這些奇奇怪怪的事件雖然如此細微，但又如此引人遐思，在在引發了他的想像力，並使他想起一些地方上流傳的鬼故事。我們兩人都對老鼠的出現感到匪夷所思，於是諾瑞給了我幾個捕鼠器與老鼠藥，等我回到家後，便立刻命令僕人將它們擺在適當的地點。

那天我非常睏倦，於是早早便休息了，不過卻被一個極可怕的惡夢給擾亂。夢中我似乎正從一個很高的地方，俯看底下一座朦朧的洞穴，洞中的泥土深及至膝，有一個白鬍子的養豬怪人拄著手杖，正對著一群長滿霉菌、軟趴趴的野獸呼來喚去，這群野獸的面貌讓我充滿難以言喻的憎惡。接著，這位養豬者停了下來，並對他的成果點頭表示滿意，這時，有一大群強悍的老鼠，嘩啦啦地掉落在那座發臭的深坑裡，並把野獸與人通通吞噬入腹。

然後在黑人的騷動下，我從這個可怕的幻境當中驚醒過來，在此之前，牠一直趴睡在我腳上。這次我不需追究是什麼原因引起牠的咆哮與嘶聲，也不需懷疑是什麼樣的恐懼，讓牠不明就裡地將爪子嵌進我的膝蓋裡；因爲此時，這個房間裡的每一面牆壁，都像活過來一般，正發出令人作嘔的聲響——那群狼吞虎嚥、巨大無比的鼠群，正像害蟲般地滑行著。這時並沒有曙光可以顯示出掛毯的狀況——之前被扯下來的部分已經補上了——但我還不至於害怕到不敢開燈。

當燈泡變亮之後，我看見整條掛毯都在顫動，上頭的某些特殊圖案看來就像是在跳一支死亡之舞般，令人毛骨悚然。這個動作連同聲音幾乎瞬間消失。我從床上跳了起來，然後拿起身旁一具暖床器的長柄，撥弄著這塊掛毯。但是除了那座修補過的石牆之外，並沒有任何發現，甚至連那隻貓都失去了對異常現象的敏銳知覺。當我檢查房間裡的環形捕鼠陷阱時，我發現所有的開口處都啓動了，唯獨沒有留下任何捕獲或逃脫的痕跡。

回頭繼續睡當然是不可能的了，於是我點燃一根蠟燭，打開房門步入走廊，沿著樓梯走進我的書房裡，黑人則尾隨在我的腳後。然而在踏上石階之前，那隻貓卻衝到我的前方，隨後消失在那座古老的樓梯底端。當我逕自走下樓梯時，突然警覺到底下的大房間裡傳出了一些聲音；那是一種不可能聽錯的聲響。

那些鑲著橡木的牆壁又因爲成群結隊、倉皇逃竄的鼠輩們而活了過來，而黑人則帶著獵人的盛怒到處追緝著。到了樓下之後，我立刻打開燈光，然而這次卻沒能使這些噪音平息下來。這些老鼠繼續騷動著，如此強勁而又清晰的奔竄聲，使我終於可以準確地指出牠們移動的方向。這群動物顯然正以難以計算的數量，專心一致地從某個無以名狀的高處，遷移至底下某個可知、或不可知的深處。

此時我聽見走廊上有腳步聲，接著有兩名僕人將那扇巨大的門推了開來。他們正在房裡搜尋著某個未知的擾亂根源，它已使所有的貓隻驚慌地嘶吼起來，並使牠們連滾帶爬地衝下樓梯，在地下室那扇緊閉的門前蜷縮著身子，一面哀嚎著。我問他們有沒有聽見老鼠的聲音，但他們的答案卻是否定的。然後當我轉身，要他們注意聆聽牆板裡的聲音時，這才發現那些噪音已經停止了。

於是我跟這兩個男人一同走到地下室的門口，卻發現貓咪們已經一哄而散。後來我決定探查那間地下室，不過當時我只是巡視一下那些陷阱而已。所有的彈簧都啓動了，但都毫無斬獲。於是我安慰自己，除了那些貓和我以外，根本就沒有人聽到老鼠的聲音，接著我便坐在書房裡直到天明，想了一大堆的事情，也想起每一則我發覺與這棟住宅有關的傳言。

午前時刻，我靠在藏書室一張舒服的椅子上小寐了一會兒，這張椅子可是一張不可或缺的中古家具。之後我打了通電話給諾瑞上校，請他過來這兒，協助我一同探索那間地下室。

我們完全沒發現什麼不祥之物，因爲知道這間地下室是羅馬人建造的，我倆忍不住直打哆嗦。每一處低矮的拱門和巨大的柱子都屬於羅馬風格——倒不是笨拙的撒克遜人所創造的粗劣風格，而是凱撒時期那種嚴謹而協調的古典主義；的確，牆壁上布滿了那些經常一探此地的古物研究者所熟悉的刻字，比方說「P.GETAE.PROP……TEMP……DONA……」與「L.PRAEC……VS……PONTIFI……ATYS……」。

上頭提到了亞提斯，讓我心頭一凜，因爲我曾經讀過卡圖盧斯❽，所以知道某些關於這位東方神祇的恐怖儀式。諾瑞和我傍著燈光，試圖解讀那些刻在某幾顆不甚規則的長方石塊上的圖案——這些

譯注

❽卡圖盧斯（Catullus），羅馬詩人（西元前八四～五四年），是繼希臘詩人莎芛後又一位抒情詩名家。他出生於今義大利北部的維洛納，家境富有，父親是凱撒的朋友。

圖案都很奇特，而且幾乎已經磨損殆盡——不過卻看不出所以然來。我們記得有一個放射狀的太陽圖案，學者們認爲它起源於羅馬以外，於是這便暗示著，這些祭壇只是被羅馬的祭司拿來利用而已，它們原本應該出現在本地某個更古老、甚至更原始的神殿裡。其中一塊石頭上有一些棕色的痕跡，頗讓我百思不解。而位在房間中央那塊最大的石頭表面，則出現了一些與火有關的特徵——也許是代表火燒祭品吧！

這些便是地下室裡的景象了，而貓咪們就是在這裡的門前狂叫不已的；此時，諾瑞和我決定要在這裡待上一晚。僕人們將臥床搬了下來，我要他們別去理會那些貓咪們在夜裡的舉動；而黑人則被允許協助並陪伴我們。我們決定讓那扇巨大的橡木門緊閉著，那扇門是個現代仿製品，留有縫隙好讓空氣流通；等一切準備就緒之後，我們便讓燈籠繼續燃著，一面休息，一面靜觀其變。

地下室位在修道院的地基極深處，無疑遠低於那片俯望荒涼谷地的石灰岩突崖。而我想，那鐵定就是那群拖足而行、莫名其妙的鼠輩們的目標了，不過究竟是爲了什麼目的，這我倒是說不出來。當我倆滿懷期待地躺在那裡，我發現自己守夜的行動，時而混雜著半成形的夢，而那隻趴臥在我腳上的貓，卻讓我醒了過來。

這些夢境都不是裨益身心的，而是和我前夜的夢一樣可怕。我再次見到那座昏暗不明的洞穴和那位養豬者，以及那群渾身長滿霉菌、無以名狀的野獸，正在泥漿中打著滾；而且當我注視這些景象時，牠們彷彿愈來愈靠近，也愈來愈清晰——清晰到幾乎可以觀察牠們的特徵。然後我眞的觀察到其中一項特徵了——亦即牠們軟趴趴的身軀——然後便尖叫著驚醒過來，還把黑人嚇了一大跳，至於始終清醒的諾瑞，則在一旁開懷大笑。要是諾瑞知道是什麼東西讓我驚聲尖叫的話，也許他會笑得更厲害——或者笑不出來。不過我自己也是到了後來，才回想起那是什麼的。極端的恐怖往往會悲天憫人地麻醉一個人的記憶。

當異狀開始發生之後，諾瑞便把我給叫醒。他輕輕地搖著我，催促我聆聽貓咪的動靜，致使我從相同的惡夢中醒來。地下室裡的確發出了很多聲音，包括從石階前方那扇緊閉的大門背後，傳來的貓咪們狂叫與撕抓聲，一切果眞如同一場惡夢般，但黑人卻似乎不理會門外的同類，只顧在那些光禿禿的石牆周圍興奮地跑來跑去，而我則從牆壁裡聽到老鼠們急竄的嘈雜聲，與前夜困擾我的情況如出一轍。

此時，我心中萌生了一股猛烈的恐懼，因爲這裡是所有的異常現象都無法獲得適當解釋的地方。這些老鼠們若不是我和貓咪們發神經下的產物，就眞的是潛藏與爬行在這些羅馬式的牆壁裡，然而我以爲這些石灰岩塊都是很堅實的……除非經過十七個世紀之後，水流已經侵蝕了那些曲折的地道，而讓這群齧齒類動物的身軀可以游刃有餘地進入……儘管如此，那種鬼魅般的恐懼感仍然揮之不去；假如這些活生生的害蟲眞的存在的話，爲何諾瑞從沒聽過這些噁心的騷動聲呢？爲何他會催促我觀察黑人的舉動，並聆聽外頭貓咪們的狂叫呢？而又爲何他會胡亂猜測是什麼原因驚動了這些貓咪呢？

那時我儘可能保持冷靜地告訴他，我認爲我聽到的聲音是什麼，我耳朵所捕捉到的印象，是最後一點即將消失的急促奔跑聲；這個聲音一直撤退到**更底部**，遠比這間地下室的最深處還更低，彷彿下方整座懸崖都充斥著這群四下探索的鼠輩。

諾瑞並未如我預期的那樣心生疑惑，但似乎受到頗大的震撼。他比畫著要我留意門口的那群貓已經停止喧鬧，彷彿已經追丟了老鼠因而宣告放棄；但黑人卻又突然開始不安了起來，並且瘋狂也似的在中央那座巨大的石造祭壇周圍亂抓一番；諾瑞的臥鋪距離那座祭壇比較近。

這時我對未知的恐懼感變得非常巨大。某些驚悚的怪事已經發生了，因爲我看到諾瑞上校這位比我年輕力壯，而且應當比我更實事求是的男人，居然和我一樣深受震撼——也許是因為他一生都對那些鄉野奇談耳熟能詳吧！當時我倆什麼法子也沒有，只能眼睜睜地望著那隻黑貓，死命地抓扒著那座祭壇的基部，偶爾還會抬起頭來對我喵叫，一如平日牠想討點好處時的態度。

此時諾瑞提著一盞燈籠，靠近那座祭壇，並且檢查黑人正在抓扒的地方；他一語不發地跪倒在地，將在那塊巨大的羅馬石塊和棋盤式的地板之間堆積了數世紀之久的青苔撥開。他並沒有找到任何東西，在他打算放棄的同時，我卻發現一個細微的現象，使我的心頭一凜，儘管它並沒有暗示比我想像中更多的意義。

我把這件事告訴諾瑞，接著兩人便如同發現或體認到什麼有趣的事物般，聚精會神地注視著這個幾乎難以察覺的現象。

因為空氣流通的緣故，靠近祭壇的那盞燈籠的火焰正在閃動，儘管非常細微，但確實是在閃動著；然而之前燈籠並沒有接觸到這些空氣，因此它們一定是從地板和祭壇的夾縫間流出來的，也就是諾瑞方才去除那些青苔的地方。

那晚剩下來的時間，我倆一起陷入知趣橫生的研究中，緊張兮兮地討論著接下來應該做什麼。在這個受到詛咒的建築群底下，居然還有個比任何已知的最深羅馬人石造建築更深的地窟；三百年來，這個地窟居然沒被好奇的古物研究者所察覺；對於這些不祥之物毫無所悉的我們，它眞是讓我們夠興奮的了。的確，我們對它的興趣是雙重的；我們遲疑了一會兒，不知是該放棄搜尋，然後效法盲從的迷信者，小心翼翼地遠離這間修道院，還是應該滿足我們的冒險精神與勇氣，不管在那些未知的深處，將會有什麼可怕的事物等著我們。

到了早上，我們已經達成了協議，決定前往倫敦，集結一群適合攜手探索這項謎團的考古學家和科學家們。必須一提的是，在離開那間地下室之前，我們已經試過搬動那座中央祭壇，可惜徒勞無功，如今我們知道它其實是一道大門，通往一個充滿無名恐懼的嶄新陷阱。一旦打開那扇大門之後，會有什麼樣的祕密呢？這將是比我們聰明的人要去尋找的答案。

在倫敦多日期間，諾瑞上校和我將事實、揣測，以及軼聞傳說等，逐一向五位知名的權威人士報告，倘若進一步的探索行動可能會揭露我家族的祕密，相信這些人都會予以尊重的。我們發現大多數人不但沒有嘲笑我們，反而表現出高度的興趣和真摯的同情。我不大需要一一指名道姓，不過我得說這其中包括威廉・布靈頓爵士在內，他在特洛阿城❾的挖掘工作曾經振奮了世界各地。當我們一夥人搭乘火車前往安徹斯特的途中，我感覺自己正瀕臨駭人真相的揭發邊緣，這種情緒恰好與地球彼端的美國人正為他們猝死的總統哀悼的氣氛遙相呼應。

八月七日晚上，我們抵達了艾克斯罕修道院，僕人們信誓旦旦地向我保證，這段期間並沒有發生任何不尋常的事。那些貓咪，甚至包括老黑人在內，全都安然無恙；而屋子裡的陷阱連一個也沒啓動過。我們準備第二天就展開探索行動，於是我請這些貴賓們在安排好的房間裡等候著。

而我自己則到那座塔樓裡的房間休息，黑人還是趴臥在我腳上。睡意很快地降臨，不過那些醜陋

譯注

❾特洛阿城是位於愛琴海沿岸的古城鎮。

的夢境再度擾亂了我。其中有一幅景象是羅馬式的盛宴，類似於暴發戶三樂宴客的情景⑩，在大淺盤的蓋子底下暗藏著某個恐怖的事物。接著那個一再出現的混帳東西又來了，也就是那座昏暗洞穴中的養豬人，和他那群骯髒的畜生。然而當我醒來時，天色已經大亮，房子底下傳來正常的聲音。那些鼠輩們，無論是生物還是鬼怪，都沒有騷擾我；黑人仍然靜靜地熟睡著。下樓的時候，我發現這份安詳也瀰漫了其他地方；其中有一位名叫索恩騰的通靈專家，則把這個情形歸諸於一個相當奇怪的理由，他說那是因為現在的我，已經看到了某些力量希望向我彰顯的事物。

一切已經準備就緒，到了上午十一點整，我們這七個男人便帶著強大的探照燈，和一些挖掘的工具，步入那間地下室，並將身後的門拴了起來。黑人則緊跟著我們，因為我們這群探索者沒有理由藐視牠的敏銳度，而且萬一那群隱匿的齧齒類動物現身時，我們確實渴望牠能夠在場。我們略略留意了那些羅馬人的碑文和那座不明祭壇的設計，因為其中有三位專家之前已經觀察過了，所以對它們的特徵瞭若指掌。我們的注意力主要是集中在那座龐大的中央祭壇；不到一個小時之內，威廉．布靈頓爵士已經讓它向後傾斜了，平衡地靠在某些不明的東西上。

假如我們事先沒有準備的話，那麼此刻橫陳在我們面前的，將會是令我們無法負荷的恐怖事物。在那片傾斜的地上，有一個幾近四方形的開口，接著是一排石階，它磨損得如此嚴重，以致於只剩下歪歪倒倒的中央部分，通過之後便是一大堆令人瞠目結舌的人類與半人類屍骨。有些還算完整的骨骸，顯出一副陷入極大驚恐的模樣，而且上頭全都布滿了齧咬的痕跡。這些頭蓋骨應屬於完全的白癡者、矮呆病患者、或原始的半猿人所有。

在這些凌亂得無以復加的台階上方，有一條向下彎曲的通道，彷彿是從堅硬的岩石中開鑿出來的，於是形成了一道風口。那些氣流倒不像是從一處封閉的洞穴中突然衝出來的，而且也沒有毒害，反倒像是一股涼爽的微風，還帶著一股清新的氣息。我們並沒有多做停留，而是畏畏縮縮地開始清理出一條通往石階下方的步道。威廉爵士正在檢查這些遭到劈砍的牆面，然而此時，他發現了一件奇怪的事：根據這些鑿斧的痕跡，這個通道應該是**從底下**開鑿上來的。

——從現在開始，我必須非常謹慎選擇我的用語。

在向下挖掘了幾步之後，我們在那些慘遭齧咬的骨骸之間，見到前方有燈光出現；那並不是什麼神祕的磷光，而是從外面滲透進來的陽光，其唯一可能的管道，便是透過那座俯望荒涼山谷的懸崖上的某些未知裂隙。不過從外面看來，這些裂隙是無法引起注意的，因爲那片山谷不但完全無人居住，而且那座山崖也未免太高聳陡峭了，恐怕只有專家才有本事詳細研究它的表面構造吧！又往前幾步之後，我們所見到的東西，簡直要奪走了我們的呼吸；這種感覺是如此的實在，致使索恩騰這位靈媒，還眞的暈倒在他身後那位已經眼花撩亂的男士臂彎中。諾瑞那張豐滿的臉龐，不但慘白而且鬆垮了下來，兀自口齒不清地叫嚷著；我想我當時的舉動，是倒抽一口氣、或是發出噓聲，然後矇起眼睛。那位站在我身後的男人——也是這群人當中唯一比我年長的一位——則以我聽過最低沉沙啞的聲音說出：「我的天呀！」這句老話。在我們這七位有教養的人士之中，唯獨威廉．布靈頓爵士還能夠保持鎮靜，而且讓他值得驕傲的是，他不但領導了這支隊伍，也是第一個看到這幅景象的人。

那是一個無比深的陰暗洞穴，延伸至眼力所不能及之處；那是一個充滿無限神祕與各種可怕聯想

譯注

❿古羅馬作家佩特羅尼烏斯（Petronius）的長篇諷刺小說《薩蒂利孔》（Satyricon）之第五、第六章，描寫暴發戶三樂宴客（Cena Trimalchionis），極欲窮奢，盥手以美酒，溺器為精銀，肴饌亦無奇不備，以糞穢團成魚鳥形，堆盤供客。

的地底世界。其中仍然保存著一些建築物——我魂飛魄散地瞥見了一種狀似凸丘⓫的奇怪形態、原始的巨石圈、一處低圓頂式的羅馬廢墟、一堆凌亂的撒克遜人屍骸，以及一座早期英國的木造建築——不過和地表上所展現的殘忍景象相較之下，這些全都黯然失色。蓋在階梯周圍，有一大片人類的骨頭，或者像階梯上那些類似人類的骨頭，全都瘋狂地糾纏在一起，擴散至好幾碼的範圍。它們像泡沫滾滾的海洋那樣延伸著，有些分散開來，有些骨骸則全部、或局部保持完整；而後者所呈現出來的姿態，無疑像是陷入了惡魔般的瘋狂，要不正在抵禦某種威脅，就是企圖同類相殘，所以他們的肢體呈現緊緊抓住其他人的姿態。

當特拉司克這位人類學博士停下來爲這些頭骨進行分類時，他發現一樣讓他完全不解的退化組合。就演化的時程上來說，這些頭骨大部分都比皮爾當人⓬來得低等，不過從任何角度來看，他們必定是人類無疑。其中有許多屬於較高等的人類，而且有極少數已經發展成高度發達的種類。這些骨頭全都遭到啃噬，大部分是老鼠的傑作，不過有些則彷彿是那些半人類所造成的。此外還有許多老鼠的細小骨頭也混雜在其中——牠們既是這支致命軍團裡殞身的成員，也是結束那首古老史詩的主角。

經過那天駭人的發現之後，我很懷疑我們之中有任何人能夠活著保持他的神智。無論是霍夫曼⓭或海斯曼⓮，都無法想像出任何畫面，能夠比我們這七人踉蹌走過的昏暗洞穴更難以置信、更令人瘋狂地作嘔、或更能媲美哥德式的詭異風格；我們每個人都碰到一連串的發現，而且試著讓自己暫時不去思考那些可能早在三百年前、一千年前、兩千年前、甚至是一萬年前，就已經在此發生的事件。這裡是地獄的接待廳。當特拉司克表示，其中有些骨骸應該是四腳獸（quadruped）的後裔，而且是最近二十幾代以內的事，可憐的索恩騰又當場暈了過去。

當我們開始解析這些建築殘骸時，我們感受到一重又一重的恐懼。那些四腳怪獸——偶爾有兩足動物為伴——曾經被關在石造的畜籠裡，且當最後他們因飢餓或害怕老鼠而精神錯亂時，必定曾經破籠而出。牠們的數量非常龐大，顯然被那些粗劣的蔬菜餵養得很胖，而我們在比羅馬更古老的巨大石箱底部，能發現那些蔬菜的殘渣。我現在終於知道，為何我的祖先們要擁有如此龐大的花園了——我多希望忘了它們啊，老天！如此一來，豢養這群牲畜的目的，我也就用不著推測了。

此時威廉爵士正拿著探照燈，佇立在這處羅馬廢墟之中，一邊大聲地翻譯出最聳人聽聞的儀式，一邊述說著上古時期的宗教儀式所供奉的祭品，日後，信奉西比莉大神母的祭司們，更把這項新發現與他們既有的習俗加以融合。諾瑞則如同剛挖完壕溝般地筋疲力竭，當他從這棟英國建築走出來時，幾乎無法筆直前進。這裡既是屠宰店，也是一間廚房——他早就預料到了——只不過是在這種地方，看到那些熟悉的英國器具，還有令人眼熟的英國式塗鴉，有些甚且晚至一六一〇年，真的讓人受不了。我實在是無法走進那棟建築物裡——只有我的祖先華特．德拉波，曾用匕首阻止過裡頭的惡魔行徑吧！

而我們唯一敢冒險進入的，是那棟低矮的撒克遜建築；它的橡木拱門已經崩塌，我在裡面發現了

譯注

⓫當熔岩下方有大量熔岩流向上衝撞，使熔岩外殼發生穹窿作用，熔岩流表面隆起，因而生成形狀很像岩漿在水平地層下凝結的岩盤。

⓬一九一二年在英國皮爾當發現的頭蓋骨，當時被認為是史前人類的化石，後經鑑定是偽造物。

⓭霍夫曼（Ernst Theodor Amadeus Hoffmann，1776～1822）為德國浪漫小說家、作曲家、律師，除了以樂評知名外，他創作了不少優秀的古堡小說、恐怖小說。

⓮海斯曼（Joris Karl Huysmans，1848～1907），法國小說家，最著名作品為《瑪特》（Marthe），描寫一個好女人。海斯曼可說是十九世紀末法國頹廢派藝術家的代表，終生對神祕主義感興趣。

十間可怕的石造小囚房，不但排成一整排，而且圍著生鏽斑駁的柵欄。其中有三間關了人犯，他們的骨骼都屬於高級的人種，然而在其中一人節骨嶙峋的食指上，我發現了一個指環，上頭的印記居然和我自己的盾形徽章一模一樣。威廉爵士又在羅馬禮拜堂的下方找到一個地窟，裡頭還有更爲古老的囚室，不過卻是空蕩蕩的。這些囚室的下方則是一個低矮的土窟，裡頭有刻意排置的骨骸，有些還刻上了拉丁或希臘文字，與佛里幾亞的方言。

在此同時，特拉司克博士打開了其中一座史前古墓，然後拿起燈光，往那些頭蓋骨一照，這才發現他們比大猩猩再稍微接近人類一些，而且身上也有難以言喻的表意記號。在經歷這些可怕的事物之後，我的貓咪居然能夠鎮定自若、昂首闊步。有一回我還看到牠荒謬地棲息在一堆骨頭上方，我想知道在牠那雙黃色的眼睛背後，可能藏著什麼樣的祕密。

在稍稍領會了這個朦朧地帶的驚人發現之後——而我反覆出現的夢境，卻早已預告了這個醜陋的地帶——我們轉而注意那座沒有任何光線能夠從山崖穿透進來的闃黑洞穴。那座看不見的冥府，就位在這一小段距離之外，至於它到底要表達些什麼，我們實在永遠不該知道，因爲人類最好別碰觸這類祕密。但是我們周邊卻有很多事物，慫恿我們義無反顧地靠近。我們用不著走太遠，探照燈就已經顯示出餵養那群老鼠的洞穴，有多麼要命的龐大了，而且由於這些洞穴突然缺少食物，才逼得這群貪婪的齧齒大軍，轉而向那群挨餓的活體下手，接著又趁著蹂躪狂歡的時節，一窩蜂地衝出這間修道院，讓那些農民沒齒難忘。

天哪！這些腐臭的黑洞充斥著被鋸開、撬開的骨頭，及剖開的頭蓋骨！這些如同惡夢般的裂隙壅塞著猿人、塞爾特人、羅馬人與英國人的骨頭，歷經難以計數的邪惡世紀！其中有一些仍然保持完整，但沒人敢說它們曾經埋藏在多麼深的地方。其他的骨骸則位在探照燈所不能及的無底深淵，不禁讓人充滿無以名狀的遐想。而我想的是，在這個暗無天日的地下底層⓯裡，萬一那群運氣不佳的老鼠在盲目的覓食下，因而誤闖了這些陷阱，那又怎樣呢？

當我的腳不小心滑到一處可怕的開口邊緣，我便陷入了一陣狂亂的恐懼，因爲我看不到其他的成員，只除了胖嘟嘟的諾瑞上校。接著從那漆黑、無底、遙遠的地方，傳來一個我所熟悉的聲音；然後我瞧見那隻老黑貓從我身旁竄過，宛如一名帶翅的埃及神明，筆直地往無垠而未知的深淵俯衝而去。但我就在牠的後面不遠，那無疑只經過一秒鐘的時間。又是那群天生殘暴的鼠輩所發出來的可怕急跑聲，它們總是在探尋新的恐怖事物，且決心要將我引領至那些地表中央的猙獰洞穴，而奈亞魯法特⓰這位沒有臉孔的瘋狂神靈，則呼應了兩名亂無頭緒的白癡所吹奏出來的笛聲，在黑暗中盲目地怒吼。

我的探照燈熄滅了，但我仍然在奔跑。我聽到聲音、號叫和回音，其中最特別的，還是那緩緩響起的急竄聲，充滿邪惡與狡詐；它們緩緩地升起、升起，宛如一具僵硬而腫脹的屍體，緩緩地從油膩的河面升起，然後穿過綿延不絕的縞瑪瑙橋，匯入漆黑惡臭的大海。

譯注

⓯原文為Tartarus，塔耳塔洛斯，在希臘神話中意指「大地底層」。

⓰在克蘇魯神話中，有名字的神幾乎全都是破壞神或邪神。而在這些神當中最接近「惡魔的概念」的，恐怕就是奈亞魯法特了（Nyarlathotep）。別名也叫做「無形之神」，從完全就是一副怪物妖魔的樣貌，到與人類別無兩樣的形貌，他都可以輕易地變形EF他喜歡的一個形態是叫做「black-man」的黑皮膚人類造型。臉部模樣是白人的感覺，但是皮膚卻黑如檀木。這個姿態酷似基督宗教傳說中惡魔變身來引誘人類的造型，因此在有些作品當中也就直接說中古世紀傳說中的惡魔其實乃奈亞魯法特所化身。（本段摘自《惡魔事典》P.204，奇幻基地出版，二〇〇三年十一月）

有某個東西絆倒了我——某種軟綿綿而又肥碩的東西。那一定是老鼠；那群黏呼呼、不管是屍體或活體全都狼吞虎嚥的老鼠大軍……爲何老鼠不能吃德拉波家的人，既然德拉波家的人也吃了不該吃的東西……那場戰爭吃掉我的兒子，全部的人都該死……那些北方人用火焰吞噬了卡法斯農場，也焚燒了祖父和德拉波家族的祕密……不！不！我告訴你，我才**不是**那座昏暗洞穴裡的邪惡養豬人呢！而出現在那個長滿霉菌的鬆軟東西上的，才**不是**艾德華‧諾瑞那張肥胖的臉呢！誰說我是德拉波家族的人？他還活著，但我兒子已經死了！……諾瑞家族的成員該擁有德拉波家族的土地嗎？……是巫毒教，我告訴你……在蛇的身上做記號……去你的，索恩騰！我會教你一聽到我家族幹過的事就昏倒！……你這個令人作嘔的傢伙，我會讓你知道怎樣……**瑪格那瑪特！瑪格那瑪特！……亞提斯……Dia ad aghaidh's ad aodaun…… agus bas dunach ort! Dhonas's dholas ort, agus leat-sa! Ungl……unglEFrrlh……chchch……**

據說三小時後他們在黑暗中發現我時，這些便是我口中說出來的話；他們發現我橫躺在諾瑞那具被吃得只剩下一半的肥胖軀體上。而我的貓則在一旁跳著，撕扯我的喉嚨。如今他們已經炸掉了艾克斯罕修道院，還把黑人帶走，再把我關進倫敦漢威爾區這間用欄杆圍起來的房間，到處散布著有關我的遺傳和經歷的可怕謠言。索恩騰則被關在隔壁房間，但他們不准我和他說話。此外，他們也企圖湮滅有關這間修道院的大半事實。當我提起可憐的諾瑞時，他們居然罵我是個可怕的傢伙，但他們一定知道，那絕對不是我幹的。他們一定知道那是老鼠的傑作；是那群身手矯捷、急促奔跑的老鼠，是那群蹦蹦跳跳、使我無法入眠的老鼠；是那群在房間的牆壁後面竄動的老鼠，也是牠們引導我往下，走向前所未知的恐怖；是那群他們根本聽不到聲音的老鼠；是那群老鼠，是那群牆中鼠。

屋中畫

尋找恐怖事物的人總是窮追著怪異與遙遠之處前進。對他們來說，托勒密❶的地下墓穴，以及夢魘般的鄉村中陰森森的陵墓，這些都是最理想不過的地方了。他們在月光的照耀下，爬上傾圮的萊茵古堡塔樓，又在被人遺忘的亞洲城市裡，從某些零散的石塊下黑漆漆且蛛網遍佈的階梯蹣跚爬下。無論是鬼魅出沒的森林或者荒涼的山區，這些都是他們趨之若鶩的聖殿；他們總在邪惡不祥的巨石旁，或無人居住的島嶼上流連忘返。不過，對那些真正醉心於恐怖事物的老饕們而言，那種恐怖到無可言喻的全新戰慄體驗，才是他們追尋的主要目的和理由所在。而在這些恐怖的地點當中，他們尤其青睞那些古老而荒涼的農舍，它們就坐落在偏遠蠻荒的新英格蘭地區；因為在那裡，所有黑暗的元素，包括力量、孤獨、詭異、無知等等，全都匯集了起來，形成最完美的醜陋組合。

其中最恐怖的景觀，便是那些未曾粉刷過的小木屋了。它們距離人車往來的道路十分遙遠，且經常坐落在某片潮濕的草坡上，或是倚靠在某塊形狀突兀的巨石旁。經過兩百多年之後，它們仍然倚靠或蹲踞在那兒，但藤蔓卻爬滿了四周，樹叢也壯大且蔓延開來。如今，它們幾乎已經淹沒在無法無天

譯注

❶為紀念Ptolemy王朝（古代埃及王朝）的成員，有數個城市被賦予Ptolemais的名稱。其中一個後來叫做Akko，在現代以色列。另一位於上埃及，在尼羅河旁。還有一個位於利比亞。第四個是個小城，有時叫做Ptolemais Theron，在紅海西岸。

的荒煙蔓草中，並在層層陰影的包裹下受到保護；但那些小小的窗玻璃卻仍然驚愕地瞪看著，彷彿正試圖眨眨眼睛，以穿透那種致命的無知覺，然而正是這種無知覺，才減輕了說不出的事物的記憶，使人免於瘋狂。

在這類房子裡，曾經住過好幾代的怪人，世界上還沒看過任何和他們相似的人類。他們的祖先陷溺於一種陰鬱瘋狂的信念中無法自拔，因而遠離他們的同伴，試圖在荒野中尋找自由。其中有一支克服萬難的族裔，確實掙脫了其他同伴的束縛，而興旺地繁衍下去，但只能畏畏縮縮地躲在陰沉的心靈魅影中，終而受到自身心靈的可怕奴役。這些清教徒遠離了文明的啓發，使他們的氣力轉向單一的管道發洩；同時，他們的孤獨、病態的自我壓抑，再加上和大自然之間無情的生死搏鬥，皆使他們從北方祖先的身上，承襲了陰沉而鬼祟的特質，這些特質，都是自史前時代即傳遞下來的冷酷遺產。

無論是現實所需或是基於理念堅持，這些人無可避免地會犯錯。犯了錯之後，他們受嚴格的規範所逼，而把隱瞞視爲第一要務；於是他們對那些被隱藏起來的事物，愈來愈沒興趣。只有在偏遠地區那些靜默不語、昏昏欲睡而又瞪著眼睛的房子，還能隱約透露出那些早被隱瞞的事實。然而它們卻是不愛說話的，彷彿不願意抖落身上那種足以幫助它們遺忘的昏睡感。有時人們會覺得，假如能夠將這些房子拆掉的話，對它們來說將是一件慈悲的事，因爲它們一定經常作夢。

一八九六年十一月的一個下午，我在一場寒徹心扉的大雨驅迫下，躲進了一間符合這些描述的傾圮老屋，在那樣滂沱的大雨下，我當然希望能有遮蔽處顯露出來。當時我和一群米斯卡塔尼克谷地的居民，已經旅行了一段時間，我們在尋找一些宗譜資料；由於我的路徑既遙遠、迂迴，而且困難重重，因此即使是在殘冬的季節，以腳踏車作爲交通工具仍然較爲方便。此刻，我發現自己正在一條顯然遭到遺棄的道路上，原本我選擇這條路做爲前往阿克罕鎭的最短捷徑，無奈卻在某個距離任何城鎭都很遙遠的地方遭到暴風雨的侵襲，而且找不到任何避難所，除了這間古老得令人憎惡的木造建築之外。它傍臨於岩石磊磊的山腳處，而那些模糊不清的窗戶，就在兩棵魁梧但光禿的榆數間眨著眼睛。這棟房子儘管離殘敗的道路很遠，卻在瞥見它們時，令我感到不舒服。因爲任何光明正大、使人感到舒服的建築物，都不會以如此狡黠猥瑣而又緊盯不放的眼光瞪著旅人的，況且我在宗譜研究的過程中，曾經碰到一些鄉野傳說，皆使我對於這類地點心存芥蒂。然而這些元素的力量是如此強大，以致征服了我的顧忌，於是我毫不猶疑地將腳踏車騎上那片雜草叢生的坡地，往那扇緊閉的大門靠近，而這扇門似乎立刻充滿了各種暗示與祕密。

原本我天經地義地以爲這棟房子已經遭人遺棄，然而當我逐步接近時，心中便沒那樣肯定了。因爲走道上儘管長滿了草叢，但它們的樣貌似乎維持得太好了些，使人很難斷定這裡完全沒人居住。所以在敲門之後，我沒敢試著推開它，反而感到一種難以解釋的強烈恐懼。門前有一塊凹凸不平又長滿青苔的石頭充作階梯。當我在那兒等候時，眼睛瞥見了旁邊的窗戶和上方的橫樑，留意到它們雖然老舊得嘎嘎作響，而且幾乎完全蒙蔽在塵埃之下，但它們依然完整。這樣說來，儘管這棟房子與世隔絕，且幾乎被人遺忘，它一定也還有人居住。然而我的敲門聲卻沒有引起任何回應，因此在重複喊叫了幾次之後，我便試著扳弄那道鐵鏽斑駁的門栓，結果發現大門根本沒上鎖。

房子裡面是一間小小的前廳，牆壁上的灰泥正在剝落，門口依稀傳來一股非常難聞的味道。我牽著腳踏車走了進去，然後關上身後的大門。迎面而來的是一道狹窄的階梯，旁邊則有一道小門，可能是通往地下室吧，左右兩邊還有兩扇緊閉的門，通往底層的房間。

我將腳踏車往牆上一靠，便打開左邊的那扇門，接著跨進一間潮溼狹小的房間，兩扇窗戶遍佈塵埃，致使室內光線不足，家具的擺設也是以最簡略而純樸的方式。它似乎是起居室，因爲裡頭有一張桌子和幾把椅子，而且有一個巨大的火爐，上方的爐架有一面老鐘正滴答響著。書本和報紙則寥寥無幾，然而在逐漸擴散的陰影下，我實在分辨不出這些書報的名稱。讓我感到興趣的是那種呈現在每一個看得到的角落的一致古風。我發現這個地區的房子，大多充滿了過去的遺跡，不過在這棟房子裡，那種古老的感覺更是出奇地完整；因爲我在整個房間裡，找不到任何一篇出現在大革命之後的文件。要不是這些陳設過於簡陋了些，想必此地會是古物收藏者的天堂。

當我巡歷過這棟古怪的房屋之後，我感覺剛開始那種被這棟房子的陰森外觀所激起的反感又加深了。這到底是出於害怕或是討厭，我實在無法確定；然而整個氣氛中似乎帶有某種氣息，會讓人想起邪惡的年代、那些令人不快的殘酷行爲，以及一些該被人遺忘的祕密。我非常不願意坐下來，於是四處梭巡，一一檢視那些我留意到的文件。第一件勾起我好奇心的東西，是一本中等大小的書，它就平躺在桌子上，而且呈現出如此老朽的模樣，能夠在博物館或圖書館以外的地方看到它，著實令我嘖嘖稱奇。它是用皮革和金屬配件串連在一起的，保存得極爲完好；整體而言，在如此鄙俗的地方見到這種書，是一件頗不尋常的事。等打開封面後，我的好奇心變得更強烈了，因爲它是皮加菲塔❷對剛果地區的記述。該書是根據羅培克斯這位水手的筆記以拉丁文寫成，一九五八年於法蘭克福出版。我早就耳聞這本由迪·布萊兄弟所繪製奇異插圖的書，因此有那麼片刻，我幾乎忘了自己急於翻開眼前這本書時內心所浮現的不安。那些版畫的確非常有趣，完全是依靠想像力和天馬行空的描述所畫出來的，而且還以白色的皮膚和高加索人的特徵來呈現黑人；要不是一種極其微小的感覺擾亂了我疲倦的神經，使我的不安感又恢復，我還不會這麼快闔上這本書呢。其實讓我煩躁的理由，只不過是因爲這本書似乎老是攤開其中的第十二張版畫，而這幅畫則血淋淋地呈現出安崎魁食人族的一間屠宰店。我居然會受到這等芝麻綠豆的小事所影響，這倒令我有些慚愧，不過這幅畫確實困擾了我，特別是它又和一些有關安畸魁族的烹飪學一同出現。

接著我將注意力轉向旁邊的書架，並檢視架上貧乏的文學著作——包括一本十八世紀的聖經；一本年代相當的《天路歷程》❸，裡面有怪誕十足的木刻版畫，係出自年鑑製作者以撒亞．湯瑪斯之筆；一本有部分已腐蝕，由科頓．馬瑟❹所作的《新英格蘭教會史》；另外還有幾本書，顯然屬於相同時期。就在此時，房間上方傳來一陣腳步聲，引起了我的注意；是腳步聲，錯不了的。我先是感到錯愕與驚訝，因爲方才我在敲門時，並沒有得到任何回應，不過我立刻想到，這位正在走路的人，一定是剛從熟睡中醒來，這才使我較爲鎮定地傾聽那人的腳步踏在咯吱作響的樓梯上。腳步顯得非常沉重，不過似乎帶有一種奇怪的謹慎感，那種沉重感讓我覺得厭惡。我在進入這個房間的同時，順便把身後的門給關上了。經過一陣靜默之後，此刻，那個走路的傢伙一定是在大廳裡察看我的腳踏車；我聽見有人摸索著門栓的聲音，接著看到那扇鑲嵌大門再度打開了。

有個人站在門口，那人的身影是如此奇特，要不是我收斂得宜，恐怕早就失聲尖叫了。這間屋子的主人是個老朽、鬍子花白，而又衣衫襤褸的傢伙，他的表情和體態同樣教人生起驚嘆和尊敬之意。他的高度鐵定不下於六呎，儘管全身有一種年邁與貧窮的味道，但仍然算得上是身材魁梧、孔武有力

譯注

❷皮加菲塔（Pigafetta）為義大利歷史學家。

❸《天路歷程》（Pilgrim's Progress）作者為約翰．班揚（John Bunyan，1628~1688）。這本有關基督徒生活的寓言小說是有史以來出版最多、閱讀最廣的書籍之一。

❹科頓．馬瑟（Cotton Mather）為新英格蘭清教徒、神學家，他創辦了耶魯大學，並努力推廣疫苗接種以預防天花。

的了。他的臉幾乎埋藏在那把高過臉頰的鬍子底下，氣色出奇紅潤，皺紋也比應有的來得少；高高的額頭上則覆蓋著一堆散亂的白髮，像多年未曾修剪一般。而那對藍色的眼睛，儘管略微充血，卻不可思議地銳利且炯炯有神。要不是他蓬頭垢面的樣子實在嚇人，這人應是相貌堂堂、予人以深刻印象才對。然而他一身污穢，卻使他看起來像個不好惹的傢伙。我眞的說不出他身上到底穿了哪些衣服，因爲在我看來，它們彷彿只不過是一堆破布，覆蓋在一雙又高又重的靴子上方而已；而他的邋遢不潔，則是無法用言語形容的。

這個男人的長相，和他激起的本能恐懼，皆使我如臨大敵般地繃緊神經；因此當他指著一張椅子向我示意，並用一種兼具尊重與奉承的輕柔聲音對我說話時，我的驚訝和不可思議的錯愕感，幾乎使我忍不住發起抖來。他的言詞非常古怪，宛如一種我以爲早就絕跡的美國北部方言；接著他在我面前坐下，和我攀談起來，我趁機仔細地打量他一番。

「被雨困住了，是唄？」他向我致上歡迎之意。「眞高興你一到這房子附近，就立刻進來了。我想我一定是睡著了，否則絕對聽得到你的聲音——我已經不再像當年那樣年輕了，現在我可要用力睡個午覺才行。您是從遠地來的？自從他們拆掉阿克罕站之後，我就沒看過多少人會走那麼遠的路來此了。」

我回答他，我是準備要去阿克罕沒錯，冒冒失失闖進他家，覺得很不好意思。

於是他接口說：「眞高興見到你，年輕人——這附近很少看見新面孔了，最近都沒有什麼人可以讓我振奮的。我猜你大概是從伯斯汀來的吧？我可是從沒去過那兒，不過我可以一眼就認出對方是不是從鎭上來的——八四年時，有位男教師來我們這兒，但他後來突然辭職不幹了，從此以後就沒有人聽過他的消息了。」這時那位老先生突然咯咯笑了起來，當我問他笑些什麼，他也沒有多作解釋。他似乎是個幽默感十足的人，不過打扮卻又透露出許多怪異之處。有一次當我突然問他，怎麼弄到皮加菲塔的《剛果世界》這本稀世之作時，他以近乎懇切的熱誠與我暢談起來。這本書對我的影響仍然揮之不去，因此我有點猶豫該不該開口，不過好奇心終究還是戰勝了這些模糊的恐懼，而這種恐懼是自從我第一眼瞥見這棟房子，便一直累積下來的。讓我鬆了一口氣的是，我所提出的似乎不是一個令人尷尬的問題，因爲那位老先生可以回答得自在且爽快。

「喔！那本非洲的書啊？那是六八年時伊伯尼哲．霍特上校賣給我的——他在戰爭中喪生了。」伊伯尼哲．霍特這個名字，讓我警覺地抬起頭來。我曾經在宗譜學的研究中見過這個名字，但是自從大革命之後，這名字就不存在於任何紀錄中了。我心想，這房子的主人不知能否幫我完成這份工作，於是我決定待會兒再向他請教。他又繼續說：

「伊伯尼哲有好幾年的時間，都待在沙倫❺一條商船上，他每到一個港口，就挑選一些奇奇怪怪的玩意兒。這本書是他從倫敦那兒弄到手的，我猜他以前很喜歡在店裡買東西。我去過他家一次，就在山上，從事馬匹買賣，我就是那時看到這本書的。我很喜歡那些插圖，所以就拿東西跟他交換。這是一本奇怪的書——比方說這裡，等我戴上眼鏡喔——」於是老先生在他的破衣服裡翻找起來，接著出現一副沾滿塵垢、出奇老舊的眼鏡，有著小小的八角形鏡片，還配上鐵製的鏡框。戴上這副眼鏡之後，他伸手拿起桌上的那本書，然後愉快地翻著書頁。

「伊伯尼哲會讀一點上面的文字——那是拉丁文——但我看不懂。曾經有兩、三位老師教過我一

譯注

❺沙倫（Salem）是美國麻州的一個城市名稱，當地因一六九二年巫師大審判時處決了十九位巫師而聞名。

點，還有帕森・克拉克也教過我，人家說他在池子裡淹死了——你能瞧出什麼名堂嗎？」我回答可以，於是爲他翻譯開頭的一段。就算我有翻錯的地方，他也沒有能力糾正我；因此他似乎一派天眞地聆聽著我的英文版本。他的親近逐漸變得很令人討厭，但我卻找不到可以不冒犯他的閃躲方法。這位無知老人一副孩子氣的歡喜模樣，一方面讓我感到快樂，一方面讓我不禁懷疑，房間裡這少數幾本用來裝飾的英文書，他又能懂多少。這項「老人很單純」的發現，使我之前的負面憂慮頓時解除了許多，於是我微笑地聆聽著這間房子的主人閒聊起來：

「眞奇怪，圖畫居然能夠讓身體開始思考。比方說前面這一張。你有看過像這樣的樹嗎？大大的樹葉拍動著往下掉落？還有這些男人——他們不可能是黑人——有點像是印度人，我猜，雖然他們出現在非洲。有些人看起來像猴子，或是半猿半人的動物，但我從來沒聽過這樣的事。」這時他指著藝術家所畫的一隻驚人動物，或許可形容爲一隻頭部像鱷魚的龍吧！

「但現在我要讓你見識最棒的一張——靠近中間的這張——」老先生的聲音變得有些渾厚，眼神則閃現出一絲亮光；然而他那雙摸索的雙手，卻似乎更笨拙了，表現出一副無法勝任的蠢樣。

這本書幾乎是按照自己的節奏，乍然翻開至第十二張版畫上，彷彿造訪此地的人經常觀賞它一般，上面呈現的是一間安崎魁族的屠宰店。

儘管沒有顯露出來，但我之前的不安感又回來了。其格外詭異的地方在於，那位藝術家將非洲人畫成了白人的模樣——懸掛在商店牆上的四肢和大塊肉體，看起來十分駭人，正提著斧頭的屠夫則不協調到令人作嘔的程度。然而這位主人翁對這幅景象的喜愛之情，卻似乎與我的厭惡不相上下。

「你覺得這幅畫怎樣——你在這一帶絕對找不到類似的，是吧？當我瞧見這幅畫後，我告訴伊伯尼哲・霍特：『這絕對是會讓人血脈賁張的東西。』後來我在聖經上讀到殺戮的情節之後——比方說米甸人就被宰了——我就開始思索一些事，但我並沒有得到畫面。這裡有個屍體，你可以看得一清二楚——我想那是有罪的，但我們不都活在罪惡之中嗎？——那個被大卸八塊的傢伙，每次看到他就讓我樂不可支——我得一直看著他——你看得出屠夫把他的腳剁到哪兒去了嗎？擱在椅凳上的是他的頭，旁邊則是他的一條手臂，而另一條手臂則在那堆肉團的另一邊。」

當這個男人喃喃訴說著他的狂喜之情時，他那張毛茸茸、還戴著眼鏡的臉，表情開始變得難以形容，但他的聲音卻愈壓愈低，而非愈來愈高。至於我的感覺則幾乎無法描述。之前我依稀感覺到的恐懼，這會兒全在身上鮮活地躍動了起來，我知道我很厭惡這個可恨的老怪物以如此強烈的情緒貼近我。他的瘋狂，或至少是有點變態，是無庸置疑的。此刻他幾乎是在呢喃，沙啞的嗓音比尖叫聲還更可怕，而我則戰戰兢兢地聆聽著。

「當我告訴你：『眞奇怪，圖畫居然能夠讓身體開始思考』。你知道嗎？年輕人，我說的正是這幅畫。我從伊伯尼哲・霍特那兒弄到這本書後，便經常看它，特別是當我聽說帕森・克拉克每到星期天，都會戴著那頂大假髮四處吹噓。有一回，我試過這麼一件有趣的事——看這兒，年輕人，別害怕——我做的只是先看看這幅畫，然後宰殺那群羊，好拿到市場上賣——先看了這幅畫之後，再殺羊就變得有趣多了——」此時這個老頭的聲音變得極爲低沉，有時甚至含糊到聽不清楚的地步。我聽著雨聲，又聽著那些模糊不清的窄小玻璃窗所發出來的嘎嘎聲，然後留意到一聲不合時節的雷鳴，正轟隆隆地接近。有一次，一道可怕的閃光和雷聲驚動了這整座搖搖欲墜的房子，然而那喃喃自語的聲音卻似乎不予理會。

「宰羊變得有趣多了——但你知道嗎，這還不夠**讓人滿意**。眞奇怪，人們竟然會被一種渴望給俘虜——正如同你喜愛全能的上帝，年輕人啊！你可不要告訴別人喔！我可以對天發誓，這幅畫開始讓我**渴望那些我養不起、也買不到的食物**——看這裡，乖乖坐好，你在苦惱些什麼？——我啥事也沒幹，我只是在想，假如我**真幹了**的話，那將會怎樣——人家說，食物會製造出血和肉來，並且給予新生命，所以我在想，假如有**更多食物製造出更多血和肉的話**，那會不會讓一個人活得更久些——」然而，那喃喃自語的聲音並沒有繼續下去。並不是我的害怕阻撓了它，也不是那不斷增強的暴風雨，而是被一樁頗不尋常、但非常簡單的事情給打擾了。

那本攤開來的書平躺在我倆之間，而那張照片則令人厭惡地向上瞪看。當那位老頭含糊地說出「製造出更多血和肉」時，我聽到一個細微的飛濺聲，然後有某個東西出現在這張攤開的泛黃書頁上。我想到的是雨水和屋頂的漏洞，然而雨水的顏色不應該是紅色的**啊**！在這些安畸魁族的屠宰店上方所閃現的駭人光芒，是一道紅色而細微的濺出物，讓這張版畫更增添了鮮明的恐怖感。那個老頭也瞧見了，於是他的呢喃聲靜止下來，甚至無須我做出受驚的表情；瞧見之後，他又快速地朝著一小時前他所離開的房間地板瞥了一眼。我尾隨著他的視線，然後就在我倆頭頂那片老舊天花板的斑駁灰泥上，我看到一大片不規則的紅色漬跡。那片紅色居然就在我眼睜睜的注視下，彷彿正在擴散開來。我並沒有尖叫或是移動，而是一味地緊閉著雙眼。

一會兒過後，劇烈的雷聲轟然響起，將這棟充滿不可告人的祕密，且受到詛咒的房子劈了開來，也讓我從此失去知覺；但唯有如此，才讓我的心靈倖免於難。

化外之民

是夜，男爵頻頻夢見士官長，
和他所有的戰士賓客，巫婆的身影和形貌
惡靈，和長長的食棺蟲，
這些全是惡夢多時的常客。

——濟慈

回憶童年只會帶來恐懼與憂傷的人是不幸的。置身在偌大而陰沉的房間，四周環繞著棕色壁紙和一排排使人發狂的古書，獨自回顧著孤獨無伴的昔時，或是在奇形怪狀、巨大而藤蔓遍佈的昏暗樹叢下，盯著令人畏懼的鐘錶，而扭曲的樹枝則在遠遠的上方舞動著，這樣的人是可憐的。然而，這卻是神明賜予我的命運——賜予我這個失意潦倒、了無生趣，而又一文不名的傢伙。但奇怪的是，我卻覺得心滿意足，而且死心塌地地緊抓著這些乾枯的記憶，儘管我的心靈偶爾威脅著要跨到**另一個世界**。

我不知道自己在何處出生，只記得那是一間老舊無比而又可怕無比的城堡，到處都是陰暗的通道，有很高的天花板，放眼所及盡是蜘蛛網和陰影。這些殘破通道上的石頭，似乎永遠潮濕得令人作嘔，而且到處瀰漫著一股難聞的味道，宛如堆放了好幾代的屍骨。那裡永遠缺乏光線，有時候我會習慣性地點上蠟燭，然後直楞楞地盯著它們，以尋求一絲安慰；而戶外也沒有任何陽光，因爲那些可怕的樹，已經超過最高的塔樓足以到達的地方。雖然有一座黑色的樓塔凌駕於那些樹叢之上，直聳入未知的雲霄，但它有一部分卻遭到了損壞，因此除了順著一個接一個的石頭，攀爬陡峭的外牆之外，便沒有其他方法可以爬上去，但那幾乎是不可能完成的任務。

想必我在那個地方一定住了許多年，但我卻無法計算出時間。而且一定有人照顧我的所需，但除了我自己和無聲無息的老鼠、蝙蝠、蜘蛛之外，我實在想不起任何人或任何活著的動物。我想，無論是誰照顧我，那人一定老得驚人；因爲我初次意識到活人，是看到與我長得十分相像的人，然而這人卻像這座城堡一樣扭曲、枯萎與朽爛。在地底下的某些石窟中，散落著骨頭和骷髏，這對我來說一點都不奇怪。我將這些東西視爲日常生活的一部分，而且我認爲，它們比那些發霉的書上所找到的活人彩色圖片更天經地義。我便是從這些書中，獲得目前所知的一切。沒有任何老師督促或指導我，況且在那些年裡，我也不記得聽過任何人的聲音——甚至包括我自己，儘管我讀過講話的方法，但我從沒想過試著大聲說話。我的長相同樣是一件我不曾想過的事，因爲這棟城堡裡沒有任何一面鏡子，因此我只能憑靠著本能，想像自己大概和書裡所畫的年輕人差不多吧！我意識到我是年輕的，因爲我的記憶是那樣地少。

我經常走到城堡外頭，越過臭氣沖天的壕溝，然後躺在那些昏闇瘖啞的樹下，幻想著書上的內容好幾個小時；並殷切地想像自己走出這片無止盡的樹林，置身在歡樂的人群當中，一同徜徉在陽光燦爛的世界裡。有一次，我試圖逃離這片樹林，但是當我離這座城堡愈遠，陰影也就變得愈濃，空氣中更加瀰漫著揮之不去的恐懼；最後致使我瘋狂也似的奔跑回去，免得自己迷失在這座死寂的迷宮中。

因此，我的夢想與期待，已然經歷了綿延無盡的暗日，儘管我並不知道自己在等待些什麼。然後在陰鬱的孤獨中，我對光明的渴望變得如此狂烈，使我再也無法安息，於是我舉起懇求的雙手，伸向那座頹圮的黑色塔樓，那座唯一高過樹林、衝向未知天際的塔樓。最後，儘管我可能會墜落，我仍究決定攀登它；若能夠瞥見天空一眼而死去，總好過從未見過白晝而活著。

於是在潮濕的昏暗中，我爬上那座腐朽而老舊的石梯，直到石梯的盡頭；接著，我攀附在那些小小的立足點上，巍巍顫顫地往上爬。這座沒有生命也沒有階梯的石柱，是如此恐怖與駭人；陰暗、毀壞、荒廢，再加上受到驚嚇的蝙蝠，無聲無息地拍打著翅膀，更增添了幾許邪惡。然而最恐怖與駭人的，卻是我前進步伐的緩慢；儘管我不斷地爬著，頭頂上那片黑暗卻沒有因此變得稀薄，反而有一股新的寒意，猶如纏擾不休而又令人畏懼的霉菌般侵襲著我。當我心想為何到不了光明之處時，忍不住打了個哆嗦；假如我膽子夠大的話，我倒想往下瞧瞧。我猜想，夜色已經在剎那間籠罩了我，因此我騰出一隻手摸索著窗口，好讓我可以向外窺探或向上仰望，以判斷自己到達的高度，可惜一無所獲。

經過一段綿延無盡的恐懼，和伸手不見五指的攀爬之後，我在那座凹型的險惡塔樓上，感覺頭部碰到一個堅硬的東西。於是我知道一定是到達屋頂了，或至少是某個樓層。在黑暗中，我舉起一隻手來，以測試上方的障礙物，結果發現那是不可移動的石頭。接下來則是一圈致命的環道，它正竭盡所能地攀附在這座塔樓滑溜溜的外牆所能提供的支撐點上；最後，我那隻試探性的手，終於找到了障礙物的所在，於是我再次挺身向上，用頭把那片石板或地板的東西推開，同時兩手戰戰兢兢地撐起身子。上面並未出現任何光線，而且當我的雙手愈舉愈高時，我便知道攀爬的任務暫時還未終了；因為這片石板只是某個洞口的活動門而已，其所通往的石造平面比底下的塔樓還要寬廣，可見這是一層高聳而遼闊的觀察室。我小心翼翼地鑽了進去，盡量避免讓那片沉重的板子落回原處，但最後還是失敗了。當我筋疲力盡地平躺在石造地板上，我聽見那片掉落的板子，發出令人毛骨悚然的陣陣回響，心中盼望在必要的時候，它還能撬得開。

我以為自己正置身於某個驚人的高度，遠遠高過那片樹林的該死枝枒，於是我從地上奮力起身，四下摸索著窗戶，希望可以見到我生平第一次看到的天空，以及我在書中讀過的月亮和星辰。然而我的手每次觸探，都讓我大失所望；因為我所能摸到的，全是一塊塊可憎的矩形大理石而已，其體積之龐大，簡直到了令人不解的程度。我愈想就愈懷疑，這座高聳的樓層到底駐藏著什麼樣的陳年祕密，以致早在亙古之前，便和底下的城堡分隔開來。接著，我的雙手不經意地碰觸到一個門口，四周的石塊彷彿是用某種奇怪的鑿子隨意砌成的。經過嘗試之後，我發現門是鎖上的；然而經過猛力一推，我還是克服了所有的障礙，讓門往裡面打了開來。正值成功之時際，那種熟悉的狂喜之情驟然降臨；因為眼前有一輪粲然的滿月，其寧靜的光芒正穿透一扇華麗的鐵製格窗，灑落在一道短短的石階通道上，而通道上端正是那扇剛剛找到的門。那可是我從來沒見過的月亮，除了在夢中，或是在我不敢稱之為回憶的模糊幻想中。

我想像此刻已經抵達這座城堡的最頂端了，於是急匆匆地奔上門內的那幾級階梯；然而月亮卻突然被一層雲給掩蓋住，使我不禁打了個冷顫，我感覺到自己的步伐，在黑暗中逐漸慢了下來。當我到達窗戶的格板時，四周仍然非常漆黑。我戒慎恐懼地摸索著窗戶，發現它並未閂上，不過我卻沒敢打開它，唯恐窗戶會從我一路攀爬上來的驚人高度直直墜地。接著，月亮探出頭來了。

其中最詭譎的，便是那種強烈的意外和令人咋舌的不可思議之感。我從未經歷任何事物，足以比眼前所見更恐怖的了；那幅景象蘊含著異乎尋常的驚奇。儘管令人錯愕不已，但它卻是個簡單的景象，因為說穿了，眼前所出現的，並不是令人目眩的樹梢，或是從高處鳥瞰時的景致，相反的，從窗戶望出去，環繞在我四周圍的，卻是**紮紮實實的地面**，全是用大理石板和圓柱鋪設和裝飾而成，而且還被一棟石造古老教堂的影子所籠罩，其傾圮的尖塔在月光的照耀下，正發出猙獰的光芒。

於是，半失去意識的我趕緊打開那片格板，踉踉蹌蹌地踩著那片碎石通道逃了出去，然而這條通道卻延伸出兩個不同的方向。儘管我心慌意亂，卻仍然渴望重獲光明，因此，任何奇怪的猜忌都無法阻擋我的去路。我既不知道也毫不在乎自己所經歷的，究竟是瘋狂、惡夢，還是魔術；我只是一心一意，不計任何代價地凝視著光明與歡樂。我不知道自己是何許人，幹些什麼事來著，也不知道周圍有什麼東西；我繼續奮力地往前走，卻意識到某種可怕的潛伏的記憶，使我的進展不那麼順利。穿過一道拱門之後，我終於走出了這個佈滿石板與石柱的地方，然後又蹣跚地穿越一片空曠地帶；有時是順著看得見的道路，有時則是任由好奇心的驅使，而踩過一片片草地，上面只有偶然出現的殘跡，足以證明古早以前這裡曾有過一條道路，如今則已被人遺忘。我還一度游過一條急流，急流上有座崩塌而佈滿青苔的石造建築，道出河上本有一座橋，但早在多年以前便已蕩然無存了。

在我抵達疑似可能的目標之前，相信已經過了整整兩個小時。那是一棟岌岌可危且爬滿藤蔓的城堡，坐落在一座林木蓊鬱的花園裡，十分眼熟，但對我而言，卻充滿著令人費解的詭異。我看見壕溝被填平了，而某些最負盛名的塔樓也拆除了；在此同時，嶄新的廂房卻仍屹立不搖，因而讓觀者感到困惑。然而我最喜歡和高興看到的，是那些敞開的窗戶——因為它們綻放著燦爛奪目的光芒，並傳送出極盡歡樂的聲音。於是我往其中一扇窗戶走過去，接著向內窺探，毫無疑問的，我看到了一群打扮怪異的人；他們正在尋歡作樂，彼此爽朗地交談。我似乎從未聽過人類講話的聲音，因此只能大略地猜測談話的內容。有些臉孔上的表情似乎足以勾起艮古以前的回憶；而其他的臉孔則十分陌生。

此刻，我通過那扇低矮的窗戶，進入這間光線晃耀的房間，但在過程中，我心中那一絲光明的希望，卻變成最黑暗的絕望與醒悟。夢魘快速降臨，因為在我進入的同時，立刻顯現出一件我想像中最可怕的事情。在我還來不及跨過窗台之際，一陣突如其來、始料未及的恐懼，夾帶著令人憎惡的強度降臨在這群人的身上，致使每一張臉都扭曲了起來，而幾乎每一副喉嚨也都發出可怕的尖叫聲與之呼應。於是眾人皆奔逃，在一陣喧鬧與驚惶之中，有幾個人昏倒在地，而被其他狂奔的人群拖著。不少人用雙手捂著眼睛，盲目而笨拙地跟著其他的同伴往前逃竄，一路上打翻了家具，並在牆壁間跌跌撞撞，才終於抵達眾多門口之一。

那些喊叫聲是如此地駭人；因此當我孤立無援且瞠目結舌地佇立在這間明亮的房間時，我聆聽著他們逐漸消失的回聲，想到可能有什麼看不到的東西正潛伏在我身旁，身體不禁顫抖起來。經我隨意地巡視之後，看來這個房間是空蕩蕩的，不過當我朝著其中一個壁龕走過去時，我想，我可能發現了一個妖怪——有個細微的動作出現在那扇金色的拱門之後，而拱門則連接著另一個相似的房間。我愈是靠近這座拱門，便愈能清楚地感受到這個妖怪；接著，我發出了生平第一次，也是最後一次的聲音——那是一種悲慘的嚎叫聲，它與引起聲音的可憎來源同樣令我強烈作嘔——我目睹了這個無法想像而又難以言喻的怪物，光是靠著牠的外表，就足以把一群歡樂的人，變成一團抱頭鼠竄的難民。

我甚至無法暗示出牠的長相，因爲牠集結了所有不潔、怪異、令人討厭、反常與可惡的特質於一身。牠也是一團如同食屍鬼般腐爛、陳舊與淒涼的陰影；這個發出惡臭的怪物、全身濕漉漉的兇神惡煞，是慈祥的大地應該永遠埋藏起來的可怕東西。天知道牠並不屬於這個世界——或者該說已經不再屬於這個世界了——然而讓我害怕的是，我在牠那遭到啃噬而筋骨畢露的軀體中，看到一具斜眼而視、令人作嘔的擬似人形；而且在牠腐敗發霉、支離破碎的外表下，還藏著一種無法言喻的特質，更是令我不寒而慄。

我的身體幾乎要癱瘓了，讓我提不起微弱的力氣逃之夭夭；我往後一倒，卻沒能打破這個無名無聲的怪物在我身上所施的魔咒。我的眼睛被牠那光亮透明的眼球所迷惑，而它們則滿懷恨意地直視著我；儘管我的眼睛在乍然受驚之下，很慈悲地模糊了起來，因而看到的恐怖事物不甚清晰。我試著舉起手來遮住光線，但我的神經是如此地麻木，致使我的手臂已經無法完全聽任使喚。然而，我的奮力尚足以撼動身體的平衡；使我必須踉踉蹌蹌地往前幾步，才能免於跌跤。在這過程中，我突然意識到那具腐屍與我**非常接近**，這令我非常難受；我覺得似曾聽過牠那可怕而又沉悶的呼吸。幾近瘋狂的我發現自己竟然還能甩出一隻手，試圖抵禦這個近在咫尺的惡臭妖怪；而就在那驚天動地的一剎那，集合了全世界的夢魘與地獄魔事，**我的手指碰到了那個金色拱門底下的怪物伸出來的腐爛手掌**。

我並沒有失聲尖叫，然而所有的食屍惡魔全都在這一瞬間，乘著夜風對我嘶吼，那一秒鐘猛烈地撞擊我的心靈，致使足以毀滅靈魂的記憶，如同雪崩般驟然降臨。我於是在那一秒鐘之內，洞悉了過去的一切；我記起了那座駭人的城堡與樹叢背後所隱藏的眞相，也認出我此刻所站立的改造建築是什麼了。而最可怕的是，當我將污穢的手指縮回來時，我還認出了眼前這位怒目而視的邪惡怪物是什麼。

宇宙之間總是夾雜著安慰與苦痛的，而失憶便是此時的安慰了。在這個極度恐怖的片刻，我忘了方才嚇我的東西是什麼，瞬間迸發的黑色記憶，隨著一連串相關混亂的影像一同消失。我宛如置身一場夢境般，快速逃離那堆邪惡而該死的東西，一語不發地奔馳在月光下。我回到大理石造的教堂院落，然後走下了之前打不開門的台階，這時卻發現那扇地板門怎麼推都推不動；但我一點兒也不感到遺憾，因爲我是眞的恨透了這座古堡和那些樹木。此刻我迎著晚風，騎在這群戲謔但友善的食屍鬼身上，白天則在尼羅河畔那座封閉而未知的哈多思谷地裡，嘻鬧於奈夫倫—卡的地下陵寢。我知道陽光並不屬於我，唯有照在奈伯石墓上的月光才屬於我；也知道自己不是任何喜慶活動的嘉賓，除了藏身在大金字塔底下的尼托克里斯❶所舉行的無名盛宴以外；然而我在新獲得的狂放自由中，對於這種與世隔絕的苦澀幾乎甘之如飴。

儘管失憶能撫慰我的心靈，但我始終明白自己是個化外之民；無論是在這個時代裡，或在人群中，我都只是個局外人。自從我伸出手指，觸摸到那個全身金光閃閃的怪物之後，我便知道自己是個局外人；因爲我伸出的手指所觸摸到的，**竟然是一面冰冷而堅硬的光亮玻璃**。

譯注

❶尼托克里斯（Nitokris）為古埃及的皇后。

皮克曼的範本

你用不著以爲我瘋了，艾略特，還有許多人對我有更奇怪的偏見。你怎不去取笑奧力弗的祖父不敢騎摩托車呢？假如我不喜歡那該死的地鐵，那是我自個兒的事，況且我們搭計程車還更快呢！

我知道我比去年你看到我時更容易緊張了，但你大可不必幫我找大夫。天知道原因很多，而且我一想到自己還算正常，就已經是萬幸了。爲什麼要如此逼問我呢？你以前不會這樣追根究底的。

嗯，假如你非聽不可的話，我倒也不知道爲什麼你不該聽。說不定你應該要知道的，因爲不管怎麼說，你一聽到我開始逃避藝術俱樂部，而且遠離皮克曼之後，你就像憂傷的父母般不斷寫信給我。如今他已消失無蹤，有時我則會到俱樂部附近晃晃，不過我的神經系統已經不復從前了。

不，我不清楚皮克曼變成了怎樣，也不想去猜測。你也許會懷疑，當我拋下他時，我可能掌握了某些內幕消息——而且也正因如此，我才不願意去思考他到底去了哪裡。就讓警察先生努力去找答案吧。皮克曼以彼得斯的名義租下北尾區，不過若從警察對此地的熟悉程度來看，他們能得到的答案不會太多。我不確定自己是否還能找到那裡——就算是在大白天，也不見得想去找！是的，我確實不知道，或者害怕知道爲何他要保住這個地方。我正逐步明白眞相。在我全盤托出之前，我想你就會瞭解我沒告訴警方的原因了。他們要我帶領他們，但是就算我認得路，我也不能回去。因爲那兒有某種東西——而且現在我也無法再搭地鐵或走到地下室了——或許你也會譏笑我這點吧！

我認爲你應該知道，我拋下皮克曼的原因可不像萊德博士、裘依・米諾或羅絲沃姿那些大驚小怪的老女人們那樣愚蠢。病態藝術是嚇不倒我的，而且我覺得，能夠認識一位像皮克曼那樣的天才，這可眞是三生有幸啊！無論他的創作方向是什麼。波士頓從未出現過一位比理查·厄普敦·皮克曼更偉大的藝術家了。起先我是這麼說的，現在依然如是，而且當他展示那件名為〈食屍〉的作品時，我也沒有一絲一毫改變過心意。你還記得吧！米諾就是從那時候開始不理他的。

你知道的，那需要很豐富的藝術天分，而且要很深入地洞察自然，才能創造出像皮克曼的畫那樣的作品。任何一個設計雜誌封面的人，都可以瘋狂地噴灑顏料，然後稱之為一場夢魘、巫師的安息日，或是魔鬼的畫像等；但只有偉大的畫家，才有辦法創造出眞正駭人或擬似眞實的東西。那是因為只有眞正的藝術家，才懂得恐怖事物的正確肌理或者哲理——那些精準的線條與比例，足以和內心潛在的本能或世代相傳的恐怖記憶結合起來，而適當的顏色對比與光影效果，則能激起祕而不宣的詭異感。我用不著告訴你，為何一則低劣的爐邊鬼故事只會讓人發噱，而福塞利❶的作品卻眞的會教人膽寒吧！那些傢伙的確捕捉了某種東西——某種超越生命的東西——而且也讓我們瞬間感受到了。朵瑞有之❷。西姆有之❸。芝加哥的安佳洛拉也有之❹。而皮克曼的作品更是前無古人、後無來者——但願如此啊，老天爺！

別問我他們看到的是什麼。你知道的，就一般藝術而言，以生機勃勃、氣蘊生動的自然事物或模特兒作為繪畫對象，和商業畫家躲在光禿禿的工作室中，正經八百地畫出些人造垃圾是截然不同的。嗯！我應該這麼說，眞正怪異的藝術家具有一種特殊眼光，能將他所居住的魔幻世界，製造或匯聚成眞實情境。不管怎麼說，他努力完成的結果，可是和那些冒牌貨所作的餡餅美夢大不相同的，就如同一位眞實的畫家所呈現的成果，和一所函授學校調教出來的漫畫家之虛構，是絕不能相提並論的。但願我眞的看過皮克曼所目睹的東西——但是沒有！在我倆進一步深談前，讓我們先喝一杯吧！假如我眞的看過那男人——假如他還算是個人的話——所目睹的東西，那我是絕對活不下去的。

你還記得皮克曼的專長是在臉部吧！我認爲自從戈雅❺之後，就沒有人能夠把如此純粹的悲慘境界，注入一組面部特徵或一張扭曲的神情之中。若在戈雅之前，你則必須回顧那些爲聖母院與聖米歇山❻製作滴水獸與吐火獸的中古藝術家。他們相信各式各樣的事物——說不定他們也都見識過，因爲中古世紀的確具有某些光怪陸離的層面。我記得有一次你親自問過皮克曼本人，他的那些想法和影像到底是從哪裡突然冒出來的，那是當年你離開之前問的。他可不是給你一個鄙笑嗎？萊德之所以拋下他，部分也是因爲那種鄙笑。你知道的，萊德才剛開始研究比較病理學，因此對於各種心理或生理症

譯注

❶福塞利（Henry Fuseli），瑞士畫家。一七四一年二月七日生於蘇黎世，一八二五年四月十六日卒於英國倫敦。作品以探索人心灰暗地帶知名。

❷朵瑞（Gustave Doré，1832～1883），法國畫家暨插畫藝術家，擅長於奇幻藝術。他的插畫經常出現《神曲》、《聖經》、《老水手之歌》（Rime of the Ancient Mariner）、《唐吉訶德》中的意象。

❸西姆（Sidney Sime，1867～1941），英國插畫家，其最著名的是他為恐怖小說家唐珊尼爵士（Lord Dunsany）的叢書所作的插畫。儘管他的幻想天分經常被譽為與布雷克相媲美，但近年來卻少見到他的作品。

❹安佳洛拉（Anthony Angarola，1893～1929），美國著名的插畫家，來自芝加哥。

❺戈雅（Francisco de Goya，1746～1828），舉世聞名的西班牙天才畫家。他的作品題材豐富，風格多變，技巧不斷革新。許多作品以批判的目光和心理分析的手法反映個人生活或社會政治生活中發生的事件。

❻聖米歇山（Mont Saint-Michel）屹立在橫跨 Cancale 及 Granvile 的海灣之上，從八世紀初起，歷經一千兩百年歷代虔誠堅毅的教徒興建，孤立於海濱沙地岩島上，這個石頭和大教堂的山丘，一半在海裡，一半在陸地，四周流沙險灘環繞，張潮時就變成了一個孤島，號稱西方建築七大奇蹟之一。修道院內獨特的鬼斧神工之建築技藝更令人嘆為觀止。

狀所隱含的生物或演化意義，可是有著一肚子傲人的「學問」呢！他說皮克曼一天比一天排斥他，最後幾乎到了令他害怕的程度——因爲那傢伙的面貌和表情，逐漸變成他不喜歡的樣子；可說是不似人形。他談及許多有關飲食的事，而且還說皮克曼一定是到了最嚴重的反常與古怪程度。假如你和萊德之間對這件事有過任何書信往來的話，我想你應該會告訴他，那是因爲皮克曼的畫作讓他神經緊繃、妄想紛飛的緣故吧。那時——我想我自己也是這麼告訴他的。

不過請你記住，我可不是因爲這類的原因才拋棄皮克曼的。相反的，我對他的景仰之情卻與日俱增；因爲那幅〈食屍〉作品眞是個偉大的成就。如你所知，俱樂部不願展出這幅畫，而美術館也不想收下這份禮物；而且我還可以補充，這幅畫根本就沒有人願意購買，因此在皮克曼離開之前，它一直保留在他家中。如今他父親將這幅畫安置在禮拜堂裡——你知道皮克曼具有異教徒的古老血統，一六九二年時，他還有一位女祖先被當成巫婆吊死呢！

我養成經常拜訪皮克曼的習慣，特別是在我著手進行一篇以古怪藝術爲主題的論文之後。也許是他的作品將這個主意放進了我的腦袋裡，不管怎麼說，當我開始動工的同時，我發現他是一座滿載資料與建議的寶藏。他向我展示手邊所有的繪畫；包括一些鋼筆素描，而我確實相信，假如俱樂部裡有許多成員都看過這些素描的話，那麼這鐵定就是他被人一腳踢出去的原因了。沒過多久，我幾乎變成了他的畫迷，像個小學童般，願意耗上數小時，聆聽他的藝術理論與哲學思考，而這些哲理瘋狂到足以將他送進丹弗斯精神療養院裡。我的崇拜之情，加上人們越來越疏遠他，使他對我變得非常信任；於是有一天晚上他暗示道，假如我能夠守口如瓶的話，他也許可以向我展示某個相當罕見的東西——比他家裡的任何東西都更稀奇古怪。

「你知道的。」他說。「有些東西是不能出現在紐貝里街上的——某些不適合本地的東西，而且是無論如何本地人都無法想像到的東西。我的責任便是捕捉靈魂的弦外之音，然而在一個人造的國度裡，你是無法在充滿暴發戶的人工街道上找到這種東西的。後灣畢竟不是波士頓，它還不成氣候，因爲它還沒有時間撿拾記憶，並匯聚成當地的精神。假如本地存在任何鬼魂的話，那它們一定是居住在鹽沼地與小淺灣的溫馴小鬼；然而我想要的卻是人魔——是那種經過高度發展的鬼類，足以睥睨地獄，且能夠明瞭眼前所見的意義。

「北尾地區是一個適合藝術家居住的地方。假如一位唯美主義者夠誠懇的話，那他必定會忍受那裡的貧窟陋巷，只爲了追尋當地所累積的傳統。天哪，老兄！難道你不明白那些地方可不只是**造出來**的，事實上還是**生出來**的嗎？一代接著一代的人們在那裡出生、經歷與死亡。難道你不知道在一六三二年時，古柏丘上❼有一座磨坊嗎？而且目前的街道有半數都是在一六五〇年以前就設計好的？我可以指給你看，有哪些房子已經佇立了兩個半世紀以上；哪些房子見證了現代住宅灰飛湮滅的原因。現代人對於生命和生命背後的力量，又知道些什麼呢？你聲稱異教徒的巫術是個騙局，但我敢打賭，我家四代以前的老祖母足以讓你大開眼界。但他們卻在加洛斯山丘上將她吊死，而科頓·馬瑟則僞裝虔誠地目睹這一切。該死的馬瑟擔心有人會將那個受到詛咒、乏味單調的囚籠，給一腳踢了開來——我眞希望有人在他身上施咒，或在夜裡吸乾他的血！

「我可以指給你看他住在哪一棟房子，也可以指給你看另一棟他不敢進入的房子，儘管他說起話

譯注

❼古柏丘（Copp's Hill），從一六六〇年代開始，此處即為一公墓，百年後英軍在邦克山之役時，成了軍事重地，老北教堂的Robert Newman 和美國參議院的建造者Edward Hartt和Cotton Mather皆葬於此。

來總是大言不慚的。他知道有些東西，是他不敢放進那本愚蠢的《神奇》，或孩子氣的《隱形世界歷險記》裡頭的。瞧瞧這兒，你知道北尾地區曾有地道連貫，好讓某些人家可以彼此相通嗎？此外還有墳地和海洋。就讓他們去調查吧！他們就只能調查地表上的東西而已——有些東西每天都在進行著，但他們卻碰觸不到；他們永遠找不到那些在夜裡發出來的笑聲。

「唉呀！老兄，那十棟現存的房子都建造於一七〇〇年以前，迄今未曾搬遷過，我敢打賭其中有八棟的地下室裡有些怪東西，因爲我可以指給你看。那時有巫師和他們所召喚的魔咒；有海盜和他們從海裡打撈上來的東西；有走私船也有私掠船——此外，我告訴你，在那個古老年代裡，還有一些知道如何生存，並知道如何擴大生活領域的人！反觀現代，即使是一群美其名爲藝術家的人，也是滿腦子食古不化，倘若一幅畫的感覺超出了畢肯街的茶桌範圍，就足以使他們膽顫心驚、抽搐不已！

「當前唯一令人安慰的恩典便是，人們已經白癡到不會仔細追問過去了。那些地圖、紀錄和手冊，到底說了北尾這個地區什麼呢？呸！王子街的北邊有三、四十條巷弄，我想我一定會帶你們到那兒去的，那裡面住著成群的外國人，外圍則住了十個人，但他們對於此地都不曾質疑過。而這些外國佬瞭解他們的生命意義嗎？不！瑟伯，這些古老的地區作著洋洋灑灑的夢，滿溢著驚奇與恐怖，並逃離了平凡事物的掌控；但卻沒有一個活生生的靈魂足以瞭解這點，並且從中獲益。或者該說，天底下只有一個活生生的靈魂懂得——畢竟我苦苦的挖掘過去，可不是白費功夫的啊！

「瞧瞧這兒，你會對這類的東西有興趣的。若我告訴你，我在那上方擁有另一間工作室，而我就是在那兒捕捉古老恐怖的闇昧精神，並畫出一些我在紐貝里街壓根想像不到的作品，你會作何感想呢？當然，我是不會把這些事告訴俱樂部裡那幾個該死老太婆的——還有萊德，去他的，到處散播耳語，說我彷彿是個怪物，縱身跳進了反演化論的雪橇裡。是的！瑟伯，我從很久以前就認爲，一個人應該同時畫出生命的恐怖與美麗，因此我前往一些我相信具有恐怖因子的地方，進行了一些探索。

「我已經找到一個地方，我相信那三位北歐人，再加上我，都不曾見過此處。就距離而言，它離那條高架鐵路並不遠，但卻與人類的靈魂相隔了數世紀之久。我之所以選上這裡，是因爲它的地下室裡保留了一些奇怪的老磚頭——也就是我告訴過你的類型。這間小屋幾乎已經崩塌了，因此沒有人住在那兒，而且我眞不想告訴你我支付了多麼微薄的租金。那些窗戶全用木板封了起來，不過我倒寧可這樣，因爲我想做的事並不需要陽光。我在天花板上作畫，那裡有最豐富的靈感來源，不過我也把一樓其他的房間裝飾了一番。屋主是個西西里島人，而我則是以彼得斯的名義租下這間屋子的。

「假如你願意冒險的話，今晚我可以帶你到那兒。我想你會欣賞那些圖畫的，因爲誠如我說過的，在那裡我讓自己有點放縱。路程並不遙遠，有時我還會徒步過去，因爲我不想在那樣的地方招引計程車的注意。我可以在南站搭乘接駁車前往貝特利街，從那兒再步行過去就不算太遠了。」

是的！艾略特，在那次的高談闊論之後，我就沒有什麼自主的餘地了，我只能設法不讓自己溜走，而無法從容不迫地走向第一輛目力可及的空計程車。我們在南站轉乘高架鐵路，大約十二點左右爬下貝特利街的階梯，再沿著水邊走過憲政碼頭。我沒有仔細留意那些十字路口，因此無法告訴你我們走的是哪一條路，不過我知道不是格林諾巷就是了。

拐了彎之後，我們便得從那條我這輩子看過最古老也最髒亂的巷弄裡穿越上去，此地有傾圮的山牆、破碎而窄小的窗戶，還有古老的煙囪在月光照耀的夜空下，支離破碎地矗立著。我不相信眼前居然出現了三棟不屬於科頓·馬瑟時代的房舍——我確定至少曾見了兩間擴建的房子，還有一次，我想我看到有遮簷的屋頂，那是出現在複折式屋頂之前的類型，幾乎被人遺忘，儘管古物研究者告訴我們，這種屋頂在波士頓早已不見蹤影了。

我們從那條光線黯淡的巷弄，向左轉入一條同樣靜謐卻更狹窄的巷弄，那兒沒有光線，在黑暗中，我瞬間想到的是一個向右彎曲的鈍角。一會兒後，皮克曼點亮了一支手電筒，照亮一扇看來已遭到嚴重的蟲蝕、上古時代才有的十格門。開門後，他引領我進入一處荒廢的玄關，那兒曾有過燦爛奪目的深色橡木鑲板——當然造型十分簡單，不過卻驚人地顯示出它們屬於安卓斯與菲普斯❽以及巫師活躍的時代。接著他帶我穿過左邊的一道門，點燃一盞油燈之後，便叫我把這裡當成自己的家。

聽好，艾略特，我本來是大街上的人們所稱的「冷血硬漢」，而且當之無愧。不過我得承認，我在牆上所看到的東西，卻大大扭轉了我的形象。那些便是他的畫作，你知道的，正是那些他不敢在紐貝里街上繪畫或張揚的作品，而他所謂「放縱自己」的說法果然是正確的。來——再乾一杯——不管怎麼說，我得再喝一杯！

即使我試著告訴你這些畫像什麼，也是白費功夫的，因為那種兼具駭人與褻瀆的恐怖感、難以置信的可憎感，以及對道德的仇視，全都出自於一些簡單的筆觸，卻是文字的力量無法細說分由的。你在這些圖畫上看不到悉尼・西姆所採用的奇特技法；也看不到克拉克・艾希頓・史密斯❾那種令人血液凝滯的狂歡景色與慘白菌類。這些畫作的背景大部分都是老舊的教堂院地、濃密的樹林、濱海的懸崖、磚造的地道、古老的鑲嵌房間，或只是簡單的石造地窟。而距離這棟房子應該只有幾個路口的古柏丘葬場，則是最常見的場景。

瘋狂與獸性則埋藏在畫面前景的人物中——皮克曼的病態藝術最突出的部分，便是這些惡魔般的人物畫像。牠們絕少是完整的人類，但通常帶有不同程度的人性。大部分的身體都向前傾斜，外型像狗一般，不過大致上仍然算是兩足類的動物。大部分的畫面都有一種令人不舒服的砂紙質感。呸！此刻牠們宛如就在我的眼前！而牠們的活動——你可別叫我鉅細靡遺地描述啊！通常都在吃東西，我不說牠們在吃些什麼。有時牠們成群結隊地出現在墳場或者地下道，更常出現的地點則是捕捉獵物——或說是寶藏——的戰場上。有時在這群陰森森的獵物模糊不清的臉上，皮克曼賦予了牠們多麼噁心透頂的表情啊！這些東西偶爾會在夜裡從敞開的窗戶跳進來，或蹲在睡眠者的胸膛上，撕咬著他們的喉嚨。有一幅畫顯示出一群獵物在加洛斯山丘圍繞著一位吊死的巫婆。

不過，可別以爲讓我暈死過去的，就只是這些醜陋的主題和場景而已。我又不是三歲小娃，而且我之前就見識過這類畫了。眞正的關鍵是在**臉部**，艾略特，是這些該死的**臉部**啊！它們如此活生生地睨著眼睛，還流著口水，簡直像要逃出畫布似的！老兄，我對天發誓，我確信牠們**是活的**！那令人憎惡的巫師，已用顏料驚醒了地獄之火，而他的畫筆則是製造惡夢的魔杖。給我酒瓶，艾略特！

其中有幅畫叫做〈教訓〉。見到這幅畫，連老天爺都會同情我！聽著，你能想像一群狗樣的無名怪物，圍蹲在教堂的院地上，教導一個小孩如何像牠們一樣吃東西嗎？那是低能兒的命運，我猜——你知道在古老的神話中，某些怪人會把牠們的嬰兒放在搖籃中，以便和人類的小孩偷天換日。皮克曼所展現的，便是那些被盜走的小孩——以及牠們長大的過程——然後我在這些人類和非人類的臉上，

譯注

❽安卓斯（Sir Edmond Andros，1637～1714），一六八六～一六八九年間曾任新英格蘭地區的州長，非常不受美國殖民者的歡迎，後來在波士頓遭到投票罷免，於是遷移回英國；菲普斯（Sir William Phipps）為麻州第一位官派州長，於一六九二年上任。他在沙倫巫師大審判中採支持立場，並成立委員會，負責審判遭到指控的巫師，後來因為他太太也成為被控訴的對象，而解散了該委員會。

❾克拉克・艾希頓・史密斯（Clark Ashton Smith，1893～1961），與洛夫克萊夫特情誼甚深，亦是位傑出奇幻小說家。

開始看出一種醜陋的關聯。除了在純粹的非人類和墮落的人類這兩個病態的極端遊走之外，皮克曼還在兩者之間建立起一種譏諷式的連結和演化關係。原來，那些狗東西都是從人類演變而來的。

我才在思考著，皮克曼要如何表現出這些狗東西被丟給人類的低能兒時，我的眼睛立刻瞅住一幅畫，它恰好具體地描繪出我的疑問。畫面上是一間清教徒式的古老內廳，重樑支撐的房間裡有著格子狀的窗戶、一條長椅，以及一些十七世紀的笨拙家具，一家人圍坐在一起，父親則在閱讀聖經。每張臉孔都是那樣的高貴與虔誠，唯獨一張臉除外；那張臉所反映的，是地獄般的嘲笑。那是一位年輕人的臉龐，無疑應該是這位虔誠老父的兒子，但事實上，牠卻是那群穢物的骨肉。牠才是牠們所生的低能兒——皮克曼還發揮了極盡諷刺的精神，將一些明顯和他自己相似的特徵賦予在牠們身上。

不過這時，皮克曼卻點亮了隔壁房間裡的一盞燈，然後客客氣氣地爲我開門；他問我是否介意看看他的「現代研究」。我一直無法在他面前表達太多意見，因爲我已經被恐懼和憎惡搞得啞口無言了。不過我想他是完全明白的，而且還覺得自己受到高度的恭維。聽好，艾略特，我想對你再次保證，我可不是那種對一點不尋常的事，就大呼小叫的娘兒們啊！我是個深諳世事的中年男子，而且我猜你在法國時應該已經充分瞭解到，我也不是個可以被輕易擊倒的人。同時也請你務必記住，我才剛剛恢復喘息，並開始適應這些將新英格蘭變成地獄的圖畫而已。儘管如此，隔壁的那個房間還真的逼我失聲尖叫，並使我不得不抓住門口，才不至於暈厥過去。方才那個房間所展現的，是一群食屍鬼和巫師，在咱們老祖宗的世界裡四處橫行；然而這個房間，卻是將恐怖直接帶入我們的日常生活中。

天哪，那傢伙多會畫畫啊！其中有幅叫做〈地鐵意外〉的作品，裡面有一群邪惡的東西正穿過波依斯敦街地鐵站的地板，從某個未知的地下墓穴攀爬上來，吸引了月台上的民眾目光。另一幅則描繪出古柏丘葬場上的群魔亂舞，並以現代的背景襯托。接著還有不計其數的地下景觀，成群的怪物在坑洞和石縫間鑽進鑽出，蹲踞在障礙物或火爐的背後，笑臉猙獰地等候著頭號犧牲者步下階梯。

有一幅令人作嘔的畫，彷彿是在描繪畢肯山丘上一片寬闊的交錯地帶，其中有宛如螞蟻雄兵的有毒怪物，正擠身通過蜂窩狀的地下道。其中使我最感震驚的，是在現代墳場上所進行的舞蹈，其所呈現出狂野無羈的樣貌，可說是最令我心驚肉跳的構圖了——那是在某個未知洞穴中的一幕景象，滿坑滿谷的野獸正在某個人的周圍爬來爬去，那人的手上捧著一本著名的波士頓指南，而且顯然正在大聲朗讀。所有的生物全都朝向某一個通道，而每一張臉都像是癲癇與狂笑般的扭曲著，使我幾乎可以聽見牠們邪惡的共鳴。這幅畫的標題則是：〈霍姆茲、婁威爾與隆斐羅長眠在奧本山〉。

當我逐漸鎮定自己，並習慣這第二個房間所展現的惡行與病態之後，我開始分析令我作嘔的原因。首先，我告訴自己，這些東西之所以噁心，是因爲它們顯示出皮克曼的泯滅人性與冷酷無情。這傢伙一定是所有人類的永久敵人，才會將身心的痛苦與死亡之地的腐敗，譜成如此歡樂的三部曲。而在第二個房間裡，這些圖畫之所以恐怖，則是因爲它們的龐大，再加上它們的技巧讓人信服——當我瞥見這些圖畫時，會以爲自己眞的目睹了這些怪物，並且深受震撼。此外最詭異的部分則在於，皮克曼並未採用刻意或怪誕的方式塑造這股力量。沒有一樣東西是模糊、扭曲或墨守成規的；每一條輪廓都是那樣地銳利生動，並且煞費苦心地呈現出細節部分。此外還有那些臉！

我們所看到的，並不只是藝術家的詮釋而已；它根本就是地獄本身，而且是以嚴謹而客觀的方式一清二楚地呈現。天哪！它就是地獄的實景。那傢伙根本不是個幻想家或浪漫主義者——他甚至沒有要把夢境的模糊感與浮光掠影試圖傳達給我們，而是根據他所觀察到的恐怖世界，冷酷並嘲諷地將某些陳腐、呆板、而又井然有序的面向，以完整、精彩、公正、而且堅定的方式反映出來。天知道那是個什麼樣的世界啊！而他又是在哪裡看到那些碎步奔跑、四處鑽爬的齷齪異形的：不管這些影像令人費解的來源是什麼，有一樣東西卻是顯而易見的。那就是，從任何方面看來——無論是就觀念或執行層面而言——皮克曼都是個不折不扣、孜孜不倦，而且幾乎是個講求科學的**寫實主義者**。

這時，我的主人帶著我從地下室走進他眞正的工作室，於是我強打起精神，準備迎接那些未完成作品的駭人效果。當我倆到達潮濕的樓梯底層時，他將手電筒轉向旁邊一處空曠的角落，顯示泥地上有一道圓形的磚造井欄，想必曾經是一口大井。接著我們走上前去，我發現它應該有五英尺寬，牆壁的厚度則有一英尺，距離地面的高度則有六英寸——那是十七世紀的堅固建物，要不然就是我誤會了。然後皮克曼開口說，這就是他一直在談論的東西——原來那是一座山丘的地道口。這時我漫不經心地留意到，它似乎不是用磚塊堆砌起來的，而且用一片厚重的木材蓋住封口。我想到那些東西一定和這口井脫離不了關係，假如皮克曼的古怪暗示並不只是隨便說說而已，於是我心頭一凜，跟著他走上台階，然後穿過一道窄門，進入一個大小適中的房間，地板是用木材鋪成的，布置得像個工作室一般。一套電石氣裝備則提供工作所需的光線。

那些放在畫架上、或靠立著牆的未完成畫作，就和已完成的作品一樣嚇人，同樣顯示出藝術家煞費心力的手法。場景以極爲愼重的筆調呈現，而鉛筆草繪的輪廓，則透露出皮克曼錙銖必較的嚴謹，以便取得正確無誤的透視和比例。這人眞是了不起——即使現在我已瞭解許多，但我仍得這麼說。桌上有一台大型的照相機，引起了我的注意力；皮克曼告訴我，那是他用來捕捉背景的，好讓他可以利用這些照片在工作室裡作畫，而不用載著他的裝備在城裡到處取景。他認爲一張好的照片，可以持續作爲繪畫的模擬場景或是範本，還說他經常運用它們。

這些令人反感的草圖有種非常惱人的特質，而那些在房間的每一個角落裡斜眼而視的怪獸也是；皮克曼突然揭開背光面的一張畫，致使我喊出一聲用盡生命也無法克制的尖叫聲——那時我當場就宣洩出來了。叫聲不斷穿過那座古老而充滿氮氣的地下室昏闇的拱頂，激起陣陣回響；我則得奮力壓抑身心反應的狂潮，以免它爆發成歇斯底里的狂笑。仁慈的造物主啊！艾略特，我不知道其中有多少眞實的成分，有多少則是出於熾烈的想像。我幾乎無法相信世上會有這樣的惡夢！

那是個巨大而無名的褻瀆物，紅色的眼睛炯炯發光，骨瘦如柴的爪子似乎正抓著一個人的頭顱啃噬著，如同小孩吸吮一根棒棒糖似的。牠擺出蜷伏的姿態，當你注視牠的時候，牠彷彿會隨時拋棄手上的獵物，轉而尋求另一個更美味的食物。不過最可惡的是，引起恐慌的不朽來源，倒不是這個邪惡的主題——不是的，也不是那張狗臉，配上尖尖的耳朵、充血的眼睛、扁平的鼻子，以及流著口水的嘴巴。既不是那雙有鱗片的爪子，也不是霉菌結塊的身子，或那雙半蹄形的腳——這些通通不是，儘管以上任何一樣，都足以逼瘋一個容易激動的男人。

艾略特，眞正的關鍵在於技巧——那該死、褻瀆、而又不自然的技巧！當我還是個活生生的凡夫，我從未看過眞實的生命氣息可以如此融入畫面。怪獸就在那兒——牠一面瞪著、一面咬著；一面咬著、一面瞪著——我知道唯有放棄自然的法則，才能使一個人在沒有範本模擬的情況下，畫出那樣的東西——假如他不曾親眼見過人類早已販賣給魔鬼的地下世界。

畫布的一塊空白處，有一張嚴重捲曲的紙片，用一個圖釘釘在畫布上——我想那大概是一張照片吧！好讓皮克曼可以把背景畫得像夢魘一樣可怖。我伸出手想要攤開來瞧瞧，卻突然看見皮克曼嚇著似的驚動起來。自從方才我的尖叫聲引起這間昏暗地下室不尋常的回音之後，他便一直戰戰兢兢地豎耳傾聽，此時，他似乎受到恐懼的打擊，儘管程度不及於我，而且生理上的恐懼似乎多過於心理。他舉起一支左輪手槍，示意要我安靜，接著走進那間主要的地下室裡，並把身後的門給關上。

我想我有一瞬間是麻痺了。當我仿效皮克曼聆聽的動作，我彷彿聽見某處傳來一陣微弱的奔跑聲，還有一連串的尖叫或哭泣聲，我無法確定是從那個方向傳來的。我聯想到大老鼠，於是忍不住發抖起來。接著又傳來一陣低聲的喧嘩，這更是讓我全身起雞皮疙瘩——那是一種鬼祟而好奇的喧嘩聲，雖然我無法以言語表達。那就像是笨重的木頭掉落在石塊或磚塊上。木頭掉在磚頭上——這讓我想到了什麼呢？

聲音又傳來了，而且更大聲。彷彿是木頭掉落了比上一次更遠的距離，而引起更強烈的震動。隨後是一個尖銳刺耳的聲音，那是皮克曼胡言亂語的吶喊，接著是左輪手槍的六枚子彈震耳欲聾的發射聲，其效果就如同馴獸師誇張地對空開火一般。接著傳來更多木頭與磚頭的碰撞聲，然後是一陣寂靜，接著是大門開啓的聲音——我得承認那是我猛力打開的。這時，皮克曼手持著冒煙的武器再度出現，一面詛咒著那群耀武揚威的老鼠破壞了那口古井。

「倒楣鬼才知道牠們吃些什麼，瑟伯。」他獰笑著說。「因爲這些古老的地道通往墳場、巫師的藏身處以及海邊。不過無論牠們的食物是什麼，份量一定是不夠了。所以牠們才會像魔鬼般急著衝出來。你的叫聲已經驚醒了牠們，我想。在這種老舊的地方最好小心點——這群齧齒類的朋友對我們是個妨礙，雖然有時候藉著氣氛和色彩之助，牠們令人感覺舒服些。」

是的，艾略特，那晚的探險就到此結束了。皮克曼答應向我展示那個地方，天知道他確實做到了。他從另一個方向帶我走出縱橫交錯的巷道，我們似乎是走出來了，因爲當我們看見一盞路燈時，已經置身在一條有些熟悉的街道上，兩旁夾著一排排錯落的公寓和老舊房子。原來這裡是查特街，但因爲我太慌亂的緣故，而沒注意到我們是在哪裡和這條路接頭的。時間太晚了，沒能趕上高架鐵路，於是我們穿過漢諾瓦街走回市區。我還記得那段路。我們先從特里蒙特街，再往畢肯街走上去，接著皮克曼將我留在喬伊街的轉角處；當我轉了個彎之後，從此就沒再跟他說過話了。

爲什麼我拋下他呢？別那麼沒耐性嘛！等我叫杯咖啡再說。其他東西我們已經談夠了，但我還需要某些東西才行。不，我在那個地方看到的並不是那些畫：儘管我可以對天發誓，波士頓的家庭或俱樂部，十之八九會因爲這些畫將他驅逐出境，而且我猜，你大概不會再想知道我爲什麼要遠離地鐵和地下室了吧！那是——我隔天早上在外套裡找到的某樣東西。你知道的，就是那片被釘在地下室的駭人畫布上的捲曲紙張：我以爲那是某個場景的照片，用來作爲那隻怪獸出現的背景。當我拿起那張紙片，並且打開它的同時，最後的恐怖終於來臨了；而它似乎是我在腦筋一片空白的狀態下，隨意揑進口袋中的。咖啡來了——艾略特，喝純的就好，這才是明智的。

是的，那張紙正是我拋下皮克曼的原因；理查・厄普敦・皮克曼，這位我所認識最偉大的藝術家——也是最齷齪的生物，先是跳出了生命的範疇，又一頭栽入神話和瘋狂的陷阱中。艾略特——老萊德是對的。嚴格說來，他並不是人類。他要不是出生於詭異的黑暗世界，就是找到了一種打開禁忌之門的方法。如今反正都一樣，因爲他已經走了——走回他樂於出沒的瘋狂黑暗裡。來！讓我們點亮這盞吊燈吧！

別叫我說明，甚或猜測我燒掉了什麼。也別問我那群被皮克曼視爲老鼠，因而倉皇躲開的爬蟲類是什麼。你知道的，有些祕密可能是從古老的異教徒時代便流傳下來的；而科頓・馬瑟所說的事就更怪了。你知道皮克曼的畫有多他媽的栩栩如生嗎？我們多麼想知道他是從哪兒找來這些臉孔的。

是的，那張紙終究不是任何背景照片。它所呈現的只不過是他在那張可怕的畫布上畫出來的東西而已。那是他所採用的範本——其背景只是將那間地下工作室的牆壁，以精確細膩的手法表現出來。但是，天哪！艾略特，**那可是一張真真實實的照片啊！**

墓中奇談

在我看來最奇怪的事，莫過於強調天眞樸實和心智健全息息相關的傳統觀念了，然而這樣的觀念卻似乎普遍存在於大眾心裡。若提到北方的鄉村景致、粗重的工作、愚昧的鄉下殯葬業者，還有墳墓裡一樁意外造成的災難，一般讀者只會把它想像成喜劇故事中某個可笑但大快人心的片段而已。唯有天知道，喬治．伯奇之死，卻允許我道出一則平凡的故事，但它具有某些面向，卻是連最黑暗的悲劇都無法比擬的。

一八八一年，伯奇因經濟困窘而改了行，但他幾乎絕口不提此事。而他的長年醫生，亦即數年前去世的戴維斯醫師，也同樣三緘其口。一般的說法是，伯奇是在一次不幸的摔跤之後，才讓他如此痛苦與受驚的，之後他把自己囚禁在佩克谷葬場裡長達九個小時，後來是利用一些具有破壞力的粗製工具才得以逃脫的；儘管這個說法正確，然而還有一些更爲黑暗的細節，是後來這個男人在酒醉的狀態下，才向我低聲透露的。他之所以信賴我，除了因爲我是他的大夫之外，也或許是他覺得在戴維斯死後，有必要找個可以推心置腹的對象吧！他是個光棍，完全無依無靠。

一八八一年以前，伯奇曾在佩克山谷從事殯葬工作，在該行業中，他堪稱一位極爲冷酷而處事粗率的人。他所做過的事，在今天聽起來是難以置信的，至少在都市裡是如此；即使在佩克山谷，要是人們知道這位喪葬大師的工作哲學有多麼簡單，而那些躺在棺蓋底下、不見天日的人所穿的豪華壽衣，以及這群死亡住客擺放進棺材裡的姿勢莊嚴與否，並非總是經過周延的考量，相信他們也會大吃一驚的。此外最明確的一點是，伯奇爲人散漫、遲鈍，並且是該行業中一位不受歡迎的人物；但我仍然相信他不是個壞人。他只是神經大條、反應遲鈍而已——既不用大腦、漫不經心，又貪愛杯中物，這些都能從一些可以輕易避免的意外事故中得到證明，而且他還連一點兒想像力也沒有，想像力至少可以使一般人具有一定程度的品味。

我眞的不知道該從何處談起伯奇的故事，因爲我不是個訓練有素的說故事高手。我想應該從一八八〇年嚴寒的十二月開始說起吧！當時，大地凍成了一片，於是那群墳場探險家發現，非要等到春天才能開挖墳墓。幸運的是，那座村莊很小，死亡率也低，因此可以把伯奇手上所有無聲無息的客戶，全都暫時容納在一間古老的接待墓裡。在寒風刺骨的天候下，這位喪葬工人顯得越來越無精打采，且似乎要格外努力，才不至於疏忽大意。不過他既沒有把棺材敲破，也沒釘得難看，更不曾明目張膽地忽略墓穴上的生鏽門鎖，他以如此冷漠且隨性的態度，將墓門砰然打開，復又關上。

融雪的春天終於來臨了，工人辛勤地準備著新的墓穴，等著迎接那架陰森的怪手從舊墳裡挖起九具無聲屍體。雖然伯奇很畏懼搬動與埋葬這等麻煩事，但他還是在四月某個天候不良的早上，展開遷墳的工作。然而不到中午，一場大雨便讓他被迫停工（這場雨彷彿也激怒了他的馬），當時他才安葬了一個人。這位九十多歲的亡者是達瑞烏斯・佩克，他的舊墳離他的新墳不遠。於是伯奇決定隔天再將他和馬修・芬納這位矮小老頭的遺體一併處理掉，因爲他的墳墓也在附近；不過這件事卻被延宕了三天，伯奇一直等到十五日那天，也就是復活節前的星期五，才返回工作崗位。心中不存任何迷信的他，其實對日子是毫不在意的；儘管過了那天之後，他再也不願意在致命的星期五做任何重大的事了。想當然爾，那天晚上所發生的事，肯定大大改變了喬治・伯奇先生。

就在四月十五日星期五的傍晚，伯奇駕著馬車前往墳塚，準備搬移馬修・芬納的遺體。儘管事後他承認，那天的精神狀態並不理想；然而他並沒有像日後爲了忘卻某些事情那樣，讓自己酩酊大醉。他只不過是有點昏昏沉沉、漫不經心而已，但卻激怒了那匹敏感的馬；伯奇兇狠地將牠硬拉上墳塚，而馬兒則不斷地嘶吼、踢踏，並甩著頭，彷彿與之前下雨時讓它惱怒的情況如出一轍。但是這天天氣清朗，只有高空旋起一點風；伯奇很高興終於到了目的地，於是打開那道鐵門，進入這座位在山腰上的墓穴。其他人也許不會喜歡這座潮濕而難聞的墓室，況且還隨處躺著八副棺材；不過近來伯奇有點麻木不仁，一心只想把正確的棺材擺放在正確的位置上。他並沒有忘記漢娜·碧絲白親戚們的抱怨，當年他們想將她的遺體，移往他們所要遷居的城市，卻發現躺在她的墓石底下的，竟然是卡波威爾法官的棺材。

儘管光線昏暗，但伯奇的視力良好，因此他並沒有將馬修·芬納和阿薩夫·索耶的棺木搞錯，儘管兩口棺材非常相似。他確實是安置了馬修·芬納的棺材；最後卻因爲想起五年前破產的時候，這位小老頭曾對他如此和善與慷慨，於是在一陣莫名的感傷下，終於把它這口過於奇特而脆弱的棺材擱置一旁。他把自己最精湛的本領，全用在老馬修的身上，不過這些技巧卻只夠用來拯救這位報廢之人，而且還是在阿薩夫·索耶死於高燒之後才派上用場的。索耶不是個討人喜歡的傢伙，有許多傳言說他的惡毒幾乎到了泯滅人性的地步，而且對於錯事總是牢記在心。不論它們是眞的，還是揑造出來的，將這口粗製濫造的棺材奉送給這個傢伙，伯奇一點也不會覺得愧疚；此刻他正把這口棺材搬開，以便尋找芬納的棺木何在。

就在他認出老馬修的棺木之時，一陣風猛然將大門給關上了，於是將他留置在更深的闃暗中。那片狹窄的氣窗只能穿進最微弱的光線，而上方則幾乎沒有任何通氣孔；因此當他在這些長條棺木之間蹣跚地走向門栓時，他的笨手笨腳幾乎到了褻瀆亡者的程度。在墓穴的晦暗光線下，喀擦一聲，他打開了生鏽的把手，一面推開鐵板，一面狐疑著這扇大門何以突然變得如此頑強。而他也在昏暗之中，開始明白眞相，於是大聲喊叫了起來，彷彿希望外頭的那匹馬能幫點什麼忙，而不光只是冷酷無情地嘶吼而已。那道長年失修的門栓顯然已經壞了，於是將這位粗心大意的殯葬工人陷在墓穴之中，而成爲自己疏忽下的祭品。

那件事一定是在下午三點半左右發生的。由於長年累月的鎭定和務實精神，伯奇並沒有叫嚷太久；而是去尋找一些工具，他記得曾在墓穴的某個角落裡見過一些工具。我們懷疑，他有否因爲自身處境的恐怖與極端詭異而受到影響，不過，這個遭到囚禁的事實，畢竟迥異於凡人的經歷，因此使他惱怒不已。他白天的工作不幸被打斷了，而現在，除非是有人好死不死地漫遊到此，否則的話，他可能要待上一整晚，甚至更久的時間。他很快便找到那堆工具，於是伯奇選了一枝榔頭和鑿子之後，便越過那些棺木回到門口。空氣變得極爲糟糕，不過當他在那道笨重而腐朽的門拴上，半憑著感覺埋頭苦幹時，並未留意到這些細節。假如有盞燈或一點燭光的話，相信他會成功的；無奈少了這些光線，使他在半盲目的情況下，把事情搞得一塌糊塗。

他感覺這道門栓如此令人絕望地不肯就範，至少不願降服於這些粗劣的工具，再加上置身於如此幽暗的環境，於是伯奇開始環顧四周，以尋找可能的逃難口。這間墓穴是從山腰挖進來的，因此上方狹窄的通風口得穿透好幾英尺的土壤，如此一來，這個逃生方向是完全不用考慮了。至於門口上方那扇磚面條狀的氣窗，如果在努力不懈之下，似乎有點希望可以拓寬；於是有好長一段時間，他的目光一直逗留在這扇氣窗上，並且絞盡腦汁尋找可以搆到上方的工具。在這間墓室中，沒有任何一樣像梯子的東西，於是伯奇毫不考慮地利用起安置於兩旁與身後的棺材，可惜仍無法攀爬至門口上方。眼前也有只有這些棺材可以充作踏腳石，因此他努力思索，終於想到最佳的布置方式。他推算著三口棺材的高度，就足以使他構到那扇氣窗：不過如果有四口棺材的話，那麼做起事來就更順手了。這些棺木相當平整，因此可以像積木一樣堆起來：於是他開始估算，如何用最保險的方式運用八口棺材，豎立起一座可供攀登的四階平台。在他規畫的同時，心中只盼望這座出於深思的階梯，是用較為堅固的組件堆積起來的。至於他的想像力是否充分到希望這些棺木是空的，這點倒是讓人強烈懷疑。

最後他終於決定以三個棺木做成基底，方向則與牆壁平行，接著搭上兩層，每層各有兩副棺材，最後再放上一口棺材作為平台。這個配置能讓人以最得心應手的方式攀爬上去，同時提供所欲的高度。儘管還有更好的方法是，他可以只利用基底的兩口棺材撐起上層結構，如此便會多出一副棺材可以堆在頂端，以預防眞正的逃生口可能出現在更高的地方。於是這位階下囚在昏暗之中埋頭苦幹，毫不客氣地用力抬起那些無反應的殘骸，於是這座小型的巴別塔逐漸增高。然而有幾副棺材開始承受不住搬運的壓力而裂開，於是他打算把小老頭馬修・芬納的那口結實的棺材擺在最上面，好讓雙腳能夠站在儘可能平穩的表面上。在半明半昧中，他大部分都是靠著觸感選出適合的棺材，實際上幾乎是意外找到的，因為在他不小心將那口棺材放在第三層的另一口棺材旁邊之後，彷彿出於某種奇怪的意志作用，那口棺材竟然翻落在他的手上。

這座樓塔終於完成了，他讓發疼的手臂暫時歇一會兒，同時坐在這副陰森裝置的底座上。伯奇戒愼恐懼地拿著工具往上爬，然後與那扇狹窄的氣窗並肩而立。這扇氣窗的邊緣全是磚造的，看來他可以立刻鑿出足以容身的通道，這似乎是毫無疑問的。當他正準備將榔頭敲下去時，外頭的馬卻發出一種像鼓勵、又像嘲笑的嘶鳴聲。不管是鼓勵或嘲笑都很恰當，因為這些看似單純的磚造物，居然超乎意料之外地頑強，彷彿在冷語譏諷著凡人的希望落空，以及這項需要隨時戰戰兢兢的任務。

黃昏逼近了，伯奇仍在辛勤奮鬥。此時他多半靠著感覺在做事，因為剛剛聚攏起來的暮靄將月光給遮住了；儘管進度仍然緩慢，不過隨著洞口越鑿越大，他的心情也跟著愉悅起來。他很確信自己可以在午夜之前掙脫此地；這個想法完全不夾雜任何的胡思亂想，而這就是他的特色。他完全不受到時間、空間，與腳底下那群伙伴的干擾，他很冷靜地劃開這些磚造物，當碎片擊中他的臉時，他會咒罵兩聲，然而當碎片擊中那匹在柏樹附近徘徊，且越來越興奮的馬兒時，他則會噗哧而笑。洞口終於大到可以讓他偶爾將身子鑽進去，並試著移動看看，如此一來，底下的棺材便咯吱咯吱地搖晃了起來。他發現用不著在平台上堆起另一個棺材，就足以構成適當的高度，因爲它正好可以搆到洞口，只要洞口夠大就行了。

當伯奇認爲可以穿過氣窗時，至少已經是午夜時分了。儘管經歷多次休息，他仍然筋疲力盡、揮汗如雨，於是他步下地面，並在底層的棺木上坐了一會兒，蓄精養銳，準備做最後的鑽爬動作，並跳到外界的地面上。那匹飢腸轆轆的馬不斷嘶喊著，幾乎到了不尋常的地步，伯奇暗暗希望牠能夠安靜下來。奇怪的是，即將到來的脫身卻沒讓他興高采烈，反而有點害怕起來，因爲他的身體已有初入中年的笨拙與臃腫。因此當他重新踏上那些正在崩裂的棺材時，伯奇異常深刻地感覺到自己的重量；特別是在他快要到達最上面的那口棺材時，他聽見碎裂的聲音加劇了，這表示整個木造結構即將四分五裂。儘管在規畫時，他選了最結實的棺材作爲平台，但這似乎沒有用，一旦他的整副身體再度壓上去，那片腐朽的棺蓋就會立刻完蛋，而使他的雙腳陷落下去，這是連他都可以想像到的結果。那匹守候的馬也許是被聲音給嚇傻了，或是被穿過空氣、如潮浪般湧來的惡臭給搞瘋了，於是發出一聲狂亂的長嘯，接著拔足奔入夜色中，而四輪馬車則在後頭瘋狂也似的嘎嘎作響著。

置身於恐怖處境下的伯奇，此時的位置仍然太低，使他無法輕易鑽出這扇拓寬過的氣窗，不過他還是聚集全身的力量，準備奮力一搏。他一面緊抓著洞口的邊緣，一面設法將自己拉上去，這時他才留意到有個奇怪的阻撓者，顯然抓住了自己的兩副足踝。又過了一會兒之後，他知道那夜是他第一次感覺到恐懼；因爲儘管他奮力掙扎，卻始終甩不掉雙腳上那股頑強而未知的束縛力量。接著，一陣陣彷彿重傷而產生的可怕痛楚穿透他的小腿；他心裡想到的是一道恐怖的漩渦，混雜著一些猶似碎片、鬆脫的鐵釘，或是破裂棺木之類的東西。也許他有尖叫出來吧！但無論如何，他還是六神無主地亂踢與扭動起來，而他的意識則幾乎陷入半昏厥狀態。

本能引導著他奮力穿過這扇氣窗，繼而砰然跌落在潮濕的地面上，之後也是本能帶領著他匍匐前進。他似乎無法行走；當他拖著淌血的足踝，往墓場的守衛室接近時，漸漸露臉的月亮必定見證了這幅駭人的景象；在亂無頭緒的慌張之中，他的手指緊抓著黑色的霉菌，而身體則是反應遲鈍，如同遭到惡夜幽魂的追逐一般。但顯而易見的是，他的身後並沒有任何追逐者；因爲當守衛亞冥頓聽到虛弱的抓門聲而前來應門時，發現他既是孤伶伶的，而且還有一口氣在。

亞冥頓將伯奇安頓在外頭的一張空床上，然後派他兒子艾德溫去找戴維斯醫生。這位飽受創傷的男人意識全然清醒，但口中卻是一派胡言，不斷喃喃自語地說著：「喔！我的腳踝！」「放開我。」或是「……被關在墳墓裡。」之類的話。接著，醫生拎著醫藥箱來了，問了一些簡單的問題之後，他便脫去這位病患的外衣和鞋襪。那些傷口——兩隻足踝都嚴重撕裂到跟腱附近——似乎讓這位年邁的醫生大感困惑，最後簡直要嚇壞他了。他的疑惑已經不光是治療上的棘手問題而已，當他爲撕裂的部位敷藥時，雙手還忍不住發抖，隨即草草包紮起來，彷彿希望這些傷口趕緊脫離他的視線。

當戴維斯努力地從這位虛弱的喪葬工人口中，逼問出他所經歷的每一絲恐怖細節，就一位冷面無情的醫生來說，他那種充滿不祥與敬畏之情的交叉盤問，確實有些詭異。奇怪的是，他十分急切地想知道伯奇是否確定——百分之百地確定——躺在最上方那口棺木中的究竟是誰？他是如何選上這口棺材的？而他又如何在一片黑暗中，肯定那是芬納的靈柩呢？還有，他如何區分出這副棺材和惡人阿薩夫·索耶那副較爲粗劣的複製品？難道芬納那口結實的棺材會那麼容易塌陷嗎？戴維斯既是村子裡一位經驗老道的醫生，當然見過這兩口棺材，而且芬納和索耶兩人病危的時候，也是他負責照料的。在索耶的喪禮上，他甚至還懷疑，這位報復心強烈的農夫怎麼可能直挺挺地躺在一口和卑微的芬納極其類似的棺木裡呢？

整整兩個小時之後，戴維斯醫生才離開，他吩咐伯奇要永遠堅信，他的傷口完全是鬆脫的釘子和碎裂的木頭所造成的。他接著說，不然的話，你又能證明或相信什麼呢？這事最好少提爲妙，而且最好別讓其他的醫生治療這些傷口。伯奇終其一生都聽從這些意見，直到他告訴我這個故事爲止；當我見到這些傷痕之後——那時已是泛白的舊疤了——我同意他的做法是明智的。後來他一直跛著腿，因爲兩根重要的肌腱已經斷裂了；不過我認爲最嚴重的跛傷是在他的心靈。他的思考曾經如此的冷靜與合乎邏輯，如今卻充滿了難以磨滅的恐懼，而且當你留意他對某些偶然提到的字眼，例如「星期五」、「墳墓」，以及一些較無關連的字，所引發的反應，同情心便會油然生起。那匹受到驚嚇的馬是回到家了，不過伯奇的神智卻沒跟著回來。他改了行，不過有件事情卻一直纏著他。那也許只是恐懼而已，也許還奇怪地混雜著一種遲來的追悔，自責於昔日的粗魯行爲。當然，他的買醉只會加劇他試圖減輕的事情而已。

那晚，戴維斯醫生離開伯奇之後，便提著一盞燈前往那座舊墳場。月光照在凌亂的磚塊碎片和毀損的表面上，而那扇大門卻只要從外頭輕輕一碰就可以打開了。這位大夫過去曾在解剖室中經歷過嚴苛的考驗，因而鍛鍊出堅強的意志，於是他走了進去，並環顧四周，然而每一樣看得到或嗅得到的東西，都讓他的身心感到窒息。他有一次還大聲喊叫出來，而且不久之後，他便開始喘起氣來，這簡直比哭泣還要糟糕。接著他跑回守衛室，然後方寸大亂地驚動並搖醒他的病患，以顫抖的聲音如同連珠砲似的對他發射，陣陣低語滲進那雙困惑的耳朵，發出猶如硫酸腐蝕的嘶嘶聲。

「那是阿薩夫的棺材啦！伯奇，跟我想的一模一樣！我認得他的牙齒，因爲他少了上排門牙——看在老天爺的份上，你可別露出這些傷口啊！那具屍體幾乎已經腐爛殆盡，但我彷彿在某一張臉上——或者在生者的臉上——看過那種懷恨的表情！……你知道他是那種擅長報復的惡魔——你知道他如何在那場土地爭訟都過了三十年之後，才毀掉老雷蒙的嗎？你知道去年的八月，他如何踐踏那隻一年前咬過他的小狗嗎……他是魔鬼的化身啊！伯奇，而且我相信他那種以眼還眼的恨意，是可以戰勝時間與死亡的！老天爺哪，他的瞋恨心——可不能對準我啊！

「你爲什麼要那樣做呢？伯奇。他是個壞蛋沒錯，我實在不能怪你給他一口廢棄的棺材，不過你總是他媽的做過頭了！從某方面來說，節省物資是一件好事，不過你也知道老芬納有多麼矮小。

「我一輩子也忘不了那個畫面。你一定踢得很用力，因爲放在地上的是阿薩夫的棺材。他的頭顱凹了進去，而且所有的東西都翻覆了。這種景象我以前也看過，但這件事還是太過份了。眞是以牙還牙啊！老天爺！不過，伯奇，你這是罪有應得。那顆頭顱眞讓我想吐，不過另一件事就更糟了——**你怎麼把人家的足踝硬生生地砍斷，以將屍體塞進馬修・芬納那口報廢的棺材裡呢。」**

銀鑰匙

三十歲那年，藍道夫·卡特失去了打開夢境之門的鑰匙。在那以前，他總是趁著夜晚穿越空間，暫時旅行至奇異與古老的城市，以補償人生的單調；跨過天際，到達美好而叫人不敢相信的園地；但是中年的重擔落在身上之後，他發現這樣的自由正一點一點地流逝，直到最後完全失去爲止。他的那艘單層甲板大帆船，再也無法航行在烏克拉諾斯河上，划過索藍的鍍金尖塔；而他那支大象商隊，也無法再踏過克雷德香氣瀰漫的叢林，見到林子裡遺世獨立的宮殿與有條紋的象牙色廊柱，愉悅而不受打擾地徜徉在月光下了。

他讀過許多故事，也和許多人暢談過。好心的哲學家教他要深入事情的理性脈絡，並對他的思考和幻想的形成過程加以分析。如今，驚奇已然離他遠去，他忘了整個人生只不過是一連串儲存在腦子裡的畫面而已，況且源自眞實事物與內在夢境的畫面，兩者其實並沒有什麼不同，因此去衡量哪一個的價值高過於哪一個，根本毫無意義可言。然而常人的習慣卻一再對他耳提面命，促使他對於那些具體可觸的事物懷著盲目的敬意，而一旦陷入幻想則會暗自慚愧。那些聰明的人士告訴他，那些簡單的幻想都是空虛而幼稚的，更可笑的是，那些幻想者還以爲這些幻想充滿了意義與目的；然而宇宙之輪卻漫無目標地從空無轉成萬有，再從萬有化爲空無，從來不曾注意、或瞭解心靈的希望與存在，它們只會在黑暗中偶然綻放出瞬間的光芒。

這些人將他束縛在眞實的事物上，而且不斷向他解釋這些事物的作用，直到所有的神祕自世上消失爲止。於是他忍不住抱怨，並渴望遁入朦朧的國度，在那裡，任何可見的事物都是魔幻鑄造出來的，並使他的心靈所聯想的畫面，充滿著讓人喘不過氣的期待與難以抑制的歡愉；然而這些人卻將他的注意力，轉移到科學的嶄新發現上，命令他在原子的漩渦中尋覓驚奇，在天空的範圍內找到神祕。但他在這些事物中找不到快樂，因爲它們的法則是已知而且可測的，他們便說他缺乏想像力、心智不成熟，說他居然偏愛夢中的幻影，更甚於自然界所創造的奇象。

於是卡特試著順從他人的意見，假裝日常生活的事件與世俗心靈的情緒，要比珍貴而精緻的靈魂所創造的幻想來得重要。當他們告訴他，一頭被刺傷的豬、或消化不良的農夫所遭受的痛楚，要比納拉斯上百座精雕細琢的大門和玉髓圓頂（他在夢中還依稀記得這些）所呈現的絕世之美更形重要時，他並未表示異議；於是在這些人的指導下，他逐漸產生一種痛苦的憐憫和悲劇感。

有時他會忍不住發現，人類的渴望全是那樣淺薄、無常，而又了無意義；也發現我們眞正的衝動和那些假意奉行的表面理想，兩者是那樣的背道而馳。然後他會仰賴客氣的一笑，那是他們教他用來對峙夢境的誇大和虛假的方法；因爲他看出，在咱們的日常生活中，每個地方都充滿了誇大與虛假，而且因爲美感上的貧乏，再加上死不承認這個世界缺少理性與目的，更顯得令人鄙夷。於是他成了某種幽默專家，這是因爲他沒瞧出幽默本身其實也是空洞的，尤其是在一個對於一致性與不一致根本沒有任何眞實標準可言的瘋狂世界。

在這種心靈奴役開始之初，他還試著求助於溫和的宗教信仰，他是出於對祖先們的單純信任才接近宗教的；由此所拓展的神祕大道，似乎可以讓人逃出日常生活之外。但經過仔細觀察之後，他發現宗教的想像力和美感還是十分匱乏，不但陳腐、了無生趣，而且對於眞相的主張，似乎也過於嚴肅與怪異，但這樣的主張卻以令人厭煩與無可抵禦的力量，宰制了大多數的專家學者。況且，人們將原始人類遭遇未知事物時的過度恐懼和狐疑，視爲不折不扣的事實，這點也讓他感到相當怪異。看著這些道貌岸然的人士，如此努力地想從古老神話中找出世俗眞相（他們引以爲傲的科學進展卻一再地否定這些古老神話），這點讓卡特十分厭倦，因爲這種本末倒置的嚴肅態度，會扼殺了他對古老信仰的依戀，原本它們是願意在靈妙奇想的外表下，提供強而有力的儀式，以及情緒宣洩的出口的。

然而當他開始研究那些拋開古老神話的人類時，他發現他們遠比那些不曾拋開的人類更爲醜陋。他們根本不瞭解美感存在於和諧之中，在一個漫無目標的世界裡，美好的生命並沒有其他的標準，除了它和夢境與感覺之間能夠取得和諧以外，正是這些早已消失的夢境與感覺，從一團混沌中盲目地塑造出我們這個小小的星球。這些人沒看出好與壞、美麗與醜陋，都只是用來裝飾不同觀點的果實而已，它們唯一的價值在於將祖先們的想法和感覺串連起來，至於其中更幽微的細節部分，則隨著各個種族與文化而有所不同。然而這些人要不全盤否認這些東西，要不就將它們歸之於粗糙與曖昧的本能，一如動物或農夫所擁有的；如此一來，他們的生命便在痛苦、醜陋與失衡的狀態下苟延喘、發出惡臭；另一方面卻又充滿著荒唐可笑的驕傲，自以爲逃離了某種不健康的東西，然而他們所固執的東西才更是如此。他們將敬畏與虔誠的邪神，拿來和放縱與混亂的邪神交換。

卡特並未深入品嘗這些現代的自由；因爲它們的低劣和卑鄙，會讓一個追求美感的靈魂作嘔，此外，脆弱邏輯的擁護者先從他們所摒棄的神像上剝除金粉，再試圖用這些神聖的金粉鑲鍍在獸性的衝動上，對於這種脆弱的邏輯，他的理智也無法苟同。他認爲，大部分的這些人無法逃脫「人生有一除了人們的幻想之外的意義」的妄想；（這一點與他們所拋棄的神職者的謀略有何不同？）他也認爲，大部分的這些人無法拋棄倫理和責任的粗糙概念，即使當大自然根據科學發現的觀點，對此概念的無意識（unconsciousness）和與道德無關（impersonal unmorality）發出尖叫聲。因有關公正、自由、一致性等種種幻想而變得乖僻、執拗，他們拋棄舊知識、舊信仰；他們不認爲舊知識、舊信仰是他們現在的思想、判斷的締造者，他們也不認爲舊知識、舊信仰是沒有固定目標或穩固參考點的無意義世界中的引導和標準。失去了舊知識、舊信仰，他們的生活變得缺乏方向與興味；直到最後，他們努力把他們的空虛淹沒在奔忙、虛張聲勢、聲音、興奮、粗野的賣弄和動物的激情裡。當這些事務因反感而變得使人生厭、令人失望或令人作嘔，他們發展出反諷與譏刺，並對社會秩序吹毛求疵。他們從無法了解，他們無理性的基礎就像他們長輩的神那樣易變、矛盾，這一刻的滿足是下一刻危機。平靜、持久的美只在夢中出現，而世界已把此安慰拋棄，因世界崇拜眞實，拋棄了童年與純眞的祕密。

在這團空虛與不安的混亂之中，卡特試著讓自己活得像個思慮敏銳、修養良好的男人。夢想隨著年齡的嘲笑逐漸逝去，使他再也無法相信任何事物，除了對和諧的喜好還能使他接近自己的族類和身份以外。他意興闌珊地穿過人潮擁擠的城市，且因爲看不見任何擬似眞實的景象而哀聲嘆息；每一道照耀在高聳屋頂上的金色陽光，與華燈初上時瞥見設有欄杆的廣場，這些都只是讓他想起曾經熟知的夢境，並讓他渴望那些不復再尋的夢幻國度而已。如今，旅遊成了一樁笑話；就算是世界大戰也驚動不了他，即使大戰期間他曾經在法國外籍兵團中服過役。他有一度想找朋友，不過他們的冷漠、見解的單調與庸俗，旋即讓他感到厭煩。他暗自慶幸所有的親友都在遠方，而無法與他聯絡，因爲他們是無法瞭解他的精神生活的。除了他的祖父和大伯父克里斯多夫以外，但他們兩人早就作古了。

於是他再度提筆寫作，那是他第一次無法作夢之後便宣告放棄的興趣。不過他在寫作上，同樣也無法找到滿足或成就感；因爲他心裡所想的，是觸碰眞實的土壤，然而他實在想不到有什麼能比往日所做的事情更加令人愉悅的。嘲諷式的幽默，拖垮了他一手建立起來的虛幻高塔；而世俗對於無稽之談的恐懼，則摧毀了幻境花園中嬌貴而珍奇的花朵。其裝腔作勢的悲憫手法，在各個小說人物的身上成了無病呻吟，而強調眞實的重要，以及人類事件和情緒的價值，這樣的迷思也讓他的高度幻想，成爲膚淺的寓言和廉價的世俗諷刺文學。他的新小說獲得前所未有的成功；因爲他知道它們必須多麼空洞，才能滿足一群空洞的草包，於是他將它們埋了起來，然後就此封筆。這些都是非常優雅的小說，他在裡頭溫文儒雅地取笑那些輕描淡寫的夢境；不過他卻看出，箇中的世故使作品喪失了生命力。

從此以後，他養成了刻意幻想的習慣，讓自己沉浸在稀奇古怪的念頭之中，把它視爲一帖消除平凡的解藥。然而不久之後，這些活動也大都流於貧乏與沉悶；他看出一般的神祕學，就如同科學一樣枯燥與僵硬，甚至還無可救藥地缺少一絲一毫的眞實性以茲掩飾。他遊走於愚昧、錯誤、與胡思亂想之間，但這些都不是夢境；他並未開闢出一條通道，可以從生活中逃往高於這些層次的心靈。於是卡特買了一些愈來愈古怪的書，並求教於愈來愈深沉與厲害的博聞之士；他埋首鑽研於意識的奧祕，那是一塊人煙罕至的處女地，並學習有關生命、傳說與無法追憶的遠古之事，爾後這些都讓他更加困惑。他決定過一種更爲罕見的生活；於是他將波士頓的家布置一番，以符合他變幻無常的心情。每個房間各有一種情緒，糊上顏色相應的壁紙，再裝飾以適當的書籍和物品，至於燈光、熱度、聲音、品味和氣息等等，也都提供了相宜的氛圍。

有一次他聽說南部有位男子，在史前的古書中讀到一些褻瀆神明的東西，還有從印度和阿拉伯走私的泥碑，從此人們不但對他心懷恐懼，而且避之唯恐不及。於是他親自拜訪這位仁兄，並和他共同居住與切磋了七年之久，直到某個午夜在一座未知的古老墓園裡，可怕的事物襲擊了兩人，致使進入墓園的兩人之中，只有一人全身而退。於是他回到阿克罕，這個籠罩著巫師身影的恐怖老鎭，也是他新英格蘭的祖先們落腳的地方，而他們也在古意盎然的柳樹與搖搖欲墜的屋頂下，親身經歷過黑暗，致使他將一位喪心病狂的祖先所寫下的某幾頁日記永遠塵封起來。不過這些恐怖的經驗只帶領他到現實的邊緣，畢竟，這些並不屬於他年輕時真正熟知的夢國度；於是到了五十歲那年，他再也無法在這個過份忙碌而無法追求美感、過於狡猾而無力追逐夢境的世界裡安身立命、沾沾自喜了。

卡特終於看破真實事物的空洞與無益，於是他開始過著退休生活，沉醉在那些四分五裂、充滿夢想的年少回憶中。他覺得活下去根本是個愚蠢的念頭，於是他從一位南美友人那兒弄來一種非常奇怪的藥水，可以讓他不受折磨地忘記一切。不過在懶惰和慣性的驅使下，卻讓他遲遲無法行動，並使他猶豫不決地延續了昔日的想法，於是他將牆壁上那些奇怪的壁紙拆下，重新將這棟房屋布置成童年的模樣——紫色窗玻璃，和維多利亞式的家具等。

隨著時間過去，他幾乎慶幸起自己活了下來，因爲年少時的遺跡，再加上他和現實世界之間的疏離，皆使生活與世俗變得非常遙遠與眞實；更使得一絲絲的魔幻與期待，偷偷潛回夜裡的睡夢中。這些年以來，他的睡眠只反映出日常事物的扭曲影像，一如最平凡的睡夢；如今卻有種愈來愈奇特、愈來愈狂野的東西，隱隱約約地回來了；這個東西依稀具有某種令人敬畏的迫近性，並以兒時的清晰畫面呈現出來，讓他想起一些早已忘懷的芝麻小事。他經常半夜驚醒過來，喊叫著媽媽或爺爺，然而這兩人早在四分之一個世紀前就躺在墳墓裡了。

爾後有一晚，他爺爺提醒他那把鑰匙的存在。這位滿頭灰髮的老學究，絮叨而懇切地描述起年代久遠的家譜，與那群纖細而敏銳的祖先所見到的異象，爺爺清晰宛然的模樣，猶如在世一般。他說起那位目光如炬的十字軍戰士，從俘虜他的阿拉伯人那兒聽到許多荒唐的祕密；也說到第一位藍道夫・卡特爵士，曾在伊莉沙白女王時期學過魔術。此外，他也提到艾德蒙・卡特在懲罰異教巫術的期間，逃過被人吊死的命運；而就是他把祖先流傳下來的一把巨大銀鑰匙，安置在一只老舊盒子裡的。在卡特醒來之前，這位溫文儒雅的訪客還告訴他到哪兒可以找到這只盒子；兩個世紀以來，從沒有任何一隻手打開過這個盛裝著古老驚奇的橡木雕花盒子。

他在那間佈滿灰塵與陰影的大閣樓裡，找到了這只盒子，它就放在一座高斗櫃的抽屜後頭，年代既久遠，且早被人遺忘。這個盒子大約有一英尺平方，其哥德式的雕刻是如此觸目心驚，因此他一點也不奇怪為何自艾德蒙·卡特以後，始終沒有人膽敢打開它。這只盒子搖晃時沒有任何聲音，不過卻散發出某種神祕未知的香味。卡特的父親從來不知道有這麼一只盒子。它的外頭包著生鏽的鐵，而且沒有附帶任何方法，指示如何打開那道難纏的鎖。卡特懵懵懂懂地知道，他在這個盒子裡可以找到某種鑰匙，能夠打開消逝的夢境之門；至於要打開哪個地方，以及該如何使用這把鑰匙，他的爺爺則完全沒有交代。

有位老僕人試著用蠻力打開它的雕飾盒蓋，在他猛力搖晃下，一張張可怖的臉孔彷彿從發黑的木頭上睨起眼睛，一同怒視著這個放肆的舉動。盒子裡是一張褪色的羊皮紙，包裹著一把巨大的鑰匙，發黑的銀面佈滿著神祕的阿拉伯圖案；然而裡面並沒有任何清楚的說明。這張羊皮紙的面積很大，但上面只寫了一些奇奇怪怪的象形符號，可能是經由某位不明人士人口述，再用一根古老的蘆葦記載下來的。卡特認出這些字，跟他之前在那位南部學者（也就是那位某日午夜在一座不知名的墓園裡失蹤的厲害學者）的一張紙草卷上所看到的字是一樣的。每回讀起這張紙草卷時，這位學者總是不禁打起冷顫，就如同現在的卡特一樣。

他還是把鑰匙清理了一番，每天晚上則親手將它放回這個古老的橡木香盒裡。在此同時，他的夢境一天比一天更為清晰，雖然它們並未顯現出任何奇幻的城市，也沒出現過舊時那些美得驚人的花園，但卻透露出一種相當明確的目的。它們要他回到過去，每位祖先的願望全都呵成一氣，要將他拉回某個隱密而悠遠的源頭。於是他知道自己必須回到過去，並和過去的東西融為一體，於是他天天想起北邊的那群山丘，包括鬼影幢幢的阿克罕鎮、水流旺盛的米斯卡塔尼克谷地，以及他們家孤立而純樸的農場，全都盤據在此。

在秋老虎揮之不去的熱氣下，卡特踏上了記憶中的老路，經過一段段優美的路程，有起伏的山丘、石牆環繞的草地、遙遠的溪谷、陡坡上的林地、蜿蜒的道路、舒適的農場，米斯卡塔尼克谷地的清澈水流，與偶然出現的鄉村木橋或石橋交錯而過。在某個轉彎處，卡特看見一群巨大的榆樹，一百五十年前有位祖先便是在這裡離奇失蹤的；當一陣風若有所指地穿過樹林時，卡特不禁打了個寒顫。接著出現的是古弟．缶勒這位老巫師的傾圮農舍，其邪惡的小窗與巨大的屋頂幾乎要塌落到北邊的地面上了。他加速馬力通過，毫不鬆懈地直衝上那座他母親和她的祖先們誕生的山丘，那棟白色的老宅仍然佇立在那兒，傲視著道路對面那整片美得令人摒息的多岩山坡與青翠山谷，遠方的地平線上還有京斯波特❶的尖塔，而那座古老與充滿夢想的海洋，則在最遠處的背景裡若隱若現。

接著出現的是愈來愈陡峭的斜坡，支撐著四十多年來卡特未曾見過的殘址。當他抵達斜坡底端時，下午時光早已過去，他在半途上的轉彎處歇腳片刻，目光橫掃過這片開闊的鄉間景致，西沉的太陽灑出魔幻般的傾斜波浪，將這幅景致渲染成一片金黃，因而更添光彩。近來他的夢境所呈現的奇異和期待，似乎全都呈現在這片超凡脫俗的靜謐景色中，他的眼睛追逐著這片如絲絨般的無人草地，夾在傾圮的牆垣和仙境般的樹叢間起起伏伏、閃閃發光，遠處則是層巒疊嶂的紫色山丘，林木幽深的山谷則在陰影中下探至潮濕的山坳處，潺潺的溪水則在膨脹而扭曲的樹根之間汨汨作響地蜿蜒流過。

他突然感覺到車輛並不屬於他所追尋的國度，因此他將車子遺留在樹林邊緣，然後將那把巨大的鑰匙放進大衣的口袋裡，徒步攀上山丘。此時，樹林已將他完全淹沒，儘管他知道那棟房子位在一座高聳的圓丘上，除了北側之外，並沒有受到樹木的障礙。他思忖著這棟房子的外觀，因爲自從三十年前那位特立獨行的大伯父克里斯多夫去世之後，這棟房子便在他的疏忽下，一直處於無人居住與照顧的狀態。童年時期偶爾造訪此地，讓他感到相當陶醉，也讓他在果園後頭的那片樹林裡，找到了許多不可思議的驚喜。

四周的陰影逐漸轉濃，因為夜晚接近了。有一次，右側的樹林開了一個缺口，讓他的視線可以穿越連綿不絕的黯淡草坡，而瞥見那座公理教會的老舊尖塔，佇立在京斯波特的中央山丘上；小圓窗的玻璃片因最後一道夕陽餘暉而呈現粉紅色，並反射出亮眼光芒。接著當他再次深陷於陰影之中，他這才猛然想起，那幅景象一定是來自於童年的記憶，因為那棟白色的教堂早就因為關建公理教會醫院的緣故，而遭到拆除了。他以前曾經興致盎然地讀過這段記載，因為文章中還提到在岩石遍佈的山丘下，發現了一些莫名其妙的地道或通道。

在他一臉茫然之際，有個聲音像吹奏笛子般響起，經過多年以後，這個熟悉的聲音著實讓他吃了一驚。老班尼賈·寇瑞是他的伯父克里斯多夫雇用的僕人，卡特幼年造訪此地時，他已經是個年紀一大把的人了。如今他一定超過上百歲了，不過那種笛子式的聲音，不可能是別人發出來的。他雖然分辨不出模糊的字句，但語調本身卻教人難忘，而且絕對錯不了的。想像一下這位「老班尼賈」居然還活在人間呢！

「藍道夫先生！藍道夫先生！你在哪裡啊？你想把你的瑪莎姑媽給活活嚇死啊？她不是告訴過你，下午時只能在附近逗留，天一黑就要立刻回來的嗎？藍道夫！藍道……夫！……他是我看過最討

譯注

❶京斯波特（Kingsport），美國田納西州之一城鎮。

打的小孩了，因爲他跑到樹林裡；而且大半時間還在上頭那座有蛇出沒的林地裡玩得出神！……嘿！藍道夫……你這個小鬼！」

藍道夫・卡特在如同瀝青般的黑暗中停了下來，用手揉揉眼睛。事情眞是奇怪。他來到了一個不該來的地方；遊蕩了好長的一段路，來到一個不屬於他的地方，而且天色已經晚得不可原諒了。他沒注意到京斯波特尖塔上的時間，儘管只要用他口袋裡的望遠鏡就可以輕易看到；不過他知道他的延誤，是一件非常奇怪而且史無前例的事。他不確定是否帶了那副小望遠鏡出來，於是把手放進上衣的口袋裡找找看。結果沒有，望遠鏡不在那兒，反而找到了一把在某處的盒子裡發現的巨大銀鑰匙。大伯父克里斯多夫曾告訴他某些奇怪的事，說有一把鑰匙放在一個不曾開啓的舊盒子裡，但瑪莎姑媽卻突然打斷了這個故事，說這類事情實在不該跟一個滿腦子胡思亂想的小孩提起。他試著回想自己是在哪裡找到這把鑰匙的，但有件事卻教人非常迷惘。他猜可能是在波士頓的閣樓裡發現的，而且還依稀記得他是用一星期的零用錢賄賂帕克斯，他才同意幫他打開盒子並且守口如瓶的。然而在他想起這件事的同時，帕克斯那張臉卻突然奇怪地出現了，多年的皺紋彷彿全落到那位矮小活潑的倫敦佬臉上。

「藍道……夫！藍道……夫！嗨！嗨！藍道夫！」

一盞搖晃的燈籠沿著黑暗的彎路繞過來，老班尼賈猶如安靜與迷惘的朝聖者般幽然出現。

「該死的小鬼，原來你在這兒！你臉上沒長舌頭，所以不會回話啊！我已經叫你半小時了，你一定老早就聽到了！難道你不知道，要是天黑在外遊蕩，瑪莎姑媽會爲你擔心死嗎？等你大伯克里斯多夫回來後，看我怎麼跟他說！你應該知道這時候的樹林，不是個遊蕩的好地方。附近有些東西對誰都不好，我的孫子比我還早知道呢。來吧！藍道夫先生，不然漢娜可是不會把晚餐擱太久的。」

於是藍道夫・卡特踏上了這條路，迷惑的星星穿過秋天的樹梢，在高空中眨巴著眼睛。當小玻璃窗透出昏黃的燈光，照亮遠處的彎道時，狗兒們全都吠叫了起來，金牛宮的七星在開闊的圓丘上方熠熠發光，而黑壓壓的複折式屋頂，則背對昏暗的西方矗立著。當班尼賈將這個貪玩的小子一把推進去時，瑪莎姑媽就站在門口，並沒有對他嚴厲譴責。她對大伯父克里斯多夫早已瞭若指掌，知道卡特家族的人都有頑皮的本性。藍道夫並沒有展示那把鑰匙，只是默默不語地吃著晚餐，一直等到上床的時刻來臨，才敢做出不軌的舉動。有時在他清醒時可以做出更棒的夢，而且他還眞想試試那把鑰匙呢！

隔天藍道夫起了個大早，要不是大伯父克里斯多夫逮到他，且把他強按在早餐桌的椅子上的話，他老早就溜到上頭的林地了。他心煩氣躁地環顧這個低矮的房間、殘破的地毯、暴露的橫樑，與角落裡的柱子，只有在橘樹的樹枝刮著後窗的鉛格時，他才露出微笑。那些樹木和山丘不但近在咫尺，而且是通往永恆國度的大門，唯有那兒才是他眞正的故鄉。

等到不受約束之後，他在上衣的口袋裡摸索那把鑰匙；確定鑰匙在口袋後，他繞過橘子樹，開溜到後頭的高地，在此，有樹的山丘甚至比無樹的圓丘來得更高。樹林的地面充滿著苔蘚與神祕，而地衣遍佈的巨大岩石則在黯淡的光線下，若隱若現地到處隆起，宛如督伊德教的巨型獨石和一根根膨脹變形的樹幹，一同矗立在神聖的樹叢裡。有一次在上坡的途中，藍道夫跨過一條湍急的溪流，溪流的瀑布對著潛伏的農牧神、森林仙子和樹精，吟唱古代北歐風格的咒文。

接著他來到森林斜坡上的一個奇怪山洞，這裡不但是村民敬而遠之的「蛇窟」，也是班尼賈千叮萬囑要他遠離的地方。這個山洞很深；沒有人猜測得到它的深度，除藍道夫之外，因爲這個小子曾經在最深處的一個陰暗角落裡發現一道裂縫，可以通往後面一個更高的洞穴——在這個鬼影幢幢的陰森洞穴裡，花岡岩所構成的牆壁，彷彿給人一種人造的奇幻假象。這回他也和往常一樣匍匐前進，並拿出他從客廳的火柴櫃裡偷來的火柴照亮去路，然後以一種連自己都難以理解的渴望，徐徐穿過最後一節裂縫。他無法說出爲什麼可以如此有把握地抵達最深的牆壁，又爲什麼他會本能地拿出那把巨大的銀鑰匙。但他就這麼繼續下去，且當那晚他手舞足蹈地回到家中時，既沒有爲自己的遲歸提出任何藉口，就連家人斥責他完全忘了中餐和晚餐的鈴聲，也絲毫不以爲意。

如今，藍道夫的遠方親戚都同意，他在十歲那年發生了某件事，使他的想像力因而更上層樓。特別是住在芝加哥的恩斯特・亞司平瓦，這位表哥足足比他年長十歲，至今仍歷歷如繪地回想起這位表弟在一八八三年秋天之後的轉變。藍道夫曾經目睹過某些罕見的奇幻景象，而且更詭譎的是，某些幻象和尋常事物之間具有高度關聯。他似乎獲得某種奇怪的預知天分；因此對事物擁有異於常人的反應，儘管這些事物當時並沒有什麼意義可言，但日後卻證明它們具有特殊的影響。在接下來的幾十年間，新的發明、新的名字與新的事件，陸續出現在歷史書上，有時人們不禁懷疑，卡特如何能在無意間透露出隻字片語，而且當時的這些玄機無疑和遙遠的未來有關。就連他自己也無法理解這些話語，也不明白爲何某些事物會讓他產生某種情緒；不過他猜想，這應該和那些不復記憶的夢境有關。早在一八九七年，有位旅人曾在言談之中提到貝洛伊—翁—桑德拉這個法國城鎭，搞得他臉色翻白，之後友人又想起，他曾在一九一六年的大戰期間，服役於外籍兵團，並且在那兒受過致命傷。

卡特的親戚們之所以大談特談這些事，是因爲他最近失蹤了。那位矮小的老僕人帕克斯，多年來一直容忍著他的異常行爲，而最後一次看到他的時候，是那天早上他帶著那把新發現的鑰匙，一個人開車出門。之前，帕克斯曾幫他從那個老舊的盒子裡取出這把鑰匙，盒子上的詭異雕刻與某種無以名狀的特質，都讓他感覺有點奇怪。卡特離家之時，只說他要去拜訪祖先們位在阿克罕近郊的故鄉。

他們是在艾姆山的半山腰，亦即通往卡特家廢墟的路上，發現他的車子被小心翼翼地停靠在路旁；而那個香木打造的盒子就放在車子裡，上面的雕刻讓每一位恰巧看見的村民莫不怵目驚心。盒子裡面就只有一張奇怪的羊皮紙，沒有一位語言學者或象形文字專家可以解讀或辨識出上面的符號。雨水早已抹去任何可能的足跡，儘管波士頓的調查人員說過，在卡特家那堆坍塌的木頭之間，似乎留有一些騷動的跡象。他們據此斷言，不久之前，曾經有人在這堆廢墟裡搜尋過。不過在山腰後頭的樹石之間所找到的那條白色的尋常手帕，並無法確認就是那位失蹤者的所有物。

藍道夫的繼承人談起他的財產分配問題，但我堅決反對這項作法，因為我不相信他死了。無論是時間與空間、幻想與眞實，都有扭曲的可能性，而這些只有作夢的人可以預測；就我對卡特的瞭解來說，我認為他只不過是找到一個可以跨越這些迷宮的方法。他會不會再回來，這我不敢說。他希望找到之前失去的夢國度，並渴望重回童年的歲月。然後他找到了一把鑰匙，不知為何，我相信他可以有效地加以運用。

當我見到他時，我會問他的，因為我很快便會在我倆經常徘徊的某座夢幻城市裡相逢。據說在司凱河對岸的烏爾薩裡，有位新國王端坐在蛋白石的寶座上，統治著伊烈克—法德這座塔樓矗立的奇妙城鎮，高踞在圍有玻璃、中間懸空的峭壁頂端，俯望著一片朦朧大海，而留著鬍子、身上有鰭的葛諾里族，則在海底建造奇異的迷宮；我有自信，知道該如何解釋這個傳說。我當然心急如焚地想看看那把巨大銀鑰匙，因為那些神祕的阿拉伯圖案，可能象徵著盲目而無情的宇宙一切的目的與祕密。

夜半琴聲

我已經儘可能小心翼翼地查遍這個城市的地圖，但再也找不到奧賽爾街了。這些並不是現代地圖，因爲我知道有些地名已經改了。於是我只好深入挖掘此地所有的遺跡，且親身探訪每一個地區，不管那是什麼地方，只要它有可能爲我所認識的奧賽爾街提供任何答案。雖然我已盡了一切的努力，但很丟臉的是，我還是無法找到那棟房子、那條街、甚至方位所在；過去幾個月，當我還在哲學系裡過著一貧如洗的大學生涯，我就是在那個地方聽見艾瑞克・贊的琴聲的。

我的記憶已經支離破碎，這點我並不懷疑；因爲我的健康情形，無論是生理上、還是精神上，都在居住於奧賽爾街的那段時期，遭到嚴重的破壞，而且我還記得，我在那裡沒交到幾個朋友。不過找不到這地方，卻是一件既詭異又令人困惑的事；因爲它離學校只不過半個小時的腳程，而且凡是到過那裡的人，都很難忘懷它的特色。然而我卻碰不到任何一個看過奧賽爾街的人。

奧賽爾街跨越一條烏漆抹黑的河流，陡峭的岸上則佇立著磚造農舍，有著模糊的窗戶，還有一條笨重的黑石橋橫亙兩岸。沿岸總是陰沉沉的，彷彿被附近工廠排放出來的黑煙給永遠遮蔽了陽光。這條河流發出我不曾在別的地方聞過的邪惡臭味，或許某天，這氣味會幫我找到此地也說不定，因爲我應該可以立刻辨認出來。過橋之後便是用大卵石鋪成的壅狹街道，圍著欄杆；然後是一段上坡路，剛開始還算平緩，但到了奧賽爾街便陡峭得難以置信。

我從沒看過任何一條比奧賽爾街還要狹窄與陡斜的街道了。它幾乎可用懸崖來形容，所有的車輛都不准通行，主要部分是由幾段樓梯所組成的，上方的盡頭處則是一堵爬滿長春藤的高牆。路面的材料則不一定，有時是石板，有時是圓卵石砌成的，有時則是光禿禿的泥土，只有一些綠色植物苟延殘喘著。那些房子都很高，屋頂上有遮簷，古老得難以置信，而且瘋狂地前仆後仰、東倒西歪。偶爾會有兩棟相對而立的房子，同時往前傾斜，橫跨過街道上，幾乎像是一座拱門；如此一來，大部分的光線當然都與地面隔絕了。街上，在屋與屋之間，可見到幾座高架橋。

那條街上的居民尤其讓我印象深刻。起先我以爲，這是因爲他們全是沉默寡言、含蓄內斂的一群；後來我才明白，事實上是因爲他們都非常年邁。我不知道自己是怎樣住進這條街的，因爲當年遷入時的我，已不是現在的我。我住過許多破爛的地方，總是因爲付不出錢而遭到驅逐；直到最後，我碰見了奧賽爾街上那棟搖搖欲墜的房子，那是由全身癱瘓的布藍達特負責掌管的。從這條街的頂端數過來，它是第三棟房子，卻是目前爲止最高的一棟。

我的房間在五樓，那是上頭唯一有人居住的房間，因爲這棟房子幾乎是空空蕩蕩的。在抵達的那晚，我聽到一陣奇怪的音樂，從上方有遮簷的閣樓裡傳出來，於是隔天我向老布藍達特問起這件事。他告訴我，那是一位自稱艾瑞克・贊的德國小提琴家，是個形跡詭異的啞巴老頭，晚上會在一間普通的音樂廳裡表演；此外他還補充，艾瑞克・贊從音樂廳回來之後，總喜歡在夜裡演奏，所以他才會選上那個天高皇帝遠、與世隔絕的房間；那個房間的三角窗是這條街上唯一可以越過那堵邊牆，而看見後面的下坡路與全市風景的地方。

從此以後，我每晚都聽見艾瑞克・贊的樂聲，雖然他讓我不得安眠，但那奇怪的音樂卻讓我魂牽夢縈。我對於音樂所知甚少，但我確定這種和諧的感覺與我之前聽過的任何音樂毫無關聯；於是我認定他是一位具有高度原創性的天才作曲家。我聆聽的時日愈久，著迷的程度就愈深，於是一個星期之後，我決定和這位老先生交個朋友。

某天晚上當艾瑞克・贊工作回來之後，我在走廊上攔住了他，並告訴對方我想認識他，和他一起聆聽演奏。他是個矮小、瘦弱且彎腰駝背的男人，穿著邋遢，有著藍色的眼睛與好色之徒般的怪異臉龐，頭髮幾乎已經全禿了；他對我的開場白似乎感到憤怒與恐懼。但我開誠佈公的友善態度終究還是感化了他；於是他彆彆扭扭地示意我跟他走上那座又暗、又搖晃得嘎吱作響的樓梯。這個陡斜的閣樓裡僅有兩個房間，他的房間位於西側，面向街道頂端的那堵高牆。房間非常寬敞，又因爲家徒四壁與未加裝飾的緣故而顯得更大。家具只有一張窄小的鐵床、一座骯髒的洗手台、一張小小的茶几、一個大書架、一座鐵製的樂譜架，以及三張老式的椅子。牆壁是光溜溜的木板，大概不曾用灰泥塗過；而滿室的塵埃和蜘蛛網，讓這個地方看起來更荒蕪了。艾瑞克・贊的美麗世界顯然是埋藏在某個遙遠的想像國度。

這位啞巴先生示意我坐下，之後便把門給關上，並隨手將那個巨大的木頭門栓一扭，接著點燃一根蠟燭，好看清他所攜帶的東西。此時他掀開低音提琴上那層被蟲蛀壞的罩子，抱著樂器，端坐在一張最不舒服的椅子上。他並沒有使用樂譜架，而是根據記憶來彈奏，並且沒讓我有選擇的機會，他以一種我從未聽過的旋律，使我陶醉了足足一個小時以上；這種旋律一定是他自己創造的。對於一位對音樂不熟悉的人來說，要準確無誤地描述出它們的特質是斷無可能的。它們似乎是一種格賦曲，一再重複幾個最令人心醉神馳的段落，但對我而言最特別的地方是，它們缺少了其他時候我在底下的房間裡所聽到的奇怪音調。

我記得那些耐人尋味的音符，因此儘管曲不成調，仍經常對著自己哼唱；於是當這位演奏者終於放下樂器時，我問他是否能將一部分的樂譜借給我。我才剛開口請求，那張皺紋遍佈、看來好色的臉龐，卻立刻失去他在演奏中不動如山的沉穩之感；彷彿又露出我剛認識他時那種憤怒與恐懼交織的神情。有一會兒，我試著說服，而不顧這位老頭的古怪想法：我甚至還用口哨吹了幾段我在前夜所聽到的曲調，試圖喚醒這位主人益發詭異的心情。但沒過多久，我就不再窮追不捨了，因爲當這位啞巴琴師認出我吹奏的曲調之後，他的面孔立刻扭曲成一種完全無法理喻的表情，而他那隻又長又冰、骨瘦如柴的右手，則伸過來捂住我的嘴，硬把我那粗糙的模仿聲音給壓了下來。就在他做出動作的同時，更詭異的是，他還神經兮兮地瞥向那扇窗簾掩蔽的窗戶，彷彿害怕會有什麼東西闖進來似的——然而這座高高在上的閣樓，是任憑附近的屋頂都無法攀爬上來的，因此他的眼神就更費人疑猜了。誠如門房所說的，這扇窗戶是在這條陡峭的街道上，唯一可以越過頂頭那面牆眺望的地方啊！

這位老人的眼神使我想起布藍達特的叮嚀，於是我的心情突然一變，想要看看山頂彼側那片遼闊且令人目眩的全景，那兒有著月光照耀的屋頂與五光十色的市燈，但眼前卻只有這位執拗的音樂家有幸飽覽奧賽爾街道上的每一位住民。於是我朝窗戶走過去，準備要將那些難以名狀的窗簾拉開，但這時，那位啞巴房客又和我槓上了，而且那張既驚且怒的表情比之前更誇張；當他緊張兮兮地用雙手奮力將我拉回時，這次他改用頭朝門的方向示意。我被這位主人煩透了，要求他放開我，並告訴對方我要立刻走人。於是他緊抓的手鬆開了，當他看出我的厭惡和惱怒之後，他自己的憤怒似乎也消退了。他再次握緊拳頭，但這回卻是以一種和善的態度，他要我坐在一把椅子上；接著他露出若有所欲的表情，這位外國人在那張亂七八糟的桌子上方，用鉛筆生硬地寫下許多法文字。

最後他終於將這張便條紙交給我，一副求我忍耐與原諒的模樣。艾瑞克．贊說他是個又老又孤單的傢伙，而且他的音樂和其他的事情，讓他飽受奇怪的恐懼與神經錯亂的折磨。他很高興我能欣賞他的音樂，並希望我再次來訪，而不要介意他的古怪行徑。但他無法向別人彈奏他的奇怪旋律，也無法接受別人彈奏它們；此外，他也無法忍受別人碰觸他房間裡的任何東西。直到我和他在走廊上的對話之後，他才曉得原來在我的房間裡可以聽到他的彈奏。這時他又問我，是否可以請布藍達特安排我住在更樓下的房間，如此一來，我在晚上就不會聽到他的音樂了。他寫道，他會補足租金差額的。

當我坐著解讀他的粗劣法文時，對於這位老頭的同情就愈深。如我一樣，他也是一位飽受身心折磨的人；而我的哲學課程則教我和善待人。正當一片沉默之中，我聽見窗戶那頭傳來細微的聲響——一定是那扇窗戶在夜風的吹襲下咯咯作響，但我卻和艾瑞克．贊一樣，因為某種原因而大吃一驚。於是我讀完之後，便和這位主人握握手，然後像個朋友似地離開。

隔天，布藍達特給了我一個較為昂貴的房間，就在三樓那層，一邊住著一位放高利貸的老人，另一邊則住著一位品行端正的室內裝潢者。四樓則沒住半個人。

不久之後我便發現，艾瑞克．贊並不像當初他勸我從五樓搬下來時，那樣熱切地希望我作伴。他並沒有邀請我拜訪他，而且當我登門造訪時，他也顯得惶惶不安，彈奏起來更是無精打采的。這事總發生在夜裡——因為白天他要睡覺，不許任何人打擾他。我對他的喜愛並未增加，儘管那個閣樓的房間和奇怪的音樂，確實對我有一種莫名其妙的吸引力。我有一種奇特的欲望，想從那扇窗戶瞭望出去，讓視線越過那堵牆，沿著一片看不見的斜坡，落在那些鋪展開來的光亮屋頂和尖塔上。有一次我趁著艾瑞克．贊到音樂廳工作的時候，走到那間閣樓上去，不過房門卻是鎖上的。

我有辦法做到的，是趁著夜裡偷聽這位啞巴老頭的演奏。起先我會躡手躡腳地走回原來我住的五樓，爾後，我的膽子更是大到敢踏上最後那段嘎吱作響的樓梯，爬到那間斜斜的閣樓上去。我經常在狹窄的走廊上，站在那道拴起來的房門外，門上的鑰匙孔已經堵死，就這樣聆聽著令我害怕得無言可喻的樂音——這種恐懼感混雜著曖昧不明的好奇與徘徊不去的神祕。這並不因為音樂本身很難聽，不是這樣的；而是因爲它們所夾帶的感覺，似乎暗示著某種不屬於地球的東西，而且在某些小節上，它們似乎還發出某種交響效果，令人很難想像那是由一位演奏者單獨製造出來的。當然，艾瑞克・贊是個狂放不羈的天才。隨著一個星期接一個星期過去，演奏變得愈來愈瘋狂，反之這位年邁的音樂家，卻愈來愈憔悴與鬼祟，令人不忍卒睹。如今任何時候他都拒絕見我，就算是在樓梯上巧遇，他也會刻意迴避我。

接著有一天晚上，我倚在門外偷聽，就這樣，我聽見那把尖聲嘶鳴的提琴，逐漸增強爲一堆亂哄哄的聲音；要不是那扇鎖上的大門背後，出現了一個慘不忍睹的證物，足以證明這個恐怖的事實，否則，這場吵雜還眞會讓我懷疑自己受驚的神智是否正常呢——那項證物便是一位啞巴才有辦法發出來的喊叫聲，既嚇人，又口齒不清，而且是在最恐懼與痛苦的時刻下才發得出來的。於是我不斷敲門，卻沒有任何回應。之後我在陰暗的走廊上等著，因寒冷與恐懼交迫而渾身發抖，直到我聽見這位悲慘的樂師提起微弱的力氣，在一張椅子的扶助下，從地面撐身而起。我相信他一定剛從一陣昏迷中甦醒過來，於是我再度敲門，同時喊出我的名字，好讓他安心。我聽見艾瑞克・贊蹣跚地走向窗戶，把窗簾和窗框掩上之後，再踉蹌地走到門邊，接著猶豫不決地開門讓我進去。這回他見到我的喜悅之情倒是千眞萬確的；因爲他那張扭曲的臉龐閃現出一絲解脫的表情，一面死命地抓著我的外衣不放，像個小孩揪著母親的裙子一般。

老頭悲慘兮兮地顫抖著，強迫我坐在一張椅子上，自己也陷入另一張椅子裡，一旁則是他的低音提琴和弓弦，隨意地躺在地板上，他一動也不動地坐了好一陣子，莫名其妙地猛點著頭，卻奇怪地顯出一副豎耳傾聽且驚訝不已的模樣。接著他似乎感到心滿意足了，於是在桌旁的一張椅子上，寫下短短的幾行字，再把它交給我，接著他又轉回桌上，開始急促不斷地寫著。那張紙苦苦央求我，爲了滿足我的好奇心，在他準備以德文全盤托出困擾他的驚奇和恐懼是什麼之前，請我務必耐心等候。於是我就這麼等著，而那個啞巴男人則運筆如飛。

大約一個小時之後，我還在等著，那個古怪樂師振筆疾書的紙張仍然持續增高，直到我看見艾瑞克．贊宛如從可怕的驚嚇中振起。沒錯，他正注視那扇窗簾遮掩的窗戶，還一面膽戰心驚地傾聽著。然後讓我半信半疑的是，我自己好像也聽見了聲音；儘管那不是個恐怖的樂聲，卻相當低沉且極其遙遠，似乎暗示著在附近的房子裡，或在那堵高牆背後某個我看不見的角落，也住著某位演奏者。這聲音對艾瑞克．贊的影響十分驚人，他立刻放下鉛筆猛然起身，然後抓起他的低音提琴，開始以最瘋狂的演奏劃破夜晚；除了在拴起的門外洗耳恭聽以外，我從來不曾聽過他的弓弦流瀉出這樣的曲調。

想要描述出艾瑞克．贊在這個恐怖夜晚的演奏，將是一件徒勞無功的事。它比我聽過的任何音樂都更加恐怖，因為此刻我可以親眼看見他的表情，而且瞭解這次演奏的動機，完全是出於恐懼。他正努力於製造喧嘩，以便抵擋某樣東西，或把某樣東西趕出去——至於那是什麼東西，我卻無法想像，即使我可以感覺到它一定非常嚇人。他的演奏開始變得荒誕、錯亂，而且歇斯底里，不過終究還是保留了這位怪老頭的精湛天分。我認得這個曲調——那是一首音樂廳裡很流行的匈牙利狂舞曲，於是我回想了一下，發現這是我第一次聽見艾瑞克．贊演奏其他作家的曲子。

演奏愈來愈大聲、也愈來愈瘋狂，終於超出那把絕望的低音提琴所能發出的尖叫與哀鳴。這位演奏者一面揮灑著不尋常的汗水，一面如同猴子般地扭動著；還一直癡癡地凝視著那扇簾子遮掩的窗戶。在他瘋狂也似的賣力演出當中，我幾乎看見一群陰沉的好色之徒與狂歡作樂者，穿過翻騰的雲朵、煙霧與電光，狂亂地舞動與旋轉著。然後，我想我聽見一個更尖銳且更持久的音符，但並不是由低音提琴所發出來的；那是從遙遠的西方傳來的音符，冷靜、從容、意味深長，並且充滿嘲笑。

就在這個當口，室外驀然旋起一陣晚風，恰似呼應室內的瘋狂演奏，於是百葉窗就在晚風的咆哮下嘎吱作響起來。艾瑞克・贊尖聲吶喊的低音提琴已經超出了極限，正在發出我想不到一把低音提琴能夠發出來的聲音。百葉窗的碰撞聲變得更強烈、更放肆了，而且開始猛力地撞擊窗戶。接著玻璃就在持續的衝擊之下應聲碎裂，於是夜風闖了進來，致使燭火劈里啪啦地搖晃著，且吹亂了艾瑞克・贊方才在桌上提筆寫出恐怖祕密的紙張。我注視著艾瑞克・贊，看出他已經喪失清明的觀察力。他那對藍色的眼睛突了出來，一副呆滯而盲目的模樣，於是這場瘋狂的演奏，變成了一場筆墨無法形容的狂歡儀式，茫然、呆板，而且一團混亂。

剎那間，一陣無比的強風攫掠了那些手稿，夾帶著它們吹往窗戶。於是我絕望地追著這些飛揚的紙張，但在我觸及毀壞的窗玻璃以前，它們已經飄逝無蹤了。然後我記起之前想從窗戶遠眺的渴望，那可是奧賽爾街上唯一可以看見牆後的斜坡與下方城市的窗戶啊！天色非常昏暗，不過城市裡總是燈火通明，於是我期待能夠在風雨中見到這些景象。蠟燭一面劈啪響著，而瘋狂的琴聲則伴隨著晚風一同嚎叫，這時，我從本地最高的三角窗眺望出去，卻看不見底下的城市，也沒有溫暖的燈光從熟悉的街道上綻放，只有一望無際的黑暗；無法想像的空間生氣勃勃地充滿著動作與音樂，而地面上則沒有任何眼熟的東西。我當場楞在那裡，惶恐不安地張望著，這時，陣風卻將這間古老而陡斜的閣樓裡所有的蠟燭吹熄，將我留置在殘酷與無法穿越的闃暗中，眼前是一片混亂與喧鬧，而背後則是那把那把夜半嘶吼的低音提琴，如同惡魔般地抓狂。

我在黑暗中踉蹌退後，手邊沒有工具可以點火，我一路碰撞著桌子、翻倒一張椅子，最後終於來到黑暗與駭人的樂聲一同嘶喊的地方。爲了拯救自己和艾瑞克・贊，至少我得放手一搏，不管對抗我的力量是什麼。有一次我察覺到，似乎有某個冰涼的東西從我身旁掠過，於是我發出尖叫聲，卻被低音提琴的噪音給淹沒了。突然間，那把瘋狂的弓弦在黑暗中擊中了我，於是我知道自己就在演奏者的附近。我摸索著往前邁進，先是碰到艾瑞克・贊的椅背，接著找到他的肩膀，於是我奮力地搖晃起來，試圖讓他恢復神智。

但他卻沒有任何反應，那把低音提琴仍在尖叫，絲毫沒有放鬆的跡象。於是我把手移到他的頭部，如此我可以制止他那機械式的點頭動作，然後在他耳畔大吼著說，我們必須趕緊逃離這些不明的夜行怪物。但他既沒有回答我，也沒有減弱他那瘋狂而難以言喻的樂曲，此時，一陣陣詭異的旋風，似乎一股腦兒地穿透了這扇三角窗，在黑暗與喧鬧之中狂舞著。當我的手觸摸到他的耳朵時，全身不禁爲之一凜，雖然我不知道爲什麼——直到我感覺到他那張死寂的臉，這才明白過來；那張冰涼、僵硬、無聲無息的臉龐，呆滯的眼球了無作用地凸進虛空中。然後某個奇蹟發生了，我居然找到房門和巨大的木拴，於是瘋狂也似的往前急衝，逃離那個眼神呆滯的黑暗怪物，也逃離那把該死低音提琴的鬼哭神號，甚至在我奔逃的途中，它的憤怒還在持續增強。

我用跳的、用飄的、用飛的，逃下那座永無止盡的樓梯，穿過陰暗的屋子；不假思索地奔進那條狹窄、陡峭、夾著階梯與危樓的古老街道；稀里嘩啦地步下階梯，越過大卵石，抵達下方的街道，和那條臭氣沖天、夾岸高聳的河流；然後氣喘吁吁地跨過那座巨大的黑色橋樑，到達較爲寬闊、也較光明的通衢大道；這些便是讓我揮之不去的恐怖印象。然後我記得這時並沒有風，月亮也露出臉來，而且全市所有的燈火都在閃爍著光芒。

儘管我儘可能細心地尋找與調查，卻再也找不到那條奥賽爾街了。不過我並沒有完全感到失望，不管是因爲遍尋不著，還是因爲那些寫得密密麻麻的紙張已經消失在無法想像的混沌之中，儘管只有這些紙張，才能解釋艾瑞克・贊的音樂。

克蘇魯的呼喚

在如此偉大的力量與生物中，或許有什麼東西存活了下來……從遠古時代生存至今……在遠古時代出現的意識形式，也許早在人類前進的狂潮湧上之前即已撤退……唯有詩歌或傳說能為這些形式捕捉住一絲飛逝的記憶，並稱呼它們為神靈、怪獸，與各式各樣的神話生物……

——布萊克伍❶

一、恐怖泥浮雕

我認爲世界上最慈悲的事，莫過於人類的心靈無法將其全部的內容整合起來。我們生活在一個充滿無知的平靜世界裡，置身於無垠的黑暗大海中，但這並不意味著我們應該遠遊。不同領域的科學各往各的方向前進，迄今仍未對我們造成太大的傷害；然而有朝一日，當各方知識串連在一起之後，便會揭露出事實眞相的可怕景象，以及我們存在於此的危險處境，屆時，我們若不是在眞相大白之後便發了瘋，便是從光明磊落的世界，遁入黑暗的新紀元所能提供的祥和與安全感中。

譯注

❶布萊克伍（Algernon Blackwood，1869～1951），神祕故事作家。

通神論者曾經臆測過令人驚嘆的宇宙循環週期，而我們人類與這個世界，都只是週期裡偶然的插曲而已。偶爾有些奇形怪狀的生物存活下來，恐怖得讓人血液凝滯，所幸我們有枯燥無味的樂觀主義足以粉飾太平。不過我並不是在它們身上，窺見那禁忌的永恆的；每當我一想到此就寒毛直豎，夢見時更是令我抓狂。那一瞥，就像所有驚見眞相的情況一般，是將許多分離的事物，意外拼湊起來之後才乍然出現的——本例中是一則過時的新聞報導，和一位已故教授的筆記。我希望除了我以外，沒有人能夠完成這項拼湊之舉；當然，假如我還活著的話，我絕對不會刻意爲如此醜陋的連鎖事件提供任何環節的。我想那位教授也是如此，他也想守住他所知道的那部分祕密，要不是死神突然逮到了他，想必他會毀了這份筆記的。

我對於這件事情的瞭解，始於一九二六年至二七年的冬天，當時我的伯祖喬治．甘莫．安吉爾才剛過世，他是一位閃族語言（Semitic Languages）的名譽退休教授，任教於羅德島上普洛維頓斯鎭的布朗大學。安吉爾教授是一位研究古代碑文的著名權威，各大博物館的館長經常向他求教；因此當他以九十二歲的高齡謝世之時，想必有許多人還記得。不過他的離奇死因，卻引起了地方人士的興趣。就在教授從紐波特搭船返鄉之後，他便受到病魔的侵襲；誠如目擊者所描述的，他被一位貌似水手的黑人推了一下，然後就倒地不起了，這位黑人來自某座險峻山腰上一處詭異而陰暗的庭院，而這座山腰乃是連接海邊和這位受害者位於威廉斯街上的住宅之間的捷徑。大夫們都無法找出任何明顯的毛病，只能在一番多空交戰的辯論之後，判定他的心臟有些機能障礙，可能是因爲他的年紀過於老邁，再加上急遽爬上如此陡峭的山丘，才造成死亡的。當時我實在看不出有任何反駁這項診斷的理由，不過最近我卻開始懷疑起來——而且不只是懷疑而已。

由於伯祖死時是無子的鰥夫，於是我成了他的繼承人和遺囑執行人，必須十分謹愼地瀏覽他的文件；爲此之故，我將他的整個檔案夾和大箱小篋，全都搬到我在波士頓的住處。大部分的資料日後都交由美國考古學會負責出版，不過有個箱子卻讓我感到格外困惑，因此很不願意向人展示。這個箱子原本是鎖起來的，而我始終找不到它的鑰匙，直到我突然靈機一動，心血來潮地檢查了這位教授經常放在口袋裡的那只私人戒指。當然，我是成功地打開它了，但結果似乎只是碰到一道更大且更小心封鎖的障礙而已。我所找到的奇怪泥浮雕、支離破碎的筆記、散亂的文章與剪貼等，到底有什麼樣的意義呢？難道我的伯祖在晚年時，被這些膚淺的僞造品給沖昏了頭嗎？我決定找出這位古怪的雕刻者，因爲他必須爲這位老人的平靜心靈所遭受的巨大衝擊負責到底。

這個淺浮雕是個粗糙的長方體，厚度不到一英寸，面積大約是五英寸乘以六英寸；顯然是個現代產物。然而它的設計風味和意涵，倒是與現代相去甚遠；雖然它處處展現出許多奇特狂野的立體主義與未來主義圖案，卻看不出那些暗藏在史前文字裡的隱密規則。而這一大堆圖案想必是某種文字吧！儘管我對伯祖的文件和收藏相當熟悉，但就我的記憶卻無法辨識出這些特殊物品，甚至想不出任何與它有關聯的文字。

比這些象形文字更加醒目的，則是一幅鮮明的動物畫像，雖然印象主義的手法將它的特徵給模糊化了。它似乎是某種野獸的描繪或象徵，唯有病態的幻想才有辦法創造出這樣的形貌。我天馬行空地想像牠是章魚、龍與漫畫人物的混合物，我認爲這樣的說法與這東西的旨趣並不違背。它有一顆果肉狀、長著觸手的頭，掛在一具怪異且有鱗片的軀體上，身上還帶有退化的翅膀；不過最讓人驚駭萬分的地方，卻是這東西的**整體輪廓**。而在這個物體的背後，則隱約顯現著一棟巨石式（Cyclopean）的建築物。

除了一些新聞剪報之外，伴隨這個怪物一同出現的，還有安吉爾教授近年來的筆記；而且是用最淺顯的文字寫成的。主要內容的開頭似乎是「克蘇魯邪教」（CTHULHU CULT），十分費力地用印刷體寫下來，以免人們讀錯了這麼一個陌生的字眼。這份手稿分成兩大部分，第一部分的開頭是：「一九二五年——威爾卡斯的夢境與夢境之作品，羅德島，普洛維頓斯鎮，湯瑪斯街七號。」第二部分的開頭則是：「約翰·勒格拉斯巡官的故事，路易斯安那州，新奧爾良，邊維街一二一號，於一九〇八年應用科學準學士會議——當事人的筆記與韋伯教授的陳述。」其他全是一些簡短的手稿，其中描述了某些人的奇怪夢境，有些則是從通神論的著作（尤其是史考特——艾略特的《亞特蘭提斯與失落的黎姆利亞》一書）與雜誌摘錄下來的片段，其餘則評論了一些存在已久的祕密會社與祕教信仰，並從諸如弗雷澤的《金枝》與莫瑞女士的《西歐之女巫崇拜》等神話學與人類學的史料中引經據典。至於剪報上則論及一些誇張的精神疾病，以及一九二五年春天時所爆發的幾次集體盲動事件。

主要手稿的前半部訴說了一則非常特別的故事：

一九二五年三月一日當天，有名年輕男子帶著這塊泥浮雕前來拜訪安吉爾教授，這人長得又瘦又黑，神經兮兮、神情激動，當時，那塊剛出爐的泥雕還非常潮濕。他的名片上寫的是亨利·安東尼·威爾卡斯，我伯祖認出他是某個名門望族的小兒子，伯祖對他的家族略有所聞；這位年輕人曾經在羅德島設計學院學過雕塑，並且隻身住在學校附近的一棟鳶尾花大樓裡。威爾卡斯是個早熟的年輕人，才華洋溢，但言行詭異，而且從童年時期開始，他便藉由一些奇奇怪怪的故事書和夢境，引起他人的注意，他早已習慣將自己幻化其中。他聲稱自己具有「高度敏銳的心靈」，不過在這座古老的商業城市裡，正經八百的居民卻只管叫他是個「怪人」。他從不和同類的人廝混在一起，於是他逐漸淡出這個社會，如今只有一小撮來自其他城鎮的美術愛好者認得他。饒是極力維護保守傳統的普洛維頓斯藝術俱樂部，也覺得他這個人非常無藥可救。

在拜訪過程中，這位雕塑家瀏覽了教授的手稿之後，便想要借重教授的考古知識，於是他突然請問教授可否幫他辨認這塊淺浮雕上的象形文字。他說話的態度如此縹渺與誇張，顯得有些做作與疏離。但我伯祖的回答有些尖銳，因爲這塊泥版的新鮮度，讓人一眼就看出它與古物之間毫無瓜葛。然而，威爾卡斯這位年輕人的二次答辯，卻讓我伯祖不但銘記在心，而且還可以逐字記載下來；這段話應該就和全程的對話一樣，充滿了如夢似幻的詩意特質，之後我還發現，這正是他個人顯著的特色。他說道：「這的確是新的，因爲它是我昨夜在充滿奇幻城市的夢境中所製作的；然而夢卻是一種比深謀遠慮的推羅王、腸枯思竭的斯芬克斯❷，或是比花園環繞的巴比倫還要古老的東西啊！」

於是從那時候開始，他便漫無邊際地聊起這個故事，剎那間喚醒了熟睡的記憶，並贏得我伯祖的高度興趣。就在前一天晚上，發生了一場輕微地震，是新英格蘭地區幾年來最常發生的那種；然而威爾卡斯的想像力卻因此受到激烈影響。當時他正入眠，並做了一個史無前例的夢，夢中全是由巨大石塊和聳入雲霄的石柱建造而成的偉大城市，滴淌著綠色的滲出物，並暗藏著某種恐怖。包括牆壁和柱子全都佈滿了象形文字，而且有個不像聲音的聲音，從底下某個無可探知的地點傳出；那只是一團混亂的感覺，唯有依靠想像力才能將它轉變爲聲音，不過他卻以一連串幾乎無法發音的字母，「Cthulhu fhtagn」——試圖將它表達出來。

正是這串雜亂的字母開啓了安吉爾教授的記憶，並使他感到興奮與不解。他以科學式的縝密盤問起這位雕塑家，然後幾近瘋狂地端詳起這塊淺浮雕。某天夜裡，這位年輕人滿頭霧水地悄然醒來，身

譯注

❷斯芬克斯（Sphinx），希臘神名，帶翼的獅身女怪，傳說常叫過路行人猜謎，猜不出者即遭噬食。

上裹著睡衣直打哆嗦，這時他發現自己正在動手做的，就是這個淺浮雕。後來威爾卡斯表示，我伯祖還埋怨自己的年紀太大，致使在辨認這些象形文字和圖案設計時，速度如此緩慢。在這位訪客看來，我伯祖似乎提出了許多非常不著邊際的問題，特別是那些設法將這些圖案和一些奇怪的教派或會社聯想在一起的問題。威爾卡斯無法理解，爲何當他要求參與某些盛行的神祕或異教組織時，其一再得到的回應卻是沉默。等到安吉爾教授相信，這位雕塑家對任何教派或隱密學說確實一無所知之後，他便強迫這位訪客日後要向他報告夢境的始末。於是這項舉動得到了定期的成果，因爲經過第一次訪談之後，我伯祖每天都會親筆記下這位年輕人的電話內容，在此期間，這位年輕人夜裡所夢見的一些零碎的驚人意象，內容總是關於一些黑色與潮濕石塊的龐大景象，還有洞穴裡的聲音，或某種消息，雖然以單調的方式呼喊，卻出奇地引起感官的震撼，除了用胡言亂語來形容之外，實在找不到其他更恰當的字眼。那兩個最常重複的聲音，若用文字來表達便是——「克蘇魯」與「拉葉」。

手稿上面繼續寫著，三月二十三日這天，威爾卡斯並未現身；經我伯祖到他住處幾番詢問之後，才知道他莫名其妙地發了高燒、病倒了，於是住在華特曼街的家人便把他帶回家中。他曾在夜裡大吼大叫，因而驚醒了幾位同棟大樓裡的藝術家；之後他便輪番出現無意識與昏迷這兩種狀態。

伯祖立刻打電話給這家人，從此以後更是密切留意這位病人；他也經常打電話到托比醫生位於泰爾街的辦公室，因爲他知道是這位醫生負責照料的。這位年輕人發過高燒後的心靈，顯然正駐留於某些奇怪的事物中；偶爾當他開口說話時，均不禁讓這位醫生寒毛直豎。它們不只包括之前不斷重複的夢境而已，而且還狂亂地觸及某個「高達數英里」的巨大怪物，拔山倒海似的到處橫行。他從未完整描述過這個怪物，只是偶爾出現一些胡言亂語，一如托比大夫所複述的；這使得安吉爾教授相信，它一定和那位年輕人夢中的雕塑所要呈現的無名怪物有關。大夫又補充說，那個怪物想必就是讓這位年輕人遁入昏迷狀態的前奏曲。奇怪的是，他的體溫並未高出正常標準太多；但從整體的情況看來，倒像是眞的發了高燒，而不是什麼精神錯亂。

四月二日下午三點鐘左右，威爾卡斯的一切病狀突然不見了。他直挺挺地坐在床上，訝然發現自己在家裡，而且對於三月二十二日晚上以後所發生的一切事故完全無知，無論是夢中或眞實世界。醫生宣布他已經痊癒了，於是三天後他便搬回自己的住處；不過對安吉爾教授來說，他已經沒有什麼作用了，因爲所有關於奇怪夢境的線索，都已隨著他的復原消失無蹤，而且連續一個星期，他都只說出一些最平常不過的景象，毫無意義可言，於是我伯祖再也沒有繼續記錄他的夜間思緒。

手稿的前半部到此結束，不過其中有某些零散的記載，卻提供了我許多思考的來源——這些筆記是如此豐富，事實上，要不是我早已養成徹底的懷疑傾向，否則很難不去相信這位藝術家。這些筆記也描述了其他人的夢境，發生的日期與年輕的威爾卡斯離奇造訪的時間約莫相當。我伯祖似乎很快地進行了數量龐大且範圍廣闊的調查，幾乎有些冒昧地波及所有可供諮詢的朋友；他每天晚上都請他們描述夢境，並回想過去曾經出現過特殊幻境的日期。他所得到的回應不一而足；不過至少一定超過一般人所能得到的回應，尤其是在缺少祕書協助的情況下能得到如此成果更是難得。原始資料並沒有保留下來，不過他的筆記卻做了一番非常徹底與重要的整理。無論是社會上或商場上的人——也就是新英格蘭地區居民傳說的「世界上的鹽」（salt of the earth）❸——其所提供的結果幾乎都是負面的；儘管偶爾有幾個零星的個案，會出現一些惶恐不安、支離破碎的夜間印象，而且總是發生在三月二十三

譯注

❸出自《新約・馬太福音》，意指社會中堅與菁英分子。

日到四月二日之間——亦即年輕的威爾卡斯昏迷的期間。至於專業技術人員的情況也好不到哪兒去，不過其中有四個人曖昧地描述道，他們彷彿瞥見了一些光怪陸離、瞬間即逝的景致，其中還有一個人提到他被某種異常的怪獸所驚嚇。

最後是藝術家和詩人提供了令人滿意的答案，我知道，要是他們有機會對照這些筆記的話，可能會引起一場不可收拾的恐慌。由於缺少原始信件，於是我只能推測，這位編輯者可能只問了一些主要的問題，或是朝著他想要看到的結果整理。這也就是爲什麼我會持續感覺到，這位對我伯祖的舊資料略有所知的威爾卡斯，一直在欺騙這位經驗老到的科學家。而那些唯美主義者所描述的，則是一個令人困惑的故事。從二月二十八日到四月二日這段期間，他們之中有很多人都夢到了一些非常詭異的東西；而且在威爾卡斯這位雕塑家昏迷的期間，這些夢境更是無比強烈。其中有超過四分之一的人報告了完整的經過，也道出類似於威爾卡斯所說的景象或聲音；有些作夢者還坦承，在夢境結束時，他們受到某個無名的巨大怪物所驚嚇。其中有個筆記上特別強調的例子，情況更是慘不忍睹。案主是位廣爲人知的建築師，其對通神論或神祕主義頗有偏好，他在年輕的威爾卡斯發病那天，心智產生強烈的錯亂，接著便在持續尖叫好幾個月之後斷氣身亡，終於免於那群地獄逃犯的迫害。要是我伯祖在提到這些案例時，是用眞實姓名而非代號的話，那麼我就可以私下調查並進行確認；不過事實上，我只能成功地追蹤到少數幾位。然而這些個案竟然完全支持筆記上的描述。我經常揣度著，教授所有的訪談對象，是否都和這一小撮人一樣困惑不已。也許對他們來說，得不到任何解釋反倒是一件好事。

至於之前我所提到的剪報，則是關於那段期間曾經發生過恐慌、狂躁與奇言異行的案例。安吉爾教授一定得運用剪報台，因爲這些文件的數量實在是太龐大了，而且資料來源散見於世界各地。倫敦有個在夜裡自殺的案例，那是一位隻身就寢的人，在一陣驚叫之後，從窗戶跳樓自殺。還有一封信手拈來的信，寫給南美某家報社的編輯，那是一位盲信者，追溯他在幻境中所看到的悲慘未來。還有一篇來自加州的新聞稿，裡頭說到有塊殖民地是由通神論者所開闢的，他們身上都披著白袍，想要一起完成某項「光榮任務」，但終究沒有成功；至於來自印度的消息則語帶保留地表示，當地在三月底時發生了嚴重的暴動。海地的巫毒儀式有增加的跡象，而非洲軍事基地則有一些不祥的傳聞。駐在菲律賓的美國官員，也發現這段時期有些部落特別愛惹麻煩，而紐約的警察則是在三月二十二到二十三日的晚上，被一群歇斯底里的黎凡特❹暴民所包圍。至於愛爾蘭的西部，也充滿了流言蜚語，其中有位名叫安卓斯—波奈特的精彩畫家，於一九二六年春天的巴黎畫展中，懸掛了一幅離經叛道的畫作，題目就叫做「夢境」。至於精神療養院所報告的騷動事件，更是多到只有奇蹟才能讓這些醫療弟兄們不去注意到某些離奇的巧合，進而做出一些讓人不知所云的結論。還有一大堆奇奇怪怪的陳年剪報。如今我實在很難想像，自己怎麼能夠拿出無情的理性態度，將它們擱置一旁。不過當時我相信，年輕的威爾卡斯對於教授所提到的這些舊事，應該是心裡有數的。

二、勒格拉斯巡官的故事

這些陳年舊事構成了長篇手稿的第二部分，也正是它們的緣故，才讓這位雕塑家的夢境和他的那塊淺浮雕，對我伯祖具有如此不凡的意義。安吉爾教授似乎曾經看過這個無名怪物的駭人輪廓，不但深受這些未解的象形文字所困擾，而且還聽到了那些只能用「克蘇魯」一詞聊以傳達的邪惡聲音；而

譯注

❹黎凡特（Levantine），地中海東部地區諸國人。

兩者的關聯是如此驚人與恐怖，無怪乎他會不斷逼問威爾卡斯這位年輕人確切的日期。

較早的一次經驗是發生在一九〇八年，亦即美國考古學會在聖路易斯市舉行年會的十七年前。安吉爾教授實至名歸的權威和成就，使他不但在所有的會議上扮演舉足輕重的角色，而且也是幾位門外漢諮詢的頭號對象，他們藉著會議期間來此詢問，以尋求正確與專業的解答。

這群門外漢的主導者很快地成為整場會議的焦點，他是一位其貌不揚的中年男子，大老遠地從新奧爾良來到此地，只為了得到一些無法從地方上獲得的訊息。他的名字是約翰・雷蒙・勒格拉斯，在警局裡擔任巡官。他還帶了此次造訪的主題，那是一尊詭異又噁心的石雕像，顯然非常古老，至於它的來源，巡官則無從確定。

勒格拉斯巡官對於考古學可是一點興趣都沒有，這點我們不難想像。而他對於眞相的渴望，純粹是出於職業考量。這個雕像或偶像、崇拜物之類的東西，是幾個月前一次襲擊巫毒教聚會的過程中，在新奧爾良南部一處長滿樹木的沼澤地裡發現的；但由於這雕像所涉及的儀式非常邪惡詭譎，致使警方不得不承認他們遭遇了一個全然不明的黑暗教派，甚至比非洲最黑暗的巫毒團體更兇殘。除了從被捕的成員口中聽到一些古怪而難以置信的傳聞以外，他們對於這個雕像的來源，可說一無所知；因此警方亟欲獲得古老的傳說，幫助他們找出這個恐怖象徵的出處，以直搗這個教派的巢穴。

勒格拉斯巡官幾乎沒料到他提出來的東西會引起這樣的情緒反應。光是看那個東西一眼，就足以把這群科學界的人士，拋入一陣強烈的興奮狀態中。他們立即圍攏在他身邊，眼睛直盯著這座小雕像，其徹底的詭異和深不可測的古老，如此強烈地暗示著一段未曾開啓的陳年歷史。沒有任何一種雕塑學派曾經賦予這座可怕的雕像生命，然而在這個來路不明、微綠而黯淡的石頭表面下，卻似乎記錄了數百年，甚至數千年的歲月。

這尊雕像終於緩緩地從一個人的手中傳到另一個人手中，以便做近距離的仔細觀察；它的高度約爲七到八英寸，而且雕工十分精巧。它再現一個隱約像人的怪獸，卻有著一顆章魚般的頭顱，臉上則是一大片的觸鬚，身體有鱗而且有彈性，前腳和後腳都有巨大的爪子，兩側則有狹長的翅膀。這個東西似乎充滿了一種令人恐懼且不近人情的敵意，肥胖得像吹了氣似的，並邪惡地蹲踞在上面佈滿了無法解讀的文字的長方形石塊或臺座上。翅膀的尖端碰到了石塊的後緣，臀部則佔據了中央的位置，而那雙蜷曲起來的後腿，則用又長又彎的爪子緊摳住石塊的前緣，並朝著臺座的底部向下延伸四分之一。那顆狀似頭足類動物的頭顱向前傾斜，因而臉上的觸鬚末稍拂掠過巨大的前掌背面，而這雙前掌則交握在這尊蜷縮怪獸舉起的膝蓋上。整體看來栩栩如生得近乎異常，且更因爲它的出處不明，更微妙地增加了它的可怕。不過它的年代久遠到令人敬畏且無法估算，這點倒是不爭的事實；但沒有半點跡象顯示出它與古代——或任何時代——的任何已知藝術形式有關。

它的各個部分都是分開的，而眞正的材質則是個謎團；其暗綠色的皀質石塊上面，有一些金色或彩虹色的斑點與條紋，在地質學或礦物學的領域中，實在找不到任何相似之物。至於底座上的文字則同樣令人費解；就連這群深諳此道的世界級菁英，也沒有任何一位能提出絲毫的想法，哪怕是語言學上最遙遠的關聯也好。這些文字，就如同雕像的主題和材質一樣，屬於某種可怕的東西，年代既久遠，而且不爲人知；它們驚人地暗示著某種古老而邪惡的生命圈，那是一個咱們的世界和觀念都沾不上邊的地方。

然而就在與會代表們數度搖頭，並承認自己被巡官的問題打敗之後，其中有位先生卻在這尊怪獸的形狀和文字當中，發現一絲奇怪的熟悉感；於是他當場呑呑吐吐地說出一些微不足道的怪事。這人便是威廉・錢寧・韋伯先生，他不但是普林斯頓大學的人類學教授，還是一位赫赫有名的探險家呢！

早在四十八年前，韋伯教授曾經參與格陵蘭島與冰島的旅行，爲了尋找某些始終無法出土的北歐古碑文。有一回他登上格陵蘭島的西岸，在那兒遇到一支非常奇特的部族或教派，他們是一群墮落的愛斯基摩人，信仰一種崇拜魔鬼的詭異宗教，其冷酷無情的嗜血癖好與令人作嘔的特質，著實讓韋伯先生不寒而慄。其他愛斯基摩人對這個宗教也不甚了解，提到它時也只能聳聳肩膀，說它是從極爲遠古的時代流傳下來的，甚至早在世界形成以前就已存在。除了一些無以名狀的儀式和人體獻祭之外，這個宗教還有一些奇奇怪怪的傳統儀式，對象是一位至高無上的魔鬼長老（稱之爲托那蘇克）。韋伯教授從一位年邁的巫師（稱爲安格寇❺）口中，小心翼翼地記下這位鬼王的正確發音，然後以他所知最恰當的羅馬字母表達出來。不過最重要的還是這個教派所鍾愛的崇拜物，當極光躍然於結冰的懸崖上方時，這群教徒經常圍繞著這個物神手舞足蹈。根據教授的描述，那是一尊非常粗糙的石頭淺浮雕，以醜陋的圖案和某些神祕的文字組成。而且就他所知，它的一些基本特徵與眼前躺在與會者面前的這尊獸物，有著異曲同工之妙。

這些訊息不但引起與會代表們的懷疑與驚訝，更讓勒格拉斯巡官備感興奮；於是他立刻盤問起一些問題。由於他的屬下在沼澤地逮捕到幾位崇拜者之後，曾經從他們的口中記下儀式經過，於是他懇求韋伯教授盡力回想，他從這群崇拜惡魔的愛斯基摩人那兒抄錄下來的音串是什麼。接下來則是煞費苦心的詳細比對；當巡官和科學家兩方陣營一致同意，在這兩個距離如此遙遠的世界所舉行的兩種魔鬼儀式，實際上使用的竟然是同一串文字時，隨之而來的是一片充滿敬畏的沉默。愛斯基摩人的巫師和路易斯安那州的沼澤祭司，對他們相似的偶像所唱誦的字句大致是這樣的——句逗之處是根據傳統朗誦的斷句方式推測出來的：

「Ph-nglui mglw'nafh Cthulhu R'lyeh wgah'nagl fhtagn.」

勒格拉斯在某一方面的見識甚至超越了韋伯教授，因爲他有好幾位犯人不斷告訴他，老一輩的祭司說這些字眼代表了什麼意義。上面的內容大約指的是：

「死去的克蘇魯在拉葉城的巢穴裡，等著作夢。」

這時，爲了迎合眾人焦急的請求，勒格拉斯巡官竭盡所能地把他的經歷和這群沼澤信徒的供詞串連起來；於是他說出了一個故事，我知道我伯祖非常看重它。這個故事透露出所有神話創造者或通神論者最狂野的夢想，並揭開最驚人的宇宙想像力，讓人完全意想不到它們居然是那群混血兒與賤民所擁有的。

一九〇七年十一月一日那天，有位來自南部沼澤和潟湖地帶的人士，帶著瘋狂的口信來到新奧爾良警局。住在那裡的非法居民多半都是純樸而善良的拉斐特家族的後裔，然而某天夜裡，有個不知名的恐怖東西卻將他們全部擾醒，此後他們便完全受到恐懼感的擺布。這顯然是巫毒教所造成的，不過這種巫毒教卻比他們所知道的一切都更恐怖；自從那座無人膽敢居住、唯有黑暗籠罩的林子深處，開始連續不斷地傳出「咚～咚」的邪惡撞擊聲後，村裡有幾個女人和小孩便失去了蹤影。隨之而來的是

譯注

❺安格寇（angekok）是在愛斯基摩人的民俗宗教中，對靈媒與巫醫的稱呼。

瘋狂的吶喊和磨人的尖叫，還有令人膽顫心驚的吟誦和舞動的鬼火；這位驚怖不已的傳話者又接口說，這群人再也忍受不了了。

於是二十位警察擠滿了兩輛四輪馬車和一台汽車，由這位渾身發抖的非法住民作為嚮導，於午後時分出發。到了道路阻絕的地方之後，他們便下了車，緘默不語地穿越這座暗無天日的恐怖柏樹林。包圍身旁的是醜陋的樹根與西班牙苔蘚所形成的致命陷阱，偶然會出現一堆潮濕石塊或是腐蝕的斷垣殘壁，附近的住所詭異得令人沮喪，這種感覺是每一株扭曲變形的樹木與每一座發霉的小丘共同創造出來的。最後，他們終於來到這群非法居民的安身之處，那是一大片寒傖的小屋，在前方高高低低地起伏著；幾位歇斯底里的居民衝了出來，團團圍住這群手上晃著燈籠的人。如今已隱約可聞從極遙遠的前方傳來的一陣陣含糊不清的「咚~咚」聲；且當風力增強時，還會斷斷續續地夾雜著令人血液凝結的尖叫聲。一道紅色的火光似乎也穿透了慘白的樹叢，越過永無止盡的林蔭大道。再也沒有人願意落單，因此每一位居民全都簇擁在一塊兒，斷然拒絕踏出半步，以免接近那片進行褻瀆儀式的場景；於是勒格拉斯巡官和他的十九位同事，只好在無人帶領的情況下，硬著頭皮闖入那條在此之前沒有人涉足過的黑漆漆恐怖長廊。

如今這群警察進入的地區，便是傳言中那個惡名昭彰的地點，幾乎沒有任何白人知道或曾經走過此地。傳說中有一座隱密的湖泊，凡夫俗子從不曾看見過，據說在這座湖泊裡，住著一個巨大而無形的白色怪物，像水螅一般，有著炯炯有神的眼睛；這群住民更交頭接耳地表示，有一群長著蝙蝠翅膀的魔鬼，會從地底的洞穴中飛竄而出，在午夜時分對這個怪物進行膜拜。他們還說，這些東西早在伊伯維爾以前，早在喇沙、印地安人，甚至早在這座森林裡所有的飛禽走獸以前，就已經存在了。它是夢魘本身，看到它註定必死無疑。不過它卻會讓人作夢，因此他們非常清楚要遠離它。巫毒教的儀式確實是在這塊可憎之地的某個最偏遠處所舉行的，不過那個地點簡直糟透了；也許我們可以這麼說，舉行儀式的地點反倒比那些嚇人的聲音和事件，更讓這群非法住民心生畏懼吧！

當勒格拉斯的部屬穿過這片陰暗的沼澤地，朝著那道紅色的火光和低沉的「咚～咚」聲前進時，想必只有詩人或瘋子能恰當地表達出他們所聽見的聲音！有些聲音是人類特有的，有些則是動物的聲音；然而當你聽見兩種聲音的來源互不相讓時，那就十分恐怖了。嚎叫聲和粗厲的狂喜聲，劃破陰暗的樹林，猶如惱人的暴風雨在地獄的深淵裡迴盪不已，藉此將動物們的憤怒和狂歡式的放縱，煽動至魔鬼般的地步。偶爾，較爲紊亂的哀嚎聲會停止下來，然後從一片訓練有素的粗啞合聲中，升起一首單調的歌曲，吟誦著那段駭人聽聞的句子：

「Ph'nglui mglw'nafh Cthulhu R'lyeh wgah'nagl fhtagn.」

接著，這群男人到達一處林木較爲稀少的地方，眼前突然出現了一幅景象。其中有四個人只覺得一陣暈眩，一人當場昏倒，另外有兩個男人則陷入瘋狂的驚叫，還好被這場狂歡儀式的雜亂聲給壓了下來。勒格拉斯趕忙將沼澤裡的水，潑往那名昏迷男子的臉上，所有人都直楞楞地發著抖，幾乎要被恐懼給麻痺了神經。

在沼澤區內一片天然的林間空地裡，矗立著一座綠油油的小島，面積大約有一英畝，完全不見樹木的蹤影，而且頗爲乾燥。在這座小島上，有一大群難以形容的人類在跳躍與扭動著，其異常的行爲絕非是畫家西姆或安佳洛拉所能描繪的。除了衣不蔽體之外，這群雜種怪物還發出刺耳的吼叫聲，並圍繞著一堆營火扭動身體；透過火焰形成的簾幕偶然出現的裂縫，瞥見營火的中央矗立著一座巨大的花崗石，高度約為八英尺；石頭上則安放著那座討厭的小雕像，與底下的龐然巨石頗不相稱。有十座等距離的鷹架，形成廣大的一圈，將這座火焰環繞的巨石包圍在中間，上頭則懸掛著那群失蹤的無助居民，頭部朝下、血肉模糊。那群膜拜著就在這個圈子裡又跳又叫，夾在屍體與火圈之間，由左向右移動，沉醉在永無休止的狂歡中。

也許是出於想像，也或許只是回音，一個容易激動的西班牙人幻想自己聽見了一陣陣輪番吟唱的聲音，在這座充滿古老傳說與恐怖的林子深處，從某個遙遠而曖昧不明的地點傳來，以回應這場儀式。這位先生便是約瑟夫．加爾菲茲，日後我還當面問過他此事呢！而他的確具有非比尋常的想像力。他確實是想過頭了，才會說自己彷彿聽到巨大翅膀的拍打聲，還說他瞥見一對閃爍的眼睛和一個白色的龐然大物，出現在最遠處的樹林背後——但我認為他只是聽多了當地的謠傳而已。

事實上，這群飽受驚嚇的男人只是短暫地駐足而已。任務優先，儘管此地聚集了將近一百名雜亂的狂歡者，警方還是在武器的支援下，孤注一擲地衝向這群令人厭惡的滋事者。警棍亂擊，子彈四處橫飛，眾人開始到處奔逃；不過最後，勒格拉斯還是逮捕了四十七名乖戾的人犯，急忙強迫他們穿上衣物，然後在兩排警察的夾道下排成一路縱隊。其中有五名膜拜者已經斃命，另有兩名受到重傷，由其他幾位人犯放在臨時的擔架上帶走。而那座巨石當然被勒格拉斯小心翼翼地移除，並帶回警局。

經過一場令人緊張而疲憊的旅程之後，這群人犯在警察總部接受檢查，結果證實他們是一群非常低賤且心智異常的混血人種。大部分都是水手，有一小部分是黑人或黑白混血兒，其他大半則是從維德角❻來的西印度人或葡萄牙人，為這個雜亂的巫毒教派更增添了繽紛的色彩。在提出許多問題之前，顯而易見的是，這個教派牽涉了某種比黑人的拜物教更為深沉與古老的東西。這群人類儘管墮落與無知，卻對這個邪惡宗教的核心信念具有一種令人讚嘆的堅持。

根據他們所供稱的，他們膜拜的對象乃是早在人類之前即已存在的「舊日支配者」（Great Old Ones），祂們從天上降臨這個新興的世界。如今這些支配者已經回到地底或海底；不過祂們的遺體卻在夢中將祂們的祕密向一個男人吐露，那人便是這個永垂不朽的教派創始人。而這就是他們的教派；這群犯人還說，這教派從以前便一直存在，而且還會繼續存在。它會隱藏在全世界的偏遠荒地與陰暗地點，直到偉大的克蘇魯祭司從水底的巨大城市——拉葉城——的黑暗住處復活，並在他的統治下讓大地重現爲止。有一天，他將會召喚我們，那時繁星已經準備就緒，而這個祕密教派也會一直恭候著解放他的時刻來臨。

除此之外就沒有什麼可說的了。這其中的祕密是任何酷刑都無法逼供出來的。人類並不是這個世界上唯一擁有意識的東西，還有一些來自幽冥之處的種類，會來探視我們這群虔誠的少數。但它們並不是偉大的舊日支配者。沒有人見過舊日支配者。那尊雕像代表的是偉大的克蘇魯，但沒人敢說其他的支配者是否跟他長得一模一樣。如今已經沒有人會讀那些古老的文字了，不過這些事情卻透過口耳相傳的方式流傳下來。這種吟唱儀式倒不是什麼祕密——祕密是不會大聲說出來的，只會竊竊私語而已。吟唱的內容只不過是：「死去的克蘇魯在拉葉城的巢穴裡，等著作夢。」

只有兩名人犯的心智正常到可以被處以吊刑，其他人則被關進不同的機構裡。所有人都否認自己參與儀式中的謀殺行爲，直推說那是黑翼尊者（Black-winged Ones）所做的，祂們從這座陰森森的林子裡某個年代久遠的聚集地前來。警方的消息主要是從一位名叫卡斯楚的混血兒口中得知的，這位年

譯注

❻位於非洲。

邁的老人宣稱自己曾遠行至陌生的港口，還在中國的山區和該教派倖存的幾位首腦交談過。

卡斯楚老人回想起一些危言聳聽的片段，這些傳說簡直可以讓通神論者的臆測黯然失色，也讓人類和這個世界顯得既年輕而又短暫。早在亙古以前，其他的生物也統治過地球，還曾經建立過偉大的城市。他說那些永生不死的中國人告訴他，這些建築的遺跡至今仍可在太平洋的島嶼上找到，也就是我們所發現的巨石群。這些生物早在人類降臨以前，就已經滅絕許多年了，不過當星辰在永恆的循環下，再度周轉至正確的位置時，仍然有一些方法可以讓祂們復活。祂們的確是從繁星降臨的，而且還把祂們的神像一起帶來。

卡斯楚繼續說道，這些舊日支配者並不完全是由血和肉組合而成的。祂們具有形狀——這個星形的雕像不就證明了嗎？不過這個形狀卻非由物質所構成。當繁星到達適當的位置時，祂們便能穿越天空，從一個世界投入另一個世界；不過當繁星的位置不對時，祂們就無法繼續存活。但話又說回來，儘管祂們不再活著，卻也從未眞正死過。祂們全都藏身在偉大的拉葉城石屋裡，在本領高強的克蘇魯神力守護下，苦苦等待著繁星爲祂們帶來光榮的復活，屆時地球也將爲祂們準備就緒。不過到了那時，必須有些外在力量協助祂們掙脫身體的束縛。克蘇魯的神力雖讓祂們得以完整保存，卻無法使祂們踏出第一步，於是只能眼睜睜地在黑暗中靜躺並思考著，任由數百萬年的時代巨輪碾過。祂們完全清楚這個宇宙發生何事，因爲祂們的語言形式是透過思想直接傳遞的。即使是現在，祂們也還在墳墓裡對話著。經過無盡的宇宙混沌狀態後，第一批人類終於到來，於是舊日支配者透過夢的形式，向一些較爲敏感的人類說話；因爲唯有如此，祂們的語言才能穿透哺乳類動物的肉質腦袋。

卡斯楚接著悠悠忽忽地說，第一批人類形成了這個教派，並以舊日支配者向他們展示的小雕像作爲中心；這些偶像是遠從黑暗的星球，歷經晦昧的歲月所帶來的。只要繁星的位置正確，這個教派便永遠不會消滅，而這群隱密的祭司會將偉大的克蘇魯從他的墳墓裡引領而出，並讓他的臣民復活，重新恢復他在地球上的統治權。時間是很容易預知的，因爲屆時人類也會變得跟舊日支配者一樣：自由、奔放並且超越善惡，法律與道德被摒棄在一旁，所有人類將會一同叫囂與殺戮，陶醉在狂歡之中。接著，獲得解脫的舊日支配者還會教導他們新的叫囂、殺戮和享樂方式，整個地球將與一場充滿狂喜與自由的大屠殺一同燃燒。在此同時，這個教派也必須透過適當的儀式，將這些古老的方法繼續保存下去，並且預告祂們何時再現。

早期那些被挑選出來的人類，曾在夢中和墳墓裡的舊日支配者說過話，不過後來有件事情發生了。那座偉大的拉葉城，連同一些巨石和墓穴，全都淹沒在海浪之中；深不可測的海水負載著那則重要的祕密，就連思緒也無法穿透，因而阻斷了這群邪魔歪道者的交流。然而記憶永不死亡，況且那群位高權重的祭司們也說，只要繁星的位置正確，這座城市就會再度升起。接著大地會出現黑暗、陳腐與鬱悶的靈魂，並從被人遺忘的海底洞穴，挖掘出許多繪聲繪影的傳說。不過，老卡斯楚對此卻不敢多言；他趕忙告辭，無論是威逼或利誘，都無法從他口中得到更多這方面的訊息。至於舊日支配者的體積，他也詭異十足地拒絕透露。不過他認爲這個教派的中心，應該是在人跡罕至的阿拉伯沙漠中，根據夢中顯示，石柱之城伊倫便原封不動地埋藏在此。這個教派與歐洲的巫術崇拜並沒有什麼瓜葛，而且知道的人也僅限於它的成員。沒有一本書眞正暗示過這個教派的存在，儘管長生不死的中國人表示，阿拉伯狂人阿巴度·亞爾哈茲瑞德的《死靈之書》含有弦外之音，特別是以下這段招惹眾議的對句，任何一位初讀者都可選擇自己想要的讀法：

能夠永遠靜躺的並非死亡，

隨著奇妙的萬古歲月，就連死亡也可能死亡。

這些話讓勒格拉斯印象深刻並且非常納悶，但他卻無法問出這個教派的歷史脈絡。卡斯楚說它完全是個謎團，顯然他的話一點也不假。杜蘭大學的權威人士對於這個教派或其偶像，也無法提供任何訊息，如今這位警探已經找上這群全國最高等的權威人士，但他所能獲得的，充其量只是韋伯教授在格陵蘭島上聽來的故事而已。

勒格拉斯的故事在會議上引起了高度的興趣，且因爲這尊雕像而更加熱烈。儘管在正式刊物上很少提到此事，但之後兩位與會者在信中卻也對此做了回應。對於這群經常遇上騙子和冒牌貨的人士而言，謹愼是他們的首要考量。勒格拉斯曾將這尊雕像借給韋伯教授一段時間，不過在後者去世之後，這尊雕像便物歸原主，而且一直保留在他的住處。很久以前我曾在那兒見過，那眞是一個可怕的東西啊！並且和年輕的威爾卡斯夢中的雕像絕對有關。

無怪乎我伯祖會被這位雕塑家的故事所振奮，因爲他從勒格拉斯那兒知道這個教派的訊息之後，又聽說有一位敏感的年輕人，不光是**夢到**雕像而已，還包括沼澤神像和格陵蘭魔鬼石碑上的確切文字，而且**在他的夢中**，還出現了至少三個精準的字眼，無論和那群胡作非爲的愛斯基摩人，或是路易斯安那的混血居民，都有著類似的發音。在這樣的情況下，你想我伯祖的腦海裡會浮現什麼樣的想法呢？於是自然而然的，安吉爾教授立刻進行最鉅細靡遺的調查；儘管我私下懷疑，年經的威爾卡斯可能是間接聽到這個教派的，而且還瞎編了一連串的夢境，藉以加強和延續這個謎團，最後讓我伯祖白白犧牲了。不過安吉爾教授所蒐集的這些與夢相關的陳述和剪報，當然也有加油添醋的作用；但是我的理智和這整件事的荒唐，在在促使我採用心目中最合理的結論。因此，我再次徹底地研究這些手稿，同時將通神論者和人類學者的筆記，拿來和勒格拉斯對於這個教派的陳述做個比對，之後我還去了一趟普洛維頓斯，除了想見見這位雕塑家以外，也為了他居然斗膽叨擾一位學養豐富的老人，趁機給他一頓合理的教訓。

威爾卡斯仍然獨居在湯瑪斯街的鳶尾花大樓裡，那是一棟維多利亞時期模仿十七世紀不列塔尼風格的拙劣建築，灰泥粉飾的誇張正面伴隨著其他殖民時代的可愛房舍，一同出現在古老的山丘上，並籠罩在全美最精緻的喬治王朝式尖頂的遮蔭下。我發現他正在房間裡工作，而我從隨處可見的樣品中立刻體認到，這人的天分果然名不虛傳。我相信他終有一天會被封為頹廢派的藝術大師；因為他居然有辦法將亞瑟・馬欽在散文中所喚起的夢境，與克拉克・艾希頓・史密斯在詩歌和繪畫中所呈現的幻想，用泥土具體表現出來。

黝黑、纖弱、有些蓬頭垢面的他，有氣無力地轉身回應我的敲門，問我有何貴事，就連起身也沒有。當我告訴他我是誰，他才顯出些許興趣；因為我伯祖曾探問過他的詭異夢境，但從未解釋過研究目的，因而引起了他的好奇。我並未讓他知道太多，只是小心翼翼地設法將他引誘出來。

不久之後，我便開始相信他是個絕對誠懇的人，因為他在描述夢境時的態度是不容懷疑的。這些夢境和它們在潛意識中所殘留的印象，都對他的藝術產生深遠的影響，而且他還向我展示一件恐怖雕像，其輪廓和強烈的黑暗寓意，幾乎讓我渾身戰慄。除了在他夢中出現的淺浮雕之外，他實在想不起在什麼地方看過那個東西的原型，然而它的輪廓卻在他的手中不知不覺地成形。這無疑便是他在昏迷時胡言亂語的龐然大物。而且除了從我伯祖鍥而不捨的問答當中略知一二外，他對那個隱密教派確實毫不知情，不過他很快就搞清楚了；於是我再度設法讓他回想起那些奇怪的印象。

他以一種奇怪的詩意語言描述他的夢境；讓我目睹了那座以黏滑的綠色石頭堆築而成的潮濕巨大

城市，畫面簡直清晰得可怕——他還語帶詭異地說，這座城市的**幾何形狀**完全不對勁——讓惶恐不安的我彷彿聽見了一陣陣半瘋狂的聲音直叫著：「Cthulhu fhtagn」、「Cthulhu fhtagn」，連綿不斷地從地底傳上來呢！

這些文字正是那場恐怖祭典的部分內容，意思是說死去的克蘇魯在拉葉城的石墓中擔任夢的守護人，儘管我信奉著理性主義的教條，卻仍然深受這些文字的影響。我確信威爾卡斯一定曾在偶然的機緣下聽說過這個教派，不過卻因爲他讀過許多奇怪的書、做過許多奇怪的幻想，而很快地忘得一乾二淨。之後則純粹是因爲它的深刻性，致使它在夢境、淺浮雕，以及我手中所握有的這尊恐怖雕像中，找到了潛意識的宣洩管道；這樣說來，他對我伯祖的叨擾其實是非常純眞的舉動。這位年輕人有些裝模作樣，也有些粗野乖張，絕對不可能是我喜歡的類型；不過此刻，我卻非常願意肯定他的天分和誠實。於是我態度和善地向他告別，希望有朝一日，他的天分可以讓他飛黃騰達。

這個教派的眞相仍然吸引著我，有時我還幻想自己從研究這個教派的起源和關聯中獲得一些名氣。我造訪過新奧爾良，也和勒格拉斯以及其他幾位當年襲擊這個教派的組員談過話，更見識了那尊可怕的神像，甚至還詢問了幾位仍然在世的混血人犯。不幸的是，老卡斯楚已經在幾年前去世了。如今我所能獲得最生動的一手訊息，就只能算是我伯祖詳細撰寫的紀錄了。但它卻重新燃起我的興趣，因爲我很肯定自己找到了一個非常眞實、非常神祕，且非常古老的教派，這個發現將使我成爲一位著名的人類學家。我在態度上仍然是個絕對的唯物主義者，**一如我所期許的**，因此對於這些夢境筆記，與安吉爾教授所蒐集的奇怪剪報之間的巧合，都以一種無法解釋的剛愎態度將之打折扣。

不過我卻開始懷疑起一件事，而現在恐怕已經肯定了，那就是我伯祖的死因並非出於自然。他在一條狹窄的山路跌倒，這條山路是由底下一處古老的濱水區出發，此地聚集了許多外來的混血兒，接著他被一位黑人水手不小心推了一下。我沒忘了警方在路易斯安那所追緝的，正是一群混血兒和水手。勒格拉斯和他的手下確實是逃過了劫難，不過在挪威，卻有一位看到這些東西的水手死了。難道說，我伯祖是在接觸這位雕塑家之後，才因爲深入追查而慘遭不測的嗎？我認爲安吉爾教授之死，是因爲他知道了太多的事實，或是因爲他想知道太多。至於我是否會步上後塵呢？這將有待觀察，因爲目前我知道的已經夠多了。

三、來自海上的瘋狂

假如老天願意賜我恩惠的話，我眞希望將我不小心睨見書櫃上一些零散文件之後所帶來的結果通通抹去。它絕對不是我在日常作息當中會自然而然碰到的東西，因爲它只是一份過期的澳洲報紙而已，那是一九二五年四月十八日刊行的《雪梨快報》。它甚至逃過我伯祖的剪報台，當時這張剪報台正佈滿我伯祖的研究中貪婪蒐集的許多資料。

我已經把大部分調查都投注在安吉爾教授所謂的「克蘇魯邪教」上，而且正在新澤西州的帕特遜市訪問一位學問豐富的友人；他既是當地一間博物館的館長，也是位知名礦物學家。有天我在這間博物館後面的房間裡，檢查一些隨意放置在儲藏櫃裡的標本，突然注意到壓在石頭底下一張攤開的舊報紙上的奇怪照片。那正是我提過的《雪梨快報》，因爲我朋友跟所有想得到的國家都有廣泛的交流；而照片上所顯示的，則是一張網版的醜陋石像，幾乎跟勒格拉斯在沼澤地尋獲的一模一樣。

我急切地想瞭解這張照片的珍貴內容，於是逐字逐句地閱覽了這條新聞，但很失望地發現內容並不長。然而它所暗示的意義，卻對我每況愈下的調查具有驚人的重要性；於是我小心翼翼地將它撕下來，並立刻準備採取行動。上面的內容是這樣的：

【海上發現神祕棄船】

偵防號拖著無助的紐西蘭武裝快艇抵達港口。甲板上發現一位生還者和一位死者。這是一則海上喋血事件。一位獲救的船員否認有任何奇怪的遭遇。但在他的行李中發現一件不明的神像。仍有待追蹤調查。

莫立森船運公司的**偵防號**運輸船從法耳巴拉索港出發，今天上午拖著一艘蒸汽船抵達達令港碼頭，該船是從紐西蘭丹尼丁出發的**警戒號**，儘管全副武裝，卻遭砲火襲擊而報廢，四月十二日，其在南緯三十四度二十一分、西經一百五十二度十七分的位置上被發現，船上有一名生還者和一名死者。

三月二十五日，**偵防號**從法耳巴拉索港出發，四月二日，在狂風巨浪中偏離航道。四月十二日，這艘棄船被人發現，顯然無人顧守，甲板上卻發現一位生還者，呈現半昏迷狀態，此外還有一位死者，顯然已經死亡一個星期以上。

這位生還者手裡正抓著一尊可怕的石像，約有一英尺高，來路不明；雪梨大學、皇家學會與大學街博物館的權威人士，對於它的性質都一無所知；根據生還者表示，他是在這艘蒸汽船的一間客艙裡找到的，當時它被放置在一個樣式普通的小型雕花神龕中。

俟恢復清醒後，這位人士談起一則有關海盜與屠殺的怪事。這人叫做葛斯塔夫．約漢森，是位頗有才智的挪威人，且曾經擔任奧克蘭籍**艾瑪號**的第二副手，這艘雙桅縱帆船於二月二十日出發前往喀勞，全船共有十一個人。

他表示，三月一日，**艾瑪號**被狂風所耽擱，而被遠遠地拋到航線的南側；三月二十二日，它在南緯四十九度五十一分、西經一百二十八度三十四分的位置遇見**警戒號**，操縱者是一位來自堪薩斯州的船員，舉止怪異、長相邪惡，是個混血兒。他蠻橫無理地要求船長柯林斯掉頭，但被船長拒絕了，於是這位怪異的船員開始瘋狂開火，並在毫無預警的情況下，以快艇上所配備的一種特別重型的銅製加農炮，擊中該艘縱帆式帆船。

根據這位生還者的說法，**艾瑪號**的人員予以反擊，儘管這艘縱帆式帆船在子彈的貫穿下開始下沉，但他們還是成功地停靠在敵人旁邊，登上了船，然後和這位殘暴的船員在甲板上扭打成一團，最後被迫將所有的人員擊斃；儘管打鬥方式有點笨拙，不過在同仇敵愾與孤注一擲的激勵下，終究還是略勝一籌。

艾瑪號則有三名成員慘遭殺害，其中包括柯林斯船長和第一副手格林先生，其他的成員則在第二副手約漢森的帶領下，駕駛著這艘搶來的快艇，前往他們原定的航線，以查探他們之所以被飭令返回是否有任何理由。

隔天起床後，他們似乎在一個小島上登陸，雖說這似乎是個無人海域；有六個人在上岸後就莫名其妙地喪命了，不過約漢森對於這部分故事卻出奇地保留，只說他們失足掉落到石縫裡。

後來，他和另一名同伴似乎重新登上那艘快艇，並試著駕馭它，卻在四月二日遭暴風雨襲擊。

從那時候開始，直到四月十二日獲救爲止，這個男人就記不大清楚了，他甚至不記得他的同伴威廉・布萊登是何時死亡的。布萊登並未顯示出明確的死因，也許是過度興奮或被太陽曬死的。

根據丹尼丁所傳來的越洋電報表示，**警戒號**是當地一艘著名的貿易船隻，並在濱海一帶惡名昭彰。它由一群混血兒所擁有，他們經常偷偷摸摸地聚會，並趁夜進入林子裡。等三月一日暴風雨和地震結束之後，這艘船便以迅雷不及掩耳的速度啓程。

奧克蘭通訊記者對**艾瑪號**和其組員大加讚揚，更形容約漢森是個頭腦冷靜並值得尊敬的人。

海事法庭從明天起將對這整件事情展開調查，並且將盡一切的努力，誘使約漢森透露更多實情。

這就是那張恐怖照片以外的全部內容了；但它卻在我心裡引起一連串的想法！這可是有關於「克蘇魯邪教」的全新消息啊！而且還證明它對海洋和陸地都有一些奇怪的影響。當這群混血船員帶著他們醜陋的神像四處航行時，是什麼動機致使他們命令**艾瑪號**轉頭的呢？而讓**艾瑪號**的六位船員斷送性命，又讓副手約漢森支支吾吾的那座無名小島究竟是哪裡呢？海事法庭的調查將會帶來什麼樣的結果？而我們對於丹尼丁的墮落教派又知道些什麼呢？尤其令人驚訝的是，這些日期之間具有什麼樣深刻與人爲的關聯，致使我伯祖在如此細心的觀察下，賦予每起事件一種不祥的意義？而這些意義如今已是無可否認的事實了。

三月一日當天——依照國際換日線則是我們的二月二十八日——地震和暴風雨同時來臨了。**警戒號**和那群惱人的船員，彷彿接到緊急的召喚，趕忙從丹尼丁港口出發；而在地球的另一端，則有一群詩人和藝術家開始夢見那座奇特而潮濕的巨大城市。在此同時，有一位年輕的雕塑家更在睡夢當中，塑造出令人畏懼的克蘇魯神像。三月二十三日，**艾瑪號**的船員登上一座無名島嶼，並使得六個人殞身此地；然而就在同一天裡，那群敏銳之人的夢境變得更加清晰，夢中都有一頭巨獸在身後追逐，另外有一位建築師發了瘋，還有一位雕塑家突然陷入一陣昏迷呢！而四月二日的暴風雨——就在這天，有關那座水中城市的夢境全部消失了，而威爾卡斯則從離奇高燒的桎梏中，完好如初地醒來，這又代表著什麼意義呢？至於老卡斯楚所說的那位沉入水中，並將誕生於繁星對位時的舊日支配者，以及祂們即將帶來的統治，還有這群人的虔誠信仰，與**他們的精彩夢境**，這些又代表著什麼樣的意義呢？我是否正處在宇宙的恐怖邊緣岌岌可危，這樣的恐怖是人的力量所無法承擔的？果眞如此，它們一定是心靈的恐懼，但不管那是什麼樣殘暴的威脅，正準備動手擄獲人類的靈魂，卻在四月二日那天莫名其妙地收了手。

經過一整天匆忙的派發電報和打理一切之後，那天晚上，我向主人告辭，搭火車前往舊金山。我在丹尼丁待了不到一個月，然而我發現，沒什麼人瞭解那個詭異教派的成員，雖然那群人以前經常在這片古老海域的小酒館裡徘徊。但在海邊出沒的人渣實在太過普遍，不值得掛齒；而儘管有些風聲，提到這些混血兒做了趟島內旅行，期間，遠處的山丘上曾依稀傳來隆隆鼓聲和紅色火光。

我在奧克蘭則聽說，約漢森在雪梨經過了一場馬虎而沒有結論的偵訊，返回家鄉時，**頭髮已經由黃轉為花白**，此後他將坐落於西街的農舍賣掉，帶著妻子搭船回到他在奧斯陸的老家。關於那段驚心動魄的經歷，他對友人所透露的則和他向海事法庭的官員報告的內容相差無幾，而友人們所能告訴我的，就只有約漢森在奧斯陸的住址而已。

之後我便前往雪梨，並和幾位水手以及海事法庭裡的成員聊過，卻還是一無斬獲。我見到了**警戒號**，如今它已出售，在雪梨灣的環形碼頭作商業用途，但是大而無當的體積卻使它沒什麼作用。至於那尊頭部像墨魚、身體像龍、翅膀有鱗片、座台上有象形文字的屈蹲神像，則保存在海德公園的博物館內；我花了很長的時間仔細觀察這尊神像，發現它是一件技藝精湛的作品，而且就和勒格拉斯那尊較小的雕像一樣，我發現它也充滿神祕、古老得可怕，並且是以迥異於世俗的材質所做成的。館長告訴我，地質學家發現它是個可怕的謎；因爲他們言之鑿鑿地表示，地球上沒有像這樣的石材。接著我凜然想起，老卡斯楚曾對勒格拉斯說過有關舊日支配者的事：「他們帶著神像，一起從繁星降臨。」

經歷了前所未知的心靈震撼之後，此時，我決定到奧斯陸拜訪副手約漢森。我搭船到了倫敦，立刻再登上前往挪威首府的船隻；接著在秋天的某一日，終於抵達那座被愛格博格所遮蔽的平整碼頭。

我發現約漢森的住處就座落在哈洛德·哈爾德拉達國王的舊城中，幾百年來，這裡始終保留了奧斯陸昔日更響亮的名稱「克立斯坦尼亞」（Christiania）。我快速地搭乘計程車抵達，心頭七上八下地敲起大門。這是一棟整齊而古老的樓房，正面塗上灰泥。一位身穿黑衣、滿臉愁容的女人前來應門，當她以含糊不清的英文告訴我，葛斯塔夫·約漢森已經不在人世時，失望之情著實刺痛了我。

他的太太表示，約漢森回來後沒多久就一命嗚呼了，正是一九二五年的那場海上經歷擊垮了他。他對他太太所透露的，與他公諸於世的內容差不多，不過他倒是留了一張英文的長篇手稿——他說那是一些「技術性的事宜」——顯然是為了保護她免於受到閒雜人等的追查所擾。有一天，當他走在哥特堡碼頭附近的一條窄巷裡，有一捆報紙突然從閣樓的窗戶上掉落，讓他應聲倒地。儘管有兩名水手立刻扶他起身，但在救護車趕來之前，他就已經斷氣了。大夫們找不到任何恰當的死因，只好歸咎於心臟病和身體衰弱的緣故。

我的內臟猶如萬蟻啃噬，因為黑色的恐懼遲遲不願離去，除非等到我也安息——無論我是「遭逢意外」，或是其他原因。我向這位遺孀苦口婆心地解釋，我跟她丈夫那份「技術事宜」大有關係，使我有足夠的權利接觸他的手稿。於是就這樣，我帶著那份文件離開，在返回倫敦的船上展開閱讀。

這是一份簡單又散亂的文件——其只是一位天真的水手所做的事後努力而已——努力地想起末次航行的每一天。全篇的含糊不清和囉哩囉唆，使我懶得逐字翻譯，不過我會充分表達出它的主旨，以便顯出為何海水拍打船身的聲音，會讓我變得如此難受，令我不得不用棉花塞住耳朵。

感謝上帝，還好約漢森知道的並不多，即使他親眼目睹了那座城市和「那個東西」，然而每當我想起除了地球的生命以外，在某個時空中還潛藏著可怕的東西，又想到在夢中的海底，還有一些來自古老星辰的罪孽之物，不但是某個邪惡的教派所熟知與喜愛的對象，而且它還心急如焚地等候著下一次地震的來襲，好將這些邪惡生物釋放出來，並讓那座龐大的石城得以重見天日，一想到這些，我就無法安然入睡。

如同約漢森向海事法庭所報告的，他就這樣展開了旅程。二月二十日，**艾瑪號**從奧克蘭裝載出發，它感覺到地震所帶來的暴風雨，似乎正全力將那些充斥夢中的恐懼從海底掀起。等這艘船再次受到人爲控制時，它便一直處於一帆風順的狀態，直到三月二十二日遭到**警戒號**攔截爲止；當這位副手寫到**艾瑪號**遭遇砲火攻擊而沉船之時，我可以感覺到他的遺憾。對於**警戒號**上那群皮膚黝黑的邪教信徒，他則表達出強烈的恐懼。這群人似乎帶有一種令人特別厭惡的特質，讓約漢森覺得殲滅他們簡直是一件天經地義的事；至於在審訊過程中，法庭不斷指控己方的過錯，著實讓約漢森大惑不解。接著，這群人在好奇心的驅使下，駕著這艘俘虜來的船繼續前進，由約漢森負責指揮。於是他們看到一根巨大的石柱突出於海面，並在南緯四十七度九分、西經一百二十六度四十三分的位置上，遇到那條夾雜著泥漿及淤沙的海岸線，岸上還有雜草叢生的巨石建築，絕對堪稱爲地球上的恐怖極致——那便是夢魘中的死城：拉葉，早在歷史記載的萬古以前，便由一大群從黑暗星球降臨的可憎生物一手打造而成。偉大的克蘇魯和他的族人全都靜躺在此，隱藏在一座座黏答答的綠色墓穴中，經過無以計數的時間循環之後，終於將他們的思緒傳送出去，讓恐懼在那些敏感人士的夢中散播開來，並且急切地呼喚虔誠的信徒，一起踏上解放與復辟的神聖之旅。約漢森完全沒料到這些，不過老天爺知道，他很快就會見到了。

我推測，只有一座山峰眞正浮現於海面，就是那座被醜陋的巨石所覆蓋的堡壘，亦即偉大的克蘇魯的藏身之所。當我推想底下所涵蓋的範圍有多麼**廣大**時，幾乎讓我想立刻殺了自己。這座古代妖魔所建造的水中巴比倫，其宏偉壯麗的程度，著實讓約漢森和他的手下敬畏不已；而且用不著提示就能推測出，在任何一個正常的星球上，都不可能會出現這樣的玩意兒。無論是這些綠色石塊難以置信的體積，或是那座雕刻巨石令人暈眩的高度，以及那些大型雕像和淺浮雕，居然和偵防號上的神龕所發現的神像如出一轍，這些令人驚訝的事實，一再強烈地出現在這位副手充滿恐懼的描述當中。

儘管對於未來主義的風格一無所知，但約漢森還是以未來主義的詞彙描繪了這座城市；他並未陳述任何一座建築的具體結構，而只是概略地捕捉這些巨大突出物與石頭表面給他的概略印象——這些石頭的面積，大到不可能屬於地球上任何正常的物體，況且上面還帶著邪惡又恐怖的神像和符號。我之所以提到這段「突出物」的描述，是因爲它與威爾卡斯向我透露的可怕夢境有關。他說，他看到夢中城市的形狀非常怪異，不但在幾何學上無可解釋，而且令人不安地聯想起遙遠的星球與向度。如今，有一位毫無學識涵養的水手，在注視了這個可怕的事實後，居然也擁有同樣的感覺。

約漢森和他的部屬從一處泥土斜坡登上這座龐大的古城，接著踉蹌地爬上那些濕漉漉的巨大石塊，這些階梯絕對不是給凡人使用的。當他們從這座被水浸濕的畸形建築眺望出去，穿過水平的臭氧層所形成的天窗，空中的太陽就如同扭曲變形一般，而這些雕刻石塊難以捉摸的角度，似乎正斜睨著眼睛，暗藏著某種變態的威脅與懸疑，如果第一眼看到的是凸面的話，那麼第二眼就會變成凹面。

在他們還來不及看到比石塊、淤泥和雜草更具體的東西之前，某種非常類似於恐懼的感覺，已經襲上了這群探險者的心頭。要不是怕人嘲笑的話，恐怕每個人都會逃之夭夭，使他們只剩一半的興致尋找某些可以帶走的紀念品——但終究證明是一場空。

後來是那位葡萄牙人羅德里格斯登上了那塊巨石，並且喊叫著他所發現的事物。其他人則跟在後頭，一臉狐疑地張望那座巨大的雕花門，上面的淺浮雕便是我們此刻已熟悉的墨魚頭和龍身。約漢森說，它就像一扇穀倉大門；他們之所以感覺它是一扇門，是因爲它周圍有華麗的門楣、門檻和邊框，儘管他們分辨不出它到底是一扇橫躺的地板門，還是像地下室外面那種傾斜的門。一如威爾卡斯所描述的，這地方的幾何線條全都大不對勁。你無法確定海洋與地面是不是水平的，因此每樣東西的相對位置似乎都瘋狂地捉摸不定。

布萊登試著推開幾塊石頭，但卻徒勞無功。接著多諾凡則沿著石塊邊緣小心翼翼地觸摸，一邊走動，一邊按壓著每個點。然後他沿著這座詭異的石造建物，漫無止盡地攀爬——我想人們會說那是攀爬吧，只要這東西不是水平的話——於是這群人不禁懷疑，天底下怎會有這麼巨大的門。接著，最頂端的鑲板開始柔和而緩慢地向內彎曲；他們發現它是平衡的。

多諾凡不小心滑落，或可說是刻意讓自己下降或沿著邊框繼續前進，直到回到其他人的身邊爲止，而每個人都在觀望著這扇雕花大門的奇特凹處。猶如在稜鏡巧妙地扭曲之下，使它不合常理地往對角方向移動，於是一切事物的規則和觀點似乎都被破壞殆盡了。

那個隙縫的幽黯幾乎像是一團物質。而它的漆黑確實有個**好處**，因爲這樣一來，便可遮住那些原本應該顯現的內牆；實際上，它就像一陣黑煙似的，從亙古綿長的桎梏中掙脫而出，使陽光頓時黯淡了下來，於是太陽只好拍打著它的翼膜，潛逃入那片逐漸縮小的蒼穹中。從那隙縫傳來的氣味是很難聞的，最後聽覺敏銳的霍金斯認爲自己聽到從隙縫傳來的令人作嘔的聲音。每個人都傾聽，當「它」轟隆隆地出現在眼前，將其膠質的綠色龐大身軀擠過黑色門廊，進入那瘋狂城市的腐敗外在空氣時，每個人都仍在傾聽。

可憐的約漢森提到這段時，幾乎是寫不下去了。至於那六位無法順利登船的船員，他認爲其中有兩位是在那個該死的瞬間就被活活嚇死的。那個東西是無法形容的——沒有言語可以描述出像這樣充滿尖叫與永久瘋狂的深淵，它具備了所有物質、力量，和宇宙秩序的詭異矛盾性。你可以說那是一座行走或搖晃的山。天哪！無怪乎在地球的彼岸，有位建築師會突然發了瘋，而可憐的威爾卡斯則在獲得心電感應的片刻，發高燒地胡言亂語了起來。那些神像所膜拜的對象，也就是那群綠色而濕黏的外星後裔，如今已經甦醒過來了，正準備宣示主導權。天上的星星已經就了定位，然而一群無辜的水手卻在意外的情況下，搞砸了這個古老教派的原定計畫。經過千千萬萬年的守候，偉大的克蘇魯又重現江湖了，正虎視眈眈地準備大肆狂歡。

在任何人還來不及轉身之前，有三位船員已經被那雙鬆軟的爪子掃向空中。願上帝賜予他們安息，假如宇宙間眞有安息可言的話。這三位分別是多諾凡、圭瑞拉，以及安斯托姆。當其他三位船員瘋狂地衝過那座一望無垠的綠色岩塊時，帕克不愼滑了一跤，而約漢森則信誓旦旦地說，他被一座原本不該在那兒的突出石塊給吞噬了；這座石塊的角度非常尖銳，但卻給人鈍的錯覺。於是最後只有約漢森和布萊登回到船上，然後死命地推動這艘**警戒號**，在此同時，那隻雄偉如山的怪獸則一股腦地將濕黏的石塊投入水中，還在水邊猶豫與掙扎著。

所幸，儘管所有人都已離船登了岸，這艘船的蒸汽還未完全消散；兩人只花了一會兒功夫，在舵輪和引擎之間來回奔跑，就讓這艘**警戒號**上了軌道。**警戒號**終於開始攪動起這片致命的海洋，緩緩地離開了那幅難以言喻的恐怖扭曲畫面；而那隻來自外星球的龐然大物，則仍然在陰森森的海岸邊，佇立於那座非屬世間所有的石造建物上，猶如饞涎欲滴、口齒不清的獨眼巨人（Polypheme）正在詛咒著奧德修斯所乘的逃船。然而，比傳說中著名的獨眼巨人更勇猛的是，克蘇魯居然滑溜溜地潛入水中，並以無比強勁、驚濤駭浪的划水動作，開始追緝起這艘船。布萊登在回頭張望之後便發了瘋，時而發出笑聲，直到某天夜裡死神在船艙中找到他爲止，而約漢森則是意識不清地四處走動。

然而約漢森的力氣尙未完全耗盡。他知道在把這艘船的動力推到最大之前，那個東西一定會追上來的，於是他決定放手一搏。他將引擎全力加速，然後在甲板上像閃電一樣奔跑起來，接著迴轉舵輪，致使那片致命的海洋激起強勁的漩渦和泡沫。隨著蒸汽的動力越來越大，這位勇敢的挪威人讓這艘船的船頭，正面迎向那隻緊追不捨、有如果凍般的怪獸，其身體就如同大型帆船的船尾一般，高高聳立在這片污穢的泡沫上。這隻頭部像墨魚，並有觸鬚糾纏的怪物，眼看就要追上這艘強悍蒸汽船的船首斜桅了，但約漢森還是毫不鬆手地向前迎擊。

然後是一陣氣囊爆炸般的效果，先是噴出泥濘不堪的穢物，像一條被開腸剖肚的翻車魚，接著散出一股宛如打開一千座墳墓似的集體惡臭，同時還發出這位描述者不願訴諸於文字的聲音。一眨眼間，這艘蒸汽船就籠罩在一團刺眼而不見天日的綠色雲霧當中，接下來就只剩下有毒的尾部仍在水中翻騰了。然而——天上的神明啊！——想不到那隻無名的外星後裔支離破碎的膠狀軀體，居然像雲霧一般，**重新聚攏**成原來的可憎模樣。還好在蒸汽的持續推動下，**警戒號**與牠之間正在逐漸拉開距離。

整件事情的始末就是這樣。經過這件事後，約漢森就只能魂不守舍地在船艙內徘徊，偶爾讓自己吃點東西，然後就只能像個瘋子般兀自發笑。經過第一次勇敢的逃亡行動之後，他就沒再試著航行了，因爲那次的舉動已經讓他魂飛魄散。直到四月二日暴風雨來襲，一團雲霧籠罩住他的意識。彷彿有一股魑魅魍魎構成的漩渦，從無垠的液態空間，乘坐著彗星的尾巴快速通過旋轉的宇宙，令人眼花撩亂，瘋狂地從那個深淵衝進月球，再從月球反衝回那個深淵，到處洋溢著一群變態嬉鬧的古老神祇的縱聲大笑，與帶著蝙蝠翅膀的綠色地獄小鬼的戲謔聲。

接著，惡夢中出現了救星——先是**偵防號**、海事法庭、丹尼丁的街道，然後經過長途跋涉，回到愛格博格旁邊的老家。他無法說話——人們以爲他瘋了。不過他會在死亡來臨之前，寫下他所知道的一切，前提是不能讓他的太太起疑。死亡將會是個恩典，假如它能夠消滅記憶的話。

這便是我讀到的文件內容，此時，我將它安置在一口錫製的箱子裡，旁邊則是那塊淺浮雕，以及安吉爾教授的報告。然後，我會把我的這份紀錄也加進去的——這也是我的心智證明書，裡面記載著我拼湊出來的眞相，然而這些眞相卻是我希望永遠不曾拼湊出來的。我已經將整個宇宙視爲恐怖的所在，因而即使是春天的星空或夏天的花朵，從此都會變成我的毒藥。不過我想，我終究是命不久長的。一如我的伯祖，一如可憐的約漢森，我也將遭遇同樣的下場。因爲我知道的太多，而那個教派終將永垂不朽。

我想，克蘇魯也會繼續活在那個石頭縫裡，打從太陽誕生之際，那兒就一直是他的庇護所。他那座該死的城市，則會再度沉入海底，因爲**偵防號**在四月份的那場風雨之後，曾經航行過那個地方；不過他在地球上的執行者仍然會在荒郊野外，圍繞著一座座上面頂著神像的巨石又叫又跳，同時進行血祭。他現在一定還困陷在黑暗的深淵裡，否則的話，咱們的世界此刻將會既驚怖又狂熱地發出尖叫。誰知道結局會怎樣呢?升起的也許會沉沒，而沉沒的也許會升起。討厭的東西正在深處等待並夢想著，而腐敗則在人類搖搖欲墜的城市中蔓延開來。時機終會來臨的——但我不該也不能去想像!就讓我如是祈願吧：假如在這份手稿出爐之後，我無法繼續苟活的話，我的遺囑執行人將會對一切魯莽的行動提出警告，以確保沒有其他的人會看到它。

敦威治村怪譚

果爾岡女妖❶、九頭蛇怪❷與噴火獸❸——喜拉諾❹與鳥身女妖❺的悲慘故事——或許可以在那些迷信盲從的腦袋瓜裡複製出來——不過這些都是以前的故事了。那些只是文件、符號——但真正的原型在我們身上，而且永垂不朽。那些我們清醒的頭腦知道是虛假的東西，怎麼可能會影響我們呢？是不是我們會自然而然地從這類的東西中感受到恐懼，以為它們會對我們的身體造成傷害？歐！才不呢！這些恐懼感由來已久。它們超越於身體之外——換句話說，即使沒有身體，它們也照樣存在……這裡所談及的恐懼純粹是精神上的——它在地球上愈是無形，恐懼感就愈強烈，它主宰過地球純真無邪的初生時期——這種種的難題，其解決之道或可提供我們一些機會，得以洞察地球誕生之前的處境，至少一窺人類存在之前的黑暗大地。

——查理斯．蘭姆❻〈女巫與闇夜驚魂〉

當一位旅人要是在麻薩諸塞州中北部，過了狄恩角不久後的亞茲貝里這條收費公路上選錯岔口的話，那他將會碰到一處荒涼而古怪的地方。隨著車輪的痕跡碾過這條塵土飛揚、彎彎曲曲的道路，地面會愈爬愈高，並與前方荊棘纏繞的石牆愈來愈靠近。隨處可見的樹林似乎過於高大，而蔓生的野草、刺藤與牧草，其茂密的程度絕少出現在有人定居的地區。但怪異的是，耕植園區卻顯得如此荒疏與貧瘠；稀稀落落的房舍全是那樣老舊、骯髒與荒廢，一致得教人吃驚。不知為何，你就是會躊躇於直接詢問那些手指粗糙、形單影隻的居民，儘管偶爾你會瞥見他們蹲坐在門口的台階或石塊點綴的斜草地上。這些人的生性是如此的緘默與狡猾，讓人覺得好像碰到什麼了不該碰的東西，最好是離他們遠一點。到了道路隆起的地方，那片濃密樹林的上方會出現山巒的景致，此時，那種詭異的不安感就更強烈了。那群山峰似乎是太渾圓、又太對稱了些，讓人很難感覺舒服與自然，有時，天空還會如此清晰地映襯出那些高聳石柱所形成的怪異圓圈。

深不可測的峽谷和溝壑截斷了道路，而粗製濫造的木橋看來總是安全堪虞。當路面再次向下時，眼前便出現一大片讓人本能感到厭惡的沼澤地，尤其到了夜晚，看不見的北美夜鷹七嘴八舌地喧嘩著，而螢火蟲也一窩蜂地竄出，隨著牛蛙刺耳而又令人毛骨悚然的持續鳴鳴聲起舞，這確實會引起人們近乎於恐懼的心情。米斯卡塔尼克河上游那纖細而閃亮的線條，先是往這些圓頂山丘的山腳處接近，接著在曲裡拐彎之間迤邐向上，如同一條蛇般透露著詭異。

當人們接近這片山丘時，視線會較為留意樹林叢生的山腰，而非石頭覆蓋的頂峰。這些隱約浮現的山腰是如此幽暗與險峻，使人們莫不想要敬而遠之。無奈沒有任何道路可供逃避。跨過一道有遮蔭的橋樑之後，便可看到一座小小的村莊，蜷縮在溪澗和圓山的直立斜坡之間，而那些簇擁在一起的複折式屋頂，其腐朽的程度說明它們的年代比鄰近的地區還要古老，這令人不禁感到訝異。再湊近一瞧，你又會不安地發現到，大部分的房屋都已遭人遺棄，並傾圮成一堆廢墟，再加上尖塔坍塌的教堂，裡面還藏匿著這個村子裡如今仍具有貿易能力的一群人。人們害怕經過這座陰暗的橋樑，但沒有迴避的餘地。一旦過了橋之後，就很難避免聞到村裡的街道所傳來的一股微弱惡臭味，像是堆積了幾百年的大量霉菌和腐敗物。離開這個地方會是一種解脫，然後循著山底的蜿蜒窄道，跨過山後那片平坦的鄉野，直到這條道路再度和亞茲貝里公路接駁爲止。這才知道，原來你已經穿過敦威治村了。

外來客會來造訪敦威治村的機會簡直少之又少，更何況經過某段恐怖的歲月之後，所有指向本地的告示牌，通通被拆了下來。若從一般的美學標準來看，此地的風光可不只是普通的明媚啊！然而它卻無法吸引藝術家或夏季遊客蜂擁前來。兩百年前，當此地所謠傳的巫術血祭、撒旦崇拜和各種森林妖怪，並非只是個笑話時，人們總習慣給自己諸多理由，以設法迴避這個地方。在知覺靈敏的年代裡——也就是一九二八年敦威治村發生恐怖事件以來，致使那些眞正關心本地和全世界福祉的人們噤若

譯注

❶果爾岡女妖：希臘神話中的蛇髮女妖，具有石化能力。共有三個，其中兩個是不死的，生有雙翼及銳利的爪子，美杜莎（Medusa）後來被柏修斯殺掉，頭髮為蛇。她們原本都很美麗，只因為犯了罪，被處罰變成妖怪，是所有妖怪的祖先。

❷九頭蛇怪：被赫丘力所殺掉的海怪，據說被砍掉一個頭後，會生出兩個頭來。死後生天成為長蛇座。

❸噴火獸是敘事詩、神話、美術畫中常出現的噴火生物，獅頭、羊身、蛇尾，出自於希臘神話，致命的攻擊武器是噴火。

❹喜拉諾出自希臘神話，為Atlas與Pleiades所生的七個女兒之一。

❺鳥身女妖以居住在哈耳庇埃島（Harpies）上而得名，長有少女頭，長長的爪和因飢餓而蒼白的臉。是神祇派來折磨一個叫菲紐斯（Phineus）的人，宙斯使菲紐斯失去視力，只要膳食出現，哈耳庇埃們就俯衝下去，把食物搶走。

❻查理斯．蘭姆（Charles Lamb，1775~1834），英國隨筆作家。

寒蟬之後——人們便在莫名其妙的情況下，將此地封鎖起來。也許是基於某種原因吧——儘管未必適用於形形色色、不一而足的陌生人——換言之，本地人如今已經淪爲墮落的一群，他們已經步上新英格蘭許多落後地區常見的退化之路，與世人漸行漸遠了。當初他們來到此地，便是爲了自成一個族群，因爲他們無論在心理或生理上，都具有墮落和近親交配的鮮明污點。他們的平均智力低得可怕，同時他們的歷史也沾染了公然的惡行、半公開的謀殺、亂倫，以及各種無以名狀的暴力和變態行爲。這群人的上流階級是由兩個或三個獲頒徽章的家族作爲代表，他們是在一六九二年由沙倫來到此地，從此一直保持著高於一般俗民的地位；不過，有許多旁系已經深深地融入了鄙俗的群眾當中，如今只剩下他們的名字，還能讓人聯想起那顯赫一時的背景。華特立和畢夏普這兩戶人家，至今仍把長子送往哈佛和米斯卡塔尼克大學就讀，儘管這些兒子們絕少再回到這些發霉的複折式屋頂下，而那兒可是他們與祖先共同誕生的溫床啊！

即使掌握近年來恐怖事件的消息，也沒有人敢說敦威治村到底發生了什麼事；不過有一些古老的傳言，倒是談到了一些褻瀆神明的儀式，和印地安人的祕密聚會等。在這些活動中，他們會將某些禁忌的黑暗形式，從巍峨的圓頂山丘召喚出來，而山上的狂歡祈禱則與地面的巨大爆裂聲和轟隆聲遙相呼應。一七四七年，當阿畢佳．侯德利教士剛到敦威治村的公理教會時，有一次他在佈道會上，談到撒旦和他的黨羽就在我們的身邊。他如此說道：

我們必須承認，經過地獄焠煉的魔鬼惡行，全是昭然若揭、無可否認的事實；從地底傳來的阿撒茲勒❼與布茲瑞爾、別西卜和彼列❽的聲音，已由許許多多可靠的眾生所見證。而本人就在不到兩個星期以前，親耳聽到一場邪惡力量的清楚對話，就在我家後面的山上；從那兒所傳來的嘎嘎聲與隆隆聲、呻吟聲、尖叫聲與嘶嘶聲，都不是地球上的東西能夠發出來的，而必定是來自那些唯有黑暗的魔法能夠發現，且唯有魔鬼能夠開啓的洞穴。

在這次佈道之後，侯德利先生隨即消失無蹤；不過這份佈道文卻在春田市❾出版，至今仍然找得到。山上的噪音仍然年復一年地傳送著，而且對於地質學家和地形學者來說，它也依舊是個謎團。

其他的傳說還包括：在山頂的環形石柱附近聞到惡臭味；在某些特定的時刻下，可以隱約聽到溝壑底部的某處有詭魅生物的疾跑聲；還有一些人試圖描繪「群魔亂舞之地」（Devil's Hop Yard）——據說那是在一座陰森而貧瘠的山腰上，既沒有樹林，也沒有灌木或草叢。當然，也有一些當地人對於那一大群夜鷹心生恐懼，牠們總在溫暖的夜裡嘎嘎作響。傳聞還繪聲繪影地描述，這群禽獸就如同瘋子般，伺機等待臨終者的靈魂，當這位受難者的死期來臨時，牠們便會齊聲發出詭異的叫聲。而假如死者的靈魂在離開身體之際，牠們有辦法逮住的話，那麼牠們將立刻振翅飛離，啁啾地發出惡魔般的笑聲。

這些傳說當然都是過時而荒唐的；因爲它們從非常遠古的時代就一直流傳下來了。敦威治村確實蒼老得非常荒謬——它比方圓三十哩內的任何一個聚落都要古老。人們在村子的南部或許還可以瞥見地下室的牆壁，以及早期主教房舍上的煙囪，後者是在一七〇〇年以前所搭蓋的；至於正在塌陷的農舍廢墟，則建造於一八〇六年，而那可是當地最新的現代建築啊！工業根本未在此地開花結果，而十九世紀的工廠運動也只是曇花一現而已。其中最古老的遺跡，便是山頂上那一圈粗糙的環形石柱，不過這些通常都被視爲印地安人的傑作，而非新移民者所爲。接著在這些環形石柱的裡面，以及哨兵山上那塊龐大的桌狀岩石附近，則發現了頭蓋骨和屍骨的堆棄處，由是證實了坊間的說法，他們相信這些地點曾經是波坎圖克族⑩的埋葬場；不過許多人種學家選擇忽視這個理論的荒謬之處，而堅持認爲這個地方是白種人的葬身地。

II

一九一三年二月二日，星期天凌晨五點鐘，威爾伯．華特立在敦威治村的一座小鎮，誕生於一間雖寬敞，但人口簡單的農舍裡，這間農舍臨傍著山腰，距離敦威治村有四英里遠，而距離任何一戶人家則至少有一英里半。人們之所以記得這個日子，是因爲那天正好是聖燭節⑪，敦威治村居民以另一個節日名紀念這個節日；此外也因爲山上的噪音又開始響起了，致使村裡所有的狗兒在前一天夜裡狂吠不止。而較少受到注意的則是，小孩的母親屬於已墮落的華特立家族成員，她是個略微畸形、毫不起眼的白化症病患，時年三十五，和一位老耄而半瘋的父親住在一起，在這位老人年輕時，就已有關於他的恐怖巫術傳說在流傳。儘管拉薇妮雅．華特立的丈夫不詳，不過按照此地的習俗，她並沒有拿掉這個小孩的必要；因爲村民可以——事實上也是如此——盡情瘋狂地臆測這個小孩的另一半血統是什麼。奇怪的是，拉薇妮雅對這名皮膚黝黑、貌似山羊的嬰兒似乎感到非常驕傲，因爲他與自己白膚、紅眼的白化症狀截然不同，有時她還會聽到這名嬰兒喃喃自語地說出許多奇怪的預言，揭櫫自己不凡的力量與壯闊的未來。

拉薇妮雅是吐露這類事情的適當人選，因爲她本身即是個孤獨的創造物，經常在下著大雷雨的山上到處流浪，還曾經試著閱讀那些既龐大又難聞的書籍，這些兩百年前的古書都是華特立家族留給她父親的，然而在歲月和蠹蟲的啃噬下，早就快速地支離破碎了。拉薇妮雅從來沒有上過學，不過卻從華特立老先生那兒，學會了一籮筐零散的古老知識。這間偏遠的農舍向來是個人人敬畏的地方，因爲華特立老先生在妖術方面頗有名聲，再加上華特立夫人在拉薇妮雅十二歲大時死於暴力意外，更使人們對此地避之唯恐不及。拉薇妮亞孤獨地處在詭異的影響力下，使她對於一些荒誕而誇張的白日夢與怪裡怪氣的消遣情有獨鍾；閒暇之餘，她也不大需要料理家務，因爲在這個家裡，一切的秩序和整潔早已蕩然無存了。

威爾伯出生的那夜，其所發出的駭人尖叫，甚至比山上的噪音和狗兒的狂吠還要高昂；不過當時卻沒有任何一位大夫或產婆迎接他的到來。鄰居也要等到一個星期之後才知道他的誕生，當時華特立老先生正駕著雪橇穿過雪地，進入敦威治村，接著心血來潮地繞了個彎，向歐司邦雜貨店裡那群無所事事的傢伙走去。這個老頭似乎有點變了樣——迷迷糊糊的腦袋瓜彷彿多了一絲鬼祟的成分，讓他從一個受到驚嚇的人，變成一個嚇人的人——雖然他不是一個會爲了家庭的尋常小事而心神不寧的人。

譯注

❼阿撒茲勒為墮落的看守天使之首領，失樂園中叛亂天使眾的首領。亦是列稱於「撒旦級」的大魔王之一。希伯來語「神之強者」之意，像神一樣強大的除去移動和荒野，代表物為山羊，又被認為是山羊之神。

❽阿撒茲勒、布茲瑞爾、別西卜與彼列同屬「七魔王之一」，為背叛上帝的墮落天使，不論在墮天前還是墮天後，他們的實力、容貌及權位都和「撒旦」不分上下。

❾美國有好幾處春田市，這裡的春田市，應是指麻薩諸塞州西南部之城。

❿波坦圖克族（Pocumtacks）為一支短小而強悍的印地安部族，活動地區多半在新英格蘭地區南部，隨季節而遷徙。

⓫聖燭節（Candlemas）為每年的二月二日，紀念聖母瑪利亞聖潔的節日，舉行舉燭遊街的活動。

除此之外，他還顯現出一絲驕傲的神情，後來在他女兒的身上也看得到。當時他說了一些有關這孩子生父的事，讓許多聽到的人從此畢生難忘。

「我才不管你們這些傢伙怎麼想呢——拉薇妮雅的小孩就跟他老爸是同一個模子印出來的，絕對是你們想像不到的。你們別以爲咱們周遭的人是唯一的人類。拉薇妮雅可是讀過一些東西的，而且還親眼見到你們大部分人只是隨口說說的玩意兒。我猜想她的男人，是亞茲貝里這一帶所能找到最棒的丈夫了；要是你們和我一樣瞭解那些山丘的話，你們就會奢望自己的婚禮和她的一樣棒了。讓我告訴你們吧——**總有一天，你們將聽見拉薇妮雅的孩子，在哨兵山頂呼喚他父親的名字。**」

威爾伯一月大的時候，有少數幾位村民見到了他，包括年邁的撒迦利亞・華特立，他是未墮落的華特立家族成員，還有一位則是厄爾・索耶的習慣法上的妻子——瑪蜜・畢夏普。坦白說，瑪蜜的造訪完全是好奇心作祟，而後來她所說出來的故事，確實應驗了她的觀察；不過撒迦利亞則是因爲華特立老先生從他兒子科悌思那兒，買了一群奧德尼島[12]的牛，所以才領著這群牛順道過來的。這是小威爾伯的家人購買牛隻的開端，往後就只有在一九二八年，也就是敦威治村恐怖事件發生又結束的那年，曾經停止過這項買賣；但奇怪的是，這些牲口卻不曾塡滿華特立家破敗的牛舍。有一段時期，村民的好奇心強烈到讓他們躡手躡腳地前來數一數這些牲畜，牠們全都在這間老舊農舍上方的陡坡上戰戰兢兢地吃著草，但人們卻只見到十到十二頭衰弱且貧血的牛隻。顯然是植物枯萎或瘟熱病所造成的，或許是經由某些不健康的牧草所傳染的，也或許是這間骯髒牛舍裡有某些致病的菌類或木材，才使得華特立家的牲口大量死亡。牠們身上還有一些奇奇怪怪的傷口或發炎處，有點像是切割傷，似乎正在折磨著眼前的這群牛隻；而且根據幾位通風報信者表示，前幾個月裡，有那麼一、兩回，他們也在那位灰髮蓬鬆的老頭和那位滿頭混亂捲髮的白化症女兒的喉嚨上，發現類似的傷口。

威爾伯出生後的春天，拉薇妮雅又重拾往日在山上遊蕩的習慣，不過在她那雙不成比例的臂彎裡，卻多了一名皮膚黝黑的小孩。在大部分的村民都見過這個小孩之後，眾人對於華特立家族的興趣已經消退了，再也沒有人會去理會這位新生兒每天展現的快速茁壯。威爾伯的成長速度確實驚人，因為出生不到三個月，無論是他的體積或力氣，都是不到一歲的小孩所罕見的。而他的動作，甚至他所發出來的聲音，都帶著一種在小孩子身上難以見到的節制和謹慎感；因此當他七個月大開始獨自行走時，並沒有人真的感到意外，儘管他的動作還有一點蹣跚，但過了一個月後就完全克服了障礙。

大約在此時——也是萬聖節當天——人們在午夜時看見哨兵山頂燃起了一片熊熊火光，而桌狀的古老岩石和頭蓋骨塚處就佇立在這座山上。當席拉斯·畢夏普提到——他屬於尚未墮落的畢夏普家族——在人們留意到那場大火的前一個小時左右，他看見那個小男孩跑在他母親前面，步伐矯健地往山上奔去，此後，各種傳言便開始甚囂塵上。當時席拉斯正在圍捕一頭脫隊的小母牛，然而他在燈籠的昏暗光線下，瞬間瞥見這兩個人影時，幾乎忘了眼前的任務。這兩人幾乎是無聲無息地衝過矮樹叢，然後這位受驚的目擊者倏忽想起，對方似乎是衣不蔽體的。日後他對那名小男孩的印象就更模糊了，男孩也許是圍了一條滾邊的腰帶，或穿著黑色的短褲或長褲。從此以後就沒有人在意識清醒的狀態下，看過威爾伯身上的衣服沒有整整齊齊地扣好過，而且要是有人弄亂，或企圖弄亂他的衣服，往往會讓他充滿憤怒與警戒。在這方面，他和邋遢的母親與外祖父是個強烈的對比，不過要等到一九二八年恐怖事件發生後，這才顯示出其真正的原因。

譯注

⓬奧德尼島（Alderney），位於英國。

隔年一月，「拉薇妮雅的黑小子」才十一個月大，就開始說話了，這個事實掀起了一陣小小的議論。他的言語之所以受人矚目，除了是它們有別於當地的尋常口音之外，也因為它們不像許多三、四歲小孩無可避免的口齒不清。這個男孩並不多話，不過當他開口時，卻似乎反映出某種令人難以理解的特質，而且是整個敦威治村和村民們所不曾具備的。這個怪異之處並不在於他所講的內容，或是其所使用的簡單成語；而是關係到他的聲調或體內的發聲部位。他的臉龐似乎也過於成熟了些；儘管他遺傳了母親和外祖父的短下巴，但那只尖挺且過於早熟的鼻子，卻與那雙又大又黑、近似拉丁美洲人的眼睛搭配得天衣無縫，賦予他一種準成年人的氣質，並顯出非比尋常的聰明才智。然而，撇開聰明絕頂的外表不談，他的長相其實是非常醜陋的；那雙肥厚的嘴唇，再加上毛孔粗大的蠟黃皮膚、粗糙而紊亂的頭髮，以及出奇長的耳朵，這些都讓他具有類似於山羊或動物的特徵。人們對他的厭惡感，很快就超出了他的母親和外祖父；而所有與他相關的揣測，都會加油添醋地提起華特立老先生以前的妖術，人們還記得有一次，當他站在那堆環形石柱之內，手上攤著一本巨大的書，然後喊叫著**憂戈—索陀斯**（Yog-Sothoth）這個可怕的名字時，整片山丘如何天搖地動了起來。就連狗兒也討厭這個男孩，因此他總是被迫採取各種防禦的手段，以對抗牠們惡意的吼叫。

III

在此同時，華特立老先生則繼續購買牛群，卻無法使他的牲口數明顯增加。此外他也砍伐樹木，並開始修整家中尚未使用的部分。這是一棟寬敞而有遮簷的房子，後半部則完全掩埋在岩石磊磊的山腰中，其中有三間毀壞程度最小的底層房間，長年以來始終足夠他和女兒兩人使用。這位老頭一定保有相當充沛的氣力，才有辦法完成這麼多的苦工；儘管三不五時他還是會嘮叨起來，不過他的工匠技術似乎還是展現出精密的計算成果。自從威爾伯誕生之後，這件工程便開始了，一轉眼間，其中一間工具房已經重新安置妥當，釘上了隔板，並裝上一道牢固的新鎖。此時他正在修復這棟房子荒廢的上層，而他所展現的技藝也同樣精湛。他的偏執狂只有在他爲修復區域裡所有的窗戶，用木條牢牢釘死時才會展現出來。儘管有不少人表示，這項修復工程根本是多此一舉。比較容易理解的部分，是他爲這位剛出生的外孫整修另一間地下房間——有幾位通風報信者曾經參觀過這個房間，卻沒人獲准進入嚴密封鎖的上層。他爲這個房間裡裝上高大而堅固的架子，然後逐步將所有腐朽的古書和殘書，井然有序地擺放在上面；原來，這些書全都雜亂地堆放在各個房間的奇怪角落。

「我已經利用了部分。」當他從生鏽的爐子上沾起漿糊，試圖修補破損的一頁黑字時說道。「但這男孩能夠運用得更棒。他有本事呼喚天地，因爲它們終將成爲他的學問。」

威爾伯一歲又七個月大時——那是一九一四年的九月——無論是他的體積或是他的表現，都到了近乎驚人的程度。他已經長得跟四歲的小孩一樣大了，說起話來不但流利，而且無比聰明。他可以在田野和山丘上自由自在地奔跑，並陪著他的母親四處晃蕩。在家裡，他則孜孜不倦地埋首於外祖父的書本中那些詭異的插畫和圖表；而華特立老先生則會在漫長而寂靜的午後，一面教導、一面考核他。這時，屋子的整修工作已經完成了，不過看過的人都不禁懷疑，爲何上面的某一扇窗子要變成一道結實的木板門。那是在東側三角牆後面的一扇窗戶，關起來便看不到那座山；而且沒有人能夠想像，爲何要從地面上蓋起一座木頭通道，連接這扇窗戶。大約在整修工作完成的同時，人們留意到那間老舊的工具屋又開始棄而不用了，自從威爾伯出生之後，它就一直大門深鎖，而窗戶的部分也用木條封死；但現在卻無精打采地敞開著。有一次，厄爾・索耶在牛群交易完成之後，踏進了這間工具屋，差點被迎面撲來的一股怪味給襲倒——他堅稱那是一股前所未聞的氣味，除了在山上靠近印地安人的圈子曾經出現過以外，而且那絕對不是任何正常或世間的東西所發出來的。不過話又說回來，敦威治村的住家或牛棚，也從未以氣味清爽著稱過。

接下來的幾個月，則沒發生什麼明顯的大事，不過每個人都信誓旦旦地說，山上的神祕噪音有了緩慢但持續的增強跡象。到了一九一五年五月節的前夕，發生了幾次地震，就連在亞茲貝里都感覺得到，緊接著在萬聖節當天，地下則發出隆隆的聲響，同時在哨兵山頂上，還噴出了幾道奇怪的火焰。人們說：「那是華特立家族的巫師們幹的！」威爾伯正毫不保留地日益茁壯，使他才剛滿四歲時，看起來已經像個十歲大的小男孩了。如今，他可以自己貪婪地閱讀；不過話卻比以前來得少。他似乎已培養出沉默寡言的穩定性格，而人們也開始針對他那張山羊般的臉孔上日漸出現的邪惡表情竊竊私語起來。有時他會喃喃地說出一句陌生的術語，並以怪異的節奏吟頌著，讓聽者毛骨悚然地生起一種難以解釋的恐懼感。狗兒對他的厭惡之情，如今更是到了昭然若揭的地步，使他被迫必須帶著一把手槍，以便在村子裡走動時可以確保安全。儘管他很少使用這把武器，但是這群看門狗的主人們仍然不歡迎他的出現。

少數幾位造訪過這戶人家的村民，發現拉薇妮雅經常獨自坐在地板上，而窗戶封死的樓上則響起奇怪的哭聲和腳步聲。她從不透露父親和男孩在上面做些什麼，儘管有一次，一位愛開玩笑的魚販試著打開那扇通往樓梯間的大門，之後他的臉色立刻翻白，並顯出一副不可思議的害怕模樣。那位魚販回頭向敦威治村裡那群老愛在商店裡閒晃的村民表示，他認爲他聽到的是一匹馬正在樓上踩著地板。於是，這群無所事事的人們便聯想起那扇門、那座通道，以及那群迅速消失的牛。接著他們又想起華特立老先生年輕時的故事，以及每到適當時節，只要將一頭牛獻祭給異教徒的神祇，就能喚起一些光怪陸離的事物，凡此種種都讓他們渾身打顫。狗群對於華特立這戶人家的厭惡和恐懼，就如同牠們對於威爾伯這個年輕小子的厭惡和恐懼程度是一樣的，人們留意到這件事已經有一段時間了。

一九一七年戰爭來襲，史奎爾．索耶．華特立擔任地方兵役委員會的主席，卻在敦威治村裡找不到足夠的壯丁，可以派到訓練營裡受訓。大感震怒的政府單位認爲，這件事代表了整個地區的墮落，於是派了幾位官員和醫療專家前往調查；最後完成了一項報告，相信新英格蘭地區的閱報人可能都還記得這件事。主跑這項調查案的媒體，派了幾位記者追蹤華特立的家族成員，最後在《波士頓環球報》與《阿克罕新聞報》的週日版上，洋洋灑灑地刊登了威爾特這位小子發育過快的故事、華特立老先生的妖術、滿架的怪書、這間老舊農舍密不透風的二樓，以及整個地區的詭異氣氛與山上的怪聲等。這時威爾伯只有四歲半，看起來卻像是個十五歲的琅瑠少年。他的嘴唇和臉頰佈滿了粗糙的黑色絨毛，而且已經開始變聲了。

IV

厄爾．索耶帶著記者與攝影師兩組人員，一同造訪華特立家，他們留意到那股奇怪的味道，彷彿是從樓上那塊封鎖的區域滲透下來的。據他表示，那股味道就和他在這間房子完工後於那間廢棄的工具屋裡所聞到的非常類似。敦威治村的村民們閱讀了這些新聞報導，並竊笑著其中明顯的錯誤。同時他們也在納悶，爲何這些記者對於華特立老先生總是用極爲古老的金幣來買牛，要如此大費周章地報導。華特立一家人對於這群訪客則抱著難以掩飾的厭惡，然而他們卻不敢悍然拒絕或避而不談，以免招惹更多媒體的注意。

有十年時間，華特立家族與病態社群的日常生活幾乎是相同的，其對於自己的奇怪行徑已經習以爲常，並固守著五月節前夕和萬聖節的祕密祭神儀式。他們每年都會在哨兵山頂點燃兩次火光，這時，山上的轟隆聲就會愈響愈大；而一年四季當中，他們盡在那間荒僻的農舍中幹些奇怪而邪惡的勾當。最後那些通風報信者還透露，就算全家人都在樓下，他們也能聽見那間封鎖的上層會發出聲音，讓他們不禁懷疑，這家人通常每隔多短或多長的時間，就會宰殺牛隻以用來獻祭。有人提到要向動物受虐預防協會投書抗議，不過總是不了了之，因爲敦威治村的村民從不希望引起外界的矚目。

到了一九二三年威爾伯十歲大左右，無論是他的心智、聲音、體格，以及長滿鬍鬚的臉龐，全都給人一種成熟的印象，此時的他已是這間老宅裡的第二把工匠交椅了。從一些棄置的木材廢料來看，人們肯定這位年輕人和他的祖父已將所有隔間都打掉了，甚至連閣樓的地板也都已拆除，只留下底層和屋頂遮簷之間的一大片開闊空間。他們也將屋子中央那座巨大的煙囪給卸了下來，並以薄紙覆蓋在這座錫造煙囪生鏽的外表上。

在這件事過後的那年春天，華特立老先生發現有愈來愈多的北美夜鷹，會在夜裡從冷泉幽谷飛到他的窗台上，啁啾地叫著。他似乎把這個情形視爲一件意義重大的事，於是他對歐司邦雜貨店裡那群遊手好閒的人說，他覺得自己的死期就快接近了。

「現在，牠們的鳴叫和我的呼吸聲是一致的。」他如此表示。「所以我猜，他們已經準備好要抓走我的靈魂了。牠們知道這事就快發生了，牠們可不想錯失良機啊。老兄們，等我走了之後，你們會知道牠們有沒有逮到我的。假如牠們有逮到我的話，就會一直唱歌嘻笑到天明，而假如沒有的話，牠們就會漸漸安靜下來。我猜牠們和獵捕的靈魂之間，有時會有一番激烈的爭鬥吧！」

一九二四年收穫節[13]的那天晚上，威爾伯・華特立馳騁著家中僅存的一匹馬穿過黑夜，然後從歐司邦的店裡打了通電話，緊急將亞茲貝里的修頓大夫給召喚過來。大夫發現華特立老先生的情況十分嚴重，不但脈搏微弱，而且呼吸非常沉重，這些都預告著死期將屆。他那位身體畸形的白化症女兒和長滿奇怪鬍鬚的孫子都站在一旁，同時，眼前的那座空谷，則傳來一陣陣猶如海浪奔騰、拍打沙灘的聲音，節奏鮮明，並暗示著一種不祥的感覺。不過困擾這位大夫的最主要來源，還是外面那群夜鷹的叫聲；這群近似數量無限的夜鷹，一再傳送著綿綿不絕的訊息，更殘忍的是，其節拍正與這位垂死老頭的氣喘聲相互應和。這眞是既詭異且不尋常的現象啊——修頓大夫心裡想著，眞是太過份了，這整個他如此不願意進入的地區，彷彿都在回應這次的緊急召喚一樣。

接近凌晨一點時，華特立老先生恢復了神智，他先是止住喘息，然後奮力地向他的孫子吐出幾句話：「需要更多的空間啊，威利，馬上需要更多空間。你會再長大的——而**那東西**會長得更快。它很快就會服侍你了，小子。用那篇長頌把通往憂戈—索陀斯的大門通通打開吧！它就出現在完整版的第七百五十一頁上，然後放火燒了那間地牢。燃燒的火是無法傷它一根汗毛的。」

他顯然已經瘋了。停頓半晌後，戶外那群夜鷹的叫聲已經調整成間歇性的節奏，而山上的怪聲也從遠處意有所指地傳來，他又補充了一、兩句話：「要定時餵它啊，威利，而且要注意份量；不過別讓它大過這棟房子，因爲假如它撐破這個地方，或者在你打開通往憂戈—索陀斯的大門之前逃了出去，那就完蛋了。只有從遠方來的他們可以讓它繁衍並且工作……只有他們，那群一直想要回來的老傢伙。」

譯注

⑬收穫節為每年的八月一日。

這時，他的言語又被喘息聲給取代了，於是拉薇妮雅開始對著那群緊盯這場變故的夜鷹尖叫起來。這情形大約持續了一個鐘頭，最後他的喉嚨終於發出咯咯的聲音。修頓大夫將他皺縮的眼皮，覆蓋在他那雙呆滯的灰色眼睛上，而那群禽獸的喧鬧聲則悄然回歸寂靜。拉薇妮雅開始啜泣起來，威爾伯卻只是暗自獰笑著。隱約之間，還可聽見山上轟隆隆的聲響。

「牠們沒逮到他。」他以沉重如低音貝斯的聲音喃喃地說。

此時的威爾伯已經靠著努力成爲博學多聞的學者，且由於他經常寫信給遠地許多收藏古老禁書的圖書館，而悄悄建立了名聲。他在敦威治村愈來愈讓人討厭與害怕，因爲有些年輕人失蹤了，而滿城的疑雲似乎都指向他家；不過最後總是出於恐懼，或因爲那些古老金幣的收買，而制止了進一步的探究。他仍然比照他外祖父在世時的作法，用這些金幣定期購買牛隻，而且還有日漸增加的跡象。他現在相貌十分成熟，身高已達到正常成人高度，並且似乎還在增加。一九二五年，當一位來自米斯卡塔尼克大學的學究型記者在某天拜訪他，後來卻蒼白困惑地離去時。他的身高已達到六呎九吋。

往後這幾年，他對那位半畸形的母親愈來愈不屑一顧，最後甚至不准她在五月節前夕和萬聖節時，同他一起到山上；到了一九二六年，這位可憐的母親忍不住向瑪蜜·畢夏普抱怨，說她愈來愈怕她兒子了。

「我知道不少關於他的事，瑪蜜，但我說不出口。」她說。「現在則有愈來愈多連我也不知道的事了。我對天發誓，我眞的不知道他現在到底要幹嘛！」

那年的萬聖節，山上的聲音比往年還要厲害，而哨兵山上的火焰則依舊燃燒著；不過，人們的注意力卻較集中在那一大群已經過了時節的夜鷹身上，此時，牠們似乎正聚集在那棟燈火熄滅的華特立家前，發出規律性的尖叫。過了午夜之後，牠們的尖銳叫聲更爆破成一種放肆的喧嘩，充斥著整座鄉村，非要等到破曉時分，才逐漸安靜下來。然後牠們便消失了，一股腦地飛往南方，比牠們往年預定的行程，足足晚了一個月。似乎沒有任何一位村民過世——只有可憐的拉薇妮雅・華特立這位手腳變形的白化症患者，從此失去了蹤影。

一九二七年夏天，威爾伯又在農場裡修復了兩座棚屋，然後開始把他的書籍和家當搬了進去。不久之後，厄爾・索耶便向歐司邦商店裡那群無聊份子報告說，華特立的農舍裡還有更多的工程正在進行。威爾伯把底層所有的門窗都封了起來，而且似乎正在拆除所有的隔間，就如同四年前他和外祖父所做的一樣。此時他棲身在其中的一間棚屋裡，在索耶看來，他似乎顯出頗不尋常的焦慮和恐懼。人們普遍懷疑，他根本就知道他母親失蹤的內幕，不過現在已經絕少有人會接近他家了。他的身高已經超過七呎，而且還沒有停止下來的跡象。

V

接下來的冬天，發生了一件非常奇特的事，威爾生平第一次踏出敦威治這個地區。他和哈佛大學魏德納圖書館、巴黎國立圖書館、大英博物館、布宜諾斯艾利斯大學，以及阿克罕鎮的米斯卡塔尼克大學圖書館，經過書信聯絡之後，都無法借到他渴望的那本書；他最後決定親自出馬，於是一身邋遢、污穢、滿臉鬍渣，並操著一口粗魯方言的他，準備前往米斯卡塔尼克大學詢問這本書的下落，因爲這裡是離他最近的地方。此時他幾乎已經有八呎高了，提著一只從歐司邦雜貨店裡新買來的廉價手提箱，就這樣，這名皮膚黝黑、有張山羊怪臉的年輕人，某日便出現在阿克罕鎮，找尋那本被封鎖在大學圖書館裡的可怕書籍——阿拉伯狂人阿巴度・亞爾哈茲瑞德的恐怖傑作《死靈之書》，經由歐勞司・渥米爾斯翻譯成拉丁文，十七世紀時又以西班牙文出版。威爾伯從未見過任何城市，不過他除了想趕快找到圖書館的路之外，腦子裡別無他想。的確，到了那裡之後，他完全沒留意那隻看門狗正露出巨大的白牙，以非比尋常的盛怒和敵意對他吼叫，並瘋狂地拖著那條堅固的鍊子。

威爾伯身上帶著狄博士的英文版本，雖然那是祖父傳給他的無價之寶，但畢竟有所不足，於是當他一拿到拉丁文的版本之後，便立刻加以對照，希望能找到那個理應在他那本有瑕版的第七百五十一頁上出現的段落。他難掩粗魯地把這件事告訴圖書館員——亦即跟他一樣博學多聞的亨利・阿米塔吉先生（曾獲頒米斯卡塔尼克大學文學碩士、普林斯頓大學哲學博士、約翰霍普金斯大學文學博士等頭銜）——曾經造訪過威爾伯農場的他，此時客客氣氣地問了威爾伯一大堆問題。於是威爾伯只好承認，他正在尋找一段慣用語或咒文之類的句子，裡面包含了憂戈—索陀斯這個可怕的名字，但他卻找到了一些有出入、重複和曖昧的地方，使他不知該如何取捨。最後當他抄下終於選定的句子時，阿米塔吉博士越過他的肩膀，偷眼瞄見那些攤開來的紙張；左手邊出現的是拉丁文的版本，內容中揚言要破壞世界的和平與清明。

別以為（這是阿米塔吉的腦海中快速翻譯的句子）人類是地球上最古老或是最現代的主人，或自以為是獨步天涯的正常生命體與實體。舊日支配者曾經存在過，如今仍然存在，未來也將存在。它們不在我們所知的空間裡，而存在於空間與空間之間。它們步履沉穩而且原始，不屬於任何一個向度，也不為我們所見。憂戈—索陀斯知道大門所在。因為憂戈—索陀斯就是那道大門。憂戈—索陀斯既是那扇門的鑰匙，也是守護者。過去、現在、未來，全都體現在憂戈—索陀斯的身上。他知道那些老傢伙會從哪裡破繭而出，以及何時又會重現江湖。他知道它們曾經踏過地球的哪些土地，也知道它們今日的足跡仍然履及的地方；他知道爲何沒有人看見它們走過。不過有時一聞到它們的氣味，人們便知道它們接近了，然而它們的長相卻沒有人曉得，只知道它們從人類身上遺傳了某些特徵；於是它們分成許多種類，從最接近人類的理想形象，到看不見、或不具實體的形狀，各式各樣應有盡有。它們不被看見地行走著，玷污荒涼的地區，每當它們的季節來臨時，便有讚語傳送出去，還有儀式發出怒吼。風夾帶著它們的聲音喃喃細訴，而大地則負載著它們的意識竊竊私語。它們將樹林折彎、將城市碾碎，卻看不到那隻摧毀的魔手。卡達思在寒冷的荒地裡曾經認得它們，然而有誰認得卡達思呢？南方的冰原與海中的沉島都埋藏了一些石頭，上面還刻著它們的印記，但是有誰看過那座凍結在深處的城市，或那座早就被海草與壺藤纏繞與封鎖的塔樓呢？偉大的克蘇魯是它們的表親，但就連他也只能曖昧地窺視它們。伊亞・舒伯—尼古拉斯！齷齪的你們啊！理應認得它們才對。它們的手正掐在你的喉嚨上，但你們卻看不到它們；而且它們的住所，就在你們家嚴密設防的門檻上。憂戈—索陀斯正是那扇大門的鑰匙，通過這道大門，星球便能相聚。今日的人類正統治著昔日它們所統治的地方；不過它們很快就要統治人類現在統治的地方。夏去冬來，冬盡夏至。它們會耐心且強悍地等候著，因爲它們終將重掌此地。

阿米塔吉博士從這段內容，聯想到他在敦威治村聽到的傳聞、村裡徘徊不去的鬼怪，以及威爾伯・華特立和他那股陰沉而可怖的氣質，這股氣質從他神祕的出生開始，到可能陷入弒母疑雲爲止，就一直籠罩在他身上；一想到這些，一波波的恐懼感如同墳墓吹來的一股濕冷寒風般纏繞著他。那位彎腰駝背、貌似山羊的巨人就佇立在他面前，彷彿是另一個星球或空間的後代子孫；只有某些地方像人類，其他部分則與黑暗而深邃的本體或存在有關，一如龐大的幽靈般伸展開來，超越所有力學、物質、空間與時間的侷限之外。此刻，威爾伯抬起頭來，以詭異而宏亮的聲音開口說話，而其發聲的部位似乎不像是人類所擁有的。

「阿米塔吉先生。」他說道。「我想我恐怕要把這本書帶走。因為裡面有些東西是必須要在特定的狀況下才能試驗的，我沒辦法在這裡動手，更何況，拿一些繁文縟節的規矩來規範我，這實在是一件很罪過的事。讓我把它帶走吧！先生，我可以對天發誓，沒有人會瞧出端倪的。我想我無須特別告訴你我會好好保管它。我手上這本狄博士的版本可不是我弄成這樣的，那是……」

當他在這位圖書館員的臉上看出堅決否定的表情時，他閉上了嘴，那張山羊般的臉龐則露出狡詐的模樣。阿米塔吉原本已經準備開口，說他可以隨意複印他想要的部分，但突然想到可能引發的後果，於是又把話給吞了回去。將這把驚世駭俗的外太空鑰匙交給這傢伙，責任恐怕是太大了些。華特立瞧出事有蹊蹺，於是他試著輕聲細語地說：「嗯！好吧！既然你認為這樣的話。也許哈佛大學的人不會像你這樣大驚小怪的！」於是他沒再多說些什麼，而是逕自起身，邁步走出這棟建築物，每次通過門口時都得彎下腰來。

阿米塔吉聽見那隻守門大狗正肆無忌憚地狂吠著，他從窗戶望出去，觀察華特立踩著如同大猩猩的步伐，跨過校園裡的一個角落。他想起從前聽來的瘋狂傳說，同時想起那則刊登在《阿克罕新聞報》週日版上的新聞報導；除了這些事情之外，他也聯想起在造訪敦威治村的期間，他從莊稼漢和村民那兒打聽到的傳說。不屬於地球的隱形生物——至少不屬於這個三度空間的地球——正帶著惡臭和恐怖，快速衝過新英格蘭的幽谷，並在山巔處淫穢地繁殖。這件事他從很久以前就相信了。如今，他彷彿感覺到那些入侵駭客的身上，有某個可怕的部分已經近在咫尺了，而且他還可以瞥見它們已經在人類古老而沉靜的黑暗惡夢中，向前邁進了一步。他噁心地顫抖了一下，隨即把那本《死靈之書》封鎖起來，然而這個房間仍然瀰漫著一股不潔而難辨的臭味。「齷齪的你們啊！理應認得他們才對。」他如此引述道。對啊！這味道就和三年前他在華特立農場時那股令他作嘔的味道一模一樣。他再度想起威爾伯這位貌似山羊、充滿不祥的年輕人，然後嘲笑起村子裡有關他的出生謠傳。

「是近親交配嗎？」阿米塔吉拉開嗓音對自己說：「老天爺啊！這些蠢蛋！給他們見識亞瑟・馬欽的《大神鍋》，他們還以爲那只是敦威治村裡發生的一樁尋常醜聞呢！但是威爾伯的父親究竟是什麼東西呢？是什麼樣可惡的無形力量，在影響著這個三度空間的地球呢？出生在聖燭節，而且是在一九一二年五月節前夕的九個月後，當時人們說，地表上的奇怪聲音清楚地傳遍了阿克罕鎮。五月的那天晚上，到底是什麼東西在山上走動呢？是什麼樣的怪物會以半人半鬼的血肉之軀，將自己囚禁在這個世界裡呢？」

接下來的幾個星期，阿米塔吉博士開始蒐集所有關於威爾伯・華特立，以及敦威治村一帶無形生物的資料。他和住在亞茲貝里的修頓博士展開書信往來，後者曾經拜訪過病危的華特立老先生，大夫還向他轉述了老先生臨終前對孫子所說的遺言，他發現其中有許多值得玩味的地方。阿米塔吉博士跑了一趟敦威治村，卻沒爲他帶來任何新的消息；不過他在仔細研究了威爾伯急欲在《死靈之書》中尋找的段落之後，彷彿發現了一些駭人的新線索，指出那位對於地球隱然構成威脅的奇怪惡人所擁有本質、手段和欲望。他和幾位同學談論起波士頓的古老傳說，並和其他地方的許多人士通過信，這些都讓他感到日漸驚奇，從不同程度的警覺，逐漸變成一種高度敏銳的精神恐懼。隨著夏天逼近，他隱約地感覺需要做某件事，以對付那些蟄伏在米斯卡塔尼克上游谷地的恐怖事物，和那位在人類世界中被稱爲威爾伯・華特立的野獸。

VI

敦威治村的那起恐怖事件，發生於一九二八年的收穫節與秋分之間，而阿米塔吉博士正是親眼見到其駭人序幕的目擊者之一。當時，他還聽說威爾伯．華特立千里迢迢地跑到劍橋大學，也聽說他大費周章地想借到或影印那本收藏於魏德納圖書館的《死靈之書》。這些努力終究是白費功夫的，因爲阿米塔吉已經對所有負責保管這本可怕書籍的圖書館，發出了好幾封至誠懇切的警告信。威爾伯在劍橋大學時變得異常焦慮；想要得到哪本書的急切，幾乎和他渴望回家的心情一樣熾熱，彷彿很害怕自己離家太久所將帶來的後果。

到了八月初，意料中的結果終於發生了。阿米塔吉博士在凌晨三點左右，突然被那隻野蠻的校園看門狗聲嘶力竭的狂叫聲給吵醒。牠的嚎叫聲顯得既深沉又可怖，接著是半瘋狂似的咆哮和狂吠；牠的音量不斷升高，偶爾則會不祥地靜止下來。接著從其他人的喉嚨中，傳出了一聲尖叫——那樣的喊叫聲實足以把阿克罕鎮一半的人口給驚醒，從此成爲他們接連不斷的惡夢——而這樣的叫聲，絕不可能是誕生於地球，或全然屬於地球的生物所發出來的。

阿米塔吉趕緊穿了幾件衣物，衝過大學校園裡的道路和草地，然後看見其他人站在前方；接著他聽見警鈴聲仍然在圖書館中刺耳地迴響著。有扇窗戶露出了一片黑暗，並在月光的照耀下大剌剌地敞開著。這位不速之客確實已經闖了進去；因爲此刻，無論是吠叫還是尖叫聲，都已快速地消退成一片模糊而低沉的嗥叫與呻吟，顯然是從建築物裡傳出來的。直覺警告阿米塔吉，此地所發生的事，絕不是凡夫的肉眼應該看到的，於是他以權威者的姿態擠進人群之中，並將那扇前門打了開來。眼前出現的還包括沃倫．萊斯教授與法蘭西斯．摩根博士，他已將部分的推測和疑慮傳達給這兩位；於是他向這兩位示意，請他們陪他一道進去。此刻，裡面的聲響已經平息下來，除了那隻狗仍然語帶警戒地發出低沉的哀嚎；不過這時，阿米塔吉卻突然驚訝地發現，一群夜鷹正在灌木群中高聲齊唱，並開始發出節奏性的刺耳詛咒，彷佛與垂死者最後的呼吸相互輝映。

這間建築物瀰漫著一股阿米塔吉所熟知的惡臭味，其他三個男人則穿過大廳，急忙衝進那間狹小的宗譜閱覽室，因爲低沉的哀嚎聲就是從這兒發出來的。有那麼一刻，沒有人敢打開燈光，於是阿米塔吉只好鼓起全部的勇氣，啪的一聲扭開了開關。三人之中有一人──倒不確定是誰──一看到漫佈在凌亂的桌子和翻倒的椅子之間的東西時，就扯破喉嚨地喊叫出來。萊斯教授承認他有那麼片刻完全失去了意識，儘管他沒有腿軟或者跌倒。

那個身高約有九英尺的東西，半蜷著身子側躺在地，一灘又黃又綠的膿水發出惡臭，全身猶如柏油般黏膩不堪；那隻守門狗已將它全身的衣服和部分的皮膚給撕爛了。它還沒死透，只是間歇性地靜靜扭動著，而它的胸脯則與戶外那群翹首企盼的夜鷹所發出的瘋狂尖叫聲起伏一致。皮鞋和衣服的殘骸散落在房間各地，窗戶內躺著一張空白的畫布，顯然是被人扔在地上的。在中央的一張桌子附近，則有扇旋轉門倒了下來，還有個凹了進去、但並未發射的彈藥筒──直到後來才知道爲何沒有發揮功用。然而此時，那個東西本身卻勝過了所有的景象。若說人類的筆尖無法將它描述出來，這個說法實在很俗氣，而且不正確；不過，任何人對於外觀和輪廓的想法，若是拋不開這個地球上已知三維空間裡的尋常事物的話，那我們應該可以這麼說，此人是很難具體想像出這個東西的。這個東西無疑具有部分的人類特徵，因爲它有擬似人類的手部和頭部，而那張猶如山羊、沒有下巴的臉龐，則彷佛有著華特立家族的痕跡。不過它的軀體和下半部則非常畸形，因此只有非常寬鬆的衣服可以讓它行走在地球上，而不至於受到挑釁或消滅的命運。

腰部以上則屬於半人類。那隻看門狗尖銳的爪子仍然警戒十足地擱在它的胸脯上，儘管有皮革覆蓋，但仍掩不住底下如同鱷魚般的格狀皮膚。它的背部佈滿了黃色與黑色的斑紋，隱隱暗示著某種蛇類的鱗皮。至於腰部以下，那是最糟糕的部分；因爲所有的人類特徵全部消失，只剩下純粹的幻想。這裡的皮膚厚厚地覆蓋著又粗又黑的毛髮，並從腹部長出一大叢灰綠色的長觸鬚，上面還帶著一張張血盆大口，虛弱無力地向前突出。這些部位的排列是如此的怪異，彷彿是按照某種宇宙幾何學的對稱形式，但這種形式卻又不屬於地球或太陽系所有。在每一邊的屁股上似乎都有一顆初步發展的眼球，深陷在粉紅色且有纖毛的眼窩裡；至於一種類似神經幹或觸鬚的東西，則取代了尾巴的部位，還有許多跡象顯示出，那兒有一張發育未完全的嘴巴或喉嚨。它的四肢除了黑色的毛髮之外，大致和史前時代地球大蜥蜴的後腿差不多；末端則有血管隆起的肉趾，既非蹄，也非爪子。當怪物呼吸時，它的尾巴和觸角會跟著變換顏色，彷彿是從非人類的祖先身上所遺傳的正常循環系統。觸角上顯然帶著較深的綠色，而尾巴則呈現出黃色的外觀，並有紫色的環帶，環帶之間還夾雜著病態般的灰白色。它沒有眞正的血液；只有臭氣十足的黃綠色膿水，沿著油漆地板一直流到這團黏稠物的半徑距離之外，之後並留下一片奇怪的褪色痕跡。

這三個男人的出現似乎驚擾了這個垂死的怪物，使它開始呻吟起來，但頭部並沒有轉動或抬起。阿米塔吉博士並未記下它所說的話，不過他胸有成竹地表示，那絕對不是任何一句英語。起先，它所發出的音節與地球上的任何語言都不相干，但到了最後，它顯然道出《死靈之書》的零星片斷，而那東西就是爲了尋找這本褻瀆神明的書才喪命的。阿米塔吉想起這些片段彷彿是：「N'gai, n'gha'ghaa, bugg-shoggog, y'hah, Yog-Sothoth, Yog-SothothEF」。隨著那群預知不祥的夜鷹漸次增強的尖叫節奏，這些字句逐漸消歸於無聲。

接著喘息停止了，那隻狗則抬起頭來，發出一聲長長而哀傷的哭嚎。伏倒在地的怪物，開始在那張蠟黃如山羊的臉上起了變化，一雙烏漆抹黑的大眼睛令人毛骨悚然地凹陷下去。而窗外那群夜鷹的尖叫聲則赫然靜止，這時，人群中傳來一陣颼颼的振翅聲，彷彿受到痛苦的打擊，壓過了眾人的竊竊私語。原來是一大群守候的鳥，在月色的映襯下從眼前飛衝而起，瘋狂也似地追逐著牠們一直等待的獵物。

突然間，那隻看門狗又開始叫了起來，先是發出一聲令人膽寒的狂吼，接著急速地從方才進入的窗戶一躍而出。這時，人群中發出一聲喊叫，原來是阿米塔吉教授在對外面的人叫嚷著直到等警方和醫療鑑定人員到來，否則不准進入。他很感謝這些窗戶實在是太高了，才讓大夥沒有窺探的機會，於是他小心翼翼地將每一扇窗戶的深色窗簾放下。這時，兩位警察先生抵達現場了；摩根博士和他們在前廳裡會談，力勸他們為了自身的安全著想，最好等鑑定人員到齊，並把那個倒臥在地的怪物包裹起來之後，再進入那間臭氣燻天的閱覽室。

值此同時，地板上正在發生可怕的變化。人們用不著描述發生在阿米塔吉博士和萊斯教授眼前的消蝕和分解現象，是什麼樣的**種類和速度**；不過我們可以這麼說，在威爾伯・華特立身上，除了露在外面的臉部和雙手之外，眞正屬於人類的成分其實是很少的。當醫療鑑定人員來了之後，油漆的地板上只剩下一團白色的黏稠東西，倒是那股噁心的臭味始終揮之不去。威爾伯・華特立顯然沒有頭顱或骨骼之類的組織；至少沒有任何實在或穩定的骨幹可言。顯然他是從那位神祕莫測的父親身上遺傳了某些特徵。

VII

然而，這還只是敦威治村正宗恐怖事件的序曲而已。滿頭霧水的警官透過繁複的手續，恪遵職守地不准媒體和大眾探究其中不尋常的內幕，然後派遣人員前往敦威治村和亞茲貝里兩地，除了察看那棟房子外，也留意可能是誰會成爲威爾伯·華特立的繼承人。他們發現村子陷入一陣強烈不安，不但因爲圓山下的轟隆聲有日益增強的趨勢，也因爲華特立那棟用木條封死的農舍，不斷發出愈來愈濃的惡臭味，而且還傳出如潮浪般的拍打聲。在威爾伯離家期間幫忙照料馬匹和牛群的厄爾·索耶，很遺憾地罹患了相當嚴重的神經過敏。這群警官後來想到了一些藉口，可以不用進入這棟既封閉又喧鬧的房舍；而且他們很慶幸自己只需要察看那位往生者的寮房（亦即那兩間新修復的棚子）一次就夠了。後來他們在亞茲貝里的法庭上，遞交了一份語焉不詳的報告，至於眾多住在米斯卡塔尼克上游谷地的華特立家族成員，無論是已墮落或未墮落的，到底是由誰繼承這棟房子，則仍然在訴訟當中。

在一本巨大的帳簿裡，有一份幾乎沒完沒了的手稿，是用奇怪的文字寫成的，而且根據它的編排方式，和墨跡與字體的變化等跡象研判，它應該屬於一本日記；人們是在那張被主人充作書桌的舊寫字臺上發現到的，對這些人來說，它就像是個令人百思不解的謎團。經過一星期的爭辯之後，這份手稿連同那位死者所收藏的怪書，全被送往米斯卡塔尼克大學做進一步的研究或翻譯；不過即使最優秀的語言學家，也很快地看出這不是一個可以輕鬆解開的謎團。至於威爾伯和華特立老先生經常用來付費的古老金幣，至今仍未發現任何相關線索。

那樁恐怖事件的正確發生日期是在九月九日的深夜。那晚，山上的噪音異常地喧鬧，而村裡的狗兒更是徹夜狂吠不止。到了十號凌晨，有些早起的人們發現空氣中瀰漫著一股特殊的臭味。住在冷泉幽谷和敦威治村之間的喬治·寇瑞家，雇用了魯瑟·布朗這個牧童，早上他領著牛群到「十畝草地」

上放牧，但到了七點左右，卻抓狂也似的飛奔回家。當他舉步踉蹌地衝進廚房時，幾乎已經恐懼到抽搐不止了；至於外面院子裡的那群牲畜，害怕的程度也不遑多讓，牠們與這名男孩共同經歷了這場痛苦之後，便尾隨著他一同回家，此刻牠們正可憐兮兮地彼此磨蹭與哞叫著。在上氣不接下氣之餘，魯瑟結結巴巴地將他的遭遇向寇瑞太太稟報。

「寇瑞太太，幽谷後面的那條道路上方——有個怪東西！它像雷電一樣，把所有的灌木和小樹全都推倒在路旁，彷彿一棟會移動的房子。而這還不是最可怕的。寇瑞太太，地上還出現了一些印記——像桶子的頂端那樣又圓又大的印記，宛如一隻大象踩過似的，**只不過是它們是被超過四隻腳的怪物所碾過的痕跡！**在我拔腿逃跑之前，我有看到一、兩個怪物，我看到它們身上都布滿著線條，而這些線條全是從同一個地方擴散出來的，就像大棕櫚葉——而且比這大上兩到三倍——這群怪物的腳步重重地陷在道路上。而且它們的味道難聞極了，就像華特立巫師的老房子附近的味道一樣。」

他支支吾吾地說到此處，似乎又重溫了方才那陣令他飛奔回家的恐懼感，於是全身打起了冷顫。寇瑞太太無法從他那兒得知更多的訊息，只好打電話給鄰居們；如此一來，痛苦的前奏曲便開始響起了，緊跟在後的便是一連串重大的恐怖事件。當寇瑞太太找到沙麗．索耶，也就是塞司．畢夏普的女管家，他們是距離華特立最近的一戶人家，這時她反倒成了一位聆聽者，而非通風報信者；因爲沙麗的兒子喬西晚上睡不著，所以跑到華特立家的那座山上，結果他在瞄了一眼那棟房子，以及畢夏普先生的牛隻整晚逗留的那片草地之後，便驚慌失措地跑回家。

「是的，寇瑞太太。」沙麗太太從電話線的那端傳來顫抖的聲音。「喬西才剛驚魂未定地回到家，而且嚇得幾乎無法開口！他說華特立老先生的房子整個被炸開了，木頭散落一地，彷彿裡面埋有炸藥一般；只有底層的地板沒被穿破，不過上面完全覆蓋著一層像瀝青般的東西，味道難聞極了，而且還從邊緣流到地面上，兩旁的木材都已經被轟掉了。院子裡也有一些可怕的痕跡——是一些又圓又大的印記，比桶子更大，而且沾滿了一些黏呼呼的東西，就像那棟被炸開的房子一樣。喬西說這些印記一直延伸至草地，那兒有一大片比牛舍還寬闊的草地，全都倒亂成一堆，而且凡是這些印記所到之處，全部的石牆都坍塌了。

「而且他還說，寇瑞太太，當他開始尋找塞司的牛群，簡直嚇壞了；他在靠近「群魔亂舞之地」上方的草坪發現這些牛群，景象十分悽慘。其中有半數已經屍骨無存，另外有近半數的牛，血液幾乎已經被吸得一乾二淨，身上所留下來的膿瘡，就像拉薇妮雅的黑小子出生之後家裡養的牛隻一樣。塞司這時也看到了，不過我敢發誓，他才不願意接近華特立老巫師的那群牛呢！過了這片草坪之後，一長條倒亂的草地又通往哪裡呢？喬西這就看不清楚了，不過他認爲應該是朝著幽谷的那條道路，通往村子那兒去了。

「我告訴妳，寇瑞太太，咱們外頭有個不應該在外遊蕩的東西，而我認爲，威爾伯．華特立這個罪有應得的傢伙，正是這樁流血事件的主因。他根本不是個人，我總是這樣告訴大家；而且我還認爲，他和華特立老先生一定在那間完全釘死的房子裡養了某種跟他一樣不是人的怪物。它們是敦威治村一帶看不見的東西——活的東西——不但不屬於人類，而且還對人類有害。

「昨晚，大地又喧鬧不停，到了清晨，喬西聽見夜鷹從冷泉幽谷那兒傳來聒噪的聲音，使他再也睡不著。然後他又覺得自己聽見另一種模糊的聲音，彷彿朝著華特立老巫師的房子傳去——一種像是劈開或撕裂樹木的聲音，彷彿是遠處有個巨大的條板箱被撬開了。這個聲音和方才的那個聲音，使他到日上三竿都無法入眠；而且他才剛起身，就立刻前往華特立家去瞧個究竟。我可以告訴妳，寇瑞太太，他看得可是忒清楚的！這玩意兒可不是好玩的，我認爲所有的男人都該做點事。我知道有可怕的東西就在咱們附近，而且我覺得自己的死期已經不遠了，只有老天爺知道我的下場會如何。

「你們家魯瑟有向妳報告那些龐大的痕跡通往哪裡嗎？沒有嗎？好吧！寇瑞太太，假如它們還在幽谷這邊的道路上，而沒到達妳家的話，我想它們應該是進到幽谷裡了。它們會這樣走的。我向來說過，冷泉幽谷既不是個有益健康的地方，也不是個適於徜徉的地方。那裡的夜鷹和螢火蟲的行爲，簡直就不像是上帝的造物；而且就像人們所說的，假如妳站在石瀑區和熊穴之間，還可以聽見底下的幽谷裡有某些奇怪的東西，在空中俯衝與說話的聲音呢！」

到了那天中午，敦威治村大約出動了整整四分之三的大、小男人，一同踩過華特立家新的廢墟和冷泉幽谷之間的道路與草地，誠惶誠恐地檢視著那些巨大的印記、畢夏普家負傷的牛、那間農舍傳出來的惡臭味，以及牧場上與路邊那些被壓壞而糾纏在一起的草。不管跑到這個地球上撒野的東西是什麼，它肯定已經走入那座邪惡的幽谷了；因爲崖上所有的樹木都被弄彎，甚至折斷，而且還在懸崖底下的灌木林中，開鑿出一條大道。這情形就像是一棟房子遇上一場突如其來的雪崩，於是順著幾近垂直的斜坡，穿過糾纏的草木，一路滑了下來。底下沒有傳出任何聲響，只有一股依稀難辨的臭味；不用懷疑，這群男人當然寧可待在崖邊議論紛紛，而不願下去找出它的藏身之地，並與這個未知的巨大怪物公然對抗。伴隨這群人一同前來的三條狗，起先是狂亂的吼叫，等到一接近這座幽谷時，卻變得溫馴而膽怯了起來。其中有人打電話將這個消息向《亞茲貝里快報》通報；不過由於該報的編輯對於敦威治村滿城風雨的傳聞早已耳熟能詳，所以只用了一小段詼諧的文章打發掉；然而這條新聞卻馬上被美聯社拿來重新炒作。

那天晚上每個人都回去了，家家戶戶也都儘可能地將屋子和牛舍拴牢。不用說，當然沒有任何一頭牛准許在空曠的草地上逗留。到了凌晨兩點鐘左右，一股可怕的惡臭味和那群狗兒的狂吠聲，將住在冷泉幽谷東側邊緣的艾爾默．弗賴伊一家人給擾醒了；他們異口同聲地表示，隱約聽見了一種窸窣聲或輕拍聲，從外面的某處傳來。弗賴伊太太想要打電話給鄰居，正當他們陷於長考之際，一陣樹木裂開的聲音卻突然打斷了他們的思緒，而此時艾爾默這才準備點頭同意而已。那個東西顯然是從牛舍裡出來的；而牛群的尖叫聲和踐踏聲旋即接踵而至。那群狗兒一邊淌著口水，一邊蹲伏在驚慌失措的這家人旁邊。弗賴伊在慣性的驅使下，勉強點了一盞燈，但他心知肚明的是，若走到外面那座黑漆漆的農場去，包準是死路一條。他的孩子和女眷們開始抽抽搭搭了起來，出於某種模糊而退化的防禦本能，他們知道自己的性命全繫於保持沉默，因此盡量避免讓自己尖叫出來。最後，那群牛的聲音消退成可憐的哀嚎，接著則是大口撕咬、劇烈的碰撞和碎裂聲。弗賴伊一家人在客廳裡瑟縮地抱成一團，直到最後的回音在冷泉幽谷遙遠的下方完全消逝爲止，這期間他們連動也不敢動一下。接著，在那群幽谷中的夜鷹持續不斷的穿腦魔音伴奏下，沙琳娜．弗賴伊蹣跚地走到電話旁，竭盡所能地將這恐怖事件的第二部曲散播出去。

隔天，整座村子陷入了一陣恐慌；就連那些剛毅木訥的村民，也跑來一探這個怪物出現的地點。從那座幽谷到弗賴伊家的農場，出現了兩片龐大的毀壞草地，光禿禿的地上則佈滿了巨大的足跡，而那棟紅色的老舊牛舍，有一邊已經崩塌了。至於那群牛，則只能夠找到並辨認出其中的四分之一。有一些遭到了離奇的支解，至於存活下來的牲口，則必須全數格斃。厄爾．索耶建議大家，最好向亞茲貝里或阿克罕鎮求援，不過其他人則矢口堅稱這是沒有用的。澤布隆．華特立老先生的家族遊走於墮落與未墮落之間，他提出一些瘋狂的建議，力勸大家要在山上舉行一些儀式。他的家族具有堅實的傳統，而且根據他的記憶，人們在巨大石圈中的吟唱也不完全與威爾伯和他的外祖父有關。

夜色逐漸籠罩著這個飽受打擊，並且懦弱得無力還擊的鄉村。有幾戶關係密切的人家決定聚在一起，在某一戶家裡鬱鬱寡歡地相互守望；不過其他人多半只是重複前夜的防禦工事而已，他們將毛瑟槍裝上子彈，再將附近的乾草叉架好。那天，除了山上的聲音外，並未發生任何動靜；到了破曉後，許多人衷心盼望，新一波恐怖事物的消失若能夠像它來臨時一樣迅速就好了。有些自告奮勇的村民打算下到幽谷進行一次冒險的探索，但面對大多數仍然裹足不前的村民，行動終究還是無疾而終。

當夜晚再度來臨時，村民仍然採取同樣的防禦措施，不過相互依偎的人家卻減少了。到了早上，包括弗賴伊和塞司・畢夏普這兩家人都表示，昨晚狗的情緒特別興奮，而且從遠處還傳來模糊的聲音和惡臭；至於早起一探究竟的村民則惶恐地發現，在哨兵山的那條環山道路上，出現了一組全新的龐大印記。與之前相同的是，路旁也顯出遭到龐然怪物碾壞的跡象；然而這些痕跡似乎分成了兩個不同的方向，彷彿這座移動的高山先是從冷泉幽谷的那個方向過來，然後又沿著原路折返回去。山腳下有一排長約三十英尺的灌木幼苗全被壓壞了，順著陡峭的山壁往上延伸；當他們發現，就連最險峻的山勢也無法阻擋這條一意孤行的足跡時，這群探尋者莫不倒抽一了口冷氣。姑且不論這個恐怖的東西是什麼，總之它有辦法攀登這座岩石遍佈、且幾近垂直的崖壁；而當這群調查者循著較安全的路徑，曲曲折折地爬到山巔時，他們發現這條足跡就在此地歇腳——或者回頭了。

這裡正是華特立家族經常在五月節前夕或萬聖節當天，傍著那塊桌狀石頭生起地獄之火，並吟頌起恐怖祭禱辭的地方。如今，那塊石頭就佇立在這一大片被那隻山中怪物所搗毀的地區中央，而石頭上略微凹陷的表面，則有一層又厚又臭的黏膩物，與這隻怪物逃脫後人們在華特立家毀壞的農舍地板上所發現的東西一樣。眾人先是面面相覷、喃喃自語，接著便從山上俯望下去。那個恐怖怪物顯然已經循著上山的路徑又下山了。然而光是猜測是無濟於事的。無論就理性、邏輯或正常的動機來看，它的行徑仍然讓人摸不著頭腦。唯獨澤布隆老先生獨排眾議；因爲只有他能夠說明這個情形，或者提出合理的解釋。

星期四那晚剛開始的情形，就如同其他日子一樣，不過最後的下場卻較爲不幸。幽谷裡那群夜鷹頗不尋常地持續尖叫，擾得許多人不得安眠，然後到了凌晨三點左右，所有的電話開始此起彼落地響個不停。那些拿起話筒的村民，先是聽到一個被驚嚇的聲音，叫嚷著：「救命啊！我的老天！……」當這個驚叫聲被打斷之後，有些人認爲接著出現的是碎裂的聲音。之後就再也無聲無息了。沒有人敢輕舉妄動，也沒有人知道發生了什麼事，一直到清晨電話再度響起。那些聽到聲音的村民，開始打電話給每一個人，最後發現只有弗賴伊沒有起來接聽電話。眞相在一個小時之後大白，一群全副武裝的村民跋山涉水地趕往幽谷前端的弗賴伊家。儘管景象十分駭人，但還不至於讓人感到意外。那兒出現了更多被壓壞的草地和巨大的足跡，不過房子已經不知去向了。它就像個蛋殼似的坍陷進去，而在那片斷垣殘壁之中，已經無法找到任何活體或屍體，徒留下一股臭味和瀝青般的黏漬。從此以後，艾爾默．弗賴伊這家人便在敦威治村銷聲匿跡了。

VIII

在此同時，這樁恐怖事件還有一個更寧靜、卻更驚悚的面向，正在阿克罕鎭一間藏書閣緊鎖的門後悄悄地展開。威爾伯．華特立所擁有的那份詭異的手稿或日記之類的東西，已被送往米斯卡塔尼克大學翻譯，無論是古代或現代語言的專家，對此都感到十分憂慮與困惑；它的字母顯然與美索不達米亞平原所使用的繁複阿拉伯文，有著異曲同工之妙，不過卻沒有任何一位權威人士認識這種文字。這群語言學家最後的結論是，文件上所出現的是僞造字母，爲了達成一種密碼的效果；不過似乎沒有一種尋常的解密方法可以提供任何線索，就算是根據這位作者可能使用的方言，也無從得知。這些古書是從華特立的住處取來的，儘管引人入勝，而且有好幾個地方似乎足以爲哲學家與科學家們，開啓一個既新鮮又恐怖的研究方向，不過卻對整件事毫無幫助。其中有一本厚重的書，是用鐵線捆綁起來的，並用一種未知的文字所寫成——這些文字的外觀與眾不同，最接近的應該是梵文了。至於那份殘破的手稿，則完全歸阿米塔吉博士掌管，不僅是因爲他對於華特立的事件格外有興趣，也因爲他於古代和中古世紀的神祕慣用語，具有豐富的語言學常識與本領。

阿米塔吉的想法是，這些字母可能和某些被禁教派從古代沿襲下來的文字有著祕密的關聯，這些教派也從阿拉伯世界傳承了許多形式和傳統。不過他卻不認爲這有太大的意義；因爲據他揣測，假如這些符號是用來作爲某種現代語言的密碼的話，那麼知道它們的來源將是多此一舉。一想到有這麼大量的內容，使他相信除了某些特殊的慣用語和咒語之外，這位作家幾乎不可能會大費周章地使用不屬於自己的語言。如此一來，他大膽地假設，這篇手稿的主體應該是用英文寫成的。

阿米塔吉博士從其他同事一而再、再而三的失敗中得知，這將是一個既深奧且複雜的謎團；沒有任何簡單的方式可以得到一點蛛絲馬跡。八月的整個下半月，除了從他的藏書中獲取最豐富的資源以外，他不斷地累積有關密碼解讀的大量知識；並且焚膏繼晷地苦讀了一些晦澀難懂的書籍，包括崔塞米雅斯的《多元複寫法》、迪拉波特⓮之《詭異的文字》、維瓊內爾的《密碼論》、福克納的《祕辛開啓術》、戴維斯和希克尼斯於十八世紀發表的論文，以及幾位現代權威等，包括布萊爾、馮馬登與克魯伯的《關於密碼》。除了埋首研究書本之外，偶爾他也會把火力集中在這篇手稿上，於是他很快地發現，他必須對付的是一種最微妙、也最聰明的密碼形式，其中有許多分開、但互相對應的字母，排列的方式就如同九九乘法表，至於一些反覆無常的關鍵字眼所代表的意義，恐怕只有它們的創造者才知道吧！在這方面，老一輩的專家似乎比新一代的有幫助，阿米塔吉由此斷定，這份手稿的密碼模式應該相當古老，想必是從一長串神祕莫測的實驗者傳承下來的。有好幾次，眼看著就要撥雲見日了，卻又被某個未知的障礙所阻攔。接近九月的時候，事情才開始明朗起來。這份手稿有某部分的字眼，終於浮現出明確的意義；而且顯而易見的是，它的內容果然是用英文寫成的。

九月二日晚上，最後一個大障礙終於剷除了，這是阿米塔吉第一次能夠流暢地閱讀威爾伯・華特立的筆記。那的確是一篇日記沒錯，正如同大家所揣測的；而它雖然清楚地顯示出這位詭異作者對於神祕知識的淵博，但另一方面卻也展現出他對世俗學問的無知。阿米塔吉所解開的第一個長段落，記載於一九一六年十一月二十六日，內容果然十分驚悚與令人不安。他還記得這是由一位實際年齡只有三歲半，看起來卻像十二、三歲的小孩所寫的。

今天學會召喚萬軍的阿克羅咒語（但被它跑了），好像沒用，可以從山上叫喚它，但不能從空中。樓上的那個生物比我想像中的還要先進許多，而且好像沒有多少屬於地球生物的頭腦。愛蘭・哈欽斯的牧羊犬傑克想要咬我，我把牠一槍打死了；愛蘭說要宰了我，假如他有種的話。我猜他是沒那個膽。昨天晚上，爺爺一直叫我唸達虎星（Dho）的咒語，我想我在南北兩極之間，看見了那座隱密的城市。等地面清除乾淨以後，我就應該到南北極去，萬一我無法用達虎星與哈納星（Hna）的咒語突破的話。從空中來的那些人在魔宴上告訴我，想要清除地球還得費上好幾年的工夫呢！到時，爺爺恐怕都已經翹辮了，所以我必須知道所有星球的角度，還有伊兒星和獰甲星之間的方程式。外星人會來幫助我的，但如果沒有人類的血液，他們就無法佔有身體。樓上那個看著萬軍的怪物，也會跟它長得一模一樣。假如我向它比畫巫兒國的手勢，或用伊本・賈奇發明的藥粉吹向它的話，我就可以看見一點點，它的模樣還滿像五月節前夕在山上的那些傢伙的。我在想，等地球清除乾淨，不留下任何活口之後，我將會變成什麼樣子。和阿克羅萬軍一同出現的那位先生，說我將變得像外星人一樣，以便繼續行動。

到了早上，人們發現阿米塔吉已經嚇得冒出了一身冷汗，且正激動不已地陷入不眠不休的專注中。昨天一整夜，他的視線沒有離開過這份手稿，而是楞坐在案前的燈光下，用著顫抖的雙手翻了一頁又一頁，並以最快的速度解開這些隱晦的內容。他緊張不安地打電話給他太太，說他晚上不回家，後來他太太從家裡帶了份早餐過來，但他幾乎食不下嚥。他持續閱讀了一整天，偶爾則因爲必須再使用複雜的解法，而暴躁不已地停頓下來。午餐和晚餐都爲他準備妥當，但他都只吃那麼一小口。到了隔天午夜，他在椅子上昏昏沉沉地睡著了，但旋即又被一場縈繞不去的惡夢給打醒，那場惡夢就如同他發現到人類生存的眞相和遭受的威脅一樣可怕。

九月四日上午，萊斯教授和摩根博士堅持要見他，但離開時卻顫抖著身子、一臉鐵青。那天晚上，他終於上床休息，但睡得斷斷續續。到了星期三——也就是隔天——他又重新埋首於這份手稿，並開始從眼前的段落，和之前已經解讀完畢的段落中，摘錄大量的訊息。那晚的初夜時分，他在辦公室的安樂椅上小睡片刻，然後繼續研究這份手稿直到天明。快到中午的時候，他的醫生哈特威爾打電話來，說要來探訪，並再三叮囑他一定要停止工作。但他拒絕了好意，直說讀完這本日記對他而言是

譯注

⓮迪拉波特（Giambattista Della Porta，1535～1615），義大利數學家。

最重要的事，而且他還保證，等適當的時機一到，他會提出解釋的。那天黃昏剛過，他便完成了這件可怕的閱讀工作，於是筋疲力盡地鬆垮下來。他的太太帶著晚餐過來，發現他正陷入半睡半醒中；不過，當他瞧見他太太的眼睛正在筆記上溜達時，他的意識仍然清醒得足以大吼一聲，喝叱她遠離。他虛弱地起身，將草草寫成的筆記收了起來，妥善地放進一個大信封裡，然後立刻將它藏在外套的內袋中。儘管他有足夠的力氣回家，不過顯然需要醫療協助，於是哈特威爾大夫立刻被召喚了過來。當大夫將他安置在床上時，他只能一遍又一遍地咕噥著：「**天哪！我們該怎麼辦才好呢？**」

阿米塔吉是睡著了，不過隔天卻陷入半昏迷的狀態。他並沒有向哈特威爾提出任何解釋，倒是在稍微清醒的片刻，說他急需和萊斯與摩根兩人好好促膝長談一番。他的精神恍惚愈來愈嚴重，確實非常嚇人，其中還提到有某種異次元的古老生物，準備將地球上所有的人類、動物和植物消滅殆盡。他會叫嚷著說，世界就要有災難了，因爲那些古老的東西想要掠奪地球，將它拖出太陽系和物質世界之外，並將它丟進其他的存在空間或次元裡，早在曠久以前，地球便是從那兒掉落的。其他的時候，他則會回想起可怕的《死靈之書》，以及雷米吉爾斯[15]的《惡魔崇拜》，彷彿希望從這些書裡，找到某種可以遏止這場災難的方法。

「阻止它們，阻止它們！」他如此叫喊著：「華特立家族想要讓它們進來，而最糟糕的就是一走了之。告訴萊斯和摩根，我們必須有所作爲——這是一場盲目的行動，不過我知道該如何製造藥粉——那傢伙從八月二日以後，就不曾進食了，因爲威爾伯已經來此送死，所以在那樣的速度下……」

儘管阿米塔吉已經高齡七十三歲了，但身子骨還很硬朗，因此他只是糊裡糊塗地睡了一整晚，並沒有眞正發高燒。星期五那天，他很晚才起床，頭腦倒很清醒，足以清楚地意識到恐懼感的啃噬，以及強烈的責任感。到了星期六下午，他覺得自己已經可以走到圖書館了，於是他把萊斯和摩根找來一起開會；那天早上剩餘的時間，再加上晚上，這三個男人全都絞盡腦汁地提出各式各樣的揣測，並陷入絕望的激辯中。一本本既詭異又恐怖的書籍，紛紛從書庫的架上與安全無虞的貯藏室中取出；並以充滿熱切與困惑的心情，抄印起那些圖表和配方。沒有人的心中存有半點懷疑。因爲這三個男人全都在該棟建築的閱覽室裡，看過威爾伯躺在地板上的那具屍體，於是從那天之後，再也沒有人以爲這本日記只是一位狂人的瘋言瘋語而已。

雖然有人建議，應該把這件事向麻薩諸塞州的警察局稟報，不過最終，否決之意還是佔了上風。畢竟其中有些事情是無法教那些沒看到證據的人輕易相信的，除非要經由事後的某些調查，才能讓事情水落石出。那天深夜，會議並沒有達成任何具體的計畫便解散了，不過星期日一整天，阿米塔吉都在忙著比較配方，並調配那些從大學的實驗室中取得的化學藥品。他愈是思考那本恐怖的日記，就愈懷疑有任何物質能夠消滅那個被威爾伯．華特立留在世間的實體。這個對地球造成威脅的未知實體，即將在短短的幾小時之內突然現身，而成爲敦威治村令人難忘的恐怖事物。

到了星期一，阿米塔吉還是繼續做著跟星期天一樣的事，因爲手邊的任務需要曠日廢時的研究和實驗。隨著他深入參考這本恐怖日記，他的計畫也就跟著一再改變，於是他肚裡明白，就算到了最後，肯定還是會有一大堆的不確定性存在。到了星期二，他終於擬出了具體的行動計畫，他覺得應該在一個星期之內，造訪敦威治村一趟。到了星期三，那位龐然駭客終於來臨了。起先，它還只是《阿克罕新聞報》從美聯社摘引的一小則趣聞，祕而不宣地躲藏在該報的一個小角落裡，內容描寫到敦威

譯注

⓯雷米吉爾斯（Remigius），中世紀邏輯學大師。

治村的私釀酒如何養活了一頭史無前例的龐然怪物。阿米塔吉在半震驚之餘，也只能打電話給萊斯和摩根兩人。他們一直討論到深夜，隔天則有一大堆忙亂的準備工作等著他們。阿米塔吉知道，他所要干預的是一股恐怖的力量，但他知道，除此之外，沒有其他辦法能夠消弭這場前人已經插手過，但卻愈來愈嚴重且愈來愈邪惡的混亂。

IX

阿米塔吉、萊斯和摩根三人在星期五的早上，開車前往敦威治村，大約在下午一點鐘左右抵達村莊。那天天氣宜人，不過即使在最明媚的陽光中，這個飽受打擊的地區仍然透露著一種靜默的恐怖感，而那些詭異十足的圓頂山丘，和那座深邃而陰暗的溝壑中，更有一股不祥的預兆縈繞不去。有時在山頂的某處，可以瞥見一圈荒涼的石頭背倚著天空。而他們從歐司邦商店那股噤若寒蟬的恐懼氛圍中得知，某件可怕的事情已經發生了，旋即他們又聽到艾爾默・弗賴伊的房子和一家人遭到殲滅的事。那整個下午，他們一直在敦威治村兜著圈子，並詢問當地人所發生的一切，之後他們還帶著愈加痛苦的受驚心情，親眼見到弗賴伊家的廢墟、那些徘徊不去的黏膩痕跡、弗賴伊家院子裡的醜陋足印、塞司・畢夏普那群受傷的牛，以及出現在好幾個地方的大片受損草地。對阿米塔吉而言，哨兵山頂那條爬上又爬下的足跡，幾乎帶有毀滅性的意義，於是他兀自注視著山頂那些如祭壇般的邪惡石頭好長一段時間。

後來這群訪客獲知，州警在接到第一通打來報告弗賴伊家慘案的電話之後，今天早上將會從亞茲貝里動身來此，於是他們決定要找警官幫忙，並把手邊的紀錄儘可能地做個比對。不過他們發現，這件事的計畫似乎要比執行容易許多，因為他們四下尋找，卻不見任何警察的蹤影。原本在弗賴伊家的院子裡，有五名警察坐在一輛車子裡，但現在，那輛車卻空蕩蕩地停駐在那片廢墟附近。那些曾和警察們談過話的當地村民，起先對於阿米塔吉等一行人的說辭感到錯愕。接著，山姆．哈欽斯老先生這才猛然想起某件事，於是臉色翻白，用肘子頂撞了佛烈德．法爾一下，再指指附近那座既潮濕又深邃，且正張著大口的山谷。

「天哪！」他倒抽一口冷氣說。「我早告訴他們不可以下到山谷的，我沒想到會有人在乎那些難聞的足跡，更何況在大白天裡，那群夜鷹居然在底下的幽谷叫囂著……」

一陣冷顫全襲上這群村民和外來客的心頭，人人的耳朵似乎都出於某種本能而直豎了起來，渾渾噩噩地聆聽著。阿米塔吉這會兒可眞的遇上那恐怖的東西，和它驚人的傑作了，儘管渾身發抖，他仍覺得這個責任非扛不可。夜色很快就會降臨了，到時，這個拔山倒海的怪物又會笨重地踏著奇怪的路徑。Negotium perambulans in tenebris……這位資深的圖書館員又在腦海中複習背誦過的公式，手上則緊緊抓住那份老記不起來的替代方案。他檢查手電筒的功能正常與否。身旁的萊斯則從手提袋中，取出一瓶殺蟲用的鐵製噴器；而摩根則從槍套裡取出那把來福槍，這可不是拿來玩玩而已，儘管他的伙伴都警告他，任何的武器都是無濟於事的。

阿米塔吉已經讀過那本邪惡的日記，內心痛苦地知道他們將遇到什麼樣的景象；不過他並沒有透露隻字片語，以增添敦威治村民的恐懼心理。他只希望能夠順利解決一切，而無須向世人揭露這個竄逃出來的怪物。隨著夜色漸濃，村民們開始疏散回家，急於將自己關在拴緊的屋子裡，儘管目前的證據顯示出，所有人為的門鎖和門栓，在面對那股足以折彎樹木、壓碎房子的力量時，都是不堪一擊的。對於那群外來客居然想在幽谷附近的弗賴伊家廢墟站崗，眾人莫不搖頭嘆息，內心幾乎不抱任何希望能再見到這群看守者。

那天晚上，山下發出轟隆隆的響聲，而夜鷹也不懷好意地喧囂著。偶爾有一陣風會從冷泉幽谷吹上來，將一股難以形容的惡臭味，帶入夜晚濁重的空氣中；這樣的臭味，這三個男人之前都曾經聞過一次，那時他們正站在一個十五歲半、疑似人類的垂死怪物上方。不過眾人翹首盼望的恐怖事物並沒有出現。無論埋伏在下面幽谷的東西是什麼，此時它正伺機而動；阿米塔吉警告他的伙伴，在黑暗中採取攻勢，將形同一項自殺的舉動。

黯淡的清晨來臨，而夜晚的聲音則止息了。那是個灰濛濛的陰天，偶爾還飄起一陣細雨；接著，愈來愈厚重的雲霧似乎在山後朝著西北的方向逐漸堆積。而這幾位來自阿克罕鎮的男人則手足無措了起來。他們躲到弗賴伊家那幾棟僅存的附屬建物裡去，以閃避這場愈來愈大的雨，在此，他們辯論起應該記取等待的智慧，或是應該採取攻勢，到幽谷底下去尋找那個無名的龐然獵物。大雨傾盆而下，遠處的地平線上傳來隆隆的打雷聲。片狀的閃電則劃出火光，接著，一道分叉的電光在近處劈打下來，彷彿直直墜入那座受到詛咒的幽谷中。天色愈來愈沉，這群守候者衷心盼望這只是一場短暫而凌厲的暴風雨，隨後便能雨過天晴。

過了一小時不久，天空仍是黑壓壓的，這時從道路的彼端傳來一片混亂的聲音。頃刻之後，他們看到一群受驚的村民，爲數超過十二人，一面奔跑，一面叫喊，甚至還歇斯底里地嗚咽著。其中有個帶頭的人開始哭哭啼啼地說起話來，而當這些字句總算連貫起來之後，這群來自阿克罕鎮的外來客莫不駭然萬分。

「喔！天哪！我的天哪！」聲音終於掙脫而出：「那東西又來了，**而且這次是在大白天！**它跑到外面來了——它現在就在外面走動著，只有老天知道它什麼時候會找上我們。」

那位說話者上氣不接下氣地陷入一陣緘默，但另一位則接口說道：「大約一個小時前，澤伯・華特立聽到電話鈴響，是喬治的老婆寇瑞太太打來的，他們就住在底下叉路的旁邊。她說他們家雇用的魯瑟在那道大閃電之後，便趕著牛群躲避暴風雨，那時他看見幽谷的入口處——就在對面——樹木全部彎曲了，而且還聞到了一股臭味，就和他上星期發現那些巨大的足印時聞到的一模一樣。寇瑞太太又說，魯瑟說他有聽到窸窸窣窣的拍打聲，聲音很大，不像是那些低垂的樹木和灌木所能夠發出來的，然後一剎那間，沿路的樹木開始被推倒在一旁，接著則是重踩在地，並把泥漿噴濺起來的聲音。但你們聽好，魯瑟並沒有看到其他東西，只有那些彎曲的樹木和灌木而已。

「然後在遠遠的前方，也就是畢夏普溪流經道路下方之處，他聽見橋上因用力擠壓而發出可怕的咯吱聲，還說他聽見了樹林被分裂開來的聲音。在此同時，他卻什麼也沒見到，只有彎曲的樹木和灌木而已。然後魯瑟鼓起勇氣，爬到那座窸窣作響的哨兵山上，俯瞰著地面。地上全是泥漿和水，天空一片漆黑，大雨正以最快的速度，將所有的痕跡抹去；不過在幽谷的入口處，就在那些樹木被移動的地方，還是有一些可怕的足跡，和他在星期一那天看到的一樣龐大。」

這時，第一位飽受驚嚇的說話者插嘴道：「不過**那**還不是眞正的煩惱——它只是個開端而已。澤伯開始打電話叫每個人起床，當大夥正在接聽電話時，塞司・畢夏普的電話卻插了進來。原來他的管家沙麗也感染了致命的緊張情緒——因爲她剛才看到路邊的樹木都彎曲了，還說她聽到一種含糊不清的聲音，像一頭大象踩著腳步似的前來這棟房子。接著她突然起身，說她聞到一股可怕的氣味，又說她們家的喬西正大聲叫嚷著，這股味道就和星期一上午她在華特立家的廢墟聞到的一模一樣。所有的狗都發出可怕的吠叫和嗚咽聲。

「接著，她發出一聲恐怖的叫喊，並說道路下方的那間棚子像被暴風雨擊倒似的坍塌了，不過任憑風勢再強，也不可能辦到的。每個人都在聽電話，可以聽出許多人在電話線的彼端氣喘吁吁。突然，沙麗又大叫了一聲，並說她們家前院的籬笆被粉碎了，但沒有任何跡象顯示出是什麼東西造成的。接著，每個人在電話上都可聽到喬西和塞司・畢夏普的慘叫聲，沙麗正大嚷著，有個沉重的東西把屋子給摧毀了——既不是閃電，也不是任何東西造成的——那個沉重的東西又在前方出現了，一次又一次地發動攻擊，但是你從前方的窗戶望出去，卻看不見任何東西。然後……然後……」

每個人臉上害怕的皺紋又加深了，渾身顫抖的阿米塔吉實在沒有勇氣鼓勵說話的人繼續下去。

「然後……沙麗叫著說：『救命啊！房子要倒了……』於是從電話裡，我們聽到可怕的碎裂聲，和一連串的慘叫聲……就和艾爾默・弗賴伊家的情形如出一轍，只怕是有過之而無不及……」

那男人住了口，但群眾中又有人接著說：「就這樣了——之後電話就沒有再傳出任何聲音或尖叫了。像一片死寂。我們這群有聽到消息的，馬上召集村裡所有身強體健的男人，駕駛汽車或貨車趕往寇瑞家，然後再到這裡，想請教你們該怎麼辦才好。我的想法是，這一定是上帝在懲罰我們的罪惡，沒有任何人可以躲得過的。」

阿米塔吉意識到，採取主動的時機已經來臨了，於是他意志堅定地對這群心驚膽戰的鄉下人說：「兄弟們，我們必須跟蹤它。」他以儘可能篤定的聲音表示。「我相信我們有機會搞定它的。你們知道華特立家的人是巫師——是的，那東西是巫術的產物，所以也必須用相同的方法消滅它。我已看過威爾伯・華特立的日記，也讀過他的一些奇怪古書；所以我想，我應該知道唸什麼樣的咒語，可以讓那個東西消失。當然，這我不敢保證，但我們總有機會一搏。那傢伙是無形的——這點我知道——不過在這罐長長的噴霧器中，有粉末可以讓那傢伙現形片刻。待會兒我們會試試看，讓這東西活在世間是一件可怕的事，但假如威爾伯還活著，而且繼續把它養在家裡的話，那事情就會更糟了。到時，你根本不知道會有什麼天殺的東西逃出來。眼前至少我們只有這傢伙需要對付，因爲它還沒開始繁殖。不過它還是會造成許多破壞，所以，我們絕對不能猶豫，要儘快解決它。

「我們必須跟蹤它——首先，我們必須前往剛才它破壞的地方。找個人帶頭吧！我對你們的路並不熟，不過我猜應該有什麼捷徑可以繞過去。這主意如何？」

那群男人互推了一會兒，然後厄爾．索耶輕聲細語地開口，並在持續減弱的雨中，伸出一隻骯髒的指頭。

「我猜你們可以從這裡較低的草地繞過去，然後涉過底下的溪流，接著再爬過卡瑞爾家的乾草堆和木材場，這是前往塞司．畢夏普家最快的捷徑了。等你們到了上方的道路時，應該就很接近塞司的房子了——他家就在另一頭的不遠處。」

於是阿米塔吉、萊斯和摩根等人，便遵照指示開始步行；而大部分的村民也都緩緩地跟在後頭。天空變得愈來愈晴朗，顯示這場暴風雨已經遠離。當阿米塔吉一不小心走錯路時，喬伊．歐司邦便警告他，還會走到前面去，指出正確的方向。勇氣與信心正在逐漸增長；儘管這座幾近垂直、林木蓊鬱的山丘，始終籠罩著一片黑暗，而且在某些年老得荒唐的樹木間，他們還得手腳並用地爬過去，像攀爬一座梯子般，使整個過程成了一場嚴酷的考驗。

最後，他們終於出現在一條泥濘的道路上，看到太陽露出臉了。他們超出塞司．畢夏普家有一小段距離，不過那些彎曲的樹木和醜陋的足跡，均顯示出剛才經過此地的東西是什麼。繞過彎路之後，便是滿目瘡痍的現場了，他們只花了一點時間檢查這些地方。整件事根本是弗賴伊家慘案的重演，無論是在畢夏普崩塌的房子或牛舍裡，都找不到任何死活的東西。沒人想在這股惡臭與瀝青般的黏漬中多作停留，眾人都在本能的驅策下，將注意力轉往那些可怕的足印，這些足跡正朝著華特立家毀壞的農舍，和哨兵山頂的祭壇前進。

當這群男人經過威爾伯・華特立的住家遺址時，眾人莫不凜然一驚，熱烈的心情中似乎又混雜著那麼一點猶豫。畢竟，想要追蹤一隻如房子般的碩大怪物，不但肉眼看不見，而且還有惡魔般的劣行，這可不是一件鬧著玩的事。那些足跡在哨兵山腳的對面離開了道路，然後沿著那片寬闊的受損草地，又有了一些新的彎曲與混亂跡象，顯示出這頭怪物的路徑和之前一樣，先是往上走到山頂，接著又從山頂下來。

阿米塔吉取出一個高倍數的口袋型望遠鏡，朝著山丘上有草的那面陡坡掃視。接著他把望遠鏡交給摩根，因為他的眼力較好。凝視了一會兒後，摩根突然大叫一聲，連忙將望遠鏡傳給厄爾・索耶，還一面指著斜坡上的某個地點。索耶就像大部分不諳光學儀器的使用者一樣，笨手笨腳地亂弄了一會兒；最後終於在阿米塔吉的協助下調對了焦距。當他凝神望去，隨即發出一聲比剛才的摩根還更誇張的吶喊。

「老天爺哪！那些草地和灌木都在移動！它正在往上爬——很緩慢的樣子——現在已經爬到頂端了，天知道它想要幹啥！」

接著，驚慌的傳染病彷彿在這群追蹤者之間互相感染。只想追蹤這個無名的怪物是一回事，但真正發現它卻又是另一回事。咒語也許會有效——但假如無效呢？眾人開始議論紛紛地質疑起阿米塔吉對這個怪物的認知程度，彷彿沒有一個答案可以滿足他們。每個人似乎都感覺到，自己正在接近某些嚴禁步入的大自然領域，且完全超出人類的正常經驗範疇。

X

最後是那三個從阿克罕鎮來的男人——年紀老邁而鬍鬚花白的阿米塔吉博士；健壯結實、一身鐵灰色的萊斯教授；以及身材頗長且年紀較輕的摩根博士——獨自爬上那座山。經過耐心的教導村民該如何對焦和使用之後，他們便把望遠鏡留給那群受到驚嚇而堅持要待在路上的村民。在他們一路攀爬的同時，這群村民彼此傳遞著望遠鏡，以便仔細觀察他們的一舉一動。那是一段艱困的路程，有好幾次阿米塔吉都得仰賴同伴們的協助。隨著那頭恐怖的肇事者以蝸牛般的謹愼腳步再次踩過，於是在這群步履維艱的隊伍上方，有一大片受損的草地顫動了起來。接著，這群追緝者顯然正一步步地接近目標。

當這群來自阿克罕鎮的隊伍突然從那片草地繞道而行時，科悌思・華特立——屬於未墮落的一支——正拿著望遠鏡。他告訴大夥，那些男人顯然想要攀登另一座較低的山巔，從那兒可以使他們在領先一段相當長的距離之前，就能夠俯看到灌木被折彎的地點。結果證明他的說法是對的；於是他們看見，這群隊伍在那個隱形怪物經過之後沒多久，就搶先一步到了較高的位置上。

接著，手上拿著望遠鏡的威思力・寇瑞大吼著說，阿米塔吉正在調整萊斯手中的噴霧器，想必大事就要發生了。這群人忐忑不安地騷動起來，他們想起阿米塔吉的噴霧器應該會讓這個隱形的怪物現身片刻。於是有兩、三個男人緊閉著眼睛，唯獨科悌思把望遠鏡給搶了過來，極盡所能地瞠目而視。然後他看見萊斯站在一個有利的地點，也就是那個怪物背後的高處，逮到了一次有效噴灑強力粉末的絕佳機會。

那些沒有望遠鏡的人只在山頂的附近，看到一瞬間噴出的灰色雲霧——體積大約像一棟中等大小的建築物。握著望遠鏡的科悌思發出了一聲刺耳的尖叫，並順手把儀器扔到路上那片深及足踝的泥淖中。他感到一陣暈眩，要不是有兩、三個人抓住並扶持著他的話，恐怕將會跌倒在地。而他唯一能做的，便是咕咕噥噥地呻吟。

「喔！喔！老天爺啊！……**那個……那個……**」

接著是眾人七嘴八舌的詢問，只有亨利・威樂記得救起掉落的望遠鏡，然後把上面的泥濘抹乾淨。科悌思完全語無倫次，就連斷斷續續的回答也十分吃力。

「比牛舍還大……全是扭動的繩子……整個形狀像個母雞蛋，但比任何東西都大，而且有好幾十條腿，每條都像桶子一樣粗，踏出去的時候還會半關閉起來……全身都是軟綿綿的，完全像果凍一樣，而且用一條條扭動的繩子聚集起來……全身遍佈著又大又禿的眼睛……還有十幾、二十張嘴巴或鼻子之類的東西，往旁邊不斷伸出，就像煙囪一樣粗，而且一直上下揮舞著，張開又關上……全身都是灰色的，但有夾雜藍色或紫色的環帶……**我的老天爺啊——那東西的上方還有一張臉呢！……**」

不管最後他想到的是什麼，總之對可憐的科悌思來說是太沉重了；因此在來不及說下去以前，他就已經完全昏厥過去。佛烈德・法爾和威爾・哈欽斯兩人，合力將他抬到路旁，並放在潮濕的草地上。渾身發抖的亨利・威樂則把望遠鏡轉向山上觀察。透過鏡片出現的是三個足以辨認的微小身影，顯然正以最快的速度，克服斜坡的障礙，往山頂奔跑。只有這些景象了——此外無他。接著，每個人都留意到有個不合時節的怪聲，在背後的深谷裡迴響，就連在哨兵山的灌木林也聽得到。正是那群不計其數的夜鷹所發出來的尖叫，刺耳的合聲中似乎潛藏著緊張而邪惡的音符。

現在輪到厄爾・索耶手持望遠鏡，報告那三條人影的動靜，此時他們正站在最高的山脊上，幾乎與那些石塊祭壇一樣高，不過有一段距離就是了。他說其中有個人影，似乎有節奏地將他的手高舉過頭；就在索耶描述情況的同時，這群人似乎聽見一種飄忽而類似音樂的聲音從遠方傳來，彷彿是伴隨動作的高亢詠唱。遠處山巔的奇怪剪影想必形成了一幅無限詭異與令人敬畏的景象，然而此刻沒有人擁有欣賞美景的心情。

「我猜他一定是在唸咒。」威樂在搶回望遠鏡後，喃喃自語地說。那群夜鷹正以一種奇怪而不規則的節奏，瘋狂也似的尖叫著，與眼前所看到的儀式似乎頗不搭調。

突然間，陽光似乎在未見任何雲霧的干擾下減弱了。這是個非常奇特的現象，顯然所有人都留意到了。有種轟隆隆的聲音似乎正在山下逐漸醞釀中，而且還很奇怪地夾雜著另一種和諧的聲音，顯然是從天空傳下來的。閃電從上方掠過，然而這群茫然的群眾卻找不到任何暴風雨的跡象。那群來自阿克罕鎮的男人確實正在吟誦著咒語，透過望眼鏡，威樂看到他們全都跟著咒語的節奏舉起手臂。而遠處的某戶農家則傳來狗的狂叫聲。

陽光的變化更大了，使這群人一臉訝然地凝視著地平線。天空的湛藍加深後，變成了一片紫黑，沉重地罩在轟然作響的山上。接著，閃電又劃出更耀眼的火光，那群村民心想，這表示遠方的那座祭壇石周圍瀰漫起雲霧了。這時卻沒有人使用望遠鏡。那群夜鷹繼續此起彼落地騷動著，而敦威治村的村民則上緊發條，準備抵抗那股難以估計的威脅勢力，致使此時的氣氛顯得太過沉重。

就在毫無預警的情況下，這群飽受震撼的人終於聽到了那個既深沉、沙啞、而又刺耳的聲音，凡是聽到的人，必將永生難忘。這種聲音絕對不是人類的喉嚨所發出來的，因爲人類的器官根本無法製造出如此怪異的聲音。要不是我們心知肚明，它們的來源是山頂的那座祭壇石的話，我們毋寧會說它們是來自地獄的聲音。其實稱它們爲聲音，幾乎是不正確的說法，因爲那種令人毛骨悚然的極低音頻，似乎能以更細膩的方式傳送至意識和恐懼的幽暗基地，而非只到耳朵爲止；但我們還是得稱呼它們是一種聲音，因爲儘管意義不明，它們的形式無疑還是一種能夠半發音的語言。這些聲音很宏亮

——一如空中與之呼應的轟隆聲和打雷聲——卻非來自任何可見之物。但人類的想像力畢竟能夠推測出，這聲音是來自於無形世界的生物，於是山腳下那群蜷縮成一團的男人，彼此抱得更緊密了，還不時顫抖著身子，深恐遭到打擊。

「Ygnaiih……ygnaiih……thflthkh'ngha……Yog-Sothoth……」從某處傳來可怕的沙啞聲。

「Y'bthnk……h'ehye-n'grkdl'lh……」

說話的衝動在此似乎打住了，宛如升起某種可怕的心理掙扎。亨利．威樂透過望遠鏡用力看出去，卻只見到山頂上那三個奇形怪狀的人影，每當他們的吟誦聲接近高潮時，眾人便以一種奇怪的姿勢狂亂揮舞著手臂。這些半清晰、如雷貫耳的沙啞聲，到底是來自恐怖地獄中什麼樣的幽暗源泉，或外太空的意識與匿跡多時的可疑遺傳物所潛藏的無底深淵呢？總之此刻，它們又開始凝聚起新的力量，以赤裸、徹底和極致的瘋狂逐步增強，一氣呵成。

「Eh-ya-ya-yahaah-e'yayayaaaa……ngh'aaaaa……ngh'aaa……h'yuh……h'yuh……救命啊！救命啊！……父——父——父——父親！父親！憂戈—索陀斯！……」

但一切就到此為止了。這幾個無庸置疑的英文字母，從那座駭人的祭壇石旁的巨大空地，猶如雷響般綿綿密密地滾落下來，讓路上這群面無血色的村民直感到一陣暈眩，隨後就再也聽不到這幾個字母了。相反的，他們因為聽到足以撼動山河的大好消息，而手舞足蹈了起來；至於方才那陣驚天動地、震耳欲聾的響聲，其來源究竟是地底還是空中，則沒有任何聽到的人能夠確認。這時，一道閃電從紫色的地平線上，一路劃向那尊祭壇石，還有一股無形的力量與難以言喻的臭味，如潮浪般從山上向全村席捲而來。樹林、草地、灌木等全被掃蕩成混亂的一片，而致命的惡臭幾乎要讓山腳下那群嚇壞的村民窒息，兩腳快要虛軟地站不穩。遠處傳來狗的嗥叫聲，綠色的樹葉枯萎成一種詭異而病態的黃灰色，至於田野和森林，則到處橫陳著那群夜鷹的屍體。

那股惡臭很快地散去，但綠色植物卻再也無法復甦了。直到今天，這座恐怖山丘附近的植物，仍然瀰漫著一股詭異而邪惡的氣息。當陽光更加燦爛而清朗地灑落時，那群來自阿克罕鎮的男人才緩緩地下了山，這時，科悌思・華特立才剛剛恢復意識。他們一臉肅穆、默然不語，似乎深受記憶和回想的衝擊，這些回憶甚至比那些將村民嚇得全身發抖的景象還要可怕。在回答了七嘴八舌的問題之後，他們只能搖著頭，並且肯定一件重要的事實。

「那東西永遠消失了。」阿米塔吉如此表示。「它已經分裂成本來的狀態，而且永遠不存在了。它無法見容於這個正常的世界。就我們所知，它只有一小部分是眞正重要的。它果然像它父親一樣——大部分都遺傳自那位存在於物質世界之外某個黑暗國度與次元裡的父親；唯有罪該萬死的人類邪惡儀式，才有辦法將他從山上召喚出來片刻。」

接著是一陣短暫的沉默，在這頃刻間，可憐的科悌思・華特立似乎重新交織起他的思緒來了；於是他把頭埋進雙手中，發出呻吟的一聲。記憶彷彿從它逃離的地方重新映現，而方才那幅將他擊倒的駭人景象又開始擾亂他了。

「喔！喔！我的天哪！那東西有張臉——它的上面有一張臉……臉上有紅通通的眼睛，還有白化症特有的捲髮，但是沒有下巴，就像華特立家的人一樣……它像是章魚、蜈蚣、或蜘蛛之類的東西，不過上面卻有一張擬似人類的臉孔，看起來就像是華特立巫師的臉，只不過是有好幾碼那麼寬。」

他筋疲力竭地停了下來，而所有的村民則茫然地面面相覷著，但還不至於陷入新的恐懼。只有澤布隆・華特立老先生胡亂想起一些陳年往事，讓始終保持沉默的他，也忍不住大嚷著說：「十五年前。」他漫無邊際地聊了起來。「我聽華特立老頭說過，總有一天我們會聽見拉薇妮雅的小孩站在哨兵山頂，呼喚他父親的名字……」

但喬伊．歐司邦卻打斷了他的話，重新質問起那群來自阿克罕鎮的學者：「**但那東西究竟是什麼呢？**而年輕的華特立巫師又是如何從空中將它召喚出來的呢？」

阿米塔吉十分謹慎地揀選他的用語。

「那是——嗯，大半是一種不屬於咱們這個空間的力量；它的舉動、成長過程和形狀，都不是照著自然界的法則。我們沒法召喚這種外來的東西，唯有非常缺德的人和異常邪惡的教派會想嘗試看看。威爾伯．華特立的身上就有這麼一部分——但光是這樣就足以讓他變成惡魔，一頭成長過快的野獸，還讓他死相難看地昏倒在地。我準備把他那本受到詛咒的日記焚燬，而假如你們夠聰明的話，就應該把上面那尊祭壇石給炸毀。再把佇立在其他山上的環形石柱一一剷除。華特立一家人對於那些生物所帶來的東西可是歡喜得很——他們正準備迎接這些生物大駕光臨，其居心顯然是要消滅人類，同時為了某個無以名狀的目的，要將地球拖進一個難以言喻的地方。

「至於我們剛剛送走的東西——華特立一家人之所以養育它，是為了在這個即將到來的恐怖行動中軋上一腳。它長得又快又大，就跟威爾伯長得又快又大的道理是一樣的——不過它還贏過了威爾伯，那是因為它遺傳自**外來生物**的成分比較多。你們用不著問，威爾伯是怎樣憑空將它召喚出來的。他根本沒召喚它出來。**因為它正是他的孿生兄弟，只不過是長得比他更像他們的父親罷了！**」

請你們牢牢記住，其實到最後，我並沒有看到任何具體的恐怖事物。我之所以推測那是一種精神上的恐慌——正是這令人無法忍受的最後打擊，使我在夜裡從阿克萊的農舍中奪門而出，然後駕著一輛霸佔來的汽車，穿越於佛蒙特州荒蕪的圓丘之間，只是為了忽略我最後所經歷的那些簡單事實而已。儘管我見過、也聽過那些深刻的東西，而且對我造成如此清晰的印象，但直到現在，我還是無法確定我的可怕揣測是對或錯。畢竟，眾人對於阿克萊的失蹤仍束手無策。儘管他的房子裡裡外外佈滿了彈孔，人們並未在裡頭發現任何東西遺失。看來好像是他隨性出門到山上漫遊，最後卻沒回家一樣。屋裡甚至沒有客人造訪過的跡象，而那些嚇人的槍膛和武器，都還安然藏在書房裡。儘管在這片草木繁密的山丘和潺潺無盡的小溪附近出生與長大，一直讓他感覺到害怕，但這也不意謂著什麼；因為此地有上千位的住民，同樣受到這種恐懼所苦。此外，我們也可以拿怪癖這個理由，輕輕鬆鬆地解釋他的詭異行徑，和他最後所擔心的事情。

就我所知，這整件事與一九二七年十一月三日佛蒙特州爆發空前絕後的洪水發生於同時。當時的我就和現在一樣，在麻薩諸塞州阿克罕鎮的米斯卡塔尼克大學擔任文學課的講師，而且熱衷於研究新英格蘭民間傳說。在大洪水過後不久，媒體上充斥著各種苦難、折磨與動員救災的報導，此外還說道，在某些高漲的河流中發現了一些奇怪的漂浮物，於是我的友人好奇心大發地討論起來，而且還請我就這個主題盡情發揮。我對民間傳說的研究能夠被人如此看重，著實大感受寵若驚，於是我儘可能地蔑視那些荒唐而曖昧的傳說，因爲這些顯然是古老的鄉野迷信過度氾濫下的產物。我很慶幸能找到幾位涵養豐富的人士，他們堅信，在這些謠傳底下，或許眞的暗藏某些祕而不宣的事實。

我大部分都是透過新聞剪報才留意到這些傳言的；儘管有個奇談是由某個人先說出來，再經由我友人住在佛蒙特州哈德威鎭的母親，於寫給他的信中再次提到。這一切傳聞所描述的事實，基本上都是一樣的，儘管其中似乎涉及三種不同的情況——其一是與蒙佩列❶附近的溫努斯基河有關，另一個則與越過紐芬後的文丹郡內的西河有關，而第三個地點則是發生在林登維爾上方的喀里多尼亞郡內的帕桑普司克。當然還有許多零零星星的報導提到其他的地點，然而經過分析之後，似乎都可歸納成這三處。而無論是在哪一種狀況下，村民都表示他們在奔騰的河流中，見到一個或多個非常詭異且令人不安的物體，從那些人煙罕至的山上浩浩蕩蕩地流下來，而且人們普遍相信，這些景象和一個極爲原始、幾被遺忘的傳聞有關，老一輩的人是在見到這個情形後又重新提起的。

人們認爲他們所觀察到的，是一種前所未見的有機形態。當然，在那段悲慘的時期內，有許多人類的屍體沿著河流沖刷下來，不過，儘管在體積和整體的輪廓上有些淺顯的相似之處，描述這些奇怪形態的人士卻相當篤定它們並不是人類。而根據這些目擊者的表示，它們也不屬於佛蒙特州境內的任何一種已知動物。這些粉紅色的東西大約有五英尺長；身體則像甲殼類動物，有好幾對龐大的背鰭或膜翼之類的東西，還有幾組帶有關節的腳，其中有個呈螺旋狀的橢球，上面附有許多非常短的觸鬚，這裡原本應該是頭部出現的地方。令人嘖嘖稱奇的是，儘管這些消息來源不同，但彼此的描述卻非常雷同；不過有個事實還是減損了這份驚奇感，那就是，有些古老傳說曾經傳遍整個山莊，因此可能早已在這群目擊者的想像之中渲染出一幅異常鮮明的畫面。因此我的結論是，這些目擊者——無論在哪種情況下，都是一群天眞而單純的鄉下人——在滾滾急流中所見到的，只不過是人類或牲口遭到破壞而膨脹的屍體罷了，並縱容仍在流傳的傳說，爲這些可憐的物體注入某些幻想的色彩。

古老的傳說儘管模糊、曖昧，且大半已被現代人們所遺忘，但它仍然具有獨樹一幟的特色，且明顯地反映出更早期的印地安傳說所遺留下來的影響。雖然我不曾到過佛蒙特州，不過拜艾里．戴文寶的珍貴論文之賜，他從該州的耆老口中，蒐集了許多一八三九年以前的口傳資料，使我對此地還頗有瞭解。然而，這些資料卻我與從新罕布夏州的山地野老親耳聽到的傳聞不謀而合。簡單來說，它們暗示有一種可怕的怪物，潛伏在某個遙遠的山區裡——或許就在山巔的樹林深處，或是源頭不詳的小溪潺潺流過的陰暗山谷。這些生物極爲罕見，不過有些人卻敢爬上某些凡夫不曾涉足的山坡，進入某座就連狼群都避之唯恐不及的險峻深谷，因而發現這群生物的存在。

無論是在溪旁的泥地或是貧瘠的草地上，都曾發現一些奇怪的足跡或爪印，還有一些環狀的奇怪石頭，周圍的雜草都已磨滅，似乎不是被大自然所放置或排列在此的。此外，山邊還有一些深不可測的洞穴；洞口已被卵石堵死，看來幾乎不像是意外造成的，而且有許多奇怪的腳印往這些洞穴靠近或者遠離——假如我們對這些足跡的方向推測無誤的話。然而最糟的是，還有些東西是即使在最遙遠幽暗的山谷，與超出一般攀登高度的濃密險惡樹林中，都很少被那些勇於冒險的人所見到的。

假如這些零散的陳述不是如此吻合的話，那麼這件事將不至於如此令人不安。但事實證明，幾乎所有傳言都有一些共同點；它們都堅稱那些怪物像一隻淡紅色的巨大螃蟹，有好幾對腳，且在背部中央，有兩隻如蝙蝠般的大翅膀。牠們有時運用所有的腿一起走路，有時只用最後面的那雙腿，而其他

譯注

❶蒙佩列（Montpelier）佛蒙特州首府。

則用來傳遞某些無以名狀的龐然大物。有一次，有人看見牠們一窩蜂地出現，每三個排成一列，循著森林中的水路井然有序地分批涉過。還有一次，有人目睹一隻正在飛行的怪物，牠在夜裡從一座光禿而荒涼的山上一飛沖天，在皓月當空下，映襯出牠所拍打的巨大翅膀，旋即在空中消失無蹤。

整體而言，這些東西似乎很樂於遠離人群，儘管偶爾牠們也必須為某些冒險人士的失蹤負責——特別是那些建造太接近某些山谷，或是位於過高地區的房子的人。有許多地點向來被視為不適合人居，就算原因已經為人所淡忘，但那種感覺仍然徘徊不去。雖然已經想不起有多少住民失蹤過，或有多少間農舍已經化為灰燼，人們還是會站在那些嚴格的綠色哨兵所駐守的矮坡上，膽戰心驚地仰望著附近的幾座山崖。

不過根據最早期的傳說，這些生物似乎只會傷害那些侵犯牠們隱私的人；後來則有一些描述，是關於牠們對於人類的好奇，以及牠們想在凡夫的世界中打造祕密基地的企圖。還有一些故事提到，早晨時，農舍的窗戶附近出現了奇怪的爪痕，而且在牠們經常出沒的地區之外，偶爾也會有一些人失蹤。另外還有一些傳說，提到牠們模仿人類語言所發出的嗡嗡聲，讓那些在道路或林蔭深處的小徑上獨自行走的旅人，不禁感到一陣愕然；也有傳說提到，小孩在看到或聽到毗鄰自家院子的原始林中的某些東西，從此便喪失了心智。至於最後期的傳說中——之後，迷信的風氣便沒落了，而人們也放棄了近距離接觸這些可怕的地點——則有一些駭人聽聞的傳言指出，有些離群索居的隱士或農夫，在生命的某一段時期曾經遭遇精神上的劇變，人們不但迴避他們，甚至還交頭接耳地說，他們是一群將自己出賣給怪物的凡夫。一八〇〇年左右在東北部的某個郡裡，人們似乎很習慣將一些行徑乖謬且受人排擠的隱居者，視為那群可憎怪物的黨羽或代表。

至於這些怪物是什麼，自然是眾說紛紜。最常冠在他們身上的名字是「那些東西」，或是「舊日支配者」，儘管地方上偶爾會出現其他短暫的用語。那群清教徒移民者或許將牠們籠統地記載為惡魔的伴侶，並使牠們成為令人敬畏的神學基礎。至於擁有塞爾特人文化遺產的人——主要是住在新罕布夏州的蘇格蘭與愛爾蘭人，及其移居至佛蒙特州長溫特渥茲所授予的殖民地上的親戚們——則把這些東西含糊地聯想成壞精靈，或是沼澤地區所出現的「矮靈」（little people）等，並以流傳多代的殘剩咒語保護自己。最精彩的理論要算是印地安人所講的。儘管不同的部落傳說之間有些出入，不過它們都一致指出，這群生物絕非地球上的原住民。

潘納庫克族❷的神話是其中最一致、也最詭異的，它告訴我們那群帶翅的生物來自天上的大熊星座，且在咱們的山上挖了些礦坑，想從裡面取走某種無處可得的石頭。根據神話的說法，牠們並不住在這兒，只是在此建造了一些基地，並載著大量的石頭飛回牠們自己的北方星球。因此牠們只會傷害那些過於接近、或是偷窺牠們的地球人。動物們則是出於本能的厭惡而遠離牠們，倒不是因為受到了傷害。牠們無法吞啖地球上的任何東西或動物，因而只能從牠們的星球帶著自己的食物過來。接近牠們是不會有好下場的；偶爾會有一些年輕的獵人闖進牠們的山區，從此一去不復返。此外，若是在夜裡的林子裡，聽見牠們為了模仿人聲而發出如蜜蜂般的私語聲，這也不是一件好事。牠們知道各種人類的語言——包括潘納庫克族、呼倫族、五國族——不過牠們似乎沒有、也不需要自己的語言。牠們可以用頭部交談，每當變換不同的顏色時，便代表著不同的意義。

當然，所有的傳說，包括白人和印地安人的傳說，都在十九世紀時漸趨式微，只除了偶爾會迸出

譯注

❷潘納庫克族（Pennacook）為美國原住民之一支。

懷古的火花之外。佛蒙特州的生活模式已經成形；當居民根據習以爲常的計畫，而建造一成不變的道路或住宅時，他們就愈來愈不記得當初之所以擬定這項計畫，是因爲恐懼或迴避什麼樣的事物，他們甚至忘了有任何的東西是需要恐懼或迴避的。大部分的人只知道，住在某些山區是一件非常有害健康而且沒有好處的事，通常會帶來厄運，他們也知道，人們最好離這些地方愈遠愈好。隨著習慣與經濟活動日漸深植於那些適宜居住的地區，人們便再也沒有理由遠離，因此，那些怪物出沒的山區便在偶然而非刻意的情況下遭人遺棄。除了在很罕見的情況下，還是會引起地方上的恐慌，否則就只有喜愛奇詭事物的老祖母和念念不忘過去的老年人，會喃喃提起以前住在山上的那段日子；不過連這些喃喃自語者也都承認，既然這群生物已經習慣了人類的房屋，且既然人類也已徹底遠離了那群生物的領土，那麼他們根本就沒什麼好怕的了。

無論是從書本上或從新罕布夏州所蒐集到的鄉野漫談中，我對這些事情早就耳熟能詳；因此當大洪水期間謠言滿天飛時，我可以很容易地猜測出是什麼樣的想像背景引發這些謠傳的。我花了很大的力氣向友人解釋這點；而當幾位死鴨子嘴硬的傢伙仍然堅信，這些報導可能具有幾分眞實性時，著實令我感到莞爾。這些人試圖指出，這些早期傳說的持久性和一致性具有重大意義，況且佛蒙特境內的山區幾乎不曾被人探索過，因此要武斷地認爲這裡有或沒有住些什麼樣的東西，這實在是很不智的說法。儘管我確信，所有神話都具有一種放諸四海皆準的著名模式，並且取決於想像經驗的前期階段，在這些前期階段中，人類往往會製造出相同的幻想型態，這樣的說法也無法讓他們心服口服。

欲向這些反對人士證明，佛蒙特州的神話在本質上，與全世界的傳說故事並無二致，這幾乎是白費工夫的事。早在遠古時代，世上就充滿著森林精靈、撒特❸這類將自然界擬人化的故事；換言之，這些佛蒙特州的神話只不過現代希臘版的山野誌而已，並且暗示著在荒涼的威爾斯和愛爾蘭地區，藏匿著一些怪異、嬌小、可怕的種族，例如類人猿與穴居人等。除此之外，尼泊爾的山地部落還有一些更驚人的相似傳說，他們相信有一種駭人的米高，或稱為「猙獰的雪人」，令人害怕地潛伏在喜馬拉雅高山群的雪地和岩峰處，不過，就算是指出這點也是無濟於事的。當我提出證據時，反對我的人卻聲稱，這必然意味著古老的傳說具有某些歷史的眞實性；而且這也代表著，地球上有某些奇怪的古老生物，儘管因為人類的降臨與掌控而被迫銷聲匿跡，卻非常可能在數量減少的情況下，一直存活到近代——甚至現在。

我愈是譏笑這類理論，友人的堅持也就愈頑強；此外他們還認為，就算沒有那些遺留下來的傳說，近來的這些故事未免也過於清晰、一致、詳細，再加上述說者的態度如此自然穩健，實在讓人無法視若無睹。其中有兩、三位瘋狂的極端份子，甚至還離譜地暗示，古印度的傳說中有提到這群隱藏的生物並非源自於地球；他們從查理斯・福特❹的浩繁卷帙中引經據典，藉此主張這群經常造訪地球的旅客，其實是從他方世界與外太空降臨的。然而這群反對我的人，大半都是一些浪漫主義者，他們將蟄伏在亞瑟・馬欽風靡一時的恐怖小說中的「小矮人」傳說，鍥而不捨地帶入眞實的世界裡。

II

譯注

❸撒特（Satyr），在希臘神話中是酒神的隨從，住在森林，神話中描寫牠們上半身像人，下半身有山羊的後腿。

❹查理斯・福特（Charles Fort, 1874～1932），著名科幻小說作家。

隨著事情自然發展，這場火藥味十足的論戰終於登上了《阿克罕新聞報》的讀者投書版面；此外在佛蒙特州其他遭到洪水侵襲的地方，媒體上也有部分的披露。《拉特蘭先鋒報》足足給了半頁的篇幅，為雙方的論點擷取要點，而《布拉托布羅改革報》則全文刊登我所寫的歷史學和神話學長篇概論，此外還在「隨筆漫談」的專欄中，附帶了一些細心的評論，以支持並讚揚我的懷疑立場。在一九二八年以前，我幾乎已是佛蒙特州一位眾所皆知的人物，儘管我從未涉足過該州。然而亨利・阿克萊卻寫了幾封令人震撼的挑戰信給我，使我決定前往那個充滿翠綠山峰與潺潺林澗的迷人國度，這既我第一次造訪，也是最後一次。

我對於亨利・溫特渥茲・阿克萊這人的瞭解，大半是在我去過他那間偏僻的農舍之後，並經由我和他的鄰居，及其住在加州的獨子之間的信件往來上得知的。我發現在阿克萊悠久而輝煌的家族史中，孕育了許多法官、行政長官與鄉紳之類的傑出人物，而他便是最後一位代表人物。不過從他以後，這個家族卻把心力從實務方面，轉移到純粹的學術研究上；因此他在佛蒙特大學成了一位縱橫於數學、天文學、生物學、考古學與民俗學的著名學子。之前我從未聽過這號人物，而且他在信件中，也沒有提供太多個人的細節；然而當我倆首次照面，我便看出他是一位有個性、有教養、兼具才智的人，雖然他也是個不諳人情世故的隱士。

即使阿克萊所聲稱的事實如此難以置信，但相較於其他挑戰者，我還是忍不住立刻給予更鄭重的對待。首先是因為，他確實非常接近於現象本身——不但看得見，而且摸得著——才使他做出如此詭譎的揣測；其次，他是如此願意對自己的結論採取開放的立場，就如同真正的科學家一樣，這點實在令人激賞。他並沒有任何個人的成見，總是讓可靠的證據引導他。當然，一開始我認為他是錯的，但我相信他只是犯了認知上的錯誤而已；因此我絕不苟同他某些朋友的說法，認為他的想法和他之所以害怕這些荒涼而翠綠的山丘，是因爲精神錯亂的緣故。我可以看出這人頗有兩把刷子，也知道他所描述的事實，無論那與他所判定的起因有多麼不相干，必是來自於某些值得探究的怪異情狀。之後，我又從他身上獲得一些具體證據，從而將這件事奠定在一個不同於以往且令人迷惘的基礎上。

我最好把阿克萊寫給我的那封長長的介紹信全部抄錄下來，有多少算多少，因爲這封信對於我的知識歷程，構成了一個相當重要的座標。這封信已經不再歸我所有了，但是我的記憶卻仍牢牢地抓住每一個充滿不祥的文字，並使我再次肯定這位寫信者的理智。以下便是那封信的內容——它的仿古字跡十分潦草、不易辨認，顯然是一位在平靜的學術生涯中與世無爭的人士所寫的。

美國鄉村免費郵遞#2
湯森特村，文丹郡，佛蒙特州
一九二八年五月五日

給阿爾伯特．威爾瑪斯先生，
索爾敦斯托街，一一八號，
阿克罕鎮，麻薩諸塞州。

敬愛的閣下：

近來有些新聞，報導去年秋天在咱們氾濫的河流裡發現浮屍的事，《布拉托布羅改革報》（四月二十三日，第二十八版）重新刊載了您對於此事，以及人們言之鑿鑿的民間怪譚所發表的文章，我以極大的興趣拜讀過您的大作。我很容易明白，爲何一位外地人會採取閣下的觀點，甚至也瞭解爲何「隨筆漫談」會認同您的看法。無論是在佛蒙特州的境內或境外，大凡受過教育的人都會採取那樣的態度，而那也是年輕時代的我所採取的（如今我已五十七歲了），直到我開始研究戴文寶的著作和一般性的書籍，才引領我去探索周遭某些不常涉足的山區。

我之所以從事這類的研究，乃是受到一些無知的老農夫告訴我的古老怪譚所影響，但是現在，我倒希望自己從未插手過此事。或許我可以極盡謙虛地這麼說，無論是人類學或是民俗學，對我來說都不陌生。我在大學時修過不少課，也相當熟悉泰勒、魯巴克、弗雷澤、卡特勒法熱、墨瑞、歐司邦、凱司、布爾、艾略特．史密斯這幾位最標準的權威人士。我知道有關隱密族群的傳說就和人類一樣歷史悠久，這對我來說並不是什麼新鮮的論點。我看過您在《拉特蘭先鋒報》上轉載的大作，也拜讀過那些意見相同的文章，所以我猜，我大概知道您的論點所在。

而此刻我想說的是，我想您的敵人恐怕比您更接近眞相，即使所有的理智似乎都站在您這邊。而且他們還比自己所瞭解的更趨近於事實——這當然是因爲他們是依靠理論推斷出來的，而無法獲得我所知道的事實。假如我對這件事的認知也和他們一樣少的話，那麼我將會理直氣壯地相信他們所相信的事。而我也將會完全站在您這邊的。

您應該看得出來，要我直話直說有多麼困難，那可能是因爲我眞的害怕說到重點。總之，這件事的結論就是：我手上擁有證據，足以顯示出**那些怪物確實住在那些杳無人跡的高山上**。我倒是沒看過報上所說的水上漂流物，**不過我的確目睹過那些怪物**，而當時的情境卻是我害怕再次重演的。我看過牠們的腳印，後來又看過牠們在我家附近（我住在湯森特村南方的阿克萊舊府，就在黑山的旁邊），但我現在不敢告訴您，我們的距離有多麼接近。而且我也曾在林子裡聽過牠們的聲音，但我現在還不準備寫下那些地點。

我在某個地方倒是聽得非常清楚，於是我用口述錄音機和空白唱片，把聲音給錄了下來，我會安排機會讓您也聽聽看。我已經用機器放出來給當地的一些老年人聽過，其中有個聲音幾乎把他們給嚇呆了，因爲它和某個聲音非常類似的緣故（也就是戴文賓所說的林子裡的嗡嗡聲），那是他們的祖母曾經描述並模仿過的聲音。我知道當有人說他「聽到一些聲音」時，別人會作何感想——但在您妄下斷言以前，請先聽聽這張唱片吧，然後再請教一些鄉下的老年人以爲如何。假如您可以提出正常解釋的話，那很好；但是，那背後確實有某些蹊蹺。你知道的嘛，無風不起浪。

我寫這封信，其目的並不是要開啓爭端，而是要提供您一些訊息，我相信凡是和您有著相同愛好的人，都會抱以高度的興趣。**這是我私下的看法。但就公開的立場而言，我是站在您這邊的**，因爲有些跡象向我顯示，人們最好不要知道太多這類的事情。我個人的研究完全屬於私密，而我也不想多說什麼，免得引起別人的注意，並讓他們造訪我已探索過的地方。**有一群非人類的生物無時無刻都在監視著我們**——這是眞的，是千眞萬確的事；而我們之中還有一些密探，專門爲牠們蒐集情報。我就是從一位可憐的傢伙身上，獲得不少關於此事的線索，假如他心智正常的話（而我想他是的），那麼**他就曾經是牠們的密探之一**。他後來自殺身亡了，但有我有理由相信，現在一定還有其他的密探。

那些東西是從另一個星球來的，牠們能夠住在星球與星球之間的空間，並能用牠們笨拙但強韌的翅膀飛越而過，但牠們的翅膀卻在地球上不怎麼管用。這點我日後會再告訴你，假如你沒有馬上把我看成瘋子，而不予理會的話。牠們來此是爲了從山底深處的礦坑中獲取金屬，**而且我還知道牠們是從哪兒來的**。假如我們離遠一點的話，牠們是不會傷害我們的，但假如我們對牠們過於好奇的話，那麼誰都不敢說會發生什麼事。當然，一支精銳的部隊是可以將牠們採礦的基地消滅殆盡的。而那也正是牠們的恐懼。不過，萬一那樣的情形發生的話，牠們就會有更多的同伴——要多少，就有多少——從**外太空**遠道前來。牠們可以輕而易舉地攻陷地球，但目前牠們並不打算這麼做，因爲用不著多此一舉。牠們寧可讓一切保持現狀，也省得麻煩。

我認爲牠們想要擺脫我，因爲我發現了一些事情。我曾在此處東方一座圓丘的林子裡，發現了一顆黑色的大石頭，上面有不知名的象形文字，但字跡已經磨滅了；等我將它帶回家之後，每件事便開始不一樣了。假如牠們認爲我的好奇心太重的話，要不就會殺我滅口，**要不就會帶我離開地球，回到牠們的故鄉**。牠們有一陣子特別喜歡帶走一些有學問的人，以便繼續瞭解人類世界的各種動態。

這也就引發了我寫信給你的第二個目的——換言之，也就是要請你止息當前的爭論，莫要讓它更受人矚目了。**人們必須遠離這些山區**，而爲了達此目的，他們的好奇心不應該再被挑起了。天知道咱們的災難已經夠多了，那些宣傳者和房地產業者已經讓夏季的佛蒙特州人滿爲患，並且在荒郊野外的地區，經營起滿山滿谷的廉價小旅館。

我很期待能與您繼續通信，假如您願意的話，也會試著將那張唱片和黑色石頭（因爲它已經磨損得太厲害，照片恐怕顯現不出來），用快遞的方式寄給您。我用「試著」這個字眼，是因爲我認爲那群生物目前正以某種方式，試圖平息此地所發生的事。有個乖戾的傢伙名叫布朗，就住在村子附近的一座農場上，我認爲他是那群生物的密探。牠們會設法讓我一步步地遠離咱們的世界，因爲我知道太多關於牠們的事了。

牠們有最令人訝嘆的方法，能夠發現我在幹啥。你甚至有可能接不到這封信。假如事態愈來愈嚴重的話，我想我應該儘快離開這一帶，搬到加州聖地牙哥和我兒子一起住，不過要想放棄一個人的出生地，以及六代親人居住過的地方，畢竟不是一件容易的事。此外，我也很難將這棟房子脫手給任何人，因爲那群生物已經在監視它了。牠們似乎想把那塊黑石給奪回來，同時銷毀那張唱片，不過假如我有辦法的話，我是絕對不會讓牠們得逞的。我那頭壯碩的警犬總是教牠們退避三舍，因爲牠們在此的人數還算少，而且牠們的行動也很笨拙。誠如我之前說過的，牠們的翅膀並不適於地球上的短程飛行。目前我就快解讀出那塊石頭了——某種程度上來說，那是一件很恐怖的事——而就您對民俗學的瞭解，我想您應該可以充分彌補一些失落的環結，以助我一臂之力。我猜您應該知道人類降臨地球以前所發生的一切恐怖神話——例如憂戈—索陀斯與克蘇魯邪教等——這些都可在《死靈之書》中窺見一二。我曾經有過那本書，聽說貴校的圖書館也密藏了一本。

總而言之，威爾瑪斯先生，我認爲基於我倆各自的研究，應該會非常有助於彼此。我不希望讓您陷入任何的危險，因此我認爲有義務警告您，擁有那塊石頭和那張唱片，將不是一件非常安全的事；不過我相信您會發現，爲了追求知識，任何風險都是值得的。我將會驅車前往紐芬或布拉托布羅，以寄送您許可我寄的任何東西，因爲那裡的郵局比較值得信任。我必須說，現在的我頗爲孤單，因爲我留不住任何幫手。由於那些東西試圖在夜裡接近我家，使他們不肯待下來。我很慶幸在我妻子還在世的時候，我並沒有涉入這件事情太深，否則的話，那可能會讓她發瘋的。

希望我沒有冒然佔用您的時間，也希望您決定和我保持聯絡，而不是把這封信當成一位瘋漢的胡言亂語，丟進垃圾桶裡。

亨利・阿克萊　敬上

末註：我現在正在轉錄那張唱片，我相信它將有助於證明我的許多論點。那些老年人認爲自己絕對錯不了的。我會盡快把這些唱片寄給您的，假如您有興趣的話。

H. W. A.

在我頭一次讀到這封奇怪的信件時，實在很難描述我當時的感受。依照慣有的原則，我應該會對這些誇張之辭捧腹大笑，更甚於之前那些令我莞爾的溫和言論；然而，這封信的語調中卻有某種成分，致使我一反常態地認眞以對。並不是我有那麼片刻，眞的相信信上所說的有來自外星球的隱密族群；而是，在經過嚴肅的初步懷疑之後，奇怪的是，我卻愈來愈肯定他的理智和誠懇，而且也相信他確實遇到了某種邪惡與反常的現象，使他除了運用這種虛幻的方式表達之外，便無法加以解釋。那現象也許並不是他以爲的那樣，我想，然而就另一方面而言，它也許値得一探究竟。這位先生似乎對於某件事情，感到異常的興奮與警覺，不過我卻很難想像他是毫無理由的。因爲他在某些方面是如此的具體而又合乎邏輯。而且畢竟，他的奇談和某些古老的神話——甚至某些最荒唐的印地安傳說——居然吻合得令人匪夷所思。

至於他是否眞的在山裡聽到那些擾人聲音，以及是否眞的發現他所說的黑色石頭呢？這些全都有可能，儘管他的推斷是瘋狂了些——而這些推論很可能是由那位自稱是外來生物的密探，後來自殺身亡的人士所提供的。我們可以斬釘截鐵地說，這位仁兄一定是瘋過頭了；不過他顯然具有一絲頑強的理性，才讓一派天眞的阿克萊相信他的故事，而阿克萊對於民俗學的研究，更已爲他做好了認同的準備。至於後來的發展——顯然是從他留不住幫傭開始，那群卑微而質樸的鄰居們便接受了他的看法，相信那是因爲他的房子在夜裡受到某些邪惡東西的包圍。而那群狗的吠叫聲，也是千眞萬確的。

接著是那卷錄音帶，我不得不相信它的取得方式確實如他所說。它一定具有某種意義；無論它是擬似人類語言的動物喧鬧聲，或是某種離群索居、晝伏夜出的人類，聲音已經退化得跟低等動物差不多了。我的思緒於是從這兒又回溯到那塊刻有象形文字的黑色石頭，接著開始揣測可能的意義。然後我又想起阿克萊說要寄給我的錄音帶，它到底是何種東西，竟會引起老一輩的人如此恐懼？

就在我重新閱讀這些潦草的字跡時，我居然有了一種前所未有的感覺，覺得我那群容易被唬弄的對手，也許比我想像中更站得住腳。或許在那些乏人問津的山區裡，眞有一些奇怪的東西也說不定，也有可能是某些遺傳性的畸形兒，即使他們並非如傳言所說的，是一群來自外星球的生物。假如眞是這樣的話，那麼在洪水氾濫的河床上所發現的奇怪屍體，就不算是完全不可信了。認定古老的傳說和最近的報導都不具有眞實性，這會不會太武斷了些？即使我心中存有這樣的疑惑，然而，亨利・阿克萊這張瘋狂的信，竟然會撩撥起如此荒誕不經的幻想，仍然讓我感到非常可恥。

最後我還是回信給阿克萊，採用的是一種友善而有興趣的口吻，慫恿對方提供更詳細的內容。他幾乎是立刻回信；並且順應我的要求，附帶了幾張風景和實物照片，以解釋他所要說明的事。當我從信封中取出並瞥見這幾張照片時，我立刻感受到一股恐懼和接近禁忌之物的異樣感覺；儘管大部分的照片都模糊不清，它們仍具有一種可怕的暗示力量，且因爲它們都是眞眞實實的照片——呈現的是目力確實可及的東西，並透過客觀公正的傳達過程，絲毫沒有任何偏見、謬誤、或虛僞的成分摻雜其中——於是更強化了這股力量。

我愈看它們，就愈發現阿克萊和他的故事，的確有理由嚴肅以對。當然，這些照片證據確鑿地顯示出，佛蒙特的山區眞的存有某些東西，至少遠遠超乎一般知識和信仰的範疇之外。其中最可怕的便是那個腳印——它是當陽光照在一座荒山的泥地上時所拍攝到的。這可不是什麼廉價的僞造品，我一眼就瞧得出來；因爲視野中那些稜線分明的石頭和葉片，給予觀者十分清晰的大小比例，完全不可能是雙重曝光的騙人把戲所造成的。之前我稱這個東西爲「腳印」，但事實上，「爪印」才是一個比較爲貼切的名稱。直到現在，我還是只能說它像螃蟹的爪子一樣醜陋，除此之外便很難形容，而且爪子的方向似乎有點曖昧不明。那不是一個很深或很新的印子，但大小似乎和尋常男人的腳丫子相當。一對對鋸齒狀的尖螯，以相反的方向從腳印中央輻射而出——若這整個物件的功能，眞的只是移動的器官而已，那是很教人費解的。

另一張照片——顯然是一張在陰暗中拍攝、長時間曝光的照片，顯示的是林地內的一座洞穴口，有顆渾圓的巨大卵石掩住了洞口。前方的空地上則可見到錯綜複雜的奇怪痕跡，當我用放大鏡仔細端詳之後，令我感到不安的是，我相當確信那些痕跡和另一張照片上的爪印雷同。第三張照片所顯示的，則是佇立在荒山上的環形石頭，與督伊德教的形式如出一轍。在這些隱密的環形石塊附近，草地幾乎被踐踏與磨損殆盡，但即便如此，我並沒有發現任何足跡。照片的背景處則是人煙罕至的高山，如海洋般連綿不絕，直向朦朧的地平線延伸，由此更突顯出此地的偏遠。

但假如這些照片之中最令人困惑的是那些足印的話，那麼其中最詭異的，便是在圓山的樹林中所發現的那顆黑色石頭了。阿克萊顯然是在他的書桌上拍攝到這張照片的，因爲我可以在背景處看到一排排的書和一尊密爾頓的半身像。竭盡一個人所能猜測的是，這顆石頭可能是垂直地面對照相機，其不規則狀的曲面，大約是一英尺乘以二英尺見方；但若要明確地定義出這個平面是什麼，或描述出這整團東西的形狀爲何，則幾乎超出語言的能力之外。而它的剪裁——顯然它是經過人爲剪裁的——是根據什麼樣古怪的幾何原則呢？這點我甚至無從猜測起；之前我也不曾見過如此詭譎、又如此迥異於與世間之物的東西，而深受震撼過。這塊石頭表面上的象形文字，我能辨認出來的只有極少數，但其中有一、兩個能被我識破的，卻帶給我無比的驚愕。當然，它們有可能是個幌子，因爲除了我以外，也有其他人讀過阿拉伯狂人阿巴度・亞爾哈茲瑞德的《死靈之書》；但是當我認出某些表意文字時，卻還是教我心頭一凜，因爲根據我的研究，這些文字和某些生物最血腥與冒瀆的呢喃有關，而這些生物早在地球與太陽系的其他世界形成之前，就已呈現出雜然繽紛的半生存狀態了。

在剩下的五張照片中，有三張是沼澤與山區一帶的風景，依稀透露出某種隱密而危險的住客痕跡。另一張則是地面上的一個奇怪標記，就出現在阿克萊的住家附近，他表示，那是在某天晚上附近的狗兒發出不尋常的吼叫後，隔天早上他拍攝到的。這張照片非常模糊，實在讓人無法從中導出明確結論；不過它和那張在荒蕪的山上拍攝到的其他痕跡或爪印一樣，似乎都帶著一股邪惡的氣息。最後一張照片則是阿克萊本人的住處；那是一棟平整的白色屋子，有兩層樓高，還有一座閣樓，屋齡大約有一百二十五年了，此外還有一座維護良好的草坪和一條石頭環繞的走道，直通往雕工精湛的喬治王朝式門口。草地上有幾頭體型壯碩的警犬，蹲伏在一位和顏悅色、蓄著一把整齊灰鬍子的男人身邊，我想他就是阿克萊本人了——從他右手中所握的燈泡和管線即可猜測，這應該是他自己拍攝的。

我將注意力從這些照片，轉到那封洋洋灑灑且密密麻麻的信上；接下來的三小時，我則沉陷在一座難以言喻的恐怖深淵中。之前，阿克萊只是輕描淡寫而已，但現在他則是進入了鉅細靡遺的描述；他不但提出夜裡在林子中偷聽到的冗長記錄，詳實地描述出他在山上昏暗的樹叢中所瞥見的粉紅色怪物，而且還從豐富多樣的學術資料，和那位自稱密探、後來自殺身亡的瘋子生前滔滔不絕的言談當中，引用了包羅萬象的可怕陳述。我發現自己所面對的，盡是一些我所聽過最駭人的名稱和用語——諸如憂果思、偉大的克蘇魯、叉燒國、憂戈—索陀斯、拉葉、奈亞魯法特、阿瑟特斯、赫斯特、以安、冷原、哈利湖、貝斯姆拉、黃色標記、魯莫—卡夙拉斯、布藍，和馬加農・尹諾米南登——同時穿越亙古的時間，和無以想像的空間，追溯到更古老的外星生物所居住過的世界，對此，就連《死靈之書》的瘋狂作者也只能捕風捉影而已。信中還告訴我一些關於原始生物的巢穴，以及從那兒所發源的溪流；最後他還告訴我，在這些溪流當中，有一條與地球的命運有著千絲萬縷的關聯。

我的腦子一片混亂；凡是以前我試圖解釋清楚的地方，此刻卻讓我起了最離奇與不可思議的疑心。那些琳瑯滿目的重大證據，其力量是如此該死的龐大與銳不可當，而阿克萊那種既冷靜又講求科學的態度——儘可能地遠離精神錯亂、狂熱、歇斯底里、甚至是天馬行空的揣想——更是對我的想法和判斷造成無與倫比的影響。當我把那封聳人聽聞的信擱在一旁，我已經可以瞭解讓他津津樂道的恐懼是什麼了，而且也準備盡一己之力，好讓人們遠離那些鬼怪出沒的荒涼山區。即使現在，時間已經淡化了我的印象，並讓我對自己的經歷和那些恐怖的疑慮感到半信半疑，但不可否認的是，阿克萊的這封信確實具有某些我無法引述、甚至無法行之於文的訊息。如今，包括這封信、錄音帶和那些照片都已不知去向，這幾乎是一件讓我額手稱慶的事——且基於某些我即將要闡明的原因，我只希望那顆超越於海王星之外的新星，永遠不要被人發現才好。

在讀過這封信之後，我對佛蒙特州恐怖事件的公開辯論便永遠結束了。關於對手所提出的論點，我乾脆不予回答，或者拖延了事，最後，這項爭議終於逐漸降溫，被人淡忘。到了五月末和六月之際，我和阿克萊之間頻頻通信；儘管有時會有一、兩封信遺失，使我們必須追溯各自的底稿，再做相當費力的抄寫工作。整體而言，我們正試圖爲一些艱澀的神話紀錄作個比對，並將佛蒙特州的恐怖事物和一般的原始世界傳說，清楚地加以連結。

最後，我們所達成的共識之一是，這些變態事物和可怕的喜馬拉雅山區裡的雪人，皆屬同一種惡魔的化身。此外，還有一些動物學上極爲有趣的揣測，我曾經企圖向本校的德克斯特教授請教，但阿克萊卻嚴厲禁止這件事向第三者提起。倘若現在的我違背了這項命令，那純粹是因爲到了這個地步，我認爲警告人們遠離佛蒙特州的偏遠山區——以及大膽的探險家愈來愈想征服的喜馬拉雅山峰——相較於保持沉默，將對公眾的安全更有益處。此外我們還達成了另一件事，那便是解讀那塊惡名昭彰的黑石——這項成果使我們握有前人未知的祕密，不但深刻且令人迷惘。

III

到了六月底，那張唱片終於從布拉托布羅寄過來了，因爲阿克萊不信任此地以北的任何支局。那種被人刺探的感覺原已逐漸增強，且更因爲我們有部分的信件遺失而雪上加霜。他開始大談特談起某些人的狡詐行徑，認爲他們很可能是那群隱密生物的工具和媒介。其中讓他感到最懷疑的，便是華特·布朗這位莊稼漢了，他獨自住在山腰旁一間年久失修的房子裡，距離那座蓊鬱的森林不遠；人們也經常看到他在布拉托布羅、貝洛斯大瀑布、紐芬，以及南倫敦德里等地遊蕩，形跡不但難以解釋，且似乎毫無動機可言。阿克萊十分確信，布朗的聲音和他在某一次非常恐怖的對話中偷聽到的一模一樣；而且他還曾經在布朗家附近，發現一個足印或爪印的痕跡，這點可能最具不祥的意義。詭異的是，這個足印居然和布朗自己的腳印十分接近——兩者是互相面對的。

於是阿克萊一路沿著佛蒙特州的鄉間小道，開著他的福特汽車，到布拉托布羅那兒將這張唱片寄過來。他在附帶的一張便條紙中承認，他開始對這些道路感到害怕，使他現在非得在光天化日下，才敢進入湯森特村採購補給品。他一再重申，除非一個人離這些靜謐的問題山區很遠很遠，否則的話，知道太多將是一件得不償失的事。他很快就會搬到加州和他兒子一起住，儘管要離開一個人所有的記憶和世代的情感所凝聚的地方，眞是一件非常困難的事。

我從本校行政大樓那兒借了一台商用機器；在我試聽那張唱片之前，我先仔細瀏覽過阿克萊在諸多來信中的解釋。他曾經說過，這張唱片大約是在一九一五年五月一日的凌晨一點鐘左右，在那座封死的洞口附近錄下來的，這座洞穴就在黑山有樹林覆蓋的西坡上，而黑山則佇立於里斯沼澤地上。這個地區總是受到一些奇奇怪怪的聲音騷擾，正是這個原因，才使他帶著留聲機、口述錄音機和空白唱片過來，希望能有一些收穫。之前的經驗告訴他，在五月節的前夕——也就是歐洲坊間傳說的恐怖魔宴（Sabbat-night）——往往比其他日子更有斬獲，而他果然沒有失望。不過有一點值得留意的是，從此以後，他再也不曾在該地聽到那些聲音了。

與大部分在森林中偷聽到的聲音不同的是，這張唱片予人進入儀式的感覺，其中還很明顯地包括了某種阿克萊始終無法定位的人聲。那不是布朗的聲音，似乎是由一個較有教養的男人所發出來的。然而第二種聲音才是這張唱片眞正的高潮所在——因爲它正是那該死的嗡嗡聲，儘管說的是人類的語言，而且還是完美的英文文法和正統的語調，卻一點也不像是人類所發出來的。

用來錄音的留聲機和錄音機，並沒有配合得天衣無縫，再加上偷聽到的儀式距離遙遠且含糊不清，當然更造成了一大缺憾；因此，它們眞正能捕捉到的言語是非常零碎的。阿克萊曾給我一份文字紀錄，認爲那是這些言語的內容；正當我著手準備這台機器時，我又重新瀏覽了一遍。裡面的內容盡是晦澀與神祕，而非明目張膽地駭人，儘管我知道它的來源和蒐集方法，使其多了一份筆墨無法形容的恐怖。在此，我將就我記憶的部分完整呈現，所根據的可不只是那張文字紀錄，還包括一而再、再而三的聆聽結果。那張唱片可不是一個能夠讓人輕易忘記的東西啊！

（無法辨認的聲音）

（一位有教養男士的聲音）

……是森林之王，甚至也是……給冷原子民的恩賜……從綿綿無盡的夜晚，到深不可測的空間，再從深不可測的空間，到綿綿無盡的夜晚，向又燒國偉大的克蘇魯，還有那位不可指名道姓的尊者，致上不朽的讚美之詞。願他們的讚美永垂不朽，願森林裡的黑山羊生生不息。伊亞！舒伯—尼古拉斯！和那萬古長青的黑山羊！

（模仿人類語言的嗡嗡聲）

伊亞！舒伯—尼古拉斯！和那萬古長青的黑山羊！

（人類的聲音）

而大事已經發生了，森林之王有……七個和九個，步下縞瑪瑙的階梯……向深淵裡的尊者，阿瑟特斯（獻上）貢品，祂是您教我們讚（嘆）的對象……乘著夜晚的翅膀，越過空間，越過……到那人的面前，憂果思是那人最年幼的小孩，在深幽太空的邊緣處獨自翻騰……

（嗡嗡聲）

……混入人群之中，從那兒找到方法，好讓祂洞悉世事。所有的事情都要向奈亞魯法特這位偉大的信使報告。而祂將偽裝成人，戴上蠟製的面具和遮蔽的外袍，從七個太陽的世界中降臨，鄙笑著……

（人類的聲音）

奈亞魯法特，偉大的信使，穿越空間將殊勝的歡樂帶給憂果思，百萬寵民之父，昂首闊步於……

（唱片結束，聲音中斷）

在我打開那台唱機之後，這就是我所聽到的句子。當我夾著控制桿，聆聽起那枝寶藍色的唱針剛開始擦刮出來的聲音時，我是真的帶著一絲恐懼和不情願，然後我很高興聽見起先那段模糊而零碎的語言，是由人類的聲音所發出來的——那是一個溫和而有教養的聲音，隱約帶著波士頓人的口音，且顯然不是由佛蒙特的山地原住民所發出來的。我一面聽著愈來愈惱人的微弱聲音，一面發現他們的話語似乎和阿克萊小心整理的紀錄大致相當。唱片繼續以那溫和的波士頓口音吟唱著……「伊亞！舒伯—尼古拉斯！和那萬古長青的黑山羊！」

接著，我卻聽到了**另一個聲音**。此刻當我回想起這聲音如何震撼了我，還是不禁全身打顫，儘管阿克萊的說明已讓我有了心理準備。日後我曾向其他人提起這張唱片，但他們卻聲稱那只是廉價的仿冒品、或胡鬧的玩意兒罷了；**假如他們真的擁有那個該死的東西**，或是讀過阿克萊完整的書信（特別是那駭人聽聞且鉅細靡遺的第二封），我知道他們的想法將會不同。畢竟，沒有違背阿克萊的旨意，把這張唱片放給其他人聽，這眞是一件特大的遺憾——此外他的信件已經完全遺失了，這也是另一樁大憾事。對我而言，根據我從實際的聲音所得到的第一手印象，再加上我對這件事的背景和周遭環境的瞭解，我認爲那的確是個很恐怖的聲音。它會快速地跟隨人類的聲音，如同儀式般的一搭一唱；但在我的想像中，這個病態的回音是從無以想像的外星煉獄出發，一路掙扎地穿過難以想像的深淵才到達此地的。自我上回聽完那張驚世駭俗的唱片，已經過了兩年多了；然而此刻，還有其他的時候也是，我仍然能夠聽見那虛弱而邪惡的嗡嗡聲，如同初次聽見時一樣。

「伊亞！舒伯—尼古拉斯！和那萬古長青的黑山羊！」

儘管那聲音總是縈繞於耳，我卻始終不曾、也無法仔細地分析並描述它。它像是某種令人討厭的大型昆蟲所發出的低鳴聲，然後笨拙地塑造成外來生物的口音，而且我還相當確定，其發音的部位與人類截然不同，甚至與任何一種哺乳類動物都不相同。無論是它的音質、音域或泛音，都有一些奇特之處，使其完全超出人類與地球生物的現象之外。當它第一次驟然出現時，幾乎把我嚇得目瞪口呆，接著我在茫然不知所措下，聽完這整張唱片。在之前較短的段落中，那種無限的褻瀆感已經夠讓我震懾的了，然後較長的嗡嗡聲又出現時，這種感覺又遽然增強。最後經過一段異常清晰、帶著波士頓口音的人聲之後，唱片這才赫然停止；等機器自動關閉後，我只能呆若木雞地瞪看它好一陣子。

幾乎用不著說，我又反覆聽了那張嚇人的唱片好幾次，而且我花了很大的力氣比對阿克萊的筆記，試圖加以分析和評論。在此若要重說我倆所達成的結論，這將是一件既沒效益，也令人不安的事；不過我大概可以提示你們，我倆已經捕捉到一點線索，相信這些聲音是源自於某些最可憎而原始的習俗，這些習俗存在於人類某些神祕而古老的宗教。此外，顯而易見的是，那些隱密的外來生物和某些地球人類之間，的確具有悠久而複雜的結盟關係。這種結盟關係到底有多廣泛，以及它們現今的狀態和早期的狀態有何異同，這我們就無從揣測了；充其量，我們只能保有一點空間，以容納漫無邊際的恐怖臆測。在幾個特定的階段中，人類和無垠的時空之間，似乎擁有可怕而古老的關聯。這張唱片暗示著，那群出現於世的怪物來自於黑暗星球憂果思，其位在太陽系的邊緣處；然而就連這個星球，都只是其中一個人口繁多的外圍基地而已，這群漫遊於星際的可怕種族，其最終的來源一定是在更遙遠的地方，甚至超出愛因斯坦所謂的時空連續體，或人類已知的最大宇宙之外。

另一方面，我們也繼續討論那塊黑石，以及將它運送至阿克罕鎮的最佳方法——因爲阿克萊非常反對我親自造訪那個讓他惡夢連連的研究現場。又基於某些理由，阿克萊很害怕將這塊石頭，託付給任何正常或已知的輸送管道。而他最後的主意是將它載到貝洛斯大瀑布那兒去，再透過波士頓、或緬因州的郵務系統傳送，穿越基恩、文契敦和非契堡；儘管相較於直接開往布拉托布羅的高速公路，這個方法勢必使他經過一段更荒涼、樹林更茂密的山路。他說，記得當初寄送那張唱片之後，他留意到有個傢伙在布拉托布羅的快遞公司附近徘徊，形跡和表情都是那樣的撲朔迷離。這個男人似乎過於心急，以至於沒時間和辦事員攀談，就趕忙搭上那輛運送這張唱片的火車。阿克萊坦承，直到他聽說我已經安全收到唱片之後，他才完全放了心。

大約就在此時——亦即七月份的第二個星期——我從阿克萊迫切的來信中得知，我又有另一封信遺失了。經過這次之後，他告訴我別再寄信到湯森特村的地址，而將日後所有的信件一律交由布拉托布羅的通運公司寄送；他則將常開車、或搭公車到那兒去取件，這條公車路線是最近才取代那條緩慢的支線鐵路的。我可以看出他愈來愈焦慮，因爲他對於狗兒們在月黑風高的晚上日漸頻繁的吼叫，以及有時在清晨的道路上，與他家農場後頭所發現的新鮮爪印，已經知道太多詳情了。有一次，他還談到一批清晰的爪印排列成行，面對著另一行同樣密集與清楚的狗腳印，然後寄了一張令人憎惡不安的照片過來向我證明。後來那群狗兒經過徹夜的狂吠和嚎叫，終於凌駕過對方。

七月十八日星期三的早上，我接到一通從貝洛斯大瀑布發來的電報，阿克萊說他透過布拉托布羅運通公司第5508號列車，已將那塊黑石快遞給我，那輛列車於中午十二點十五分從貝洛斯大瀑布出發，預計將於下午四點十二分抵達波士頓的北站。根據我的估算，最慢在隔天中午以前，它就會到達阿克罕鎮了；因此，整個星期四早上，我都待在那兒，準備迎接它的到來。不過到了中午過後，卻仍然不見它的蹤影，於是我打電話到快遞公司詢問，對方卻告訴我，我的包裹還沒有送達。於是在提高警覺之下，我的下一步行動即是撥一通長途電話，給波士頓北站的快遞服務站；而我幾乎是心裡有數地知道，我的委託貨物並未出現在那兒。昨天第5508號列車只比預計的時間晚了三十五分鐘到站，但列車上並沒有任何寄送給我的郵件。不過，那位服務人員還是保證會幫我追蹤調查；於是那天結束之前，我只好趁夜寄了封信給阿克萊，概略地描述一下情況。

隔天下午，波士頓的服務站以令人嘉許的速度向我報告，服務人員一接獲消息後，立刻打了通電話給我。第5508號列車上的快遞人員似乎想起了一件事，而這件事可能與我遺失的包裹有很大的關聯——約莫在下午一點鐘過後，當火車在新罕布夏州的基恩站停靠時，有個聲音奇特、身材精瘦、一頭黃髮、長相憨厚的男人和他吵了一架。

他表示，那名男子非常激動地說，有個沉重的包裹是他的，但它既未出現在火車上，也不見於快遞公司的簿子裡。他說他名叫史丹利・亞當斯，而他的聲音卻渾厚且低沉得十分詭異，使得那位快遞人員一面聽他說話，一面出奇地感到昏昏欲睡。那名快遞人員甚至想不太起來他們的對話是如何結束的，只記得當火車再次開動時，他才猛然清醒。波士頓的服務人員還補充說，那位快遞人員是個年輕的小伙子，毫無疑問地誠實可靠，而且之前的紀錄良好，已經服務於這家公司有一段時間了。

那天晚上我前往波士頓，想要親自拜訪那位快遞人員，於是我從辦公室那兒要到他的電話和住址。他是個光明磊落且討人喜歡的傢伙，不過我看得出來，他對於之前的陳述，實在無法再多說什麼了。詭異的是，他幾乎無法確定是否能再認得出那位詢問包裹的怪人。當我明白他再也無話可說之後，我只好回到阿克罕鎮，焚膏繼晷地寫信給阿克萊、給快遞公司、給警察局，以及基恩站的站務人員。我感覺那位聲音奇特的男人，頗不尋常地影響了那位服務人員，他在這樁不祥的事件當中，肯定扮演著關鍵性的角色，因此我希望基恩站的站務人員與電報公司的通話紀錄，能夠多透露一些有關他的事，以及他是在什麼樣的情況下、何時與何地提出詢問的。

但我卻必須承認，我的調查終究一無所獲。在七月十八日稍早的下午，這位聲音獨特的男士確實在基恩車站附近引起側目，且似乎有一位無所事事的人，陪同他拿著一個沉重的包裹；不過他卻完全是個謎樣的人物，無論在此之前、或從此之後，都不見他的蹤影。根據一切可知的線索，他既沒有到過電報局或接獲任何消息，而且也沒有任何訊息出現在電報局，顯示出那塊黑石將會出現在第5508號的列車上。阿克萊自然是和我一同進行調查，他甚至還跑了一趟基恩，以詢問車站一帶的人們；不過他對這樁包裹遺失的態度，卻要比我認命許多。他似乎覺得包裹的遺失具有一種既不祥且危險的意義，代表某些發展將無可避免地實現，他壓根兒不抱著尋回失物的希望。他說起山上那群怪物和他們的密探，具有無庸置疑的心電感應和催眠能力，而在另一封信上則暗示著，他認爲那塊石頭已經不在地球上了。但對我而言，我卻有理由感到憤怒，因爲我覺得從那些古老而模糊的象形文字上，至少有一線希望可以了解那群龐大而驚人的怪物。這件事將成爲我心中一股難消的怨恨，要不是阿克萊隨即寫了幾封信來，爲這整個駭人聽聞的凶山事件開啓了嶄新的面向，並立刻攫掠住我所有的注意力。

IV

阿克萊在一封口氣膽小得可憐的信中說道，那群未知的東西開始以全新的堅定意志緊盯著他。如今每當月色昏暗的夜晚，那群狗總是狂吠不止，且即使在白天那條他必經的荒涼道路上，似乎也有蓄意騷擾他的跡象。八月二日當他驅車前往村莊時，發現有棵樹倒在路上，位置就在穿越一片濃密樹林之處；而伴隨的兩條大狗則發出凶猛的吠叫，明白地顯示那些東西肯定在附近埋伏。要不是有這兩條狗在場的話，將會發生什麼事呢？他不敢猜想——但現在，至少要有那兩隻忠心耿耿且孔武有力的狗兒陪伴，他才會願意出門。在八月五日和六日這兩天，他又在路上碰到其他遭遇；其中有一次是有個鏡頭直盯著他的車子，而另一次則是那兩隻狗的吠叫，告訴他林子裡的那群邪惡怪物又現身了。

八月十五日當天，我接到一封狂亂的信，讓我的心神極爲不安。也讓我衷心期盼阿克萊能夠打破沉默，趕緊尋求法律的協助。在八月十二日與十三日交接的晚上，有些可怕的事情發生了，子彈在農舍外面橫掃而過，到了早晨時，人們發現十二隻大狗之中，有三隻已經中彈身亡。路上出現許許多多的爪印，其中還夾雜著華特．布朗的腳印。阿克萊已經打過電話到布拉托布羅，要求更多的狗兒援助，但在他來不及多說話以前，電話線就已經被切斷了。之後，他駕車前往布拉托布羅，並在那兒得知，線路工人發現電話的主要纜線，在穿越紐芬北部的荒山處遭到整齊的截斷。但他正準備帶著四條新的好狗啓程返家，還帶著好幾箱的彈藥，準備伺候他那把火力強大的連發式步槍。這封信是他在布拉托布羅的郵局寫的，然後直接寄到我手中，絲毫沒有延誤。

此時，我對這件事的態度很快地從科學探討的角度，轉變成個人的惶恐不安。我爲阿克萊一個人住在偏遠而荒涼的農舍裡感到憂心忡忡，同時也爲自己提心吊膽，因爲我和這樁離奇的山區事件，如今已經有了明確的關聯。那個東西已經**把它的魔掌伸出來了**。它會把我一口吸進去呢？還是將我淹沒？我在回信中力勸他尋求援助，並向他暗示，假如他不採取行動的話，我自己倒是有可能。我提到可能會親自走訪佛蒙特州一趟，並幫他向有關單位解釋這整個狀況，儘管這樣做會拂逆他的心意。然而我所得到的回應，卻只是一張從貝洛斯大瀑布發過來的電報，上頭寫著：

謝謝你的好意但是你插不上手的你自己也別輕舉妄動因爲那恐怕只會傷害我們兩人待我日後再作解釋

HENRY AKELY

但這件事的發展卻每況愈下。在我回覆這封電報之後，收到阿克萊寄來的一張便條紙，緊張兮兮地向我揭櫫一個驚人的事實，亦即，他根本就沒有派送電報，也沒有從我這兒收到之前的那封信。他在貝洛斯大瀑布急切的詢問下得知，原來這封電報是由一位陌生男子發出來的，他有一頭黃棕色的頭髮，還有一副異常渾厚而低沉的嗓音，此外便一無所知了。那位派電人員向他展示發送人以鉛筆潦草寫成的原稿，但他對那些字跡卻毫不熟悉。値得注意的是，那人將署名錯拼爲AKELY，而少了第二個「E」字。這當然免不了一陣揣測，但儘管是在這場明顯的危機當中，他仍然不忘詳加說明。

他提到有更多的狗陣亡了，不過他又添購了其他的狗和槍火，這已經成爲每個無月的夜晚必然的現象。如今在路上以及農舍後面，除了發現布朗的腳印之外，至少還有一、兩個以上的人類鞋印，經常和那些爪印混雜在一起。阿克萊承認說，這眞是一件非常糟糕的事；要不了多久，他或許就非搬到加州和他兒子同住不可，無論他能不能賣掉這棟老房子。但是，要離開一個人眞心視爲家的唯一地方，可不是一件容易的事。他一定會設法留在此地久一點；也許他可以嚇阻那群入侵者——假如他公開放棄所有侵犯他們隱私的企圖的話。

我立刻給阿克萊寫了信，除了重申協助的立場之外，也再次表明我想要拜訪他，並爲他向有關單位說明他當前的危險處境。在他的回信中，對於我這想法的態度，似乎不像預料中那樣堅決排斥，他只說希望可以延緩一下——延緩到他把事情都處理妥當，並心甘情願地離開視若珍寶的出生地。因爲人們已經開始以懷疑的眼光看待他的研究和假設，所以他最好不動聲色地離開，別讓整個鄉村陷入騷動，並因他的精神狀態引發滿城風雨的揣測。他承認他已經受夠，但他希望能夠光榮引退。

這封信是在八月二十八日當天送達我手中的，而我正準備竭盡所能地回給他一封鼓勵信函。我的鼓舞顯然是有效果的，因爲當阿克萊接獲我的來信之後，他表示恐懼感已經減少了。儘管他並不是非常樂觀，而相信這只是因爲滿月期間限制了那群生物的活動而已。他希望不要再有多雲的夜晚，並且含糊地提到下次月缺時，他將會在布拉托布羅登機。於是我又寫了一封信爲他打氣，但是在九月五日那天，我卻收到一封新的郵件，顯然跳過了我的信；對此，我實在無法報以任何樂觀的回應。有鑑於它的重要性，我最好將它完整呈現——盡力地回想起這張倉皇不安的信。這封信的內容大體如下：

星期一

敬愛的威爾瑪斯——

這是對於上封信的絕望補充。昨晚雲層很厚——雖然沒有下雨——而且沒有透出一點月光。事情變得很糟，我想結局就快接近了，雖然與我們的願望相違。過了午夜之後，有個東西降臨在我家屋頂，而那群狗全都衝上去瞧個究竟。我可以聽見牠們正在到處撕咬著，然後其中一隻成功地從低矮的廂房跳到屋頂上。上面是一場驚天動地的搏鬥，我可以聽到那可怕得令我難忘的**嗡嗡聲**。接著傳來一股駭人的氣味。大約就在同時，子彈穿破了窗户，幾乎與我擦身而過。我想，當那群狗因屋頂上的東西而分散開來的時候，那群山區怪物的主要部隊已經趁機逼近屋子了。我還不知道上面發生了什麼事，但此刻我卻擔心那群怪物已經學會如何操縱牠們的翅膀了。於是我將燈光熄滅，並利用窗户作為射孔，挺著步槍向屋子四周掃射，目標對準高處，但不至於射中那群狗。這件事似乎就這樣結束了，然而到了早上，我卻發現院子裡出現一灘灘的血泊，旁邊還有綠色黏液，並發出我所聞過最噁心的味道。然後我爬上屋頂，發現那兒有更多的黏液。其中有五條狗已經斃命——我想有一隻是因為我瞄準過低，所以才打中牠的背部的。此刻我正在更換那些被子彈射穿的窗玻璃，並準備前往布拉托布羅購買更多的狗。我猜養狗場的人肯定認為我瘋了。我會再寫信給你的。我想再過一、兩個星期，我就會開始搬家了，雖然一想到此，簡直是要了我的命。

阿克萊 草

但這不是阿克萊唯一一次跳過我的信。隔天早上——九月六號——又來了另一封信；這次他的字跡更潦草，使我感到非常不安，也讓我完全不知道下一步該說、或做些什麼。同樣的，我也只能夠盡記憶所及，忠實而完整地呈現信的內容。

星期二

又是烏雲罩頂的一天，所以月亮還是沒露臉——又慢慢進入月虧期了。要不是我知道他們剪斷電纜的速度，遠比我修復的動作還快的話，我一定會在屋子四周架設電網，並安上探照燈的。

我想我就快瘋了。也許所有我寫給你的東西都只是一場夢或瘋狂而已。之前就已經夠糟的了，但這次實在太過份了。**昨天晚上它們居然和我說話**——用那種該死的嗡嗡聲，告訴我一些**我不敢向你透露的事**——我可以清楚地聽見牠們的聲音，高過於那群狗的吠叫聲，而且有一度當它們被壓過去時，**有個人類的聲音居然助長了聲勢**。別管這事了，威爾瑪斯——它比你、我所猜測的都還要嚴重。**它們現在已經不想讓我前往加州了——它們想要將我活生生帶離此地，只要理論上或精神上我還是個活口就行**——可不光是要到憂果思而已，而是要到更遠的地方——離開這個銀河系之外，**甚至可能超越最後一道彎曲的空間**。我告訴它們，我才不要到它們想帶我去的地方呢，**或是用那種可怕的方式離開，**不過這恐怕是徒勞無功的吧！我住的地方實在是太偏遠了，要不了多久，無論是白天或晚上，它們都可以隨意光臨了。又有六條狗陣亡了，而且今天當我驅車前往布拉托布羅時，一路上凡是有樹林的地方，我都可以感覺它們的存在。

把那張唱片和黑色石頭寄給你，眞是個錯誤之舉。你最好趕緊毀了那張唱片，免得爲時已晚。明天假如我還在此，我會再給你一封短箋的。希望我能把書和一些東西打點好，送到布拉托布羅去，然後在那兒登機。若可以的話，我會兩手空空、逃之夭夭的，但是我的腦中卻有某個東西阻攔了我。我可以趁隙逃到布拉托布羅，我在那兒應該是安全無虞的，但我覺得那裡比我家更像個囚籠。我彷彿知道自己到不了多遠，就算我放棄一切並且放手一搏。這件事眞是太可怕了，你可別攪進來才好。

你的朋友——阿克萊

收到這張可怕的信後，我整晚都沒闔眼，對於阿克萊僅存的理性程度感到困惑不已。雖然這張短箋的主要內容徹底失去了理智，但他的表達方式——有別於之前的全然不成體統——卻擁有一股強大得令人毛骨悚然的說服力。我並沒有試著回他的信，心想最好等到阿克萊有時間回覆我上封信之後再說。隔天，這封回信確實抵達了，然而嶄新的內容卻使平常的信件中所提出的重點相形失色。以下是我想起的片段，本信顯然是在慌亂而倉促的情況下動筆的，才會如此潦草與模糊。

星期三

威——

你的信收到了，但是再多討論也是沒用的。我已經棄械投降了。懷疑我自己是否還有足夠的意志力能夠驅逐它們。就算我願意放棄一切、一走了之，我也逃不了的。它們就要逮到我了。

昨天收到它們寄來的一封信——是美國鄉村免費郵遞（R. F. D.）的郵差送來的，那時我人正在布拉托布羅。上面的郵戳是貝洛斯大瀑布。它們說想要與我和平相處——我實在說不出口。你自己也得小心啊！毀了那張唱片吧！希望我有勇氣尋求幫助——那也許可以提振我的意志力——但現在還有膽量來我家的人，包準都會叫我瘋子，除非他們碰巧發現了一些證據。我不能平白無故請人過來——我已經有好幾年沒跟任何人聯絡了。

但我還沒告訴你最壞的事呢，威爾瑪斯。鼓起勇氣讀下去吧！因爲它會讓你大吃一驚的，雖然我要說的可是句句實言。那就是——**我曾經見過，並且摸過其中的一隻，或其中的某個部份**。天哪！老兄！那眞是可怕！那當然是死的。有條狗置它於死地的，而我則是今天早上在狗舍附近發現的。我試著在柴房裡挽救它的性命，好讓人們瞭解這整件事，不過它在短短的幾小時之內，就已經揮發殆盡了，一點也不剩。你知道的，河上那些的東西，全是在洪水過後的第一天被人看見的。不過最糟糕的是，我試著要拍下來給你看，但當我把底片沖洗出來後，**發現除了那間柴房之外，竟然看不到任何東西**。那個東西究竟是什麼做成的呢？我親眼看見、並親手觸摸過它，更何況到處都留有它們的爪印。它當然是由物質所構成的——但問題是什麼樣的物質呢？它們的形狀無法描述，像是一隻巨大的螃蟹附帶著許多錐形的肉質翅膀，或是在一個人的頭部出現了一塊塊肥厚而黏稠的節瘤，上面還長滿了觸鬚。那些綠色的黏液應該是它的血液或體液之類的東西。它們隨時會有更多同伴出現在地球上。

華特・布朗已經失蹤了——再也看不到他在村裡任何經常出現的角落遊蕩了。他一定是中了我的子彈，雖然那群生物似乎總會試著將屍體與傷兵帶走。

今天下午到城裡去，沒遇到什麼阻撓，不過我怕它們之所以鬆手，是因爲已經完全掌握了我的舉動。我是在布拉托布羅的郵局裡寫下這封信的。這也許是一封訣別信——果眞如此的話，請代我寫信給我兒子喬治・古登諾・阿克萊吧，地址是加州聖地牙哥歡樂街一百七十六號，**不過千萬別來這裡**。假如你在一星期之內沒收到我的消息的話，請捎個信給我兒子吧！並請留意新聞報導。

如今我準備要打出最後的兩張王牌——假如我還有意志力的話。首先，我會先對那些東西噴灑毒氣（我已經取得適當的化學藥品，而且已爲我和那群狗兒做好了防毒面具），但假如這法子行不通的話，我就會通知警長。他們可以將我關進瘋人院裡，假如他們願意的話——這總比**那群生物**可能對我的**處置**要好多了。也許我可以設法讓他們留意屋子周圍的痕跡——儘管模糊不清，但我每天早上都會發現到。不過我想，警方應該會說那是我僞造的；因爲他們全都認爲我是個怪裡怪氣的傢伙。

我一定要設法找個州立警察，來我這裡住上一宿，好讓他自己瞧個明白——雖然那群生物很有可能會察覺，然後那晚就不可能出現了。每回我在夜裡試著打電話時，它們就會切斷我的電話線——線路工人覺得事有蹊蹺，所以說不定他會幫我作證，只要他們別以爲是我自己切斷的就行。到目前爲止，線路已經有一星期以上的時間沒有修復了。

我可以找到一些無知的老百姓爲我作證，說明這些恐怖事物的眞相，不過每個人只會譏笑他們所說的話而已，況且，他們迴避我家已經有很長的一段時間了，所以根本不知道這些新的狀況。你已經找不到任何一位衰老的農夫，會基於同胞愛或金錢的理由，走不到一英里的路過來我家了。郵差聽過他們所說的話，然後還取笑我了一頓——天哪！假如我有種告訴他那有多眞實的話！我想我會設法讓他注意那些爪印的，不過他總是下午過來，但到了那時，這些痕跡通常都已經消失了。而如果我拿個盒子或鍋子蓋住它的話，他一定會認爲那是僞造，或開玩笑的。

眞希望我不曾如此離群索居，這樣人們就不會老是那樣棄我於不顧了。至今我仍不敢展示那塊黑石與那些柯達照片，或是將唱片放給其他人聽。除了那群無知的老百姓以外，其他人肯定會說，這整件事都是我捏造出來的，除了看笑話以外，根本來個相應不理。但我也許會展示那些照片也說不定。因爲照片上的爪印還滿清晰的，儘管這些爪印的製造者拍不下來。**那東西**在今天早上消失以前，居然沒有半個人看到它，這眞是一件可恥的事啊！

但我並不明瞭我所關心的事。在經歷過這一切之後，也許瘋人院會是個理想的歸宿。那些大夫會幫助我堅定遠離這間屋子的決心，而這是唯一能夠挽救我的方法。

假如你沒有馬上聽到我的消息，就寫信給我兒子喬治吧！再會了，記得銷毀唱片，而且千萬別攪進來啊！

你的——阿克萊

這封信確實將我推入最黑暗的恐懼中。我不知道該怎樣回覆，只能牛頭不對馬嘴地掰出一些建議或鼓勵的話語，然後用掛號信寄出去。我記得我力勸阿克萊馬上搬到布拉托布羅，並接受有關當局的保護；此外我還提到，我會帶著那張唱片進城，試著讓法院相信他的心智正常。我想我還寫道，此刻已經到了向反對這件事的人提出警告的時候了。到了這個緊要關頭，顯然我已完全相信阿克萊所說過的話與提出的看法，雖然我認爲，他無法拍下那隻死獸的照片，並不是因爲任何造化的惡作劇在作怪，而是他自己過於激動所造成的失誤。

V

接著，顯然他又跳過我那封文不對題的短信，直接寫信給我。九月八日星期六下午，那封離奇的聲明信整整齊齊地用全新的打字機打好。這封寬慰人心且語帶邀請的奇怪信件，想必是這整樁形同恐怖片的荒山事件中驚人的轉捩點吧！我將再次引述我記得的部分——且基於某些特殊的理由，我將盡量保留他的文體風格。郵戳上標明的是貝洛斯大瀑布，而署名的部分和整封信的主體都是用打字的

——像一位打字初學者經常做的動作。但它的內容卻精確得令人讚嘆，絕非出於任何生澀之筆；因此我的結論是，阿克萊以前一定有某段時期用過打字機——也許是在大學吧！假如說這封信讓我如釋重負，這也許說得好聽了些，事實上在我放鬆的心情下，仍然潛藏著一絲不安。假如阿克萊的恐懼是正常的話，那麼此刻他的放鬆也是正常的嗎？而他所謂的「促進和諧關係」……指的又是什麼呢？這整件事可是和阿克萊之前的態度完全背道而馳的啊！以下便是那封信的主要內容，是我根據足堪引以為傲的記憶小心謄錄下來的。

湯森特村，佛蒙特州

一九二八年九月六日，星期四

親愛的威爾瑪斯：

關於所有我寫給你的蠢事，我很高興能有這個機會讓你安心。儘管我所謂的「愚蠢」，指的是我自己那種惶恐不安的態度，而非我對於某些現象的描述。那些現象都是非常眞實而且重大的；但我的錯誤卻是以一種不當的態度對待它們。

我想我提過，那群奇怪的訪客已經開始試著和我溝通了。昨晚，我們之間有了眞正的言語交換。為了回答某些訊息，我允許外面的一名傳話者進到屋子裡——他是個人，讓我快點把話說完。他告訴了我許多你、我根本不敢猜想的事，而且還清楚地向我顯示，咱們兩人對於那群外星生物在地球上建立祕密基地的用意，完全是一場誤判和誤解。

關於它們提供給人類什麼樣的東西，以及它們希望和地球建立起什麼樣的關係，這種種的可怕傳說，完全是人類對於譬喻式的言語不明瞭的緣故所造成的——語言當然是文化背景和思想習慣塑造成的，與我們所能想像的任何事物都大不相同。我自己的揣測，愛怎樣就怎樣，當然可以無的放矢，就如同目不識丁的農夫和野蠻成性的印地安人可以胡亂瞎猜一樣。以前我認爲病態、慚愧和可恥的事，實際上卻是令人敬畏、坦坦蕩蕩，甚至**殊勝光榮**的事——我之前的判斷只不過是當人類在憎恨、畏懼、躲避**截然不同的事物**時，所展現的一種固定的傾向吧！

如今，我很後悔在夜間戰鬥的過程中，對那群偉大的異種生物造成了傷害。要是我當初我同意和它們和平且理性地展開對談就好了！但它們對我卻沒有任何怨懟，它們的情緒形態和我們是截然不同的。在佛蒙特州，它們只能利用一些非常低劣的種類——比方說華特・布朗——作爲人類的密探，這對它們來說是一件很不幸的事。因爲他讓我對這群生物的成見很深。事實上，它們從未蓄意傷害過人類，卻遭到人類無情的誤解和窺探。有一個由邪惡人士所組成的祕密教派（假如我一提起赫斯特與黃色標記的話，想必像你這樣精通神祕學的飽學之士，一定就會明瞭的），他們的目的就是要追蹤這群生物，然後爲了侍奉其他空間的邪惡力量而傷害它們。讓這群外來生物激烈反抗的對象，正是那些侵略者——而非咱們平凡的人類。巧的是，我還知道咱們好幾封遺失的信件，並不被這群外來生物所盜走的，而是那個邪惡教派的間諜。

這群外來生物唯一的心願，便是太平無事，並促進心智交流。最後這個心願是絕對必要的，因爲人類的發明與設備正在逐步擴大我們的知識與行動範圍，因此對這群外來生物來說，要想在地球上建立**祕密**基地，已經愈來愈不可行了。那群外來生物想要更透徹地瞭解人類，並希望人類之中有幾位哲學界和科學界的領袖，也能夠多瞭解牠們一些。在這樣的知識交流下，所有的危機都會消失於無形，從而建立一種令人滿意的**生存協議**。若說牠們企圖**奴役**或**貶低**人類，這樣的說法是很荒謬的。

首先，爲了促進這種和諧關係，這群外來生物自然會選上我以作爲它們在地球上的主要通譯，是因爲我對它們已有相當程度的瞭解。昨晚，它們已經告訴我許多事——全是一些驚人且最大開眼界的眞相——之後還會有更多知識，將以口述或書寫的方式傳授給我。目前我還不會奉命進行外太空旅行，儘管再過一段時間後，我有可能會希望如此——藉由某些特殊方式，以超越人類習以爲常的經驗。我的住處不會再受到包圍了。每件事都會回歸正常，而那群狗也不再有用了。我不再感到恐懼，取而代之的，卻是一籮筐的豐富知識與知性上的探索，至今只有屈指可數的人類，有幸分享過這些。

這群外來生物也許是縱橫時空最令人嘆爲觀止的有機體——相較之下，其他的生命形態都只是較爲劣等的變體而已。假如就構成物質的種類來說，其實它們比較接近於植物，而非動物，此外它們還具有一種蕈狀結構；儘管它們具有類似葉綠素的物質，和非常獨特的養分供給系統，而有別於眞正的蕈類植物。確實，這種生物是由一種截然不同的物質形態所構成的，完全不見容於咱們的空間——其帶有的電子具有完全不同的震動速率，這正是爲什麼它們無法用地球上平常的感光底片拍攝下來的緣故，就算我們的肉眼可以見到它們。但假如我們有充分的知識的話，任何一位優秀的化學家還是可以製造出某種可以捕捉其影像的感光乳劑的。

這種生物的獨到之處在於，它能夠以完整的物質形式，在既沒有溫度、也沒有空氣的星際之間來回穿梭，而這可是一些其他的變種所望塵莫及的，除非它們能夠藉由機器的輔助，或進行某種特殊的手術移植。只有少數幾種具有遨遊太空的翅膀，而這正是佛蒙特州的種類所特有的。有些種類居住在古老世界的偏遠山巔，它們是以其他方式被引進的。它們的外在行爲如同動物，且具有類似物質的結構，這些都是平行演化的結果，而非基於血緣上的密切關聯。它們的腦力勝過其他現存的生命形態，儘管佛蒙特州那群有翅膀的種類，並不屬於最高度發展的一群。心電感應是它們最常用的溝通方法，雖然我們具有一些基本的發音器官，再經過小小的手術之後（手術對它們來說是一件非常拿手的事，而且就像家常便飯一樣），便可以約略複製出那些仍然使用語言的有機體的語言了。

其距離地球最近的主要聚落，是一顆人類尚未發現的黑暗星球，就位在太陽系的最邊緣——超出太陽的第九顆行星（海王星）之外。誠如我們的揣測，某些古老而隱密的文件中所暗示的神祕東西——「憂果思」，指的就是它們；而且很快的，爲了努力達成心靈的一致，它們將成爲咱們世界的思考焦點。到時，假如天文學家對於發掘憂果思的思潮變得異常敏感，我也不會感到意外的，只要那群外來生物希望他們這麼做的話。不過當然，憂果思也只是個踏腳石而已。詭異的是，這群生物的主體其實是住在井然有序的深淵裡，遠遠超出人類的想像之外。我們視爲宇宙全體的彈丸之地，在它們眼中，只不過是眞正無限的時空中的一粒原子而已。**還有許多像這類窮盡人類腦力的知識，最終都會向我一一揭開；自人類有史以來，能有幸一窺堂奧的還不超過五十人呢！**

威爾瑪斯，一開始你也許會說這根本是胡言亂語，但假以時日，你將會讚嘆這個被我碰上的難得機會。希望你能盡情與我分享，爲達此目的，我勢將告訴你成千上萬件不適合寫出來的事。以往我總是警告你別來見我。但現在，一切都已安全了，我很高興撤回那樣的警告，並歡迎你光臨寒舍。

你能不能在大學開課之前，來我這兒一趟呢？假如可以的話，那將是一件無比快樂的事。請將那張唱片以及所有我寫給你的信件一起帶過來——在我倆拼湊這整個龐大的故事時，將會需要用到它們的。或許你也該把那幾張柯達相片一起帶來，因爲在最近興奮的心情下，我好像遺失了底片和我自己的那份。但在這些探索性和實驗性的資料之外，我將會補充多麼豐富的事實啊——**而且我還得運用一種非常驚人的方法加以補充**。

別猶豫不決了。現在的我已經免除追蹤了，而且你不會遇到任何異常或令人不安的東西。儘管過來吧！我會開車到布拉托布羅車站去接你的——儘可能多待一些時日，並準備迎接許多夜晚，可以一起討論人類所有臆想之外的事物吧！當然，這件事請別告訴任何人——因爲它不能公諸於世。

開往布拉托布羅的火車服務還不錯，你可以在波士頓拿張時刻表。先搭乘B.&M.線抵達格林菲，再轉搭其他短程鐵路。我會建議你搭乘下午四點十分（中央標準時間）從波士頓出發的火車。這班火車會在晚上七點三十五分到達格林菲，然後有一班火車會在九點十九分從那兒離開，並在十點零一分時到達布拉托布羅。這是週一到週五的行程表。請讓我知道確切行程，好讓我準備開車到車站去。

請包涵這封打字信，因為我的手近來已經愈來愈不聽使喚了，你知道的，我已經無法勝任長篇寫作了。這台新的打字機是我昨天從布拉托布羅弄來的——它的效果似乎很不錯。

等待你的回音，並希望很快見到你帶著那張唱片和我所有的信一起過來——記得還有柯達相片喔！

期盼您的僕人

亨利・阿克萊

給阿爾伯特・威爾瑪斯先生，

米斯卡塔尼克大學，

阿克罕鎮，麻薩諸塞州。

經我反覆閱讀並思索這封怪異而意外的信後，其所引發的複雜情緒，實無任何貼切的言語足以形容。我說過，雖然我立刻感到如釋重負，但另一方面卻又忐忑不安了起來，但我這麼說，也只是大略表達出潛意識裡各式各樣的感覺而已。首先，這封信與之前所發生的一連串恐怖事件，實在是太南轅北轍了——情緒由赤裸的恐懼到泰然自若，甚至還有點洋洋得意，這樣的轉變實在讓人始料未及，太迅雷不及掩耳，也太過徹底了！我幾乎無法相信，在短短的一天之內，可以讓一個人的觀感產生如此劇烈的變化，而他才在星期三那天，寫下那封狂亂的訣別信呢！姑且不論當天可能出現了什麼樣足以讓人釋懷的發現。我偶爾會有種自相矛盾的不眞實感油然生起，使我不禁納悶，這整齣在遠方上演且劇力萬鈞的戲碼，會不會是一場半幻想式的夢境而已，多半都是由我自己的腦袋瓜創造出來的。然後我又想到那張唱片，於是又更加困惑了。

這封信似乎完全超出任何人的期待！當我分析對這封信的印象時，我發現它有兩個鮮明對立的方向。首先，假如之前的阿克萊心智正常，現在也還是正常的話，那就代表是情況本身的變化太過迅速，而讓人始料未及。另外也有可能是阿克萊自己的舉止、態度和語言變化之大，以致超出了正常、或可預測的範圍。這位仁兄的整體人格似乎不知不覺地產生了變化——但這變化是如此地劇烈，使得一個人很難調和他的兩種面向，假如兩種都一樣正常的話。無論是他的用字遣詞，全都有了微妙的變化。且根據本人對白話文體的學術敏銳度，我甚至可以嗅聞得出，即使是在他最尋常的反應與常態性的回答中，都有非常重大的差異。當然，情緒的劇變或宣洩是有可能造成如此激烈的轉變的，而那一定是個非常極端的情況！然而從另一方面來看，這封信又相當具有阿克萊的特色。一如既往地洋溢著對無限時空的熱情——也一如既往地不乏學者式的追根究底。致使我沒有一刻能夠相信——即便是再多的片刻也不能——這是一封僞造信，或是邪惡的贗品。難道信上的邀請——願意讓我親自測試這封信的眞僞——不已證明了它的眞實性了嗎？

星期六那天，我一夜未眠，直想著這封信背後的黑暗與驚奇。過去這四個月來，我的腦子被迫面對排山倒海的可怕念頭而頭痛不已，此刻又得開始思索這份駭人聽聞的全新資料，面對在這之前的種種驚奇，我多半也只能反反覆覆地徘徊在懷疑和接受之間。良久過後，在黎明破曉前，一股熾熱如火的興致和好奇，開始取代先前充滿困惑與不安的混亂心情。無論是瘋狂還是正常，無論是改變了、還是單純的釋懷而已，事實上，阿克萊在這場危機四伏的探索行動中，可能眞的經歷了重大的觀念轉變；而這項轉變立即消除了他所面臨的危險——無論是眞實的、還是想像的——並令人眼花撩亂地揭開了宇宙的全新面向，與超越人類以外的知識。而我本身對於未知事物的熱忱，再加上他的熱情，一時天雷勾動地火，我覺得自己已經感染了那種突破障礙的病態欲望。爲了突破令人抓狂與倦怠的時空限制及自然法則——而與廣大無邊的外太空連結一起——爲了逼近無限與極致的眞相中那黑暗且深不可測的祕密——這樣的事當然值得賭上一個人的性命、靈魂，甚至理智！況且阿克萊還說過，現在已經沒有任何危險了——他這回可是邀請我去拜訪他，而不像以前那樣警告我遠離。一想到如今他可能有什麼事要告訴我，就讓我心底感到一陣搔癢——想像我跟一位曾經和外太空來的密探交談過的男人，一起坐在那間近來遭到包圍的荒涼農舍裡；而身旁還有那張可怕的唱片，以及阿克萊彙整先前看法的信件，這樣的畫面幾乎具有令人麻痺的吸引力。

於是我在星期天上午快結束時，打了通電報給阿克萊，通知他我將會在下星期三——亦即九月十二日——與他在布拉托布羅車站碰面。唯有一點我並沒有採納他的意見，那是關於火車班次的選擇。坦白說，我可不想在深夜抵達鬼影幢幢的佛蒙特州；因此，我並沒有接受他所建議的班次，而逕自打電話給車站，並做了另一番的安排。當天我會起個大早，先搭乘上午八點零七分（標準時間）的火車進入波士頓，然後我可以趕上九點二十五分的火車，前往格林菲；抵達的時間爲中午十二點二十二分。然後在下午一點零八分時，恰好可以接上一列開往布拉托布羅的班次——這樣一來，遠比在半夜十點零一分和阿克萊碰面，然後跟他一起開車進入密密匝匝、且受到祕密監控的山區舒服多了。

我在電報上提到這項安排，並很高興在接近傍晚時就收到對方接受的消息。電報內容如下：

令人滿意的安排星期三下午一點零八分車站見別忘了把唱片信件和照片一起帶來別向人透露你此行的目的期待重大的發現

阿克萊

這是繼上一封我寄給阿克萊的信之後所得到的直接回音——當然是從湯森特車站，透過官方的通訊員、或是已修復的電話線傳送到他家的——因此消除了我潛意識裡殘存的「不知那封令人困惑的信到底是眞的，還是假的」的疑惑。我心上的石頭顯然已經落了地——確實，那種放心的感覺比我當時所能描述的還要強烈；因爲所有的疑問都已經石沉大海了。那晚，我一夜好眠，興沖沖地準備迎接接下來的兩天。

VI

到了星期三，我按照既定的行程出發，隨身帶著一口行李箱，裡面裝滿了簡單必需品和一些科學資料，包括那張駭人聽聞的唱片、柯達相片，以及阿克萊的所有信件。我一如約定，未向任何人透露行蹤；因爲我知道就算結果令人滿意，這件事仍需要極端的保密。一想到能夠和外星生物進行眞正的心靈接觸，光是這點就足以讓我訓練有素且或多或少已經準備就緒的腦子一片茫然了；而且要是眞如此的話，你想這會對於無知的眾生造成什麼樣的影響呢？當我在波士頓換了車，並展開漫長的西進之旅，離開熟悉的地方，轉而進入較爲陌生的地區時，我不知道我心裡最大的感受，到底是害怕？還是對冒險的期待？瓦珊市——康科特市——艾爾市——非契堡——加德納市——亞索爾市——

火車比預計晚了七分鐘才抵達格林菲，還好往北的接駁快車也延誤了。於是我趕忙換車，當車輛轟隆隆地穿過午後的陽光，進入那些我只在書上讀過、卻未曾親身造訪的領域時，我有種喘不過氣來的異樣感。我知道自己進入的是一個徹底保守和原始的新英格蘭地區，遠比我此生所接觸的沿海和南部地區，受到機械化和都市化的程度少得多；那是個未受破壞、古風盎然的新英格蘭地區，看不到外國人、工廠黑煙、廣告看板、混凝土道路，不像那些受過現代化染指的地區。有些原住民的生活面向奇特地保存了下來，其紮實的根基成爲這幅風景畫中眞實的一部份——持續的原住民生活不但讓詭異而古老的記憶活靈活現，並灌溉了這片土壤，使它孕育出陰暗、神奇且罕爲人知的種種信仰。

偶爾可以瞥見那條藍色的康乃狄克河，在陽光下熠熠發光，俟離開諾斯菲市之後，我們又跨河而過。前方隱約透出那片翠綠而隱密的山群，且當車掌回過頭來，我才從他那兒得知，我終於到達佛蒙特州了。他要我把手錶往後調整一個小時，因爲北部的山區與最近實施的日光節約計畫毫無瓜葛。正當我這樣做的同時，感覺上好像是把日曆往後調整一世紀似的。

火車先是緊捱著河流，然後在新罕布夏州跨越河面，此時我可以看見陡峭的汪塔斯提克山正在逐步逼近，而聚集在它周圍的，則是那些邪惡而古老的傳說。接著，我的左方出現了街道，右手邊的溪流中則有一片綠地。人們紛紛起立，依次走到車門口，而我也尾隨在後。列車停了下來，於是我就在布拉托布羅車站那排長長的車棚底下下了車。我的目光在那排等候的車輛之間梭巡，當我瞥見一輛疑似阿克萊的福特汽車時，不禁猶豫了片刻，然而在我還來不及採取主動前，就已經有人叫住了我。但是走上前來、伸出手，並輕聲問我是不是從阿克罕鎮來的阿爾伯特·威爾瑪斯先生的，顯然不是阿克萊本人。這位男子和照片上那個滿嘴鬍鬚、一頭華髮的阿克萊，一點兒也不像；看來比較年輕，也比較像個都市人，他的穿著體面，而且只留了一小撮黑色的短髭。其溫文爾雅的嗓音，依稀帶著一種詭異而令人不安的熟悉感，儘管它在我的記憶中並沒有明確的位置。

在我定睛打量他的同時，他則向我解釋說，我所期待的那位主人是他的朋友，今天是代他從湯森特下來接我的。對方還說，阿克萊突然犯了氣喘，使他不適於在戶外的空氣中走動。還好情況並不嚴重，因此我這趟來的計畫並沒有改變。我無法確認這位諾伊斯先生——他這麼稱呼自己——對於阿克萊的研究和發現有多少瞭解，但是他漫不經心的態度彷彿像個局外人。我想起阿克萊一直是個隱士，但他居然能夠輕而易舉地找到這麼一位朋友，著實讓我有點驚訝；不過我並沒有讓這樣的困惑阻礙了我，於是順著他的意思上了車。它不是阿克萊所描述的那輛又小又老的汽車，卻是一輛完美無瑕的新款大車——顯然是諾伊斯自己的轎車，麻薩諸塞州發的牌照，而且還掛著那年新奇有趣的玩意兒「鱈魚神」。而我的結論是，這位嚮導一定是來湯森特村短暫居留的夏日遊客。

諾伊斯從我身邊上了車，然後立刻出發。我很慶幸他並沒有滔滔不絕講個沒完，基於某種特別僵冷的氣氛，我並沒有說話的欲望。我倆猛然爬上斜坡，接著右轉入主要的街道，這個城鎮在午後的陽光下顯得非常迷人。它就像兒時記憶中那些古老的新英格蘭城市一樣昏昏欲睡，屋頂、尖塔、煙囪和磚牆，則構成了這個城鎮的輪廓，讓人興起一種深沉而雋永的思古幽情。我知道我正處在一個地區的入口，此地在歲月不斷的累積下，興起一種如眞似幻的氛圍；就在這個地方，古老而詭異的東西逮到了可以成長和滯留的機會，因爲它們絕對不會受到干擾。

當我倆駛離布拉托布羅，我卻覺得那種壓抑感和不祥的預兆增強了，因爲這片群山環繞的地區隱然散發的特質，再加上那些直入雲霄、威勢逼人的林木和花崗岩峭壁，皆透露出某種詭譎的祕密和不朽的生命形態，它們對於人類或許具有敵意，也或許沒有。有一段時間，我們的路線沿著一條寬闊的淺河蜿蜒前進，這條河是從北方某個不知名的山區一路流下來的，當我的伙伴告訴我這就是西河時，不禁令我渾身一顫。我想起報上的記載，在大洪水過後，這條河便是人們瞧見那些螃蟹狀的病態屍體漂流的地方。

漸漸地，環繞我倆的景色愈來愈蠻荒、也愈來愈淒涼。在山凹處，古色古香的橋樑令人敬畏地從往日的歲月延續下來，而半廢棄的鐵軌則與河流平行，彷彿吐納出一股依稀可辨的蒼涼氣息。凜然可畏的山巒憬然赴目，巨大的懸崖峭壁則高聳其上，新英格蘭地區未經開發的花崗岩，暴露在高過山巔的蔥鬱林木之間，顯出一副灰冷而嚴峻的模樣。肆無忌憚地溪流穿過峽谷，往底下的河流延伸，數以千座無路可上的山峰，則埋藏著種種無以想像的祕密。偶爾有些狹窄的道路若隱若現地叉了出來，從那一大片紮實而茂密的樹林擠了過去，林中某些巨大的樹木，或許還蟄伏著千軍萬馬的原始精靈呢！瞧著這番景象，我想起阿克萊說他在這條道路上開車時，如何受到隱沒不見的密探所滋擾，對於這樣的可能性，我一點也不感到懷疑。

不到一個小時後，我們便到達紐芬這座雅致而賞心悅目的村落，那是我們與人類佔爲己有的世界所連結的最後一站。自此之後，我們將與一切具體可辨、且具有時間色彩的事物斷絕關係了，而進入一個寂靜且虛幻的異想世界，在杳無人煙的翠綠山峰與人跡罕至的山谷之間，那條如緞帶狀的狹窄道路似乎有所知覺，因而刻意地起起伏伏、彎來繞去。除了汽車的引擎聲，和我們三不五時經過的荒蕪田地所引起的輕微騷動，傳入兩人耳中的唯一聲音，便是從無數座隱蔽在林蔭深處的源泉所流出的奇怪河水，潺湲無盡地發出邪惡的汨汨聲。

當那些較低矮的圓頂山丘逼近時，簡直讓人屏息以待。它們的陡峭和突兀，遠比我天馬行空的幻想更爲顯著，且在我們所知的尋常世界中，沒有任何東西可與之比擬。那片茂密而靜謐的林木生長在可望而不可及的斜坡上，卻似乎居住著外星人和奇詭事物，我可以感覺出這些山丘的輪廓本身，即帶有某種不可思議且長久被遺忘的意義，它們就像是傳聞中的龐然大物所遺留下來的巨大象形文字，只在某些人稀有而深沉的夢中，留下其光榮的一頁。昔日所有的傳說，再加上亨利．阿克萊的信件和展示品所羅織的驚人罪衍，全都在我的記憶中滿了出來，因而加深了緊張和不祥的氣氛。我此行的目的，以及其中所包含的驚世駭俗，全在一刹那間震撼了我，那種不寒而慄的感覺，幾乎要勝過我探求新知的熱情。

我的嚮導一定瞧出了我的不安；因爲當道路變得愈來愈荒涼與不規則，而車子的移動則愈來愈遲緩與顚簸時，他之前偶爾一開的玩笑，擴大成了滔滔不絕的話語。他談起這個地區的美麗與奇異，並顯示出他對我那位主人的民俗研究頗有瞭解。我從他客氣的詢問中研判，顯然他知道我此趟是爲了某個科學目的前來的，也知道我帶了一些重要資料；不過對於阿克萊最後所得到的深刻與駭人的知識，他卻沒有表現出讚嘆之意。

他的態度是如此地愉悅、正常，而且彬彬有禮，照理說，他的言談應該可以讓我冷靜與心安才對；但奇怪得很，當我倆一路跋前躓後地開進那片未知而荒僻的山丘和樹林時，我卻感到更加惶然。有時他似乎在慫恿我，要我說出我對此地所知的邪惡祕密，且每一次當他開口時，聲音中那股模糊、揶揄、令人費解的熟悉感，便又加深了一層。那並不是一種尋常而健康的**熟悉感**，即使他的聲音聽來悅耳且顯露教養。但不知爲何，我卻將它和某些不復記憶的惡夢聯想在一起，而且覺得如果我認出來的話，恐怕會瘋掉。假如有任何不錯的藉口，我想我會打道回府的。但事實上，我卻無法如此——而且我又想到，等我抵達之後，如果能和阿克萊來一場冷靜的科學對談，那將會大大振作我的精神。

除此之外，我倆忘情地在這片令人心神蕩漾的風景中爬升與急馳，其美不勝收的畫面，確實具有某種奇特的安魂作用。在如同迷宮般的道路上，時間被拋諸腦後，而我們的四周則綻放出一波又一波已然絕跡數百年、如今又光華乍現的夢幻之美——古老的樹叢、完美無瑕的草地，邊緣還點綴著秋日盛開的花朵，每隔一大段距離，便有一間間咖啡色的小農莊，在巨大的樹木間半隱半現，仰望著荊棘遍佈、雜草蔓生的垂直峭壁。就連陽光也賦予此地一種超塵脫俗的魅力，宛如某種特殊的氛圍、氣息，籠罩住這整個區域。我從未見過這樣的風景，只除了在文藝復興前的義大利繪畫如夢似幻的背景中偶然瞥見之外。所多瑪❺和達文西❻都表現過如此壯闊的畫面，可惜都只出現在遠方，而且是透過文藝復興時期的拱廊所見到的。但此刻，我們卻是身歷其境地穿越這幅畫面，而且我在它的妖惑魅力下，似乎發現一種我天生即知、或由遺傳而得的東西，那正是我這輩子遍尋不著的寶藏。

剎那間，經過陡然升起的斜坡，在頂點繞過一個鈍角之後，車子赫然停了下來。在我左手邊，有一大整齊的草地，一直延伸到路的這頭，並且誇耀也似的鑲嵌著白色的石頭，草地上佇立著一棟兩樓半的白色屋子，其面積與高雅的外觀，頗與此地格格不入，而在屋子的後方與右側，還有綿延不斷、或以拱廊相連的穀倉、棚子與風車等。根據我所收到的照片，我立刻認出這棟房子，因此當我在道路附近那個鍍鋅的鐵製信箱上，發現亨利・阿克萊的名字時，一點也不感到意外。在屋子後頭，則有一塊樹木稀少的平坦濕地，延展了一段距離之後，便突然升起一座林木蒼鬱的陡峭山坡，最高處則是一

譯注

❺所多瑪（Sodoma）十四世紀時西耶那畫派之著名畫家。

❻達文西（Leonardo da Vinci，1452～1519），義大利文藝復興三大藝術巨匠之一，不僅對繪畫、雕刻、建築，甚至對機械、天文、解剖等自然科學都表現不凡的天才。輾轉於佛羅倫斯、米蘭、羅馬等地，從事藝術創作。代表作有〈蒙娜麗莎〉、〈最後的晚餐〉等。

道樹葉覆蓋的缺口。我知道，這便是黑山的頂峰，想必我們已經爬上一半的高度了。

於是我拎著行李下車，諾伊斯請我稍等一會兒，讓他進去向阿克萊通報。而他自己卻有其他要事在身，因此無法多留片刻。當他身手敏捷地步上通往屋子的小路時，我則從車上爬了出來，希望在待會兒的促膝長談之前，先讓我的兩腿稍作伸展。我的緊張情緒再次到達巔峰，因爲此時，我已經置身在那個被病態事物所包圍的現場了，那是阿克萊在信件中繪聲繪影描述的地方；坦白說，我害怕即將到來的討論，會將我和如此奇特而禁閉的世界牽扯在一起。

與徹底詭異的事物親身接觸，往往是一件非常恐怖而非令人振奮的事，而且這一小段風塵僕僕的道路，正是在充滿恐懼與死亡的無明黑夜之後，那些可怕的痕跡與惡臭的綠色膿水被人發現的地方，一想到此，就讓我快樂不起來。我漫不經心地留意到，阿克萊的狗兒似乎不在附近。難道那群外星生物和他達成和解之後，他就立刻將牠們變賣精光了嗎？幾番努力之下，我仍然無法像阿克萊最後那封詭異十足的信上所提示的那樣，深刻而誠摯地相信和平已經達成了。畢竟，他是一個相當單純的人，十分缺少世俗經驗。在這項新締結的同盟關係底下，會不會潛藏著一股深沉而邪惡的暗流呢？

隨著我的思緒，我將目光轉向腳下那條塵土飛揚的道路，路面上竟然出現如此駭人的證據。由於前幾天天氣乾旱，因此各式各樣的痕跡全都聚集在這條車軌混亂的公路上，儘管這是個人煙罕至的地方。基於一股莫名的好奇，我開始追查起某些不同痕跡的輪廓，一面試著壓抑此地和我的記憶所撩起的奇思異想。在這片死寂之中，在遠方的小溪潺潺的涓滴聲中，在緊緊勒住狹窄地平線的翠綠山巔和蓊鬱峭壁上，確實暗藏著某種險惡而令人不安的東西。

接著有個影像射入了我的意識，讓那些隱約的威脅與漫天的幻想，似乎變得緩和而無足輕重了起來。我說過，我正帶著隨性所至的好奇心，檢視路面上那些五花八門的痕跡——然而令人驚訝的是，這樣的好奇卻立刻被一陣突如其來、勾魂攝魄的強大恐懼所吹熄。因爲這些晦澀的痕跡雖然大部分讓人眼花撩亂，重重疊疊，且不容易擒住任何人的目光，但在我努力不懈的觀察下，仍然在屋子和公路接壤的通道上，發掘了某些細微之處；而且我毫無疑問地體認到，這些細節具有相當可怕的重要性。唉呀，經過數小時細心打量阿克萊寄來的柯達相片上那些外星生物的爪印之後，總算是有所斬獲了。我對這群討人厭的蟹類生物實在太瞭解了，而那些曖昧的足跡方向則暗示出，這群可怕的生物絕非地球上的任何物種。我的判斷是毫不留情地正確的。確實，出現在我眼前的，不但具有客觀的形狀，而且肯定是在不久之前造成的，就在阿克萊的農舍前後往來的混亂足跡當中，至少有三個邪惡的足跡特別引人側目。**它們是憂果思的後裔所留下來的可怕足跡**。

於是我強打起精神，及時狂叫了一聲。畢竟，假如我眞的相信阿克萊信上所說的，那麼還有什麼是我料想不到的事呢？他說過已經和那些東西達成和解了。既然如此，那麼它們造訪他家有什麼好奇怪的呢？然而恐懼感畢竟還是大過安全感。要是有人第一次見到這群外太空生物的爪印的話，有可能會穩若泰山嗎？就在這時，我看見諾伊斯從那扇大門出來，踩著輕盈的步伐向我靠近。我內心忖度著，一定要克制自己，因爲這位溫文儒雅的朋友可能完全不知道，阿克萊對於那禁忌之物的探索，已經有了最豐富而驚人的結果。

諾伊斯迫不及待地告訴我，阿克萊很高興準備見我；儘管突來的氣喘，將使他可能有一、兩天的時間，無法做個稱職的主人。每回氣喘發作時，總是讓他深受打擊，而且總是帶來高燒和虛弱。一旦病症拖延，他就沒有什麼力氣——講話很小聲，動作也很笨拙、無力。而他的兩腳和膝蓋全都腫了起來，使他得像個罹患痛風的老兵，用繃帶將它們綑綁起來。今天的他更是不成人形，於是大部分的事我只能自己照料；即便如此，他還是急著找我談談。他會在前廳左側的書房裡等我——那是個百葉窗全部掩上的房間。每當生病期間，他就必須遠離陽光，因爲他的眼睛會變得非常敏感。

諾伊斯向我道別，開車往北方遠去，我開始緩步走向那棟房子。大門已經爲我打開了，但在我接近並踏入之前，我先搜尋也似的環顧這整個地方，企圖找出那個讓我感覺如此詭異的東西究竟是什麼。穀倉和棚子看起來都是那樣有條不紊、平淡無奇，而且我還注意到，阿克萊那輛慘不忍睹的福特汽車，也安然停放在寬敞而無人看守的車棚裡。接著，我終於碰到怪異的祕密所在。原來是那片徹底的靜謐。照理說，一座農場至少會有不同牲口發出的細微聲音，但在此地，所有的生命跡象都消失了。那些母雞和狗兒全都怎麼啦？阿克萊說過他有幾頭牛的，牠們也許是到草地上放牧去了，而那些狗則有可能被賣掉了；但是，聽不到母雞的咯咯叫或豬隻的呼嚕聲，這眞的是一件詭異的事啊！

我並沒有在通道上駐足很久，而是鐵了心腸，走進那道敞開的大門，然後將它關上。這樣做並沒有使我付出很大的心理掙扎，然而此刻，當我被關在裡面時，我卻有那麼片刻突然想要撤離。並不是因爲這棟房子看起來透露著一絲不祥的氣息；相反的，我認爲那座殖民時代晚期的高雅門廳非常具有品味而且生氣勃勃，讓我十分敬佩這位裝修者的高貴素養。促使我想要逃離的，是某種非常細微難辨的東西。也許是我所留意到的某種奇怪味道——雖然我很清楚，就算是在最棒的老農舍裡，這種霉味也是最平常不過的了。

VII

我拒絕讓這些疑雲征服我，於是我想起諾伊斯的指示，將左手邊那扇六格式、扣上銅栓的大門給推了開來。門後的房間如我意想般地漆黑；就在我進入的同時，發現這裡的味道更濃烈了。空氣中彷佛有某種隱約如幻的節奏或波動。有那麼一段時間，緊閉的百葉窗讓我幾乎看不見東西，接著，有個道歉也似的乾咳聲、或是喃喃自語的聲音，將我的注意力吸引至遠處陰暗角落裡的一張巨大安樂椅上。在幢幢疊疊的陰影間，我睨見一名男子的臉和手，模糊難辨地形成白色的一團；不到片刻，我就跨過了房間，上前迎接那位試圖開口說話的人士。儘管光線昏暗，我仍然分辨得出，這就是屋主。我早已反覆研究過那張柯達相片，眼前這張飽經風霜的堅定臉龐，再加上那一把整齊的灰色鬍子，肯定錯不了的。

但是等我再多瞧一眼，卻發現我的認知中還混雜著難過與焦慮的情緒；因爲很顯然的，他的臉看起來確實病得很重。我感覺那張緊繃、僵硬、動彈不得的表情，以及那雙眨也不眨的呆滯眼神，背後還藏著比氣喘更嚴重的毛病；而且我還看出，那些恐怖的經驗必然在他身上造成可怕的壓力。這位無畏的勇者探觸過禁區，光是這點，難道不足以讓一個男人——甚至是年輕的小伙子——精神崩潰嗎？我擔心，這場莫名其妙且突如其來的解脫恐怕已經太遲了，來不及將他從精神崩潰中救回。那雙安放在膝蓋上的纖弱雙手，動作如此緩慢與了無生趣，看來有點令人同情。他身上罩了一件寬鬆的睡袍，且在頭部與脖子上方還圍了一條鮮黃色的圍巾或頭巾。

然後我看出，他又試著用剛才迎接我的低啞嗓音開口說話。起先，他的聲音非常難以辨認，因爲那把灰鬍子將他嘴唇所有的動作都掩蓋住了，而且他的音色中有某種成分非常困擾我；不過在聚精會神之下，我很快便能辨認出他的意思。他的口音絕對不屬於鄉下人，而且他的用詞甚至比他的任何一封信都更優雅。

「我猜，閣下是威爾瑪斯先生嗎？請原諒我無法起身。誠如諾伊斯先生告訴您的，我病得相當嚴重，但我還是忍不住希望您依約前來。您知道我在最後那封信裡寫的東西——等我明天好一些時，可有好多話要告訴您呢！我實在無法描述我有多高興見到您本人，在經過這麼多的通信之後。您一定有把資料帶來吧？還有那些柯達相片和唱片？諾伊斯將您的行李擱在大廳裡——我想您已經看到了。今晚恐怕要勞駕您多擔待些了。您的房間在樓上——就在這間的正上方——從樓梯口可以看見浴室的門是打開的。餐廳——穿過這扇門的右手邊——已經爲您擺好了餐點，您可以隨時用餐。明天我就可以好好招待您了——但現在這一身的病痛，卻讓我束手無策。

「把這裡當作自個兒的家一樣——在您帶著行李上樓以前，您可以把信、照片和唱片都拿出來，然後擱放在這張桌上。我們將會在這兒一起討論——您可以看見我的唱機就擺在角落的架上。

「不用，謝了，您幫不上什麼忙的。我瞭解這些老毛病。您只要在晚上回來這兒，安安靜靜地見我一會兒就行了，然後可以隨您高興上床。我會在此歇息的——說不定還會像往常一樣，睡上一整晚呢！到了早上，我就會好多了，能夠展開我們所必須進行的事。當然您很明白，擺在我們眼前的事實將是非常驚人的。屆時，深不可測的時空領域，以及超出人類科學或哲學之外的知識範疇，都將在你我這一小撮地球人的面前開展。

「您知道愛因斯坦錯了嗎？某些物質和能量是**可以**移動得比光速還快的。在適當的輔助下，我希望回到過去、或者進入未來，然後親眼見證並體會過去和未來的地球？您無法想像，這些生物會將科學帶入什麼樣的境界。它們對於生物的心靈和身體，沒有什麼辦不到的事。我渴望造訪其他的行星，甚至恆星或者銀河系。我的第一趟旅程將會前往憂果思，那是距離地球最近、並住滿這群生物的世界。那是一顆奇怪的黑暗星球，就位在太陽系的最邊緣——至今仍不爲地球的天文學家所探知。但我一定在信上告訴過您了。等到恰當的時機，您知道的，那群生物會將腦波傳送給我們，然後我們就會發現它的存在了——或是委由人類中的某一位盟友，給予科學家們一點提示。

「憂果思星球上有許多宏偉的城市——比方說櫛比鱗次的梯狀塔樓，由黑色的石頭打造成，就如同我寄給您的樣本。那些黑石都來自憂果思星。那裡的陽光不比恆星燦爛，但那群生物並不需要光線。它們具有其他更細緻的感官，所以在它們寬敞的房舍和殿堂上，並沒有裝設窗戶。光線甚至會傷害、妨礙、或干擾它們，因爲它們原本來自於時間與空間之外的黑色宇宙，在那兒，光線根本就不存在。走訪憂果思星一趟，可是會讓心智脆弱的人發瘋的——但我還是打算要去。那些如瀝青般漆黑的河流，從神祕的巨橋下流淌而過——早在這群生物從無垠的黑洞到達憂果思星球以前，某種更古老的絕跡物種就已經建造了這些橋——這些肯定會讓一個人成爲但丁或愛倫坡的，只要他可以保持理智地道出他的所見所聞。

「但請您記住——這個黑暗的世界，雖然充斥著長滿霉菌的花園和沒有窗牖的城市，但卻不盡然可怕。它只是在我們眼中看來如此而已。或許在遠古時代，當它們首次探索咱們的世界時，也同樣覺得可怕呢！您知道早在克蘇魯的偉大時代結束之前，它們就已經來到此地了！因此它們記得所有關於拉葉城沉沒海底以前的事。它們也住在地球內部——人類完全不知道這些入口，其中有些就位在佛蒙特州的山裡——底下還有其他未知生物的大千世界；發出藍光的金—陽星、發出紅光的囿思星、黑色無光的恩欬星。還有令人毛骨悚然的叉燒國族，是從恩欬星來的——您知道的，這群生物就是《那卡提克手札》和《死靈之書》上，以及亞特蘭提斯島的祭司克拉克·艾希頓❼所傳頌的那群變化不定、如同蟾蜍的神物。

譯注

❼克拉克·艾希頓（Klarkash-Ton）亦即Clark Ashton的別名。

「不過這一切等我們稍後再談。現在肯定已經四、五點了。您最好先把那些東西從行李箱拿出來，吃點東西，然後回頭再好好聊聊。」

於是我緩緩地轉身，開始遵照主人的指令，從我的行李箱中摸索、翻找並取出那些物件，然後上樓到主人爲我安排的房間。我的內心仍然清晰地烙印著路旁的那些爪印，因此阿克萊低啞的話語，對我產生了一種奇怪的作用；而那個充滿霉菌的世界——隱密的憂果思星球——所透露出來的熟悉感，更讓我渾身起了雞皮疙瘩。我對於阿克萊的身體不適感到非常遺憾，不過我卻得承認，他那嘶啞而低沉的嗓音，讓我同時具有討厭與同情的矛盾感。眞希望他對憂果思星球和它的黑暗祕密，別那樣津津樂道就好了！

結果，我的房間非常舒適而且布置完善，空氣中完全沒有那種霉味與惱人的波動感；等我把行李擱在那兒後，我步下樓梯，再次與阿克萊會面，並且享用了他爲我特地準備的午餐。餐廳就在書房正後方，而廚房就在這個方向的更遠處。餐桌上擺滿了豐盛的三明治、蛋糕和起司，正等著我大快朵頤，此外還有一個保溫瓶，旁邊放著一個杯子和碟子，顯然沒忘了熱騰騰的咖啡。在飽餐一頓之後，我爲自己倒了一大杯咖啡，卻發現在這個細節上，出現了一點小小的閃失。第一匙時我嘗到一點苦澀的味道，於是我沒再多喝一口。整個用餐過程，我滿腦子想的都是阿克萊，他就在後面那間黑暗房間裡，獨自靜坐在那張大椅上。有一回我進到他的房間，請他和我一道用餐，但他卻低聲地說，現在還不能進食。並說他待會兒上床之前會喝一點麥芽牛奶——那是他今天應該吃的東西。

午餐用畢，我堅持爲自己打點碗盤，於是在廚房的水槽裡清洗了一番，順便將那杯我並不怎麼喜歡的咖啡倒掉。然後回到那間漆黑的書房；我拉了一張椅子，坐在靠近主人的一處角落裡，準備聆聽他隨心所欲的漫談。包括那幾封信、照片和唱片，全都安放在中間的那張大桌子上，不過我們暫時還用不上。沒多久，我甚至忘了那股氣味和奇怪的波動感。

我說過，阿克萊的某幾封信上道出了一些事——特別是最冗長的第二封——在此我甚至不敢口頭引述、或者行之於文。當夜晚置身在這間荒山環繞的闃暗房間裡，所聽到的呢喃聲使我產生更大的遲疑。我甚至無法向你們暗示，這些喧鬧的聲音，揭露了如何龐大的恐怖事物。阿克萊之前就已經掌握了這些東西，但自從和那些外來生物達成協議之後，他所學到的知識卻不是任何神智清醒的人能負荷的。即使現在，我還是斷然拒絕相信他說過的話，包括無限時空的構成方式、向量的重疊並置、我們已知的宇宙時空在相連無盡的宇宙原子團中所佔的位置，而這些宇宙原子團更形成了當前的超級宇宙，具有各種曲度、角度、物質，和半物質性的電子結構。

至今沒有一個正常人，比他更危險地接近這些根本實相的奧祕——也未有任何生物的大腦，更接近於那個超越形式、力學、與對稱性之外，且全然不可及的宇宙混沌。我從他口中得知，克蘇魯是**第一群**來到地球的生物，也知道爲何歷史上會短暫地出現幾顆耀眼的龐大星球。我從對方的提示——就連提示者都不禁害怕地停了下來——猜測出麥哲倫星雲與球狀星雲背後的祕密，以及中國道家不朽的寓言中所隱含的黑暗眞相。我們顯然揭開了竇爾族的眞相，而且他還告訴我汀達羅斯犬的本質（而非本源）是什麼。眾蛇之父依格的傳說，從此不再具有象徵意義，而且當他告訴我《死靈之書》中慈悲地以阿瑟特斯之名加以掩飾的角狀空間，背後還隱藏著龐大的核子團時，我開始感覺到厭惡。那些最邪惡的祕密傳說，居然能以如此具體的詞彙加以闡述，並且赤裸而病態地凌駕於古代或中世紀最荒唐的神祕學暗示之上，這眞是一件令人訝異的事。致使我身不由己地相信，一開始訴說這些駭人神話的傳播者，一定也曾和阿克萊的那群外星生物交談過，而且說不定還造訪過外星人的國度呢！就如同阿克萊眼前的計畫一樣。

他告訴我關於黑色石頭的事，以及它所隱含的意義；我很慶幸自己沒拿到手。我對於那些象形文字的揣測眞是對極了！此時，阿克萊似乎已經完全臣服於他所遭遇的整個邪惡體系；不但心甘情願，而且心急如焚地想要進一步探索那道恐怖的深淵。自從寫給我最後一封信後，我懷疑他到底又跟什麼樣的生物交談過，而且是不是有許多生物，都像他所提過的首位密探那樣，是以人類的形象出現的。我的腦壓愈來愈難以忍受，於是開始建立起各式各樣的荒謬理論，試圖解釋那股揮之不去的怪味，與這個黑暗房間裡的隱隱波動。

此時，夜幕逐漸降臨，當我想起阿克萊在信上寫過前幾天晚上所發生的情況時，不禁讓我渾身發抖地想起，今晚也將沒有月亮。此外，我也不喜歡這間農舍，它就躲藏在樹林茂盛的斜坡背風面，仰望著黑山人跡罕至的山巔。在阿克萊的允許下，我點了一盞小小的油燈，將光線調小，然後擺在遠處的一個書架上，旁邊站立著那尊如鬼魅般的密爾頓半身像；不過後來，我卻很後悔自己這麼做，因爲這會讓主人的那張緊繃而僵硬的臉孔，與那雙無精打采的雙手，看起來更像屍體。他似乎不大能行動，雖然我偶爾會看見他僵硬地點著頭。

在他告訴我這些之後，我實在很難想像，接下來他還會說出什麼更大的祕密；不過當天我們談到的最後話題是他前往憂果思星和更遠處的旅行——**還有我自己在這件事中可能扮演的角色**——而這些都將是明天的話題。當我聽到自己也會有一場星際之旅時，我的驚駭一定讓他感到很愉快，因爲當我顯出恐懼的表情時，他的頭部搖晃得很厲害。接著，他以非常溫和的口吻，談起人類將如何完成這場看似不可能——但實際上已經完成過好幾回——的星際之旅。**事實上，這趟旅行似乎並不需要人類的整個身軀**，那群外星生物在手術、生物、化學與機械方面的高超技術，已經發現了一種傳遞人類大腦的方式，而無須勞駕咱們的身體結構。

有一種不會造成傷害的方法，可以將腦子取出來，並讓其他的有機組織在缺腦的期間繼續存活。整個赤裸裸的腦部，將會浸泡在一種液體中，偶爾補充一下就行，然後盛放在憂果思星球出產的一種金屬製的太空圓筒裡，其中配有幾個電極可以穿過，並可隨心所欲地和一些精密的儀器連結起來，這些儀器能夠複製出三種重要的功能，包括視覺、聽覺和語言能力。對那群有翅膀的菌類生物來說，攜帶整個腦容器穿越時空，將是一件輕而易舉的事。然後，在每一個經由它們開發過的星球上，將可找到許多可調整的儀器，能夠和整個裝在容器裡的腦子串連起來；於是，這些穿越時空連續體的智能組織，經過一點調整之後，便在旅程的每個階段被賦予了完整的感官和說話能力——儘管那是一具沒有身體的機械組織。那就像是帶著一張唱片到處走，然後凡是到了一個有唱機的地方，就可以放出來聽那樣簡單。它的成功率是不容質疑的。阿克萊一點兒也不畏懼。難道這種旅行不是已經精彩地達成過一次又一次了嗎？

這時，阿克萊首次舉起一隻遲緩而閒置的手，僵硬地指著房間遠處的一座高架子。就在整齊的一排雜物當中，佇立著十二個金屬圓筒，那是我前所未見的東西——這些筒子大約有一英尺高，直徑則略少於一英尺，在每一個圓筒前方的凸面上，配有三個奇怪的插座，組成一個等邊三角形。其中一個插座和其他兩個相連，然後又和背後一組看似奇特的機械串連起來。至於這些圓桶的用途，就不用我多說了，我著實感到心頭一凜。接著我又看見那隻手，朝著距離較近的一個角落指去，那兒有些帶著電線和插頭的精密儀器，全被綑綁在一起，其中有幾個很像架上那些圓筒後面的兩組儀器。

「威爾瑪斯，這裡總共有四種儀器，」阿克萊發出低沉的聲音說：「這四種——每一種都各有三件——所以總共有十二件。你看，上面的那些圓筒代表四種不同的生物。三個人類、六個不能連著身子穿越空間的菌類生物，以及兩個來自海王星的物種。（天哪！眞希望你能夠瞧瞧這個物種留在它們星球上的身軀！）還有其他銀河系外的生物，是來自某個非常有趣的黑暗星球的中央山洞。在圓丘內部的主要基地裡，有時你也可以發現更多的圓筒和儀器——這些圓筒是用來盛裝外星生物的大腦，它們的感官功能與我們所知道的不同——此外也裝載著從更遠方的外太空前來的盟友和探險家——有些特殊的儀器可以賦予一些印象及表達方面的功能，不但立即適用，而且可以理解不同類型的說話者。圓丘，就像這些生物分散在宇宙不同角落的主要基地一樣，是一個非常多元化的地方。當然，願意讓我當作實驗的，都是一些最普遍的種類。

「聽好——將我指示的三台機器拿起來，放在桌上架好。先是高高的那台，前面有兩塊鏡片的——然後是那台有眞空管和音效卡的機器——現在再把那塊金屬唱盤放在上面。再把貼著「B–67」標籤的圓筒拿來。你只要站在那張高背斜腿的木椅上，就可以搆著了。很重嗎？不要緊的！要確定號碼是B–67喔！別管那個連在兩台測試儀器上的嶄新圓筒了——雖然那上面有我的名字。然後把 B–67擱在桌上的機器旁，再留意那三台機器的調節器，是不是都撥到最左邊。

「現在把那台有鏡片的機器上的電線，和圓筒最上方的插座接起來——那樣就對了！然後再把有眞空管的機器，連結到左下方的插座上。再把機器上所有的調節器撥到最右邊——首先是那台有鏡片的、然後是有唱盤的、最後才是有眞空管的那台。沒錯，就是那樣！或許我可以告訴你，這就是一個人了——就像你我一樣。明天，我會讓你嘗嘗別的東西。」

直到今天，我仍然不知道我爲何要對阿克萊的低語如此唯命是從，也沒想過他到底是瘋了、還是沒瘋。經歷過之前的情況後，我應該對任何事情都有心理準備了才對；但這具機械木乃伊，和那些瘋狂發明家與科學家所製造出來的典型怪物簡直太相似了，讓我不由得起了一絲懷疑，就連先前的討論都不曾如此激起過。這位呢喃者的話語，完全超出了人類的信念之外——然而其他的東西不也因爲缺少具體可見的證據，而比這件事更難以置信和荒謬可笑嗎？

當我正在這團混沌之中暈頭轉向時，突然意識到一陣混亂的刺耳聲，從這三台剛與圓筒連結起來的機器發了出來——但這陣混亂的刺耳聲又馬上消歸於寂靜。接下來將會發生什麼事呢？我是否還會聽到另一個聲音呢？果眞如此的話，我又有什麼證據可以解釋，那不是一台巧妙的假收音機，透過一位隱而不見、卻緊迫盯人的說話者所發出來的呢？即使到了現在，我還是不願意對天發誓我聽到的聲音是什麼，或眞正發生在我倆面前的現象是什麼。不過，有些事看來確實是發生了。

言簡意賅地說，那台有眞空管和音箱的機器開口說話了，而他的思想和睿智無庸置疑地證明了這位說話者就在現場，且正在觀察著我們。他的聲音嘹亮、鏗鏘、枯燥乏味，而且每一個發音細節都是那樣機械性。他無法改變音調或傳達不同的情感，只能以一種極度精準而愼重的方式，發出嘎嘎作響的刺耳聲。

「威爾瑪斯先生。」那聲音說道。「希望我沒嚇著您。我跟您一樣是個人，雖然我的身體此刻正安躺在圓丘裡，受到適當的生存照顧，距離此地東方約有一又半英里。我本人則和您一起在這兒——我的大腦裝在圓筒裡，而我可以透過那些電子震動器邊看、邊聽、邊說話。再過一個星期，我就要穿越時空了，如同過去許多次的經驗一樣，而我期待這一回有阿克萊先生作伴。也希望可以邀您一同前往；因爲我觀察過您，聽聞過您的名聲，也一直嚴密追蹤您和咱們盟友之間的通信。當然，我也是地球上那群外星生物的盟友之一。我是在喜馬拉雅山區第一次碰見它們的，之後曾以不同的方式提供協助。而它們則給我世所罕見的知識作爲回饋。

「當我說，我曾經到過三十七種不同的星體時——包括行星、暗星、和意義未明的星體，其中有八個在咱們的銀河系外，另外有兩個更在彎曲的宇宙時空之外，你能明白這代表什麼樣的意義嗎？這些對我一點傷害都沒有。我的大腦已經透過分裂法和身體分開了，若稱那是一種外科手術，這種說法是很粗糙的。那群造訪地球的生物有一些方法，可以讓大腦的取出非常簡單，幾乎可說是司空見慣——而且在沒有腦子的期間，一個人的身體是不會衰老的。我還可以補充說，在機器的輔助下，再加上偶爾更換的保存液所提供的有限養料，大腦幾乎是永不壞死的。

「總而言之，我竭誠盼望您決定和阿克萊與我一同前往。那些外星訪客非常希望認識像您這樣的飽學之士，並向它們展示咱們大多數人只能夢想的淵博知識。剛開始看到它們，是會有點怪怪的，不過我相信您會很快適應的。我想諾伊斯先生應該也會一塊兒去——沒錯，就是用車子載您過來的那位。他已經是咱們好多年的盟友了——我想您應該認得出他的聲音，曾經在阿克萊寄您的一張唱片裡出現過。」

就在我一陣錯愕之際，說話者停頓了半晌，接著才又結語道：

「所以囉！威爾瑪斯先生，這件事就留給您了；我只補充一句，像您這樣一位喜愛奇聞軼事和鄉野傳說的人，應該是不會錯過這樣的機會的。沒什麼好怕的！所有的轉移過程都不會痛，而且在完全機械化的感知下，還有許多樂趣可享呢！一旦電極切斷之後，一個人只會沉入歷歷如繪、精彩絕倫的夢鄉之中。

「現在，假如您不介意的話，我們明天再繼續討論。晚安。您只要把所有的開關轉回最左邊就行了，用不著管順序，當然你可以把有鏡片的那台留到最後。晚安了！阿克萊先生——請好好招待咱們的貴賓！現在準備關掉開關了嗎？」

於是就這樣。我像個機器人似的關掉那三個開關，方才所發生的一切，讓我茫然不知所以。當我聽見阿克萊低沉的聲音，叫我只管把那三台儀器留在桌上時，我還在頭昏腦脹呢！關於剛才發生的事，他並沒有發表高論，事實上，也沒有太多的高論能夠傳進我那不勝負荷的腦袋裡。我聽見他說，我可以提燈進房了，還表示他希望獨自留在黑暗中休息。現在確實到了他該休息的時間了，因爲整個下午和晚上的交談，就連一個年輕力壯的男人都會感到筋疲力盡。於是一頭霧水的我，向主人道過晚安，然後提著燈上樓，雖然我的口袋裡有一支很棒的手電筒。

我很高興能夠離開樓下那間書房，裡面不但有著奇怪的味道，還有一股隱約的波動感，不過，一旦我想到此地，以及我所遭遇的樹林，我就逃不出那種恐懼、驚慌，和龐大的詭異感。這個荒涼而偏僻的地區，那些陰森森而樹林幽密的陡坡，如此緊挨著屋子後頭，還有路上的足印，以及黑暗中那位奄奄一息、有氣無力的呢喃者，那些該死的圓筒和儀器，尤其是邀我進行奇怪的手術和更奇怪的太空旅行——凡此種種，都是如此新奇，而又如此突如其來，夾帶著逐漸增強的勢力，一股腦兒地向我撲襲而來，因而銷毀了我的意志力，且幾乎將我的體力耗損殆盡。

我的嚮導諾伊斯，原來就是那張唱片的恐怖安息儀式中所出現的人類司儀，這點尤其讓我感到震驚，雖然我早已在他的聲音裡，察覺到一種模糊而令人憎惡的熟悉感。當我停下來分析這整件事，便發現到另一個讓我感到特別訝異的地方，來自於我本身對於這位主人的態度；儘管有那些通信的緣故，使我本能地喜歡上阿克萊，但現在我卻發現，我對阿克萊充滿了一種曖昧的排斥感。他的疾病應該會引起我的同情心，但它卻讓我膽戰心驚。他是如此地僵硬、呆滯，如同死屍一般——而那從不間斷的呢喃聲，又是如此的討厭、如此缺乏人味！

我突然想起，這種呢喃聲和我之前所聽過的完全不同；儘管說話者在鬍子的遮蓋下，雙唇看起來好像動也沒動過，但奇怪的是，它們卻潛藏並夾帶著一股力量，這對於一位氣喘吁吁的病人來說，是個頗不尋常的現象。就算我在房間的另一頭，也能夠完全明白他所說的話，有那麼一、兩回，我覺得那微弱但穿透力十足的聲音，彷彿不是基於生病的緣故，而是刻意壓抑的結果——但理由是什麼，我卻猜想不出來。打從一開始，我就在他的音色裡感到一種令人不安的特質。現在，當我試著思考這件事，我想這個印象大概可以追溯到潛意識裡的一股熟悉感，也正是這種感覺，才使得諾伊斯的聲音帶有如此不祥的預兆。

有件事是很肯定的——那就是我還得在此待上一晚。我的科學熱誠已經在恐懼和厭惡的複雜情緒下消失殆盡了，眼前只要能夠逃出這個交織著變態和非自然現象的地方，我別無所求。現在我已經知道夠多了。某些奇怪的宇宙連結關係確實存在，這是無庸置疑的——但是平凡的人類絕對不該淌這灘渾水的。

邪惡的力量似乎團團圍住了我，壓迫著我的神經，讓我喘不過氣來。我想睡覺應該不成問題吧；於是只管捻了燈，全副武裝地將自己拋上床。這無疑是一件很奇怪的事，但我必須隨時準備莫名的突發狀況；於是我的右手緊握住那把帶來的手槍，左手則拿著那支口袋型手電筒。底下完全無聲無息，而我可以想像，那位主人正如同死屍般，一身僵硬地坐在黑暗中。

這時我聽見某處傳來時鐘的滴答聲，暗暗慶幸能夠聽到如此正常的聲音。不過它也提醒了我，此地有另一件讓我惶恐的事——那就是完全看不到任何動物的蹤影。這裡看不到家畜四處遊蕩，而且現在我才發現，就連野生動物經常在夜裡發出的噪音，也同樣付之闕如。只除了有種邪惡的潺潺聲，從遠處看不見的河流發出來以外，剩下的便是一片異乎尋常的死寂了——而且還跨越空間呢！讓我不禁思忖，到底有什麼樣源自外太空、看不見、摸不著的禍害，正在威脅著這塊地區？我一面想起古老的傳說中提過，狗和其他的獸類對於外來生物總是恨之入骨，也一面思考著，路上的那些足跡可能意味著什麼。

VIII

別問我糊裡糊塗地睡了多久，也別問我接下來的事有多少只是一場夢。假如我告訴你們，我有一段時間是清醒的，而且還聽見、也看見了某些東西，你們大概會說我當時根本就沒醒過來；或者所有的事情都只是一場夢，直到後來我奪門而出，踉踉蹌蹌地奔進車棚，在那兒看見那輛老舊的福特汽車，然後瘋狂而漫無目標地急馳過那片終於將擊倒的鬼魅山區——經過幾小時的顛簸，並穿梭於這片樹林遍佈的迷宮之後——我終於進入了湯森特這座小村莊。

當然，你們也不會相信我所報告的每一件事的；而且還會宣稱那些照片、唱片裡的聲音、圓筒和儀器所發出的聲音，以及所有相關的證據等，全是失蹤的亨利·阿克萊在我身上所施的詐術而已。你們甚至會說，他和其他的怪人早就串通好，準備進行一個愚蠢但巧妙的騙局——比方說是他叫人把快遞的包裹從基恩站拿走的，還有他命令諾伊斯製造那張恐怖的唱片。但很奇怪的是，諾伊斯的身份卻無人知曉；阿克萊住家附近的任何一座村莊，沒有人知道這號人物，儘管他應該經常出沒這個地區。眞希望當初我有把他的車牌號碼記下來——但說不定沒這樣做反而是件好事。因爲我知道那些可憎的外星勢力，正蟄伏在那片罕爲人知的山區裡，不管你們會怎麼說，也不管有時我會如何自我安慰——這些勢力在人類的世界中埋伏著它們的間諜和密探。盡量離這些勢力和這些密探愈遠愈好，這將是我未來餘生的唯一要求。

當我的瘋狂故事導致一群警官前往那間農舍查探時，阿克萊早已消失無蹤。他那件寬鬆的睡袍、黃色的圍巾和綁腳的繃帶，都還安躺在書房的地板上，就在那張角落裡的安樂椅附近，而且從種種跡象觀察，實在無法判斷他是否還帶了其他的衣物。那些狗和牲口確實都已不見蹤影，而且無論是在屋外或是屋內的幾座牆壁上，都出現了一些可疑的彈孔；除此之外，就再也找不到其他異常的線索了。既沒有圓筒、也沒有什麼儀器，而我放在行李箱裡帶來的證據，也都蕩然無存了，此外也感覺不到那種奇怪的氣味或波動感，而路上也看不到那些足跡，到最後，所有我曾經瞥見的可疑之物，全都消失得一乾二淨。

逃出來之後，我在布拉托布羅待了一個星期，並向認識阿克萊的各方人士逐一詢問；結果讓我相信，這件事絕對不是一場夢或幻想。阿克萊的確形跡可疑地買了許多狗、彈藥和化學藥劑，而且他家的電話線遭到切斷，這些通通都是鐵證如山的事實；然而所有認識他的人——包括在加州的兒子——全都表示，偶爾他對這些奇怪的研究所發表的言論，其實具有某種程度的一致性。老實的百姓相信他一定是瘋了，而且毫不猶豫地認爲，他所提出的證據全都是幌子而已，是不正常的奸詐腦袋所設計出來的，而且說不定是某些離經叛道的幫派唆使的；不過較低階的鄉下人則相信他所說的每一個細節。他曾經給幾個莊稼漢看過照片和那塊黑石，也把那張驚悚的唱片放給他們聽；他們都異口同聲地說，那些足跡和嗡嗡的聲音，和老祖宗在傳說中的描述頗爲相似。

他們也說道，自從阿克萊發現這塊黑石，以及那個除了郵差和粗心大意的閒雜人以外，人人避之唯恐不及的地方後，從此，他家附近就愈來愈常出現那些可疑的景象和聲音了。無論是黑山還是圓丘，早就是個惡名昭彰的不潔之地，我實在找不到任何人曾經深入探索過這些地方。從地方史上即可得知，偶爾會有一些當地人在此失蹤，現在又多了一位混血的華特・布朗先生，也就是阿克萊在信中提到的那位仁兄。我甚至遇到一位農夫，他認爲自己曾經在洪水期間，在氾濫的西河上瞥見其中一具奇怪的屍體，不過他的說詞實在太顛三倒四了，以至於沒有什麼眞正的價值。

就在我離開布拉托布羅之後，我決定從此再也不到佛蒙特州了，而且相當確定我會堅持到底的。這些荒涼的山區當然是一群恐怖的太空物種的基地——而且自從我讀到在海王星之外，發現了第九顆新的行星，而時間點正好發生在那群外星勢力的預告之後，對此我更是斷無疑惑了。天文學家毫不懷疑地爲它取了一個貼切得恐怖的名字——「冥王星」。無庸置疑地，我相信它就是憂果思星——而每當我試著理解**為何**該星球的住民想要以這種方式、選在這個特別的時間，讓世人知道它的存在，就不禁渾身發抖。我只能白費工夫地安慰自己，這些怪物是不會突然提出新的政策，意圖傷害地球和它的平凡百姓的。

但我還是得告訴你們，在那個恐怖的夜晚，農舍裡最後發生了什麼事。誠如我說過的，我沉入不安的夢鄉；睡眠中充滿了光怪陸離的碎夢。我實在說不上來是什麼事情將我喚醒的，不過我可以保證我的確在某一段時間清醒過來。在一團混亂中，我頭一個印象，便是從門外的大廳地板悄悄傳來的嘎吱聲，然後有人笨手笨腳地扳弄起門栓。但這個動作幾乎立刻靜止了下來；於是我眞正清楚的印象，是從聽到樓下書房裡的聲音才開始的。那兒似乎有好幾名說話者，而我研判他們正在議論紛紛。

我只聽了幾秒鐘就完全醒了過來，因爲光是聽見這些聲音的特質，就足以讓睡覺變成一件可笑的事。它們的語調出奇地變化無常，而凡是聽過那張該死的唱片的人，至少一定可以認出其中的兩個聲音。雖然這個想法很可怕，但我知道自己正跟那群來自無底空間的莫名怪物，處在同一屋簷下；因爲那兩個聲音，無疑便是外星生物在跟人類溝通時所發出的邪惡嗡嗡聲。這是兩個不同的聲音——無論是聲音的強度、口音和節奏都不同——不過兩個聲音都是那樣他媽的溫柔。

第三個聲音則肯定是其中一台發音機器連上圓筒裡的分離大腦之後所發出來的。這點幾乎和那些嗡嗡聲一樣確定；因爲它的嘹亮、鏗鏘、枯燥無味，正與前晚我所聽到的聲音如出一轍，而它那種缺乏人味的精確和謹愼，同樣令人難忘。我沒有一刻懷疑過，這個吱吱嘎嘎的聲音是不是由前晚與我談話的同一個大腦所發出來的；不久之後我才想到，其實**任何一個**大腦都能發出相同品質的聲音，假如連接在相同的語言處理器上的話；其中可能會有的差異，就只在於語言、節奏、速度和發音方式而已。最後還有兩個眞正的人聲，構成了這場可怕的對話——一個粗野的說話聲，顯然是一位名不見經傳的鄉下人所發出來；而另一個則帶著文雅的波士頓口音，那正是我之前的嚮導——諾伊斯的聲音。

我試著捕捉他們所說的話，卻遭到厚實地板的嚴重阻撓，不過我還是能感覺到底下房間裡有許許多多的騷動、擦刮和拖步聲；讓我不由得想像，這屋子裡一定有不少生物——數量上應當遠遠超出我所能辨認出來的聲音。那種騷動感很難用筆墨準確形容，因爲其中能夠比較的地方實在少之又少。那群物體有時似乎會走過房間，宛如具有意識的生命體；而它們的腳步聲則具有某種特質，聽起來像是表面堅硬的東西所發出的碰撞聲，但又不夠紮實——好比是角質或硬橡皮的表面相互碰撞的聲音。若用一個更具體，但較不精準的比喻，這聲音就好像是人們穿著寬鬆而粗糙的木鞋，搖搖晃晃地踩在光滑的地板上。至於這聲音是什麼樣的東西所製造出來的，我就不願想像了。

不一會兒我便發現，要想辨認出任何連貫的對話，是完全不可能的事。只有隻字片語會偶然浮現——其中包括阿克萊和我自己的名字，特別是當語言處理器說話的時候；不過出於缺乏連貫的脈絡，使我無法得知這些字句的眞正意涵。今天，我決定不再從他們那兒推斷出任何明確的結論，就算是他們在我身上所造成的可怕影響，那也只是一種**聯想**而已，並非**昭然若揭的事實**。我很確定這場驚世駭俗的會議是在底下進行的；不過是爲了思考什麼樣驚人的事，這我就說不準了。儘管阿克萊一再向我擔保那群外來者的善意，但奇怪的是，那種惡意和不祥的感覺，還是實實在在地滲透了我。

在耐心傾聽之下，我開始能夠清楚地分辨聲音，即使我還無法明白箇中多少的意義。不過我似乎能夠捕捉住某幾位說話者的典型情緒。比方說，其中有個嗡嗡的聲音，語氣中無疑具有某種權威性；而透過機器所發出來的聲音，雖然具有宏亮而穩定的特質，但似乎處在一種曲意承歡的附屬地位。至於其他的聲音，我就沒有試著辨識了。我沒有聽到阿克萊那種熟悉的呢喃聲，不過我相當清楚，那樣的聲音是無法穿透我房間裡的厚實地板的。

我會盡量將那些斷斷續續的字句和我捕捉到的聲音記下來，並且盡我所知地標示出這些字句的說話者是誰。第一個被我辨認出來的段落，便是從那台聲音處理器中所發出來的。

（聲音處理器的聲音）

「……把它放在我身上……把信和唱片寄回去……上面的終端……放進去……邊看邊聽……去你的……無情勢力，畢竟……嶄新、閃亮的圓筒……偉大的上帝……」

（第一種嗡嗡聲）

「……我們停止時間……小和人類……阿克萊……大腦……說……」

（第二種嗡嗡聲）

「……奈亞魯法特……威爾瑪斯……唱片和信件……廉價的贗品……」

（諾伊斯的聲音）

「（某個無法發音的字眼或名字，大概是N'gah-Kthun）……沒有傷害……和平……幾個星期……戲劇化……以前就告訴過你了……」

（第一種嗡嗡聲）

「……沒有理由……原始計畫……效果……諾伊斯可以監督……圓丘……新的圓筒……諾伊斯的

車……」

（諾伊斯的聲音）

「……嗯……都是你們的……就在這裡……休息……地……」

（好幾個聲音混在一起，不知所云）

（出現許多腳步聲，包括那種特殊的散漫騷動聲與撞擊聲）

（一種奇怪的拍打聲）

（引擎的發動聲與汽車遠離）

（一片沉默）

當我在這間魑魅橫行的山莊裡，直挺挺地躺在樓上那張奇怪的床上時，這些便是傳入我耳中的聲音——我全副武裝地躺在那兒，右手緊握著一把手槍，左手則抓著一支口袋型手電筒。誠如我說過的，我已經完全清醒了，只不過是有一種奇怪的麻木感，讓我動也不動地躺在床上許久，直到最後的回音都消失了爲止。我聽見底下的某個地方，遠遠傳來那口康乃狄克州特製老木鐘拘謹的滴答聲，最後又認出有個睡覺的人，正發出不規則的打鼾聲。在那場詭異的會談結束後，阿克萊顯然已經睡著了，而我深信他必須如此。

接下來該想些什麼或該做些什麼，我實在無法決定。畢竟，除了我之前早已預期的訊息之外，我方才有聽到什麼別的事情嗎？難道我不知道這群無名的外星生物，如今已經可以自由自在地進出這間農舍了嗎？沒錯，阿克萊是被其中一名意外的訪客給嚇了一跳。不過，在那場斷斷續續的對話中，卻有某樣東西更教我不寒而慄，引起我心中最詭異而恐怖的疑惑，而且讓我殷切地期盼醒過來，證明這全是一場夢。我想我的潛意識一定攫住了某些東西，那是我的意識尚未承認的部分。但是阿克萊呢？難道他不是我的朋友嗎？假如我受到任何傷害的話，難道他不會提出抗議嗎？但那陣安詳的鼾聲，似乎正對我急遽增加的恐懼嗤鼻以笑呢！

有沒有可能是阿克萊在玩什麼把戲，利用那些信件和唱片作爲誘餌，將我拐騙到山裡來呢？這群生物是不是想要殺人滅口，因爲我們已經知道太多事情了？我再次想起阿克萊的倒數第二封信和最後一封信，其中的轉變是那樣的突兀和不自然。我的直覺告訴我，有什麼地方非常不對勁。一切都不是表面乍看的那樣。那杯被我倒掉的苦澀咖啡——會不會被某個不知名的神祕生物給下了毒呢？我必須立刻通知阿克萊，好讓他回覆正常的神智。他們已經利用揭開宇宙的眞相，將他唬弄得神魂顚倒了，但現在他可得聽命於理智啊！我們必須盡快離開此地，免得爲時已晚。假如他缺乏投奔自由的意志力，那我將會助以一臂之力。但假如我無法說動他，至少我自己可以一走了之。當然他會借我那輛福特汽車的，然後我會把車子留在布拉托布羅的某座車庫裡。我已經在車棚裡注意過那輛車了——他的車門沒鎖，是敞開著，因爲他認爲危機已經過去了——但我相信，它還有很大的機會立刻派上用場的。我在談話之間和之後對阿克萊所產生的厭惡感，如今已經全然消失了。他的處境就和我一樣，我們必須同舟共濟才行。在瞭解他身不由己的處境後，我實在很不願意在這個當口叫醒他，但我知道非這麼做不可。因爲我實在無法待到早上，而讓事情一直僵在這兒。

最後我終於能夠活動了，於是我奮力地伸展身體，以便重新掌握肌肉的控制權。我小心翼翼地起身，本能的程度大過於刻意；我找到了帽子，將它戴在頭上，然後拎起我的行李箱，藉由手電筒的輔助開始下樓。我緊張兮兮地將手槍緊握在右手中，左手則負責照顧我的行李箱和手電筒。我眞的不知道，自己爲什麼要這樣大張旗鼓，既然我只是要去叫醒這屋子裡的另一位住客而已。

當我躡手躡腳地走下嘎嘎作響的樓梯，到達底下的大廳時，我可以更清楚地聽見酣睡聲，並發覺他一定是在我左手邊的房間裡——亦即那間我不曾踏入的客廳。在我右手邊，則是那間吐納幽暗氣息的書房，我聽見裡面有聲音。於是我打開客廳那扇未上鎖的大門，循著手電筒照亮的通道，朝著鼾聲的來源前進，最後把燈光轉向那位睡眠者的臉上。然而下一秒鐘，我卻急忙地把燈光移開，然後像貓似的往大廳撤退，這回我的謹慎既是出於理智，也是出於本能。因爲躺在睡椅上的，根本不是阿克萊，而是我之前的嚮導——諾伊斯。

實際的情況是如何，這我無法猜測；不過常識卻告訴我，最安全的作法便是在驚動任何人之前，發現愈多的事實愈好。於是我回到大廳裡，然後靜悄悄地把客廳的門關起來，並且拴上；這樣一來就比較不會驚醒諾伊斯。此時，我戒愼恐懼地進入那間昏闇的書房，以爲會在這裡見到阿克萊，不論他睡著與否，都應該會出現在角落裡的那張椅子上，那兒顯然是他最愛的憩息地。在我前進的同時，手電筒的燈光照見了中央的那張大桌子，顯現出其中一只邪惡的圓筒，還連接著處理視覺和聽覺的儀器，而發聲的機器則佇立一旁，彷彿隨時準備串連起來。我想，裝在圓筒裡的大腦，一定是上次恐怖的對談中和我說話的那個：有那麼片刻，我有一股反常的衝動，想要把發聲機器連接起來，看看它到底會說些什麼。

我想它一定能夠意識到我的存在，就算是現在；因爲視覺和聽覺的儀器一定能夠偵測到手電筒的燈光，和我腳底下的地板所發出的輕微響聲。不過最後，我還是沒敢碰那玩意兒。不經意間，我瞥見那只簇新而閃亮的圓筒，上面有著阿克萊的名字，早在前一天晚上，我就已經在架子上留意到了，而阿克萊還叫我別理會它。回想起當時，如今我只能爲自己的懦弱感到懊悔，眞希望我有足夠的勇氣，讓這台機器說話看看。天知道它將會釐清什麼樣的祕密，並揭露出什麼樣駭人的疑惑與身份！不過現在離它遠一點，也許是一件好事。

我將手電筒從桌子轉向房間角落，以爲阿克萊會在那兒的，但令我大惑不解的是，那張巨大的安樂椅上並沒有任何人睡著或醒著。而那件熟悉的老睡袍則從椅子散落在地板上，旁邊則躺著那條黃色的圍巾，和一大片早就令我起疑的纏腳綳帶。就在躊躇難安的同時，我努力想著阿克萊會跑到哪兒去了。而他又爲什麼會如此突然脫下他的病袍呢？此外我也發現在這個房間裡，已經感覺不到那股奇怪的氣味和波動感了。它們到底是什麼原因造成的呢？奇怪的是，我突然想到，這種感覺似乎只有當阿克萊在場的時候才會出現。尤其當他坐下時更是強烈，且除了在這間有他出沒的房間，以及另一個房間的門外，那種感覺便完全不存在。我停下了來，一面讓手電筒在這間幽暗的書房裡梭巡一周，一面絞盡腦汁地尋找各種可能的解釋。

天哪！早知道我應該在手電筒再次停留在那張空椅之前，一語不發地離開此地的。結果，我並沒有安安靜靜地離開，而是盡量壓低我的尖叫聲，不過我想，它一定還是打擾到大廳對側那名熟睡的守衛，儘管沒有將他吵醒過來。在這座濃木罩頂、鬼影幢幢的山腳下，我的尖叫聲，伴隨著諾伊斯沉穩的鼾聲，便是我在這間光怪陸離的農舍裡所聽到的最後聲音。

在倉皇逃竄的過程中，我竟然沒把手電筒、行李箱和手槍給丟了，這眞是一件奇蹟啊，不知怎地，我竟然沒丟下任何東西。事實上，我是成功地走出了房間和屋子，而沒有再發出其他的噪音，只是拖著步伐和我的所有物，安全地鑽入棚子裡的那輛老福特汽車，然後發動這台老舊的車，在暗無月色的夜晚，朝向某個未知的安全地點奔馳而去。這一路上的馳騁，既像是愛倫坡或韓波❽的幻想，也像是朵瑞的畫面，但最後我終於到了湯森特村。事情就是這樣了。假如我的神智沒有崩潰的話，那我可眞是走運啊！有時我會擔心未來將會發生什麼樣的事，尤其是當冥王星這顆新的星球，莫名其妙地被人發現了以後。

誠如我之前稍微提過的，我把手電筒繞了一圈，再轉回那張空椅上，這時我第一次發現椅子上有些東西，就在那件沒人穿的寬鬆睡袍的皺摺掩蓋下，那裡一共有三樣東西，不過後來，調查人員並沒有發現它們的存在。誠如我一開始所說的，它們看起來並不是什麼可怕的東西。眞正可怕的，卻是它們所引發的聯想。即使到了現在，有時我也不免半信半疑——尤其當我接受別人的懷疑，而把這整個經歷看成一場夢，或者緊張與幻覺的作用時。

這三件東西全是那群生物的高明傑作，而且還巧妙地利用金屬夾，將它們和某種我不敢妄加揣測的有機體連結起來。我希望——虔誠地祈望——它們只不過是一位傑出的藝術家所製造的蠟像罷了，而不管我最深層的恐懼告訴我什麼。偉大的上帝啊！那位闃暗中的呢喃者，還發出令人作嘔的氣味和波動呢！巫師、密探、低能兒、外來者……被壓抑的可怕嗡嗡聲……還有簇新而閃亮的圓筒，一直放在架子上……可憐的魔鬼……「驚人的手術、生物、化學與機械技術……」

出現在椅子上的東西，每一個最末微的細節，都是那樣完美無瑕地相似——或者相同——而那竟然是亨利・溫特渥茲・阿克萊的臉和手。

譯注

❽韓波（Rimbaud，1854～1891），法國詩人。

來自外太空的顏色

阿克罕鎮的西邊山巒起伏，谷地上則是刀斧未曾砍伐過的濃密森林。幽暗的峽谷中有著瘋狂傾斜的樹木，還有潺湲的小溪流過其中，終年不見陽光。在比較緩和的山坡上則佇立著崎嶇不平的老舊農場，伴隨著低矮且佈滿青苔的農舍，在龐大的岩壁保護下，漫無止盡地沉吟著新英格蘭的古老祕密；但如今，這些農舍都已人去樓空，寬廣的煙囪已然傾圮，突出來的木瓦牆壁則在低矮的複折式屋頂下搖搖欲墜。

老一輩的村民都已經遷出去了，而外國人則不喜歡住在此地。有些法裔加拿大人曾經嘗試過，還有一些義大利人也是，更有一些清教徒來了又走。並不是因為某種可以看到、聽到或觸摸得到的東西，而是因為某種想像力的產物。這個地方不是適合人類幻想的地方，也不是個會讓人高枕無憂之處。一定是這個理由，才讓那些外國人敬而遠之的，因為阿米．皮爾斯老先生並沒有向他們透露過去的那些怪事。阿米的腦袋瓜已經怪了好幾年了，他是本地僅存的住民，也是唯一談過那段光怪歲月的人；而他之所以敢於這麼做，是因為他的房子非常靠近阿克罕近郊的開闊田野，與人來人往的大道。

曾經有一條攀過山岳、穿過山谷的道路，筆直地往今日那片枯萎的荒原挺進；但人們已經不再使用這條道路了，而是在更南邊的地方，重新鋪設一條蜿蜒的道路。偶爾在峰迴路轉的荒煙蔓草間，仍可發現舊路的遺跡，無疑有些路段還是苟延殘喘了下來，儘管大部分都已經成了一窪窪的水塘。接著，陰暗的森林被夷為平地，而那片頹敗的荒原則在湛藍的水塘下沉睡，水面上倒映著豔陽下的晴空，泛漾出粼粼波光。那段光怪陸離的歲月，將成爲深沉的祕密；與隱密傳說一同沉沒於古老海洋，與所有神祕一同埋葬在原始大地。

當我爲了尋找新的集水地而深入這片山區和谷地，他們告訴我這是一個邪惡的地方。阿克罕鎮的百姓之所以這麼說，是因爲這個古老的城鎮充斥著各種巫術和傳說，我想一定是多虧了那些老祖母們，將這些邪惡的傳聞偷偷說給兒孫們聽，才因此流傳了好幾個世紀。所謂「枯萎的荒原」（blasted heath）在我聽來似乎很荒唐而又誇張，我很懷疑這個名稱是如何進入清教徒的傳說的。然後當我親眼見到那片朝西的幽暗峽谷和山坡之後，除了其古老的祕密之外，我再也沒有其他的懷疑了。我是在清晨見到的，但陰影總是隨時埋伏在那兒。那裡的樹林長得格外茂密，樹幹之粗壯是新英格蘭地區的正常樹林難得見到的。而樹林之間的昏暗夾道，則顯得過於闃靜，地面上覆蓋了潮濕的青苔和經年累月的腐敗物，踏起來軟綿綿的。

在某些空曠的山腰處，有一些小小的農場，通常都在舊路上；農場上有時蓋滿了建築，有時只有零星的一、兩棟，有時則孤單地佇立著一根煙囪或是一座地下室。雜草和荊棘佔領了此地，某些野生動物則鬼鬼祟祟地躲在灌木叢中，發出窸窸窣窣的聲音。每樣東西都籠罩著一層濃厚的不安與壓迫感；而且透露出一絲詭異的不眞實感，彷彿在遠近觀點或明暗對比上，有一些不大對勁的地方。難怪那些外國人不願意待在這麼一個不適合過夜的地方。因爲這裡太像羅薩❶的風景畫了；而且也太像恐怖小說中某些禁忌的版畫了。

但是和那片枯萎的荒原相較之下，這些都還不算太糟糕。當我在空曠的谷底，遇到荒原的那一刻起，我便了然於胸；因爲沒有其他的稱呼，更適合這個地方了；也沒有任何其他地方，更適合這個名稱了。就好像是一位詩人在看了這塊奇特的地方之後，特地爲它塑造的名字一樣。我一面觀覽，一面忖度，這應該是野火造成的結果；但為何在這片灰濛濛的荒地上，儘管面積超過五英畝，竟然長不出任何東西；卻像是樹林裡或田野上的一塊寬闊之地，被酸雨腐蝕精光後，光禿禿地仰望著天空。它大部分都出現在舊路的北側，不過有少部分則侵入到另一側。我有一種不願接近的奇怪感覺，最終卻因為有要事在身，使我不得不穿越而過。在那片廣袤的地區，看不到任何植物，只有一大片的塵埃或灰燼，但似乎連風都無法將它們吹起來。附近的樹木全是一副病懨懨、發育不良的模樣，還有不少枯死的樹幹或佇立、或橫躺在一旁，等著腐爛成空。就在我快步走過的同時，發現右手邊有些老舊的煙囪和地下室的磚塊、石頭等崩落了一地，還有一口荒廢的古井，正張著黑壓壓的大口，呼出混濁難聞的臭氣，與陽光的色調非常不搭軋。就連背後那片漫長而漆黑的林蔭山坡，相較之下都顯得較為宜人，於是我對阿克罕鎮百姓口中的駭人傳聞，再也不感到訝異了。這附近沒有任何房舍或遺址；就算在以前，這裡也一定是個荒涼而偏僻的地方。我不敢在黑暗中重新踏過這片邪惡的地方，於是我只好沿著南方的彎路，迂迴繚繞地走回城裡。心中隱隱約約地期望天空能聚起一些雲朵，因為頭上那片深廣而蔚藍的天空，讓我的靈魂滲入了一種詭異的畏怯感。

到了晚上，我向阿克罕鎮的居民詢問那片枯萎荒原的事，以及許多人口中閃爍其辭的「光怪歲月」指的是什麼。然而我卻得不到任何令人滿意的答案，我只知道，所有的怪事都比我想像中接近現代。它們根本不是什麼古老的傳奇，而是那些口述者有生之年所發生的事。八〇年代就曾經發生過，當時有一戶人家不曉得是失蹤了還是遭到了殺害。描述者不願據實以告，而且所有的人都叫我別理會阿

譯注

❶羅薩（Salvator Rosa，1615～1673），義大利畫家，那不勒斯化派代表。

米．皮爾斯的胡言亂語，於是我只好在隔天上午去找他，聽說他一個人住在一間搖搖欲墜的舊農舍裡，附近的樹林近年來第一次變得非常茂盛。那是一個古老得可怕的地方，佇立了太多年的房舍已經開始散發出隱約的瘴氣。經我一再敲門之後，才終於喚醒了那位老先生；當他畏首畏尾地拖著步伐走到門口時，我可以看出他並不歡迎我。他並沒有我想像中虛弱：不過他的眼神卻異常地消沉，而一身邋遢的打扮和蒼白的鬍鬚，使他看起來更爲憔悴與淒涼。

我不知道該如何讓他談起他的故事，於是佯裝我有一件要緊事；我告訴他，我有一項調查研究，並含糊地問起一些有關該地區的事。他遠比我所推測的精明且有教養許多，在我理解這點以前，他已經跟阿克罕鎮裡每一位和我聊過的男人一樣，十分能夠掌握主題了。但他並不像我在集水區所認識的一些鄉下人。對於這片綿延數英里的古老樹林和農地，他從來不曾表達過任何抗議，雖然這可能是他的房子坐落在將來的湖泊範圍之內的緣故。放心，是他展現出來的全部；他對這片古老幽谷的命運完全感到放心，況且他已經在此地晃蕩一生了。這片幽谷如今已經淹沒在水中——在那段光怪的歲月之後，它們最好永遠沉在水底。經過這樣的開場白之後，他沙啞的聲音低沉了下來，一面將身體往前傾斜，右手的食指則開始比畫了起來，儘管顫抖不已，卻教人印象深刻。

我就是在那時聽到這則故事的；他滔滔不絕的聲音不斷搔刮著我的耳膜，而我卻在夏日當空下，一次又一次地渾身發抖。每當遇到不合理或敘事沒有連貫性的時候，我必須經常回想起說話者的漫談，爲他拼湊出一些科學的論點，或替他串連起分歧之處，而那些論點都是他從逐漸模糊的記憶中，搜尋專家的說法而來的。在他講完以後，我不再懷疑他的心智已經遭到某種程度的損壞，也不再納悶爲何阿克罕鎮的居民們，對那片「枯萎的荒原」不願多置一詞的原因了。我在太陽下山之前，便匆匆趕回旅館，因爲不願看到繁星出現在我頭上那片開闊的天空；第二天我便返回波士頓，準備放棄我的任務。因為我無法讓自己再進入那片陰暗而混亂的古老樹林與斜坡，或者再度面對那些崩塌的磚塊和石頭。如今那座蓄水池即將大興土木，而這些古老的祕密也將永遠地安躺在水底深處。但就算到了那時，我也不認為我會在夜裡拜訪該區——至少不會在那些邪惡的星星懸掛天空之際；也沒有任何人能夠慫恿我，喝一口阿克罕新興城市裡的水。

老阿米說過，事情是發生在流星之後。在掃把星出現之前，此地從未有過任何荒謬的傳說，甚至在那時，這些西部的樹林也比不上米斯卡塔尼克的小島那樣可怕，在那裡，魔鬼在比印地安人更古老的石造祭壇旁舉行覲見禮。這裡不是惡靈出沒的森林，且在那段光怪的歲月之前，此地的黃昏也從不曾讓人害怕過。然後有一天，中午開始聚起了白色的雲朵，空中發生一連串的爆炸，而在林蔭深處的谷地，則出現一柱柱的煙霧。到了晚上，整個阿克罕地區都聽得到巨大的石頭從天空掉下來，然後降落在拿漢・佳德納家的井邊。在枯萎的荒原形成以前，那兒原本佇立著一棟房子——那是拿漢家整齊的白色房子，就坐落在繁盛的花園和果園之中。

拿漢跑到城裡，想要告訴人家那塊石頭的事，但中途他先拜訪了阿米・皮爾斯。當時阿米才四十歲，對於所有的怪事都非常執著。於是第二天早上，他和太太帶著三位來自米斯卡塔尼克大學的教授，急匆匆地趕去探視那塊莫名其妙的外星之物，然後他們覺得很納悶，為何昨天拿漢會宣稱那是個龐然大物。拿漢說這塊石頭縮小了，一面指著起伏的土地上一大片褐色的土丘，而在他家古樸但整齊的前院附近，也有草地被燒焦的痕跡；不過那群聰明人士的回應卻是，那塊石頭並沒有縮小。它仍然持續散發著熱氣，拿漢說它在晚上時還會暗自發光。那群教授們拿了一隻地質專用的榔頭敲敲看，發現它的質地異常鬆軟。事實上，它幾乎軟得像塑膠一樣；於是他們只好把它挖出來，而不能用夾的方式，並帶回大學做進一步的測試。他們從拿漢的廚房裡借了一口老舊的桶子，將它放在裡面，因為就連一小塊的石頭都同樣高溫。在回程的途中，他們在阿米家停留稍做休息；當皮爾斯太太發現那塊石頭愈變愈小，還把桶子的底部給燒壞時，大夥似乎都陷入了沉思之中。確實，這塊石頭的體積並不大，但也許他們沒想到其帶走的只是一部分而已。

隔天——這些事全發生在一八八二年七月——這群教授又在一陣高昂的情緒下出發了。經過阿米家的時候，他們順便告訴他，那些石頭樣本發生了什麼樣的怪事，以及當他們把它放在一只玻璃燒杯時，它如何整個消失無蹤。就連那只燒杯也都化爲烏有了，這群智識份子還提到，這塊奇怪的石頭似乎特別偏愛矽元素。那塊石頭在井然有序的實驗室，有著令人難以置信的表現；用碳火燒烤時，不但沒有任何反應，就連揮發氣體的跡象也沒有；而且浸泡在硼砂玻璃珠（borax bead）中也不見任何異狀；只要在任何製造得出來的高溫下，它都很快地證明自己完全不會蒸發，就連放在氫氧混合的試管中也一樣。若放在鐵上，它則顯出高度的延展性，若在黑暗中，它的光明也會非常顯耀。但它卻冥頑不靈地拒絕降溫，整座校園很快地爲之瘋狂。每當它在分光鏡前受熱時，它總會顯示出閃亮的色帶，而與一般光譜的顏色截然不同；許多人吱吱喳喳地談起新的元素、奇怪的視覺特性，以及其他令科學家們困惑不已的事，這些都是人們在面對未知事物時經常談論的主題。

由於高溫使然，這群人必須將它和各種適當的藥劑，一起放在坩鍋裡。水對它一點作用也沒有。鹽酸也一樣。甚至是硝酸或王水，也只會讓它發出嘶嘶聲，然後從它無堅不摧的灼熱表面滴落。這些事情阿米已經想不起來了，不過當我提到某些溶劑的使用次序時，他似乎還有點印象。其中包括氨水、氫氧化鈉、酒精、乙醚、令人作嘔的碳硫化物，以及其他十幾種溶劑。儘管隨著時間流逝，它的重量變得愈來愈輕，溫度似乎也稍微降低了一些，但這些溶劑卻絲毫沒有損壞它的跡象。毫無疑問的，它是一塊金屬；但從另一方面看來，它也是一塊磁石；而且當它浸泡在強酸溶劑裡時，彷彿還具有維曼斯台登等人在流星上所發現的某些痕跡。一旦冷卻的現象明顯發生之後，人們便把它移到玻璃器皿中測試；他們把原始樣本所形成的碎塊，一直放在玻璃燒杯裡面。但是到了隔天早上，所有的碎塊和燒杯全都不翼而飛，只在原本放置的木架上，留下一片燒焦的痕跡而已。

當教授造訪阿米家時，他們把所有的事向對方稟告，於是他再度啓程，和他們一同前往探查這塊石頭的外星傳送者；不過這次他太太卻沒陪他一起來。現在那塊石頭已經縮小得差不多了，而且就連這群大腦清晰的教授們，也不得不承認眼前所見的事實。圍繞在井水旁邊的那整片棕色土丘，除了有些凹陷的地方外，如今已經成了光禿禿的一片空地；前天，這塊石頭還有七英尺寬，但現在卻只剩下不到五英尺。它還是熱騰騰的；且當研究人員用榔頭和鑿子敲下一大塊後，他們覺得它的表面有點詭異。這次他們挖得更深了，然後當他們又撬開較小的一塊後，發現裡面的核心並不一致。

他們發覺，埋藏在裡面的似乎是一顆大型的彩珠。它的顏色與流星的特殊光譜似乎有些類似，但幾乎無法用言語形容，只能勉強稱之爲顏色。它具有光澤，在敲打下似乎很脆弱，而且還是空心的。其中有位教授用榔頭巧妙地敲了一下，致使它應聲爆了開來。裡面並沒有噴出什麼東西，而且在爆出聲音的同時，整個物體都消失了，只留下一片直徑大約三英寸的圓形空地。所有的人都認爲，只要把周圍的物質排除乾淨之後，他們應該還會發現其他彩珠的。

但他們的推測並沒有結果；他們試著用鑽鑿的方式，以挖掘其他的彩珠，但卻一無所獲，於是這群探尋者只好再帶著一些新的石頭樣本回去——結果證明，這些樣本就和上次的結果一樣令人嘖嘖稱奇。除了和塑膠的軟度如出一轍之外，它也具有溫度、磁性，以及些微的光亮，在強酸下會稍稍冷卻，並帶有莫名其妙的顏色，在空氣中會逐漸消失，而且會和矽化合物互相破壞，除此之外，它便沒有其他可供辨認的特徵了。在試驗結束時，這群科學家不得不承認，他們實在是一頭霧水。它絕對不屬於地球上的東西，而是來自於偉大的太空；因此它也繼承了外太空的特質，並遵循外太空的法則。

那晚下了一場大雷雨，翌日，這群教授前往拿漢家，結果卻讓他們大失所望。既然那塊石頭帶有磁性，它一定具有某種特殊的導電性；所以才會像中邪似的不斷「招來閃電」，一如拿漢所描述的。不到一個小時之內，這位莊稼漢一共看到六次閃電，打在他家前院的犁溝上；等風雨過後，只見片甲不留，除了水井還留下殘破的一小角之外，而且還被一小堆崩落的泥土掩蓋了一半。就算是挖掘，也得不到什麼結果的，於是這群科學家只好承認，這地方眞的徹底消失了。這群人完全徒勞無功；於是他們只能兩手空空地返回實驗室，再把之前那塊逐漸縮小的樣本，從鉛盒裡取出來測試一番。這塊樣本保存了一個星期，最後卻沒得到任何結果。它消失之後沒有留下半點痕跡，又經過一段時間，這群科學家甚至懷疑自己是否眞的親眼看過那塊來自外太空深處的殘骸；它是其他物質、能量與生物存在的宇宙和國度所捎來的一則奇怪消息。

阿克罕鎭的幾家報紙由於接受大學的贊助，理所當然會對這起事件大作文章，於是它們派了幾名記者採訪拿漢．佳德納和他家。波士頓至少有一家日報也派了一位記者前往，於是拿漢馬上變成當地的名人。他是個身材高眺、性情溫和的人，大約五十歲，與妻子和三個兒子一起住在山谷裡一座舒適的農場上。他和阿米經常往來，而彼此的老婆也是。經過這些事情之後，阿米對自己就只有讚嘆而已。他似乎對於自家受到矚目頗引以爲傲，所以一連好幾個星期，他經常提起那顆流星的事。那年的七、八月非常悶熱，拿漢在查普曼溪對面的草地上辛苦地曬著草；而他那輛嘎嘎作響的馬車則在蔭涼的夾道上壓碾出深深的軌跡。今年，這項苦差事做起來比往年費力許多，使他開始感嘆歲月不饒人。

接著又到了結果和收割的時期了。梨子和蘋果日漸成熟，拿漢信誓旦旦地說，今年可是前所未有的大豐收。水果不但大到驚人的程度，而且散發出難得一見的光澤，在如此豐收的情況下，還需一些額外的桶以供日後收穫。不過這次的豐收最後卻落得空歡喜一場，因為這一籮筐看似汁多味美的果實，結果卻華而不實，沒有任何一顆果子是可以吃的。無論是梨子或蘋果的香味，其中都潛藏著一股苦澀又噁心的味道，即便只是咬上那麼一小口，都有一種噁心的感覺揮之不去。而那些瓜子和蕃茄的情形也一樣。最後拿漢哀傷地發現，他的作物全都泡湯了。他很快地把事情聯想在一塊兒，於是他堅稱一定是那顆流星破壞了他的耕地；感謝上蒼，還好其他的作物都耕種在那條道路上方的空地上。

那年的冬天來得特別早，而且寒冷異常。阿米不再像從前那樣經常看到拿漢，也留意到他似乎挺憂慮的。他的家人也是，好像全都變得沉默寡言了；不但愈來愈少參加禮拜，也愈來愈少出現在村子裡的各種社交場合上。他們的冷淡與憂鬱找不到任何原因，雖然這家人偶爾會承認近來身體欠佳，而且心裡有一股隱隱然的不安。當拿漢本人在雪地裡看見某些足印，因而感到大惑不解時，他的描述是其中最詳盡的一位。雪地裡有些足跡是冬天裡經常看到的，包括紅色的松鼠、白色的兔子和狐狸等，然而這位滿腹愁腸的農夫卻堅稱他看到了某些東西，其本質和排列的方式都頗不尋常。他的想法並不具體，不過顯然認為它們不像一般的生物結構，而且也不具有松鼠、兔子和狐狸應有的習慣。阿米興致缺缺地聆聽著，直到有一晚，他從克拉克街角乘著雪橇回來，經過拿漢的家門口。當時天空有一輪月亮，還有一隻兔子從路上跑了過去，其彈跳的距離竟然比阿米和他的馬更遠。確實，要不是猛力拉住韁繩的話，那匹馬差點就要逃跑了。從此以後，阿米對拿漢的故事更加相信了，而且不知道為何，拿漢家的狗每到早上，都表現得那樣溫馴與膽小。後來，牠們還幾乎完全喪失了吠叫的力氣。

到了二月時，來自草山的麥奎格兄弟出外打獵土撥鼠，他們在拿漢家的不遠處，捕到一種非常特別的動物。牠的身體似乎有點不成比例，怪模怪樣的很難形容，而且臉上還帶著一種土撥鼠不曾有過的表情。麥奎格兄弟真的非常害怕，所以馬上把那個怪東西扔掉，後來傳到村民耳中的，便只有這些詭異的情節了。不過現在，每當馬兒經過拿漢家附近時，總是變得怯怯懦懦的，這已經成爲一件眾所皆知的事了，於是很快地，所有流言蜚語的共同基礎便形成了。

人們言之鑿鑿地表示，拿漢家附近的雪比別的地方融化得更快；到了三月初，眾人在克拉克街角的帕特雜貨店裡，舉行了一場危言聳聽的討論。那天早上，史蒂芬・萊斯才駕著馬車經過拿漢家，他留意到臭菘從森林旁邊的泥土鑽了出來，然後穿過馬路。從來沒見過這麼大的臭菘，而且顏色也怪異得無法形容。它們的形狀非常嚇人，而且史蒂芬還嗅到了一股前所未聞的味道，讓那匹馬也不禁噴起了鼻子。那天下午，有好幾個人駕著馬車，前往探視這些不尋常的植物，而所有的人都認爲，這種植物不應該出現在正常的世界裡。眾人紛紛談起去年秋天的壞收成，於是拿漢家的土地遭到毒害的事，便在眾人的口中傳了開來。當然，這又是那顆流星所造成的；有幾位農夫還記得，那群大學教授對這塊石頭非常好奇，於是又把這件事轉告給他們知道。

某天他們來拜訪拿漢家，但對於荒唐的故事和傳說，卻顯得相當保留。那些植物確實非常怪異，不過所有臭菘的形狀或顏色，本來或多或少就有點奇怪。也許那塊石頭裡有某些礦物成分，確實侵入了土壤，不過應該很快就會被沖刷掉。至於那些足跡和受驚嚇的馬，當然只是鄉下人的嚼舌根而已，是這類隕石掉落必然會引起的現象。嚴肅的人對於漫無邊際的流言，眞的是插不上手，因爲迷信的鄉下人是可以胡說或亂想出任何東西的。因此在這整段光怪的歲月裡，那群教授始終保持冷眼旁觀。其中只有一位，曾經在一年半前帶著兩只裝著塵埃的小玻璃瓶，送到警局裡化驗，他還記得這些臭菘的奇怪顏色，非常近似於那顆隕石在分光鏡下所顯現出來的異常光譜，而且也和隕石中所埋藏的那顆脆弱的彩珠，有著類似的顏色。起先，這些接受分析的樣本，都有著同樣奇怪的光譜，但後來這項特質卻消失不見了。

那年，拿漢家附近的樹木發芽得特別早，而且每到晚上，它們會在風中邪惡地搖晃著。拿漢家的老二——薩狄，是個十五歲的小伙子，他發誓說，就算在沒有風的情況下，這些樹也一樣會搖晃；不過就連愛聊八卦的村民，也不會相信這點的。風，當然是不曾間斷的。於是拿漢全家開始有了偷聽的習慣，雖然他們無法清楚地說出到底聽見了什麼樣的聲音。這種偷聽的行爲，的確是在意識似乎有點恍惚的情況下才會發生的。不幸的是，這種情形每星期都在增加，直到「拿漢家的人有點不對勁」這樣的評語成爲閒話家常爲止。等到虎耳草早早冒出頭後，它們又出現了另一種奇怪的顏色；儘管和那些臭菘的顏色不同，不過顯然有關，而且同樣不爲人們所知。拿漢帶了幾朵到阿克罕鎮，將它們拿給《憲報》的編輯看；不過那位顯貴之人卻只寫了一篇詼諧的文章，將這群鄉下人的莫名恐懼，客客氣氣地嘲笑了一番。這是拿漢的失算，才會將這些繁殖過盛、顏色黯淡的蝴蝶和那些虎耳草聯想在一起，而且還說給一位道貌岸然的人士聽。

到了四月，村民掀起了一陣瘋狂，並開始放棄那條經過拿漢家的道路，最後終於落得完全廢棄的命運。這又是植物惹的禍。因爲所有的果樹都開出顏色詭異的花朵，而且在院子裡佈滿石頭的土壤中，以及旁邊的草地上，也都冒出了一種奇怪的植物，只有一位植物學家認爲它適合生長在這個地區。除了綠色的草和葉子之外，每個地方都看不到正常的顏色；到處都充滿了這類紛亂而多彩的變種植物，彷彿得了什麼病似的，其主要的色調完全不屬於地球上任何已知的色調。「兜狀荷包牡丹」已經成了一股威脅，而那些美洲血根草也肆無忌憚地長出變態的顏色。阿米和佳德納全家都認爲，其實大部分的顏色都有種令人覺得奇怪的相似性，不禁讓他們想起那顆隕石中的脆弱彩珠。拿漢將那塊十畝草地和上方的空地，翻整一下後又播了種，而沒理會屋子周圍的土地。他知道那是沒有用的，希望夏天長出來的奇怪植物，能夠將土壤中所有的毒素吸收乾淨。現在的他幾乎已經準備好迎接任何東西了，而且也已習慣那種隨時可以聽見身邊有東西的感覺。鄰居們當然是紛紛迴避他家，對他太太更是敬而遠之。那些男孩的情況則好一些，因爲他們每天都待在學校；不過他們還是不免受到流言所擾。尤其是薩狄這個生性敏感的小子，更是飽受精神折磨。

到了五月，那群害蟲成群結隊地出現了，於是拿漢家成了一場惡夢，到處都有蟲子在蠕動和唧唧叫。無論是外觀和動作，大部分的蟲子似乎都頗不尋常，而它們在夜間的行動也是前所未見的。佳德納一家人在夜裡專心觀看——左瞧右瞧，想要瞧出個名堂——但就是看不出所以然來。到了這時人們才承認，薩狄說過樹會發出聲音的事，原來是眞的。佳德納太太是第一個看到的，當時她正透過窗戶，在月光照耀的星空下，注視著一棵楓樹的膨脹樹枝。那些樹枝確實在平靜無風的情況下晃動了起來。一定是汁液讓那些樹枝膨脹的。如今長出來的每樣東西都怪裡怪氣的。不過下一個發現的人，就不是拿漢家的任何一位成員了。因爲習慣已經讓他們麻木不仁，然而他們視若無睹的東西，卻被一位膽小如鼠的風車銷售員給瞧見了，這位對於鄉野奇譚一無所知的先生，某天晚上駕車經過此地。他在阿克罕鎭所透露出來的事，後來還刊登在《憲報》的一篇短文上；就是從這個時候開始，所有的農夫才第一次留意到這個情況，包括拿漢在內。那天晚上非常漆黑，捕蠅燈的光線微弱，不過谷地裡有一座農場的周圍卻似乎沒那樣黑暗，大夥憑著描述，就知道那一定是指拿漢家。他說有一種朦朧但明顯的光芒，似乎籠罩著所有的植物、草葉和花朵，而且有那麼一刻，農舍附近的院子裡還出現一片獨立的磷光，瘋狂地搖晃不已。

草葉到目前爲止似乎平靜無事，牛隻在家附近的牧場裡悠閒地吃草，但到了將近五月底，牛奶開始變壞。接著，拿漢將牛群趕到高地上，然後這場混亂才停了下來。不一會兒功夫，無論是草地還是樹葉，都起了肉眼可見的變化。所有的綠色都轉成灰色的了，而且還變得高度脆弱。如今，阿米是唯一還會拜訪此地的人，不過次數也日漸減少了。一旦學校放了假，佳德納一家人便幾乎與世隔絕，有時還請阿米幫他們跑跑腿，到城裡辦點差事。而且奇怪的是，這家人的身心狀況都在衰退當中，因此當佳德納太太發瘋的消息傳開時，並沒有人感到意外。

這件事發生在六月，正値那顆隕石掉落滿一週年；這位可憐的婦人叫嚷著，空氣中有種無法言喻的怪東西。她的胡言亂語沒有出現任何具體的名詞，盡是一些動詞和代名詞。她說有東西在移動、變化、飄蕩，耳朵則因爲某種震動而發出耳鳴，但那種震動又不全然是聲音造成的。有個東西被帶走了——她一直在喪失某種東西——又有某種不屬於她的東西束縛在她身上——得有人弄開它才行——夜裡不再安靜——牆壁和窗戶都在移動著。拿漢並沒有將她送到縣裡的療養院，而是讓她在家裡四處遊蕩，只要她別傷了自己和他人就行。就算她的表情起了變化，拿漢也任之由之。不過那群男孩卻愈來愈怕她，尤其當她向薩狄扮起鬼臉時，幾乎要讓他昏了過去，於是拿漢只好將她關在閣樓裡。到了七月，她已經不再開口說話了，只會在閣樓裡四處爬行，在那個月結束之前，拿漢心中有種瘋狂的想法，覺得她好像會在黑暗中微微發光，但現在他卻清楚地看見，原來附近的植物也都如此。

在這件事稍早之前，拿漢家的馬兒都被蓋上了戳記。牠們在夜裡受到某種東西的騷擾，於是在馬廄裡瘋狂地嘶鳴和踢踏。幾乎沒有什麼辦法可以讓牠們鎭定下來，當拿漢打開馬廄的大門時，牠們幾乎像是一群受驚的小鹿，一股腦兒地衝脫而出。拿漢花了一個星期的時間，才把這四匹馬全部找到，不過等到發現時，牠們已經沒什麼用處，而且也無法駕馭了。牠們的腦子出了問題，爲了牠們著想，拿漢只好將牠們一槍斃命。拿漢向阿米借了一匹馬用來割草，但發現牠不肯接近農舍。牠顯得一副畏畏縮縮、躊躇不前的樣子，而且還嗚嗚地哀嚎著，最後他束手無策，只好將牠硬拖到院子裡，而其他的男人則合力將笨重的馬車拉到草堆附近，以方便搬運。在這段期間，植物仍然持續轉成灰色，且變得異常脆弱。就連花朵原先的奇怪顏色，如今也開始轉成灰色的了，結出來的果實也一樣，不但發育不全，而且淡而無味。至於紫菀和秋麒麟草，如今也都開出灰色的畸形花朵，還有前院裡的玫瑰、百日草和蜀葵，其模樣也變得如此邪惡，致使拿漢的長子惹奈思只好把牠們全部砍斷。但在這段期間內，那群突然暴增的害蟲卻死得精光，就連蜜蜂也離開巢穴，搬到林子裡去了。

到了九月時，所有的植物都快速地化爲灰燼，拿漢擔心，在土壤裡的毒素排除乾淨之前，那些樹木恐怕就會凋零了。如今他的太太三不五時會發出恐怖的尖叫聲，而他自己和那群男孩，則經常陷入精神緊張的狀態。他們已經不再和人接觸了，就連開學之後，男孩們也不再上學去了。最後還是難得一見的阿米，第一個發現他家的井水已經不能再喝了。井水裡有一股噁心的味道，既說不上是惡臭，也不盡然是鹹味，於是阿米建議他的老友在高一點的地方開挖另一口井，等到此地的土壤恢復爲止。但拿漢對這項告誡卻充耳不聞，因爲此時的他已經習慣這些奇奇怪怪、令人不快的事情了。於是他和那群男孩還是繼續飲用那口受到污染的井水；無精打采地吃著粗茶淡飯，活像個機器人似的；做著吃力不討好、單調乏味的例行公事；並過著漫無目標的生活。他們全像是神經麻痺、放棄了鬥志一般，宛如另一個世界裡的行屍走肉，兩旁有著不知名的守衛，正護送他們走向某個相同的命運。

九月時，薩狄到那口井一探，然後便發瘋了。他提了個桶子過去，卻兩手空空地回來，一面大吼大叫，還一面比手畫腳，有時陷入傻笑，有時則喃喃自語著說：「底下的顏色會動。」家裡有兩個人的情況很糟，不過拿漢卻表現得相當堅強。他放任這男孩遊蕩了一個星期左右，直到他開始站不穩，而且還有自殘的行爲出現，於是他只好將這男孩也關在閣樓的房間裡，走廊的對面則是他的母親。他們兩人在各自關起來的門後互相叫喊著，叫聲非常可怕，特別是在小兒子莫溫的耳中聽來，他想像這兩人可能是用一種不屬於地球上的可怕語言在交談吧！莫溫的想像愈來愈悚慄，而且在離開這位曾經是他的最佳玩伴的哥哥之後，他的不安感也愈來愈強了。

幾乎就在同時，拿漢家的牲口開始死亡。那些家禽先是變成了灰色，然後迅速斃命；經過切割之後，發現牠們的肉質都乾枯了，而且發出惡臭。豬隻則變得異常肥大，接著突然發生可怕的變化，沒有人能夠加以解釋。牠們的肉當然是不能食用了，這讓拿漢傷透了腦筋。鄉下沒有任何一位獸醫願意靠近他家，而住在阿克罕鎮裡的獸醫，則遭到公然的勸阻。然後那些豬隻也開始變成灰色，且在斷氣之前就已經粉碎了，眼睛和口鼻全都變得畸形怪狀。這個情況非常莫名其妙，因為拿漢從來沒用過那些受污染的植物餵養牠們呀！接著是那群牛隻也遭到了襲擊。牠們身上的某個部位，有時甚至是整個身體，先是變得乾枯或皺成一團，接著是常見的驚人崩潰或瓦解。到了最後階段——其下場總是死亡——就像那些豬隻一樣，牠們也開始轉成灰色，而且易碎。這不可能是毒素造成的，因為所有的情形都是在動物們安然無恙地關在糧秣房時所發生的。牠們不可能是被什麼爬蟲類咬到，所以才傳染到病毒的，因為地球上哪有什麼動物可以穿透堅實的障礙物呢？這一定是自然死亡——但到底是什麼樣的疾病，會導致這樣的慘劇，這眞是令人匪夷所思啊！當收割的季節來臨時，此地已經沒有任何動物的活口了，因為那些家畜和家禽全都喪了命，就連狗兒也都逃之夭夭。那三條狗在一夜之間消失無蹤，從此再也沒有牠們的下落。而那五隻貓則是在更早之前就離家出走了，幾乎沒有引起什麼樣的注意，因為近來好像已經看不到老鼠了，在此之前，只有佳德納太太曾把優雅的貓咪養來當作寵物。

十月十九日當天，拿漢搖搖晃晃地跑到阿米家，帶來不幸的消息。被關在閣樓房間裡的可憐薩狄，已經蒙受死神的召喚了，而且死狀甚難啓齒。拿漢在農場後頭一塊用欄杆圍起來的空地上，挖了一座墳墓，然後將他發現的東西放進去。不可能是外來者所造成的啊！因為那扇封死的小窗和緊閉的大門，全都完好如初；這和糧秣房裡的情景幾乎一模一樣。阿米和他太太竭盡所能地安撫這位飽受打擊的男人，但心底卻是寒毛直豎。一股赤裸裸的恐怖力量，似乎正緊抓著佳德納一家人不放，包括他們所接觸的一切，這戶人家似乎出現了一個鬼怪，宛如一陣風從某個無名且莫名的地區吹來。阿米陪同拿漢回家，內心非常不願意，然後儘可能地撫平小莫溫一發不可收拾的啜泣。惹奈思倒是不需要安慰，因爲近來他總是無所事事地瞪著空洞的眼睛，完全聽命於父親；阿米覺得他的下場算是非常幸運的。有時，莫溫的尖叫聲會隱約得到閣樓裡的回應，面對阿米懷疑的表情，拿漢只好告訴他，他太太已經變得非常虛弱了。等到晚上，阿米成功地讓自己脫了身；就連友誼也無法讓他待在此地，尤其是那些植物開始發出來微弱的光芒，再加上樹木在無風的情況下兀自搖晃起來之後。還好阿米的想像力不夠豐富。就算是在這樣的情況下，他的心靈也不怎麼動搖；要是他有能力把周遭這些事情串連起來，並加以反省的話，恐怕他一定會完全瘋掉的。於是他在夜色中急忙趕回家，耳中還不時傳來那位瘋婆子和她緊張兮兮的小孩發出的駭人尖叫。

三天之後，拿漢一大早就衝進了阿米家的廚房，但主人不在家，他只好結結巴巴地道出另一則絕望的消息，讓皮爾斯太太害怕得捏緊拳頭。這回是輪到小莫溫了。他已經不知去向。昨天晚上他提著一盞燈和一只水桶出門，然後就沒回來過。他已經失魂落魄了好幾天，根本不知道自己在幹啥。他對什麼事情都大呼小叫的。後來從院子裡傳來一陣狂吼，然而在這個作父親的趕到門口之前，那男孩已經不見蹤影了。他帶走的燈籠根本沒亮，身後也沒留下任何的蛛絲馬跡。當時拿漢以爲，那盞燈和那只水桶都會一起消失的，但等到天亮之後，他竟然在水井旁邊發現一些非常奇怪的東西。那兒出現了一團廢鐵，顯然是被熔化的，想當然爾，這一定是那盞燈籠了；旁邊還有一個彎曲的把柄，和幾個變形的鐵環，兩者都呈半銷熔狀，似乎暗示著它們可能是那只水桶的殘餘物。事情就是這樣。拿漢完全無法想像，皮爾斯太太則是腦袋一片空白，而當阿米回家之後聽了這個故事，他也提不出任何揣測。

莫溫已經消失了，就算昭告天下也沒有用，因爲現在所有的人，都對佳德納這家人避之唯恐不及。而且就算是告訴阿克罕鎮裡的人，也一樣沒有用處的，因爲他們對所有的事情，都只會嗤之以鼻而已。有個東西正一步步地匍匐前進，等著被人看到與聽到。拿漢也會很快消失的，所以他希望阿米能夠好好照顧他太太和惹奈思兩人，假如他們平安度過的話。這當然是一種末日審判，雖然他無法想像是爲了什麼理由，因爲他總是盡其所能地按照上帝的道路，抬頭挺胸地行走。

阿米有整整兩個星期以上，完全見不到拿漢的蹤影；然後因爲擔心他可能出了事，於是克服了恐懼，又到佳德納家裡走了一趟。那座巨大的煙囪看不見任何炊煙，這位造訪者立刻察覺不對勁。整個農場的外觀是那樣地嚇人——滿地都是乾枯的灰色草葉；古老的牆壁和山牆上，則垂掛著脆弱不堪的藤蔓；光禿禿的大樹向著十一月灰濛濛的天空張牙舞爪，歪歪扭扭的樹枝則發生某種微妙的變化，致使阿米不禁感到一股蓄意的威脅。幸好拿漢還活著。他的身體很虛弱，在低矮的廚房裡，靜躺在一張躺椅上，但他的意識倒是非常清明，而且還能對惹奈思下達一些簡單的指令。整個房間都是冷冰冰的；當阿米明顯地發起抖來，這位主人還對惹奈思粗聲粗氣地叫嚷著，要他多添點柴火。添加木柴的確是當務之急，因爲那座火爐根本沒生火，不但是空蕩蕩的，而且還從煙囪降下一股冷風，揚起了一團煤炭灰。這時拿漢問他，加了木柴有沒有讓他感覺舒服些，於是阿米就知道出了什麼事了。那根最大條的神經最後還是斷裂了，幸虧這位歹命農夫的精神狀態，才讓他免於更大的不幸。

阿米極機智地盤問拿漢，但始終沒能搞清楚惹奈思究竟失蹤到哪兒去了。「在水井裡——他住在水井裡——」這位糊裡糊塗的父親只是這麼說。接著這位造訪者靈光乍現，突然想到那位瘋婆子，於是他改變問話。「你說娜比？怎樣，她在這兒啊！」可憐的拿漢回答得如此驚訝，使阿米馬上瞧出他得自個兒去尋找才行。於是他讓這位喃喃自語的無辜者留在躺椅上，然後從門邊的釘子上取下鑰匙，獨自爬上嘎嘎作響的樓梯到閣樓。上面的空間非常侷促，而且亂哄哄的，但那些噪音都不知是從哪個方向傳來。眼前出現四個房間，只有一間是鎖上的，於是他拿起那串鑰匙試著打開這個房間。結果發現第三支鑰匙是正確的，經過幾次失誤之後，阿米終於打開那扇低矮的白色房門。

裡面的光線相當昏暗，因為窗戶原本就不大，又被厚重的木欄給遮了一半；阿米根本就看不到寬條的地板上有什麼東西。裡面簡直臭得難以忍受，致使他在進一步跨出去之前，必須先撤退到另一個房間，讓肺部吸飽新鮮空氣之後再回來。當他真正進入房間之後，他馬上衝口尖叫。在他喊叫的同時，他認為自己看到了一陣煙霧從窗口悠然飄過；過了一秒後，又覺得好像有一股討厭的氣流與他擦身而過。要不是眼前的恐懼讓他麻木，他應該是會想起那顆被地質學家的榔頭敲碎的隕石裡所發現到的彩珠的，而且也會聯想起今年春天冒出來的變態植物。但他當時唯一想到的，是自己遭遇了邪惡的怪物，而且顯而易見的是，薩狄這名年輕小伙子和那群牲口，也都面臨了同樣的下場。不過這個可怕東西最駭人的地方卻在於，它一面以非常緩慢、但可察覺的速度移動著，一面又持續地捏碎。

阿米不願意給我更多的細節，不過根據他的描述，房間角落裡的那個東西似乎不是一個會移動的物體。有些事情是不能提起的，而且常人的作法有時是會受到法律嚴酷制裁的。我斷定閣樓的那個房間裡，並沒有留下任何會移動的東西，而且裡面根本沒有任何東西可能會做出如此驚人的舉動，致使一個值得信賴的人，從此陷入永恆的苦惱中。除了冷漠的農夫之外，任何人都會昏倒或發瘋的，但阿米卻能神智清醒地走出那道低矮的門口，然後把這個該死的祕密鎖在身後。現在只要照顧拿漢就行了；他必須有人餵食和照料，所以得把他遷移到某個他能照顧到的地方才行！

當阿米開始走下那座漆黑的樓梯，他聽到底下有個敲打的聲音。他甚至還記得他瞬間壓抑住自己的尖叫聲，然後又惶恐不安地想起，方才在上面那個房間裡，有一股濕冷的霧氣從他身邊掠過。到底他的叫喊和出現，驚起了什麼樣的鬼怪呢？某種模糊的恐懼讓他停下腳步，然後又聽到底下還有其他的聲音。那無疑是一種沉重的拖步聲，以及一種黏呼呼的討厭聲音，像是某種邪惡不潔、帶著吹盤的生物所發出。在聯想能力突然激增的情況下，使他不由自主地想起樓上所看到的東西。天哪！他到底是闖入了什麼樣的惡夢啊？他既不敢後退，也沒有勇氣往前，而只能待在原地，楞楞地站在那道狹窄而漆黑的樓梯上兀自發抖。就連最細微的景象，都能讓他頭皮發熱。那些聲音、預料中的可怕景象、黑漆漆的四周、還有窄梯的陡峭——慈悲的老天爺啊！——眼前所有的木製品，都散發出那種微弱但清晰的光芒；樓梯、側面、暴露出來的板條、橫樑等，無一不然。

接著，阿米的馬突然從門外傳來瘋狂的哀嚎，隨即是一陣倉皇逃竄的跑步聲。只一眨眼的工夫，耳中再也聽不到馬兒和馬車的聲音了，徒留下這個驚慌失措的男人，站在昏暗的樓梯上，胡亂猜測是什麼讓牠們逃跑的。但事情還不僅止於此。底下又有另一個聲音傳來。那是一種液體濺灑出來的聲音——是水吧！想必一定是那口井。他把馬留在那口井的附近，沒綁起來，因此那輛馬車一定把是井口的石頭給撞開了。而那些讓人討厭的老舊木材，依然散發出慘淡的磷光。天哪！這棟房子到底有多古老啊！其大部分都建造於一六七〇年以前，就連那片複折式的屋頂，也不晚於一七三〇年。

樓下地板所發出來的搔刮聲原本非常微弱，但現在卻聽得非常清楚，於是阿米的手緊握住一根沉重的棍子，那是他從閣樓裡撿來的，當然有其用意。他的神經逐漸緊繃起來，等下完樓梯之後，他壯起膽子朝廚房走去。不過他並沒有走完全程，因爲他要找的東西已經不在那裡了，倒是向他迎面而來，而且還一副活生生的樣子。而它到底是自己爬行，還是被任何外力拖著走，阿米則無法判斷；不過肯定的是它已經死了。所有的事都發生在最後的半小時內，然而崩潰、變灰和瓦解等現象，早在之前就發生了。這東西非常易碎，因此某些乾燥的部分正在剝落。阿米無法碰觸它，只能張口結舌地看著那張疑似扭曲的臉孔。「這是什麼鬼啊？拿漢——到底是什麼鬼啊？」他低聲說，而那對裂開而暴凸的嘴唇，卻及時說出最後的回答。

「沒事……沒事……那顏色……燒起來了……又濕又冷，但卻燒起來了……它住在水井裡……我看到了……有一種煙霧……像今年春天開出來的花一樣……那口井在夜裡發光……先是薩狄，然後是莫溫和惹奈思……每個東西都是活的……從每樣東西吸收精氣……在那顆石頭裡……一定是從那顆石頭冒出來的……讓整個地區都中了毒……不知道它想怎樣……那些大學教授從石頭裡挖出來的圓珠……他們把它給弄碎了……它的顏色是一樣的……完全相同，就像那些花和植物一樣……它們一定還有更多……種子……種子……愈長愈多……我是這星期第一次看到的……它一定強悍地對付惹奈思……因爲他已經是大男孩了，如此充滿活力……它先打擊你的心靈，接著征服你……再把你燒掉……在那口井水裡……你是對的……那邪惡的井水……惹奈思到那口井後，就沒再回來了……逃不掉的……把我們拖下水……我們知道有東西來了，但還是沒有用……自從惹奈思被帶走之後，我就一直看到它……娜比怎麼了？阿米？……我的腦子沒用了……不知道有多久沒餵她了……假如我們一不小心，那東西就會找上她的……只有一種顏色……有時一到晚上，她的臉就會變成那種顏色……它一邊燃燒、一邊吸收……它是從別的地方來的，不像這裡的東西……其中一位教授這樣說過……他是對的……小心啊！阿米，它會做出更絕的事……把精氣吸出來……」

但事情還不光是這樣。那個說話的東西不再開口了，因爲它已經完全崩解。阿米拿了一條紅色的格狀桌巾，把剩餘的部分蓋起來，然後踉蹌地走出後門，到田野去。他爬上斜坡，通過那片十畝草地，然後經由北方的那條道路和森林，搖搖晃晃地回到家。他才不願經過馬兒逃離的那口井呢！因爲之前他已透過窗戶觀察過，發現井邊沒有任何石塊不見。於是他知道那輛搖晃的馬車，根本沒有移動任何東西——那潑灑的聲音一定是別的東西發出來的——是某個對付完可憐的拿漢之後，隨即進入那口井裡的東西……

當阿米回到家時，他的馬和馬車已早他一步抵達了，還讓他太太陷入一陣緊張。他安撫了太太，但沒多做解釋，接著又馬上啓程前往阿克罕，向有關單位報告佳德納一家人消失的事。他並沒有詳加說明，只是淡淡地告知拿漢和娜比死亡的消息，以及薩狄的下落，還提到這些事的起因，似乎與殺害那些牲口的怪病是相同的。另外他也提到莫溫和惹奈思失蹤的事。警察盤問了許多問題，其中有三名警官後來還強迫阿米帶他們到佳德納家的農場去，另外還跟了一名驗屍官、檢驗醫師，和專門爲生病的動物診療的獸醫。但阿米非常心不甘情不願，因爲那天下午已經過了大半，他很怕夜幕即將籠罩那個受到詛咒的地點，不過還好有這麼多人陪他，這點倒是讓他稍感欣慰。

於是這六個男人浩浩蕩蕩地駕駛一輛貨車，跟隨著阿米的馬車，大約在四點鐘左右，一群人終於抵達了那棟慘遭害蟲侵襲的農舍。儘管這群警官對於駭人的經驗早已司空見慣，然而當他們在閣樓裡的地板上，發現那條紅色格狀桌巾底下的東西時，卻沒有人能夠無動於衷。這整座農場盡是一片灰色的廢墟，看來已經夠恐怖的了，然而那兩堆粉碎的物體更是超出忍耐的極限。沒有人能夠多看它們一眼，就連那位檢驗醫師都坦承，這些東西沒什麼好檢驗的。當然還是可以做點樣本分析，於是他忙碌地採集著——之後這兩瓶裝著塵土的燒杯，在大學實驗室裡發生了一件非常費解的怪事。這兩組樣本放在分光鏡下，都散發出不尋常的光譜，其中有許多顏色恰好與前年所發現的那顆奇怪隕石相同。一個月後，它的光譜便消失了，於是這些塵土的主要成分，便只剩下鹼性的磷酸鹽和碳酸鹽而已。

要是阿米早知道這群人想要立刻採取行動的話，他肯定是不會向他們透露那口井水的事的。此時已經日薄西山，他心急如焚地想要離開。但他還是忍不住緊張兮兮地瞄一眼那口大井的石造井欄，等到有位警官質問他，他才招認拿漢很怕底下的某個東西——害怕到不敢到那兒去尋找莫溫和蒍奈思兩人。說完之後，除了立刻汲乾井水加以探查之外，就沒什麼其他事情可做的了，於是阿米只好戰戰兢兢地在一旁，等著一桶接一桶的井水拉上來，然後潑在井外會吸水的土地上。這些井水聞起來很噁心，最後這群男人只好捏著鼻子，才能免於它的惡臭。這項令他們畏懼的工作並沒有持續太久，因為井水非常淺。至於他們發現了什麼，我實在沒必要加以詳述。莫溫和蒍奈思兩人都在那兒，但只剩下一部分的殘骸。還有一隻小鹿和一條大狗，情況也都差不多，另外還有一些小動物的骨頭。教人不解的是，底部的淤泥似乎不斷地滲出水來，而且還冒著泡，於是有個男人撐著一根長竿下去刺探，發現這根木竿可以沉陷至泥床的任何深度，而碰不到任何堅硬的阻礙。

此時夜色已經降臨，於是他們從屋子裡取出燈籠。當他們發現這口井再也找不到任何東西時，每個人都進了屋裡，然後坐在老舊的客廳裡協商，半輪如鬼魅般的月光，則從一片灰蒼蒼的室外，黯淡無力且忽隱忽現地照了進來。這群男人對這整件事完全不知所措，也找不出任何有說服力的共同因素，足以將那些植物的怪異情況、那群牲口和人類的不明疾病，以及莫溫和蒍奈思在這口受污染的水井中的離奇死亡串連在一起。沒錯，他們都聽過村民的閒言閒語；不過他們實在無法相信任何違反自然法則的事。那塊隕石確實是污染了土壤，不過那群人和動物的疾病卻又是另一回事，因為他們並沒有吃到任何從這片土壤裡長出來的東西啊！難道是井水的緣故？非常有可能。這應該要好好分析。不過那兩個男孩到底是發了什麼神經，才會跳到那口井裡的呢？兩人的行為是那樣的類似——而他們的殘骸也都顯示出經過變灰和碎裂的死亡過程。為什麼每樣東西都會變灰和粉碎呢？

第一個留意到水井周圍有光芒的，是那位驗屍官，當時他正坐在窗戶附近，眺望著外面的院子。此時夜幕已經完全籠罩，除了斷斷續續的月光之外，這一大片令人討厭的地面，彷彿也都散發著微弱的光芒；儘管微弱，但這光芒卻是明確而顯著的，彷彿是從黑洞中發射出來的，一如探照燈的柔和光芒，然後在地面上井水所灌注的一窪窪小水池中，倒映出模糊的影子。它的顏色非常奇特，所有的人都聚集在窗邊，這時阿米大吃了一驚。因爲這道帶有臭味的詭異光芒，在他看來並不陌生。他之前就已經見識過這種顏色了，而且很害怕這代表什麼樣的意義。早在去年和前年的夏天，他就已經在隕石裡那顆脆弱異常的彩珠上見過了，也曾出現在春天那片變態的植物上，還有那天早晨，他在恐怖的閣樓房間裡一扇有欄杆的小窗子旁，也有那麼一瞬間瞥見過，而那兒正是莫名其妙的怪事發生的現場。光芒先是在那兒閃動了一下，接著便有一股濕冷而討厭的氣流從他身邊擦過——然後可憐的拿漢便被某種同樣顏色的東西給帶走了。他終於說出了這件事——說這顏色就像彩球與植物的顏色一樣。之後他便衝出院子，接著又聽到井水潑灑的聲音。而那口水井此時正對著夜空，吐出一道蒼白而邪惡的光芒，還散發出同樣猙獰的顏色。

就算是在緊張的時刻下，阿米也能針對某個現象提出疑惑，這點倒是爲他的心智敏銳度加了分。因爲他在大白天裡對著天空敞開的窗戶上瞥見了蒸氣，又在那片漆黑而荒蕪的夜色中，看見磷光般的氣體，這些都讓他不禁起疑。那是不對的——是違反自然法則的——於是他想起那位飽受折磨的老友駭人聽聞的最後遺言：「它是從別的地方來的，不像這裡的東西……其中一位教授這樣說過……」

戶外那三匹馬全綁在路旁的乾枯小樹上，這時卻都瘋狂地嘶喊與亂踢起來。馬車夫趕忙衝到門口，準備採取一些行動，但阿米卻將一隻顫抖的手擱在他的肩膀上。「別過去。」他低聲說道。「那兒有很多我們不瞭解的東西。拿漢說過井裡面住著某樣東西，它會把你的精氣吸光的。他說那東西一定是去年六月時，從那顆墜落的隕石裡的彩珠生出來的。拿漢還說，它會吸收精氣，然後燃燒，最後散發出此刻所見到的彩色煙霧，你看不見、也說不出那是什麼東西。拿漢認爲它什麼活的東西都吃，而且愈來愈強大。他說他上星期還看過這東西。那一定是從外太空來的，去年那群大學教授說過那顆殞石也是。它的構造和活動方式，都不像地球上的任何東西。它是從外太空來的。」

當水井的光芒轉強，再加上那三匹拴住的馬更加瘋狂地嘶鳴與踢踏，這群男人只好猶豫不決地停頓下來。這確實是個怵目驚心的時刻；這棟受到詛咒的老房子，本身就已經夠恐怖的了，另外還有那四具驚人的殘骸──其中兩具在屋子裡，另外兩具在井裡──有些在屋後的木棚裡，有些則是在前方那口散發出不知名的邪惡光芒的泥濘水井中。阿米已經制止住那位衝動的馬夫，倒是忘了自己在那間閣樓房間時，並沒有受那一道濕冷的氣流所傷，不過他這樣做也許是對的。沒有人眞正知道，那晚外面到底發生了什麼事。雖然到目前爲止，那個外太空怪物還沒傷害過任何一位心智堅強的人，但是誰也說不準，它會不會在最後一刻施出什麼樣的毒手；況且它的力量似乎正在增強，說不定在忽隱忽現的月光下，很快就會彰顯出它的特殊意向。

說時遲、那時快，一位靠窗的警察立刻倒抽了一口冷氣，短促而俐落。其他的人先是看看他，旋即跟隨他的視線向上仰望，瞬間逮住那東西漫步遊晃的地點。此時言語亦枉然。鄉野中人曾經議論紛紛，如今再也不需要爭辯了，爲了這個東西，使在場的每一個人後來在竊竊私語中達成協議，從今以後，他們永遠不再提起阿克罕的這段光怪歲月了。那天晚上並沒有風，這是必須確認的前提。不久之後確實刮起了一陣風，但當時是絕對平靜的。就連籬笆旁苟延殘喘的芥菜，其灰色而乾枯的葉梢也都文風不動，還有那輛貨車的篷邊也是。然而在這一片緊張而邪惡的靜謐中，院子裡所有又高又禿的樹枝全都搖了起來。它們怪異而間歇性地扭動著，對著月光下的雲朵張牙舞爪，一副痙攣或癲癇的模樣；並且有氣無力地對著有毒的空氣亂抓，彷彿黑色的樹根正和地底某些扭動與掙扎的怪物糾纏在一起，因而被這種無形的連結物猛然一拉。

人人莫不屏住氣息好幾秒鐘。接著有一片較黑的雲朵遮住了月亮，於是這些張牙舞爪的樹影便立刻消失了。大夥對此都發出了叫喊；雖然被畏懼所壓抑，然而每一副喉嚨還是發出了幾乎同樣的沙啞聲。因爲恐怖的事物並沒有隨著樹影消失；在這個更爲深沉可怖的黑暗片刻，這群觀察者看見上千個微弱而邪惡的小光點，在樹梢上蠕動著，並從每一根枝椏斜落下來，宛如聖艾摩之火，或是五旬節時從傳教士的頭上垂落的火焰。那是一大片發出不自然光線的星點，猶如一窩蜂食屍的螢火蟲，聚集在不潔的沼澤地上，齊跳著邪惡的薩拉本舞曲；而其顏色正與阿米所認識並害怕的莫名闖入者相同。在此同時，那口水井的轆轤也發出漸強的磷光，讓這群縮成一團的男人無不萌生大限將至的心情，也感到這種異常的現象，實在遠遠超過正常心智所能想像。那光芒已經不再是**向外閃爍**，而是**向外傾瀉**；宛如有一條無形的河流，夾帶著這種無以名狀的顏色離開了那口井，然後直接往天空灌注。

那位獸醫渾身直打哆嗦，趕忙走到前門，把另一道笨重的門栓關上。阿米也不住地發抖，因此當他看見樹上發出的光芒，而想要喚起他人的注意時，阿米必須使盡吃奶的力氣，方能調整自己失控的聲音。那群馬的嘶吼和踢踏已經完全失去了理智，不過這棟老宅裡的每一個靈魂，都不敢跨出去自找死路。隨著時間過去，樹上的光線逐漸增強，而不安的樹枝似乎也被拉到幾近垂直的地步。現在就連那枝汲井水用的長竿都在發光，這時，有位警官傻呼呼地指著西側石牆附近的幾間木棚和蜂房，它們也開始發光了；不過這群訪客拴起來的幾台車輛，倒似乎是安然無恙。接著路上掀起了一陣狂亂的騷動和馬蹄聲，當阿米捻熄燈光瞧個仔細時，這才知道原來是那幾隻已經變成灰色的瘋馬，扯斷了樹苗，拖著那輛馬車拔腿逃跑了。

這項驚人的發現讓好幾個人張口結舌，並且尷尬地交頭接耳著。「它已經蔓延到此地所有的活體了。」那位檢驗醫師喃喃地說。沒有人回應，只有那位曾經進入那口井的男人暗示道，或許是那根長竿打擾了某個無形的東西。「眞是可怕啊！」他接著說。「完全深不見底。只會一直滲水和冒泡，好像有什麼東西潛藏在底下。」當阿米喃喃說出亂無頭緒的想法時，他的馬還在外面的路上亂踢、亂叫著，幾乎要把他主人微微顫抖的聲音給淹沒了。「它是從那顆石頭迸出來的——它在底下成長茁壯——它會逮到各種活的東西——把他們給吃了，身體和心靈都是——先是薩狄，然後是莫溫、葸奈思，還有娜比——最後輪到拿漢——他們都喝過井水——它吃了他們以後變得更強壯了——它是從外太空來的，不像這裡的任何東西——現在它要回家了——」

這時，有一柱不知名的顏色突然轉強，並開始扭曲成瘋狂的形狀，對此，每一位觀者都各有不同的說法。接著，阿米那隻被綁起來的可憐「英雄」，發出空前絕後的聲音，讓這間低矮的客廳裡的每一個人不得不掩住耳朵，阿米更是一臉驚恐與憎惡地把頭撇開窗戶。這件事是無法用言語形容的——當阿米再次望向窗外，只見那匹歹命的馬已經縮成一團，在月光照亮的地面上，動也不動地陳屍在四分五裂的馬車輪軸之間。第二天當他們爲牠埋葬時，「英雄」就只剩下這麼一點殘骸了。不過現在可不是哀悼的時候，幾乎就在此時，有位警察不動聲色地要大家留意這個房間裡的某樣可怕東西。在少了燈光的情況下，可以顯見有一道微弱的磷光，已經開始侵入這整棟房子了。它在寬條的地板與殘破的地毯上熠熠發光，接著又在窗格窄小的窗框上閃個不停。它在暴露出來的角柱爬上爬下，並在架子和壁爐台上綻放光芒，接著侵入每一扇門和家具。眼看著它每分鐘都在增強，到最後可想而知的是，這群活人非得離開這間屋子不可了。

阿米將後門和那條經由田野、通往十畝草地的道路指給他們看。於是他們步履蹣跚地走著，如同置身夢中；沒有人膽敢回頭張望，直到他們抵達遠處的高地爲止。他們很慶幸能走這條路，因爲如此一來，他們就不用走那前面那條會經過水井的道路了。光是經過這些發光的農舍和牛棚，還有那片奇形怪狀、晶光閃閃的果園，就已經夠糟的了；感謝上蒼，還好那些樹枝正往高空扭曲著。當他們走過查普曼溪的粗糙橋樑時，天上的月亮又躲進黑壓壓的雲層裡，並從那兒盲目地探尋著空曠的草地。

當他們回頭瞭望遠方的那片谷地，與位在谷底的佳德納家宅時，他們看到了一幅怵目驚心的景象。整座農場都閃現出那種不知名的邪惡色彩；包括樹木、建築物，就連之前沒有完全轉灰和變脆的雜草和牧草，也都無一倖免。那些樹枝正奮力地向上伸展，末稍處則點綴著邪惡的火舌，還有一條條同樣可怕的火焰，正在房屋的樑柱、穀倉和牛棚四處蔓爬，並發出柔和的光芒。那像是福塞利眼中的一幅畫面，至於其他地方，則由那片無形的發光體全盤統治，那是來自井底的神祕毒物所發出的奇特而無以歸類的彩色光芒——它在翻騰、感覺、纏繞、刺探、放光、掙扎、冒泡，譜成一曲前所未聞的宇宙旋律。

接著在無預警的情況下，那個恐怖的東西猶如火箭或隕石般，筆直地衝向天際，接著在雲層裡穿出一個異常完整的圓洞，隨即消失無蹤，不留半點痕跡，在此之前，沒有人敢喘一口大氣、或者大聲叫喊。凡是看過這幅景象的人都無法忘懷，而阿米更是茫然發呆地瞪著天上的天鵝座星群，當中的天鵝尾依然閃爍著最耀眼的光芒，而那道不知名的顏色就此融入了銀河中。然而在下一秒鐘，他的凝視又因為谷地的爆裂聲，而迅速轉向地面。情形是這樣的。只有一些木頭撕裂開來，而不是什麼大爆炸，這群人大都如此胸有成竹地說。然而結果還是很驚人，因為在迅雷不及掩耳的瞬間，隱約可見到那間該死的農舍，爆發出非自然的火花和物質，讓那幾位觀眾直感到一陣眼花，還將咱們地球上應該拋棄的碎裂物，匯聚成一朵色彩繽紛的爆炸雲，推向最高空。它們穿過快速凝聚的煙霧，隨著那個龐大的怪物一同消失，徒留下一片無人能返的闃暗大地，彷彿只有一陣陣從星際降下的陰冷強風，哀悼也似的吹拂而過，一面尖叫與怒吼，一面如痴如狂地鞭打著田野與扭曲的樹木，這群膽戰心驚的人立刻明白，他們實在無須等到月亮露出臉來，以顯出腳下的拿漢家還殘存些什麼。

這七個渾身顫抖的男人，畏懼得甚至不敢妄加揣測，只顧沿著北邊的那條道路，舉步維艱地朝著阿克罕鎮走去。阿米比其他人的情況更糟，還苦苦哀求他們別直接進城，可否先到他家看看他的廚房。他可不想獨自穿過那片枯萎凋零、冷風颼颼的樹林，回到他位在主要幹道上的家。因爲他比別人蒙受更多的驚嚇，而且被一股揮之不去的恐懼感給壓垮，致使他多年以後仍不敢向人啓齒。當其他的觀眾站在這片強風襲擊的山丘上，並將他們的臉麻木地轉向那條道路時，阿米也立刻回頭，看著那片荒涼的陰暗山谷，他那位歹運的老友，近來就是在這兒避難的。從遠方那個飽受摧殘的地點上，他看到某個東西正虛無縹渺地升起，直到方才那個無形的大怪物衝入雲霄的地方才又降落下來。那只不過是一種顏色而已——卻不是天上天下所能見到的顏色。且正因爲阿米認得這種顏色，也知道它有一部分尾大不掉的殘餘，一定還潛伏在那口井的下方，於是從此之後，阿米就變得不大對勁了。

阿米從此不願再靠近那個地方。自從這起恐怖事件發生以來，已經過了四十四個年頭了，但他再也不曾到過那兒，且當新的蓄水池淹沒了那塊地方，他還感到十分慶幸呢！我當然也會感到高興的，因爲當我經過那口報廢的水井時，我實在很不喜歡陽光在井口周圍所造成的顏色變化。我希望此地的水永遠保持很深——但即使如此，我也絕對不會喝上一口的。而且從今以後，我也不想再造訪阿克罕鎮的這片鄉村了。有三個跟阿米在一起的男人，隔天早上趁著陽光，還回來探勘這些廢墟，但現在已經沒有所謂眞正的遺跡了；只剩下煙囪上的幾塊磚頭、地下室的幾塊石頭、七零八落的礦物和金屬廢棄物，以及那口污穢水井的邊緣而已。他們將阿米的那匹死馬拖出去埋了，又將那輛馬車還給阿米，除此之外，這裡已經看不到任何活口。還有一片面積五英畝的灰色荒野留了下來，但這裡再也長不出任何東西了。時至今日，它仍然大剌剌地對著天空敞開著，像是樹林和田野裡一塊遭到強酸腐蝕的地方，只有少數幾個人敢偷偷瞥它一眼，而鄉野的傳說則只管稱之爲「枯萎的荒原」。

這些鄉野的傳說十分離奇。而假如那些都市人和大學裡的化學教授，有興趣將那口棄而不用的井水分析一下的話，這些傳說就會更添詭異的色彩了。還有植物學家，也應該研究一下本地周圍發育不良的植物，因爲他們或許可以爲鄉民解開枯萎現象爲何一直蔓延的疑惑——一點一點地擴大，也許是一年一吋吧！人們說，到了春天時，附近的牧草顏色也變得不對勁；那些荒唐的東西更在冬天的雪地上，留下了一些奇怪的痕跡。在這片荒原上，雪下得比其他地方都更大。至於那些馬——在這個汽車的時代裡，牠們已經所剩無幾了——則在這座死寂的谷地裡畏首畏尾地活著；獵人們更是不敢放任他們的狗過於靠近這片灰茫茫的污穢之地。

人們說，其所帶來的心理影響也是很嚴重的；自從拿漢走了幾年之後，有許多人都變得怪怪的，但他們總是缺乏一走了之的力氣。後來那些心智較爲堅強的人，紛紛離開了此地，只有外國人膽敢住在這些傾圮的老舊農舍裡。但他們也待不久的；有時我們會懷疑，在他們竊竊私語、如天方夜譚的魔幻故事背後，到底蘊藏了什麼樣的見識。這些人宣稱，當他們住在這些詭譎的鄉村時，夜裡所作的夢魘非常可怕；那是當然的，因爲光是這個黑暗國度的外觀，就足以激起荒誕不經的幻想了。當旅人走在那些深谷中時，沒有人能逃過一種詭異感，而當藝術家描繪那片濃密的森林時，也莫不膽戰心驚，因爲無論是精神上或視覺上，它們都是那樣地神祕。我自己也很好奇當時獨自走過此地的心情，那是在阿米說出他的故事以前的經歷。當夜色降臨時，我暗自希望天空能聚起一些雲朵，因爲頭上那片深藍色的天空似乎有著什麼樣東西，致使一種詭異的恐懼感，偷偷摸摸地鑽入了我的靈魂。

別問我有什麼看法。我不知道——就是這樣。要問就去問阿米吧！因爲阿克罕的居民絕口不提那段光怪歲月，至於那三位看過隕石和彩珠的教授，都已經不在人世了。一定還有其他彩珠的——你們最好相信我。一定有人餵養它們之後就逃跑了，說不定還有人來不及逃跑的呢！它一定還在那口井的下面——當我看著那口充滿毒氣的水井上方時，發現陽光似乎有點不大對勁。那些鄉下人說，枯萎的現象每年都蔓延一吋，所以說不定它現在還在成長茁壯呢！然而不管那裡正在孕育出何種魔鬼，它必須和某個東西束綁在一起，否則就會很快擴散開來。它會不會是跟那些對空張牙舞爪的樹根糾纏在一起呢？阿克罕鎮有個盛行的傳說，提到那些肥胖的橡木，會在夜裡發出不應有的光芒和動作。

那代表什麼呢？只有天知道！就事論事，我想阿米所形容的東西應該稱之爲一種氣體，這種氣體卻違反了咱們宇宙的法則。那不是從我們天文台的望遠鏡和感光板所能觀察到的宇宙和恆星。也不是天文學家能夠丈量動態和方向、或是過於廣泛而無法丈量的空中氣流。它只不過是來自外太空的顏色；是尚未成形的無垠國度所派來的恐怖信使，超越所有已知的自然界之外；光是這些國度的存在本身，就足以嚇壞人類的大腦，並在我們迷惑的眼前開啓外太空的深淵，因而痲痺了我們的神經。

我幾乎不相信阿米會刻意欺騙我，而我也不認爲他的故事全是鄉民公認的無稽之談。某個可怕的東西確實跟著那顆隕石降臨了這片山丘和谷地，那是一種很可怕的東西——雖然我不知道有多可怕——而它現在還在此地。我很高興見到此地有水了。同時也希望阿米別出什麼亂子才好。畢竟他見識過這麼多的怪事——其所造成的影響又是那麼詭譎。爲什麼他始終沒辦法搬離此地呢？他對於拿漢臨死前的遺言又記得多少呢——「逃不掉的——把我們拉下去——我們知道有東西來了，但是沒有用——」阿米是一個如此善良的老人，等到那座蓄水池開始運作之後，我得寫信給主工程師，要他好好盯著阿米。我實在很不願想起阿米這個變灰而易碎的畸形怪物，但他卻變本加厲地擾亂我的清夢。

獵黑行者

——謹獻給羅伯·布洛奇

我看過幽闇的天地在打哈欠，
黑色星球漫無目標地滾動，
帶著不受注意的恐怖之姿，
沒有學問、沒有光輝、也沒有名字。

——復仇女神納米西斯

一般人相信，羅伯·布雷克是被閃電給擊斃的，或是被閃電所引起的巨大震撼給嚇死的，小心謹慎的調查員對於這樣的說法，恐怕不敢加以駁斥。他所面對的窗戶的確未破，不過大自然總有許多詭譎多變的演出。他臉上的表情可能是某種奇怪的原因所造成的，或許無關於他所看到的東西；而他的日記顯然是瘋狂想像力的產物，由某些地方上的傳聞和他所發現的怪事而引發的。至於聯邦山丘上那座荒廢的教堂所出現的異象，狡猾的分析師如今則將它們歸之於某種騙人的把戲，不管是蓄意還是無意的，而布雷克便與其中一些把戲有著祕密關聯。

畢竟，這位受難者是個全心投入於神話、夢境、恐怖與迷信的作家和畫家，汲汲於追求那種詭異而邪魅的畫面和效果。他早年在城中的生活——他到城中拜訪一個古怪的老頭，跟他一樣沉迷於各種神祕和禁忌傳說——最後卻以死亡和火焰終結，而他一定是出於某種病態的本能，才從密爾瓦基的老家回到此地的。他或許知道了某些古老的故事，儘管與他的陳述和日記裡的說辭背道而馳，而他的死卻像一朵受到摧殘的花蕾，讓一場驚人的騙局，注定成爲文字上的回憶。

然而，在那些檢查過所有證據，並試著串連起來的人士之中，卻有幾位抱持著較不理性與較不尋常的想法。他們傾向於認同布雷克在日記上的說法，而且十分重視某些事實。比方說，關於那座老教堂的記載非但正確無誤，而且早在一八七七年以前，確實有一支可憎的非正統教派——星際智慧教派曾經存在過；據說有一位名叫艾德溫·利力布里吉的好奇記者，在一八九三年時失蹤了；而且最重要的是——這位年輕作家在氣絕身亡之時，臉上還掛著驚人而扭曲的恐怖神情。其中有一位支持者在那座老教堂的尖塔裡——那是個黑暗無窗的尖塔，而非布雷克的日記裡所供稱的出處——發現了一顆稜角詭異的石頭，和一個裝飾奇特的金屬盒子，就是他在瀕臨崩潰的情況下，把石頭和盒子扔進乾草堆裡的。儘管官方或非官方的說法都遭到廣泛的封鎖，但這位小有名氣且偏愛鄉野奇談的醫生仍然堅信，他所丟棄的是一種過於危險而不該碰觸的東西。

在這兩個意見相左的陣營之間，讀者應該作出自我判斷。幾家報社已經站在懷疑的立場上，提出了一些具體的細節，而讓讀者自行描繪出羅伯·布雷克所看到——或自以爲看到、或假裝看到——的景象。現在就讓我們仔細而冷靜地研究他的日記，記得要放輕鬆，再讓我們從這位主角所表達的觀點出發，整理出這些事件之間的黑暗關聯。

布雷克這位年輕人是在一八三四到三五年間的冬天回到普洛維頓斯的，就住在大學街外一間危樓的頂層，坐落在一片綠草如茵的庭院裡，高高矗立在布朗大學附近與海約翰圖書館後面一座向東的山頂上。這是個舒適而迷人的地方，周圍是一座綠意盎然並充滿古樸風味的小花園，幾隻肥碩而友善的貓則在遮棚上方曬太陽。這棟四方形的喬治王朝式建築有監視用的屋頂，古典式的門口則有扇形雕刻，還有小碎玻璃的窗戶，以及十九世紀早期的工藝特徵。裡面則是六格式的門、寬闊的地板、殖民地常見的迴轉樓梯，以及阿拉姆時期❶的白色壁爐架，地面三個台階底下，還有一排房間在後頭。

布雷克的書房是一間位在西南側的寬敞房間，俯望著某一側的花園，而西邊的窗戶——他的書桌便擺在其中一扇窗戶的前方——是從一座山丘的峭壁上眺望出去，因而得以飽覽底下城鎮四處開展的屋頂，以及日落時在屋頂後面閃耀的神祕夕陽。在遠方的地平線上，則是這片開闊鄉間的紫色斜坡。距離大約兩英里之外，是聯邦山丘這座妖裡妖氣的小圓丘，倚靠著這片斜坡，山上密密麻麻地佇立著屋頂和尖塔，看著它們遙遠的輪廓，彷彿神祕地搖晃個不停，且當它們被盤旋而上的城市煙硝籠罩時，則又變化出不可思議的樣貌。布雷克有種奇怪的感覺，覺得自己正在注視著某個不屬於凡間的未知世界。假如他試圖尋找或身歷其境的話，不知道它會不會像夢一樣消失。

布雷克先將大部分的書籍送回老家，然後又添購了一些適合這棟住所的古董家具，接著安頓下來，開始寫作與繪畫——他一個人獨居，因此必須親自照料一些簡單的家務。他的工作室位在閣樓北邊的一個房間裡，而屋頂上用來監視的玻璃則裝設著令人嘆爲觀止的燈飾。第一年的冬天，他創造出五篇最膾炙人口的短篇小說——包括《挖地者》、《墓窟階梯》、《煞該星》、《普拿司谷地》、《外星宴客》，與七張油畫作品；研究了許多缺乏人性的無名怪獸，以及殊異、不似人境的風景。

每到黃昏時，他經常坐在書桌前，迷迷糊糊地凝視著一望無際的西方——紀念堂的黑色塔樓就在底下，還有法院大樓的喬治王朝式鐘樓、市區裡高聳的小尖塔，以及遠方閃閃發亮、覆蓋著尖塔的小

譯注

❶阿拉姆時期（Aram-period），十九世紀初期工藝，以六格門、寬地板為特色。

山崗，其中不知名的街道和迷宮般的三角牆，都如此強烈地激起他的幻想。他從少數幾位當地的朋友口中得知，遠處的斜坡是一大片印地安人的棲息地，儘管大部分的房子都是早期的北方人與愛爾蘭人所遺留下來的。有時他會透過望遠鏡，穿越縷縷上升的煙霧，遠眺著那個可望而不可及的魔幻世界；辨認出不同的屋頂、煙囪和尖塔，並猜測那裡面到底駐藏著什麼樣光怪陸離的奧祕。即使在望遠鏡的輔助下，聯邦山丘看起來還是那樣的疏離與不可思議，與布雷克的故事和繪畫中虛幻不實的驚奇若有關聯。就算這座山丘沒入紫羅蘭色、燈火點點的夜幕中，這種感覺仍然久久不去；而法院的泛光燈和工業信託局的紅色信號燈，則激射出燦爛的光輝，致使夜色更加妖魅。

所有出現在聯邦山丘上的遠方物體中，有一座龐大而黑暗的教堂特別吸引著布雷克。在一天的某些時刻下，它會出現格外鮮明的面貌，到了黃昏時，那座巨大的塔樓和尖塔則在火紅天空的襯托下，隱約呈現出黑壓壓的影子。這座教堂似乎佇立在特別高聳的地面上；因爲它污穢的正面，以及有著斜屋頂和尖頭大窗的北面，都是那樣明目張膽地高過周圍的屋樑和煙囪。由於特別地陰森和嚴峻，使它看起來好像是用石頭建造的，並經過煙霧和風雨的染指與侵襲，至少長達百年以上。而我們從玻璃上即可得知，它屬於哥德復興時期中最早出現的實驗風格，領先於講求宏偉莊嚴的亞普強時期，並且延續了喬治王時期的某些輪廓與比例。其也許可以回溯至一八一〇或一八一五年左右吧！

經過幾個月後，奇怪的是，布雷克愈來愈有興趣觀看那棟遙遠而隱密的建築；因爲那些巨大的窗戶從來不曾點亮過，他知道裡面一定空無一人。他觀察得愈久，想像力也就愈豐富，直到後來他開始幻想一些奇奇怪怪的事情。他相信那座教堂的上方，瀰漫著一股模糊而奇異的悲涼氣氛，因此就連鴿子和燕子都會迴避那些煙霧裊裊的屋簷。他的望遠鏡顯示出在其他塔樓和鐘樓的周圍有一大群的鳥兒，但牠們卻不曾在此棲息過。至少這是他的想法，而且還寫在日記裡。他曾經把那個地方指給幾位朋友看，無奈沒有人到過聯邦山丘，因此完全不了解那座教堂的過去或現狀。

到了春天時，布雷克被一種深深的不安所攫掠。他的長篇小說已經開始動筆了——假想在緬因州有個起死回生的巫教派——不過奇怪的是，他卻遲遲無法進展。布雷克愈來愈常坐在那扇朝西的窗戶前，凝視著遠方的山丘，與那座眾鳥迴避的黑色陰沉尖塔。當嬌嫩的樹葉從花園裡的樹枝冒出來後，整個世界充滿著一片嶄新之美，不過布雷克的不安感卻只有與日俱增。就在此時，他頭一次想要穿越這座城市，親自爬上那座不可思議的斜坡，然後走進那個煙霧繚繞的夢世界。

四月底，就在懷舊氣息濃厚的五朔節前夕，布雷克第一次進入那個未知的國度裡漫遊。他蹣跚地走過漫無止盡的市區街道，以及後面淒涼而荒廢的廣場，最後終於爬上那條歷經百年腐蝕的階梯，經過多利斯式的的走廊，以及罩著模糊玻璃的穹頂，他覺得再穿過眼前的煙霧，就會抵達那個眾所皆知、不可探觸的世界了。此地有一些藍白夾雜的骯髒路牌，對他來說並不具有任何意義；這時他又留意到熙來攘往的百姓們，均有著詭異而晦暗的臉龐，而在經年累月的建築物中，則有一些奇奇怪怪的商店，懸掛著外國字樣的招牌。他找不到任何他從遠處所看到的東西；於是他又猜想，那個出現在遠方視野中的聯邦山丘，可能是任何活人永遠無法涉足的夢境。

偶爾會有教堂毀壞的正面，或是傾圮的尖塔乍然出現在眼前，不過那都不是他所要尋找的陰暗廢墟。當他詢問一位店家老闆有沒有一座巨大的石造教堂時，那男人只是笑笑地搖著頭，雖然他說得一口流利的英文。隨著布雷克愈爬愈高，這個地區也就更加詭異，棕色而陰鬱的巷弄像個令人困惑的迷宮，不斷地指向南方。穿過兩、三條寬敞的大道之後，他再度看到一座熟悉的塔樓。於是他又向一位商人請教那座龐大的石造教堂，而這回他可以拍胸脯保證，對方的無知是佯裝出來的。那位黑人試圖掩飾他臉上的恐懼表情，不過布雷克還是瞧出他用右手比了個奇怪的手勢。

接著在雲層密佈的左側天空，突然冒出一座黑色的尖塔，高過於向南蜿蜒的巷弄裡排列成行的棕色屋頂之上。布雷克立刻明白那是什麼，於是從大道上俯衝進那幾條污穢而未鋪石子的巷弄裡，朝著它攀爬而上。他有兩次迷了路，但不知爲何，他卻不敢請教任何一位坐在門口台階上的耆老或家庭主婦，也不敢詢問在陰暗的巷弄裡大聲喧嘩與嬉鬧的孩童。

他終於看到西南邊的那座塔樓了，還有一塊巨大的石頭幽然佇立在巷子尾端。此刻他站在一片迎風的開闊廣場上，那是用奇怪的卵石砌成的，彼側還有一道高聳的圍牆。這兒就是他尋找的目的地了；因爲就在圍牆裡，有一片圍著鐵欄杆、雜草叢生的遼闊高地——那是一個遺世獨立的小世界，比周圍的街道整整高出六英尺——裡面矗立著一個陰森的龐然巨物，儘管從新的角度觀察，布雷克還是一眼就認出那是什麼。

這座空蕩蕩的教堂朽壞得非常嚴重。有些高大的石壁已經崩塌，還有幾處精緻的尖頂飾也幾乎淹沒在荒煙蔓草間。那些被煙燻黑的哥德式窗戶大多沒有破損，不過有許多石框都已經不見了。一想到另一個世界裡的小男童慣有的行徑，讓布雷克不禁思忖著，這些顏色怪異的窗玻璃怎麼能夠保持得如此完好？那些巨大的門都原封不動地緊閉著。而在那座環繞此地的圍牆上方，則有一道生鏽的鐵籬笆，其入口位在連接廣場的一段階梯頂端，且顯然上了鎖。從這個入口通往建築物的走道，則完全被草木給掩蓋了。荒蕪和衰敗的感覺，猶如一層棺罩覆蓋著這個地方，而在不見眾鳥的屋簷和缺少藤蔓的黑牆上，布雷克則感到一絲曖昧的邪惡感，這是他的能力所無法理解的。

廣場上人煙稀少，不過布雷克看到北邊有位警察，於是走上前去向他詢問關於教堂的事。對方是個非常健壯的愛爾蘭人，而且奇怪得很，他只在胸前畫個十字架，喃喃地說人們從不談論那座建築，此外就不多說什麼了。在布雷克的逼問下，他匆忙地道出，有一群義大利籍的牧師警告人們別靠近這棟建築，他們信誓旦旦地說，有個兇殘的惡魔曾經住在那兒，還留下了它的蹤跡。他自己也從父親口中聽過一些黑暗的傳聞，而他父親則記得小時候，曾經親耳聽過某些聲音和謠言。

在古老的年代裡，這兒曾經出現一個邪惡的教派——這個非法的教派會將某些可怕的東西，從深不可測的夜色中喚醒。有位很好的牧師曾經作法驅逐過，儘管有些人說，只要有光線就可以把鬼趕跑。假如歐馬力神父還在世的話，他就有很多事情可說的了。不過現在就只能離它遠遠的。如今它已經傷害不了任何人了，因爲此地的主人要不是作了古，要不就在遠地。經過一八七七年那場危言聳聽的會議之後，他們早就抱頭鼠竄了，當時人們才開始留意到村民偶爾會在附近失蹤。等將來有一天，城裡的人將會介入，並在缺少繼承人的情況下接收此地，不過任何人碰觸到此地，都不會有什麼好下場。最好任由它獨自接受歲月的摧殘，且最好別打擾到那個應該永遠安息在黑暗深淵裡的東西。

等警察走了以後，只留下布雷克楞站著瞪看那座陰沉的尖塔。這棟建築物似乎也讓他感覺到一股邪惡的氣息，就如同其他人一樣，他懷疑那群藍領工人一再傳頌的古老故事背後，可能藏著什麼樣的眞相。或許它們只是此地的猙獰外觀所引起的蜚短流長而已，但即便如此，它們也太像是他所創造的故事幻化成眞一般。

那天下午，陽光從逐漸散去的雲層裡探出頭來，卻似乎無法照亮聳立在高地上的老教堂四周被煙燻黑的牆壁。可奇怪的是，在架高的鐵籬笆內，春天的綠意完全碰觸不到院子裡那些枯黃的植物。布雷克發覺自己愈來愈接近高地，於是他趁機檢查那面光禿禿的牆壁和鏽蝕的籬笆，看看是否有潛入的可能。曾經，有個關於黑暗神殿著實讓人無法抗拒的可怕傳說。那道籬笆在靠近階梯的地方並沒有入口，但在北邊卻有幾道欄杆不見了。因此他可以走上階梯，再從籬笆外圍的狹窄遮簷上繞過去，然後就可到達那處缺口。假如人們如此懼怕此地的話，那他肯定是不會遭到干擾的。

在人們留意到他的形跡之前，他已經站在圍牆上，而且幾乎要跨進籬笆內了。接著他俯視地面，發現廣場上的少數幾個人正逐步遠離，而他們的右手也跟大道上那位店家老闆一樣比畫著。有幾扇窗戶砰然關上了，還有一位肥胖的女人趕忙衝到街上，將幾個小孩一把拉進東倒西歪、家徒四壁的房子裡。籬笆上的缺口非常容易穿過，不久之後，布雷克便發現自己舉步維艱地走在這座荒廢院落裡敗壞而雜亂的草叢裡了。三不五時所出現的毀壞墓石，在在告訴他這裡曾是一塊墓地；但他知道，那一定是很久以前的事了。正當他靠近這座教堂時，它的體積變得非常具有壓迫感，不過他還是抑住了情緒，走上前去，試著打開正面的三道大門。所有門當然都是鎖起來的，於是他繞著這棟巨大的建築物，試圖尋找某個較容易進入的小門。就算到了此時，他還是不確定自己是否眞的希望進入這間荒蕪而陰沉的鬼屋，但它的詭異終究還是將他不由自主地拉了進去。

後面的地下室有扇張開大口、毫無遮攔的窗，正好能讓他一窺堂奧。布雷克於是向內窺探，見到錯綜複雜的蜘蛛網和灰塵，在滲透進來的夕陽下微微發光。映入他眼簾的則是破瓦殘礫、老舊的水桶、毀壞的箱子，和各式各樣的家具，儘管每樣東西都覆蓋著一層灰，讓它們尖銳刺眼的線條稍微柔和了些。在一個火爐上，還留著一些生鏽的殘餘物，顯示這棟建築一直晚至維多利亞時代中期，都還有人使用與維護。

布雷克幾乎是在無意識的情況下開始行動的，他爬過那扇窗戶，然後落在那張灰塵遍佈的毯子和瓦礫散落的水泥地上。這間空蕩蕩的地下室非常寬敞，裡面沒有任何隔間；在遠處的一個右側角落裡，他看到一道拱門掩埋在濃厚的陰影中，顯然是通往樓上。置身在這間怪誕的鬼屋裡，他感到一股格外的壓迫感，不過他把這種感覺克制下來，開始戰戰兢兢地四處探尋——他在灰塵堆裡發現一個仍然完整的桶子，於是將它滾到那扇敞開的窗戶邊，好讓他可以進入。接著他鼓起勇氣，穿過那片蛛網遍佈的寬敞空間，朝著拱門前進。無所不在的灰塵簡直要讓他窒息了，還有令人毛骨悚然的蜘蛛絲覆蓋在身上，到了拱門之後，他開始步上毀壞的石梯，進入那片伸手不見五指的黑暗中。他身上沒有任何燈具，於是只能小心翼翼地徒手摸索著。通過一個急轉彎之後，他發現前方有一道關起來的門，幾經探索下，終於找到了它的老舊門栓。他將門往內一推，然後看到門後有一條燈光昏暗的走道，周圍的鑲板已被蟲子給啃噬了。

到了一樓，布雷克急急忙忙展開搜尋。裡面所有門都沒上鎖，他可以在各個房間自由穿梭。偌大的中殿裡堆放了各種東西，無論是長背椅、祭壇講道壇或是回音板，莫不覆蓋著厚厚的灰塵，而超大型蜘蛛網則在迴廊的尖型拱門之間鋪展開來，並將密集的哥德式柱群纏繞在一起。當午後的落日餘暉穿進教堂大窗半被燻黑的玻璃時，這片令人瞠目結舌的廢墟，便完全籠罩在恐怖而陰鬱的光線中。

這些窗戶上的繪畫被煙燻得如此詭異，讓布雷克實在很認出它們所代表的是什麼，不過光從小處上觀察，他便知道自己不喜歡這些畫。這些畫的構圖大都沿襲傳統，而他對於這些詭異符號的知識，則顯示出它們與一些古老的模式有關，不過其中有一扇窗戶，似乎只是黑壓壓的一片，周圍卻散發著一圈又一圈的怪異光芒。布雷克撇開這些窗戶，轉而留意祭壇上方被蛛絲纏繞的十字架頗不尋常，較像是古埃及的原始十字架或T型十字架❷。

在後頭一間法衣室❸裡，布雷克在半圓形的壁龕旁邊發現一張腐朽的桌子，還有一排高至天花板

譯注

❷T型十字架（crux ansata），古埃及的一種神祕符號，類似T字的一種十字形，但頭上有一個橢圓形的圈圈，象徵生命的意思。

❸法衣室為教堂放置法衣和聖器的地方。

的書架，上面擺放著發霉又殘破的書籍。這時是他第一次因爲具體事物而深受震撼，因爲這些書名向他透露了許多訊息。它們全是一些黑暗的禁忌品，凡是心智正常的人，大半連聽都沒聽過，或是只從人們鬼鬼祟祟、囁囁嚅嚅的耳語中偷聽過而已；這批遭到禁止且讓人恐懼的寶藏，埋藏著曖昧不明的祕密和年代久遠的符咒，隨著時光之河，從人類的早期淌流至今，說不定是從人類出現之前的荒亂歲月就已經開始了。其中有不少書他從前讀過——包括一本令人生厭的拉丁版《死靈之書》、邪惡的《哀邦書》❹、聲名狼籍的厄爾烈特所寫的《食屍教》、馮容茲的《無名邪教》，以及老路維克・普林的魔鬼之書《邪毒的祕密》。另外有一些是略有所聞或前所未聞的著作——例如《那卡提克手札》和《茨揚書》這兩本，還有一本正在粉碎的書籍，則是由完全無法分辨的文字寫成的，但其中有些符號和圖案，卻教這位神祕學的研究者眼熟得心驚肉跳。顯而易見的是，地方上流傳已久的小道消息並沒有騙人。這個地方確實曾經是一處比人類更爲古老，且比已知的世界更爲荒唐的邪惡基地。

在那張毀壞的桌子上，放置了一本皮革裝訂的小本筆記，並以某種奇怪的象形符號記載著各項條目。這些字跡包含某些通俗的符號，時至今日仍使用在天文學上，此外也出現在古代的煉金術、占星術和其他令人費解的技法中——包括太陽、月亮、星球、方位和黃道十二天宮等圖案——全都堆積在這本厚重的書裡，而當中的間隔和段落，則暗示著每一個符號都對應著某個特定的文字。

爲了希望日後能解讀這些象形符號，於是布雷克將本書放進了外衣口袋。書架上有許多大部頭的書，都讓他著迷得說不出話，內心直感到一陣搔癢，誘惑著他日後再來把它們借走。他懷疑這些書怎麼能夠原封不動地保持這麼久。難道他是第一位征服內心難纏而強大的恐懼，因而進入這座近六十年來謝絕訪客的廢棄地的開路先鋒嗎？

在徹底探尋過一樓之後，布雷克又步履蹣跚地穿過大型中殿裡的灰塵，走到前廳去，在這兒他看到一扇門和一道樓梯，猜想應該是通往那兩座漆黑的塔樓和尖塔——那是他在遠方早已熟悉的東西。攀爬的過程簡直教人窒息，因爲灰塵不但積得厚厚的，就連蜘蛛也在這個侷促的空間裡，幹出最惡劣的行徑。這座螺旋狀的樓梯有著又高又窄的踏板，偶爾當布雷克經過一扇朦朧的窗戶時，他會俯望外面的城市，而感到暈頭轉向。雖然腳底下看不到任何繩索，但他仍期待能在這兩座塔樓裡發現一個或一組鐘，以前他時常拿著望遠鏡研究這些狹窄且裝著百葉窗的尖頭窗戶。但他注定要以失望收場；因爲當他到達樓梯頂端時，發現這座塔樓的房間裡並無任何敲鐘裝置，而且顯然別有一番用途。

那個房間大約有十五英尺平方，四面各有一扇尖頭窗戶，但在腐朽的百葉窗內面，還加裝了玻璃，因而光線黯淡。以前還有密不透光的紗窗，但現在大都已經敗毀殆盡了。在塵埃遍佈的地板中央，則佇立著一根稜角怪異的石柱，大約有四英尺高，直徑約爲兩英尺，每一面都悉心雕刻著象形文字，不但奇形怪狀，而且完全無法辨認。在這根石柱上，則安放著一個極爲不對稱的金屬盒；帶有鏈子的盒蓋往後打開了，裡面的東西在堆積數十年的塵垢底下，看起來像是一個蛋形或不規則球形的物體，總長大約有四英寸。另外在這根石柱的周圍，則有七個哥德式的高背椅，約略環繞成一圈，椅子大都保持完整，其背後則有七尊巨大的黑色石膏像，沿著烏漆麻黑的牆壁排列，正在逐漸粉碎當中，讓人不禁聯想起神祕的復活節島❺上那些令人費解的雕刻巨石。在一個蜘網遍佈的角落裡，有一道樓梯嵌進了牆壁，而其所連接的活動門，則通往上方那座無窗的尖塔。

譯注

❹《哀邦書》（Liber Ivonis）即Book of Eibon之另一譯名。

❺南太平洋的一個大山島，屬智利，以多火山著名。

當布雷克逐漸習慣昏暗的光線後，他才留意到在那個黃色金屬打造的奇特盒子裡，放置著一個怪裡怪氣的淺浮雕。於是他湊上前去，試著用手和手帕將灰塵掃開，只見上面的雕像是一種邪惡而完全陌生的類型；其所描繪的物種儘管具有生命，卻不屬於這個星球所演化的任何已知形態。這個長四英寸、疑似星球的浮雕，形成了一個多面體，其包含著許多不規則的表面，且幾乎是由黑色或紅色的條紋所構成；它要不是一種非常卓越的水晶體，就是一種經過精雕細琢的礦物製品。它並沒有接觸到盒子的底部，而是由一條金屬環帶繞過它的中央懸掛著，另有七個造型詭異的支撐物，從盒子內壁上方的七個角落水平伸出。這塊石頭一旦曝光之後，便對布雷克產生驚人的魔力。他簡直無法將視線撇開；且當他注視著光彩奪目的表面時，幾乎讓他以為這塊石頭是透明的，裡面還藏著半成形的驚奇世界。他心中油然生起一些外星球的畫面，有些出現了巨大的石塔，有些則出現崇山峻嶺，但卻沒有生命跡象，還有一些是更遙遠的空間，只有模糊的黑影在晃動，暗示它們具有意識與心志。

當他好不容易撇開視線，卻發現遠處的角落裡，就在那道通往尖塔的樓梯附近，有一堆相當奇特的灰塵。至於為什麼會吸引他的注意力，他倒是說不上來，不過這堆灰塵的輪廓，卻似乎將某種訊息傳達至他的潛意識裡。於是他踉蹌地向前走去，一面將經過的蜘蛛網撥開，這才逐漸確認那是個陰森森的東西。他很快地用手和手帕揭開事實眞相，一股複雜的情緒，頓時讓布雷克喘不過氣來。原來那是一副人骨，而且在這裡一定有好長的一段時間了。它的衣服都已經碎裂成片，不過有些扣子或是破布則透露出這是一套灰色的男裝。此外還有一些其他的證據——包括鞋子、領帶夾、袖口上的大扣子、圖案過時的裝飾別針，和一張記者證，上面出現一份老報紙的名稱《普洛維頓斯電報》，另外還有一本皮革製的口袋型筆記，正在逐漸腐朽。布雷克仔仔細細地檢閱那本筆記，發現裡面有幾份過時的帳單、一八九三年代的電影廣告日曆、還有幾張印著「艾德溫·利力布里吉」的名片，和一張佈滿鉛筆字的備忘錄。

這份備忘錄著實令人匪夷所思，於是布雷克靠著西側那扇昏暗的窗戶，小心翼翼地閱讀。其支離破碎的內容包含了以下這幾句話：

「一八四四年五月，伊諾克·鮑文教授由埃及返家——七月時買下自由意志老教堂——他對神祕事物的考古工作和研究是享有盛名的。」

「第四位浸信會教友狄若尼博士，在一八四四年十二月二十九日的佈道會上，警告人們遠離星際智慧教派。」

「一八四五年底，集會97舉行。」

「一八四六年——三人失蹤——首次提到閃閃發光的斜六面體。」

「一八四八年，七人失蹤——血祭的消息開始出現。」

「一八五三年展開調查，沒有結果——傳說有聲音出現。」

「歐馬力神父說在埃及的廢墟裡，找到崇拜魔鬼的盒子——它們召喚起某些不該出現在光天化日下的東西。微光會使它們略微逃散，強光則使它們完全消失。然後又得重新召喚一次。這也許是法蘭西斯·菲尼臨死前所說的，他曾在一八四九年時加入過星際智慧教派。這些人說，閃亮的斜六面體向他們顯示天空和其他的世界，而獵黑行者（**Haunter of the Dark**）則告訴他們某些祕密。」

「一八五七年，發生歐林·愛迪的故事。他們盯著水晶球，將它召喚出來；他們擁有一種共通的祕密語言。」

「一八六三年，兩百多人參加集會，在前面的都是男人。」

「一八六九年派翠克·雷根失蹤後，幾個愛爾蘭的小子一齊圍攻這座教堂。」
「一八七二年三月十四日的文章上隱約提到J，但人們閉口不談。」
「一八七六年，六人失蹤——祕密委員會拜訪道爾市長。」
「一八七七年二月，承諾採取行動——四月關閉教堂。」
「惡少幫——即聯邦山丘上的那群小混混——於五月時威脅博士——以及教區委員。」
「一八七七年底前，有一百八十一人遷離本市——姓名不詳。」
「鬼故事在一八八〇年左右開始流傳，試圖證明一八七七年後，的確沒人進過這座教堂。」
「向拉尼根索取本地攝於一八五一年的照片。」……

布雷克把這張紙放進筆記簿裡，再把整本筆記簿放進外衣口袋，然後轉頭俯視那副埋在灰塵底下的骨頭。筆記上的含意非常明顯，這位男子一定是在四十二年前，爲了追查一則轟動一時的新聞報導，而前來這棟廢址一探究竟的，在此之前，沒有人膽敢嘗試過。也許沒有人知道他的計畫——又能告訴誰呢？但他卻再也無法記錄了。難道是某種勉強壓抑的恐懼感擊倒了他，致使他心臟病突發身亡。布雷克彎腰俯視這些冷光閃爍的骨頭，並發現它們有著奇怪的特徵。有些骨頭散佈得很凌亂，還有些骨頭的末端似乎莫名其妙地**熔化了**。其他的骨頭則是詭異地發黃，隱約透露出燒焦的跡象。這些燒焦的痕跡，甚至還擴散到衣服的某些角落。它的頭顱更是出現非常奇特的狀態——除了被染成黃色之外，頭頂還有一個燒焦的小洞，彷彿是某種強酸穿透了堅硬的骨頭。過去四十年來，這副沉默地囚禁在此的骨骸到底發生了什麼事，布雷克實在無法想像。

在他瞭解眞相之前，他又看了那塊石頭一眼，致使那奇幻的魔力從他心底召喚出一場模糊的盛會。他看到一群身穿長袍、頭戴帽子的形影，輪廓看起來卻不像是人類；也看到綿延無盡的荒漠上，佇立著直入雲霄的巨石雕刻。他看見埋在海底黑暗深處的塔樓和牆垣；又看到黑色霧團所組成的宇宙漩渦，飄浮在寒冷的紫霧所構成的稀薄閃爍物前。除此之外，他還睨見一片無垠的黑暗深淵，有些虛無縹渺的擾動現象，顯示有些具體或半具體的形態存在於此，其捉摸不定的力學模式，似乎呈現出某種秩序，而非一團混亂，且似乎握有某種足以解開已知世界所有矛盾與奧祕的鑰匙。

接著一陣啃噬人心、莫名其妙的強烈恐懼，剎那間打破了這道魔力。布雷克屏住呼吸，趕忙離開那塊石頭，意識到有某種無形的外星生物正逐步逼近，並虎視眈眈地觀察他的動靜。他覺得有某種東西纏住了他——某種不在石頭裡的東西，卻可透過石頭注視他——某種會鍥而不捨地跟蹤他的東西，而其感知的方法，並不是透過肉眼。坦白說，這個地方讓他毛骨悚然——有鑑於他所發現的陰森東西，想必這是理所當然的。光線也在逐漸轉弱中，既然他身上沒有任何照明工具，於是他知道自己最好馬上離開。

此時，就在濃得化不開的陰暗中，他覺得在那顆稜角突兀的石頭裡看到了一絲模糊的光線。他試著撇開眼睛，但某種奇怪的衝動卻又將他的目光給揪了回去。這東西是否具有一種放射性的微弱磷光呢？那位死者的筆記上不是有提到所謂**閃閃發光的斜六面體**嗎？難道這裡是一處被宇宙邪靈所拋棄的巢穴嗎？此地曾經發生過什麼事呢？在這些眾鳥迴避的陰影中，會不會還暗藏著某些東西呢？此時，一股莫名其妙的惡臭突然從附近竄出，但真正來源則不明確。布雷克抓住那個長年打開的盒蓋，並將它猛然關上。連在奇怪絞鏈上的盒蓋很輕易地移動了，將這個顯然正在發光的石頭完全覆蓋住。

在乾淨俐落的關盒動作中，有一陣輕柔的騷動聲，似乎從頭頂的尖塔上那片永無止盡的黑暗中傳了下來。不用懷疑，那肯定是老鼠——自從他進入這座該死的廢墟之後，就只有這群生物現身過。然而尖塔上的騷動還是讓他驚怖萬分，於是他瘋狂也似的衝下螺旋梯，穿過那座凶氣逼人的中殿，再進入那間圓頂地下室，然後跑到外面那片塵埃遍野的荒涼廣場，往下穿過大大小小、陰魂不散的巷弄和聯邦山丘上的通道，一路奔向市中心的光明大道，和大學校區裡親切熟悉的紅磚路。

接下來的那幾天，布雷克始終沒把他的探險告訴別人，而是埋首於某幾本書裡，又到市區查詢多年前的剪報，並且卯起來解讀在掛滿蜘蛛絲的法衣室裡所發現的象形文字。他很快便發現，這項解密工作並不簡單；經過長時間的努力之後，他相當肯定那些符號所代表的並不是英文、拉丁文、法文、西班牙文、義大利文、或是德文。顯然他得從稀奇古怪的學識中，挖掘出最深處的源泉。

每天晚上，那股讓他凝視西方的老衝動又會來襲，於是他會在一片紛然林立的屋頂之間，望見那座宛如遙遠而奇妙世界的古老黑色尖塔。但現在它卻帶著一層新的恐怖色彩。他知道那座尖塔掩藏著邪惡的傳說，帶著了然的心情，他以一種詭異而不安的態度重新看待它。春天的鳥兒又回來了，看著牠們在黃昏飛行，布雷克這才首次留意到牠們避開了那座荒涼而孤獨的尖塔。在他看來，每當有一群鳥兒接近尖塔時，便會突然轉向，然後驚慌失措地四散開來——他可以想見牠們在吱吱喳喳些什麼，儘管中間隔了好幾英里，沒辦法傳到他的耳中。

到了六月，布雷克在他的日記裡道出解密成功的消息。他發現那是用阿克羅族的黑暗語言所寫成的，只有某些邪惡而古老的教派才會使用，而他自己則是透過之前的研究逐漸得知的。奇怪的是，布雷克在日記裡卻對解讀的內容語多保留，其結果顯然讓他驚恐萬分。他提到有人因爲凝視了那塊閃閃發光的邪六面體，而喚醒了一位獵黑行者，同時他還胡亂猜測它所來自的宇宙黑暗深淵是什麼。據說這位行者握有一切知識，而且會索求可怕的獻祭品，除非這個被召喚來的怪物能夠悄然遠離。布雷克在某些記載中表現出恐懼；但他又說道，街上的燈光形成了一座堡壘，致使它無法通行。

他倒是經常提起那塊閃閃發光的邪六面體，他說那是一扇通往所有時空的窗戶。還說它是在黑暗的憂果思星球所製造的，之後才由舊日支配者帶到地球上。它被珍藏在瓦路西亞的一個百合形的奇怪盒子裡。後來被瓦路西亞當地的狡猾人士從他們的廢墟裡挖掘出來，又經過久遠之後，才在黎姆利亞❻被人類首次瞥見。這塊六面體穿過奇怪的陸地、越過更為奇怪的海洋，然後和亞特蘭提斯一同沉沒在海底，之後才由一位克里特島的漁夫，用網子將它撈起來，並販賣給一群從黑暗的克姆來的黑皮膚商人。埃及法老王奈夫倫－卡還在它周圍蓋了一座神殿，裡面有一間無窗的地下室，致使他的名字從此遺臭萬年。於是它就這麼沉睡在那座邪惡神殿的廢墟裡，直到祭司和新的法老王撒手之後，它才又在探險者的剷子下重見天日，並為人類帶來詛咒。

七月上旬，報紙上莫名其妙地刊登了布雷克的日記，但是非常簡略，所以只引起泛泛的注意。自從有位陌生人踏進這座駭人的教堂後，聯邦山丘上似乎正在滋長出一種新的恐懼。一群義大利人互相咬著耳朵說，在那座黑暗無窗的尖塔裡有聽到非比尋常的騷動聲、撞擊聲和搔刮聲，於是請出牧師驅除這個讓他們惡夢連連的怪物。他們說，有個東西一直在門邊窺探他們，彷彿想要看看是否夠黑，以進一步大膽行動。新聞報導上還提到地方流傳已久的迷信，但卻無法對這個恐怖事物的背景提出更多說明。布雷克在日記裡寫下這些事情後，卻又表達出一種奇怪的悔意，還說他有義務要將那塊閃亮的斜六面體埋起來，而且要讓陽光灑進那座噁心的尖塔裡，好將他引來的東西給驅趕出去。在此同時，他卻又顯現出他對這東西的著迷已經到了多麼危險的地步，他的內心混雜著一股病態的渴望——甚至

譯注

❻黎姆利亞（Lemuria）為傳說中沉入印度洋底的一座大陸。

還潛入夢中，想要再次探訪這座該死的塔樓，並凝視那顆閃亮石頭所隱藏的宇宙奧祕。

七月十七日早上，報紙刊出了某個消息，致使這本日記的主人著實陷入了一陣恐慌。那也許只是針對騷動頻傳的聯邦山丘所寫的另一篇半開玩笑的文章罷了，但在布雷克的眼中，它卻是一則恐怖異常的報導。夜裡的一場暴風雨讓市區的照明系統失靈了整整一個小時，於是在這漆黑的時段中，那群義大利人幾乎害怕得要抓狂了。那些住在恐怖教堂附近的居民言之鑿鑿地說，尖塔裡的那個東西已經趁著街燈故障之際，往下爬進那座教堂的主體了，而且還以一種黏呼呼的恐怖之姿四處晃蕩。最後跌跌撞撞地爬上了塔樓，並從那兒傳出玻璃碎裂的聲音。它可以隨意走到陰影延伸的地方，但光線卻會讓它一溜煙地消失無蹤。

當燈火再度通明時，塔樓裡掀起了一陣驚人的騷動，因爲光線滲進了那些陰森黑暗、遮蓋著百葉窗的窗戶，儘管微弱，但還是讓這東西吃不消。於是它又跌跌撞撞地及時爬回那座陰森的尖塔裡——因爲只要長時間暴露在一絲光線下，就足以把它送回這位瘋狂的陌生人所宣稱的宇宙深淵。在這段黑漆漆的時間裡，眾人淋著雨，聚集在教堂周圍一同祈禱，手上拿著點燃的蠟燭和燈光，用折疊起來的報紙或雨傘保護著——這一道守衛的光芒，是爲了拯救這座城市免於那位獵黑行者所帶來的夢魘。那群最靠近教堂的居民又宣稱，外面的那道門嘎吱作響得十分恐怖。

但這還不是最糟的。那天晚上，布雷克又在報上讀到記者們的發現。有些記者最後終於擋不住這則怪誕消息的驚悚價值，於是公然蔑視那群瘋狂義大利人的警告，在無法打開大門之後，便從地下室的窗戶爬進那座教堂。他們發現前廳和那座陰森的中殿，全都怵目驚心地爬滿了灰塵，還有一些腐朽敗壞的墊子，而覆蓋長椅的緞質內襯則十分詭異地到處散落。無處不充滿著一股臭味，三不五時還會有一塊塊黃色的緞布和補釘出現燒焦的痕跡。他們將通往塔樓的門打開之後，上面的搔刮聲赫然消失，也讓他們暫停了片刻，接著他們發現，那道狹窄的螺旋梯被抹拭得相當潔淨。

而這座塔樓的乾淨程度也不相上下，包括那根七角石柱、翻覆的哥德式座椅，以及那些詭異的石膏像等；但非常奇怪的是，卻不包括那只金屬盒，以及那副殘缺不全的陳年屍骨。除了緞布、燒焦和臭味這些線索之外，讓布雷克最感到不安的，則是玻璃的破碎。這座塔樓的每一扇尖頭窗全都破了，其中有兩扇則透不進陽光，因爲它們和傾斜在外的百葉窗之間，被教堂座椅的緞料內襯和墊子的鬃毛給塞滿了，像是匆匆行事的結果。還有更多破碎的緞布和一撮撮鬃毛，散落在剛被清除的地板上，彷彿有人正設法將這座塔樓恢復成昔日窗戶緊閉時的絕然黑暗，但行動卻受到了阻撓。

在那座通往無窗尖塔的梯子上，也可找到泛黃的緞布和燒焦的補釘，然而當一位記者爬了上去，打開那扇水平方向的活動門，再將一盞微弱的手電筒照進這個幽暗而異常發臭的地方時，卻什麼東西也看不到，只除了一片漆黑，以及隙縫周圍一大堆亂七八糟的雜物。傳言果然是胡說八道。想必是有人開了那群迷信的山胞一個大玩笑，要不然就是某個瘋子爲了大家著想，而刻意強化他們的恐懼感。也說不定是某些年輕人，或者更爲世故的居民，向外界上演了一場精心製作的騙局。事後當警察派遣一名警官前往證實記者們的報告時，倒是產生一個有趣的現象。連續三位警官都找到藉口逃避這項任務，至於第四位則是非常不情願地前往，然後又匆匆返回，對於記者們的說法並沒有多置一詞。

從這時候開始，布雷克的日記展現出波濤洶湧的內在恐懼和焦慮。他斥責自己沒有採取行動，而且胡亂猜測著另一次停電可能造成的後果。他確實曾在暴風雨來臨的期間，三度打電話給電力公司，血脈賁張地要求對方防範斷電的可能。有時，日記中則關心那群記者在探索漆黑的塔樓時，居然沒發現那只金屬盒和那塊石頭，以及那副異常污損的老骨頭。於是他猜想這些東西可能被移走了——至於是被誰或什麼東西搬走的，這就只能胡亂猜測了。他最深沉的恐懼，則與他自己有關；他覺得他的心靈和那個潛伏在遠方尖塔裡的恐怖事物，已經達成某種邪惡的和諧關係——是他的魯莽，將那個夜行怪物從無以復加的黑暗空間裡召喚出來的。他似乎感覺自己的意志不斷猛拉著他；那段期間的訪客，還記得他如何失魂落魄地坐在書桌前，兩眼無神地透過西窗，瞪著城市的滾滾紅塵背後那座尖塔林立的遠山。他的日記洋洋灑灑地記載著某些夢魘，在他睡著之際，那種邪惡的和諧關係又更加鞏固了。他提到有一夜他醒了過來，發現自己衣裝整齊地走在外面，不由自主地朝著西方的大學山丘邁進。他一次又一次地提到，尖塔裡的東西知道在哪裡可以找到他。

回想起七月三十日後的那個星期，正是布雷克的精神瀕臨崩潰的時候。他不但衣不蔽體，而且所有的食物都是用電話訂購的。訪客注意到他的床邊擺了幾條繩索，他說夢遊的習慣迫使他每晚都得綁住自己的膝蓋，他得一直這麼保持著，要不然就會被解繩的力道給弄醒。

他在日記裡提到那場讓他崩潰的恐怖經驗。七月三十日晚上就寢後，他赫然發現自己在一片幾乎全黑的空間裡到處摸索。唯一能看到的是一道道短暫而微弱的水平藍光，卻能聞到一股無可抵擋的惡臭味，還聽到頭上有一陣輕巧而鬼祟的雜亂聲。每當他移動一步，就會踩到某種東西，而且每次發出聲音，上面就會傳來某種迴響——那是一種模糊的騷動聲，夾雜著木頭和木頭之間小心摩擦的聲音。

有一回，四處摸索的手碰到了一根石柱，柱子的上面是空心的；一會兒過後，他發現自己正緊抓著一座嵌進牆壁裡的樓梯，盲目而踉蹌地爬到某個臭味更強的區域，旋即有一股熾熱而乾燥的強風迎面襲來。在他眼前上演了一幕幕五光十色的奇幻影像，接著，所有的影像陸續融化成一幅巨大而深不可測的黑夜畫面，一顆顆的太陽與更為黑暗的世界全都在此旋轉。他想起古老傳說中的大混沌，據說萬物之主，亦即瞎了眼的白癡神祇阿瑟特斯，便懶洋洋地躺在它的中心處，身邊圍繞著一群沒有大腦也沒有形狀的舞者，而某些無名生物的爪中則握著一隻魔笛，吹奏出單調乏味的催眠聲。

然後，有一尖銳的聲響從外界闖了進來，打破他的恍惚狀態，還讓他重溫那場無以言喻的恐怖情節。他一直不知道那是什麼——也許是某種過時的煙火巨響，每當聯邦山丘上的居民大肆慶祝各種不同的守護神，或是遠在義大利家鄉的本土聖者時，整個夏天都聽得到這種巨響。每次一有動靜，他便大聲尖叫，從樓梯上狂竄下來，然後在黑暗包圍的廳堂裡，盲目而踉蹌地穿過障礙重重的地板。

他當下便知自己身在何方，於是馬不停蹄地從那道狹窄的螺旋梯俯衝而下，每次轉彎都讓他絆倒並受擦傷。他飛奔過一座掛滿蜘蛛網的巨大中堂，嚇人的拱門直伸向睥睨而視的影子國度，他摸黑爬過亂七八糟的地下室，再爬到有空氣和街燈的戶外，接著瘋狂地從山牆紊亂的高山飛奔下來，穿過猙獰而寂靜的城市，越過林立的黑色高塔，再爬上東邊的陡峭懸崖，回到他家的老舊大門。

待早上恢復神智之後，他發現自己全副衣裝地躺在書房的地板上。灰塵和蜘蛛網遍滿全身，且似乎每一吋肌膚都瘀青腫脹。他站在鏡子前，發現頭髮燒焦得很嚴重，而且上半身的外衣還有一股奇怪的惡臭揮之不去。就在此時，他的精神崩潰了。從此只能意態闌珊地穿著睡衣到處遊蕩，什麼事都做不成，只能眼睜睜地瞪著西邊的窗戶，閃電來襲時渾身發抖，並且瘋狂地寫著日記。

八月八日子夜的不久前，爆發了一場強風豪雨。閃電不斷襲擊整座城市，據說還有兩團驚人的火球。雨勢非常猛烈，不時夾帶著閃電，讓上千位居民夜不成眠。布雷克擔心電力系統會出問題，於是陷入完全瘋狂的狀態，甚至還在凌晨一點鐘左右打電話給電力公司，不過這時的服務系統爲了安全起見，已經暫時斷線了。於是他在日記裡逐一記下每件事——那些既龐大又嚇人，而且經常不知所云的象形文字，道出他漸趨狂怒與絕望的經過，並在黑暗中盲目而潦草地記在本子上。

他得讓屋子保持黑暗，如此才看得見窗外的景象；顯然他把大部分的時間都耗在書桌前，緊張兮兮地讓視線穿過大雨，越過市區裡綿延數英里的閃爍屋頂，最後落在遠處聯邦山丘的點點燈火上。偶爾他會在日記上東記一條、西記一項，於是像這類分崩離析的句子，諸如：「燈光可不能熄滅啊」；「它知道我在哪兒」；「我必須消滅它」；「它在召喚我，但這次也許沒有傷害」等，便凌亂地出現在兩頁日記上。

接著，整個城市的燈光全都熄滅了。根據電力公司的紀錄，大約是發生在凌晨兩點十二分左右，但布雷克的日記並沒有顯示出時間。上面只簡單地記錄著：「燈滅了——老天救救我啊！」聯邦山丘上也有一些守夜者跟他一樣心焦如焚，還有一群全身濕透的人，手上拿著蠟燭、手電筒、油燈、十字架，和義大利南方常用的一些奇怪符咒，用雨傘保護著，列隊走過廣場和那座邪惡教堂周圍的巷道。每次一有閃電襲擊，他們便讚嘆神恩，而當風雨減弱，致使閃電次數減少，最後終於完全靜止時，他們便用右手比畫出代表恐懼的神祕手勢。突如其來的一陣強風，幾乎吹滅所有的蠟燭，於是四周的黑暗變得更具威脅性了。有人將聖神堂的莫魯佐神父給請了出來，於是他匆匆忙忙地趕到這座陰森森的廣場上，盡其所能地使出有用的驅魔咒。可以確定的是，那座漆黑的塔樓不斷傳出奇奇怪怪的聲音。

至於凌晨兩點三十五分時，到底發生了什麼事，我們有來自那位牧師的證詞，他是一位有才智而且有教養的年輕人；還有來自中央車站的莫諾翰，這位最值得信賴的警官，曾經在這片他的管區裡駐足巡視這群人潮；此外在這七十八位聚集在教堂高牆周圍的群眾之中，大部分人也提出了證詞——特別是那些站在廣場上的人，因爲在這裡看得到教堂的東面。當然，我們無法證實有任何非屬自然界的東西。造成這類事件的原因可能有很多。沒有人能夠信心滿滿地說，在那間遼闊、古老、空氣不佳、荒廢已久且堆滿雜物的建築物裡，到底發生了什麼樣奇怪的化學變化。也許是有毒的煙霧——或自發性的燃燒——也或許是長期腐敗所形成的氣壓——在不勝枚舉的各種現象中，每一種都有可能。當然，我們也不排除人爲惡作劇的可能。那東西本身是非常簡單的，且其眞正的發生時間，也不過短短三分鐘而已。一絲不苟的莫魯佐神父，不斷地看著他的錶。

一開始是從那座漆黑的塔樓，傳來一種單調而笨拙的走動聲，聲音有明顯增強的趨勢。在此之前，教堂裡就已經隱約散發出一股奇怪的惡臭味好一陣子了，但現在，這股味道卻變得強烈而且刺鼻。最後終於傳出木材碎裂的聲音，接著有個龐大而笨重的東西，砰然墜落在陰沉的東門下方的庭院裡。此時在缺少燭光的情況下，看不到那座塔樓，但是當那個物體接近地面時，人們便知道，那是塔樓東窗上那片被煙燻黑的百葉窗。

緊接而來的是一股完全令人無法忍受的惡臭味，從那遙不可望的高處傾瀉而出，致使那群渾身發抖的觀望者不能呼吸並且作嘔，還讓廣場上的那群人幾乎要趴到地上了。空氣同時震盪了起來，好像有翅膀在拍動似的，接著驀然吹起一陣東風，比之前的風勢更爲強烈，不但吹落了群眾的帽子，還毀了濕答答的雨傘。在沒有燭光的夜色中，看不到任何具體的事物，儘管有些人在抬頭仰望之際，彷彿瞥見了一大片擴散開來的黑色團塊，比背後如墨色般的天空更爲濃稠——像是一團沒有形狀的煙霧，以流星般的速度朝東方飛射出去。

事情就是這樣了。這群觀眾滿懷恐懼、敬畏與不舒服，呆若木雞地站著，不知要做些什麼，或該不該做些什麼。在一頭霧水的情況下，絲毫不敢掉以輕心；一會兒後，當一陣遲來的強光突然出現時，他們對天祈禱，接著響起一陣震耳欲聾的爆裂聲，將雲霧翻騰的天空撕裂開來。半小時後，雨勢終於停止，又過了十五分鐘，街燈陸續亮起，這才將這群心力交瘁、一身狼狽的守夜者遣送回家。

隔天的報紙只在一般的氣象報導中約略提到這些事。繼聯邦山丘之後，據說在更遠處的東方，又發生更多驚天動地的強光和巨響，同時也出現一股奇異的臭味。這個現象在大學山丘上尤其明顯，當時的爆炸聲還驚醒了所有睡夢中的居民，並引起一連串的胡思亂想。在醒過來的人士之中，只有少數幾位見到山頂附近的異常閃光，或是留意到氣流莫名其妙地向上竄升，幾乎要將樹葉給拔除，並將花園裡的植物一掃而空。大夥都同意，這場突如其來的閃電，一定擊中了附近的某個地方，儘管後來並沒有找到任何命中的跡象。有位住在雅米茄陶星兄弟之家的年輕人表示，他在閃電發生之初，看見空中有一團詭異而可怕的煙霧，然而他的觀察並沒有獲得證實。不過，這少數幾位觀察者倒是一致認為，這場強風是從西邊吹來的，而一波波難以忍受的惡臭味，則出現在遲來的閃電之前；此外所有的證據大抵都顯示出，那股短暫的燒焦味是發生在閃電之後。

這些論點都經過非常謹慎的討論，因為它們與羅伯・布雷克之死似乎有關。普賽德耳塔之家的住宿學生，可以從樓上的後窗望見布雷克的書房，他們在九號上午，發現那張模糊而慘白的臉孔朝向西窗，心想那樣的表情好像有什麼不對勁的地方。那天傍晚，當他們又在同一個地點看見同一張表情時，他們開始感到憂慮，接著又看到布雷克的屋子裡燃起火光。稍後他們按了那間被煙燻黑公寓的門鈴，最後才由警察破門而入。

這具僵硬的屍體直楞楞地坐在靠窗的書桌前；當闖入者看見那雙呆滯而突出的眼睛，以及經歷過強烈而猛然的恐懼所呈現的扭曲表情時，眾人莫不驚慌地轉過頭去。等驗屍官檢查過後不久，宣布他的死因是遭到電擊的緣故（儘管窗戶並沒有破裂），或是停電引發神經緊張所造成的。這位驗屍官完全忽略他的恐怖表情，認為那是一位像他這樣具有異常想像力與情緒失衡的人，在遭到巨大的驚嚇時所可能出現的結果而已。至於他的想像力與情緒，驗屍官則是從整間公寓所發現的書籍、繪畫和手稿，以及書桌上胡亂塗鴉的日記本推斷出來的。布雷克瘋狂地振筆疾書，一直到生命的最後一刻；我們在他緊緊握住的右手裡，還可發現一枝筆尖斷裂的鉛筆呢！

在欠缺燈光的情況下，日記本的記載變得非常凌亂，因此只能辨認出斷簡殘篇。某些調查員從這些記載中所得到的結論，和那群實事求是的警官簡直南轅北轍，但這些說法對於保守人士來說，幾乎很難以置信。這些想像力豐富的理論家所提出的說法，並沒有因爲疑神疑鬼的德克斯特博士所採取的行動而有所幫助，就是他將那只奇怪的盒子和七角形的石頭——當它在那座無窗的黑暗尖塔中被人發現時，顯然還會兀自發光呢——扔進納拉干瑟灣最深的峽溝裡。布雷克過度的想像力和精神失常的現象，再加上他曾經發現某些古老邪教的驚人線索，於是構成了臨死前這些胡言亂語的最主要原因。以下便是這些記載——或是我們所能理解的全部。

「電還是沒來——肯定已經有五分鐘了。一切只能寄望於閃電。亞狄斯同意讓它保持下去！……某種影響力似乎穿透了它……震耳欲聾的豪雨、閃電和強風……那東西佔據了我的心靈……

「記憶出問題了。我看到了前所未知的東西。其他世界和其他銀河……黑暗……光明宛如黑暗，黑暗宛如光明……

「我在瀝青般的黑暗中所見到的，不可能眞的是那座山丘和教堂。一定是閃電所引起的視覺暫留。老天請保佑那群拿著蠟燭在外的義大利人啊！要是閃電停止的話。

「我在怕什麼呢？難道那不是奈亞魯法特復活嗎？早在古老而陰暗的克姆裡，它就曾經借用過人類的形體了。我還記得憂果思，和更遙遠的煞該星，以及黑暗星球的極致空洞……

「那一長串帶著翅膀的東西，能夠飛越空間……卻跨不過光明的世界……經由囚禁在閃閃發光的斜六面體的思想重新創造……致使它穿過一道道可怕的光線……

「我叫布雷克……羅伯・哈里森・布雷克，住在威斯康辛州，密爾瓦基市，東那普街，六百二十號……我在這個星球上……

「阿瑟特斯❼請憐憫我啊！——再也沒有閃電了——好可怕啊——我可以憑著野獸般的直覺，看見所有非視力可及的東西——黑暗即光明，光明即黑暗——山上的那些人……保衛……蠟燭和符咒……他們的牧師……

「遠近感消失了……遠處即是近處，近處即是遠處。沒有光線——沒有玻璃——瞧瞧那座尖塔——那座塔樓——窗戶——可以聽見——羅德瑞克·亞瑟——已經瘋了，還是快要瘋了——有東西在塔樓裡亂搖亂晃——我即是它，它即是我——我想出去——得要出去，將力量團結起來……它知道我在哪裡……

「我是羅伯·布雷克，但我看見黑暗中的塔樓。有一股邪惡的臭味……官能移轉……塔樓窗戶上的木板碎裂而且崩落了……Iä……ngai……ygg……

「我看到它——朝這裡過來——地獄之風——巨大的一團——黑色翅膀——憂戈—索陀斯，救命啊！——那目光如炬的三瓣眼睛……」

譯注

❼阿瑟特斯（Azathoth）為克蘇魯神話中的主神暨破壞神。自宇宙初始之時即存在；又一說宇宙本身不過只是阿瑟特斯引起之「現象」，因此或許也可說他是創造神……一般幾乎沒有崇拜阿瑟特斯的人。因為他即使被祭祀也不會感到高興，也不會眷顧敬拜者。（本段摘自《惡魔事典》P.42，奇幻基地出版，二〇〇三年十一月）

門階上的怪客

我確實將六顆子彈，送進我最好兄弟的腦袋裡，但我希望藉由這篇聲明，讓你們知道我並不是殺人兇手。一開始也許我會被稱爲瘋子——比那位在阿克罕精神療養院裡被我射殺的男人還要瘋狂。接下來，有些讀者將會權衡每一條陳述，並將它和已知的事實串連在一起，然後捫心自問，在面對那昭然若揭的恐怖證據——門階怪客——之後，我又怎能相信別的事實呢？

在那之前，我從未見過任何瘋狂的事，只除了我曾經演過的荒誕故事之外。就算現在，我仍然會質疑自己是否被誤導了——或者我根本沒有發瘋。我不知道答案——不過別人曾說過艾德華・德比與雅森娜絲・德比這對夫婦的一些怪事，就連冷酷無情的警察也對最後那次可怕的拜訪大惑不解。他們在無能爲力的情況下，捏造出人爲惡作劇的說法，也可能是離職僕役所提出的警告，然而他們心知肚明的是，眞相絕對比這些理由更爲可怕而且匪夷所思。

所以我說囉！我根本沒有殺害艾德華・德比。相反的，我還替他報了仇呢！除此之外，我還淨化了這個恐怖的世界，此地的存活者可能曾將某些不可告人的恐怖事物向全體人類釋放。有一些灰暗的地帶，緊鄰著我們日常生活的軌道，因此有些邪惡的靈魂偶爾會趁隙闖入。當那樣的情況發生時，知道的人就必須在想到後果之前，盡快予以反擊。

我認識艾德華・皮克曼・德比這傢伙一輩子了。雖然他比我年輕八歲，但是因爲他的過於早熟，使他從八歲那年開始，而我則是十六歲，兩人便一直有著許多共通之處。就我所知，他是一位最博學多聞的小孩了，並且從七歲開始，就會創作一些充滿陰鬱、幻想，且幾近病態的詩作，令他身邊的老師們嘖嘖稱奇。也許是他的家庭教育，再加上父母將寵愛集於他一身，多少和他的早熟有點關係吧！身爲家中獨子，外加孱弱的身子骨，致使溺愛他的雙親非常掛心，於是緊緊地把他綁在身邊。他從來不許在沒有保母的情況下獨自到外面去，也少有機會和其他的小孩肆無忌憚地玩在一塊兒。這些因素無疑皆使這個男孩創造出一種奇特的祕密生活，想像力成爲他通往自由的唯一大道。

總而言之，他在少年時期盡學了一些驚人而奇特的東西；就算我年紀較大，但他流暢的文筆還是深深吸引了我。大約也在此時，我正在學習一種風格詭異的藝術，於是我在這個年輕小子的身上，發現一種類似的詭譎精神。我們之所以同樣喜愛黑暗和奇詭的事物，背後的理由是因爲我們都住在一個古老、衰敗且令人不寒而慄的城鎮裡——亦即受到巫師詛咒、且傳言滿天飛的阿克罕，在這個城鎮裡，一座座縮在一起垂頭喪氣的複折式屋頂，以及日漸頹圮的喬治王朝式欄杆，倚靠在幽幽低訴的米斯卡塔尼克谷地旁，兀自沉思了數百年之久。

隨著時光流逝，我將注意力轉移到建築學上，於是放棄爲艾德華的魔鬼詩作設計插圖的事，但這完全無損於我倆的兄弟情誼。德比這小子的鬼才，已經發展到令人驚嘆的程度，因此在十八歲那年，他集結一些夢魘般的抒情詩，並以《阿瑟特斯諸邪記》的書名發表，著實造成了一陣轟動。他和一位惡名昭彰的波特萊爾派詩人——賈斯丁．傑福瑞，保持著密切的書信往來，這位詩人曾寫過《巨石族》這本書，一九二六年當他拜訪過匈牙利的一座邪惡而凶險的村莊後，便死在精神病院裡。

然而在自立更生或實務操作方面，德比卻因爲養尊處優的緣故，所以是個徹底的低能兒。雖然他的健康情形已經改善了，但是那對過份小心的父母，卻已經造就他這種幼稚的依賴習慣，致使他無法獨自旅行、無法做出個人的決定，或承擔起任何責任。人們很早就看出，他勢必無法在商場或專業的競技場上，和人一較高下的，還好這家人福德深厚，所以不至於釀成悲劇。在他步入成年之後，外表仍像個小男孩似的會騙人。金髮碧眼的他，有著童顏般的稚嫩模樣，雖然他試著留起鬍子，但那顯然是一件難如登天的事。他的聲音輕輕柔柔的，而且茶來伸手、飯來張口地生活，讓他的身材始終像小孩一樣胖嘟嘟的，但與中年人的啤酒肚可大不相同。他的個頭夠高，而俊俏的臉龐也讓他受人矚目，要不是靦腆的個性迫使他成爲孤僻的書呆子的話。

每年夏天，德比的父母親都會帶他出國，於是他很快便概略捕捉到歐洲的思維和表達方式。他那媲美愛倫坡的天分，愈來愈轉往頹廢的路線發展。另外在他的身上，也逐漸生起對其他藝術的敏銳和渴望。在那段期間，我倆有許許多多的討論。當時我已經唸完哈佛大學，也在波士頓的一間建築事務所裡學習過，成了家，最後還回到阿克罕鎮立了業——自從家父爲了健康的緣故，而搬到佛羅里達州之後，位在索騰史托街上的家宅便成爲我安身立命的地方。艾德華幾乎每天晚上都會登門造訪，後來我甚至視他爲家裡的一份子。無論是按門鈴或是敲門環，他都有一種獨特的方式，顯然成了一種暗號，使得每次晚餐過後，我總會側耳傾聽那熟悉的聲音，先是輕快的三下，停頓半晌後，接著又是兩下。至於我則愈來愈少拜訪他家，而且眼看他那些奇奇怪怪的著作愈來愈多，眞是讓我好生嫉妒啊！

德比在阿克罕鎮就讀於米斯卡塔尼克大學，因爲他的父母不希望他到外地去。他在十六歲那年進入大學，三年內就完成了學業，主修英、法兩國文學，每個學科都得到很高的成績，只有數學和科學例外。他很少和其他同學廝混一起，雖然看著「膽大包天」或「胡作非爲」的那夥人，總讓他眼紅不已——他們「聰明絕頂」的粗淺文字和了無意義的諷刺性散文，是他模仿的對象，而他們引人非議的行爲，更使他渴望勇於效法。

但他唯一能做的，便是讓自己瘋狂地耽溺在隱密而魔幻的知識裡，因爲米斯卡塔尼克大學的圖書館向來以這方面的收藏著稱。過去他總是停留在幻想和詭異事物的表面淺嘗輒止，現在他則深入鑽研眞正的神祕記號和謎語，這些全是輝煌歷史的遺產，並成爲後代子孫的指引或謎團。他讀過《哀邦書》這本駭人聽聞的書，也讀過馮容茲所寫的《無名邪教》，以及阿拉伯狂人阿巴度．亞爾哈茲瑞德的禁忌作品《死靈之書》，不過他沒向父母秉告這些事。艾德華二十歲那年，我兒子，也是我唯一的小孩才剛出生，當我以德比的名字，而把新生兒取名爲艾德華．德比．厄普頓時，顯然很得他的歡心。

二十五歲那年，德比已經是個飽學之士了，還是一位頗負盛名的詩人和幻想家呢！但由於缺少世俗的接觸和責任感，使他只能創作出充滿書呆子氣的衍生文，終於讓他的文學成長遲緩了下來。我大概是他最親近的朋友吧——我發現他是一座窮之不竭的寶庫，堆滿各種重大的主題；相反的，凡是他不想讓父母親知道的重大事情，他則需要仰賴我的意見。他一直是孤家寡人——大半是因爲天生害羞、不夠積極，兼且受到父母的過度保護，倒不是性向上出了問題——因此涉世的程度十分微淺而且馬虎。等到戰爭爆發後，他則因爲健康不良和生性膽怯的緣故待在家中。當時我到匹茲堡出任務，不過並沒有飄洋過海。

一年接著一年過去。艾德華的母親在他三十四歲那年去世，致使他足足有好幾個月的時間，因某種奇怪的心理疾病而成了廢人。他父親帶他去歐洲散心，希望讓他的煩惱一掃而空，卻看不到具體的成效。後來他似乎感到心情十分詭異地好轉起來，彷彿有一部份的自己掙脫了某種看不見的束縛一樣。他開始和那群較「前衛」的份子攪和在一起，雖然他已經步入中年了，不過有時還會出現極爲瘋狂的行爲——有一次他付出龐大的勒索費（錢還是向我借的呢！），好讓他父親不知道他參與了某件事。關於米斯卡塔尼克大學裡的這幫人，有些非常邪惡的傳聞在口耳之間相傳。甚至還提到黑色的魔術，以及某些完全無法置信的事。

II

艾德華是在三十八歲那年遇見雅森娜絲·魏特的。就我判斷，當時她大概只有二十三歲，正在米斯卡塔尼克大學選修一堂關於中古玄學非常特別的課。我有一位朋友的女兒曾經認識她——是在京斯波特的霍爾學校裡認識的——卻因為她的古怪名聲而刻意遠離。她的皮膚黝黑、個頭嬌小，除了那雙過於突出的眼睛外，大體上算是非常標緻：不過她的表情卻會讓一些高度敏感的人退避三舍。一般人之所以迴避她，多半是因為她的出身背景和說話方式。她是印斯茅斯的魏特家族成員之一，關於印斯茅斯這個日漸衰敗、半處凋零的地方和它的人民，早有一些黑暗的故事流傳了好幾代。據說在一八五〇年左右，此地發生過恐怖的交易事件，又聽說在這破敗的漁港裡，有些古老家族具有一種「非人類」的奇怪血統——這些故事都是古代的北方佬才想得出來的，並且抱著敬畏之心一再流傳。

雅森娜絲的情形就更糟了，因為她是伊佛雷姆·魏特的女兒——這孩子是他在年紀一大把時，才和某個經常罩著面紗、身分不詳的婦人所生的。伊佛雷姆住在印斯茅斯華盛頓街上一棟半毀壞的大宅裡，凡是看過這地方的人（阿克罕鎮的居民總是想盡辦法不進到印斯茅斯）都異口同聲地說，閣樓的窗戶總是用木條封死，當夜晚逼近時，偶爾會從裡面傳出奇怪的聲音。據說那位老先生曾是名極一時的魔術師，傳說更斬釘截鐵地指出，他的魔力足以掀起或平息海上的暴風雨。我曾經在年少時見過他一兩次，那時他到阿克罕鎮的大學圖書館來查詢一些遭禁的巨冊。我很討厭他那張狡猾又陰沉的臉，還有那把糾纏在一起的灰鬍子。他後來因發狂而死——死亡的情形非常離奇，正好是發生在他女兒進入霍爾學校就讀以前；她卻始終熱衷效法她的父親，有時實在跟他相像到令人毛骨悚然。

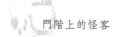

當艾德華認識雅森娜絲的消息傳開來之後，友人跟雅森娜絲同校的女兒便不斷說出許多離奇的事。雅森娜絲在學校裡的角色，就好比是一位魔術師一樣；而且似乎還眞有本事完成某些令人嘆爲觀止的舉動。她宣稱自己可以引發大雷雨，表面上好像眞的辦到了，但一般人卻將它歸之於某種不可思議的預測能力。所有的動物顯然都對她深惡痛絕，而她只消用右手比畫幾個動作，就足以讓任何一條狗嚎吠不已。有時她會在年輕女孩的面前，展現出某些知識和語言，不但非常邪惡，而且非常嚇人；有時則會以某種難以言喻的睥睨和眨眼動作，嚇壞學校裡的同學們；有時則會從現前的處境中，盡情地淬取出邪惡的諷刺意味。

而最不尋常的地方，則是她對其他人所造成的顯著影響。她確實是一位天生的催眠師，這是無庸置疑的。只要她凝視某位同學，就足以讓那人產生一種**人格置換**的明顯感覺——那人的主體彷彿會暫時移到魔術師的體內，並能夠看到她眞正的身體出現在房間對面，雙眼不但炯炯發光，還帶著一種異樣的神采向外凸出。雅森娜絲經常口出狂言，大談意識的本質與意識的與身體無關——或至少與身體的生命過程無關。最令她不滿的地方則是，她不是一個男人，因爲她相信男性的腦袋具有某種獨特而深遠的宇宙能量。假如擁有男性的腦袋的話，她宣稱自己在某些未知力量的掌控上，不但能夠媲美、甚至能夠凌駕她的父親。

艾德華是某次在教室裡舉行的「知識份子」集會上，認識雅森娜絲的；第二天當他來拜訪我時，開口閉口談的都是她。他發現那女孩的興趣和知識，正好都是最吸引他的東西，而且還深受對方的外表所迷。我從未見過那位年輕女孩，而且對她只有一些模模糊糊的印象，不過我知道那人是誰。對我來說，德比居然對她如此意亂情迷，這似乎是一件相當遺憾的事；但我並沒有說出任何潑他冷水的話，因爲我知道反對只會助長愛苗的。他說他沒有向父母提起這女孩。

接下來幾週，我從德比這小子口中所聽到的，絕大部分都是雅森娜絲的事。其他人則對於艾德華的中年魅力開始品頭論足了起來，儘管他們都認爲，他看起來幾乎不像他的眞實年齡，或者根本不適合當那位怪異女神的護花使者。雖然他是個既懶惰又自溺的人，但他並沒有什麼啤酒肚，況且臉蛋幾乎完美無瑕。反觀雅森娜絲的面容，則帶著提早出現的魚尾紋，而那是經常集中意志力的結果。

大約就在此時，艾德華帶這位女孩來見我，而我一眼就看出，他的喜愛並不是一廂情願的。那女孩不斷用一種掠食性的眼光看著他，讓我感覺到他們之間有種難分難捨的親密關係。沒過多久，德比的父親來拜訪我，我對這位老德比先生總是充滿佩服與敬重之情。他對兒子的風流韻事已有所耳聞，也對這個「男孩」曉以大義過了。艾德華想跟雅森娜絲結婚，並開始在郊區一帶尋覓愛巢。他知道我一向對他兒子頗具影響，因此這位老父親希望我可以幫忙讓這件壞事告吹；但我卻很遺憾地表達出我的疑惑。因爲這次的問題並不在於艾德華的意志薄弱，而在於那位女子的意志堅強。那男孩已經將他的依賴性，從父母親的身上轉移到另一個更新、更強的形象上了，沒有人可以奈何得了她。

婚禮在一個月後舉行——而且按照新娘的要求，是由一位法官見證。德比老先生聽從了我的建議，並沒有多作阻撓，於是他和我的妻子、兒子以及我本人，都參加了這場簡單的婚禮——其他的客人都是一些狂放的大學青年。雅森娜絲已經在高街的尾端，買下了一間克洛寧歇德的鄉下老宅，他們計畫先到印斯茅斯作個短程旅行，之後再到那裡安頓下來，因爲有三位僕人和一些書籍、家用品等，都得從印斯茅斯搬遷過來。而艾德華和他父親也許都沒想到，雅森娜絲之所以想在阿克罕定居下來，而不願回到家鄉，是希望接近那所大學、大學裡的圖書館，和那群「複雜人士」的緣故吧！

艾德華度完蜜月後來看我，我發現他的樣子有點變了。雅森娜絲叫他刮掉那些發育不良的鬍渣，但並不只這樣。他看起來比以前更持重、更多慮了，而他原本鬧孩子脾氣的嘟嘴動作，也已經被一種眞誠的難過表情所取代。我不知道自己是喜歡或不喜歡這樣的改變。當然，這時候的他看起來是比以前成熟許多。也許結婚是件好事吧——這種依賴習慣的改變，實際上會不會成爲**各行其是**，然後又導致絕然的孤立呢？他一個人前來，因爲雅森娜絲太忙了。她已經從印斯茅斯（德比提到這地名時還渾身發抖呢！）買了一籮筐的書和器具，而且已完成克洛寧歇德那棟舊屋和地面的復原工作。

她在這個鎭上的家非常邋遢，不過裡面卻有某些東西，讓他學會了一些非常驚人的事情。如今在雅森娜絲的指導下，德比在密傳知識的汲取上有了快速的進展。她還想出一些非常大膽妄爲的試驗——德比不敢隨便啓齒——不過德比卻對雅森娜絲的能力和企圖信心十足。他們的三位僕人也都頗不尋常——其中有一對老朽不堪的夫妻，是自從伊佛雷姆老先生還在世時，就已經跟在他身邊了，兩人偶爾會以神祕兮兮的態度，提及老先生和雅森娜絲的亡母；另一個則是皮膚黝黑的少婦，她的外表非常突兀，且似乎永遠散發著一股魚腥味。

III

接下來的兩年，我愈來愈少看到德比了。雖然有時他會在午夜前悄悄拜訪我家，但前門再也聽不見那種熟悉的前三下、後兩下的敲門聲了；而且就算是他來拜訪我——或者我去拜訪他，但次數愈來愈少就是了——他也很少談起正經事。他對於那些神祕的研究三緘其口，但以前他總是描述和討論得如此鉅細靡遺，此外，他也盡量不提起他的太太。自從結了婚之後，雅森娜絲十分驚人地衰老許多；奇怪的是，如今看來反倒比對方年長。她的臉上帶著一種最專注的堅定表情，而她的整個外觀則隱約散發著一股可憎感。我太太和兒子的發現也和我差不多，於是我們漸漸地不再拜訪她。有一次艾德華在心無防備的情況下，不小心承認他太太對此感到非常慶幸。有時，德比這一家人會到外地做長途旅行——表面上是要到歐洲去，但艾德華有時會暗自透露，他們是要到一些較為隱密的地點。

經過一年之後，人們才開始談起艾德華．德比的轉變。不過那都是一些隨隨便便的閒聊而已，因為他的轉變完全是在心理層面，雖然其中還是提出了一些有趣的觀點。根據人們的觀察，艾德華似乎偶爾會出現一種表情，並做出一些事情，而這些表情和事情都和他之前軟弱的個性大異其趣。比方說——雖然他以前不會開車，但現在，人們有時會看到他開著雅森娜絲那台馬力十足的帕卡德汽車，在克洛寧歐德那條老舊的公路上橫衝直撞，像個高手般駕馭著這輛車，而且遇到塞車時，還會展現出一種迥異於天性的技術和堅定。在這類情況下，他似乎總像是剛從某個地方回來、或者才剛要到某個地方去——至於他的行程是什麼，則沒有人能夠猜測，不過他最喜歡的目的地，還是印斯茅斯。

奇怪的是，他的蛻變並不見得那樣討人喜歡。人們說，每逢這樣的時刻——這樣的時刻之所以頗不尋常，也許是因為太罕見的緣故——他和他太太簡直是太神似了，或者像極了伊佛雷姆．魏特老先生本人。有時在開了幾小時的車之後，他會回過頭來，無精打采地癱坐在後座上，而請一位雇用司機或技工繼續駕駛。此外，他在社交活動日益減少（也許還包括到我家拜訪）期間，在馬路上的突出表現，都是因為昔日猶豫不決的個性使然——這種不負責任的孩子氣在以往尤其明顯。隨著雅森娜絲的臉逐漸衰老，反觀艾德華的臉——除了在那些特殊的情況下——卻變成一副過度稚嫩的模樣，雖然偶爾也會閃現過一抹哀傷或理解的表情。這實在是非常匪夷所思。在此同時，德比這家人也幾乎和大學的那群浪蕩子不相往來了——聽說並不是因為他們惹人討厭，而是他們目前的研究，讓這群墮落份子中最麻木不仁的成員都會大驚失色。

艾德華是在婚後的第三年，才開始向我公開透露某些恐懼和不滿的。他會不小心地說出，有些事情「做過頭了」這類的評語，也會曖昧不明地提到他需要「找回自己的身份」。起先我忽略了這些談話，還好我及時提高警覺，才開始小心謹慎地詢問他，我還記得友人的女兒曾經說過，雅森娜絲對其他的女同學具有催眠的能力——那些學生會以爲他們在她的身體裡，然後看見她出現在房間對面。這些質疑似乎讓他立刻感到震驚與悔恨，於是有一次他咕噥著說，改天要找我正正經經地談一談。

德比的父親大約這時去世了，日後我對他的死感到非常慶幸。艾德華哀痛逾恆，儘管沒有到精神崩潰的地步。自從結了婚之後，他就很少有機會探望父親了，因爲雅森娜絲已經讓他將所有的親情貫注在她一人身上。有人說他對於自己的損失簡直麻木不仁——特別當他開車的情緒變得更加瀟灑與自信之後。如今他則希望搬回自己的老家，但雅森娜絲卻堅持留在克洛寧歇德這棟房子裡，因爲她已經相當習慣此地的生活了。

不久之後，我太太從一位朋友的口中聽到一件怪消息，她是極少數尚未拋棄德比夫婦的人士之一。有天她從前往高街盡頭，去拜訪這對夫妻，這時她看見一輛車敏捷地從車道飛奔而過，而出現在方向盤上面的，正是德比那張自信得十分詭異，且幾乎帶著獰笑的臉龐。按了門鈴之後，那位討人厭的少婦告訴她，雅森娜絲也已經出門了；不過她可以趁他們不在時進來看看這棟房子。她站在艾德華書房裡的一扇窗戶邊，卻瞥見了一張快速扭曲的臉——臉上充滿著痛楚、挫敗與失望的表情，強烈到無法用言語形容。那是雅森娜絲的臉孔——相較於她貫有的霸氣，那表情的確相當不可思議；但是這位訪客卻發誓說，那一瞬間，她看到可憐的艾德華那雙哀怨而矇矓的眼睛，正在向外凝視。

艾德華來拜訪的次數略微增加了，而且他的暗示有時也較爲具體。他所說的都是一些不足爲信的事，就算是在這個數百年來傳言不斷的阿克罕鎭也一樣；但他卻是以一種誠懇而有說服力的態度道出這些黑暗知識的，讓人不禁擔心他的心智是否正常。他談到在荒郊野外所召開的恐怖會議，也提到在緬因州森林的心臟地帶有一些巨大的廢墟，底下則埋藏著巨大的樓梯，可以通往充滿黑暗祕密與拐彎抹角的深淵，接著穿過隱形的牆壁之後，便可通到其他的時空領域，而且必須先經過可怕的人格交換過程，才可獲准進入這些遙遠而禁閉的空間探索，這些空間既屬於其他的世界，且出現在不同的時空連續體上。

有時他甚至會提出物證以支持某些瘋狂的說法，這點讓我完全無法招架——那是一些顏色非常特別，而質地又令人不解的物體，是地球上前所未見的，而它們非比尋常的曲線和表面，看不出任何具體目的，也不依循任何明顯的幾何原則。他說這些東西是「從外界來的」；而他太太知道如何取得。有時他又會暗示——但總是以令人害怕且含糊不清的低聲口吻說——這些東西和伊佛雷姆．魏特老先生有關，過去德比偶爾會在大學圖書館遇到他。這些暗示從不曾挑明過，卻老是繞著某個極為恐怖的疑雲兜圈子，那就是，這位年邁的巫師是否真的死了——無論是就靈魂或肉體的層面而言。

有時德比在講到一半時戛然停止，讓我不禁懷疑，會不會是遠處的雅森娜絲，已經預測到他要說什麼，於是用某種不知名的傳心催眠術叫他住口——那是某種在學校時她就展現過的能力。沒錯，她一定猜到德比向我吐露了一些事，所以接下來的幾個星期，她一直設法用不可思議的言語和眼神，阻止他來拜訪我。他只有在克服萬難的情況下，才能來探視我；儘管他會假裝要到其他地方，然而有一股看不見的力量，總會箝制住他的行動，或是忘記眼前的目的地是哪裡。他通常都是趁著雅森娜絲出遠門時——有次他還奇怪地用「離開她的身體」來描述——才來拜訪我的。但事後總會被她察覺——因為那些僕人看見他出去又回來——但顯然她認為沒必要做出激烈的舉動。

IV

到了八月的某天，我從緬因州發了封電報給德比，這時他已經結婚滿三年了。而我則已經有兩個月沒見過他，且聽說他到外地「出差」去了。照理說雅森娜絲跟他在一起，但有些眼尖的人卻蜚短流長地說，在那棟房子樓上，似乎有個人站在兩層簾子掩蓋的窗戶後頭。他們也觀察到僕人採買了一些東西。而現在，赤森科鎮的警察局長則發來電報說，有個狼狽不堪的瘋子跌跌撞撞地從森林裡逃出來，一面胡言亂語，一面叫嚷著要我保護他。那人正是艾德華——他才剛想起自己的名字和住址。

赤森科鎮位處緬因州最荒涼、最隱密、也最乏人問津的森林地帶。若是開車，得經過一整天的顛簸，穿過一大片怵目驚心且遺世獨立的景色之後才會到達。我發現德比在鎮上農場裡的一間單人房裡，心情在激動和漠然之間擺盪。他立刻認出了我，並對我滔滔不絕地說出一連串了無意義、前後矛盾的字句。

「丹——看在老天爺的份上！那充滿舒哥族的坑洞！在六千個台階底下……那是最最令人厭惡的東西……我向來不讓她帶我去的，但當時我卻發現自己出現在那兒——伊亞！舒伯—尼古拉斯！——那東西從祭壇上站起來，然後有五百個一起吶喊——罩著頭巾的那東西泣訴著『卡墨格！卡墨格！』——那是伊佛雷姆老先生在這個女巫集會上採用的匿名——而我就在那兒，她答應過不會帶我去的——一分鐘前，我才被關在圖書館裡而已，接著她就帶著我的身體離開，於是我就出現在那裡了——就在那個徹底邪惡的地方，在那個褻瀆神明的坑洞裡，那是黑暗國度的起始地，由守衛負責看管大門——我看見一個舒哥族人——它會變形——我受不了了——假如她膽敢再把我送到那兒去的話，我一定會宰了她——我會殺掉那些生物——她、他、還有它——我會宰了它！我會用雙手親自宰了它！」

我花了一個小時安撫，最後他才冷靜下來。隔天我到村子裡，為他買了些體面的衣服，然後陪他一起前往阿克罕。他的歇斯底里已經消退了，而且變得沉默寡言，不過當車子經過奧古斯塔時，他則悄悄地開始自言自語了起來——彷彿是見到這個城市，勾引起某些不愉快的回憶似的。顯而易見的是，他並不想回家，且正在思索著那些與他太太有關的驚人幻想——無疑是他親身經歷過催眠的折磨之後所產生的——我想假如他沒有受催眠的話，情況應該會好多了。最後我決定將他留在我身邊一段時間；不管雅森娜絲會多麼不高興。然後我會設法讓他離婚，因爲可以非常肯定的是，基於某些心理上的因素，致使這樁婚姻對他而言，儼然是個自殺行爲。當我們再次開到寬闊的鄉間之後，德比的喃喃自語便停止了；我一路開著車，任由他在旁邊的座位上點頭打盹。

向晚時分，當我們從波特蘭馳騁而過，他又開始喃喃自語了，不過這次比之前更清楚，於是我一面聆聽，一面從一連串的胡言亂語中，瞭解到雅森娜絲這個人。她對艾德華的精神折磨是很明顯的，因爲他所編織出來的一切幻覺，全是圍繞著她，況且他還閃爍其辭地道出，他目前的困境只不過是長期以來的一小部分而已。她正一步步地掌控他，而他知道，總有一天她不會再鬆手的。就算是現在，可能也只有在她想要的時候才會放他一馬，因爲她沒辦法一次掌控太久。她不斷佔有他的身體，然後前往無以名狀的地方，去參加一些難以言喻的儀式，而將他留在她自己的身體裡，並且囚禁在樓上——不過有時候她也會控制不了，於是德比會突然發現自己又回到他的體內，並且置身在某個遙遠、恐怖而未知的地方。有時她可以取回控制權，有時則不能。他經常孤伶伶地遺落在某個地方，然後才被我找到——他三番兩次地發現，自己得從可怕的遠方找路回家，然後再拜託人家讓他搭便車。

但最糟糕的是，她掌控他的時間一次比一次長了。她希望變成男人——成爲完整的人——這就是爲什麼她要掌控他的原因了。她在德比的身上，探測出精密的大腦和脆弱的意志這兩種混雜的特質。總有一天，她會將他排擠出去的，然後帶著他的身體一起消失——成爲一位像他父親那樣偉大的魔術師，而把德比放逐在那副不夠完整的女性軀殼裡。但現在，他已經知道印斯茅斯血祭的事了。人們和海上的那些東西有著交易往來——眞是可怕啊……還有伊佛雷姆老先生——他想永生不死——雅森娜絲會成功的——她已經成功地展現過一次了。

德比就這麼喃喃地說下去，而我則轉過頭去瞧個究竟，結果證實我之前悉心觀察的轉變，果然是眞的。但矛盾的是，他似乎比以前更稱頭了——不但比較健壯，也長得比較正常，再也看不到一絲散漫習氣引起的病態軟弱了。這彷彿是在他嬌生慣養的一生中，頭一次眞正活了起來，並展現出恰如其分的舉動，想必是雅森娜絲的力量，被迫他必須一反常態地保持行動和警覺。但是現在，他的心靈卻陷入可憐的狀態；因爲他一直語無倫次、天馬行空地談論著他太太、黑色魔法、伊佛雷姆老先生，和一些幾乎要讓我相信的事。他反覆提到一些名字，是我在某些禁書中曾經瞥見過的，而它們虛幻的一致性——或眞實的一致性——有時則會令我心驚膽戰，這種一致性也貫穿了德比的胡言亂語。他會一次又一次地停頓下來，彷彿是要鼓起勇氣，揭發出最終的恐怖眞相。

「丹，丹，難道你不記得他嗎——那對凶猛的眼睛，和一把永遠不曾花白的亂鬍子？有一次他還瞪著我呢！我永遠忘不了。現在她就是那樣瞪我的。而我知道爲什麼！他是在《死靈之書》裡發現方法的。我還不敢告訴你是在第幾頁，不過等我告訴你以後，你可以去讀一讀、瞭解一下。然後你就會知道將我吞沒的東西是什麼了。附身、附身、附身、再附身——從一個身體到另一個身體，再到另一個身體——他希望永遠不死。而生命之光——他知道如何將它打斷——則會生生不息，就算肉體已經死亡。聽好，丹——你知道爲何我太太總是如此痛苦地用左手寫著彆扭的字嗎？你有沒有看過伊佛雷姆老先生的筆跡？你想知道爲什麼在我瞥見雅森娜絲草草寫下的筆記後，會如此怵目驚心嗎？

「雅森娜絲——**眞有這個人嗎？**爲什麼他們猜測伊佛雷姆的胃裡有毒呢？當他發瘋之後，而被雅森娜絲關在四面有軟墊的閣樓房間裡——『另外一個人』也曾經在此——爲什麼吉爾曼一家人會對他像個嚇壞的小孩似的尖叫模樣議論紛紛呢？**難道被關在裡面的，竟是伊佛雷姆老先生的靈魂嗎？是誰把誰關在裡面的呢？**爲什麼他要花費好幾個月的時間，尋找某個腦袋傑出、但心志脆弱的人呢？——爲什麼他會抱怨自己的女兒不是個男兒身呢？告訴我，丹尼爾·厄普頓——**在那間恐怖的屋子裡，到底一直在進行著什麼樣的魔鬼交易呢？**他可不是讓它永垂不朽了嗎？——就如同最後她會在我身上完成的事。告訴我，那個自稱爲雅森娜絲的東西，爲什麼會在沒有提防的時候，寫出不一樣的字體，**好讓你分辨不出它的字跡是從——**」

然後那件事發生了。當德比咆哮時，他的聲音變成又尖又細的叫嚣，突然又自動閉上了嘴。我想起以前在我家時，他的自信心也會瞬間消失——當時我就猜想到，可能是雅森娜絲的心智力量，透過某種奇怪的電波加以干擾，好讓他保持緘默。不過這次卻是完全不同的狀況，而且讓我感到無比恐懼。在我身旁的那張臉孔，有段時間已經扭曲到無法辨認的地步，而顫抖的動作則貫穿全身，彷佛所有的骨頭、器官、肌肉、神經和腺體，都在調整成一種截然不同的姿勢、壓力組態和整體特性。

至於最極致的恐怖是什麼，恐怕我這輩子也說不出來；不過確實有一股來勢洶洶的噁心和反感，朝著我席捲而來——那種令人膽寒而麻痺的感覺，充滿著絕對的殊異和反常——致使我緊握住方向盤的手，開始變得虛弱而猶豫了起來。坐在我身邊的傢伙，似乎不像是我這輩子的朋友，而比較像是從外太空闖入的怪客——某個聚集未知邪惡的宇宙能量於一身的怪物，既該死，也該受到徹底的詛咒。

我只稍稍遲疑了一會兒，但我的同伴卻立刻抓住方向盤，並強迫我和他交換座位。這時暮色已濃，波特蘭的燈光尚在遠處，因此我看不清楚他的臉。不過他眼中所發出的凶光，卻是十分驚人的；於是我知道，此刻的他一定是處在那種特別帶勁的狀態下——如此迥異於平日的他，並曾經引起那麼多人的注意。那位無精打采的艾德華・德比——向來無法伸張自我，而且從沒學過開車——現在居然會命令我，一面控制住方向盤，而這輛車還是我的呢！但事情還不僅止於此。他保持緘默了一段時間，而我則是在難以言喻的恐懼下，很慶幸他沒開口說話。

等開進比德福和沙可的燈光下後，我才看見他緊抿的雙唇，而他炯炯發亮的目光則使我不寒而慄。人們是對的——每當在這樣的情緒下，他看起來眞是他媽的像極了他太太，還有伊佛雷姆老先生。我一點也不懷疑那種情緒是會讓人討厭的——這些情緒中當然含有某種不自然的成分，而我現在更能感受到那種邪惡的成分，因爲一路上我一直聽見他的咆哮。這個男人，我這輩子所認識的艾德華・皮克曼・德比，此時成了一個陌生人——是某個從黑暗深淵前來的闖入者。

直到我們開上一條漆黑的延伸道路之前，他一直默然不語，等到他眞的開口說話後，聲音彷彿完全不一樣了。比我曾經聽過的聲音都更低沉、穩重，而且堅定；而它的語調和發音也都徹底改變了——讓我依稀、間接，且相當不安地想起某個無以名狀的東西。我認爲在他的音色中，具有一絲非常明顯而且非常眞切的嘲諷意味——不是那些乳臭未乾的「複雜份子」那種一閃及逝、了無意義、輕快活潑的假意嘲諷，雖然那是德比經常模仿的對象，而是某種自信、紮實、凌人，且隱含邪惡的話語。

「我希望你別把我的魯莽放在心上，厄普頓。」他說道。「你知道我的焦慮所在，我想你會原諒那樣的事的。我當然非常感激你能夠載我回家。而且你也一定要忘了所有我說過關於我太太的蠢話——還有一切的事情。那是我研究過頭的結果。在我的哲學領域裡，充滿了各種奇奇怪怪的想法，而當我心力交瘁之時，就會把所有的想像物，製造成具體的作爲。從現在開始，我應該要好好休息一下——也許有一段時間你不會看到我，但是你可別責怪雅森娜絲啊！

「這趟行程有點奇怪，不過眞的非常簡單。在北方的森林裡，有一些印地安人的遺跡——例如站立的石頭等等，其在民間傳說中還頗有份量，雅森娜絲和我一直在追蹤那些東西。那是一場艱困的追尋，所以我好像有點沖昏頭了。等我回到家後，我會把車子交還給你的。待休息一個月，我又能夠全力以赴了。」

我不記得自己說了什麼，因爲我的意識充斥著這位鄰座者令人費解的陌生感。我感到那種難以理解的巨大恐怖，正一分一秒地增加，直到後來我幾乎陷入了精神錯亂，一心企盼著這趟旅程趕緊結束。德比並沒有把方向盤交還給我的意思；而我則樂見朴次茅斯和紐貝里波特從我身邊飛逝而過。

當遇到通往內地、避開印斯茅斯的主要公路的交流道時，我眞是有點害怕這位司機會選上那條陰暗的路肩，然後開進那個該死的地方。還好他並沒有這麼做，而是快速地駛過羅立和伊普威治，朝著我們的目的地急馳而去。我們在午夜前到達阿克罕鎭，發現他在克洛寧歇德的老家還亮著燈。德比下了車，嘴裡不住道謝，而我則一個人開車回家，有種如釋重負的奇怪感覺。這眞是一趟可怕的旅程啊！尤其恐怖的地方在於，我說不出眞正的原因，而且聽說德比要離開我一段時間，我一點都不感到遺憾。

接下來的兩個月，盡是謠言滿天飛。有人說看見德比愈來愈常處於精神亢奮的狀態，而雅森娜絲則幾乎不再會見訪客。期間，德比只來拜訪過我一次，當時他開著雅森娜絲的車來訪片刻——而這輛車又是他從遺留在緬因州的地點取回來的——以索回他借給我的書。他又在那種亢奮的狀態了，而在停留的時間內只夠說些無關痛癢的客套話。在這樣的情況下，顯然他便無意和我討論任何事——而且我還留意到，這時他也懶得採用既有的前三下、後兩下的敲門方式。就像那晚在車上一樣，我感覺到一股微弱、但無比深沉的恐懼，那是我無法解釋的；因此他的快速離開，對我來說倒是一個大解脫。

九月中旬，德比外出一個星期，而大學裡的那幫墮落份子，有些則開始談論起這件事，一副肚裡雪亮的樣子——他們在一次會談中向一位惡名昭彰的教派領導人暗示這件事，那人後來被逐出了英國，並在紐約建立他的總部。至於我呢，則是無法將上次從緬因州開車回來的奇特經驗拋到腦後。我親眼見到的轉變，對我造成了莫大的影響，並使我一而再、再而三地發現自己試圖解釋他的轉變——以及它之所以造成我極大恐懼的原因。

但最詭異的傳聞則是關於克洛寧歇德那棟老宅傳出來啜泣聲。那似乎是個女人的聲音，有些年輕人認爲是雅森娜絲的聲音。只有在很偶然的機會下才聽得到，而且有時，那聲音似乎會被某種力量給遏止住。有人說應該要調查一下，不過某天當雅森娜絲出現在街上，而且精神抖擻地和一大群朋友聊著天——說她最近不在家，眞是不好意思，又順便提到她有個從波士頓來的客人，罹患了精神分裂和歇斯底里症——於是這項建議便不了了之。但人們卻從未見過那位客人，不過雅森娜絲既然已經現了身，那就沒什麼好再說的了。接著又有人竊竊私語地說，有那麼一、兩回，啜泣的聲音是由男人所發出來的，從而讓整件事更加錯綜複雜了。

十月中旬的某個晚上，我又聽到那種前三下、後兩下的熟悉門鈴聲了。於是我親自應門，發現艾德華正站在門階上，且立刻看出他又恢復從前的樣子了，自從那天由赤森科歸來的恐怖旅程上胡言亂語之後，我就再也沒看過他這副模樣。他的臉扭曲了起來，混雜著異樣的情緒，彷彿恐懼與勝利之情各佔千秋；當我關上他身後的門時，他則鬼鬼祟祟地回頭張望。

他步履蹣跚地跟隨我走到書房，並向我要了點威士忌酒，以緩和他的緊張情緒。我沉住了氣不去問他，而是靜待對方隨心所欲地開口說話。最後他終於用斷斷續續的聲音，大膽地透露出一些訊息。

「雅森娜絲已經走了，丹。昨晚我們聊了很久，趁著所有的僕人都不在，而我要她答應別再利用我了。當然，我有某些——某些隱密的抵禦方法，是我從未告訴過你的。她不得不讓步，但是非常生氣。她才剛打包好，然後前往紐約——直接走出去，趕搭上八二〇號前往波士頓的公車。我想人們會議論紛紛的，但我也沒辦法。你用不著提到任何麻煩事——只管告訴別人她去遠方研究就行了。

「她也許會和其中一名可怕的信徒待在一起。我希望她會到西方去，然後和我離婚——總之，我已經讓她同意離我遠一點，別再來煩我了。那眞是恐怖啊！丹——她正在偷竊我的身體，想要把我擠出去，讓我成爲囚犯。我則按兵不動，假裝讓她得逞，但我必須小心戒備。假如我夠謹愼的話，就能夠想出計策，因爲她無法看到、或者看透我的心靈。她能夠解讀出來的，就只是一種平凡無奇的反抗情緒而已——而她向來以爲我是無藥可救的人。你別以爲我可以擊敗她……不過我倒是有一、兩種有效的咒語。」

德比回過頭去，又喝了更多口的威士忌。

「今天早上當那些該死的僕人回來後，我把他們通通解聘了。他們非常不爽地提出質問，但後來還是走了。他們和她是一掛的，都是印斯茅斯人，和她一起狼狽爲奸。我希望他們滾遠一點！我眞不喜歡他們離開時的笑聲。我必須儘可能把父親以前的老僕人給找回來。現在我要搬回老家了。

「我想你一定以爲我瘋了，丹——不過阿克罕鎭的歷史，應該會支持我對你所說的事情吧！你自己也親眼看過其中一次轉變——就是那天我們從緬因州開車回來，我告訴你關於雅森娜絲的事情之後。那時她佔據了我，而把我從自己的身體驅逐出去。而我最後的印象是，當時我正鼓足勇氣，準備告訴你**她是個什麼樣的魔女**。然後她逮住了我，於是就在一彈指間，我便回到家裡了——就在那間書房裡，任由那群該死的僕人將我鎖在裡面——至於在那個受到詛咒的惡魔體內……則根本不是人……你知道那天跟你一起開車回家的是她吧！是那個利用我身體的豺狼——你應該早就看出端倪了吧！」

等德比住口時，我渾身一顫。是的，我**早就**看出端倪了——但我怎能接受像這樣瘋狂的理由呢？

這位心神恍惚的訪客更是變本加厲了。

「我得救我自己啊——我非如此不可！丹。等到萬聖節那天來臨時，她就會永遠佔領我了——他們會在赤森科北部舉行安息日，祭典中會把事情解決的。她將會永遠佔有我——她將變成我，而我則將變成她——永永遠遠——那就太遲了——我的身體會永遠變成她的——我猜她會把我趕出去——然後把她舊有的身體，連同裡面的我，一起斬草除根，去她的，**就像她以前做過的那樣**——就像她、或它以前做過的那樣——」此時，艾德華的臉孔扭曲得如此怵目驚心，而且當他的聲音變成低語時，更是令人難受地彎腰靠近我。

「你一定知道我在車上暗示著什麼——**她根本就不是雅森娜絲，而是伊佛雷姆老先生本人**。我在一年半以前就這麼懷疑過，現在我終於明白了。每當她疏於防備時，她的筆跡就會露出馬腳——有時她草草寫下來的筆記，一筆一畫看起來就和她父親的字跡一模一樣——有時她會說出一些只有像伊佛雷姆這樣的老頭才說得出來的事情。當他死期來臨時，他便和她交換身體——她是唯一能找到的合適對象，因爲具有健全的大腦和足夠薄弱的意志——於是他永遠佔據了她的身體，就如她即將佔據我的身體一樣，然後他用藥毒死自己的老舊身體，連同裡面的女兒一起。難道你不是有好幾十次在那個女魔頭的眼睛裡，看見伊佛雷姆老先生的靈魂在閃爍嗎？——且當她控制我的身體時，不也在我的眼睛裡看到她嗎？」

這位喃喃低語者正說得上氣不接下氣，於是停下來呼吸。我則默不作聲，等他又開始說話時，聲音正常了些。我想，眼前眞是一個應該送進精神病院的案例，但我才不要送他進去呢！說不定時間，再加上擺脫雅森娜絲的糾纏，將會治好一切。我可以看出他並不希望再次涉入病態的神祕主義裡。

「日後我會再告訴你其他的事——現在我必須好好休養一陣子。我會告訴你她帶我進入的恐怖禁地——那群古老的恐怖怪物，即使到了現在，也還在偏僻的角落裡興風作浪，因爲有一些令人髮指的祭司讓它們存活了下來。有些人知道沒人應該知道的宇宙奧祕，而且能做別人沒辦法做的事情。我曾經深陷其中、無法自拔，但現在已經結束了。今天我將燒毀那本該死的《死靈之書》，而假如我是米斯卡塔尼克大學的圖書館員的話，我也一定會燒掉其他幾本的。

「但現在她拿我沒輒了。我必須盡快離開這個鬼地方，然後在老家安頓下來。假如我需要幫忙的話，我知道你會幫我的。你知道的，那群魔鬼派來的僕人——還有，萬一人們對雅森娜絲的事太過好奇的話。你知道我不能把她的住址給別人……那會惹來一群追蹤者——是某個教派，你知道的——他們將可能會誤解我和雅森娜絲分開的原因……其中有些人滿腦子盡是一些奇奇怪怪的想法和手段。我知道你會站在我這邊的，假如有事情發生的話——就算我得告訴你一大堆會嚇壞你的事……」

我讓艾德華睡在一間客房裡，留在我這兒過夜，到了早上，他看起來似乎鎮靜了些。我們一起討論可能的安排，好讓他搬回老家，眞希望他沒時間改變心意。隔天晚上，他沒打電話過來，不過接下來的幾週，我卻經常看到他。我們儘可能少提到那些詭異而不愉快的事，而一直討論著德比家那棟大宅的整修工作，還有夏天時，德比答應要帶我兒子和我一起旅遊的事。

我們絕口不提雅森娜絲，因爲我知道那是個特別令人不安的主題。到處充滿了小道消息，這是理所當然的事；不過那棟克洛寧歇德老宅裡的奇怪家庭，倒是沒發生什麼新鮮事。有一件事讓我很感冒，那是德比認識的一位銀行家，有次在米斯卡塔尼克俱樂部裡過度興奮，而不小心說溜了嘴——他說艾德華時常寄支票給印斯茅斯的摩西、愛比嘉．薩爾金特和尤妮絲．巴布松這三人。看來好像是那群面目猙獰的僕人向對他勒索似的——雖然他並沒有向我提起這件事。

我希望那年的夏天趕快來臨——還有我就讀哈佛大學的兒子趕快放暑假。這樣一來，我們就能把艾德華送到歐洲了。但我很快地發現，他並不如我所期待的那樣積極整修房舍；因爲他的心情有時會變得過於亢奮，而害怕和沮喪的情緒也跟著頻繁了起來。到了十二月時，德比的老家已經完工了，但他卻一再延宕搬家的日期。他雖然很討厭而且似乎有點畏懼克洛寧歐德這個地方，然而同時，他又受到此地奇怪的牽制。他彷彿開始拆卸起包裹，而且編造出各式各樣的藉口以延誤行程。待我向他挑明此事，他卻顯出莫名的恐懼。他父親昔日的老管家——連同三位重新找回來的僕人，都和他待在此地——告訴我說，艾德華偶爾會在屋子裡四處搜尋，尤其是在地下室裡，一副怪異而邪惡的模樣。我心想，會不會是雅森娜絲寫了一些惱人的信來，但這位男管家卻說沒收過她寄來的任何一封信。

大約在耶誕節前後，德比有天晚上來我家拜訪，卻當場精神崩潰了。那時我正把討論的主題導向夏天旅遊的事上，沒想到他卻突然衝口尖叫，並從椅子上一躍而起，臉上還帶著過度驚嚇而無法遏抑的恐怖表情——彷彿只有無窮盡的惡夢，才能使正常的心靈產生如此巨大的痛苦和憎惡。

「我的腦子！我的腦子啊！天哪！丹——有個東西在拉扯——從遙遠的地方來的——它在敲打——用爪子抓——那個女魔頭——甚至現在——伊佛雷姆——卡墨格！卡墨格！——舒哥族的洞穴——伊亞！舒伯—尼古拉斯！萬古長青的羊！……

「那火焰啊——火焰——超越肉體、超越生命——在地底下——喔！天哪！……」

當他的瘋狂演變成茫然若呆之後，我將他拉回椅子上，然後倒了些酒，灌進他的喉嚨。他並沒有反抗，而是繼續動著嘴巴，彷彿自言自語一般。一會兒後我才明白，原來他在試圖和我說話，於是我彎下腰來，將耳朵靠在他的嘴旁，以捕捉那些氣若游絲的話語。

「——一次，又一次地——她一直在努力——我早就知道了——沒有任何東西能夠阻止那力量；無論是距離、魔術、或死亡，通通沒輒——它來了又來，多半是在晚上——我走不了了——眞是太可怕了！——喔！天哪！丹，**要是你和我一樣，知道它有多恐怖就好了……**」

當他不省人事地倒下，我趕忙用枕頭支撐他，讓他好好睡上一覺。我並沒有叫大夫過來，因爲我知道大夫會說他的精神有毛病，而且我希望一切都能順其自然。他在午夜時醒了過來，於是我將他安置在樓上，不過一到早上他就自動離開了。他偷偷摸摸地走出這棟房子——我發了一封電報過去，他的男管家說他已經回到家了，此刻正在書房裡來回踱步。

經過這次之後，艾德華的精神狀態很快就分裂了。他沒有再來拜訪我，但我每天都會去探望他。他總是坐在書房裡，目空一切地呆望著，而且顯出一副正在聆聽的怪異模樣。有時他會腦筋正常地談起天來，不過總是一些微不足道的主題。但只要一提到他的困擾、未來的計畫、或是關於雅森娜絲的事，就會讓他陷入瘋狂的狀態。男管家說他在晚上時曾經發作過，說不定哪天會因此傷了自己。

我和他的醫生、銀行管理員和律師都長談過，最後決定帶著這位醫生，連同兩位醫療同仁一起探望他。而光是一開始的幾個問題，就足以導致他強烈的抽搐了，著實令人同情——於是那天晚上，有輛祕密的車子將他飽受折磨的身體，送進了阿克罕精神療養院裡。我成了他的監護人，每週會去探望他兩次。每次聽到他那瘋狂的尖叫聲、令人膽寒的呢喃、且不斷重複那些可怕而低沉句子，諸如：「我必須這麼做——我必須這麼做——它要逮到我了——要逮到我了——在底下——底下的黑暗中——媽呀！媽咪呀！丹！救救我——救救我啊——」就不禁令我鼻酸。

他有多少復原的希望，沒有人敢說，不過我儘可能讓自己保持樂觀就是了。萬一德比恢復神智的話，他得有個家才行，所以我把他的僕人送回德比的老家，因爲我確信這會是他在理智下所做的選擇。至於克洛寧歐德那棟房子裡的複雜陳設，和一些完全讓人摸不著頭腦的收藏，我則不知道該怎麼處置，只好暫時讓它們保持原狀——另外叫德比的家屬每星期過來一次，將主要的房間打掃乾淨，並且命令伙夫在這幾天裡生起火來。

最後的惡夢終於在聖燭節來臨前發生了——卻是件隨著虛假的一線希望，因而形成了一種殘酷的諷刺。一月份接近尾聲時，有天早上療養院打電話來通知，艾德華突然間恢復理智了。他們表示，艾德華的記憶已經受到嚴重的損壞；不過他的神智確實是正常的。當然，他還必須留院觀察一段時間，不過應該是沒什麼問題才對。只要一切順利的話，相信他可以在一個星期之內出院。

大喜過望的我匆忙趕了過去，然而當一位護士帶我到艾德華的房間時，我卻只能一臉茫然地楞站著。那位病人起身迎接我，臉上堆著客氣的笑容，一面伸出他的手來；但我立刻看出，這時的他又是那種奇怪的活潑性格，與他的本性如此格格不入——我隱約覺得這種幹練的特質非常恐怖，況且艾德華自己有一次也信誓旦旦地說，那是他太太的靈魂闖進來的結果。又是同樣犀利的目光——與雅森娜絲和伊佛雷姆老先生如此神似——以及同樣堅定的嘴唇；而且當他開口說話之後，我又在他的聲音裡感到同樣無情與強烈的冷嘲熱諷，深刻到讓人嗅聞出一股潛在的邪惡氣息。眼前這位老兄，正是五個月前開著我的車子穿過夜色的傢伙——自從上次他來我家造訪片刻，卻忘了昔日的按鈴信號，並引起我如此莫名其妙的恐慌之後，我就再也不曾見過這人了——此時他又再次讓我充滿一種陌生不祥的曖昧感，和難以磨滅的深惡痛絕。

他輕鬆自如地談起出院的安排——除了點頭同意之外，我沒有任何插手的餘地，儘管他最近明顯出現一些失憶情形。但我還是可以感覺到有個地方非比尋常地出了岔子，既恐怖而且難以解釋。在這個怪物裡，有某些我無法探觸的恐怖面向。眼前的他是個正常人——但他眞的是我所認識的艾德華．德比嗎？它應該被釋放出來？還是繼續關在此地？——或者應該斬草除根，讓它永遠消失在地表上？這個怪物所說的每一件事，都帶著莫測高深的諷刺意味——當他提到通過一種**格外嚴密的拘禁**，因而提早獲得釋放時，那對像極雅森娜絲的眼睛，則特別露出一抹匪夷所思的嘲笑。我的舉止一定非常怪異，而且很希望能夠告退。

那一整天，以及隔天，這問題都讓我想破了腦袋。到底發生了什麼事呢？是什麼樣的心靈，透過艾德華臉上那雙陌生的眼睛向外看呢？我滿腦子全是這個曖昧不明的可怕謎團，甚至提不起勁來從事日常作息。第二天上午，醫院打電話來說，那位病人的復原情況仍然不變，於是到了傍晚，我的神經幾乎要崩潰了——這點我承認，雖然其他人斬釘截鐵地斷言，是它讓我產生接下來的幻覺的。關於這點，我沒什麼好辯駁的，我只能說，即使我的瘋狂也無法解釋**所有的**證據。

V

那件赤裸而徹底的恐怖事件，是在第二天的晚上爆發在我身上的，並以沉重而難纏的痛苦強壓著我的心靈，從此再也掙脫不開了。事情是從午夜前的那通電話開始的。我是唯一起床，並昏昏沉沉地走到書房裡接起話筒的人。電話線的那端似乎沒有人；我才剛要掛上電話，並且回床休息，這時，我的耳朵捕捉到彼端傳來的一種非常微弱的聲音。難道有人正在奮力開口說話嗎？我一面豎耳傾聽，一面以爲自己聽見了一種液體冒泡的雜音——「咕嚕……咕嚕……咕嚕」，讓人奇怪地聯想到某種模糊不清、晦澀難辨的字句和音節。我應了一聲：「是誰啊？」但唯一的回答卻是：「咕嚕……咕嚕……咕嚕。」我只能假設那是機器所發出來的噪音；不過我想像那是一台壞掉的機器，只能夠接收而無法傳送，於是我接著說：「我聽不到你的聲音。最好掛掉電話，問一下詢問台是怎麼回事。」於是我立刻聽見對方掛了電話。

我說過，這件事就發生在午夜前。後來經過追查，才發現那通電話是從克洛寧歇德的古屋裡發出來的，雖然距離女佣的清潔日已經過了整整半星期。我只能暗示你們在那棟房子裡找到了什麼——在地下室一處偏遠的儲藏室裡有些騷動，另外還有腳印、塵土、倉皇偷來的睡袍，電話上則有令人費解的痕跡、倉皇使用的文具，以及遺留在每一樣東西上的惡臭味。警方這群可憐的蠢蛋，竟然沾沾自喜於一點小小的理論，而且還在繼續追查那些被解雇的壞僕人——他們早就趁著眼前的混亂逃逸無蹤了。他們誓言要爲木已成舟的事，展開一次可怕的復仇，而我也在報復名單之列，因爲我是艾德華最好的朋友和顧問。

白癡啊！難道他們以爲那群粗鄙的丑角能夠僞造出那樣的字跡嗎？難道他們以爲是那群丑角引發後來的事件的嗎？難道他們無視於艾德華體內的變化？至於現在的我，**則完全相信艾德華．德比曾經告訴過我的事**。在生命之外，還有一些我們臆想不到的恐怖事物，有時人類邪惡的祈禱，會將它們召喚進我們的領域裡。伊佛雷姆——雅森娜絲——便是召喚他們進來的惡魔，而他們則把艾德華也捲了進去，就如同他們正試圖對我下手一般。

我能夠確定自己平安無事嗎？那些力量已經能夠存活於肉體之外。隔天下午，我從頹喪中振作起來，並能夠有始有終地走路與說話。這時，我走到精神病院，然後爲了艾德華、也爲了全世界著想，我將他給射殺身亡了，但除非將他燒爲灰燼，否則我怎麼能夠安心呢？他們將屍體交給幾位不同的醫生，做了一些愚蠢的解剖——但我說過，他必化爲灰燼才行。**他必須化為灰燼——當我射殺他的時候，那並不是艾德華．德比啊！**假如他沒有化成灰燼的話，我就要抓狂了，因爲我將會是下一個。但我的意志並不薄弱——我不能讓它受到這些恐怖事物的摧殘，我知道它們正在周圍蠢蠢欲動。有個生命體——先是伊佛雷姆、雅森娜絲，還有艾德華——現在又是誰呢？我**才不要**被逐出我的身體呢——

我**才不要**和瘋人院裡那個彈痕累累的死屍交換靈魂呢！

但讓我把最後一樁恐怖事件交代清楚。我才不要說那些警察老是充耳不聞的事情呢——比方說有個矮小、怪誕而且發臭的怪物，在午夜兩點前的高街上，至少被三個旅人瞧見；還有在某些地方所發現的獨特腳印。我要說的只是，大約在兩點左右，我被一陣門鈴聲和敲門聲給吵醒了——門鈴和敲門聲都有，以一種軟弱無力的絕望姿態，不甚確定地交替著，**兩者都在試圖模仿艾德華過去那種前三下、後兩下的信號聲**。

我從熟睡中驚醒，心裡倏然掀起一陣混亂。是德比在門口——而且還記得從前的暗號！但是新的德比卻不記得……難道是德比又突然回復正常的狀態嗎？為什麼他會如此明顯地緊張與急促呢？難道是他提前被釋放了嗎？或者已經逃脫出來了呢？也許是吧！我一面心想，一面匆忙穿上袍子，直奔樓下，之前他的恢復自我引發了一番吵鬧與暴力，使他不但得以獲釋，並汲汲於投奔自由。不管發生什麼事，總之，他又是昔日那位善良的艾德華了，而我勢必要伸出援手！

當我打開大門，榆木拱門之外的一片黑暗映入眼簾，這時，一陣難以忍受的惡臭味隨即撲鼻而來，差點讓我伏倒在地。我屏住呼吸，充滿噁心感，有那麼片刻幾乎看不到門階上那位矮小而臃腫的人物。方才的召喚是艾德華發出來的，但眼前這個齷齪的小矮個兒又是誰呢？在這麼短的時間內，艾德華能溜到哪兒去呢？他的門鈴聲不過是在開門前的一秒鐘才響起的呀！

這位訪客的身上披著一件艾德華的外套——尾端幾乎已經拖地了，而且袖子也捲了起來，但還是超過雙手。頭上的帽垂則壓得很低，同時有一條黑色的絲質面紗罩住了面容。當我惴惴不安地往前，這位仁兄卻發出了一種類似液體的聲音，就如同我之前在電話上聽到的「咕嚕……咕嚕……」聲，然後他把一大張紙塞到我手上，寫滿密密麻麻的字，一端則有一枝長長的鉛筆穿過。那股莫名其妙的臭味仍然讓我頭暈目眩，但我還是抓著那張紙，透過門口的燈光試著閱讀。

無疑地，那是艾德華的字跡。但既然他能夠來我家按門鈴，又爲什麼要寫這封信呢？——而且上面的筆跡爲何又是那樣地怪異、粗糙和顫抖呢？在半昏暗的燈光下，我實在看不出個所以然來，於是我回到大廳裡，而那位小矮個兒則如同機械般，以沉重的步伐往前，不過只到裡面的門檻就停住了。這位怪異使者的氣味實在驚人，眞希望我太太不要因此醒來，和它正面衝撞了才好（感謝上帝！還好希望沒落空）。

接著當我讀著這封信的時候，我感覺膝蓋鬆垮了下來，眼前則是一片昏暗。當我醒來之後，發現自己正躺在地板上，而那封該死的信，仍然緊抓在那隻因恐懼而僵硬的手上。以下便是它的內容：

「丹——到精神療養院殺了它吧！將它消滅殆盡。它已經不再是艾德華·德比了。她已經逮到了我——那是雅森娜絲啊！——**而她早在三個半月以前就已經死了**。我說她離家出走，那是騙人的。是我幹掉她的。我必須這麼做。事出突然，但當時只有我們兩個人，而且我又在自己的身體裡。然後我看見一座燭台，於是就把她的腦袋敲破了。她原本會在萬聖節那天永遠佔有我的。

「我將她埋在地下室裡較偏遠的那間儲藏室裡，就在幾個老舊的箱子底下，然後把所有的痕跡清除乾淨。那些僕人們隔天就起疑了，但他們可不敢將這樣的祕密告訴警方。我把他們都掃地出門了，但只有老天爺知道他們——還有教派的其他成員——打算怎麼做。

「有一段時間我以爲自己安然無恙，但之後我覺得腦子裡有力量在撕扯。我知道那是什麼——我早該記在心裡的。像她那樣的靈魂——或是伊佛雷姆的靈魂——是不會輕易鬆手的，就算死後，它們還會繼續存活，只要身體還在的話。她就要逮到我了——逼我和她交換身體——**先抓住我的身體，然**

後將我放進她被埋在地下室的屍體裡。

「我知道什麼樣的東西要來了——那是爲什麼我要發瘋，而且要住進精神病院裡的原因。然後它來了——我發現自己被關在黑暗裡——在雅森娜絲腐爛的屍體裡，就在地下室我放置的箱子底下。而我知道她一定是在我的身體裡，就在精神病院裡——直到永遠，因爲現在已經過了萬聖節了，就算她不在現場，獻祭大典也能照樣舉行——正常而且從容地接受釋放，形成世上的一股威脅。我決定孤注一擲，**於是我突圍而出，不計任何代價。**

「我已經沒法子說話了，也沒能耐打電話，不過我還可以寫字。我會想辦法打點好，然後把我最後的遺言和警告送過來。假如你珍惜世界和平與安詳，**殺了那個惡魔吧！要親眼看它化為灰燼。**若你不這麼做，它就會繼續活下去，從一個身體到另一個身體，永無止盡，但我卻不能告訴你它會做出什麼樣的事來。遠離那些黑暗魔法，丹，那是魔鬼的玩意兒。永別了——你一直是個良師益友。只要告訴警方他們願意相信的事就好——把你也給拖下水了，我眞是他媽的抱歉。不久之後，我就能夠安息了——這東西不會再來纏我了。希望你看得到這封信。而且要殺了那玩意兒——要宰了它！

你的摯友——艾德華　訣筆

我是到後來才讀到這封信的後半段的，因爲我在第三段結束時就昏了過去。當我看到並聞到門檻上那團被暖氣襲來的混亂東西後，我又再次暈倒。從此，那位使者不會再有動靜、或者意識了。

那位比我堅強的男管家，並沒有因爲早上他在大廳裡看到的東西而昏倒。相反的，他還打電話報警。當他們抵達現場時，我已經被帶到樓上的床上了，不過——那團混亂的東西——則仍然躺在昨晚癱倒的地方。一群男人拿起手帕摀住鼻子。

最後他們在艾德華那一身拼湊得奇奇怪怪的衣服裡，找到一團幾乎成液體狀的恐怖東西。裡面也有骨頭——還有一顆凹陷的頭顱。經過牙齒比對之後，確認它是雅森娜絲的頭顱。

印斯茅斯疑雲

一九二七年底、二八年初的那個冬天，聯邦政府官員在麻薩諸塞州的老港印斯茅斯展開一波詭異而祕密的調查行動。民眾開始發覺異樣是在二月間，當時有一連串的搜查和圍捕，接著是蓄意燒毀或爆破廢棄碼頭邊頹圮、遭蟲蛀蝕的空房子，數量相當可觀，而且都在妥善的戒護下進行。不經心的人以爲這是私酒問題不定期引發的重大衝突。

然而，關心新聞的人開始對搜索規模之大、動用人力之多，以及囚犯的祕密處置感到疑點重重。沒有開庭，連起訴都沒有聽聞；此後，這些囚犯甚至也沒在國家正規的監獄出現過。曾有籠統的說法說是由於瘟疫或集中營，後來又說他們是被疏散到各個軍營的軍監，但都沒有任何下文。事件過後，印斯茅斯幾乎成了空城，即使到了現在，也只稍稍露出復甦的曙光。

許多自由派團體對此大加撻伐，他們受邀參與冗長而機密的討論，這些代表被帶往參觀某些集中營和監獄。結果，這些團體變得出人意料地保守和謹愼。新聞業者不知該如何處理，但最後似乎也多能和政府配合。只有一家報紙——作風豪放，且對官方說法總是存疑的小報——提到有一艘潛入深海的潛水艇，在魔鬼礁外，向下方的海溝發射魚雷。這個情報是從一群水手那兒得來的，但的確有些牽強附會；畢竟，這塊低矮、黝黑的礁石遠在印斯茅斯港外海一哩半。

鄉下人和附近城鎭裡的人，私下對此有許多議論，但對外界很少發言。將近一個世紀以來，他們不斷談論奄奄一息、半遺棄狀態的印斯茅斯，但新的說法遠不如幾十年前的竊語和臆測精彩。很多事讓他們學會保密，對他們施壓也無濟於事。此外，他們所知眞的非常有限；因爲那片寬廣的濕鹹沼澤既荒涼，且杳無人煙，致使人們大都聚集在陸地這一邊。

我終於要向這個禁忌的言論挑戰了。我確定結果必然很完整；從那些印斯茅斯受驚的搜捕者那兒得來的消息，不會造成什麼公共傷害，最多只會引起一點意想不到的反感。此外，被發掘出來的事件可能有很多種解釋。我不清楚別人究竟告訴了我多少眞相，也有很多理由不想深入探究。因爲我對這件事的接觸，是比外行人多了些，而且我也一直有個印象，覺得那會把我陷入無可自拔的境地。

一九二七年七月十六日的大清早，我像瘋子一樣從印斯茅斯飛奔出來，而我的恐慌引起了政府的注意，並導致後來一連串的事件。當事情剛發生，一切都還不確定時，我很樂意保持緘默；但既然這已是陳年往事，大家的興致和好奇都煙消霧散了，我倒有股欲望，想訴說那駭人的幾小時，與發生在惡名昭彰、鬼影幢幢的致命和變態海港的事。靠著說故事能幫助我恢復對自己的信心；並向自己確認，我不只是那第一個屈服於有傳染性的惡夢幻影的人。這也有助我面對可怕抉擇時下定決心。

在我第一次——到目前爲止也是最後一次——親眼見到印斯茅斯之前，我從未聽過這個地名。爲了慶祝自己成年，我計畫到新英格蘭旅行——包括觀光、增廣見聞、尋根等——原本計畫直接從古老的紐貝里波特到阿克罕鎮，因爲我母親的家系便是從那兒起源的。我沒車，但搭火車、貨車或公車，總是找最便宜的交通工具。在紐貝里波特有人告訴我，到阿克罕得搭蒸汽火車；但到了火車站的售票口，正對著昂貴的票價躊躇不前時，我卻聽到印斯茅斯這個字。這位高大精幹的售票員說話不像本地人，他對我的經費結据似乎深表同情，因此給了一個別人從未給過的建議。

「我想，你可以搭老巴士。」他有些猶疑地說：「但這裡的人大多不把這列入考慮。它會經過印斯茅斯——你可能聽過——所以大家不喜歡。這公車是一位印斯茅斯的傢伙經營的，名叫喬·撒吉特，但我猜他從沒在這裡或阿克罕招呼到乘客。他能繼續經營眞是怪事。可能是票價低廉的緣故，但我從沒看過超過兩、三個人在車上，只有印斯茅斯的人捧捧場。巴士每天早上十點和晚上七點從漢莫藥房前的廣場開出，除非最近有異動。看起來像可怕的老爺車，我從沒搭過。」

這是我第一次聽到陰影籠罩的印斯茅斯。這座一般地圖沒有標示，旅遊指南上也沒有介紹的小村鎮，的確使我興味盎然，而售票員詭異的說詞，也激起我不小的好奇。我想，一個小鎮能讓附近城鎮如此嫌惡，至少是件不尋常的事，值得觀光客留意。如果它位在在阿克罕之前，我會停下來看看，所以我請售票員多說一些。他相當做作，說起話來一副趾高氣昂的模樣。

「印斯茅斯？唉呀，那是在馬奴塞特河河口的怪鎮。從前還像個城，在一八一二年戰爭前還有港口的樣，但在最近一百年左右，變得七零八落。現在沒有火車經過，B.&M.線的火車從來沒走那兒，從羅立延伸過去的支線幾年前也停駛了。

「我猜啊，空屋比人還多，百業蕭條，除了捕魚和撈蝦。大部分的人在這裡、阿克罕或伊普威治交易。從前他們還有不少磨坊，現在什麼都不剩，只有一座鍊金廠時開時關。

「那座鍊金廠過去也是個大企業，老馬許是工廠負責人，鐵定比莉迪亞國王克里薩斯還有錢。他是個怪老頭，經常待在家裡。晚年時可能長了皮膚病，或是哪裡畸形，便不出來見人了。歐畢德·馬許船長是他的祖父，也是企業的創始人。他的母親好像有點外國血統，據說是從南太平洋島來的，所以五十年前他迎娶一位伊普威治女孩時，引起了一陣騷動。人們對印斯茅斯的人總是這樣，這裡和附近的人都盡量掩飾自己和印斯茅斯的血緣關係。但就我看來，馬許的兒孫們和別人沒什麼兩樣。他們還曾向我說教呢，想想年紀較大的孩子最近都比較少出現了，更見不到老人了。

「爲什麼人們那麼鄙視印斯茅斯？唉啊，年輕人，你不要太聽從這裡人的說法。他們很難啓口，一旦打開話匣子又講個不停。我猜，他們對印斯茅斯的事已經講了一百年，大部分都是閒話，我認爲，他們比誰都害怕。有些故事會讓你笑破肚皮，什麼老馬許船長和魔鬼交易，從地獄把一個小鬼帶回印斯茅斯；或者在碼頭附近舉行魔鬼崇拜或恐怖的獻祭儀式，那個碼頭是一八四五年左右人們偶然間發現的。但我是佛蒙特州潘頓地方的人，這種故事不會唬倒我。

「但是你該聽聽一些年紀大的人怎麼說外海的那塊黑礁石——他們稱作魔鬼礁。它大部分的時間都在海平面以上，很少被海水蓋過，但你又不能叫它是島。傳說有時候在礁石上可以看到一整列魔鬼兵團，他們一字排開，或者在礁石頂上的洞穴快速進出。那是一塊崎嶇不平的礁石，離海岸超過一哩外，船隻返航時，通常會繞一大圈避開它。

「就這樣，印斯茅斯的水手從不歡呼。他們不喜歡老馬許船長的其中一個原因是，當潮水正好時，他應該在那塊礁石邊停泊。也許他曾這麼做，因爲我敢說，那塊石頭的形狀很特別，他不太可能在那裡找海盜的寶物，或者眞的被他給找到了；但也有傳說他和魔鬼在那裡交易。事實上，我覺得根本是這個船長讓這塊礁石背了黑鍋。

「那是在一八四六年的瘟疫大流行之前，當時超過半數的印斯茅斯人都死了。眞正的問題來源從來沒調查清楚，但有可能是船隻從中國或某地帶來的外國疾病。顯然情況很糟，有暴動，還有各種見不得人的事，外面的人可能都不知道，結果留下這裡的慘狀。他們沒有再回來，現在當地只剩三、四百人。但眞正當地人私底下想的，是種族歧視——我的意思不是罵那些懷有種族歧視的人。我自己也討厭印斯茅斯人，我也不想去他們鎭上。我猜你知道——雖然從你講話的樣子可以看出你是西方人——我們新英格蘭的船隻過去曾和多少稀奇古怪的港口打交道，非洲的、亞洲的、南太平洋島的等等，有時他們還從那裡帶回各式各樣的怪人。也許你曾聽過女巫城的男人，他還帶了一個中國太太回來，也許你也知道在鱈魚角附近有一堆斐濟人。

「看吧，印斯茅斯過去一定有類似的事情。沼澤和溪流總是把這裡和其他地方隔得遠遠地，我們不能確定事情的來龍去脈；但相當確定的是，老馬許船長的三艘船在二〇、三〇年代返航時，必然帶回來一些奇特的物種。今天印斯茅斯人明顯有一種奇怪的特徵，我不知道怎麼解釋，但那保證讓你全身起雞皮疙瘩。如果你搭撒吉特的巴士，你會多少發現一點。他們有些人的頭顱特別窄，鼻子扁扁的、眼球微凸，眼睛發亮，似乎從不闔眼，他們的皮膚也不太對。粗糙、有癬疥，他們脖子的兩側都起皺，而且很年輕就禿頭了。年紀大的人更難看，事實上，我應該沒看過他們的老人。我猜他們一定是照鏡子時羞憤而死的！連動物都討厭他們。在沒有汽車的馬車時代，他們的問題可真多。

「在這裡、阿克罕或伊普威治，都沒有人願意和他們扯上關係，當他們來到鎮上或有人想去那裡釣魚，他們自己也表現一副冷淡的樣子。奇怪的是，魚群總是在印斯茅斯港外聚集，而別的地方幾乎看不見魚的影子——但你去那裡釣魚試看看，看當地人怎麼把你趕走！那些人過去坐火車來——待支線停駛後，他們得先走一段路，然後在羅立搭火車——但現在他們則坐那班巴士。

「沒錯，在印斯茅斯有家旅舍，叫吉爾曼之家，但我不相信它找得到幾個房客。我可不建議你去那裡住。最好先在這兒住一晚，搭明早十點那班車；然後你可以從那裡搭八點鐘的晚班車到阿克罕。幾年前有一位工廠檢驗員在吉爾曼過夜，遇到很多不愉快的事。那裡似乎有一群怪人，因爲這傢伙聽到其他房間傳來的聲響——雖然大部分的房間是空的——令他毛骨悚然。他想，那聽起來是外國話，但他說，最糟糕的是有時像說話的那種聲音。聽起來好不自然——像和稀泥似的，他說，他甚至不敢脫衣服睡覺。就坐直等著，然後一大清早跑得比飛得還快。那說話的聲響整晚都沒停。

「這個傢伙——他的名字是卡西——說起印斯茅斯人怎麼看他、怎麼警戒，便口若懸河。他覺得馬許的鍊金廠是個詭異的地方——位在馬奴塞特河下游瀑布的老舊磨坊裡。他的描述和我聽過的說法大同小異。帳簿殘缺不全，每一筆交易都記錄不清。你曉得，馬許從哪兒弄來金礦提煉一向都是個謎。他們在同業裡似乎很少採購，但幾年前，他們運出了一大批金錠。

「傳說有一位怪裡怪氣的外國珠寶商，水手和鍊金工有時偷偷和他交易，還有一、兩次看到他和馬許家的女人混在一起。也許人們允許老歐畢德船長在一些異教的海港交易，尤其他總是訂購一大批的彈珠、小裝飾品等一些水手用來和土著交易的東西。也有些人認爲，而且至今仍這麼認爲，他在魔鬼礁上發現了海盜的藏寶窟。但這說起來好笑。老船長已經去世六十年了，但打從南北戰爭開始，就沒有一艘像樣的大船在這裡出沒；但馬許家的人仍然持續購買那些和土著交易的玩意兒——他們告訴我，那大多是玻璃或塑膠製的便宜貨。也許印斯茅斯的人喜歡別人看看他們——天知道他們得和南太平洋島上的食人族和新幾內亞島上的野蠻人一樣糟才行。

「四六年的那場瘟疫奪走了這裡上層階級的性命。不管怎樣，印斯茅斯人如今命運未卜，馬許和其他的有錢人也好不到哪裡去。就像我說的，這個鎮上可能沒超過四百人，即使他們宣稱有這麼多。我猜他們就是南方人所稱的『白色垃圾』吧——狡詐、無法無天，盡做祕密勾當。那裡盛產魚蝦，他們用卡車出貨。魚群就聚在那裡，不去別的地方，實在是樁怪事。

「沒有人能追蹤這些人，這令公立學校的職員和普查員頭痛不已。你可以想像好奇的外地人在印斯茅斯是不受歡迎的。我聽過不只一位商人或政府官員在那裡失蹤，還傳說有一個變成瘋子，目前在丹佛士。他們必定用什麼方法把他嚇壞了。

「這就是爲什麼我不要晚上留在那裡，如果我是你。我從沒去過那裡，也從不想去，白天去應該不要緊——雖然附近的人可能會建議你不要去。如果你只是去觀光，看看早期的東西，印斯茅斯應該是不錯的地方。」

聽到這裡，該晚我便到紐貝里波特的公立圖書館，翻查一些印斯茅斯的檔案。而當我向當地的商家、餐館、修車行、消防隊詢問相關的事，發現他們比那位售票員形容的更難啓齒；而我也了解到不需要浪費時間等他們克服那本能的緘默。他們有一種莫名的疑竇，彷彿對印斯茅斯感興趣是不對勁的事。我在Y.M.C.A.停下來，那裡的員工直接勸我不要去那個陰沉腐敗的地方；圖書館裡的人態度也差不多。顯然，在受過教育的人眼裡，印斯茅斯是文明退化的一大象徵。

圖書館書架上看得到的艾塞克斯郡歷史敘述有限，只提到這個鎮設於一六四三年，在獨立戰爭前以造船聞名，十九世紀初海運的前景看好，後來有一些小工廠以馬奴塞特河作爲電力運轉。但對一八四六年的瘟疫與暴動卻著墨不多，彷彿那是該郡之恥。

裡面也很少提及衰敗的過程，雖然後期檔案的重要性不容置疑。南北戰爭後，所有的工業都局限在馬許鍊金廠，銷售金錠成了除了萬年漁業之外唯一的大型產業。隨著日用品的價格下跌，大型產業成爲競爭對手，捕魚的收入愈來愈差，但印斯茅斯港外的魚群卻從來沒有減少。很少外國人移民到這裡，而且刻意掩飾的證據顯示，有不少波蘭人和葡萄牙人想在此落戶，卻被當地人狠狠地趕走了。

最有趣的是，裡面稍微提到那位與印斯茅斯關係曖昧的怪珠寶商。顯然，他在鎮上的影響還不小，在阿克罕米斯卡塔尼克大學博物館的標本、紐貝里波特歷史學會的展覽館都提到他。這些斷簡殘篇的描述平淡無奇，卻隱約透出揮之不去的詭異。有些眞的奇怪而煽惑，我無法視而不見，即使時間很晚了，我決定要看一些當地的樣本——據說是個巨大的、比例失當的，類似羅馬教皇的三重冠的東西——如果有人可以安排的話。

圖書館員給了我一張給學會會長安娜·蒂爾頓小姐的介紹函，她就住在附近，我簡單向她說明是那位好心的圖書館員指引我來，畢竟時間還不是晚得過份。這裡的收藏的確有名，但就我目前的心情，我只對電燈下櫥櫃一角閃閃發亮的玩意兒有興趣。

不需要格外的美學素養，我已爲它著迷得幾乎喘不過氣，那奇幻的、非人間的華美，充滿想像，就放在一塊紫色天鵝絨墊上。即使到了現在，我還是很難描述我所見到的東西，雖然那很顯然是一頂三重冠，就像我之前講過的。它的前面高聳，四邊雖大卻不工整，彷彿是爲一個難以掌握的輪廓所設計的。它的材質似乎以金爲主，雖然有一種較淡的奇妙光彩，顯示其中添加了某種與金一樣美但難以辨識的金屬。它的狀況近乎完美，單是賞玩那驚人而令人困惑的非傳統設計，就可以耗掉好幾個鐘點。有些是簡單的幾何圖形，有些是尋常的海景畫，在表面雕鏤或印模成浮雕，手藝驚人。

我看愈久，那玩意兒愈讓我著迷；沉醉其中時，有個礙眼的東西很難具體描述。起初我以爲是那玄妙而非人間的藝術使我不安。我見過的其他藝術品，或者屬於某個已知的種族或民族，不然就是挑戰某某主義的現代主義。這頂三重冠兩者都不是。它顯然屬於某種已成形的技巧，成熟、完美，而這種技巧和任何我見過而可茲例證的東西完全不相關——不管是東方的或西方的，古代或現代的。彷彿它的技藝是來自另一個星球。

然而，我很快發覺我的不安有另一個可能同樣重要的原由，那是來自上面設計詭譎的圖畫和數學隱喻。它的圖案全暗示了空間與時間中遙遠的祕密和無可想像的深淵，浮雕上單調的水棲生物似乎變成怪獸。這些浮雕裡有傳說中光怪陸離的怪物——半魚半蛙——令人聯想到失憶時的某種暈眩和不安，彷彿它們是自細胞和組織底層喚起的一些圖像，而細胞與組織的功能全然是原始且遺傳的。有時，我幻想這每個半魚半蛙的駭人圖樣，簡直是未知與殘酷邪惡的終極典範。

與華美的三重冠相對，蒂爾頓小姐的解說卻簡短而無趣。一八七三年，一位酩酊大醉的印斯茅斯人以可笑的價碼把它當給國家街上的當鋪，那個人不久後在一場爭吵中被殺死了。學會直接從當鋪老板那兒取得這頂三重冠，因爲品質不凡，立刻予以展出。上面標示的產地是東印度或中南半島，雖然這個歸類顯然是暫時的。

關於三重冠的產地與它如何出現在新英格蘭，蒂爾頓小姐比較所有可能的假設，她傾向老歐畢德·馬許船長發現外地海盜寶窟的說法。這個看法更因爲馬許家族發現它的蹤跡後，極力想高價購買而更加可信；他們直到今天還一直提起，雖然學會堅決不賣。

當這位小姐帶我走出展覽館時，她清楚表示，這附近的上層人士對於馬許財富的由來，一般相信關於海盜的說法。她自己對於陰影下的印斯茅斯——她自己也沒見過——態度也是否定的，她認爲那是個在文化上沉淪的社區，她向我確定，魔鬼崇拜的謠言部分是導因於流行當地的一種祕教，它在那裡掌權，而且吞噬了所有的東正教會。

她說，那個祕教被稱爲「大袞的神祕教團」，無疑是一個世紀以前從東方傳來一種墮落的異教；當時印斯茅斯的漁源似乎就要枯竭了。想想大量漁源竟突然消失，生計頓失依靠，因此教團在平民中受到廣大歡迎也是相當自然的事；它很快在鎮上成爲最龐大的勢力，取代共濟會，甚至接收了它位於格林新教堂老共濟會堂的總部。

上述種種一切，對蒂爾頓小姐來說，形成規避這座腐敗、荒蕪老城的極好理由；但對我而言，則是加深探究此城的動機。我在歷史與建築興趣之外，又產生了人類學方面的興趣，隨著夜逐漸過去，我在青年旅館的小房間裡幾乎無法入眠。

II

第二天早上十點鐘前，我帶著一包小行李，站在老市場廣場漢莫藥房前等著開往印斯茅斯的巴士。隨著發車時間接近，我注意到幾位遊手好閒的人往街的另一頭走去，或者去廣場對面的「理想午餐店」。顯然，那位售票員並沒有誇大當地人對印斯茅斯和該地住民的嫌惡。幾分鐘後，一輛極其破舊、髒灰色的巴士沿著國家街卡嗒卡嗒地駛來，轉個彎，在我旁邊欄杆外停下來。我立刻感覺就是這班巴士；這臆測馬上就被擋風玻璃上模糊的**阿克罕——印斯茅斯——紐貝里波特**字跡證實了。

車上只有三位乘客——深膚色、一副邋遢樣，面色陰沉，看起來又有點年輕——當車子停住，他們躡手躡腳下車，安靜地，幾乎是偷偷摸摸地走向國家街。司機也下車了，我一路看他走進藥房買東西。我想起這位一定是售票員提過的喬·撒吉特；仔細端詳他之前，一股莫名的厭惡感便油然而生。我突然了解當地人不願搭這傢伙駕駛的巴士，或拜訪他和他同類人的居處，實在是非常自然的事。

司機從店裡出來時，我更仔細地瞧他，想找出我那個壞印象的根源。他長得瘦瘦的，背有點駝，差不多六呎高，穿件破舊的藍衫，戴一頂脫線的高爾夫球帽。他年紀可能三十五，但頸部兩邊的深紋使他看起來老一些，尤其當沒仔細看那面無表情的臉部時。他的頭有點窄，暴突、水藍的眼睛似乎從不需要眨眼，扁鼻，額頭和下顎內縮，耳朵一邊大一邊小。他的嘴唇厚而長，臉頰上的毛孔很粗，看起來灰灰的，好像不長鬍子，除了不平均分佈在臉上的一些黃色捲毛；皮膚表面不是很均勻，似乎是因皮膚病而脫皮。他的手很大，血管經絡分明，而且有種不尋常的灰藍色澤。手指出奇地短，和其他身體部分不成比例，而且好像有點內彎進掌心。當他向巴士走去，我注意到他躡手躡腳的樣子，還看到他那雙巨腳。我愈研究他那雙巨腳，就愈懷疑他如何能買到鞋子。

那傢伙感覺油膩膩的，愈發增加我的嫌惡感。顯然公司允許他到漁船上打工或遊蕩，所以身上帶著腥味。我實在看不出他有哪一國血統。他的外貌怪異，顯然不像亞洲人、波里尼西亞人、東方人或黑人，但我能瞭解爲何人們覺得他是外星人。我認爲與其說他是外星人，還不如說是生物退化。

看到沒有其他乘客搭車，我覺得很失望。我就是不想單獨和這司機同車。但隨著發車時間接近，我只能硬著頭皮上車，伸手遞出一塊錢，喃喃吐出一個地名「印斯茅斯」。他疑惑地看了我幾秒，不發一語地找給我四十分錢。我找了一個離他遠遠但同側的位子，我希望沿路有海景相伴。

終於，這輛老爺車抖了一下之後開動，排氣管吐出一陣黑煙後，車子卡嗒卡嗒開過國家街的老磚房。瞥見路旁的行人，我覺得他們不希望看到這輛巴士——至少希望避免好像在看它。接著，我們右轉進入高街，車子這時才比較順；飛駛過早期共和時期的老房子，甚至更早期殖民時代的農莊，越過格林低地和帕克河，最後進入一個寬廣、單調的濱海鄉村景致。

這天天氣暖和，豔陽高照，但隨著車子前行，清一色的沙灘、苔蘚、矮灌木變得愈來愈荒涼。窗外，我能看見藍色的大海和梅島上的沙灘；當車子從主要高速公路轉進羅立和伊普威治，我們離海岸愈來愈近。眼前看不見住家，從路況看來，這裡很少車子經過。細小、受風吹雨淋的電線杆只有兩條線。偶爾我們會跨過原木搭成的木橋，橋下湍急的溪水來自遙遠的內陸，使得這區域更形孤立。

偶然，我注意到流沙上的枯木和斷垣殘壁，讓我想起曾讀過的歷史，說這裡曾是肥沃且人口稠密的鄉間。據說，這樣的改變與印斯茅斯一八四六年那場瘟疫同時，鄉下人則以爲和黑暗的邪惡勢力有關。事實上，這是導因於岸邊伐木的不智行爲；伐木後，土壤的最佳保護傘不見了，陣陣風沙便長驅直入。最後，梅島消失在海平線上，我們的左側如今是無垠的大西洋。小路開始陡升，看到前方車轍與天空交界的孤寂山頂，我感到一絲不安。彷彿這輛巴士將一直往上，把美麗的地球丟下，進入未知的空氣與祕密的天空裡。海水的氣味增添了不祥的預兆，司機從不出聲，他那佝僂的背和窄狹的頭變得愈來愈惹人厭。當我看他時，我發現他的後腦勺幾乎和他的臉一樣無毛，只有幾撮黃毛在灰粗的腦殼上甩來甩去。

接著，我們到了山頂，放眼是一覽無遺的山谷，有一道長崖在京斯波特岬達到最高點，然後轉向安角，馬奴塞特河就從長崖的北端入海。在遠方霧氣瀰漫的地平線上，我可以想像岬角令人目眩神馳的過往，還有那些充滿傳說的古怪老房子；但此刻，我的注意力被眼下的景致緊緊抓住。我了解到，我終於和謠傳中鬼影幢幢的印斯茅斯面對面了。

這座城的分布面積相當廣，建築物相當擁擠，但卻了無生氣。在緊密的煙囪杜裡，幾乎看不到一縷炊煙，三座高高的尖塔很久沒上漆了，兀自突出於地平線上。其中一座的頂端傾倒，這座和另一座尖塔只剩空空的黑洞，裡面原本該有時鐘和指針的。大批下陷的三角牆屋頂和山形牆顯現蟲蛀的痕跡，順著車道開始下坡，我看到許多屋頂整個塌陷了。其中也有一些喬治王時代的大宅院，複折式屋頂，圓頂、圍著欄杆的寡婦瞭望台❶。這些房子離水邊有一大段距離，有一、兩棟的屋況還不錯。往內陸看去，有一條生鏽、蔓草叢生的廢棄鐵軌，兩旁的電線桿傾斜，電線早消失蹤影，另外也看到通往羅立和伊普威治若隱若現的老貨車路。

腐敗的景象在水邊最爲顯著，雖然我瞄到一座保存得還不錯的磚造白色鐘樓，看來像一間小工廠。至於港口，河沙阻塞多年了，被一座年代久遠的石頭防波堤圍住，有幾個人坐在上面釣魚，防波堤的盡頭似乎是過去燈塔的基址。在堤內形成了一個沙嘴，上頭有幾間小屋、繫著幾艘平底船，還有四散的蝦籠。唯一水較深的地方似乎就是河水繞過鐘樓，轉南滙入大海的防波堤末端。

碼頭四處可見的殘磚破瓦從海邊開始，愈往南似乎愈破敗。在遠方的海上，雖然此時漲潮，海平面上隱約可看到一條長而黑色的線，帶有奇異的邪惡感。這個，我知道，必然是魔鬼礁。就在我觀望的片刻，恐怖與不悅感似乎又加進一種細微、奇妙的呼喚；奇怪的是，我發現這種外加的感覺比原來的印象更加擾人。

沿途車子沒碰到半個人，現在又開始經過廢耕的田，每片田毀棄的程度不一。然後，我注意到一些有人居住的房子，破玻璃窗塞塡了抹布，貝殼和死魚丟滿院子。有一、兩次我看到狀似懶散的人在荒蕪的花園工作，或在充滿魚腥味的海灘挖蚌，幾群骯髒、長得像猴子的小孩在苔蘚滿佈的台階前嬉戲。不知怎地，這些人似乎比頹圮的建築物更令人不安，因爲幾乎每個人的長相或動作都有某種怪狀，使我本能地嫌惡，無法定義或理解。曾有一秒鐘的時間，我想到這些典型的外觀和我看過的圖像有關，也許是我在某種驚恐或憂鬱的情況下從書上看到的；但這個假想很快就被我拋諸腦後。

當巴士開到比較低矮的地方，我開始在一片不尋常的寂靜中，聽到規律的瀑布聲響。傾斜、褪色的房子愈來愈密集，立在道路兩旁，比剛才經過的景象更像城市。前面是濃縮的街景，在一些地方可以看出早期鵝卵石地面和磚頭人行道的痕跡。所有的房子顯然都空了，偶爾有些空隙，留下散佈一地的煙囪和牆壁，崩毀建築物的遺跡。到處都是令人作嘔的魚腥味。

很快的，十字路口和幹道開始出現了；左邊的路接往海邊方向凌亂與衰敗的國度，右邊的路則通往昔日的榮景。到目前爲止，我在鎭上沒見到人影，但現在有些零星的人跡——偶有掛著窗簾的窗戶，欄杆邊破舊的汽車。走道和人行道的路跡愈來愈清楚了，雖然大部分的房子相當老舊——是十九

譯注

❶widow's walks是一種圍有欄杆的陽台，這類建築多出現在靠海居住的行船人家中。嫁給行船人的婦女常在此處瞭望遠方，等待船隻載著丈夫安全歸來，故有此名。

世紀早期的木頭和磚頭房子——但它們顯然維持得還好，可以住人。身為一位業餘的研究古物者，看到這幅美好往日的重現，幾乎使我忘了刺鼻的惡臭和厭惡感。

但在我抵達目的地之前，還有一件令我極度不安的事，讓我印象深刻。巴士經過一座開放的廣場，或是放射狀道路的中心，兩旁有教堂，在中央環狀綠地留有污跡，我瞧著右手邊叉路一間大柱廳堂。這幢建築原本漆白漆，現在變成斑駁的灰色，三角牆上黑色和金色的標誌嚴重褪色，我只能勉強拼湊出「大袞的神祕教團」這幾個字。這裡原來是共濟會堂，如今卻淪入異教派的手中。當我努力認出這幾個字時，注意力被對街破鐘的聲響給吸引了，馬上轉頭朝巴士另一邊的窗外望出去。

聲音來自一座石頭教堂，年代顯然較其他的建築物晚近，突兀的哥德樣式，第一層樓的高度不成比例，並且有百葉窗。雖然我這個方向看來，時鐘上的一個指針看不見，我知道那粗啞的鐘聲敲的是十一點鐘。但突然，所有的時間被一抹強烈而無以計量的恐怖影像給吸乾了，這股恐懼在我搞清楚狀況前，完全震住了我。教堂地下樓的大門是開的，露出裡面長方形的黑暗。當我往裡看的時候，某種東西晃過，或似乎晃過那條長形的黑暗；我腦中立刻浮現一種鬼魅，但因分析起來並沒有什麼鬼魅的特徵，這才是更令人抓狂的。

那是個活的東西——那是我進入城中的密集區後，除了司機以外，第一個見到的活動物——如果當時我的情緒鎮定一些，我可能不會覺得有什麼恐怖。顯然，我幾分鐘後想到，那是位牧師；穿著某種特殊的祭袍，無疑是大袞教團進入後，對當地教會儀式所做的改變。也許抓住我潛意識的第一眼，並驚起莫名恐懼的，是他戴著的高三重冠；與前一晚蒂爾頓小姐拿給我看的那頂三重冠幾乎完全相同。在想像力的運作下，這頂三重冠為冠下模糊的容貌、穿祭袍的踉蹌身影，增添了無以名之的邪惡。我當下決定，我沒有理由聯想到那令人顫慄的邪惡假記憶。一個地方的神祕教派為自己的教團選擇特殊的頭飾，社區熟悉的某種奇怪樣式——也許是挖到的寶物，不也是很正常的嗎？

在人行道上，終於出現了幾位瘦小而面目可憎的年輕人——形單影隻，三三兩兩地，沒有人說話。頽圮房舍的一樓有的擠進了小店鋪，招牌標示不清，巴士經過時，我注意到一、兩輛卡車停在路邊。瀑布的聲音變得愈來愈遙遠，我現在可以看到前面相當深的河谷，一座寬敞、有柵欄的鐵橋橫跨其上，再過去是開闊的廣場。當我們過橋的時候，我往兩邊看，注意到綠色山崖的邊緣或半山腰上有幾座廠房。橋下的水量非常豐沛，我右手邊的上游有兩道水勢盛大的瀑布，左手邊的下游也有一道。在這個點，水聲震耳欲聾。接著，我們繞了一個大彎過河，靠右在一間高大、圓頂的樓房前停下來，它殘留的黃漆與看板顯示它該是吉爾曼之家。

我很高興終於能逃離那輛巴士，並且立刻進到粗陋的旅館大廳檢查行李。大廳裡只有一個人——是位老人，看來全沒有我所描述的「印斯茅斯長相」——想到那些在這間旅舍裡發生的怪事，我決定不要問他任何問題。相反的，我踱步去到廣場，巴士已經離開了，我開始仔細地研究這裡的景觀。

鵝卵石鋪地廣場的一邊是筆直的河流；另一邊是半圓形的十九世紀斜頂磚建築，許多條街從這裡向東南、南和西南幅射出去。路燈出奇地少而且小——全是低功率的——我很慶幸我計畫在天黑前離開，雖然我知道今天的月光會很明亮。這裡的建築外觀完好，大約有十來家商店營業中；有一家是「第一國家」連鎖的雜貨店，其他是昏暗的餐廳、一間藥房、一間魚貨盤商的辦公室，還有在廣場最東邊靠河邊處是鎮上唯一工廠的辦公室——馬許鍊金公司。路上差不多有十個人，四、五輛汽車和卡車隨處停放。不說也知道這是印斯茅斯的鎮中心。往東，我可以瞥見海港的藍，以及曾風光一時的三座喬治王時代尖塔。靠海，也就是河的另一邊，我可以看到白色的塔樓突出我所認爲的馬許鍊金廠。

說不上什麼原因，我決定找連鎖商店提出我第一個問題，它們的員工不太可能是印斯茅斯本地人。我看到在勤的是一位約莫十七歲的孤單男孩，很高興發覺到他相當開朗而友善，應該相當健談。他似乎出奇地想說話，我很快知道他並不喜歡這裡的魚腥味和鬼鬼祟祟的人。能和外地人談上一句話都讓他輕鬆愉快。他從阿克罕來的，寄宿在一位來自伊普威治的親人家裡，一有機會他就回家。他的家人不喜歡他在印斯茅斯工作，但總公司派他來，他又不想放棄這份工作。

他說，印斯茅斯沒有一家公共圖書館，也沒有商務辦事處，但也許我可以自己找到地方逛逛。我走過來的街是聯邦街。它的西邊是舊的高級住宅區——百老街、華盛頓街、拉法葉街和亞當斯街——它的東邊是海邊的貧民窟。就是在這些貧民窟——以及大街——我將發現老喬治王時代的教堂，但它們早被棄置了。在這附近走動，不好太過招搖——尤其是河的北邊——因爲那裡既陰沉又充滿敵意。有些外地人就在那裡失蹤了。

有些地方幾乎是禁地，他學到這件事的代價可不低。例如，不能在馬許鍊金廠或仍開放使用的教堂附近徘徊，或者格林新教堂柱式的大袞教團會堂附近也不行。這些教堂非常詭異——全被其他地方的教會強烈排斥，他們顯然援用了最奇特的儀式和教士服。他們的教義是非正統的，神祕的，包括某些驚人的變身，讓世俗的軀體達到——某種程度的——不壞之身。這位年輕人的牧師——在阿克罕愛斯貝里教會的華利斯博士——就已嚴正地警告他不要加入印斯茅斯的教會。

至於印斯茅斯的人——這位年輕人幾乎無從描述。他們行蹤鬼祟，和住在洞裡的動物一樣難得見到，而且很難想像他們釣魚之外的時間在做什麼。從這裡消費的大量私酒看來，也許他們白天大部分的時間都讓酒精麻醉。他們會陰沉地聚在一起，似乎也有某種兄弟情誼和相知——他們蔑視這個世界，彷彿他們另有通往另一個更美好的永恆世界的捷徑。他們的表情——尤其是那雙盯著人、不眨、不闔的眼睛——絕對是夠嚇人的；他們的聲音也非常不悅耳。晚上聽他們在教堂唱聖歌簡直讓人受不了，他們在大節慶（每年有兩次，分別在四月三十日和十月三十一日）時的歌聲尤其可怕。

他們非常喜歡水，經常在河裡或港中游泳。游到魔鬼礁的比賽司空見慣，每個人似乎都能參與這項體能大考驗的競賽。仔細回想，在公共場合好像只見得到年輕人，在他們之間年紀最大的，長相幾乎也最醜陋。每當有例外的情形發生，大半都看不出有任何異狀，例如旅舍的老職員。這不禁令人懷疑那些老人是怎麼了？「印斯茅斯長相」是不是一種奇怪而邪惡的病癥，會隨著年齡而愈發嚴重？

當然，只有一種非常罕見的病症會在一個人成年後引起身體構造上如此劇烈的變化，而這種變化涉及骨骼因素和頭顱的形狀。然而這個看法和這種病症的特徵一樣讓人不解與前所未聞。這位年輕人暗示，很難對這件事下個眞正的結論；因爲沒人和當地人有過私誼，不論他在印斯茅斯住了多久。

年輕人相信，許多比眼睛看到更可怕的怪人被鎖在某個角落。人們有時候會聽到非常詭奇的聲響。河水北岸搖搖欲墜的小屋據說有密道相連，也因此被認爲是拘禁隱密的怪人的擁擠公寓。他們身上流著哪一種外國人的血——如果有的話，幾乎無從得知。當外界的政府官員或其他人蒞臨小鎮時，他們有時會把某些特別令人作嘔的人藏起來。

我的消息來源說，要從當地人口中問到當地的事是不可能的。唯一會說的人，是個年紀很大、相貌正常的人，他住在鎮的北緣，整天在消防站附近亂晃。這位頭髮花白的老人札多克．亞倫今年九十六歲，腦袋有點不清楚，而且是鎮上的酒鬼。他的舉止怪異，畏畏縮縮，老是往後瞧，好像害怕什麼東西似的。然而，他無法抗拒他最喜愛的毒藥；一旦醉了，就說出一堆耳語中最駭人聽聞的片斷。

不過從他那裡可獲得的有效訊息很少；因爲他的故事都是瘋狂、不完整的神蹟或恐怖事件，無跡可尋，也全在他不連貫的想像裡。雖然從沒有人相信他，但當地人還是不喜歡他酒後跟外人說話；而且被人看到跟他搭訕，也不是件安全的事。也許一些誇張的流傳耳語和幻覺，就是從他那兒開始的。

一些非本地的居民說偶爾會瞥見惡魔般的影像，但處在老札多克的講古和畸形怪狀的當地人中間，也難怪會有這樣的幻覺。沒有一個外地人夜晚會在外逗留，大家相信這是不智的作法。何況，街上是一片令人不悅的漆黑。

至於工商活動——漁產之豐絕對是令人豔羨的，但當地人從中所獲得的利益愈來愈少。而且，價格跌落，競爭增加。當然，鎮上眞正的產業是鍊金廠，它的辦公室就位在本站東邊不遠的廣場上。沒有人看過老馬許，但他有時會搭窗戶緊閉、拉上簾子的轎車到工廠。

關於馬許的長相有各種傳言。他曾經是個大公子哥兒，據說他還罩著愛德華七世時代的大禮服，以遮掩身體某部分的畸形。他的兒子們已正式接手公司的經營，但近來也很少露面，把主要的業務交給年輕一代。他的兒子和女兒們的長相也很奇特，尤其是大女兒，聽說他們的健康情況也每下愈況。

一位馬許的女兒態度冷漠、長得像爬蟲一樣，她戴著一件怪異的珠寶，樣式顯然同屬那頂奇怪的三重冠。我的消息來源注意到這個很多次了，聽說是來自某個祕密的藏寶窟，海盜的，或是魔鬼的。那位教士——或是牧師，或他們目前怎麼被稱呼——也戴這同一種頭飾為裝飾；但人們很少看到他們。至於其他的怪人，雖然傳說他們存在印斯茅斯的某個地方，年輕人仍很少見到。

馬許家族，以及鎮上其他三個有名望的家族——魏特、吉爾曼和艾略特——都深居簡出。他們住在華盛頓街上很大的豪宅，有些大宅據說藏了某些他們見不得人的親屬，這些人已被申報死亡。

這位年輕人警告我不少路牌都倒了，特別為我費勁畫了一張小鎮的地圖，雖然簡單，但夠大、夠清楚。研究幾分鐘後，我確定這張圖非常有用，便滿懷感謝地把它塞進口袋裡。我看過唯一那家餐廳，但我不喜歡裡面的寒酸，所以買了起司脆餅和薑餅當作待會兒的午餐。我決定，我的行程計畫要穿過主要的大街、和相遇的非本地人談話，然後搭八點鐘的巴士前往阿克罕。我看得出來，這個小鎮是社區衰敗的絕佳例證；但我不是社會學家，我還是把觀察重點放在建築領域。

就這樣，我展開我有系統、但有半點疑惑的印斯茅斯之旅，走過狹窄又陰暗衰頹的大街小巷。過橋然後朝下游瀑布的吼聲走去，我與馬許鍊金廠擦身而過，奇怪的是，它幾乎沒有一般工廠的噪音。這座建築立在陡峭的河濱斷崖，與橋很近，是許多條街輻輳的地點，我認爲這是早期的市中心，在美國獨立戰爭後被現在的鎮廣場取代了。

我再一次走過峽谷上的大街橋，看到的是一個完全荒廢的街區，莫名地使我打冷哆嗦。成堆塌陷的複折式屋頂形成了稜稜角角而奇幻的天際線，在它們之上立著一座老教堂恐怖、斷了一截的尖塔。沿著大街的一些房子有人租住，但大部分都被圍籬緊緊包起。沿著未鋪過路的側街，我看到荒廢的房子漆黑而有裂縫的窗子，這些房子因地基不同程度的下陷而東倒西歪。這些窗子詭異地瞪著人，得鼓起勇氣才能繼續往東前往濱水區。顯然，當房子的數量多到形成徹底荒廢的鬼城，其恐怖的程度便以等比級數，而不是等差級數膨脹了。這幅無盡的空虛和死亡景象，令人連想到黑暗、擁擠的小房間，被蜘蛛網、回憶和蟲蟻佔據，一股難以抹去的恐懼和厭惡感油然而生，連最有力的哲學也無法解釋。

魚街和大街一樣荒涼，雖然這條街有很多屋況不錯的磚造或石堆倉庫，這點和大街不同。水街幾乎是它的翻版，除了朝海方向有幾個缺口，那是過去的碼頭。我沒見到半個人影，除了遠方破浪處有零星幾個漁夫；我也沒聽到半點聲響，除了潮水拍打港邊，以及馬奴塞特河隆隆的瀑布聲。這個鎮讓我心神不寧，我一邊走回搖搖欲墜的水街橋，一邊偷偷往回看。根據地圖，魚街橋已經毀壞了。

河的北岸看起來屬於中下階層的生活——水街上仍在運作的魚裝箱倉庫、冒煙的煙囪，屋頂到處東補西補的，不知從哪兒傳來間歇的聲響，在陰暗的街、未鋪路的巷弄裡偶爾有搖晃的身影——但我覺得這似乎比南邊的荒寂更令人難以忍受。首先，這裡的人比鎮中心的人更無趣、更不正常；所以我好幾次浮現我無法解釋的幻覺。無疑地，這裡的印斯茅斯人的外地血統比近內陸更強——除非，眞的，「印斯茅斯長相」是一種疾病，而不是遺傳，若是如此，這一區的病例可能比較嚴重。

還有一件小事令我不安，就是我聽到的那幾聲輕響的來源。照道理，它們應該完全來自那些看得見有人居住的房子，但事實上，通常是那些被包起的圍籬裡最大聲。有咯吱聲、跑步聲，還有粗啞可疑的聲響；我不安地想到雜貨店男孩暗示的那些密道。突然間，我問自己，那些住民的聲音是怎樣呢？在這一區裡，我至今未聽到有人談話，奇怪的是，我也不想聽到。

我在大街與教堂街逗留了一陣，仔細看了兩座漂亮但頹壞的老教堂，便匆匆離開那邪惡的水濱貧民區。我下個目的地原來應該是格林新教堂，但不知什麼原因，我無法忍受再次經過那間教堂，那在一樓戴著三重冠的怪牧師，以及那無法解釋的恐怖形影。此外，雜貨店的年輕人也告訴我，那間教堂以及大袞教團會堂，都是外地人不宜的地方。

因此，我繼續走在北邊，沿著大街到馬丁街，然後轉向內地，安然穿過格林街北邊的聯邦街，進入北邊百老街、華盛頓街、拉法葉街和亞當斯街等衰敗的貴族街區。雖然這些氣派的老街外表都已剝落、乏人整理，但兩排榆樹成蔭，尊榮猶在。一座座的大宅令我眼界大開，大部分都非常老舊，在無人問津的角落被圍起來，但每條街還有一、兩座大宅看來有人居住。在華盛頓街，有一排四、五間房子修繕得很好，草地和花園整齊有致。其中最華麗的——寬廣的花圃直通到後面的拉法葉街——我認爲那就是老馬許——全身病痛的鍊金場主人——的大宅。

在這些街道上，一個人影都不見，連貓狗也沒有。另一件讓我困惑的事是，即使在保存最好的大宅裡，三樓和閣樓的不少窗戶都是緊閉的。鬼鬼祟祟、神祕兮兮似乎充斥於這座化外與死亡之城，我也很難不想到可能有雙狡猾、從不闔上的眼睛，從近處的樹叢瞪著我看。

左側的鐘樓傳來三聲鐘響，我不由得打起冷顫。我對那間傳來鐘響的教堂記憶深刻。沿著華盛頓街往河邊，我面對一條新區，這新區過去是工商區；我注意到前面工廠的廢墟，其他的，有老車站的遺跡，右手邊峽谷上游，火車的鐵橋埋沒在蔓生的野草中。

現在我眼前這座橋立著一面警告牌，我冒險走過，到南邊有人跡的地方。畏縮、踉蹌的當地人偷偷朝我這裡瞪看，比較正常的人則冷漠、好奇地望著我。印斯茅斯很快變得令人難以忍受，我轉往佩恩街朝廣場方向，希望在那班還老久才到的巴士抵達之前，能隨便搭一種交通工具趕往阿克罕。

就在這時，我看到左手邊倒塌的消防隊，那位面紅耳赤、落腮鬍、眼睛水汪汪的老人穿著沒特色的破衣服，坐在消防隊前的板凳上和兩個衣衫不整，但看起來還正常的消防隊員說話。這位，當然，一定是札多克·亞倫，半瘋好酒的九旬老人，他講的印斯茅斯傳說和鬼故事既恐怖，又難以置信。

III

一定是某種邪惡的小鬼作祟——或者來自黑暗角落的嘲弄——使我改變了原來的計畫。我原本決定將我的觀察重點局限在建築，甚至趕著前往廣場搭車離開這頹敗的死城；但看到老札多克·亞倫，在我心中激起新的漣漪，我猶疑地放慢了腳步。

早有人告訴我，這位老人什麼都不會，只會暗指一些荒誕、不連貫、莫名其妙的故事，而且也有人警告過，被當地人見到和他談話是不安全的；但是想到這位老人目睹過整個鎮的衰落，記憶可回溯到早期舟楫雲集、商業活絡的時代，這實在是難以抗拒的引誘。畢竟，最詭異、最瘋狂的迷思通常只是根據事實的象徵或諷喻——而且老札多克必然見過印斯茅斯過去九十年的風風雨雨。好奇心被點燃，凌越了理智和謹愼，在我年輕的自我意識裡，我幻想，藉著威士忌的幫忙，我也許能從混亂、誇張的言語中，篩濾出歷史的眞相。

我知道我不能當下和他搭訕，消防隊員一定會注意到並盯上我。相反的，我想，我得去雜貨店年輕人告訴我藏私酒的地方，多準備些酒。接著，我要裝作若無其事地在消防站附近晃晃，當老札多克起身遊蕩時再找上他。年輕人還說，札多克總是坐立難安，很少在消防站坐上超過一兩個小時。

一瓶一夸脫的威士忌雖然不便宜，但滿好找的，就在艾略特街廣場後面寒酸的雜貨店裡。看店的傢伙看起來髒兮兮的，有點「印斯茅斯長相」，但態度還算得宜，可能是習慣了這樣愉快的外地人——卡車司機、買金者之類的——他們偶爾會出現在鎮上。

重新回到廣場，我看到我的好運道；因爲我恰好瞥見老札多克．亞倫高高瘦瘦、踉踉蹌蹌的身影，拖著步伐走出吉爾曼之家轉角的佩恩街。根據我的計畫，我搖晃著手中新買的酒瓶：很快我發現，當我轉進魏特街，走向我所能想到最偏僻的地區，他開始若有所求地跟著我。

我根據雜貨店男孩給我的地圖，規畫我的路線，目標是我先前去過的南邊水濱的空城地帶。那裡唯一看得到的人是遠方防波堤處的漁夫；往南走，越過這一區，在廢棄的碼頭找兩個座位，就可以不被人發現，隨心所欲地質問札多克了。走到大街之前，我可以聽到後面傳來虛弱、哮喘的「嘿，先生！」我即刻讓這老人趕上我，從酒瓶裡吸了幾大口。

當經過眾所皆知的空城和不可思議的廢墟時，我開始試探他，但我發現這老先生的口風比想像中更緊。終於，我在坍塌的磚牆中間看到通往海邊的草地，泥土和石頭堆積的碼頭長滿雜草，向外突出。水邊一堆堆覆滿青苔處必然有可坐的地方，而且這個地方很隱密，北邊廢棄的倉庫形成完整的屏障。我想，這裡是長時間密談的絕佳場所；所以我導引我的伙伴沿巷子走進去，在長滿青苔的石頭裡挑一個地方坐下來。死亡和荒蕪的氣味有如鬼魅，魚腥味幾乎令人無法忍受；但我決定要心無旁騖。

如果要趕上八點鐘的巴士前往阿克罕，差不多剩四小時對談，我也開始對這位老酒鬼施予多一點的酒精；同時一邊吃我簡單的午餐。我一邊斟酒，一邊小心算計，我可不希望札多克酒醉時的多言變成了昏睡。一小時後，他畏縮的緘默逐漸消失，但令我非常失望的是，他仍然東拉西扯，規避回答我關於印斯茅斯以及陰氣彌漫的過往。他胡扯一些時事，滔滔不絕地講著報紙的新聞，而且傾向以鄉下人喜愛矯飾的方式講。

在第二小時要結束時，我擔心我買的一夸脫威士忌不夠引出結果，正想著該不該離開老札多克，多採購一些回來。就在這時，機會的大門打開了，這是我的口述問題逼問不出來的；這位老頭子的漫談轉了個彎，我不由得傾身向前仔細聆聽。我的背後是魚腥味的大海，但他卻是面對著海，不知是什麼促使他游移的眼睛盯上了那低平、遙遠的魔鬼礁，它正平躺著，又幾乎是充滿魅力地突出於波濤之間。這幅景象似乎令他不悅，他開始一連串低聲的詛咒，最後更以私密的耳語和似有默契的斜眼作結。他傾身向我，抓住我外套的翻領，嘶嘶說了一些事，使我絕對不會聽錯。

「全都是從那裡開始的——那所有的邪惡的該死地方，深海開始的地方。地獄之門——直直通到底，沒有任何的測錘線搆得到。老船長歐畢德做的——他在南太平洋島上發現許多好東西。

「那年頭每個人的生活都很慘。生意直直落，磨坊找不到客人——即使是新的——而我們最好的同伴在一八一二年的戰爭死了，或者跟著伊利茲號和蘭吉號失蹤了，兩艘都是吉爾曼的。歐畢德·馬許有三艘船在海上：雙桅帆船哥倫比亞號和海蒂號、三桅帆船聖瑪麗皇后號。他是唯一繼續跑東印度和太平洋貿易的人，雖然艾斯多拉·馬丁的雙桅帆船瑪蕾新娘號在一八二八年還敢出海。

「沒人像歐畢德船長一樣——撒旦的老走狗。呵呵！我記得他提過外地的東西，把所有去教堂做禮拜、卑微地背負重擔的人，都叫做笨蛋。說什麼他們以後會有更好的，像印度的一些神明——會回報他們的祭品，會幫他們帶來魚群，眞正回應人們的祈禱的神明。

「麥特．艾略特，他第一個朋友，也說一大堆，不過他反對大家做違背信仰的事。他說到一座島，在大溪地的歐大黑地東邊，有一大片廢棄的石堆，年代久遠，沒人曉得有多古老，好像加羅林群島的波納佩島，但臉上有雕刻，就像復活節島上的巨石一樣。那附近也有一個小火山島，有其他的廢墟和不同的雕刻——這些廢墟都被侵蝕了，好像在海裡泡了很久，而且上面有恐怖的鬼怪圖樣。

「就是這樣，先生，麥特說那附近的當地人有一大堆抓不完的魚、俏皮的手鐲、手臂環、頭飾，是用一種怪金子做成的，上面有鬼怪的圖樣，就像刻在那座小島上的廢墟一樣的——像魚的蛙，或像蛙的魚，上面畫了各種各樣的階級，就跟人類一樣。沒人曉得他們從哪裡想來這種東西，其他的當地人也納悶他們怎麼找到那麼多魚，而附近島的魚卻少得可憐。麥特覺得奇怪，歐畢德船長也是。歐畢德還發現，很多年輕的俊男子一年一年地不見了，也沒有很多老頭子。而且，他覺得一些傢伙即使在卡納卡人❷看來，也長得超級怪異。

「是歐畢德從邪教裡找出眞相。我不知道他怎麼做到的，但他開始和他們做生意，買他們身上穿戴的像金子一樣的東西。問他們從哪來，有沒有更多貨，最後從老酋長——他們叫他瓦拉基，那裡挖出了故事。只有歐畢德一個人相信這個愛叫囂的老魔頭，但他可以看人像看書。呵呵！到現在從沒有人相信我說的，我也不認爲你會相信，年輕人——雖然你看起來有點像歐畢德那麼眼尖。」

老人的語調愈來愈輕，聽了他恐怖又眞誠的不祥預言，我發現自己不禁打了冷顫，雖然我知道他的故事也許不過是酒醉的囈語。

「唉，先生，歐畢德聽說這個世界上有凡人沒聽過的東西——即使聽了，他們也不信。這些卡納卡人似乎把他們一票年輕男女送給住在海裡一種類似神明的東西當祭品，然後換來各種好處。小島上那些稀奇古怪的廢墟，在他們看來，那些半魚半蛙的噁心怪物，應該就是這些類似神明的東西的長相。也許眞的有像美人魚故事裡的那種動物。他們在海底有城堡，這個島就是那座城浮起來的。這個島突然間浮到海面的時候，在石頭建築裡好像還有一些活的東西。這也是卡納卡人怎麼知道他們是從下面來的。他們被包圍後，沒多久，他們就開始比手畫腳，談判起來了。

「這些東西喜歡活人當祭品。幾百年前還看得見他們，但過一陣子他們在陸上就消失蹤影了。他們對活人祭品做了什麼我可說不出來，我猜歐畢德也不敢多問。但異教徒就是這樣，因爲他們過過苦日子，容易鋌而走險。他們每年兩次——五月節和萬聖節——把一些年輕人送給海裡的怪物。同時也送上一些他們雕刻的小飾品。回報的禮物就是抓不完的魚——他們從海裡到處把牠們抓回來——有時帶回來一些像金子的東西。

「唉，像我說的，當地人在小火山島上遇見這些『怪人』——載著祭品之類的東西搭獨木舟，然後載回來像金子的珠寶。剛開始，這些『東西』從來不會上到大島上來，但過一陣子他們想了。似乎他們很希望能和當地人混在一起，在大節日時——五月節和萬聖節——與當地人一起狂歡。你看，他們可以在水裡住，也可以離開水生活——我猜，人們叫那做兩棲。卡納卡人告訴他們，如果其他島上的人聽到風聲說他們在那裡，可能會把他們趕跑，但他們說他們才不管，因爲如果他們願意，是他們可以排除整個人類的血統才對——也就是說，甚至還用不著比畫舊日支配者曾經使用過的手勢，無論

譯注

❷卡納卡人（Kanaky），太平洋上美拉尼西亞新喀里多尼亞群島居民。

對方是誰都一樣。但他們可不想花這個力氣，所以如果有人光顧這個島，他們會躲起來。

「如果說到和他們這些像蛙的魚交配，卡納卡人就要再想一想了，但他們最後學會換個觀點看事情。似乎人類和這些水怪還是有某種關係——每種生物以前都是從水裡出來的，只要改變一點，就回得去了。這些『東西』告訴卡納卡人，如果他們兩邊通婚，他們的小孩一開始會長得像人，但後來愈來愈像他們，直到最後他們會回到水裡，跟水底那些東西的命運一樣。這點很重要，年輕人——當他們變成魚，回到水裡，就永遠不會死。永遠不會死，除非是遭到殺害。

「唉，先生，在這時，歐畢德似乎已知道這些島民身上都流有深海水怪的血。當他們顯出老態，就被藏起來，直到他們想離開那裡，回到水裡。有的人變得比較多，有的沒什麼變，還不到回到水裡的程度；但多數人都會變得像那怪物所說的。出生時比較像水怪的，就比較早變化；但生來就像正常人的，有時可以在島上待到七十歲，但他們過了七十，通常仍會下水，經過一場試鍊的過程。回到水裡的，也很常回來，所以如果有人和百年前就離開陸地的曾曾祖父講話，也不是什麼怪事。

「每個人都不會死——除非是和其他島民打仗，或者是當成祭品送給水底的海神，或者在他們回到水裡前被蛇咬、染上瘟疫，或得到急性病症——而只是很希望有一些改變，不會太可怕的改變。他們覺得，得到的好處比失去的多，所以很值得。我猜歐畢德聽說瓦拉基的故事時，自己八成也這麼想。瓦拉基是少數沒沾上魚血統的人——他是貴族血統，和另一個島的貴族通婚。

「瓦拉基向歐畢德表演很多對海怪的儀式和魔法，也讓他看村裡一些已變得不成人形的村民。不知什麼原因，他不讓他看那些水裡出來的正常人。最後，他給他一種可笑的，用鉛之類的東西做成的一種無法歸類的東西，他說只要有漁網，就會從水裡各地帶來漁獲。概念上，就是一邊唸某種禱文，一邊把它丟到水裡。瓦拉基讓這東西散佈世界各地，所以要是有人願意，只要他們四處看看，找到這個網，就可以把大把魚撈起來。

「麥特一點都不喜歡這樣的交易，希望歐畢德離這個島遠一點；但這個船長急著發財，心想他可以用那麼便宜的價錢得到像金子的東西，這收獲可不小。事情就這麼過了好幾年，歐畢德拿到夠多像金子的東西，可以在魏特街的老磨坊開一家鍊金廠了。他不敢直接就這樣賣出去，因爲一般人一定會問東問西。而且，他的船員偶爾也會分到一點，然後轉手，雖然他們曾發誓不洩露出去；另外，他也讓那裡的女人穿戴一些，跟一般的女人一樣。

「喔，到了一八三八年——那時我七歲——歐畢德發現那些島民一個個都出海不見蹤影。似乎其他的島民聽到一些風聲，開始插手。畢竟，假設他們一定有一種古老的魔法，就像海怪說的，那是他們唯一害怕的東西。當海床呑掉了一些小島和島上大洪水之前的遺跡，沒人知道任何一個卡納卡人有沒有機會抓到什麼。虔誠的詛咒，結果是他們所到之處盡成焦土，大島或小山火島上的東西，沒有一個還能直挺挺站著，除非遺跡太大而扳不倒。在某些地方，有一些小石頭像符咒似的散佈一地，上面有些東西像是今天的「卍」。有可能這就是古老神祇的標示。那裡的人都被一掃而光，沒看到那像神一樣的東西，就連鄰近的卡納卡人也不知所以然。甚至不承認他們曾是那個島上的人。

「這件事對歐畢德的影響當然很大，他原來的生意一落千丈。這對印斯茅斯的打擊也很大，因爲在捕魚的時代，船長的收獲愈多，船員的收入也會跟著增加。鎭上的人面臨苦日子大部分都認了，但情況眞的很差，魚都跑光了，磨坊也沒什麼工作可做。

「這時，歐畢德開始罵當地人太愚笨，只會拜那沒用的基督教。他告訴他們，他認識一群人，拜的是另一種神，會幫他們帶來眞正需要的東西，他還說，如果有夠多人挺他，他也許可以獲得某種力量，帶來很多魚、很多金子。當然，他們一向膜拜聖母瑪利亞，也知道他指的那個島，他們也不想因爲被唸幾句，就離那個海怪太近，但他們不知道歐畢德說的這些話會把他們帶偏，所以開始問他，他可以做什麼，讓他們的信仰有回應。」

說到這裡，老人猶疑了一下，喃喃自語，然後掉進若有所思的沉默中；他神經質地往後瞄，然後轉頭過來，入迷地凝視遠方的黑礁岩。我跟他說話，他充耳不聞，我知道得讓他喝完這瓶酒。這段瘋狂的故事令我深深著迷，我想，這則根據印斯茅斯的詭異，再加上想像豐富、充滿異國片段傳說的故事裡，可能隱含某種眞實的寓言。我一點都不相信這個故事有任何具體的基礎；然而，若想到故事中的奇異珠寶和我在紐貝里波特看到的那頂邪惡的三重冠之間的緊密關係，便油然升起一種眞實的恐怖。也許，那頂三重冠的確來自某個遙遠的小島；也許，這個荒謬的故事是老歐畢德的一派胡言，而不是這個老酒鬼的。

我把酒瓶遞給札多克，他把最後一口也吸光。我感到奇怪，他怎麼能撐得住這麼多威士忌，烈酒的效應一絲都反應不進他高吭、哮喘的聲音。他舔了舔酒瓶，把它塞進口袋，開始點頭，輕聲自言自語。我傾身聽他可能冒出什麼話，在他凌亂的大鬍子後面，我彷彿看到一抹訕笑。是的，他正擠出一些字，我可以抓到大概的意思。

「可憐的麥特——麥特一個人反對這件事——他想找人和他同一陣線，和牧師討論很久——沒用——他們把公理教會的人員趕出鎮，衛理公會的人也跑了——浸信會意志堅強的鮑布寇牧師失蹤了——耶和華之怒——我那時年輕力壯，看得清，聽得明——大袞神和亞斯她錄❸——彼列與別西卜——迦南和腓尼基人的金牛犢和偶像——巴比倫的可憎惡的事務——彌尼，彌尼，提客勒，烏法珥新（Mene，mene tekel，upharsin）❹——」

他又停了下來，從他水藍的眼睛裡，我擔心他快陷入恍惚。但是當我輕輕搖他的肩膀，他嚇了一跳，趕忙轉身過來，嘴裡爆出更令人困惑的句子。

「不相信我，嗯？呵、呵、呵——那你告訴我，年輕人，爲什麼歐畢德船長和二十幾個人通常在深夜開船到魔鬼礁，還一邊大聲唱歌，風向對的時候，整個鎮上都聽得到？說啊，嘿？告訴我爲什麼歐畢德把重東西丟進礁石另一面的深海，那裡的水深不見底？告訴我他拿瓦立基給他的那頂好笑的鉛做的不知叫什麼的東西有什麼用？嗯，年輕人？還有，他們在五月節前夕歡呼什麼，還有萬聖節？還有，爲什麼新教會的牧師——這些傢伙過去是水手——要穿奇奇怪怪的袍子，把自己包在歐畢德帶回來像金子一樣的東西裡面？嗯？」

這雙水藍的眼睛現在幾乎變得狂暴、瘋癲了，髒污的白鬍子幾乎要豎起來。老札多克可能看到我往後退縮，開始邪惡地咯咯笑起來。

「嘿，嘿，嘿，嘿！開始看出來了吧？也許你希望是那時候的我。當時一個晚上，我從我家屋頂的圓頂閣往海上看。哦，我可以告訴你，小水壺有大耳朵，我也沒錯過關於歐畢德船長和出海船員的謠言！嘿，嘿，嘿！就說那晚我偷拿爸爸出海的望遠鏡，爬上頂樓，看到那塊礁岩上滿滿的影子，月亮一升起，他們也馬上躲起來了。你覺得怎樣？歐畢德和幾個人在一艘平底船上，但那些人划到礁岩

譯注

❸亞斯她錄（Ashtoreth），有一說她就是美索不達米亞與腓尼基人索崇拜的女人亞斯她脫（Astarte）的前身，為豐產女神，也是保護自然增殖力量的月神，同時是保護婚姻和愛情的女神。常被視為與希臘神話中的美神阿芙柔黛蒂（Aphrodite）以及羅馬神話中的維納斯（Venus）是同一尊神。

❹出自《聖經．但以理書》，意思是你的時日無多。

另一面的深海，沒再回來過了……你喜歡當那個少年嗎？一個人在圓頂閣上偷看那些不像人影的影子！嗯？嘿，嘿，嘿……」

老人變得歇斯底里，我無由地打了冷顫。他把粗糙的手爪擱在我肩上，我感覺它的抖動不是因爲喜悅。

「假設一天晚上你看到某個重東西從歐畢德的平底船上掉出去，而隔天你聽說某個年輕人失蹤了。嘿！有人再看過希蘭．吉爾曼的身體或頭髮嗎？有嗎？還有尼克．皮爾斯、呂力．魏特，還有阿多尼蘭．邵斯魏克、亨利．賈瑞森。嗯？嘿，嘿，嘿，嘿……有手的影子會說話……有眞的手……

「唉，先生，就是這時歐畢德又重新站起來。人們看到他的三個女兒穿戴像金子一樣的東西，以前從沒人在她們身上看過，鍊金廠的煙囱又開始有煙冒出來了。其他人也發達了——肥碩的魚群開始湧進港口，天知道多大箱的貨櫃從我們這裡開始運往紐貝里波特、阿克罕和波士頓。這時歐畢德讓老鐵路支線開始營運。京斯波特的漁夫聽到了消息，成群結隊駕著小帆船來，但他們全失蹤了。沒人再看過他們。就在這時，鎭上的人開始組成大袞的神祕教團，從聖十架堂那裡買下共濟會堂……嘿，嘿，嘿！麥特．艾略特是共濟會員，反對這項買賣，但他很快也失蹤了。

「記住，我沒說歐畢德做了卡納卡人島上的同種勾當。我想他不是一開始就同意通婚，或讓老人回到水裡變成魚，長生不死。他只想要金子，而且願意重重回報，我猜其他人有段時間都很滿意……

「到了四六年，鎭上的人開始覺得奇怪。太多人失蹤——星期天的禮拜上太多胡言亂語——太多對那座礁岩的謠傳。我猜這點和我也有一些關係，因爲我把在圓頂閣上看到的，告訴了行政委員莫利。一天晚上有場舞會，那是在歐畢德出海到礁岩後的那一天，我聽到小漁船之間傳來槍響。第二天，歐畢德和另外三十二個人被關起來了，每個人都在問，發生了什麼事，他們犯什麼罪。天啊，如果有人能預知未來……幾個星期後，就在好久沒人出海後……」

札多克露出害怕和疲憊的樣子，我讓他休息好一陣，他還不時不安地往我的目光方向瞄。潮水改變了，往岸上漫開，海浪的聲音似乎驚醒了他。我很高興潮水漲上來，因為漲潮時，魚腥味不會那麼濃重。又一次，我得努力拼湊他的輕聲細語。

「那可怕的一夜……我看到他們了。我當時在圓頂閣上……他們成群……一大群……全在礁岩附近，而且往港口這邊游過來，進了馬努塞特河……天啊，那晚在印斯茅斯發生了什麼事……他們敲響我們的門，我老爸硬是不開……接著他帶著一把舊式步槍，從廚房的窗戶爬出去找行政委員莫利，看他有什麼好辦法……死人和奄奄一息的呻吟……槍聲和驚叫聲……老廣場、鎮廣場和格林新教會到處是尖叫聲——監獄的大門被撞開了……當外面的人進到鎮上發現鎮上一半的人都失蹤了，他們以為是造反……或者是瘟疫……除了那些願意加入歐畢德和水怪陣營的，或者三緘其口的，其他人都不見了……我也再沒看到我老爸……」

老人上氣不接下氣，不斷地流汗。他把我的肩膀抓得更緊了。

「一早，什麼都被清理得一乾二淨——但還是有蛛絲馬跡……歐畢德似乎掌握了大局，說一切都要改變了……聚會時間會有其他人一起和我們禮拜，一些房子要空下來招待客人……就像他們對卡納卡人一樣，他們想和這裡的本地人通婚，而靠他一個人的力量也沒辦法阻止。歐畢德筋疲力竭……就像等著被解剖的瘋子。他說，他們為我們帶來漁獲和財寶，是應該得到他們想要的……

「外表看起來沒什麼不同，要是識好歹，我們只要迴避外地人。我們全得發誓，大袞之誓，後來還有第二和第三個誓言，有人真的發誓了。願意特別協助的，會得到特別的獎賞——金子之類的。猶豫是沒用的，因為他們有成千上萬個。他們原本不願意出面趕走人類，但一旦被迫如此，威力真是驚人。我們不像南太平洋島上那些人有魔咒可以消滅他們，而卡納卡人也從不洩露他們的祕密。

「鎮上提供了足夠的祭品、小飾品和棲所，讓他們予取予求，他們倒也不惹事。他們不想驚擾外地人，以免謠言往外傳開——也就是，他們不會被外人刺探。他們全信教——大袞教團——他們的孩子都不會死，但會回到聖母海德拉和天父大袞那裡，那是人類的源頭……Iä! Iä! Cthulhu fhtagn! Ph'nglui mglw, nafh Cthulhu R'lyeh wgah-nagl fhtaga——」

老札多克很快要掉入全然的夢囈，我屏息以待。可憐的老傢伙——他吞下的酒精，加上圍繞他身邊可恨的衰敗、異域、疾病，爲他富於想像力的大腦帶來了多麼深刻的可悲幻象！他開始呻吟，老淚縱橫，淚珠滑下他佈滿皺紋的雙頰，流進雜亂的鬍子裡。

「天啊，打從我十五歲開始，我看到了什麼——Mene, mene, tekel, upharsin!失蹤的人、自殺的人——當他們在阿克罕、伊普威治或其他地方講這些事，就被叫成瘋子，就像你們現在叫我一樣——但，老天，我看到的是——我知道太多，他們老早就該把我殺了，但因爲我在歐畢德面前發過第一個和第二個大袞誓，所以可免一死，除非他們其中一個陪審團員能證明我故意把這些事說出去……但我不願意發第三個誓——我寧願死也不要——

「情況到南北戰爭時更糟了，當時，四六年以後出生的小孩開始長大了——他們其中一部分是如此。我怕死了——那夜以後，我不敢亂偷看東西，也沒有再看過他們——將近一輩子。就這樣，再沒有純正血統的人了。我參加了戰爭，如果我有勇氣或多一點理智，我就不會回來了，而在別的地方住下來。但這裡的人寫信給我，說情況沒這麼糟。我以爲是因爲六三年以後，政府在這裡派駐了官員。戰爭結束後，情況還是一樣糟。人們開始墮落——磨坊和商店都關門大吉——船不開了，港口淤塞——火車停駛——但他們……他們從來沒有停下來，還是從那該死的撒旦的礁岩，到河口游進游出

——愈來愈多閣樓客滿，應該沒人住的屋子裡，傳來愈來愈多的雜音。

「外地人流傳了一些我們的故事——從你問的問題，我想你應該也聽了不少——關於他們偶然看到的事情，關於那不知從哪來，又未完全鎔解的奇怪珠寶——但沒有一樣是肯定的。沒人相信任何事。他們叫那像金子的東西是海盜搶來的，讓印斯茅斯人繼續流著異域人的血，看來怪里怪氣。而且，當地人還儘可能地把外地人趕跑，想辦法讓留下來的人不要太好奇，尤其是夜晚。動物在柵欄邊就停下來——馬比騾還糟——但汽車引進後，就沒問題了。

「四六年時，歐畢德船長娶了第二個太太，鎮上沒人看過她——有人說這不是他願意的，是他們要求的。她生了三個小孩，其中兩個很小就死了，另一個女兒長得跟其他人一樣，後來到歐洲念書。歐畢德最後想辦法騙過一個阿克罕青年，讓他把女兒娶走。但現在沒有一個外地人願意和印斯茅斯有任何牽連。現在負責管理鍊金廠的巴納巴斯．馬許是歐畢德第一任妻子的孫子——長子萬西弗魯斯的兒子，但他的母親也是他們其中一個，從來不出門的。

「巴納巴斯現在到了變形的年紀了。眼睛不能闔起來了，快不成人形。據說他還披著大袍，但他很快就要到水裡了。也許他已經試過——他們永遠回到水裡之前，有時會先下去看看。人們有九年、十年沒在公開場合看到他。不知道他可憐的太太有什麼感想——她是伊普威治人，五十多年前，巴納巴斯追她的時候，他們差點把他抓起來吊死。歐畢德七八年的時候去世了，他的後代現在都長大了——第一任妻子的小孩死了，其他的……天知道……」

湧進來的潮水聲愈來愈頻繁，漸漸地，老人的情緒似乎由感傷落淚轉爲戒愼恐懼。他不時停下來，緊張地回頭往礁岩上看，雖然他的故事荒誕無稽，我也不禁感染到他隱隱約約的憂慮。這時札多克打了一個寒噤，似乎試著用聲音戰勝勇氣。

「嘿，你，怎麼不說說話？你怎麼會喜歡住在這樣的鎮上，每件東西都腐爛、敗壞，到處住滿了鬼怪，在黑暗的地下室或閣樓裡爬行、吽叫、四處亂跳？嗯？你喜歡聽到他們每天夜裡在大袞教團會堂裡嚎叫，知道他們萬聖節在做什麼？你喜歡每個五月節和萬聖節聽到從那塊礁岩傳來什麼？以爲這個老頭子瘋了，嗯？唉，先生，告訴你，這還不是最慘的！」

札多克眞的幾乎用叫的了，他瘋狂的嗓音超過我所能承受的。

「該死的你，不要用眼睛直瞪著我——我說歐畢德．馬許正在地獄，而且要留在那裡！嘿，嘿……在地獄，我說的！捉不到我——我什麼也沒做，什麼也沒說——

「喔，你，年輕人？就是這樣，即使我什麼人也沒講，我現在就要說！你只要坐好靜靜聽我說，年輕人——這是我從來沒對人說過的……我說，那夜之後我沒再偷窺過——但我還是發現眞相了！

「你想知道眞正的恐怖在哪裡，嗯？是的，就在這個——不是那些魚怪已經做的勾當，而是他們打算做的！他們把原來住處的東西搬到鎮上來——已經好幾年了，最近速度慢下來。北岸的房子，水街和大街之間，都是他們——那些水怪和他們搬上來的東西——當他們準備就緒……我說，當他們準備就緒……你聽過舒哥❺的故事嗎？

「嘿，你聽到沒？我告訴你，我知道是什麼事——有一晚我見到他們正……噁——啊——啊！咿——呀……」

老人突如其來充滿恐慌與驚怖的尖叫，幾乎讓我暈倒。他的雙眼突然睜得很大，越過我，望向刺鼻的大海；而他的臉是受驚的面具，可比擬希臘悲劇。他骨瘦如柴的手爪狠狠地抓進我的肩膀，當我轉頭看他目光注視的地方，他一動也不動。

我什麼也沒看見。只有陣陣湧上岸的潮水，也許還有近處的水波，遠處的破浪線。但札多克搖搖我，我轉頭看見凝固的驚嚇表情逐漸融化，化成眼皮和眼屎不規律的痙攣。他的聲音回來了——雖然是顫抖的細語。

「離開這裡！離開這裡！他們看到我們了——快逃命！什麼都不要等——他們現在知道了——快跑——快——離開這個鎮——」

另一個大浪打在昔日碼頭鬆垮的石堆，瘋老人的細語轉變成另一種非人類，令血液凝結的尖叫。

「咿——呀——啊……咿啊……」

在我回神之前，他已鬆開我的肩膀，發瘋似的向內陸的街上跑走，在北邊倉庫廢墟間跌跌撞撞。我回身看海，但什麼都沒有。當我走過水街，往北看去，已不見札多克·亞倫的縱影。

IV

我很難描述經歷這段驚心動魄的插曲後的心情——這件事聽來瘋狂也哀傷，怪誕又恐怖。雜貨店的年輕人已經預告過了，但眞實卻讓我更困惑、更心煩。這故事雖然沒什麼大不了，但老札多克瘋子似的認眞與驚怖，加上我先前對這個鎭和其不可捉摸陰影的厭惡，讓我愈加不安。

稍晚我會仔細檢視這個故事，挑出核心的歷史意義，目前我只想把它拋諸腦後。時間過得異常緩慢——我的手錶上是七點十五分，往阿克罕的巴士八點離開鎭廣場——所以我盡量讓思緒清澈、務

譯注

❺根據「克蘇魯神話」，舒哥（shoggoth）是十億年前長者巨人創造出來的原生質，後來演化成各種生物。

實，一邊快速走過沿途是裂開屋頂或傾斜牆壁的荒街，往寄放行李的旅舍走去，並在那裡搭巴士。

雖然傍晚的金色陽光爲年代久遠的屋頂、衰頹的煙囱灑上迷離、詳和的氛圍，我還是忍不住不時往後看。我自然很高興遠離臭氣彌漫、陰氣逼人的印斯茅斯，希望有其他的交通工具，不用搭惡鬼長相的撒吉特駕駛的巴士。但我沒有走太快，因爲每個寧靜的街角總有一些建築上的細節值得欣賞；我計算，在半小時內可以從容地趕上這段路。

我仔細研究雜貨店男孩的地圖，想找一條沒走過的路，最後我選了馬許街，放棄國家街，朝鎮廣場走去。接近秋天街的轉角，我開始看到零星的人聚在一起，交換神祕的耳語，而當我抵達廣場時，幾乎所有的遊民全聚集在吉爾曼旅舍門口邊。我進大廳拿行李時，似乎不少暴突、濕潤、不會眨的雙眼詭異地盯著我，我只希望這些令人不悅的傢伙都不會和我同車。

巴士載著三位乘客鏗鏗啷啷地在八點以前就到了，人行道上長相邪惡的傢伙向司機咕噥了幾句，聽不出什麼字。撒吉特把一袋郵包和一捆報紙扔出來，然後進了旅舍；這時那幾位乘客——當天早上我看到在紐貝里波特下車的那幾位——踉蹌下了人行道，用舌後音低聲和一個遊民交談，我發誓那不是英語。我上了空盪盪的巴士，坐上同一個位子，還沒坐定，撒吉特回來了，用特別冷淡的沙啞聲碎碎念了幾句。

看起來，我的運氣很差。引擎有點毛病，雖然它從紐貝里港出發非常準時，但現在無法繼續前往阿克罕了。不行，車子那晚不可能修好，也沒有其他交通工具可以離開印斯茅斯，不管是去阿克罕或其他地方。撒吉特感到很抱歉，但我得在吉爾曼旅舍留一晚了。也許店員會降價給我，但也別無他法。這突然的事故差點讓我暈眩，我極度害怕夜幕降臨這座腐敗、昏暗的小鎮，只好趕忙下了車，回到旅舍大廳；陰沉而長相怪異的夜班職員告訴我，我可以住隔壁棟頂樓的四二八號房——房間很大，但沒有自來水——住一晚一塊錢。

即使我在紐貝里波特聽說了這間旅舍的怪事，我仍然簽了住宿單、付了錢，讓一位不友善、乖僻的服務生帶走我的行李，我便跟著他爬上三層咯吱響的樓梯，走過佈滿灰塵、似無人跡的長廊。我的房間昏暗，有兩扇窗子，陳設相當簡陋，底下是一個陰暗的小天井，旁邊被低矮、廢棄的水泥磚塊圍起來，可以看到西邊一大片衰敗的老屋頂，以及更遠的沼澤鄉間。長廊的盡頭是浴室——有年代久遠的大理石杯、錫製澡盆、昏黃的燈泡，以及繞著水管的發霉木板隔間，實在是令人沮喪的古董。

天還亮著，我下樓到廣場四處看看，找吃晚餐的地方；發現我到處張望，畸樣的遊民向我投來陌生的目光。雜貨店已經關了，我只好回去之前被我拒絕的餐廳；服務生是一位駝背、窄頭、目光呆滯、不眨眼的男子，以及一位扁鼻的少女，她的手出奇地厚，而且笨拙。這裡採櫃台結帳，當我發現這裡的食物多是罐裝食品，我鬆了一口氣。我喝一碗蔬菜湯配上硬餅乾就飽了，然後趕回我在吉爾曼旅舍死氣沉沉的房間；回房前我從一臉惡相的職員旁邊搖搖晃晃的架子上，拿了一份晚報和沾染了污漬的雜誌。

當夜幕低垂，我打開簡陋的鐵架床上方微弱的電燈泡，努力試著繼續看書報。我覺得該讓我的心思完全被佔滿，既然我還在鎮上，想太多頹敗老鎮的種種異樣，是行不通的。老酒鬼說的瘋狂故事顯然不會帶來好夢，我也認爲得將他狂亂、水藍的眼睛拋得愈遠愈好。

而且，我也不能老想著那位工廠檢查員對紐貝里港售票員說的那些話，什麼吉爾曼旅舍和夜晚房客的怪聲——不能想這個，也不能想黑暗教堂裡，那頂三重冠下的臉；那張臉之恐怖，超乎我的心智所能解釋。如果房間不是如此黯淡而散滿霉氣，也許我比較容易擺脫這些惱人的事。就這樣，可憎的霉氣，可怕地混合了鎮上的魚腥味，令人不禁聯想到死亡和腐朽。

另一件使我不安的事是房門的門閂不見了。從門上的痕跡來看，上面曾有門閂，但像是最近才拿走的。無疑地，這裡已變得秩序大亂，就像這棟老建築的其他種種。我神經緊張起來，房內四處看看，在衣櫃上頭發現一只螺栓，從門上的痕跡看來，大小似乎和之前門上的相合。爲了讓自己放鬆一些，我把衣櫃搬到較空的地方，用一把三合一的小工具，包括套在鑰匙圈上的螺絲起子，把那只螺栓卸下來。螺栓的大小恰好，知道自己可以安穩休息，我不禁鬆了一口氣。我並非眞的需要它，但在這種情況下，任何安全象徵都是有益的。通往隔壁房間的側門上都有門閂，我趕緊去把它們扣上。

我沒有寬衣，我決定看書報看到睏，所以只脫去身上的外套、項飾和鞋子。我從行李箱掏出一支手電筒放在褲子的口袋裡，這樣一來，若半夜醒來時就可以看錶。然而，睡意一直不來；當我停下來分析我的思緒，令人難安的是，我發現自己潛意識裡正聽著某種聲音——搜尋某種我害怕，卻無以名狀的聲音。那位檢查員的故事，必定在我的想像裡起了超乎預期的作用。我重新試著閱讀，但完全沒有進展。

一段時間後，我似乎聽見樓梯和長廊間斷傳來咯吱聲，彷彿還有腳步聲，我納悶其他的房間是不是開始有房客進駐。然而，並沒有人聲，我想那咯吱聲裡應該是有點神祕的事。我不喜歡這些聲音，猶豫著到底該不該試著入睡。這個鎮上有些怪異的人，也證實不少人無故失蹤。難道這是外地人常被謀財害命的旅館嗎？顯然我看起來不像有錢的大爺。或者鎮民眞的痛恨好奇的觀光客？我明目張膽地觀光、不時詢問地圖上的地點，引起了不友善的注意？我一定是處在高度緊張狀態，才會讓幾聲咯吱聲把我嚇成這樣——我也遺憾自己手無寸鐵。

終於，我感到一陣疲憊，但還是沒有睡意，我門上剛安裝好的房門螺栓，關了燈，一股腦兒摔上堅硬且凹凸不平的床上——外套、項飾、鞋子和其他。在黑暗中，夜裡每個輕輕的聲響都被放大，壞念頭如潮水般湧上。我後悔關了燈，但實在太累，無力起身開燈。接著，一陣漫長、可怕的寂靜，樓梯與長廊一連串新的咯吱聲後，傳來那細微又該死的聲音，我所有的臆想似乎就要成眞了。沒見到可疑的人影，但卻有人試著打開房門的鎖——小心翼翼地、祕密地、嘗試性地——以一把鑰匙。

由於先前不明的恐懼，我面對眼前眞實危險的情緒，並不很激昂、騷亂。雖然沒有明確的原因，我本能地提高緊覺——面臨全新而眞切的危機，這對我也是有益的。然而，從模糊的預感到即刻的眞實威脅，這變化是很巨大的，如重重一擊。我沒想過那鑰匙聲是走錯房門所致。我只能想到那絕無安好心，我裝得死寂，等待準入侵者的下一個動作。

一段時間後，嘎嘎聲停了，我聽到北邊的房門以萬能鑰打開了。接著，連接隔壁房的門鎖也被輕輕轉動。當然，門閂挺住了，當潛入者離開隔壁房時，我聽到地板的咯吱聲。幾分鐘過後，又是一串的輕聲響，我知道我南邊那個房間已被闖入。又一次，連接隔壁的門鎖又被試探，然後又是一陣漸行漸遠的咯吱聲。這回，咯吱聲響遍了房間和樓梯，我知道，入侵者已經了解我幾個房門如何被螺栓卡住，所以暫時放棄，後來顯示，他們有其他的任務。

我隨時抱著備戰心理，可見我潛意識裡必定恐懼某種威嚇，並老早想好可能的逃亡路線。首先，我認爲，那位看不見的開鑰匙的人並不想正面衝突，而只是想盡快讓人嚇跑。現在唯一能做的事，就是在最短時間內活著逃出這間旅舍，但不能經由前面的樓梯或大廳。

我慢慢起身，把手電筒光線打向開關，試圖打開床正上方的燈泡，以便簡單打包，輕便地逃跑。然而，什麼反應都沒有；電力被切斷了。顯然某種神祕、邪惡的行動正大規模進行中——只是內容不得而知。當我一邊站著思索，一邊手指還壓在沒用的開關上時，我聽到地板下方傳來低沉的咯吱聲，幾乎聽不出來對話的聲音。半晌，我變得不太確定那低沉的聲響是否爲人聲，因爲粗叫和音節鬆散的嘓嘓聲，一點都不像人類的語言。接著，我重新想起那位工廠檢查員在這間腐敗而嚇人的建築物裡半夜聽到的聲音。

藉著手電筒的光線，我把重要東西裝滿口袋，戴上帽子，踮腳走到窗戶旁，勘察往下跑的機會。雖然國家有安全規定，這間旅舍的這一側還是沒有火災逃生梯，我也發現我的窗戶距離地面鵝卵石的天井只有三層樓高。然而，左邊和右邊被一些毗連的老舊建築擋住了；它們斜側的屋頂與這裡四樓地板的高度，形成一個相當的距寬。要跳到任何一邊，得進到隔壁再隔壁的房間——或者是北側的，或是南側的——我立刻開始分析勝算。

我想，我不能冒險跑到走廊上；我的腳步聲一定會被聽見，而且從走廊進入那兩個房間的困難度超高。如果要有什麼進展，得從隔壁房間下手，它們的房門結構不那麼堅固；房門的鎖和門閂可使用暴力破壞，有東西擋住去路時，就以我的肩膀當破城槌。我認爲，房子的結構和裝修不嚴謹，這麼做應該是可行的；但我也知道要避免發出巨響。在敵人以萬能鑰迎面打開房門之前，我得靠速度到達某個窗戶邊。我推上衣櫃，把房間的房門抵住——小心翼翼地，盡量把聲音壓低。

可想見機會微小，所以我準備好接受任何災難。即使逃到別的屋頂上尙不能解決問題，因爲還得跳下地面，逃出這個鎮。一件有利的條件是，毗連建築的荒蕪破敗，有數個開口的漆黑天窗。

從雜貨店男孩給的地圖看來，逃離鎮上的最佳路徑是往南，我遂首先往南邊的隔壁房間瞧。它的門朝我的方向開，這不利突破，所以我趕緊把門閂拉上。既然放棄這條路，我小心翼翼地把床架移到門邊，擋住稍後可能從隔壁房來的突擊。北側的大門是朝外開的，這個——雖然證實是從另一面鎖住或閂住——我知道這是我的去路。若我能成功跳到佩恩街上的屋頂，再跳到地面，也許能快跑過天井和相連或對面的房子，抵達華盛頓街或貝茨街——或者從佩恩街出來，沿著南側進入華盛頓街。不管怎樣，我的目標是華盛頓街，然後盡快遠離鎮廣場附近。我希望避免經過佩恩街，因爲消防隊那裡可能整夜都有人。

我一面想，一面望著窗外成片如海般的腐朽屋頂，在月圓後幾天的月光下微微發亮。右側，河谷的黑色裂縫從視野中間劈開；廢棄的工廠和火車站頑固地立在一角。更遠處，生鏽的鐵軌和羅立路通往一片平坦的沼澤地，上面點綴著乾灌木叢的突出小島。左側，溪流交錯的鄉野就在不遠處，往伊普威治的路在月光下顯得白亮。從旅舍的這個角度，看不到往南邊阿克罕的路，那是我將逃亡的路。

我猶疑不定地揣測，我該在什麼時間點撞開北邊的門，怎樣才能引起最小的驚動，這時，腳底下模糊的雜音轉爲樓梯上新而笨重的咯吱聲。晃動閃爍的燈光從我的氣窗射進來，走廊的地板開始因負重而發出呻吟。可能是人聲的低沉響聲慢慢接近，終於，一個重重的叩門聲打在我的房門上。

瞬間，我屏息以待。永恆似乎溜走了，四周噁心的魚腥味彷彿驟然大舉湧上。接著，叩門聲持續——不間斷地，愈來愈急切。我知道該是行動的時候了，便走向北邊的門，雙手環抱，準備把它撞開。叩門聲更大聲了，我希望這個音量可以蓋過撞門聲。開始時，我用左側的肩膀一次又一次地撞那片薄薄的隔板，不顧恐懼或疼痛。這扇門比想像中堅固，但我並未放棄。這時，門外更吵雜了。

終於這扇門被撞開，但這一撞，我知道外面一定聽到了。傾刻，門外的叩門變成敲打，兩邊的房門不斷有不祥的鑰匙轉動聲。我迅即進入撞開的隔壁房，在門鎖被打開前，把北邊的房門擋起來；即使如此，我聽到第三間的房門——原本計畫從那個房間的窗戶往下跳——有萬能鑰轉動的聲音。

這一刻，我感到全然的絕望，我似乎肯定被困在這個沒有窗戶出口的房間了。一陣奇異的恐懼排山倒海襲來，加上一種可怕但難以解釋的異狀，那是方才從這個房間企圖開我房門的入侵者留下的腳印。之後，基於一股絕望中仍存在的機械反應，我繼續衝往隔壁房，希望能撞進去——假設那個房間的門閂能和第二個房間一樣那麼容易撞開——在門鎖從外打開前，把門擋住。

幸運之神爲我帶來了暫時的得救——因爲連接隔壁房的門不僅沒鎖，根本就是半開的。我僅花一秒鐘的時間就通過，並趕緊用我的右膝蓋和右肩抵住這個連接門，那扇門顯然是往裡打開的。我一推，門關上了，就像我在其他房間一樣把門閂扣上，我鬆了一大口氣。當我暫時歇口氣時，兩邊門上的敲打聲停下來，我用床架擋住的那個房門卻傳來令人困惑的喧嘩。顯然，一大群攻擊者已經進了南邊的門，正集結準備從旁邊側攻。同一時間，北邊隔壁房的門鎖又傳來萬能鑰的轉動聲，我知道大難就快臨頭了。

北側的連接門大開，但我沒時間確定轉動的門鎖是否被打開。我唯一能做的，就是關上敞開的連接門，扣上門閂，還有另一側的連接門——一邊推上床架，另一邊用衣櫃抵住，並把一個洗臉台推到房門邊。看得出來，我必須相信這些暫時性的障礙物可以掩護我一陣子，讓我從窗戶跳出去，到佩恩街上的屋頂。但即使在這個時刻，我主要的恐懼來源卻不是我薄弱的防衛。我全身發抖，不是因爲這些入侵者，雖然他們發出可怕的喘息聲、咕噥聲，間斷低聲吼叫，而且發出難以理解的聲音。

當我移動家具，快速跑向窗戶邊，我聽到往北邊房門的走廊上傳來恐怖的疾走聲響，猜想攻擊南側房間的行動已經停下來了。顯然，大部分的敵人將集中對付不堪一擊的連接門，他們知道，撞開這個連接門就可以和我面對面了。窗外，月光灑在街區屋頂的主樑上，我看得出這一跳極度驚險，因爲我著地的表面是陡斜的。

觀察過情況後，我決定選比較靠南的那扇窗戶往下跳；預計落在屋頂靠裡面的斜坡，然後往亮的地方跑。一旦落在破舊的磚建築物裡，我得算好往哪裡走；但我希望沿著有陰影庇護的天井，在一個半開的大門口間閃躲，最後到達華盛頓街，往南溜出鎮上。

北側連接門的敲打聲變得嚇人，薄弱的門就快裂開了。顯然敵人用了某種重物當破城槌。然而，床架還挺得住；至少我還有一點機會可以逃走。打開窗戶時，我注意到窗戶邊的窗簾是厚重的天鵝絨，掛在圈上銅環的橫桿上，外側還突出掛百葉窗的掛鉤。看來我有機會避免危險的縱跳，我猛拉窗簾，橫桿和全部；把兩個銅環套在百葉窗的掛鉤，把窗簾往下扔。厚重的窗簾一路垂到隔壁的屋頂，我認爲銅環和掛鉤可以支撐我的重量。所以我爬出窗戶，順著臨時梯滑下，把吉爾曼旅舍的怪物和被恐怖蹂躪的房間遠拋在後。

我安全地落在陡斜而鬆散的屋頂上，並成功爬下開著的天窗。往上看一眼我逃離的窗子，仍然是漆黑的，北邊傾倒的煙囪遠處，我可以看到大袞教團會堂、浸信會堂和公理會教堂燈火閃爍，但那裡的回憶卻讓我發顫。下面的天井似乎沒人，我希望在全面警戒爆發前，有機會逃脫。我把手電筒照向天窗，發現沒有梯子通到下面。但高度不高，所以我沿著邊緣爬，然後往下跳；地板都是灰塵，四散著壓扁的盒子和桶子。

這個地方有食屍鬼似的氣息，但我已無暇顧及，在手電筒的協助下，立刻走向一個階梯——我匆匆看了一眼手錶，時間是清晨兩點鐘。腳步聲嘎嘎作響，但音量還可以接受；我跑下像穀倉的二樓，到地面樓。這裡全然的死寂，只有回音回應我的腳步聲。終於，我到了地面的大廳一角，看到明亮的長方形，那是殘破的佩恩街上的一個門口。往另一邊走去，我發現後門也開著，便跑下五個石板階梯，到了雜草叢生的鵝卵石天井。

月光並沒有照到這裡，但我不用手電筒仍可看清路。吉爾曼旅舍一些窗子亮著希微的光線，我覺得似乎聽到裡面奇怪的聲音。我輕輕走往華盛頓街這一邊，看到幾個敞開的門口，我選了最近的一個當出口。裡面的走廊漆黑一片，當我走到盡頭，發現臨街的大門被楔住，沒辦法打開。我決定試另一棟建築，便一路摸黑退回到天井，快到另一個門口時，稍微停了一下。

因爲，從吉爾曼旅舍的一扇門吐出了一大群可疑的人影——燈火在黑暗中輕跳，可怕的嘎嘎聲互相低聲交談，那種語言確定不是英語。那些人猶豫地走著，我了解他們並不知我的去向時鬆了一口氣；即使如此，他們還是把我嚇得全身冒冷汗。他們的形貌很難辨認，但彎駝、踉蹌的步伐卻極度令人生厭。最糟的是，我看到其中一個人穿著怪袍，頭頂戴著高高的三重冠，它的設計太眼熟了。當這些人從天井散開來，我的恐懼極速上升。若找不到往街上的出口怎麼辦？那魚腥味令人作嘔，即使能忍受，我懷疑自己會不會昏過去。我再次往街上的方向摸索，打開一扇大廳裡的門，進到一間空屋，窗子拉上了百葉窗，但卻沒有窗框。藉著手電筒光線，我打開了百葉窗；下一秒，我爬出去了，並小心把百葉窗拉回原來的樣子。

我現在到了華盛頓街，一時間，除了月光，沒見到半個人影，也沒有任何燈光。然而，從幾個方向的遠處我聽到粗啞聲、腳步聲，以及一種奇怪的急促聲，聽起來又不像腳步。顯然我沒有時間猶疑。我很清楚方向，也很高興所有的街燈都沒亮，就像在一些較落後郊區的明月夜一樣。有些聲音發自南邊，但我仍維持原計畫，打算往那個方向逃。我知道，若遭遇任何可能的搜捕者，那裡可能有不少廢棄的大門可提供隱蔽。

我緊靠著頹圮的房屋輕輕快步行走。經過先前一番折騰，我頭未戴帽、頭髮散亂，看起來反倒不特別顯眼；若不幸遇到流浪漢，他們對我很可能視而不見。在貝茨街，兩位步履踉蹌的人從我面前走過時，我退入一個半開的玄關，但很快又繼續趕路，接近艾略特街與華盛頓街斜叉的南方空地。雖然先前沒看過這裡，但從雜貨店年輕人的地圖上看來，這裡的地形相當不利；月光在此毫無障蔽。要躲過這裡是不可能的，因爲任何替代道路均會暴露行蹤或導致延宕，下場更慘。唯一的辦法是光明正大地走過；盡量模仿印斯茅斯人典型的踉蹌步伐，並祈禱沒人——至少沒有追殺我的人——在那裡。

這場追捕的組織有多完整——說眞的，它的目的何在——我完全沒有概念。鎭上似乎超乎尋常地熱鬧，但我判斷我從吉爾曼旅舍脫逃的消息還沒散佈開來。當然，我會很快走過華盛頓街到南邊的街；因爲從旅舍出來的那一批人肯定追著我。我在最後一個老房間裡必定留下了一些腳印，多少透露了逃亡的路線。

正如所料，這個開闊的空地月光明亮；空地中間像是公園，用鐵欄杆圍起的綠地。幸好沒人在附近，只有鎭廣場的方向傳來奇怪的雜音或吼叫。南街相當寬敞，直接連到一個往濱水區的小斜坡，可以遠遠望見海景；當我在明亮的月光下穿過時，希望沒人從遠處往上瞧。

行程沒有耽誤，也沒有聽到其他我已被跟蹤的聲響。四周看看，我難以抗拒地放慢腳步，往海上看一眼，那片在街盡頭月光下舞動的大海。防波堤處的更遠方是魔鬼礁晦暗、深黑的線條，當我瞥到它一眼，忍不住想到過去三十四小時裡聽到的所有恐怖傳說——傳說把這塊崎嶇的礁岩描寫成通往無可忖度的恐怖與不可逆料的畸變國度的大門。

這時，說時遲那時快，我看到遠方礁岩發出間歇的閃光。我很確定，絕不會看錯，這在我心中激起莫名的，無可想像的恐懼。我的肌肉緊張起來，狂亂地奔跑，被某種潛意識的謹慎和半催眠的幻想抓住。更可怕的是，現在從身後東北方吉爾曼之家高高的圓樓頂也回傳了閃光，一連串類似、間歇的閃光，肯定是回應的信號。

我鎭定我的手腳，重新檢視我的行蹤多麼容易曝光，便繼續快速、僞裝的踉蹌步伐；我一邊穿過寬大的南街，一邊盯著那地獄般充滿惡兆的礁岩。整個行動的意義是什麼？我無法想像；除非是和魔鬼礁相關的詭異儀式，或者某個團體已經從一條船登上那塊邪惡的礁岩上。我左轉繞過荒蕪的綠地；

眼睛仍注視著海上，夏日的月光在海上舞著，我一邊呆望那些無以名之，無可解釋的閃光訊號。

就在此刻，極度恐怖的景象向我襲來——這幅景象摧毀我最後殘存的自持，我瘋狂地往南跑，跑過荒涼惡魔大街上漆黑半掩的大門、魚腥味的窗戶。當我定睛細看，那塊礁岩和海岸之間灑滿月光的海洋並非空無一物。海上熱鬧滾滾，成群成群的亮影子正往鎮上泅游進來；即使在大老遠，而且只瞄一眼，我已看出他們上下浮沉的頭部和連枷似的手臂絕對是畸形、反常的，極少有人描述過，或清楚地陳述過。

我瘋狂跑了一個街區後停了下來，因爲左側傳來像是有組織的追逐者的吆喝和叫聲。有腳步聲和舌後音，還有汽車隆隆往南開過聯邦街。瞬間，我所有的計畫全盤改變了——因爲如果前面往南的高速公路架設了路障，我得必須找另外一個出口逃離印斯茅斯。我停頓了一會兒，躲進一扇微開的大門，想著——我眞是幸運，在那些追逐者趕到平行那條街之前，我已通過了月光通明的開闊空間。

第二個念頭就沒得慶幸了。既然搜捕者已經來到隔壁街，很明顯，他們並不是直接追我。他們沒看到我，卻單純地遵守一個計畫，截斷我的逃亡路線。這暗示所有印斯茅斯通往別處的道路都同樣有人巡邏，因爲他們不可能知道我計畫的路線。若是如此，我得選擇遠離任何一條路；但在一片沼澤和溪流交錯的地方，我該怎麼走呢？幾秒鐘的時間，我的腦子開始覺得暈眩——因爲完全的無望感，以及驟然湧起而無所不在的魚腥味。

這時，我想起通往羅立的廢棄鐵道，它堅硬的石子路，蔓草叢生，依然從河谷邊緣塌垮的火車站向西北延伸。只能賭這個機會，鎭上的人可能沒想到這條路；因爲它荊棘滿佈，很難通行，是逃亡者最不可能選擇的路徑。我從旅舍的窗口很清楚看到它，知道它蜿蜒的方向。它剛開始路段的大部分，從往羅立的公路上可以看見，從鎮上的高點也看得到；但我也許可以從下面鑽過，比較不會引起注意。無論如何，那是唯一逃亡的機會，只能硬著頭皮一試。

我退進荒涼的庇護角落，打開手電筒再一次對照雜貨店男孩給的地圖。眼前的問題是如何到達那座老火車站；我認爲最安全的路徑是先到巴布森街，往西接到拉法葉街——在那裡沿著類似我剛穿過的空地走，不要跨過它——接著往北和往西，以Z字形走過拉法葉街、貝茨街、亞當斯街和銀行街——銀行街沿著河谷走——然後到達我從窗戶看到的那座荒廢已久的車站。我選巴布森街的理由是，我不想再走一次先前那個空地，也不想往西走過像南街這麼寬的十字路口。

重新出發，我過街走到右手邊，儘可能不引起注意地繞進巴布森街。吵雜聲在聯邦街依然喧騰，當我往身後瞄，彷彿從我剛逃出的那棟建築附近有道閃光。我急著離開華盛頓街，便開始小跑步，只但願不要遇到窺伺的眼睛。鄰近巴布森街轉角，我機警地發現有一間房子還有住家，窗戶上還掛著窗帘；但裡面沒有燈光，我安全地通過這一關。

巴布森街穿過聯邦街，搜捕者有可能看到我，我緊挨著彎曲、下陷的建築；有時身後的雜音突然變大，我兩次被迫在房子的大門口停下來。眼前的空地在月光下又寬大又荒涼，但我的計畫不允許我穿過它。我第二次停下時，聽到一陣新的模糊聲響；從掩蔽處偷偷看去，一輛車急駛過空地，沿艾略特街開出去，穿過巴布森街和拉法葉街。

當我呆看著——一陣短暫靜默後，突然湧起的魚腥味令人窒息——我看到一隊畸奇、蹲踞的影子踉蹌地往同一個方向大步跑；這必然是看守伊普威治路的人馬，因爲那條高速公路是艾略特街的延伸。我瞄到的其中兩個人影穿著超大的袍子，一個戴著尖頂的王冠，在月光下白得發亮。這傢伙的步伐非常詭怪，令我全身發毛——在我看來，那簡直像蛙跳。

當隊伍最後一個也走遠，我繼續趕路；火速繞過轉角進到拉法葉街，倏地穿過艾略特街，以免有落隊的同夥跟上來。往鎮廣場的方向，我的確聽到一些嘓嘓聲和劈里啪啦的聲響，幸好又安全過了這一程。我最怕的是再一次穿過寬闊且明月光光的南街——及那裡的海景——我得硬著頭皮接受這項考驗。可能有人輕易發現我，也有可能艾略特街的落單隊伍會看到我。在最後一刻，我決定最好還是放慢步伐，像先前一樣，學印斯茅斯人的踉蹌步走過去。

當大海再一次在眼前開展——這次是在我右側——我暗自決定不要去看它。然而，我卻擋不住誘惑；當我小心模仿一拐一拐地走到前面的陰影掩蔽所，我用眼角餘光看了一眼。我原猜測有船隻，但不見船隻蹤影。然而，首先抓住目光的，是一艘小划艇，正向廢棄的碼頭拉進，上面載著用油布蓋住的突狀物。划船的人雖然從遠處看不眞切，有一種特別令人厭惡的印象。還是有幾個游泳的人；遠方的黑礁岩上，有一道微弱而穩定的光線，和先前的訊號光不同，而且顏色很詭異，我無法明確描述。在右側一片斜屋頂之上，吉爾曼之家高高的圓頂閣若隱若現，但現在是全黑的。魚腥味有一段時間被微風吹散，此刻又聚集起來，濃得令人瘋狂。

聽到一批咕噥的隊伍從北向華盛頓街挺進時，我尙未穿過這條街。當他們抵達寬闊的空地，也就是我第一次看到月光下令人暈眩的海景的地方，我和他們僅一街區之隔——他們的長相如野獸，蹲伏的腳步像狗一樣，恐怖萬分。有個人走動時有如猿猴，長手臂不時碰到地上；一個傢伙——穿袍戴冠——彷彿幾乎用蛙跳前進。我判斷這批人是吉爾曼天井的那批——那麼，他們是最近接我逃亡路線的。有幾個人轉身朝我的方向看，一時間我被驚怖釘住，但仍奮力繼續不經心、踉蹌的步伐。至今，我不知道他們是否看見我。如果他們看到了，必然是我的詭計得逞，他們穿過月光皎潔的空地，並未改變行進方向——一面仍用噁心的舌後音嘓嘓地講著含糊不清、無從辨識的方言。

再次進到陰影裡，我繼續以小跑步跑過茫然對著黑夜的傾斜、敗壞的房子。穿過西邊的人行道後，我轉過街角進了貝茨街，我緊貼著南邊的建築物前進，經過兩戶有人的住家，其中一戶樓上微亮著，沒碰到什麼問題。當我轉進亞當斯街，覺得安全多了，但一個傢伙直接從漆黑的大門冒出來，嚇了我一大跳。幸好，他醉得不醒人事，不構成威脅；我便安全地抵達了銀行街昏暗的殘垣斷壁。

死寂的街上沒半個人影，只有河谷中瀑布的巨吼蓋過我的腳步聲。到廢棄的車站還得小跑一段長路，四周磚造的倉庫牆壁似乎比一般民房的門面更可怕。最後，我看到古老的拱形車站——或者說是殘留的車站——然後直接跑上從車站另一端開始的鐵軌。

鐵軌生鏽了，但大部分還保持原樣，腐朽的枕木還不到一半。在這樣的表面走或跑都很困難；但我盡量，大體上相當費時。有一段路鐵軌沿著河谷的邊緣，但最終到了長年被覆蓋的長橋，這座橋的高度令人暈眩，驚險地穿過河谷的裂隙。這座橋的狀況將決定我的下一步。如果可通行，我會走過；如果不行，我得冒險走過更多條街，改走最近的一條高速公路橋。

這座巨大、像倉庫那樣長的老橋在月光下恐怖地閃耀著，至少最近幾呎的枕木是安全的。上了橋，我一打開手電筒，差點被大群拍翅而過的蝙蝠擊倒。過了橋的一半，枕木出現了可怕的缺口，我深怕這會打斷計畫；但最後，我冒險縱跳，幸運地成功了。

從可怕的隧道出來，我很高興再次看到月光。老鐵軌與河街在平面道路上交叉，接著突然轉進鄉間，印斯茅斯噁心的魚腥味也愈來愈淡。在這裡，濃密的雜草和荊棘惡狠狠地刮破我的衣服，寸步難行，但我卻很高興它們的出現讓我躲過可能的危險。我知道這條路在羅立路上清晰可見。

很快地進入了沼澤區，那裡只有一條在低矮、蔓草叢生的堤防上的路，草長得更密。然後是類似小島的高地，鐵路經過一個淺淺的小徑，依然灌木與荊棘叢生。我非常高興有這個小庇護所，因爲在這個點，羅立路近在眼前，令人惴惴難安。小徑的盡頭穿過鐵軌，彎往更安全的距離；但仍必須高度警戒。這時，我幾乎可以感到萬幸，鐵道未有人巡邏。

轉進小徑之前，我往身後看，沒見到追蹤的人。在具有魔力的黃色月光下，衰頽的印斯茅斯老尖塔和屋頂散發可愛空靈的亮光，我不禁想像這裡蒙塵之前的舊時模樣。此時，圍繞著內陸的鎮上，有個不安的東西引起我的注意，整個人僵了幾秒鐘。

我看到的——或者想像中我看到的——是遠遠的南方一股股波狀起伏的擾動；我臆測，一群龐大的隊伍必然沿著伊普威治路從鎮上傾巢而出。距離很遠，我無法辨識細節；但我一點都不喜歡那移動縱隊的樣子。它波動得太劇烈，在此刻已西斜的月光下太閃亮。好像也有些聲響，雖然風向是相反的——好像野獸打架、吼叫的聲音，比先前聽到的低吼聲更糟。

所有不祥的猜想縈繞心頭。我想到那些印斯茅斯長相的極端例子，據說藏在水邊傾倒、老舊的擁擠公寓。我也想到先前看到的無以名之的泳客。由於隊伍很遠，加上充斥其他道路的隊伍，對人口這麼稀少的鎮而言，追蹤我的人數必然出奇地多。

眼前這麼密集縱隊的人員到底從哪裡來的？那些老舊、沒自來水的破公寓眞的擠滿了變形、未入籍、也沒人懷疑的生命？或者某艘隱形的船眞的在可怕的礁岩上放下一連的異域人？他們是誰？他們爲什麼在這兒？若他們如此一縱隊在伊普威治路上行走，其他路上的人數是否一樣多？

我進了雜草叢生的小徑，緩緩奮力前行，這時可恨的魚腥味又湧上來。是否風向突然改成東風，味道從海面吹來，籠罩整個鎮？我的結論是，一定是這樣，因爲我開始從安靜的方向聽到震耳的舌後音沙沙聲。還有另一種聲音——一種全面的，巨大的啪嗒啪嗒聲，莫名讓人聯想到最噁心的畫面。不知怎地，這讓我想到遠處伊普威治路上那波狀起伏的縱隊。

這時，魚腥味和聲響同時增強了，我停下來，全身發抖，不禁感謝小徑的庇蔭。我想起來，就是從這裡，羅立路和老鐵路線接近，然後往西交叉，再分道揚鑣。有東西沿那條路而來，我得躺低，等他們走過，直到他們在遠處消失。謝天謝地，這些傢伙沒帶狗追人——也許在這個臭氣瀰漫的地區，狗也派不上用場。我趴在灌木叢的沙地上，覺得相當安全，雖然我知道追蹤隊伍將從前面不到一百碼處通過。我可以看到他們，但他們看不見我，除非是來自地獄的奇蹟。

突然間我開始害怕看見他們從眼前走過。月光照亮近處他們即將疾行而過的空地，我爲那塊空地感到一種無可救藥的污穢。他們可能是所有印斯茅斯長相中最噁心的——絕沒人想把它記憶下來。

那臭味愈來愈濃烈，雜音逐漸增強爲野獸般的嘓嘓叫、吠叫，完全不像人類的語言。這眞的是追捕人的聲音嗎？他們到底有沒有帶狗？目前爲止，我在印斯茅斯沒看過家畜。沉重的腳步聲和啪嗒啪嗒聲如鬼怪般——我不能怪那些低等動物。我寧願閉上眼睛，直到聲音向西方隱沒。隊伍現在很近了——空氣中充滿粗聲的咆哮，地面因異域節奏的腳步而震動。我幾乎無法呼吸，我使盡所有的意志力，把眼皮閉起來。

我甚至不願意說接下來的是恐怖的眞實或夢魘的幻覺。在我瘋狂的懇求後，政府後來的行動也許可以證實那是恐怖的眞實；但難道不會是那座古老、著魔而疑雲重重的老鎭催眠似的符咒下，重複出現的幻覺？這種地方陰氣森森，流傳的瘋狂傳奇可能因那些死寂、臭氣沖天的街道、成堆的破屋頂與搖搖欲墜的尖塔，而激發更多的想像。難道不是傳染性的瘋狂在疑雲重重的印斯茅斯深處滋出病菌？聽了像老札多克．亞倫說的故事後，誰能確定什麼是眞實？政府人員從未找到可憐的札多克，也無法預測他出了什麼事。瘋狂從哪裡結束？眞實從哪裡開始？莫非我最新的恐懼也不過是幻影？

但我一定得說明我認爲那晚，在冷酷的鵝黃月光下我看見的景象——當我趴在廢棄鐵道小徑叢生的荊棘中，眼前是疾行、蛙跳的縱隊，沿著羅立路走去。當然，我原本決定閉緊眼睛，結果失敗了。

註定要失敗的——當一長列不知名嘓嘓、吠叫的東西從眼前百碼處劈里啪啦走過，誰能忍住閉著眼蹲在那裡？

我認爲我已爲最壞的結果做好準備，之前已看到了不少，照道理確實應該已做好心理準備。其他的追捕者已夠天殺的畸形了——難道我還沒準備好面對更畸形的東西，目擊和正常人全無相干的形體？正前方傳來震耳欲聾的沙啞喧鬧聲時，我張開了眼睛。當時我知道他們一長列隊伍就在眼前小徑敞開、公路穿過鐵軌的地方——而我也忍不住忖量溫柔的黃色月光將展示什麼樣的恐怖。

全都完了，我在這地球表面所剩餘的生命，對人類本質所殘餘的心靈平和與信心。我所能想像到的——即使我逐字逐句聽信老札多克的瘋狂故事所領會的——完全不能與我親眼所見，或我相信我所見的醜惡鬼怪相提並論。我試著暗示，以延宕大膽直書的恐怖。這個星球眞的演化出這種東西；人的雙眼，眞的可以看到活生生的，這種只有在怪力亂神的傳奇裡聽聞的怪物。

不但如此，我看到他們綿延的陣列——劈里啪拉、蛙跳、嘓嘓叫、吽叫——在陰森的月光下，以一種綺想夢魘中怪誕的、邪惡的撒拉本舞鬼魅般地疾行。他們之中，有些戴著高高的，類白金屬三重冠……有些套著畸怪的袍子……領隊的那個套著駝起的黑色怪袍，穿條紋褲，一頂帽子掛在一個奇形怪狀，應該是頭部的東西上。

我想他們的顏色以灰綠色系爲主，雖然肚皮是白色的。他們大多亮亮滑滑的，但背脊有鱗。他們的外形隱約像人，但頭部像魚，一雙暴突的眼從不闔起；頸部兩側是跳動的鰓，長爪長了蹼。他們不規律地跳著，有時用兩隻腳，有時用四隻腳。我倒有點慶幸他們最多只有四隻腳。那嘓嘓和吠叫聲顯然是一種語言，用來表達怔住的臉孔所不能表達的。

這些牛頭馬面的怪樣子對我而言並不陌生。我太清楚他們是誰——紐貝里波特那頂三重冠不是記憶猶新？他們就是那上面無以名狀的魚蛙怪圖案——眞實而嚇人——當我看到他們，立刻想起那間黑暗教堂裡駝背、戴著三重冠的教士如何引起我的驚怖。他們的數量不可計數。在我看來似乎是無止無盡的縱列——當然，我短暫的一瞥只瞥見最少的片斷。在下一秒鐘，所有的東西都黑掉了，感謝老天，這是第一遭，我昏厥了。

V

白天的綿綿細雨把我從昏迷中打醒，我仍在鐵軌小徑的灌叢裡，當我蹣跚走到前面的公路，在新鮮的泥地上已看不見任何腳印。魚腥味也消逸了，印斯茅斯頹圮屋頂和尖塔的灰色影子，在東南方若隱若現，周遭濕鹹的沼澤不見半個人影。我的錶還正常走著，顯示時間已過了正午。

剛經歷的眞實，在心中顯得高度不確定，但我感覺它的背後有種恐怖的東西。我必須逃離陰森森的印斯茅斯——我試著移動痙攣、疲憊的手腳。雖然全身虛弱、飢餓、惶恐、猶疑，休息一陣後，我開始可以走路；慢慢沿著泥濘的路走向羅立。夜幕降臨前，我到了一個小村，吃了一頓餐，換上可以見人的衣服。我搭夜車到阿克罕，第二天，和當地政府官員懇切地詳談；後來我在波士頓又重複了一遍。這兩次會談的主要後續，民眾現在已不陌生——而我希望，爲了正常生活的緣故，餘言無庸贅述。也許，是瘋癲攫住了我——也許是更大的驚駭——或者更大的驚奇——正向外伸展。

可以想像，我放棄了接下來大部分的旅遊計畫——風景、建築、古物，我原本興致勃勃的領域。我也不敢去找據說放在米斯卡塔尼克大學博物館的那件奇異珠寶。然而，我確實在阿克罕加強蒐集我老早就想蒐集的宗譜資料；老實說，我蒐集得相當匆忙，但往後我有空對照、整理時，應相當有用。

當地的歷史學會會長E・拉范・皮波蒂先生非常客氣地協助我，當我告訴他我是阿克罕伊莉莎・歐恩的孫子，他顯得特別感興趣。伊莉莎・歐恩生於一八六七年，十七歲時嫁給了俄亥俄州的詹姆斯・威廉森。

似乎多年前我的舅舅曾展開一段類似我剛經歷的尋根之旅；而我外祖母的家族在當地也曾引起一陣話題。皮波蒂先生說，南北戰爭後那段時間，大家大量討論她的父親班傑明・歐恩的婚姻；因爲新娘的家世很令人困惑。那位新娘據說是新罕布夏州馬許家族的一個孤兒——艾塞克斯郡馬許家族的堂姐妹——但她在法國念書，對自己的家族不甚清楚。有一位監護人匯錢到波士頓的銀行供她與她在法國的女家庭教師的學費與生活起居；但阿克罕人不清楚那位監護人的名字，當監護人消失的時候，家庭教師便依法院判決繼承了他的角色。這位法國女士——過世很久了——平日沉默寡言，但也有人說她可能言多於行。

最令人不解的是，沒人能在新罕布夏州的家族中找到這位年輕女子戶籍登記的雙親——伊諾克與莉迪亞・米瑟夫・馬許。也許，有人說，她是某個著名馬許的親生女兒，她當然遺傳了正宗馬許的眼睛。最懸疑的是她早死後發生的事，她死時正好是她唯一的孩子，也是我外祖母出生的時候。由於先前對馬許這個姓氏已有不好的印象，我可不喜歡讓馬許歸在我自己的族譜裡；我也不喜歡皮波蒂先生暗示我自己也有典型馬許家的眼睛。然而，我很感激獲得這些資料，這些是有價值的，因此我拷貝了關於歐恩族妥善存檔的札記與參考書名。

我從波士頓直接回到脫勒多家中，後來在莫米待了一個月，好好休養。九月，我回到歐柏林繼續最後一年的學業，從那時到隔年六月，都忙著課業與其他各種活動——只有偶爾政府官員因爲後續行動而前來盤問相關事情，會讓我想起那段恐怖的經歷。七月中——正好是印斯茅斯之旅後一年——我在克利夫蘭先母家中住了一星期；檢閱新的族譜資料，及各種現存的筆記、習俗、祖傳物等，看看可以建構出怎樣的圖表。

我並不眞的喜歡這份差事，因爲威廉森家中的氣息總讓我不悅。那裡有一種病態，小時候，母親從不會鼓勵我去拜見她的雙親，雖然我外祖父來脫勒多時，她還是很歡迎他。我總覺得阿克罕出生的外祖母似乎很奇怪，甚至很恐怖，當她失蹤的時候，我甚至不覺得悲傷。當時我八歲，據說我舅舅道格拉斯，也是她最大的兒子自殺後，她便哀傷地離家出走。道格拉斯舅舅到新英格蘭旅行一趟後，回來就自殺了——那趟旅程路線與我相同，無疑地，這使他在阿克罕歷史學會中留名了。

這個舅舅和她很像，所以我也從不喜歡他。他們兩個那種睜大、不眨眼的表情，讓我覺得一種模糊的、巨大的不安。我母親和瓦特舅舅就不像這樣。他們像他們的父親，雖然可憐的小表弟勞倫斯——瓦特的兒子——幾乎是他祖母的完美翻版，後來他的情況轉壞，終生住進了坎呑一家療養院。我四年沒見到他了，但我舅舅曾暗示他的狀況，心理和身體的狀況都非常糟糕。這個憂慮可能是他母親兩年前過世的原因。

我的外祖父和他鰥寡的兒子瓦特兩人目前一起住在克利夫蘭家中，但往昔的記憶揮之不去。我仍不喜歡這個地方，希望盡快做完研究，盡早離開。我外祖父提供了大量威廉森的紀錄和傳統；但關於歐恩家族的部分，我得仰賴我舅舅瓦特，他讓我任意搜尋所有的檔案，包括筆記、書信、剪報、動產、照片和縮圖。

就在過濾歐恩家族的書信和照片時，我開始領悟到我自己家系的恐怖。如同我所說，我的外祖母和道格拉斯舅舅一向令我不安。如今，多年過去了，看到他們照片裡的容貌仍讓我感到一股高度的嫌惡與排斥。起初我沒感覺到改變，但漸漸的，雖然我不斷拒絕意識中一絲的懷疑，一種比較的心理開始硬生生闖入潛意識。顯然，這些面容的典型表情開始顯現出以前不曾顯現的意義——若太大膽地想下去，那是一種會帶來驚嚇的東西。

但最大的驚嚇，是當舅舅把存放在市中心保險金庫裡歐恩家族的珠寶搬出來給我看的時候。有些珠飾相當細緻，引人遐思，但有一個奇怪的老盒子，是神祕的曾外祖母遺留下來的，舅舅幾乎是很不情願地把它拿出來。他說，它們的造形設計很古怪，接近噁心，就他所知，沒人公開戴過；雖然我的外祖母相當喜歡拿來賞玩。有關厄運的傳說圍繞著它們，我曾外祖母的法籍女家庭教師說過，這些東西不可以在新英格蘭穿戴，在歐洲倒是可以。

當我舅舅開始緩慢地，不情願地打開這東西，他勸我不要被那設計的古怪和恐怖嚇倒。看過的藝術家和考古學者稱讚它們神乎奇技的巧工與精緻，雖然似乎沒人能斷定正確的材質或流派。共有兩個手臂環、一頂三重冠，以及一種胸飾；其中的胸飾上顯然有窮極奢華的圖樣。

聆聽這些描述時，我高度抑制情緒，但臉色必定洩露了高漲的恐懼。我舅舅憂心地看著我，停下手上的動作，仔細看我的表情。我示意要他繼續，他重新露出不太情願的樣子。當第一個物件——三重冠——出現時，他似乎預期我會有些不尋常的反應，但我懷疑他的預期和眞正的結果是否相襯。我也沒想到會有這種反應，我認爲我已充分受到警告，知道那珠寶長什麼樣子。我的反應是全身發軟，昏了過去，正如我一年前在荊棘叢生的鐵軌邊一樣。

從那天開始，我的生命成了一場沉思與忐忑的惡夢，我不知多少比例是可怕的事實，多少是狂想。我的曾外祖母來自不知名的馬許家族，她的丈夫是阿克罕人——老札多克不是說過，老馬許用詭計，把一個他和水怪妻子生的女兒嫁給了一個阿克罕人？那老酒鬼咕噥說什麼我的雙眼和歐畢德船長相像？在阿克罕，那位學會會長也說我有典型馬許家的眼睛。歐畢德·馬許是我的曾曾外祖父？但也許這是一派胡言。那些像白色金子的飾品可能是我曾外祖母的父親輕易從某位印斯茅斯人那裡買來的，不管他是誰。而我外祖母與自殺舅舅雙眼發直的臉型，有可能純是我自己的想像——純想像，因爲印斯茅斯疑雲而加強，在我的想像中抹上了陰影。但爲什麼舅舅在新英格蘭的尋根之旅後自戕？

兩年多的時間，我試著奮戰這些思緒，時有成功。我父親爲我在保險公司安排了一份工作，我也儘可能埋首於日復一日的例行事務。一九三〇進入三一年的那個冬天，惡夢開始了。剛開始，這些夢境相當零星、若有似無，但一星期一星期過去，夢境的頻率逐漸增加，影像日漸清晰。廣大的水域迎面開展，我似乎漫步在水底巨大門廊與海草圍牆的迷宮裡，有稀奇古怪的魚爲伴。接著，其他的形影陸續出現，當我醒來那一刻，驚嚇莫名。但在夢裡我一點都不害怕——我是他們的一員；戴著不似人戴的飾物，跨水棲動物的步伐，在邪惡的海底神殿裡作禱。

還有更多細節我記不得，若我眞的把它寫下，光是每天早上記憶中的浮光掠影，就足以使我被標記爲瘋子或天才。我感覺到，一種駭人的力量正日漸將我拉離正常人的世界，拉進無法指明的黑暗深淵與異化；這個過程對我的影響很大。我的健康和外表每下愈況，最後被迫放棄工作，過安靜的、退隱的，如殘障人士的生活。某種奇怪的神經痛苦支配了我，有時幾乎無法闔眼。

就在這時，我開始警覺地仔細觀察鏡子裡的我。疾病步步的摧殘並不美觀，在我的情形中，有更細微、更令人不解的因子。父親似乎也注意到了，他開始好奇地，幾乎有點害怕地看著我。在我身上發生了什麼事？我正步向外祖母與道格拉斯舅舅的後塵嗎？

一天晚上我做了一個惡夢，夢裡我和外祖母在海底相會。她住在一個磷光閃閃的宮殿，有亭台樓閣，奇異鱗狀珊瑚的花園，盛開鰓狀的花朵；她親切地歡迎我，似有挖苦的意味。她變了——就像其他回到水裡的人一樣——她告訴我她其實沒死。她去了一個地方，她的兒子發現的地方，她跳進了一個國度，那裡的奇珍異寶——也是爲他準備的——他以一把手槍將它踢開了。這也將是我的國度——我無法逃脫。我將得永生，但會和比人類祖先還早的人一起生活。

我也遇見她的外祖母。八萬年來，芙蒂亞莉都住在伊哈斯里，歐畢德．馬許死後，她就回到水裡。當地面上的人類向海底投擲魚雷時，伊哈斯里並未被毀。受損，但未被摧毀。深海巨人（Deep Ones）絕不會被摧毀，縱然被遺忘的舊日支配者的古老魔法有時會照顧他們。目前，他們將先休息一陣；但有一天，如果他們想到，他們會重新再起，以達成偉大的克蘇魯的願望。下次將是比印斯茅斯更大的城市。他們計畫要擴張，而且要帶著厲害的武器，但他們現在必須等待。對於地面上人類帶來的破壞，我必須懺悔，幸好後果並不嚴重。在夢裡我第一次看到舒哥，那副影像把我驚醒，在瘋狂中尖叫。那天早上，鏡中人顯示我已染上了**印斯茅斯長相**。

至今我尚未走到道格拉斯舅舅那一步。我攜了一把自動手槍，幾乎要跟上那一步路，但有些夢阻止了我。恐懼的強度減弱了，我感到一股不知名的，親近深海的力量，不再畏懼它。夢裡我聽到奇怪的聲音，做奇怪的事，醒來時有種昇華的感覺，不再是恐懼。我不認爲我會像其他人等到完全變形。若繼續等，我父親也許會把我關進療養院，就像可憐的表弟。令人震懾且聞所未聞的榮景在下面等著我，我該趕緊去找它。拉葉城！克蘇魯等著！不，我不能自殺——我不可能生來註定要自殺！

時光魅影

歷經二十二年的夢魘和恐懼，端賴於死命相信某些模糊印象中的神話而拯救了我自己。我實在很不願意證實，一九三五年七月十七日至十八日的夜晚，我在澳大利亞西部發現的眞相是什麼。我有理由希望我的經歷全是一場幻覺，或者部分屬之——我的確有非常充分的理由這麼說。然而它的眞實性是如此地驚人，使我有時會發現這樣的希望是徹底渺茫的。

萬一那件事眞的發生過，那麼人們就得準備接受多重宇宙觀，以及人類在時間滄海中所處的地位，光是提到這些就讓人頭皮發麻。此外，他還得隨時警惕某種潛伏的危險，就算它不至於吞噬所有人，至少可能會對一些膽大妄爲的人，帶來驚天動地且無法揣測的恐怖事端。

正是爲了後面這個理由，我才提起生命中所有力氣，最後一次奉勸諸君，放棄一切嘗試，別再挖掘那座未知而原始的石造廢墟了，而我的探險之旅，就是從探究那座未知而原始的石造廢墟開始的。

假如我的心智正常且清醒的的話，那麼那天晚上的經歷，可說是人類破天荒以來的頭一遭了。除此之外更令人惶恐的是，它證實了所有我希望當作神話與夢境而拋諸腦後的事情。足以寬慰的是，沒有留下任何確實的證據，因爲在驚嚇之餘，我遺失了那個令人毛骨悚然的物體，這物體——假如是眞的，而且是從那座致命的深淵裡取出來的話——將構成一項無可辯駁的證據。

遇到這樁恐怖事件時，只有我一個人——而且截至目前爲止，我還沒有向任何人透露過。我無法阻止其他人往這個方向繼續挖掘，幸好運氣和流沙至今仍然保護著他們沒找到它。現在我必須做出某些明確的聲明——不光是爲了我自己的心理平衡，也爲了向那些認眞的閱讀者提出警告。

這些文件——前面的部分對於閱讀一般刊物或科學雜誌的細心讀者而言，相信會非常眼熟——是在一間船艙裡寫成的，就是這艘船運送我返家的。我會把這些文件交給我兒子，他是米斯卡塔尼克大學的溫蓋特．皮斯里教授——也是我在許久以前得了奇怪的失憶症之後，唯一始終沒有棄我於不顧的家中成員，同時也是最了解我的病情內幕的人。在所有活人之中，他是最不可能揶揄我對那個致命夜晚所要說的事情的。

在出海之前，我並沒有用言語提示他，因爲我認爲他最好能看得到白紙黑字。假如能夠悠閒自在地一讀再讀，那將會使他更了解事實，相信這比我打結的舌頭更足以表達。

他會以自認爲最恰當的方式，來處理這份文件的——他會公開展示，再加上適當的評論，放在任何適當的地方公開發表。爲了體諒那些不熟悉我的前半段經歷的讀者，我將爲這份文件親自寫序，順便將事情的來龍去脈作個充分的整理。

我叫納撒尼爾．溫蓋特．皮斯里，那些還記得上一代報紙內容的讀者——或是六、七年前心理學期刊的讀者——應該會記得我是誰、幹過什麼事。一九〇八年到一九一三年之間的新聞媒體，無不充斥著我那奇怪的失憶症的詳細紀錄，這些新聞大半都是挖掘我所居住的麻州古老巷弄中，從古至今一直蟄伏著的恐怖、瘋狂和巫術的老話題。但我必須告訴大家，無論是我的遺傳基因或早年的生活中，都沒有任何瘋狂或邪惡的紀錄。就這團突然從天外飛來的陰影來說，這是一件非常重要的事實。

也許是幾百年來的沉悶，讓這座日漸衰敗、鬼話連城的阿克罕鎮顯得格外脆弱，這鎮上似乎充斥許多這類魑魅魍魎的事——不過就我日後所研究的案例來看，這個理由也是很可疑的。但此處的重點在於，無論是我的祖先或我自己的背景，都是平凡無奇的。無論是什麼東西來到此地，那一定是從別

的地方來的——至於是哪裡來的呢？即使現在，我還是不敢坦然無諱地斷言。

我是喬納森．溫蓋特．皮斯里與漢娜兩人所生的兒子，雙親皆有哈福希爾古老家族的健康血統。我是在哈福希爾出生長大的——在靠近金山的伯德曼街一座古老農場上——在一八九五年進入米斯卡塔尼克大學擔任經濟學講師之前，我從未到過阿克罕鎮。

整整有十三年，我過著平順而快樂的生活。一八九六年時，我娶了另一位哈福希爾人愛麗斯．姬賈為妻，膝下撫育三名子女——羅伯特、溫蓋特，與漢娜——分別誕生於一八九八、一九〇〇和一九〇三年。到了一八九八年，我升任為助理教授，接著在一九〇二年時，我更成為全職教授。對於神祕學或者變態心理學，我向來不抱任何興趣。

那場奇怪的失憶症，是在一九〇八年的五月十四日星期四這天發生的。事情來得相當突然，儘管後來我才恍然大悟，早在幾小時之前，我就已經出現某些瞬間即逝的幻覺了——那都是一些混亂的影像，讓我感到非常困惑，因為這是前所未有的現象——肯定是病發前的徵兆。當時我的頭痛了起來，而且有一種不祥的預感——對我而言是完全陌生的——彷彿有個人正企圖掌控我的思想似的。

我的精神崩潰大約是早上十點二十分左右發生的，當時我正在指導一堂經濟學（六）的課——經濟學的歷史與當前趨勢，對象是三年級和少數二年級學生。我的眼前開始出現奇怪的景象，而且感覺自己置身在一個並非教室的詭異房間。

我的思想和言談開始離題了，於是被學生們看出事有蹊蹺。接著我癱倒在椅子上，陷入一片無意識的恍惚狀態，沒有人能夠喚醒我。待我回復正常，又可以目睹大自然的陽光，總共花了五年四個月又十三天。

當然，我是從別人的口中得知後來的經過的。有整整十六個半小時，我沒有顯現出任何意識跡象，也渾然不知我被移送回克蘭街二十七號的自宅，並接受最妥善的醫療照顧。

五月十五日凌晨三點，我睜開了眼睛並開口說話，但過不了多久，我的醫生和家人就完全被我的表情和言語給嚇得目瞪口呆。顯然我並不記得自己的身份和過去，雖然基於某些原因，我似乎急於掩藏自己失憶的事實。我的眼神奇怪地凝視著周遭的人，而臉部的肌肉線條也變得完全陌生。

就連我的言語似乎也顯得突兀與不尋常。我笨拙地摸索著如何使用發聲器官，而我的措辭則帶有一種奇怪的矯揉造作之感，彷彿是從書上費力學來的英語一般。我的發音像是出自粗鄙的外來人，而使用的成語則包括一些奇怪而殘缺的古代用法，以及完全讓人不知所云的表達方式。

關於後者，有個特別鮮明的例子——甚至到了駭人聽聞的地步——是二十年後，由那位最年輕的醫師回想起來的。因爲要到這麼晚期以後，這句話才開始眞正流行起來——先是在英國傳播開來，然後又在美國——雖然這句話的意義變得複雜許多，而且無可否認的多含了點新意，但這句話竟然與一九〇八年阿克罕的怪病人口中的神祕話語，完全不謀而合。

當時我的身體馬上恢復力氣，但奇怪的是，我的雙手、雙腿和身上的全部器官，都需要經過再鍛鍊。因爲這些毛病再加上失憶症所造成的其他障礙，致使我有一段時間，一直處在嚴密的醫療照顧下。

當我發現自己想要隱藏失憶症的企圖失敗之後，只好坦然接受，並急於獲得各種訊息。確實，在醫生的眼中看來，一旦我發現並接受失憶症這個天經地義的事實之後，我似乎就對原來的那個我變得毫無興趣。

他們發現我的主要精力，多半用在研究歷史、科學、藝術、語言、民俗學等領域裡的某些理論——有些顯得深奧無比，有些又簡單得幼稚——這些現象經常非常奇特，而且完全不在我的意識範圍之內。

同時他們也留意到，我對於一些前所未聞的知識，具有一種難以理解的掌握力——那是一種我寧願隱藏起來，而不想公諸於世的能力。我會以漫不經心的自信，隨意指出某些發生在已知歷史之外的晦暗年代裡的事件——而一旦我看出它們所引起的震驚之後，就會打哈哈的一語帶過。而且我有一種預言未來的能力，有那麼兩、三次還眞的造成了恐慌呢！

這些不可思議的靈光很快就消失了，雖然有些人認爲它們的消失，是因爲我個人刻意謹言愼行的結果，而非這些奇怪知識的匱乏使然。的確，我對於吸收這個時代的語言、風俗和觀點，似乎有著頗不尋常的渴望；彷彿我是個從某個遙遠的異國來到此地的好學旅人。

一旦我獲准進入大學圖書館之後，整天無時不沉浸在其中，而且很快地籌畫起一些奇怪的旅行，並打算到美國和歐洲的大學裡，選讀某些特殊課程，這些舉動在隨後的幾年裡引起眾人的議論紛紛。

我從來沒有遭遇過知識交流的障礙，因爲我的病歷在當時的精神醫學界還小有名聲。在教學上，我被看成是一個雙重人格的典型案例——雖然有時我會有一些莫名其妙的症狀，或刻意掩飾嘲笑表情的詭異舉動出現，而讓這些講師一頭霧水且不知所以。

然而我卻很少遇到眞正的友誼。包括我的外表和言談，似乎會讓每一位我遇見的人，激起一種模糊的恐懼和憎惡感；彷彿我是一個與正常和健全完全不相干的人一樣。坊間則廣泛且持續地流傳著這麼一個想法：說我是個陰沉而隱密的怪人，且與遠方某些深不可測的淵藪有關。

我的家人也不例外。自從我詭異的甦醒之後，我太太就一直對我抱以極度的恐懼和厭惡，還發誓說我是個徹底的外來客，盜用了她先生的身體。一九一〇年，她得到法定的離婚許可，就連一九一三年我回復正常之後，她還是不願見我。而我的長子和小女兒，也和她一個鼻孔出氣，因而從那個時候開始，我就一直沒見過他們。

只有我的次子溫蓋特，他似乎有辦法克服這種因我的轉變而引起的恐懼和厭惡心態。他確實覺得我是個陌生人，但只有八歲大的他卻堅守著一個信念，那就是：我會回復正常的。當這情形眞的發生之後，他找到我，而法院更把他的監護權判定給我。在往後的幾年之中，他協助我完成一心嚮往的研究；正値三十五歲的他，此刻還成了米斯卡塔尼克大學的心理學教授呢！

但我並不懷疑我所引起的恐懼——因爲一九〇八年五月十五日這天甦醒過來的傢伙，他的心智、聲音和面部表情，都不屬於納撒尼爾·溫蓋特·皮斯里所擁有的。

關於一九〇八到一九一三年這段時期的生活，我則不想多說，因爲讀者可以從一大堆的舊報紙和過期的科學雜誌上，蒐集到所有重要的精華——這也是我之後不得不做的事。

我獲得財產自主權。整體而言，我花費的速度很慢，而且用法很明智，多半是用在旅遊和在各個學習中心的研究上。但我的旅行費用幾乎佔了絕大部分，其中包括前往偏遠的地方做長時間旅行。

一九〇九年時，我在喜馬拉雅山待了一個月；一九一一年時，又跟隨一群駱駝隊伍，進入幾座未知的阿拉伯沙漠，還引起不少側目。至於這些旅途中發生了什麼事，我則無從得知。

一九一二年夏天，我租了一艘船，並在斯匹茲卑爾根❶的北極圈內航行，之後卻讓我大失所望。後來在同一年內，我又花了幾個星期的時間，獨自前往維吉尼亞西部的巨大石灰岩洞，進行前無古人、後無來者的探險之旅——這座黑暗迷宮是如此錯綜複雜，以致想要重新追尋我的足跡，簡直是痴人說夢。

我在大學裡的客座研究，進行速度之快幾乎到了不尋常的地步，看來我的二號人格似乎比我的一號人格聰明百倍。此外我也發現到，我的閱讀速度和獨立研究的能力非常驚人。只要盡我最快的速度翻著書頁，大略瀏覽過，我就可以掌握書上的每一個細節；同時，我在即刻理解複雜數字上所展現的能力也是十分嚇人的。

我對於他人的思想和行爲的影響力，有時會使人們提出極爲負面的評價，雖然我已經盡量避免展現這種能力了。

至於其他的負面報導，則是關於我和某些神祕團體的領袖，以及某些學者之間過從甚密的消息。據說這些學者和一群古老世界令人討厭的祭司團有所牽連。雖然當時這些傳聞從未獲得證實，但人們在知道我閱讀的重點是什麼之後——想要在圖書館裡查閱稀世珍書，是一件很難偷偷進行的事——這些傳聞肯定受到了渲染。

有一項具體的證據，是有關魔法的筆記，其顯示出我對厄爾烈特的《食屍教》、路維克·普林的《邪毒的祕密》、馮容茲的《無名教派》，以及令人費解的《哀邦書》僅存的殘篇，和阿拉伯狂人阿巴度·亞爾哈茲瑞德的《死靈之書》等，都有過鉅細靡遺的研究。另外還有一項無可否認的事實，那就是在我這段奇怪的轉變期間，有一波嶄新而邪惡的地下教派活動，也開始興風作浪了起來。

到了一九一三年的夏天，我開始出現倦怠和興致低落的跡象，而且我還向幾位同事暗示，可能有些變化即將發生在我身上。我提起了一些失而復得，關於我早年的生活記憶。雖然大部分的聽眾都認爲我不夠眞誠，因爲我所提供的回憶都是那樣地隨興所至，而且很可能是從我過去的私人文件中得來的。

譯注

❶斯匹茲卑爾根（Spitzbergen）位在挪威。

大約在八月中旬，我回到阿克罕鎮，重新打開了克蘭街上那扇長年封鎖的家門。我在此地裝設了一台外觀極爲奇特的機器，它是由歐洲和美國的幾家科學器材製造商所拼湊起來的，而且在嚴密的保護下，杜絕了任何一位聰明之士的發現與分析。

那些眞正看過它的人——包括一位建造工人、一位僕役和那位新聘的管家婆——都說那是一台由桿子、輪子和鏡子所組成的奇怪組合物，高度大約只有兩英尺、寬度一英尺、厚度一英尺。中央是圓形的凸透鏡。所有組件的製造商都可以被一一找出來。

從九月二十六日星期五的晚上，到隔天中午爲止，我把管家和女僕全部支遣開來。屋裡的燈光一直亮到很晚，還有一位身材消瘦、皮膚黝黑、外國長相的男人，開著車子來找我。

人們看見燈光持續亮到凌晨一點爲止。到了兩點十五分時，有位警察發現這地方已是一片漆黑，不過那位陌生人的車子還停在路旁。到了四點鐘，車子才確定離開現場。

到了六點鐘，有個遲疑而外來的聲音，打電話請威爾遜大夫來我家一趟，並將我從奇怪的昏厥狀態中挽救回來。經過追蹤之後，發現這通長途電話是從波士頓北站的一座公用電話亭裡打出來的，但這期間並沒有人察覺到那位陌生人的消瘦身影。

當大夫抵達我家之後，他發現我意識茫然地坐在客廳裡——就在一張桌子後方的安樂椅上。光滑桌面上的摩擦痕跡，顯示曾有某樣重物擱置於此。原來是那台奇怪的機器失蹤了，從此之後再也沒有下落。不用說，當然是那位黝黑而消瘦的外國人將它帶走的。

書房的壁爐則堆滿了灰燼，顯然是他把我從得了失憶症以來所寫的每一份文件通通焚燬的結果。威爾遜大夫發現我的呼吸不太正常，還好經過皮下注射之後，情況終於穩定下來。

九月二十七日上午十一點十五分，我變得異常激動，而且從這時候起，我那張面具般的臉孔，才又開始展現出一點表情。威爾遜表示，那張表情並不屬於我的二號人格所有，反倒像是正常時候的我。大約在十一點半左右，我開始喃喃自語地發出一些奇奇怪怪的音節，內容似乎和任何人類的語言都不相關。而且開始出現和某種東西纏鬥的姿態。然後就在中午過後——這時管家和女僕也都回來了——我開始支支吾吾地說著英語。

「——在當時正統的經濟學者之間，盛行著一股學科整合的潮流，介逢斯便是代表之一。他試圖將經濟繁榮和蕭條的循環，與太陽黑子的物理週期連結起來，興許掀起了一陣狂潮——」

納撒尼爾．溫蓋特．皮斯里又回來了——在這位遊魂者的心中，時間仍然是一九〇八年星期四的早晨，整個經濟學課堂上的學生，全都眼睜睜地看著講台上那張毀壞的桌子。

II

再次融入正常的生活，是一個既痛苦又艱難的過程。消逝了五年以上的時間，已經製造出許多超乎想像的複雜情況，就我而言，有數不清的事情尚待調適。

聽說了我在一九〇八年以後的一舉一動，著實讓我既震驚且惶恐不安，但我還是儘可能冷靜地看待此事。後來在我得到次子溫蓋特的監護權之後，我和他便在克蘭街的住家安頓下來，並且努力地重拾教鞭。多虧了米斯卡塔尼克大學，仍十分友善地賦予我昔日的教授一職。

我是從一九一四年二月那學期開始重新執教的，如是維持了一年。一年之後我才發現，這個經歷對我造成了多麼嚴重的傷害。儘管我絕對正常——但願如此，而且我原有的人格也沒有任何毛病，但我卻少了昔日的充沛精力。一些曖昧的夢境和古怪的想法不斷騷擾著我，當世界大戰的爆發將我的注意力轉向歷史之後，我發現自己所思考的，竟然是最令人匪夷所思的時期和事件。

我對於時間的觀念——亦即對於連貫性與同時性的辨別能力——似乎莫名其妙地錯亂了；於是我出現了一些荒唐的想法，以爲肉體是活在某一個年代裡，而心靈卻涵蓋了無窮盡的時間，渴求於過去和未來的知識。

大戰讓我依稀想起某些遙遠的因果關聯——彷彿我知道它是如何發生的，並且能夠根據未來的資訊，回顧過去。這些模稜兩可的記憶都是在極大的痛苦下獲得的，而且我感覺到有某種人爲的心理障礙在阻攔著它們。

當我怯怯懦懦地向人說出我的模糊想法時，各方的反應不一。有些人只是一臉不安地看著我，不過數學系裡有幾個男人，倒是談起了一些關於相對論的新發展，雖然當時的討論範圍只限於知識份子圈，後來卻演變成家喻戶曉。他們說，愛因斯坦博士正快速地把時間縮減成單一向度。

但是那些夢境和不安的感覺終究還是戰勝了我，於是我只好在一九一五年時放棄正規的工作。傷腦筋的是，某些模糊的想法開始具體成形——一些讓我揮之不去的想法，我覺得自己的失憶促成了某種邪惡的交換，換言之，我的二號人格確實是從某些未知領域裡闖進來的一股勢力，而我自身的人格則不幸遭到了置換。

於是我陷入晦昧而可怕的揣測中，懷疑著身體被他人佔據的那幾年裡，眞正的自我究竟到哪兒去了。當我從人們的口中和報章雜誌上瞭解更加深入的細節後，之前棲息在我身體裡的那位住客，其擁有的怪異知識和行爲，也讓我越來越感到困惑。

但可怕的是，那些讓人一頭霧水的怪異行徑，卻彷彿與某些黑暗的知識產生和諧的共鳴，而這些黑暗知識則在我潛意識的裂縫中潰爛化膿。於是我開始瘋狂地尋找每一條線索，以瞭解另一個自我在混沌未明的那幾年裡，究竟研究過哪些事物，以及到過哪些地方。

但我的困擾並非都是這樣抽象。還有一些夢境，而且它們似乎越來越清晰、具體。我知道大部分的人會怎樣看待它們，所以除了我兒子和某些值得信任的心理學家之外，我很少向人提起，不過後來我開始研究起別人的案例，想瞭解這樣的幻覺在失憶症患者之間，到底尋不尋常。

在幾位心理學家、歷史學家、人類學家，與經驗豐富的精神科醫師的協助下，我研究了所有人格分裂的病歷，無論是來自惡魔附身的傳說，乃至講求實證的現代醫學所蒐集到的個案，所獲得的結果一開始只爲我帶來了更大的困惑，而非安慰。

我很快發現到，在浩如煙海的失憶症個案中，我的夢境確實是個獨特的現象。然而還是有一些斷簡殘篇的陳述，竟然和我自己的經驗如此雷同，這件事多年來一直讓我感到不解與驚訝。有些是來自於古代的民間傳說；還有一些則出現在醫學的病史紀錄上；偶爾有一、兩個則是不爲人知的稗官野史。

這樣看來，儘管我的苦惱是一種非常罕見的特殊情況，不過自從人類有史以來，每隔一段很長的時間，就會有類似的案例出現。每隔幾百年也許會有一個、兩個到三個不等，或許一個也沒有——至少沒有任何紀錄保存下來。

這些案例基本上都是相同的——都是一個頭腦敏捷的傢伙，被另一種奇怪的生命形態所佔據，並過著一種截然不同的生活，時間長短不一，起先是聲音和身體有了異狀，然後是對科學、歷史、藝術和考古學的知識倍增；對這些知識更出現了熾盛如火的熱情，與完全異乎常人的專注力。接著原有的意識又會突然回復，此後便陸陸續續受到難以理解的夢境所苦，夢中會暗示著某些被巧妙銷毀的驚人回憶。

這些夢魘和我自身的如此類似——就連某些最枝微末節的部份都如出一轍——讓我對於它們的基本性質沒有懷疑。其中有一兩個案例，聽起來更有一種曖昧不祥的熟悉感，彷彿我從前就曾經透過宇宙的媒介聽過似的。那是一種既變態且恐怖的媒介，讓人不敢多想。另外有三起個案，尤其提到了某種不知名的機器，和我第二次轉變前放在屋子裡的機器一模一樣。

在我著手調查期間，還有另一件令人擔憂的事，那就是，連一些未患有失憶症的人，偶爾也會短暫而模糊地見到那些典型的夢魘，而且這類個案的出現頻率越來越多。

這些人多半都屬於頭腦平庸的一群——有些人的頭腦簡單到幾乎很難想像他們能夠獲得奇特的知識與不可思議的心智成長。他們會暫時獲得一股不尋常的力量——接著這股力量又會消退，僅剩下一絲微弱而快速消失的的恐怖記憶。

過去五十年來，這類的個案至少發生過三次——其中一次距今不過十五年。難道是在自然界中某個意想不到的深淵裡，有什麼樣的東西穿越了時間的向度，而一直盲目地摸索著？難道這些離奇的個案，全是一些荒唐而邪惡的實驗品，而它們的來源則完全超出尋常信念之外？

這些都是我在較爲虛弱的時候，所浮現的一些不成形的揣測——而我的研究所挖掘到的神話更是火上加油。因爲我實在無法否認，有些古老得無以復加的傳說，對於這些受害者和近年來的失憶症相關病患來說，都是完全陌生的。但他們卻和我一樣，居然能夠在失憶期間，驚人而詳細地闡述出來。

這些夢境和印象變得愈來愈紛亂，使我至今仍然不敢啓齒。它們似乎散發著瘋狂的意味，有時我甚至認爲自己就快瘋了。是否有一種特殊的妄想形態，困擾著飽受失憶之苦的人？可想而知的是，潛意識雖然努力地想爲這段令人困惑的空白，塡補上一些假的記憶，卻可能因此引發了某些天馬行空的幻想。

這確實是許多精神科醫師的想法——雖然民間傳說所提供的另類思考，在我看來似乎還是比較合理；他們不但協助我研究相關的個案，而且有時當我發現完全相同的地方而深感困惑時，他們也會分擔我的恐懼。

他們並沒有把這個情況視爲純粹的瘋狂，而只把它歸類爲某種精神錯亂的現象。我選擇鍥而不捨地追查並分析這個症狀，沒有刻意疏忽或加以遺忘。在此過程中，他們會根據最妥善的心理原則，誠心誠意地認可我的作法。因此當我被二號人格所佔據時，我會特別重視這類醫生所提出的意見。

我剛開始發生錯亂時，根本就看不出來它們與我所提過的抽象事物較有關聯。此外，它們也是一股不可理喻的巨大恐懼，對象是我自己。每當我看見自己的模樣時，就會產生一種莫名的恐懼，彷彿我的眼睛在我身上發現了某種完全陌生，而且可憎得無法想像的東西。

當我眞的這麼掃視下去，看見眼前這個穿著黯淡灰色或藍色衣服的熟悉人影時，我總會感到一種奇怪的解脫感，雖然想要得到這種解脫，我必須先克服無止盡的恐懼才行。於是我儘可能避免照到鏡子，而總是到理髮廳讓人修整我的鬍子。

經過一段很長的時間之後，我才把這種不舒服的感覺，和我眼前開始閃現的短暫幻影聯想在一起。起先是關於我的記憶遭到外來與人爲壓抑的異樣感覺。

我覺得我瞥見的浮光掠影，具有某種重大而駭人的意義，並與我自身有著可怕的關聯，不過卻有一股刻意的力量，阻止我進一步探索箇中的意義和關聯。然後是對於時間的狐疑感，使我無法將這些片斷的夢境放進正確的時空模式中。

我睨見的幻象，起先只是怪異而已，還不至於到恐怖的程度。我似乎置身在一個巨大的空房間裡，高聳的石造穹窿幾乎隱沒在頭頂的陰影中。這幅場景無論在何時、何地出現，其拱狀的造型都像羅馬人所熟知並廣泛使用的形式。

此外還有碩大的圓形窗戶和高大的拱門，以及臺座和桌子，高度與尋常的房間差不多。巨大書架是以深色木頭製成，沿著牆壁排列，上面則堆放著看似龐大的著作，封面寫著奇形怪狀的象形文字。

至於暴露在外的石製品則帶著怪裡怪氣的雕刻，總是以幾何學的曲線圖案出現，也鑿刻了一些和那些巨大書籍上的符號一樣的文字。這座由深色的花崗岩打造而成的建物，石塊尺寸不但大得驚人，而且上面一排排凸起的石塊，還和底下凹陷的石塊互相契合。

房間裡沒有椅子，不過巨大的臺座上散置著書本、文件，和一些看似書寫用的工具——造型奇特的瓶罐是用一種紫色的金屬製成的，還有頂端沾了顏色的枝條。由於這些臺座夠高，偶爾我似乎可以站在上面俯望一切。在某些臺座上放置著巨大的球狀物，是由發光的水晶所做成的，以充作燈具之用，還有幾台難以理解的機器，則是由玻璃管和金屬棒組合而成。

那些窗戶都裝著玻璃，並由看似堅固的橫槓構成格子狀。雖然我不敢靠近窗戶，但偷眼向外瞄去時，我仍然可以從站立的地方，看見那些獨特的羊齒植物如波浪般的末稍。地板是用巨大的八角石板砌成的，完全看不見地毯和壁紙的蹤影。

之後我在其他的幻覺中，看見自己從巨石走廊呼嘯而過，還在那棟巨大石室裡的寬廣斜坡上上下下。到處都找不到樓梯，也沒有任何一條寬度少於三十英尺的通道。我可以飄浮著通過某些結構體，但它們一定都聳立在數千英尺的高空。

底下還有一層又一層的黑暗地窟，以及永不開啓的活動門，以金屬嵌條封鎖起來，並暗示著某種特殊的危險。

我似乎是一名囚犯，而每一樣我看到的東西，都令人驚懼害怕不已。我覺得牆壁上那些嘲笑也似的曲線文字，只要少了無知的慈悲守護的話，就會以其夾帶的訊息撻伐我的靈魂。

之後，我的夢境又包括了遠方的景致，是從巨大的圓形窗戶與廣大的平坦屋頂眺望出去的，可見到奇特的花園、遼闊的不毛之地，以及石頭打造的扇形高大胸牆，而那些斜坡便通往胸牆的上方。

此外還有連綿不絕的龐大建築，每一棟都坐落在花園裡，且沿著道路橫跨了兩百英尺以上的寬度。它們的外觀迥然不同，但卻很少有面積少於五百平方英尺或高度低於一千英尺的。許多建築看來都是那樣肆無忌憚地龐大，想必它們的正面至少都有好幾千英尺吧！有些甚至高若山嶽，直聳入灰濛濛的天際。

它們的主體似乎都是以石頭或水泥爲大宗，大部分都有那棟將我囚禁起來的建築裡那種特別醒目而怪異的曲線圖案。屋頂都是平整的，覆蓋著花園，且多半裝飾著扇形的胸牆。有時在花園裡還有梯台和較高的平台，或是寬闊而乾淨的空間。大馬路似乎有隱隱晃動的跡象，不過在較早期的影像中，我則無法瞧仔細。

我在某些地方看到巨大而黑暗的圓形塔樓，高過於其他建築之上。這些塔樓似乎具有一種相當獨特的性質，而且顯得驚人地老舊和殘破。它們全是用一種奇怪的方形玄武岩建造的，緩緩地縮小成渾圓的頂端。除了大門以外，其中完全看不到任何窗戶或其他隙縫。此外我也留意到一些較矮的建築正在歲月的摧殘下日漸頹圮，與主要建築群裡的圓形塔樓命運相同。在這些方形石塊所堆砌的畸形建築周圍，有一種莫名其妙的邪惡氣息與濃烈的恐怖感徘徊不去，一如在那些封死的活動門旁邊的石塊。

這些無所不在的花園幾乎怪誕得嚇人，不但有詭異而陌生的植物在寬敞的通道上猛點著頭，另外還夾雜著奇形怪狀的雕刻巨石。而碩大得驚人的羊齒類植物，更是佔盡了風采——有些是綠色的，有些則如同死氣沉沉的菌類般蒼白。

在這些植物之間，則矗立著一些怪獸似的巨大蘆木，其竹子狀的軀幹向上直貫到不可思議的高度。接著還有一些猶如蘇鐵的叢生植物、暗綠色的奇特灌木，以及結毬果的樹木等。

此地的花朵都開得很小，顏色黯淡，而且種類無法辨認，它們在各種幾何形狀的花床裡綻放，大部分都藏匿在樹葉間。

在幾道梯台和屋頂上的花園裡，則可看到較大且較鮮豔的花朵，但是它們的輪廓卻簡直教人反彈，彷彿是一種人造花。此地的菌類，無論是體積、形狀和顏色，都是那樣的不可思議，將整個畫面點綴成某種莫名其妙但井然有序的園藝風貌。在地面上較寬闊的花園裡，似乎試圖保持大自然的不規律性，但是屋頂上的花園則比較精雕細琢，也較能展現出巧奪天工的園藝技術。

此地的天空似乎永遠是雲霧籠罩，有時我還可以見到大雨傾盆的景象。當然偶爾還是可以瞥見太陽——看起來總是出奇地龐大——和月亮，但它們都透著一絲我說不上來的怪異。每當夜空清晰到某種程度時——儘管機率很小——我會仰望著天上那片幾乎無法辨識的星座。有些星座的形狀彷彿似曾相識，但很少有兩個星座是相同的；若從少數幾個我能夠辨認的星座位置來判斷，我想我應該是在地球的南半球，靠近南迴歸線的地方。

遠處的地平線總是那樣虛無縹渺，不過我還是可以看出那一叢叢未知且龐大的羊齒植物、蘆木和鱗木，就鋪躺在城市的外圍，奇怪的樹葉則在流動的氤氳中嘲弄似的搖曳著。天空偶然會出現晃動的跡象，不過在我早期的幻象中卻看不清楚。

到了一九一四年的秋天，我開始出現一些罕見的夢，夢中有奇怪的東西飄浮在城市的上空，並穿過周圍的區域。我看見綿延無盡的道路穿過猙獰的樹林，樹林裡有斑點、凹槽和條紋狀的樹幹，然後經過其他的城市，一如眼前這個讓我魂牽夢縈的城市般詭異。

我在林間空地上看見幾座出奇龐大的建築，是由黑色或七彩石頭所蓋成的，此地永遠在陰暗的掌控下，而且還沿著漫長的石子路，一直延伸至漆黑的沼澤地，我幾乎看不出任何東西，只除了一小撮潮濕又高大的植物以外。

有次我還看見一片綿延無盡的區域，散落著經年累月的玄武岩廢墟，看來和那座陰魂不散的城市裡那幾棟沒有窗戶的圓頂塔樓頗爲相似。

還有一次我看見了海洋——漫無邊際且煙霧裊裊，在一座由圓屋頂和拱門所構成的大城市裡，鋪展在巨石柱群的背後。海洋上方似乎有著龐大而無形的陰影在移動著，而海面上更是不時受到奇怪的水柱所騷擾。

III

誠如我說過的，這些荒唐的景象並非一開始就顯出其駭人的特質。當然，許多人也曾迷迷糊糊地夢過一些更奇特的東西——是由日常生活、圖畫或書本中毫不相干的片段組合而成的，再經由變化多端的睡夢，改編成精彩絕倫的新奇形態。

儘管我向來不是個放蕩不羈的作夢者，但有段時間我仍把這些夢視爲理所當然。我認爲，其中有許多曖昧的異常之處，一定是從難以計數的芝麻小事引發出來的；不過其他的夢境則彷彿是一本尋常的教科書，其反映出一億五千萬年前的原始世界中，有關於植物與其他事物的風貌——而那可是屬於二疊記或三疊記的世界啊！

然而，經過幾個月之後，這些恐怖的元素卻有力道增強的趨勢。這時，夢境開始毫無閃失地出現記憶，而且我的心智也開始將它們和我自身日漸混亂的情況連在一起——包括記憶受限的感覺、對於時間的異樣感受、一九〇八年到一九一三年間被可憎的二號人格所取代，以及許久之後，我開始莫名其妙地厭惡起自己。

隨著某些具體的細節開始潛入我的夢境，它們的可怕程度也就激增了一千倍——直到一九一五年十月，我覺得有必要採取行動爲止。當時我正熱衷於研究其他失憶症的個案，以及案主所出現的幻覺，我認爲也許可以藉此客觀分析我的困擾，並且擺脫它對我的情緒掌控。

無奈，誠如前面所說的，一開始的結果幾乎完全背道而馳。它讓我發現自己的夢境竟然和別人的如此相似，因而讓我備感困惑；尤其是某些人的陳述實在是太久遠了，讓人很難相信他們具有這方面的知識——換言之，也很難相信這些夢境的主人對於那些原始風貌有過任何概念。

尤有甚者，許多陳述都提供了非常駭人聽聞的細節和說明，而這些幻象都與龐大的建築和濃密的花園有關——當然還有其他東西。無論是眞切目睹或只是模糊的印象，全都非常可怕，不過有些作夢者暗示或明講的內容，更是透露著一股瘋狂與褻瀆的意味。最糟糕的是，我自己的假記憶也演變成更爲狂野的夢境，以及揭櫫未來眞相的預告。不過整體而言，大部分的醫生都認爲我的作法是恰當的。

我以有系統的方式研究心理學，而我兒子溫蓋特也不遑多讓，這對我構成強大的刺激——最後他的研究更爲他贏得目前的教授頭銜。在一九一七和一九一八這兩年間，我在米斯卡塔尼克大學選修了幾門特殊課程。同時，我對於醫學、歷史和人類學上的紀錄調查，也同樣不遺餘力，期間還到各地的圖書館遠遊，最後甚至還讀了幾本涉及禁忌傳說的書籍，這可是令人困擾的二號人格一直深感興趣的項目。

有些書籍是在我完全變了樣的狀態下眞正參考過的，我還用一些彷彿不像人類所擁有的奇怪字母和用語，在旁邊寫下一些眉批，並且明目張膽地**修正了**某些可怕的內容，這讓我感到非常不解。

這些注解多半都是不同書的各個語言寫成的，作者似乎對這些書都非常嫻熟，雖然這些書都帶有明顯的學術色彩。有一條注解提到馮容茲的《無名教派》，但令人訝異的是，骨子裡卻完全不是那麼一回事。這條注解包含了某些彎彎曲曲的象形文字，雖然與那些以德文修改的部分呈現出相同的墨色，卻不是任何已知的人類符號。而這些象形文字則與不斷在我夢中出現的非常相似，顯然絕對有關——有時我會有那麼短暫的片刻，以爲自己瞭解這些文字的意義，或正在回想起來的邊緣。

爲了解開我的謎團，許多圖書管理員都向我保證，從我之前所查詢的紀錄和書籍來看，所有的注解都是我在二號人格的狀態下親筆寫下來的。但這項觀察卻蔑視了一件事實，那就是無論以前或現在，我對於其中所涉及的三種語言都毫無所悉。將這些七零八落的紀錄串連起來之後，有些是古代、有些是現代、有些是人類學、有些則是醫學上的紀錄，我發現它們總是混雜著神話與幻想，其範圍之廣大和荒謬的程度簡直叫我瞠目結舌。其中只有一件事能夠安慰我：那就是這些神話都是非常早期的故事。是什麼樣失落的知識，才能夠將古生代或中生代的景色融入這些原始的神話呢？這點我實在無法揣測；但那些畫面確實出現在我腦海；於是構成了我典型幻想的基礎所在。

一般說來，失憶症的確會出現一般性的神話模式——後來這些神話所衍生出來的幻想，又會進一步影響到失憶症受害者，並使他們的假記憶更多采多姿。我就曾經讀過、也聽過我自己在失憶症早期所創造的故事——我的研究充分證實了這點。這樣說來，我之後的夢境和印象，會不會是被二號人格偷偷殘留的記憶所渲染和塑造的呢？

有些神話和某些史前世界的曖昧傳說有著重大關聯，尤其是印度傳說中關於無量劫的時間，以及構成一部份現代通神論者的知識。

遠古的神話和現代的錯覺皆有著共同的假設，在這個經過漫長歷史但仍大半未知的地球上，人類只不過是其中高度進化並具有主導權的物種之一而已——說不定還是最少數的一群呢！它們暗指著，早在三億年以前，當人類的先祖——兩棲動物——從熱騰騰的海洋爬上岸之前，有些樣態不明的種類早已建立了聳入雲霄的樓塔，也已鑽研過大自然界的所有祕密了。

有些種類是從繁星降臨的；有些則和宇宙一樣古老；還有一些是從岩層裡的眞菌快速形成的，它們比地球生命圈裡首批出現的眞菌古老許多，一如地球上的首批眞菌也比人類古老許多。傳說涵蓋了億萬年的時間，也連結了其他銀河和宇宙。確實，這樣的時間規模不在人類可接受的感知範圍裡。

不過大部分的傳說和印象都涉及一種相當晚期的種類，它具有奇怪而複雜的樣貌，與科學所知的生命形態毫不相干，它一直生存至人類出現之前五千萬年。根據神話指出，它是最偉大的種類，因爲只有它能夠揭開時間的奧祕。

該種生物可以透過敏銳的心靈，將自我投射至過去或未來，藉此瞭解了地球上一切已知或未知的事物，甚至可以穿越數百萬年的時間，以研究各個時代的知識。而這種生物的成就，更是造就了所有先知們的預言，包括人類的神話亦然。

在這種生物的書庫裡，充滿卷帙浩繁的文字和圖畫，涵蓋了地球的完整紀錄——包括每一種族群過去與未來的史蹟與描述，以及藝術、建築、語言和心理的完整實錄等。

這些至尊者握有縱橫古今的知識，並從每個時代和每種生命形態中，挑選出與它們的本質和狀況相符的思想、藝術和歷程。至於過去的知識，由於必須透過感官之外的心智塑造過程才能夠取得，所以往往比未來的知識更難蒐集。

而未來知識則較爲容易取得，也較爲具體。只要在適當的機器輔助下，心靈便能投射至未來的時間裡，也能依稀感覺到它有一種超越感官的能力，直到它接近所欲的時期爲止。接著再通過一些初步的考驗，心靈將可找出最適合代表該時代的最高生命形態。然後它會進入該生物的腦中，並在裡面創造出自己的腦波，同時，被取代的心靈則會被驅逐到取代者的年代，並一直留在後者的體內，直到進行逆向過程爲止。

被投射出來的心靈駐藏在異種生物的體內，於是在外表的佯裝下，儼然成爲該種類的成員之一，並能夠以最快的速度，學會目標時代的一切知識、整體的訊息和技術。

同時，被取代的心靈則被拋回取代者的年代和體內，並受到嚴密的監護。它將無損於其所佔用的身體，而且會被訓練有素的訊問者挖掘出一切知識。訊問者可以用對方的語言來發問，只要之前有同伴到過未來，並將該種語言的資料取回就行。

假如被取代者的語言是這些至尊者所發不出來的，那麼它們就會製造一種聰明的機器，可以使該種陌生的語言透過樂器演奏出來。

這些至尊者的身體都呈巨大的圓錐體，佈滿了皺紋，高度約有十英尺，而厚達一英尺的腫脹四肢，則與頭部和其他器官連在一起，從頂端一直延伸下來。它們說話的方式是依賴四肢末端的巨大手掌或爪子，將其中兩肢互相碰撞或搓磨而發出訊息的；走路的方式則是利用寬達十英尺的底盤上的一層黏膜，向前延伸，或者退後。

當被佔領的心靈不再感到訝異與忿怒之後——倘若被佔領者的身體與至尊者的身體截然不同——且當它忘卻置身在這個陌生而短暫的形式下所產生的恐懼，那麼這時，它將獲准學習新的環境，並體驗到一種與取代者相似的驚奇與智慧。

在經過適當的警告，再加上合理的條件交換，被佔領者的心靈將獲准乘坐在巨大的太空船上，或是原子推動的巨大飛行器上，遍遊佔領者所居住的世界，或是踩過一條條大馬路，或自由地潛入書庫，裡面收藏著種種關於這個星球的過去與未來的紀錄。

這種作法使得許多受到掌控的心靈願意接受它們的命運；因爲它們都屬於渴望的心靈，且對於這類的心靈而言，揭發地球所隱藏的祕密——那些塵封的章節滿載著無法臆測的過去和令人目眩的未來，超前於這些心靈所處的自然年代——總是代表著一種至高無上的生命經驗，雖然這也經常意味著揭開深沉的恐怖事端。

某些受控的心靈有時也獲准和其他來自未來的受控心靈會面——和比它們自身的年代早或晚一百年、一千年，乃至一萬年的意識交換思想。所有的心靈都被迫用自己的語言，寫出大量關於自己的事，以及所處的年代，這些紀錄都會在龐大的中央資料庫存檔起來。

也許可以補充的是，有一種特殊的受控心靈，可以比多數的心靈享有更大的特權。這些便是即將死亡的永久流亡者，因爲它們在未來世界裡的身體是被一群心智較敏銳的至尊者所佔領的，而這些至尊者在死亡的威脅下，爲了避免它們的心智遭殃，所以才會出此下策。

這群抑鬱寡歡的流亡者並不如想像中那樣普遍，因爲至尊者的長壽，將使它們降低對生命的熱愛，特別是那些有本事發揮投射功能的優越心靈。根據後來的歷史記載，包括人類的在內，那些人格變化之後沒有再復原的個案，有許多便是這些選擇將自己的精神永久投射到未來的高齡者造成的。

至於一般性的探索情況——當取代者的心靈得到它想學習的未來知識之後，便會製造出一種類似於當初起飛時的儀器，接著展開相反的投射過程。於是它又會回到自己的身體與年代，而稍後，被佔領的心靈也會回到未來屬於自己的體內。

唯有當某一個身體在交換期間不幸亡故之時，復原的程序才會失效。想當然爾，在這類的案例中，探索者的心靈——一如那些逃過死神的心靈——就得留在陌生的體內，繼續過著未來的生活；又或者，那些被奴役的心靈——一如垂死的永久流亡者——必須維持這種生命形態，直到至尊者的天壽結束爲止。

要是當被佔領的心靈碰巧也是至尊者本身時，命運就不至於那樣悲慘了。這種情形並非罕見，因爲從古至今，它們也一直熱切關心自己的將來。不過垂死的至尊者選擇永久流亡的例子就很罕見了，大半是因爲垂死的至尊者若要取代未來的至尊者，勢必付出極大的代價。

經由投射的過程，那些闖入未來陌生體內的心靈，將會受到一場嚴厲的懲罰——有時甚至被迫進行再轉換。

這些交互探索的複雜個案，或是被來自過去各地的心靈所奴役的心靈，都已受到瞭解，並經過仔細的整理。自從發現心靈投射作用之後，便有一群數量雖少，但紀律嚴明的至尊者，自古以來都在每個時代中逗留一段或長或短的時間。

當被奴役的異種心靈返回自己未來的體內之前，必須先接受儀器的複雜催眠，以將它在至尊者的時代中所習得的一切消除乾淨——這是因爲夾帶著大量的知識返回，通常會隱藏著麻煩。

少數幾個明顯受到轉換的現存案例，如今已經產生——或假以時日必將產生——劇烈的精神失序現象。大體而言，這個現象是在兩起類似的個案發生之後——根據神話上的說法——人類才知道它與至尊者有關。

在所有仍然具體存在，並直接源自遠古世界的事物中，如今就只剩下那些位在偏遠地區，或深埋在海底的巨石了，以及驚世駭俗的《那卡提克手札》的斷簡殘篇。

因此，回到自身年代的心靈，就只能夾帶著最模糊也最零碎的影像，記錄它在這段奴役期間所歷經的遭遇。凡是能夠消除的記憶，都被消除殆盡了，於是在大部分的案例中，自從第一次心靈交換之後，就只留下一片如夢似幻的空白。有些心靈可以想起較多的事情，偶爾甚至可以將這些記憶串連起來，在這樣難能可貴的機會下，往往會將過去禁止窺探的奧祕帶入未來的年代中。

在任何時代中，恐怕沒有一個團體或教派不曾偷偷地珍藏這些奧祕。《死靈之書》中就曾經暗示過，人群中存在著這樣的一種教派，這種教派有時還會協助至尊者從萬古的年代降臨地球呢！

同時，至尊者也會自我提升至幾近全知的狀態，接著再與其他星球的心靈建立交流，並探索對方的過去與未來。同樣的，它們也會設法探知過去的歷史，和早已在遙遠的虛空中滅絕多時的黑色星球，那是它們自身心靈的發源地——這些至尊者的心靈，可是比它們的身體還要古老呀！

那群生物原本屬於一個古老而垂死的世界，聰明的大腦蘊藏著至高無上的祕密，它們一直往前尋找一個嶄新的世界和種類，使自己可以長治久安，於是它們將自己的心靈，集體遣送至未來最適合它們居住的生物體內——也就是那群早在十億年前曾住在地球上的圓錐形生物。

於是至尊者又成了這群圓錐形生物，反之，這群數量龐大、遭到遣返的生物，卻被遺落在陌生的形態裡，懷抱著恐懼而死亡。之後，這些至尊者將再度面對死亡的威脅，不過它們又會往前尋找另一種生命週期更長的生物，以將最優越的心靈移植入對方的體內。

以上便是錯綜複雜的傳說和幻想起源的背景了。大約在一九二〇年左右，我開始進行脈絡連貫的研究，這時我感到早期所狂增的緊張情緒，似乎有了減緩的跡象。畢竟，我的大部分症狀不是已經得到解釋了嗎？原來它們都是由盲目的情緒所引起的幻想。在失憶症期間，任何事物都足以將我的心力轉向黑暗的研究——於是當時我閱讀了一些禁忌的傳說，也和幾位研究古老邪教的成員碰過面。坦白說，這些都爲我恢復記憶之後所衍生的夢境和混亂情緒，提供了一些素材。

至於我以虛幻而未知的象形文字和語言所做的注解，則被我放在書庫的門邊——好讓我在二號人格的狀態下，可以隨手拿起來過目一番；而這些象形文字，確實是我從古老的傳說中所得到的幻想鑄造出來的，之後更將它們編織進我的夢裡。為了想要證實某幾個重點，我還和幾位知名的教派領導人交談過，可惜從來不曾真正找出正確的關聯性。

在許多久遠的年代中，居然出現過這麼多的案例，這種關聯性有時還是會引起我的憂心，一如剛開始的時候；不過另一方面我又想到，這些聳動人心的傳說過去當然是比現在普遍許多。

也許其他和我病狀相似的受害者，對於我在二號人格期間所獲知的故事，也具有長久而深刻的瞭解。當這些受害者喪失記憶時，他們會將自己和這些神話故事中的生物連結在一起——亦即傳說中那群企圖取代人類心靈的闖入者——然後他們會開始追求一些知識，相信自己能夠將這些知識帶回幻想的、非屬人類的過去。

接著恢復記憶之後，他們又會將這種連結程序逆轉過來，因而想像他們是之前遭到竊佔的心靈，而非取代者的心靈。因此他們的夢境和假記憶，便會遵循傳統的神話模式。

儘管這些解釋看似囉唆，但它們最終還是戰勝了我心中其他的解釋——大半是因為其他的理論都出現更大的漏洞。之後有不少的知名心理學家和人類學者，都逐漸認同我的想法。

我愈是反省，就愈肯定自己的推論；直到最後，我找到一座能夠有效抵禦這些惱人幻覺與印象的堡壘了。假使我是真的在夜裡看到了那些光怪陸離的事物呢？這些只不過是我聽來和看到的東西而已。假如那些奇奇怪怪的可憎之物、那些景象和假記憶都是千真萬確的呢？不消說，這些都是我在二號人格的狀態下，從萬古以前的神話中所吸收的內容而已。我既沒夢到，更沒感覺到任何可能具有真實意義的東西。

在這個想法的鞏固下，我的緊張情緒改善了許多，雖然那些幻象——並非只是捕風捉影的印象而已——變得愈來愈頻繁，而且愈來愈詳細，著實讓我苦惱不已。一九二二年，我覺得自己已經能夠重拾規律性的工作了，於是我接下大學的心理學講師一職，將這些新獲得的知識加以實際運用。之前我在經濟學的職缺，早就已經有人遞補了——除此之外，自從我的顚峰時期過後，教導經濟學的方法也有了重大的改變。此時我兒子才剛展開學士後研究，正一步步邁向未來的教授之路，於是我們父子倆經常一起研究。

IV

不過我還是繼續將我滿腦子裡如此綿密與清晰的夢境記錄下來。我認爲這樣的心理紀錄是有眞實價值的。夢中所瞥見的情景，依然像記憶一般，雖然我相當成功地抗拒了這種印象。然而只有在寫作中，我會把這些幻想當成親眼見到的事實；其他的時候則把它們掃到一旁，將它們當成是夜裡縹渺不定的幻覺一般。我從來不曾在日常對話中提起這些事；雖然我在口頭上會先過濾掉這些事情，但我的心理健康情形還是引起了滿城風雨。一想到這些謠言都是由外行人所傳播的，其中不包括任何醫學或心理學界的菁英，不禁讓人覺得莞爾。

關於一九一四年以後的幻覺，在此我只會提到一些，因爲完整的陳述和紀錄，如今已交由一位嚴肅的學者全權處置。顯而易見的是，那種記憶受到壓抑的奇怪感覺，似乎隨著時間的流逝而減少了，於是我的幻想規模反而大大增加。但它們仍舊是支離破碎的片段，而且從未展現過清楚的動機。

我在夢中似乎得到越來越大的活動自由。我可以在許多奇怪的石造建築之間游動，沿著龐大的地底通道，從一個地方漫遊到另一個地方，這些通道似乎構成了相互往來的主要幹道。有時我會在最底下的一層碰到那些巨大而封鎖的活動門，周圍則瀰漫著一股恐怖與禁忌的氣息。

我還看見棋盤式的大水池以及許多房間，裡面充滿各式各樣奇奇怪怪、用途不明的器具。接著有巨大的凹洞，放置著複雜的機器。我對它們的外觀和用途一無所知，而且非要在作了許多年的夢以後，這些機器才展現出它們的聲音。在此我想要強調的一點是，視覺和聽覺，是我在這個幻影般的世界裡，唯一使用的兩種官能。

眞正的恐怖開始於一九一五年的五月，那是我第一次目睹那些生物的時刻。而且我之前對於神話和眞實病歷的研究，已經預先告訴我將會看到的景象。當心理障礙消除之後，我在建築物的各個區域與地底的街道上，見到了一團團龐大的薄霧。

這些薄霧變得愈來愈厚實與鮮明，最後，忐忑不安的我終於能夠分辨出其龐大的輪廓。它們似乎是一些光輝燦爛的巨大錐形物，高約十英尺，底盤亦有十英尺寬，而且是以某種有脊、有鱗、且有彈性的物質所構成的。從它們的頂端又輻射出四個有彈性的圓柱體，每個大約有一英尺厚，而且就像那些圓錐體一樣有個突出的脊狀物。

這些圓柱體有時會收縮到幾乎看不見，有時則會延展至長達十英尺的距離。其中兩個圓柱體的末端有著巨大的爪子或螯。第三個圓柱體的末端則有四個紅色喇叭狀的附屬器官。而第四個圓柱體的末端則是一顆不規則狀的黃色眼球，直徑大約有兩英尺，而且還有三個又大又黑的眼睛分佈在中央的圓周上。

這東西的頭頂則有四條修長的灰色肉莖，每條又各有四個花狀的附屬器官，而且身側的下方還懸盪著八根綠色的觸鬚或觸角。中央圓錐體的碩大底盤周圍，則有柔軟的灰色穗狀物，而這些穗狀物則會透過延展或收縮，讓整個物體移動。

它們的舉止儘管沒有惡意，卻比它們的外表更令我害怕——因爲看到一個龐然怪物居然做出只有人類能夠從事的行爲，實在讓人很不舒服。這些怪物理性十足地在偌大的房間裡忙碌著，一會兒從書架上取下書來，一會兒又把書拿到巨大的桌子上，或者把書放回書架；有時還會用綠色的觸鬚拿著一枝特別的桿子，孜孜不倦地寫著字呢！那些碩大的螯則是用來拿書和溝通的——因爲它們的語言是一種敲打的形式。

這些怪物儘管衣不蔽體，但圓錐的頂端卻垂掛著背包之類的東西。它們通常會把頭部和底下支撐的圓柱體高舉至圓錐的頂端，不時做出抬高或降低的動作。

其他三個龐大的圓柱體則經常停放在圓錐體的側邊，一旦沒有作用時，每個都收縮成五英尺的長度。無論是從它們閱讀、書寫和操作機器的速度來看——桌上的那些機器似乎多少與思考有關——我相信它們的智力應該遠遠凌駕於人類之上。

之後，它們的身影變得無所不在；我可以在所有碩大的房間和走廊裡，見到它們聚在一塊兒，或者正在操作凹洞裡的龐大機器，又或者乘坐龐大的太空船，馳騁在寬闊的大馬路上。我不再害怕它們，因爲它們似乎已經和周遭的環境合而爲一了。

它們開始彰顯出個別的差異，其中有一群似乎受到某種限制。受限的這一群雖然在身體上沒有差異，但是它們的姿態和習性不但與大多數的同類有所區隔，就連彼此之間也大不相同。

在我模糊的影像中，它們會寫出許多各式各樣的字體——與大多數同類常寫的曲線象形文字不同。我想，其中有一些是用我們所熟悉的字母寫成的。這一群當中，大部分的工作速度都比其他的同類慢條斯理許多。

在整段期間裡，我在夢中的角色似乎是一團無實體的意識，雖然擁有比平常更寬廣的視野，可以隨心所欲地到處漫遊，不過還是得受到一般大馬路與交通速度的限制。一直要等到一九一五年八月，我才開始受到身體存在的暗示所騷擾。我之所以說那是騷擾，是因爲剛開始只是純粹抽象而已，雖然可怕無比，但那不過是夢中的畫面引起我對身體的明顯厭惡感。

有一陣子，我在夢中的要緊事，即是避免低頭看我自己；在那些奇怪的房間裡，完全看不到任何一面鏡子，一想到這點就讓我由衷感激。我對於自己總是從不低於桌子的高度看見那些龐大的桌子感到非常困擾，因爲，它們的高度至少有十英尺。

那種想要低頭看看自己的病態欲望，於是變得越來越強烈，直到有一天晚上，我再也按捺不住了。起先我的低頭一瞥，並沒有顯示出任何東西。過了一會兒後我才察覺，原來那是因爲我的頭是位在一根非常長，而且有彈性的脖子頂端。於是我把脖子給縮了回來，然後聚精會神地向下凝視。就這樣，我看見那個巨大圓錐體，有鱗片、有皺紋，還有一身斑斕的色彩，高度十英尺，底盤的寬度也有十英尺。我一面尖叫著走過大半個阿克罕鎮，這才抓狂也似的從夢境的深淵中奮然起身。

這個可怕的夢境一直持續了好幾個星期，我才逐漸習慣自己的恐怖形象。如今在這些夢中，我會在其他不明的生物之間移動著身體；也會從一望無際的書架上，取下可怕的書籍閱讀；並坐在偌大書桌前，用我頭頂上懸垂的綠色鬚鬚操控著筆尖，一連書寫好幾個鐘頭。

而我閱讀及書寫的內容，有部分則會迴盪在我的記憶中。其中包括他方世界和宇宙的駭人紀錄，還有一切宇宙之外的無形生命的萌芽過程。有一些奇怪的紀錄，是關於生物的出現次序，它們都曾在不復記憶的年代裡，居住過咱們這個地球；另外還有一些可怕的紀年史，是關於一群奇怪的高等生物，就算等到最後一批人類滅絕了，它們也能在此地存活數百萬年之久。

我從一些章節中學到今日的學者們尚未揣想過的人類歷史。大部分的文章都是用象形文字寫成的；而我則是在那些嗡嗡作響的機器輔助下，以奇怪的方式閱讀；這些文字顯然構成了一種語言，其字根系統完全迥異於所有人類的語言。

其他的著作則是用其他未知的語言寫成的，也能夠以同樣詭異的方式研讀。只有屈指可數的幾本書，是用我所知道的語言寫就的。至於一些極爲巧妙的圖表，無論是夾在紀錄裡，或是單獨成冊，都對我幫助甚鉅。從頭到尾，我彷佛一直在用英文記錄我所屬於的時代歷史。一旦醒來之後，關於那些以未知的語言寫成的內容，我只能記得一些細微而毫無意義的片段，但這些語言卻是夢中的我所擅長的，不過整段的歷史仍然駐留在我心中。

甚至早在甦醒過來的我開始研究起類似的個案，與眞正引發這些夢境的古老神話之前，我便知道那群出現在我周遭的生物，是地球上一支最偉大的族群；它們能夠克服時間的障礙，並將負責探索的心靈送往每一個時代裡。我也知道自己曾在這個時代中遭到竄奪；並且被另一個時代裡的生物佔用了身體，而且在我周圍還有一些奇怪的生物，也同樣駐藏著被囚禁的心靈。我似乎是用敲打爪子的怪異方式，和來自太陽系各個角落的智慧型生物交談的。

其中有一個心靈來自於我們所熟知的金星，其將會活過未來無以計數的年代；還有一個是早在六百萬年以前，即從木星的一顆外圍衛星前來的。至於較早期的心靈，有一些是來自南極洲古大陸那群有翅膀、星狀頭、半植物類的生物；有一個是傳說中瓦路西亞的蛇人；有三個是崇拜叉燒國、全身毛茸茸的西伯利亞原始人，早在人類出現以前便住在北極；有一個則是令人深惡痛絕的塔哥—塔哥族；有兩個地球上一期的蜘蛛類動物；有五個則是緊接著人類出現的硬殼甲蟲，有段時期至尊者在面臨危難的關頭，曾經將它們最敏銳的一批心靈，整個傳送到這些甲蟲的身上；另外還有七個不同種族的人類。

我聊天的對象包括楊立這位哲學家，他來自西元五千年由殘暴的參戰所統治的帝國；還有一位將軍，屬於一支大頭、棕膚色的種族，曾經在西元前五萬年佔領過南非；一位名叫巴托羅密歐・寇希的僧侶，來自二十世紀的佛羅倫斯；一位洛馬族的國王，他曾經統治過可怕的極地，直到十萬年前那群來自西方的矮胖黃種人伊努托族，將此地併吞爲止。

我也和努戈—索思交談過，他是西元一千六百年黑暗征服者活躍時期下的一位魔術師；還有一位名叫泰德斯・森普羅尼斯・布雷修斯的羅馬人，曾在蘇拉的時代擔任刑事推事；還有一位十四王朝的埃及人克芙尼斯，他向我透露了關於奈亞魯法特的祕密；一位來自亞特蘭提斯中王國的祭司；一位名叫詹姆斯・伍德維的鄉紳，來自克倫威爾時期的沙佛克郡；還有一位大魔術師，來自已經消失在太平洋底的葉國；修奧多提茲，他是西元前兩百年希臘人與大夏人之間的交涉官；皮耶—路易・孟塔尼，是路易十三世王朝一位年老的法國人；克洛姆—亞，是西元前一萬五千年辛梅里安人❷；還有許許多多的其他人，我從他們身上學到的驚人祕密和令人目眩的新知，是我的大腦所無法負荷的。

每天早上，我都在高燒中醒來，有時還會瘋狂地想證實這些訊息是否爲現代人類所知。古老的歷史如今開啓了嶄新而充滿疑點的面向，使我十分訝異於夢境居然能爲歷史和科學締造出如此驚人的附錄。

過去所可能隱藏的奧祕讓我膽戰心驚，而未來所可能帶來的威脅更是教我渾身發抖。這些人類以

譯注

❷荷馬史詩中所寫，古時住在永遠黑暗之地的神祕人民族的酋長。

後的物種暗示著人類的命運，而其對我所造成的影響，在此我實在不願付之於筆。

繼人類之後，也許會出現一支強大的甲蟲文明，當舊世界的浩劫來臨時，牠們的身體將會由至尊者所佔領。之後當地球的週期結束，這些遣送而來的心靈又會穿越時間和空間，移居到下一個停駐站，那是在水星上的一批球莖狀的植物體。不過在它們之後，還會有其他的物種，可憐兮兮地緊抓著這顆冷冰冰的星球不放，並且在徹底的滅絕之前，一直朝著充滿恐怖的地心挖掘。

同時我在夢中，仍然漫無止盡地寫著我們這個時代的歷史，那是為了至尊者的中央檔案室而準備的——一方面是在半自願的情況下，另一方面則是為了增加進入圖書館和到處遊歷的機會。這些檔案室都位在市中心附近一座巨大的祕密建築裡，由於經常性的勞動和查詢，使我對此地還頗為熟悉。這座大寶庫比其他的建築都要宏偉，而且堅固如山，一方面是為了和這群生物一樣歷久不衰，另方面則是為了抵抗最強烈的地震。

這些紀錄，無論是用寫的，還是用畫的，全都裝訂成冊，可由上方開啓，而且放置在個別的灰色箱子裡。那是由一種奇怪而極輕的不鏽金屬所製成的，裝飾著數學符號，標題則是用至尊者的曲線象形文字所寫成。

這些箱子儲藏在一層又一層的矩形空間裡，像是關閉而上鎖的書櫃，也是用同樣的不鏽金屬所製成的，還用繁複的繩結綁起來。我所寫的歷史則被安置在某個特定的空間裡，那是屬於最低等或脊椎動物的區域——專門為人類和領先人類一步佔領陸地的爬蟲類所設置的。

不過這些夢境從未賜予我清晰的日常生活畫面。它們全是模糊而零碎的片段，而且這些片段一定不是按照正常的順序出現的。比方說，我覺得在夢中的生活條件很差；雖然我似乎擁有一間個人的石造房間。身為囚犯的我，行動上的限制逐漸減少了，因此有些清晰的幻象還包括：遊歷在那片龐大的馬路叢林上，逗留在奇怪的城市裡，並探索一些又大又暗、沒有窗戶的廢墟，這是至尊者因莫名的恐懼而迴避的地方。此外我還乘坐多層甲板的大船，以無法想像的速度，從事漫長的海上歷險；或者搭乘密閉式的噴射飛船，藉由電子相斥作用升空和移動，遍遊廣泛的區域。

過了那座遼闊而溫暖的海洋之後，還有其他至尊者存在的城市；接著在陸地的彼端，我看見那群有著黑色口鼻和翅膀的生物所居住的殘破村落，一旦至尊者將最先進的心靈送往這群未來者的身上，以逃避潛行而來的災難，它們將會演化成一群主導份子。平坦而茂密的綠色植物，總是這幅畫面的主調。山丘總是低矮而且稀少，倒是經常顯出火山活動的跡象。

至於我看過的動物，則可以寫出長篇大論。所有的動物都是野生的；因為至尊者的機械文明早已擺脫了豢養家畜的年代，所有的食物來源都是植物或化合物。體積碩大的爬蟲類在霧氣蒸騰的沼澤地笨手笨腳地掙扎著；或在凝重的空氣中振翅飛翔；或在海洋和湖泊裡噴出水汽。我感覺自己在這群爬蟲類的身上辨認出許多古代生物的原型——比方說恐龍、翼手龍、魚龍、迷龍、蛇頸龍等等——都是古生物學上經常見到的。至於鳥類和哺乳動物，我則一隻也沒發現過。

地面和沼澤地經常充斥著蛇類、蜥蜴和鱷魚的蹤影，至於昆蟲則不時地在茂盛的花葉間嗡嗡作響。在遠處的海洋則有罕見而不為人知的怪獸，將巨大如山的水柱噴向煙霧裊裊的空中。有一次我還坐著一艘裝著探照燈的龐大潛水艇沉入海底，瞥見某些大到令人嘆為觀止的恐怖生物。此外我也見到不可思議的海底城市廢墟，以及各式各樣曾在各地繁衍的海百合類、腕足類、珊瑚類與魚類生物。

關於至尊者的生理、心理、社會風俗和詳盡的歷史，我的夢境則只能保留極少的資訊，在此我所寫下的許多零散重點，都是我從古老傳說和其他案例的研究中蒐集來的，而非源自於我的夢境。

當然有一陣子，我的閱讀和研究在許多方面都趕上、甚至超越了這些夢境，因此某些夢境的片段，都可事先從我的研究結果上得到解釋和肯定。這讓我安心地相信，是這類的讀書和研究，再加上二號人格的協助，因而導致這些恐怖而複雜的假記憶。

我的夢境所出現的時期，顯然是一億五千萬年前的事了，也就是古生代正準備讓位給中生代的轉捩期。至尊者所佔領的身體，並不存在於當時陸地生物的演化之列——甚至不爲科學家們所知——而只能算是一種同質性高且高度分化的有機體，既可說是一種植物，也可說是一種動物。

這個獨特種類的細胞活動幾乎是停不下來的，而且完全不需要睡眠。養分是透喇叭狀的紅色器官所吸收，附屬在又大又軟的腳上，這些養料總是呈現半液體狀，許多方面而言，都不像現存動物賴以維生的食物。

這些生物只有兩種我們所知道的官能——視覺和聽覺，而後者是透過頭頂的灰色肉莖上的花狀附屬器官完成的。至於其他我們所不瞭解的官能還有很多，只是無法被那群侵佔身體的外來心靈善加利用。三顆眼睛的分佈位置，讓它們擁有比一般生物更爲寬闊的視野。而它們的血液則是一種深綠色的黏稠液體。

它們沒有性活動，而是透過種子或孢子繁衍下一代，這些種子或孢子大量貯存在底盤，而且只能在水中進行繁殖。大而淺的儲槽則是用來養育新生兒的搖籃——但由於它們的壽命都很長，所以只養育極少數的新生兒——其生命週期多半高達四到五千年左右。

明顯殘缺的個體一旦被發現之後，就會很快遭到拋棄。由於缺乏觸感和肉體的疼痛感，所以無論是疾病或者即將死亡，完全是依賴看得到的症狀判斷出來的。

死者將會在隆重的喪禮上接受火化。如同前面說過的，偶爾會有一些敏銳的心靈，能夠投射至未來而逃離死亡；不過這樣的例子並不多見。每當有這樣的情形發生時，從未來流放來此的心靈便會受到至高無上的款待，直到它在此地的陌生肉體死亡爲止。

這群至尊者似乎自成結構鬆散的單一國家或聯盟，有著類似的主要機構，其中包含四個明確的部門。每一個單位裡的政經體系，都屬於法西斯式社會主義，大多數的資源都經過合理的分配，而權力則指派給一個小型的管理委員會，其成員是由所有通過某些教育與心理測驗的選民推舉出來的。它們並不特別強調家庭組織的重要，不過還是會重視出身同一世系的人之間的交流，而且小孩通常也是由父母親撫養長大的。

當然，大部分和人類的態度與制度相似的地方，一方面是出現在那些涉及高度抽象的領域，另一方面則是出現在放諸四海皆準的基本需求上。還有一些相似之處，則是至尊者在探勘未來之後，擇其所愛而刻意模仿的。

高度機械化的工業，使得每位市民只需付出少數的工作時間；而充分的閒暇時間，便由各式各樣的知性與美育活動所塡滿。

科學也已經發展到了難以置信的地步，藝術更形成生活中不可或缺的部分，儘管在我夢中所出現的那段時期，藝術活動已經過了它的顚峰。工藝技術與大城市裡的建築，都是經過不斷的掙扎與大量的刺激，才得以挺住古代劇烈的地殼運動而保存下來。

此地的犯罪案件少得驚人，而且是由效率超高的警察系統負責辦案的。懲罰手段由褫奪公權、無期徒刑，到處以死刑或重大酷刑不一而足，而且都得審愼研究過犯罪動機之後才能執行。

過去幾千年來，大致上都是太平無事的，儘管有時會向那群帶有翅膀與星狀頭的舊日支配者開戰，對方主要盤據在南極洲，戰爭通常是內戰，雖不頻仍，但往往慘絕人寰。它們有一支龐大的軍隊，手上握著一種類似照相機的武器，能夠製造出驚人的電擊效果；它們很少提到用武的目的，不過顯然和那些漆黑無窗的古老廢墟，以及地下最底層的緊閉活動大門有關，它們對這些地方總是害怕不已。

它們對於這些玄武岩廢墟和活動門的畏懼，幾乎是一件開不了口的事——頂多只能畏首畏尾地竊竊私語。每一件關於它們的事，都無法見容於一般書架上的那些書籍。對於這些至尊者來說，那是一個完全禁止探究的主題，彷彿可以和過去的掙扎與未來的災難並駕齊驅，但在那一天來臨之前，至尊者會先將敏銳的心靈集體送往未來的。

這件事和夢境與傳說中的殘缺片段一樣，至今仍然籠罩在一團迷霧中。曖昧不明的古老傳說避開了這件事——或者所有的描述都因爲某種原因而遭到刪除了。在我自己和他人的夢境裡，這類的暗示可說是出奇地少。至尊者從來不曾刻意提起這件事，我們只能從某些觀察力較爲敏銳的被俘心靈窺知一二。

根據這些零散的消息顯示，它們所畏懼的對象，基本上是一支更爲古老的恐怖族群，那是一種類似水螅的純外來物種，從無以丈量的天外穿越空間而來，且大約在六億年以前，曾經掌控過地球與另外三顆恆星。若根據我們對物質的瞭解，它們只能算是半物質體，而它們的意識形態和認知媒介，都和地球上的生物大不相同。舉例來說，它們的感官功能並不包括視覺；而它們的心靈世界則是由一些非視覺性的奇怪印象所構成的。

當然，若是出現在宇宙範圍之內，它們還是有足夠的物質性，得以運用尋常物質所製造的器具；而且儘管種類特殊，它們仍需要居住的地方。它們的感覺縱然能夠穿透所有的物質障礙，但其實體卻不能；而且某些電能形態還會將它們消滅殆盡。雖然沒有翅膀或任何可見的升空媒介，但它們具有飛行的能力。它們的心靈結構非常特殊，以至於至尊者完全無法和它們溝通。

當年這群生物造訪地球時，曾經建造起宏偉的玄武岩城市，全由一座座無窗的塔樓所構成，並且無情地獵殺其所發現的生物。當時，至尊者的心靈正從銀河系之間的晦暗世界，亦即引起不安與爭議的《亞特當陶片集》❸中所指的以偲星，快速穿越時空而來。

這群新造訪者帶著它們所創造的工具，發現要將肉食動物引誘到地底的洞裡，是一件輕而易舉的事，它們已將這些洞穴和肉食動物的住所連結起來，使其可以在裡面居住。

他們先將洞口封了起來，任由那群肉食動物自生自滅，之後才佔領了大部分的大城市，並且基於迷信，而非出自冷漠、縱容，或是對於科學與歷史的熱愛，而保留了某些特定的重要建築。

但隨著漫長的時間過去，它們發現地底世界裡的那群古老生物，似乎有日漸茁壯與增加的不祥跡象。在某些至尊者所在的偏遠小城裡，甚至在至尊者並無居住的荒廢古城裡，偶爾會出現一些特別邪惡的闖入者，而這些都是連接地洞的通道沒有封好或看守好的地方。

爾後至尊者變得謹慎許多，因此有許多通道被永遠封死了。雖然有一部份爲了戰略上的用途，而只用活動門關起來，以防範那些古老的生物從意想不到的地點突圍而出。

那些闖出來的古生物一定爲至尊者帶來難以言喻的震撼，因爲它們讓至尊者的心靈蒙上了一層無以磨滅的陰影。這種縈繞不去的恐懼心情，正是這群至尊者三緘其口的事。這也使得我不曾有任何機會清楚得知那些生物的長相。

譯注

❸《亞特當陶片集》（Eltdown Shards），作者為Richard Frankly Searight，他也是印斯茅斯傳說和克蘇魯神話的主要創作者之一。

有一些遮遮掩掩的暗示，提到它們柔軟得令人毛骨悚然，而且會短暫地隱身，至於其他支離破碎的耳語，則提到它們可以控制巨風，並作爲軍事之用。與它們彷彿有關聯的，還包括獨特的呼嘯聲，和由五個圓形的腳趾頭所構成的巨大足印。

至尊者顯然十分畏懼於即將來臨的大浩劫——當浩劫來臨這天，它們要讓上百萬個敏銳的心靈穿越時間的隔閡，前往未來較安全的全新體內——要是那群古生物最後眞的成功地闖進來的話。

投射至未來的心靈已然清楚地預告了這樣的恐怖情節，於是至尊者下定決心，凡是逃不過的人，必將勇於面對。它們從這個星球後來的歷史上得知，這些生物的突襲將是一場報復行動，而非企圖重掌外面的世界。因爲投射至未來的心靈發現，這群生物從不曾騷擾日後出現又消失的任何族群。

或許這群生物喜歡地下深淵，更甚於變化無常、風吹雨打的地表也說不定，因爲陽光對它們一點意義也沒有。也或許它們正隨著時間洪流慢慢衰弱當中。我們可以確實掌握的是，當人類之後的甲蟲類時代來臨，且被至尊者逃亡的心靈佔領之後，它們應該已經滅絕得差不多了。

在此同時，至尊者則繼續保持高度戒備，強大的火力總是形影不離地帶在身上，儘管它們試圖嚇阻的對象，從未出現在日常的言談和可見的紀錄中。但那股無以名狀的恐懼陰影，卻始終徘徊在那些封閉的活動門，和漆黑無窗的古塔周圍。

V

這是我夢中世界夜夜傳來的模糊而斷續的回音。我恨不得能夠明瞭這些回音所隱含的恐懼是什麼，因爲這樣的感覺——歷歷如繪的假回憶——是一團完全觸摸不到的東西如我之前所說的，在尋求心理學合理解釋的外表下，我的研究讓我對於這樣的感覺逐漸產生抗拒；且隨著時間過去，更受到潛移默化的習慣所增強。但儘管如此，那種模糊而令人毛骨悚然的恐懼感，偶爾還是會復原。然而它不再像從前那樣吞噬我了；於是從一九二二年開始，我又可以恢復正常的工作和休閒生活。

在這幾年當中，我開始覺得我的經驗——包括其他類似的個案和相關的傳說——應該好好整理並且出版，以嘉惠那群認眞的學生；於是我準備了一系列的文章，大致上涵蓋了整個背景，還以概略的草圖將我夢中所見的形態、畫面、裝飾圖案與象形文字描繪出來。

這些文章都在一九二八到一九二九年間，不定期地刊登在《美國心理學會刊》上。同時我也持續鉅細靡遺地記錄我的夢境，儘管日積月累的報告數量已經多到了令人傷腦筋的地步。

一九三四年七月十日，心理學會寄給我一封信，為這整場瘋狂的磨難揭開最恐怖的高潮。郵戳上印的是西澳大利亞，皮巴拉區❹，信中還附有照片，而上面的署名經我詢問之後，發現是一位頗負盛名的礦冶工程師所擁有的。這封信我將會全文刊登，相信每一位讀者都不難體會它的內容和照片對我所造成的巨大影響。

有那麼一會兒，我幾乎被嚇呆了而不敢相信；因爲我雖然經常想到，有一部分的事實眞相一定是埋藏在傳說中的某些方面，不過我卻完全沒料到會有任何具體的倖存者，從一個遙遠得無法想像的失落世界前來。而最驚人的則是那些照片——因爲在冰冷的、無懈可擊的寫實基調中，有一堆堆受到風

譯注

❹皮巴拉區（Pilbara）為世界上最古老的大岩地之一，具有二十五億年歷史。

雨侵襲、如水波狀的石塊，就佇立在照片背後的沙地前方，其略微突起的表面和略約凹陷的底部，正訴說著它們的故事。

當我拿著放大鏡仔細端詳，所有的細節都能盡收眼底。在那些受到重創與凹陷的石塊之間，我發現了那些巨大的曲線圖案，偶爾還有象形文字的痕跡，它們的意義對我來說是如此的可怕。但以下就是那封信，它能夠自己說個明白：

丹皮爾街四十九號
皮巴拉區，西澳大利亞
一九三四年五月十八日

皮斯里教授
美國心理學會代轉
東四十一街，三十號，
紐約市，美國

敬愛的閣下：

由於近來與來自柏斯的波伊勒博士的一次談話，以及不久前他寄來您的部分文章，使我覺得應該告訴您，關於我在本地金礦場東邊的大沙地沙漠上所看到的東西。有鑑於某些老城市的傳說，再加上您所描述的大型石造建物，和奇特的圖案與象形文字，我似乎是遇到了非常重大的事物。

那些原住民總是七嘴八舌地談到「有痕跡的巨大石塊」，一副很害怕看到它們的樣子。他們把這些東西多少和原住民間盛行的傳說聯想在一起，那是關於布戴這位老巨人的故事，據說他把頭擱在胳臂上，在地底沉睡了很久，而某天他將會甦醒過來，並把這個世界吞食精光。

有些非常古老而幾被遺忘的傳說，是關於地下的巨大石屋，據說有通道可以一直延伸下去，且在那兒曾經發生過恐怖的事端。這些原住民宣稱，有一群從戰爭中逃亡的戰士，曾經下到其中一座石屋裡，從此再也沒有回來過，只有一陣陣令人毛骨悚然的風，在他們下去沒多久之後，便從那裡吹了起來。不過，這群原住民能說的通常也都不多。

現在我可是要告訴你比這更重大的事情。兩年前，我正在沙漠大約五百英里外的地方探勘，這時遇到了一大堆奇奇怪怪的整齊石塊，體積約爲3×2×2立方英尺，已經侵蝕與毀損到了極限。

起先我找不到那些原住民所說的痕跡，不過待我仔細觀察之後，這才辨認出某些非常深的刻痕，雖然已經遭到侵蝕了。其中有一些非常特殊的曲線，就像那些原住民試圖描述的一樣。我想那裡一定有三十或四十個石塊，有些幾乎完全埋在沙子裡，所有石塊都排成一圈，直徑也許有四分之一英里。

當我見到一些石塊之後，便在附近仔細展開搜查，並用我的工具小心翼翼地丈量這塊地方。此外我也選了其中最典型的石塊，拍下十到十二張的相片，我會把它們放在信裡，好讓您也能瞧一瞧。

我把我的資料和照片交給柏斯政府，但他們未做任何回覆。

之後我遇到波伊勒博士，他曾在《美國心理學會刊》上拜讀過您的大作，文章上碰巧也提到了那些石塊。他感到非常有興趣，而且當我把照片拿給他過目時，他變得相當興奮，直說那些石頭和上面的痕跡，和你在夢中與傳說中所見到的非常類似。

原本他想寫信給您，但有事耽擱了。同時，他還把出現您文章的大部分雜誌寄來給我，而我可以從您的繪畫和描述中，立刻看出我的石頭確實是您所指的那樣。您可以好好端詳信封裡面的照片。之後波伊勒博士將會直接與您聯絡。

現在我可以體會這一切對您有多麼重要。毫無疑問的，我們都碰見了某個未知文明的遺跡，比我們所能想像的都還要古老，並且成了傳說的基礎。

身爲礦冶工程師的我，多少具備一些地質學的知識，因此我可以告訴您，這些石塊全都古老得讓我十分驚駭。它們大多是一些砂石和花崗石，雖然其中有一顆顯然是用某種奇怪的水泥或混凝土所製成的。

它們都有明顯的水流痕跡，彷彿這裡的世界曾經沉入水中，經過久遠的年代之後，才又再度升起。這些都發生在石塊造好並且使用了之後。而那可是幾十萬年以前的事呀！天知道會不會更久。我眞的不願多想。

基於您之前鍥而不捨地地追蹤傳說以及每一件與它們有關的事，我百分之百相信您會帶領一支探險隊伍，前來這片沙漠進行考古挖掘工作的。波伊勒博士和我已準備好與您共襄盛舉，只要您——或是熟知您的組織——能夠募集資金的話。

我可以召集十二位礦工負責粗重的挖掘工作——那些原住民是不管用的，因爲我發現他們對於此地的恐懼，簡直到了瘋狂的程度。波伊勒和我都沒向人透露半點風聲，因爲無論有任何發現或是功勞，顯然您都應該享有優先權。

若從皮巴拉區出發，電動拖拉機大概可以在四天之內到達此地，而那正是我們需要的器具。此地大約坐落在一八七三年瓦布頓舊道的西南方，距離瓊安娜泉東南方一百英里。我們可以利用德格雷河載運物品，而不必從皮巴拉區出發——不過這些都可容後再談。

那些石頭大約是在南緯22° 3' 14"，東經125° 0' 39"的位置上。此地屬於熱帶氣候，沙漠中的情況非常惡劣。

我很樂意就此事與您繼續聯絡，且迫不及待想要協助您的每一項計畫。在研讀了您的文章之後，我深刻感覺到這整件事的重要性。波伊勒稍後會寫信給您。若是有緊急聯絡，可以先發電報到柏斯，再透過無線電廣播到此地。衷心盼望早日收到您的消息。

請相信我，

您最忠實的，

羅伯特・馬肯齊

緊接而來的下一封信，大半可從媒體上得知。我非常幸運地獲得米斯卡塔尼克大學的資金援助，而且還有馬肯齊與波伊勒博士這兩位難能可貴的助手，幫我處理澳洲西部的各項事宜。至於大眾的反應，我們則沒有特別理會，因爲假如這件事遭到低俗報紙煽情而戲謔式的處理，那將淪爲一件非常討厭的事。因此，有關這件事的文字報導並不多見；不過還是道出了我們正在澳洲尋找傳說中的廢墟，並記載了各項前置作業。

本校地質系的威廉・岱爾教授・他曾在一九三〇至三一年間，領導一支米斯卡塔尼克南極探險隊伍。還有歷史系的費迪南・艾胥黎教授、人類學系的泰勒・弗里邦教授。再加上我兒子溫蓋特，他們全都和我齊心協力。

和我通信的馬肯齊在一九三五年初來到阿克罕鎮，並協助我們完成最後的準備工作。他確實是一位能力很強而且和藹可親的人，年紀大約五十歲，學養豐富得令人讚嘆，而且對於遊歷澳洲的情況瞭若指掌。

他讓拖拉機先在皮巴拉區等著，而我們這群人則租下一艘汽船，因爲它的體積夠小，可以一直溯溪到目的地。我們準備以最細心也最科學的方式展開挖掘，要將每一粒沙子仔細篩選過，並讓現場或附近盡量保持原狀。

一九三五年三月二十八號，我們搭乘氣喘吁吁的萊星頓號，從波士頓出發，輕鬆愜意地橫越大西洋與地中海，穿過蘇黎世運河，再南下到紅海，跨過印度洋之後，便到了我們的目的地。我無須描述西澳大利亞這片低矮的沙岸如何讓我感到失望，而我又是如何的討厭那座赤裸裸的礦城，與枯燥乏味的採金場，該處是拖拉機載運的終點。

我和波伊勒博士照過面後，發現他是一位愉悅而聰明的老人——其對於心理學的知識，使他和我們這對父子之間迸發了許多冗長的對談。

當我們一行十八個人終於搖搖晃晃地踏上這片沙石遍佈的不毛之地後，大多數的人都混雜著不安與期待的異樣心情。五月三十一日星期五當天，我們涉過德格雷河的支流，進入這片與世隔絕的國度。當我們在這個比傳說更古老的世界中，前進至確實的地點時，心中油然升起一股明確的恐懼感——那當然是因爲夢境和假記憶仍以歷久不衰的力量困擾著我，所以才造成恐懼。

到七月三日星期一那天，我們才第一次見到那堆半掩半露的石塊。我實在無法描述出當我確實觸摸它們——在客觀的眞實下——時的情緒，這塊巨石建築的殘骸從每一方面來看，都像我夢中建築物外牆上的石頭。上面有著歷歷分明的刻痕。且當我認出曲線形的裝飾圖案時，我的手忍不住發抖了起來，歷經多年的惱人惡夢與困難重重的研究之後，它們對我而言簡直是一座煉獄。

經過一個月之後，我們總共挖掘出一千兩百五十塊的石頭，其磨損與分解的程度不一。巨石的曲折表面和底部，大都有鑿斧的痕跡。有少數則是體積較小且較爲平整的石頭，多半切割成方形或八角形，就像夢中鋪在地板上和人行道上的石塊一樣。還有一些特別大的石頭，其起伏與傾斜的形狀，彷彿是用在拱形結構或穹窿上，又或者是構成拱門與圓形窗框的部分。

我們挖得越深——越接近東北方——發現的石頭也就越多。雖然我們還是無法在石塊之中找出任何排列的線索。這些遺跡的年代久遠到無法計算，讓岱爾教授感到驚訝萬分。而弗里邦教授則發現某些象徵符號，似乎和遠古以前巴布亞族與玻里尼西亞族的某些傳說不謀而合。而這些石塊的狀況和分佈，則悄悄訴說著變化無常的時間巨輪，和宇宙蠻荒時期的地動山搖。

我們有一台飛機，我兒子溫蓋特時常會升到不同的高空，鳥瞰這片沙石遍佈的荒漠，以尋找出一些模糊而廣大的輪廓。然而無論是高度的落差，還是石塊散落的蹤跡。他的觀察結果幾乎都是負面的；因爲每當他自以爲發現了一個重要的跡象，下一趟的飛行就會發現它又被另一個同樣模糊的感覺所取代了，而那都是被風吹襲下，變化不定的沙漠所造成的。

其中有一、兩個短暫的想法，似乎奇怪地影響了我，而讓我心情惡劣。它們似乎和某些我曾經夢過或讀過的東西若合符節，但我卻記不得了。它們具有一種可怕的熟悉感。不知爲何，那會讓我偷偷摸摸且心有靈犀地眺望著這片惡劣而貧瘠的區域。

大約在七月份的第一週，我開始對這整片略偏東北方的地區，產生一種莫名其妙的複雜情緒。有恐懼、也有好奇，但更多的，則是不斷困擾我的虛幻回憶。

我試過各種心理學手段，欲將這些想法拋到腦後，但卻徒勞無功。失眠開始戰勝了我，但我幾乎樂見於此，因爲這樣一來，我作夢的時間就會縮短了。我養成了在深夜到沙漠裡長途漫步的習慣，通常是到北區或東北區，無論到哪裡去，一股全新的奇怪衝動，似乎總會巧妙地引領著我。

有時在散步的過程中，我會恰巧碰到某些幾近湮沒的古建築殘蹟。雖然看得到的石塊比我們開始挖掘的地方還要少，但我卻相當肯定底下一定有爲數可觀的石塊。這裡的地勢比我們的營區來得低，一陣陣的強風有時則會將沙子暫時堆積成怪模怪樣的小丘——一方面暴露出古老石塊較低處的痕跡，另一方面卻也掩蓋了其他的痕跡。

奇怪的是，我迫不及待地想將挖掘工作延伸至這片區域，同時卻又害怕出土的結果。顯然我又開始陷入相當不妙的狀態了，更糟糕的是，我無法說出理由。

我神經緊張的不良狀況，可以從我對於一項奇特發現的反應得到證明。那是我自己在夜裡遊蕩時所發現的。七月十一日的晚上，異常慘白的月光，正灑瀉在神祕兮兮的沙丘上。

我的漫遊超出了平常的範圍之外，接著遇上了一顆巨大的石頭，它似乎與之前所見到的任何石塊都大不相同。它幾乎完全被埋在沙裡，於是我彎下腰來，徒手將上面的沙子撥開，然後拿起手電筒彌補月光的不足，仔仔細細地研究起這個物體。

不像那些非常巨大的石塊，這顆矩形石頭被切割得非常整齊，一點兒也沒有凹凹凸凸的表面。它似乎是一塊黑色的玄武岩，完全有別於目前我們所熟知的花崗岩、砂石，與偶然出現的混凝土。

這時我突然起身，掉頭，並用最快的速度奔向營地。那是一場完全沒有意識與理智的狂奔，唯有在接近我的帳棚時，這才恍然明白爲何我要奔跑。然後我想起來了。這塊奇怪的黑色石頭，正是我夢見且讀過的東西，而它又與亙古久遠的傳說中最駭人聽聞的部分有關。

它正是那座古老的玄武岩建築的石塊之一，也就是傳說中的至尊者視爲畏途的地方。它是那群陰驚而呈半物質性的外星生物所留下來的廢墟，高聳而無窗；它們正在地下深淵裡飽受折磨，活動門將它們如風般捉摸不定的力量封鎖起來，並由不眠不休的哨兵負責站崗。

我一夜未眠，但在破曉之前才明白自己有多傻，居然讓一則神話的陰影困擾著我。再也不感到害怕的我，決定應該要有發現者的熱誠。

翌日上午，我將這項發現告訴了其他人，於是岱爾、弗里邦、波伊勒和我兒子，一起陪同我前往察看那塊異常的石頭。但我們卻失敗了。我先是記不起那塊石頭的正確位置，後來又有一陣風，將所有飄忽不定的沙丘地形全變了個樣。

VI

現在我要進入最核心也最困難的陳述了——而且因爲我無法確定它的眞實性而更顯困難。有時我會相當不安地肯定我並不是在作夢或者妄想，而是實實在在的感覺——有鑑於本人所經歷的客觀事實所蘊含的驚人意義——驅使我去把它記錄下來。

我兒子——一位訓練有素的心理學家，他對於我的整個過程最能完全掌握、也最能感同身受，因此他將是斷定我的陳辭的最佳判官。

首先讓我描繪一下這件事的梗概，一如營區裡的那群人所知道的：七月十七至十八日之間的晚上，我老早就歇息了，但一直睡不著。約莫在十一點以前，我起了身，並像往常那樣，深受奇怪的感覺所左右，直往東北的方向前進；於是我像平常夜遊一般地出發了，待我離開營區範圍之後，一路上只碰到一個人——一位澳洲籍的礦工，塔潑。

月亮才剛過了滿月期，此時正在晴朗的夜空中綻放光芒，將古老的沙丘渲染成一片片鱗狀的慘白，對我而言似乎代表著無限的邪惡。此刻一點兒風也沒有，而我則要等到將近五小時之後才返回，誠如塔潑和其他人等，都見到我快步通過蒼白而嚴密的沙丘，直往東北方走去。

凌晨三點半左右，驀然吹起了一陣強風，將營地裡的每個人都驚醒了，期間還吹倒了三座帳篷。天空萬里無雲，沙漠仍然閃爍著粼粼的月光。當這群人察看帳篷時，這才發現我失蹤了，不過由於我之前的夜遊紀錄，所以並沒有引起警覺。但至少有三個人。而是澳大利亞人——彷彿在空氣中嗅出一絲邪惡的氣息。

馬肯齊向弗里邦教授解釋道，那是原住民的傳說所引起的恐慌——這群原住民早已為晴空下每隔一段長時間刮過沙丘上的強風，編織出許多邪惡的傳說。人們竊竊私語地說，這樣的強風會把地下的巨石屋給吹出地面，然後可怕的事情就會發生了。而且除非接近那些雕刻巨石散落的地點，否則是沒有人會察覺那陣風的。將近四點左右，這陣風又像開始那樣突然止息了，徒留下沙丘展現出全新而陌生的樣貌。

五點才剛過，一輪浮腫如蕈類的月亮已漸漸西沉，我這才步履蹣跚地回到營地裡——沒戴帽子、衣衫襤褸、身上有擦傷和瘀血的痕跡，也見不到我的手電筒。大部分的人已經上床就寢了，只有岱爾教授在帳篷前方兀自抽著煙斗。他看到我氣喘吁吁、幾近瘋狂的模樣，趕緊叫喚波伊勒博士過來，合力將我抬到吊床上，並且設法安撫我。我兒子被這陣騷動給驚醒，於是馬上加入他們，三人全都奮力地逼我躺平，要我試著睡個覺。

但我怎麼也睡不著。我的精神正處於異常狀態——完全有別於我之前遭受過的折磨。過了一會兒，我執意要開口說話，迫不及待且鉅細靡遺地解釋我的情況。

我告訴他們，我在沙漠上筋疲力盡，於是躺下來打個小盹。而且我還說，我在那裡做了幾場比往常更恐怖的夢。而當我被倏忽旋起的一陣強風擾醒之後，糾纏在一起的神經便斷裂了。於是我慌亂地拔腿狂奔，不時絆倒在半裸露的石塊上，因而讓我更加狼狽不堪。在我離開的這段時間，我一定是睡了很久了。

至於我看到或經歷到的奇怪事物，我則完全沒有透露——這可是使盡我吃奶的力氣才壓抑下來的。不過我有提到這整個探險工作已讓我改變心意，並力勸他們立即停止東北方的一切挖掘行動。我的理智顯然非常薄弱，因爲我又提到了石塊的不足、希望別冒犯了那群迷信的礦工、大學挹注的資金可能短缺，還有其他既不眞實也不相干的事。自然而然的，根本沒有人會在意我方才的願望的，就連我兒子也是，雖然他對我的健康情形顯然非常關注。

隔天起床後，我在營地附近遛達，卻沒參與挖掘工作。因爲神經緊張的緣故，我決定立刻啓程返家，而我兒子也答應要用飛機載我到柏斯去，該地距此地西南方一千英里，但必須等到他先調查過我昨夜隻身滯留的地方後。

我想，假如我看到的東西仍然存在的話，我也許會不計任何人的恥笑，試著提出明確的警告。可以想見的是，那群瞭解民間傳說的礦工會支持我的。我兒子一方面嘲笑我，一方面卻在當天下午，隨即展開調查工作，他飛越整片我可能涉足過的區域。然而我所發現的東西都已不見蹤跡。

那又是一大片不規則的玄武岩，然後瞬息萬變的風又抹滅了每一道痕跡。我立刻感到有點後悔，在我慌慌張張的情況下，居然錯失了如此令人敬畏的東西。但現在我知道，這項損失是一件仁慈的事。我仍然堅信這整個經歷全是一場幻覺，尤其是那座地獄淵藪至今仍未被發現，一如我虔誠的祈願。

七月二十日那天，溫蓋特載我到柏斯去，雖然他很不願意放棄挖掘的工作打道回府。他一直陪我到二十五日，也就是前往利物普的汽船啓航那天爲止。此刻我在**皇后號**的船艙裡，對這整件事陷入冗長而瘋狂的沉思當中，最後終於決定應該要讓我兒子知道。

爲了應付任何可能的情況，我特地準備了這份背景整理——誠如其他人以各種方式所得知的——現在我將儘可能扼要地說出，在那個可怕的夜晚，當我離開營地的期間，可能發生了什麼事。

一股朝向東北前進的莫名驅力，潛藏在記憶中並交織著恐懼，轉而成爲一股反常的急切感，致使精神瀕臨崩潰的我，在一輪邪惡而粲然的月下，步履蹣跚地走著。我無處不看到那些從來無以名狀、且被人遺忘的萬古以前遺留至今的巨大石塊，若隱若現地埋在沙漠中。

這片龐大廢墟難以計算的年代和徘徊不去的恐怖，開始以前所未有的氣勢壓迫著我，使我不由自主地想到它們背後所掩藏的那些令人瘋狂的夢、令人顫慄的傳說，以及眼前那群原住民與礦工對於這片沙漠和石穴的恐懼。

但我還是繼續前進，彷彿在趕赴一場可怕的約會似的——我愈來愈被各種光怪陸離的幻想、衝動和假記憶所困擾。又想到我兒子從空中鳥瞰到的石塊輪廓，心想它們爲什麼會讓我立刻有如此不祥又如此熟悉的感覺。有某個東西正在開啓記憶的門栓上蠢蠢欲動、嘎嘎作響，然而另一股莫名的力量卻企圖嚴守著大門。

那是一個無風的夜晚，黯淡的沙丘高低起伏著，宛如海上凝結的波浪。我沒有目的地，只是茫然前進，好似命中註定一般。我逐漸高漲的夢境，已經滿溢到清醒的世界裡了，於是每一塊淹沒在沙漠下的巨石，似乎都成了綿延無盡的房間和走廊，全都是人類存在以前的建築，上面還刻著象形符號，是我多年來淪爲至尊者奴役下的心靈所熟悉的。

我不知道自己走了多久或多遠，就連方向也摸不清。當我第一次瞄見那堆風蝕斑駁的石塊時，我還在繼續走著。那是目前爲止我所見過規模最龐大的一群，其對我所造成的印象是如此地鮮明，以致縈繞在我腦海中的億萬年奇妙影像立刻消失無蹤。

這裡同樣只有沙漠和邪惡的月亮，以及無人造訪的歲月遺跡。我湊上前去，然後停下腳步，將手電筒的輔助燈光照向那堆凌亂的石塊。有一座沙丘被吹了開來，暴露出一片呈不規則圓形的低矮巨石群，還有一些小型的殘骸，大約有四英尺寬，高度則有二到八英尺不等。

打從第一眼開始，我就明白這些石頭具有前所未有的特色。不光是數量上無與倫比，而且當在月亮和手電筒混合的光線下，審視那些風蝕的痕跡時，圖案中有某種東西立刻揪住了我。

這並不意味著它們和我們之前所發現的標本有什麼不同，而是當中有某種比這更細微的東西。當我緊盯著一顆石塊細看時，這種感覺還沒出現，然而當我的目光幾乎同一瞬間橫掃過好幾塊石頭時，這才恍然大悟。

最後，眞相終於大白了。許多石塊上的曲線圖案，都是大有關聯的——皆屬於同一個裝飾概念的局部。在這片經年累月的荒地上，這還是我頭一次遇到始終保持原位的建築群，它確實已經傾圮而碎裂了，但仍保存著一種非常明確的形狀。

我從一個較低的地方，開始奮力爬上石堆；不停用手指撥開沙粒，且不斷試著詮釋那些大小、形狀、風格和關係皆不相同的設計圖案。

過了一會兒後，我便能夠隱約猜測出這棟昔日的建築是什麼了，也理解了這些曾經擴及整個廣大建築表面的圖案代表什麼意義。這整件事的水落石出，再加上我夢中瞥見的某些東西，莫不使我張口結舌、魂飛魄散。

這裡曾經是一條三十英尺寬、三十英尺高的巨型走廊，是用八角形的石塊所鋪成的，並有堅固牢靠的拱形天花板。右手邊曾經有過房間，而最遠處的盡頭則有一些奇奇怪怪的斜坡，其中一座還會通往更低的下方。

當這些概念出現時，我便開始激動了起來，因爲除了這些石塊以外，還有更多的東西在裡面。我是怎麼知道這層應該出現在地底深處的呢？我又怎麼知道那道向上的斜坡應該出現在我的背面？而我又是怎樣知道那條通往石柱廣場的漫長地下道，應該出現在上一層的左方呢？

我怎麼知道放置機器的房間何在，又怎麼知道那條向右的地道會通往地下二樓的中央資料室呢？我怎麼知道最底層的地下四樓裡，有一道金屬鑲嵌的恐怖活動門呢？從夢世界闖出來的這些，讓我困惑不已，我發現自己正全身發抖、冷汗直流。

然後，經過最後一次難以忍受的觸摸之後，我感覺到有一股微弱而邪惡的冷空氣，正從這堆巨大建築中央某個令人絕望的地方，慢慢往上流動。一如先前那樣，我的視線立刻消失了，於是又只能夠看到邪惡的月光、陰沉的沙漠，和這片凌亂分佈的巨石建築。有一些眞實而具體的東西，交織著無限神祕的想像，如今全都讓我撞見了。因爲那股氣流能夠說明一件事——那就是在地表這堆凌亂的石塊底下，還暗藏著一座龐大的深淵。

我第一個想到的是，那些原住民的恐怖傳說中提到，凡是在巨石堆裡發現偌大的地下屋時，就會有可怕的事情發生，而且還會刮起強風。然後我又想起自己作過的夢，於是我感覺到那些曖昧的假記憶又在拉扯我的腦袋了。靜躺在我腳下的，到底是個什麼樣的地方呢？而我即將揭開的，又是什麼樣原始且古老得難以想像的神話來源，和揮之不去的夢魘呢？

我只猶豫了片刻，因爲有更強大的好奇心和科學熱誠正拉著我前進，反抗我逐漸高漲的恐懼感。

我幾乎是自動前進，彷彿被某種抵擋不住的命運抓在手上。我將手電筒放進口袋裡，然後提起一股我意想不到的力氣，奮力將第一塊巨大的石頭搬開，然後是第二塊，直到一股強勁的氣流外洩爲止，它的潮濕和沙漠的乾旱恰成怪異的對比。一道黑色的裂隙張開了口，於是，當我將每一塊能夠移動的小碎片搬開之後，粼粼的月光終於照亮了這條寬度足以容身的裂縫。

於是我把手電筒拿出來，將耀眼的燈光對準那道開口。在我底下的是一團亂七八糟的頹圮建築，大致朝著北方傾斜四十五度，顯然是昔日來自上方的崩塌所造成的結果。

在地表和底層之間，是一座伸手不見五指的黑暗深淵，上方似乎是一片巨大而用力舉起的拱頂。就在此地，沙漠裡的沙子顯然是直接堆積在地球早期的某一層巨大建築物裡。然而，它是如何通過經年累月的地殼變動而保存下來的，當時我無法猜測，就連現在也不能。

回想起來，突然隻身下到這座可疑的深淵裡——尤其是當完全沒有人知道你的行蹤時——這似乎代表著最極致的瘋狂。也許是吧！然而那天晚上，我卻毫不猶豫地展開這樣的下探行動。

顯然又是那種宿命感的誘惑和驅使，一路上引領著我的方向。爲了節省電池，我讓手電筒時開時關，然後沿著開口底下那片詭譎而龐大的斜坡，開始瘋狂地往下爬。當我發現可以固定手腳的時候，就把頭朝向前方；而當需要更小心翼翼地攀附和摸索時，就只能面對著那堆巨石。

在我兩旁的遠處，盡是這座洞穴的牆壁；而頹圮的石造建築，則隱約出現在我手電筒的光束下方。然而我的前方，就只有黑壓壓的一片。

在往下攀爬的過程中，我並沒有記錄時間。因此我的腦海中不斷翻騰著令人困惑的概念和影像，彷彿所有具體事物都不斷地往無以丈量的遠方隱退。肉體的知覺已經死去，就連恐懼也只是一團虛幻不實、按兵不動的鬼影，虛弱無力地偷瞄著我。

最後我終於抵達了一層由崩落的石塊、支離破碎的石頭，以及各式各樣的沙粒和碎石所構成的地板。兩邊——大約相距三十英尺——都佇立著巨大的牆壁，頂端則是壯觀的穹窿。我只能辨認出它們都有雕刻的痕跡，至於內容是什麼，我則完全無法覺知。

最令我瞠目結舌的，便是頭上的拱形圓頂了。雖然手電筒的燈光無法探照到屋頂，不過較底下的巨大拱門還是非常顯著。它們與我在無數夢中的古世界裡所見到的是如此吻合，使我第一次不由自主地發起抖來。

在我身後和上方，一片黯淡的光芒訴說著外面是個遙遠的月光世界。一絲模糊的謹愼感警告我，不要讓這片光芒離開我的視線，否則的話，我會少了歸途的指引。

此刻我朝著左側的牆壁前進，因爲那裡的雕刻痕跡是最明顯的。零亂的地面幾乎讓人和向下攀爬時一樣困難，但我還是舉步維艱地通過了。

我在某個地方舉起了幾塊石頭，又踢開了一些碎片，好讓我看清這條通道，然而那些大致上還維持彼此連接的八角形石頭，其徹底與致命的相似感，使我不禁凜然一驚。

我離開牆壁一段距離，然後將探照燈緩慢而仔細地掃過上面磨損的刻痕。昔日的水流似乎對這些砂石的表面起了作用，然而還有一些奇怪的凝結物，卻是我說不上來的。

這座石造建築的結構非常鬆散而扭曲，讓我不禁懷疑，這座原始而隱密的建築物，將如何通過久遠的歲月和地殼的變動，繼續將殘存的痕跡保存下去。

不過最讓我感到振奮的，莫過於這些刻痕本身了。儘管受到歲月的摧殘，但是仔細觀察下，它們還算相當容易辨認；而且每一個細節都是那樣地熟悉，幾乎讓我目瞪口呆。我對於這座古老建築的主要特色並不陌生，但這也不是什麼難以置信的事。

因爲這些特色是如此深刻地烙印在某些神話編織者的心中，因而具體地展現在源源不絕的隱密傳說中，且不知怎地，又在我失憶的期間引起我的注意，並且在潛意識的心靈勾勒出鮮明的畫面。不過，我又怎麼能夠準確而詳盡地解釋，這些奇怪圖案的每一條直線和曲線，都和我多年前所夢到的如出一轍呢？是什麼詭異而被遺忘的圖像學有可能複製出如此細微的變化和差異，且如此頑固、明確、一成不變地佔據著我每夜的夢境呢？

這絕不可能是巧合或千載難逢的相似。此刻我所站立的這座古老而埋藏已久的走道，絕對且肯定是我夢中所熟知的東西，就如同我對阿克罕鎮克蘭街上的自宅感覺一樣親切。是的，我夢中所展現的是此地未衰敗前的原貌；就算今非昔比，然而我一點兒也沒認錯。但可怕的是，我竟然完全被引導到此地。

我知道自己所置身的建築物是什麼。也知道它出現在我夢中古老而可怕的城市裡的什麼地方。我可以在這棟建築物和那座城市裡到處走動，而不會走岔，雖然這座城市在無以計數的年代中，經過了變動和破壞，但我就是有這種可怕而本能的自信。天哪！這一切代表著什麼樣的意義啊？我又是怎麼知道我所知道的事呢？在古老傳說中關於這群曾住在原始石造迷宮中的生物背後，到底暗藏著什麼樣可怕的眞相呢？

言語只能傳達囓咬我靈魂的恐怖和迷惑當中的微小部份。我知道這個地方。我知道在我底下的是什麼，也知道在這座神祕的塔樓夷爲灰燼、碎石和沙漠之前，矗立在此的是什麼。我顫抖地想，我眞的不想再看到眼前那片微弱的月光。

想要逃跑的欲望、熾烈的好奇心混雜著宿命的誘惑，這兩種截然不同的心情撕裂著我。自夢境結束後的幾百萬年間，這座古老的大都會到底發生過什麼樣的遭遇呢？至於這些埋在城市底下，並和所有的巨大塔樓相連的迷宮，有多少部分逃過地殼的變動而保存至今呢？

難道我遇到的是一個充滿邪惡古風的地下世界嗎？我還能找到那位寫作大師的房間嗎？而思戈哈這個從南極洲來的星狀頭食蟲植物，其被囚禁的心靈曾在一座高塔裡的空白牆壁上鑿出某些圖畫，而我還能找出來嗎？

位在地下第二層的走道，可以通往外來心靈所聚集的大廳，而它現在還是一樣暢通無阻嗎？在那間大廳裡，有個難以置信的被囚禁心靈——屬於一種半軟半硬的生物，住在冥王星之外一顆未知行星的內部空洞中，距今八千萬年以後——曾經保留了一樣泥塑品。

我閉上雙眼，將手放在頭上，可憐兮兮地想把這些瘋狂的夢境片段逐出我的意識之外，卻一無所獲。然後，我第一次強烈地感覺到周圍空氣的涼意、流動和潮濕感。渾身發抖的我這才明白過來，原來那一大串死寂多年的深淵，確實正在我底下和身後的某處，張著大口打哈欠呢！

當我回想著夢境時，便想到那些可怕的房間、走道和斜坡。那條通往中央資料室的路是否還可行呢？我想起那些令人敬畏的紀錄，曾經保管在不鏽金屬製成的方盒子裡，一股誘人的宿命感又開始不斷地拉扯著我的腦袋。

根據夢境和傳說，那些紀錄保存了所有關於時空連續體的歷史，無論是過去還是未來，那是由來自太陽系的各個星球和各個年代的被囚禁心靈所寫下來的，但現在的我，難道不是闖入了一個和我一樣瘋狂的黑暗世界嗎？

我想起那些上鎖的金屬櫃，還有奇形怪狀的環扣，每個都得打開來才行。而我自己的紀錄則栩栩如生地闖入我的意識中。我在櫃子最底層的地球脊椎類動物區裡，反反覆覆地經歷過各種轉換的複雜程序和壓縮啊！每一個細節都是那樣新奇而且熟悉。

假如我夢中的洞穴眞的存在的話，待會兒我就可以打開它了。就在這時，我被瘋狂完全征服了。於是一彈指間，我已經朝著鮮明記憶中通往底下的斜坡，在岌岌可危的破瓦殘礫上跳躍與墜落。

VII

從這時候開始，我的印象就很不可靠了。我確實還抱有最後一線希望，但願它們只是某個惡夢或幻覺的一部分。那時我的腦袋猛然起了一陣高燒，於是我遇到的每件事物都成了一片朦朧，有時則只是間歇性的片段而已。

手電筒的燈光微弱地照著那片吞噬萬物的黑暗，快速閃現的影像卻是某些熟悉得可怕的牆壁和刻痕，全都在歲月的摧殘下日漸衰頹。在某處，有座巨大的拱頂已經塌落了，於是我只能爬過這片龐大的石頭堆，才能接近殘破而詭異的鐘乳石屋頂。

這些已經是夢魘的最高潮了，但又受到假記憶的惡意滋擾而更雪上加霜。只有一件事我並不熟悉，那就是我的體積和這座驚人建物之間的比例。我受到一股罕見的渺小感所壓迫，彷彿透過人體所見到的這些高聳的牆壁，都是那樣的新奇與不凡。我不斷焦慮地低頭看看自己，隱約受到我擁有的人類軀殼所干擾。

我繼續又跳又衝、跌跌撞撞地往前，通過那座暗無天日的淵藪。期間經常讓自己跌個鼻青臉腫，還有一次幾乎要把我的手電筒給摔爛了。在這座妖魔鬼怪般的洞穴裡，每塊石頭、每個角落，對我而言都是那樣地熟悉；還有不少次，我會停下腳步，將燈光打向那些令人窒息，而又令人熟悉的崩落拱門。

有些房間已經完全塌陷了；其他房間則是空蕩蕩的，或是堆著斷瓦殘礫。我在某些房間裡看到一堆堆的金屬，有些還相當完整，有些已經破損，還有一些已經壓碎或搗毀了。我認出它們就是夢中出現的巨大臺座或桌子。而它們到底是什麼樣的東西，這我就不敢妄加揣測了。

我找到了通往底下的斜坡，於是開始往下走——不一會兒後，我就被一道裂得參差不齊的缺口給擋了下來，其最狹窄的地方還不到四英尺寬。石造物從裂隙掉落下去，顯示出底下那片黑暗有多麼深不可測。

我知道在這棟雄偉的建築物裡，至少還有兩層地下樓，而且當我想起最底下的那層，有一道金屬嵌緊的活動門時，一股新的痛苦讓我不禁全身發抖。現在不可能有守衛了，因爲自從蟄伏在底下的東西完成它們可怕的任務，並步入衰敗的命運後，距今已經有很長一段時間。等人類之後的甲蟲類生物出現時，它們已經滅絕得差不多了。然而，當我一想到那些原住民傳說時，又開始顫抖了起來。

我花了好大一番力氣，才撐身越過那道裂縫，又因爲亂七八糟的地面，讓我無法順利起步——然而瘋狂卻一再拉我前進。我選了一個靠近左牆的位置，這裡的裂縫是最窄的，不過落腳的地方倒是沒有碰上碎石的危險。經過一陣忙亂之後，我終於安全地抵達另一邊了。

最後終於到了更底下的一層，我踉踉蹌蹌地經過那間機器室的拱門，裡面全是一些稀奇古怪的破銅爛鐵，半掩埋在崩落的拱頂底下。每件東西都出現在我熟知的地方，於是我信心十足地爬過廢棄堆，因爲它將一道非常龐大的走廊給堵住了入口。我知道這座走廊會帶我通過城市的底部，並進入中央資料室的。

在我連滾帶爬、蹦蹦跳跳的同時，無盡的歲月似乎沿著這座碎石遍佈的走廊一路展開。有時我能辨認出歲月染指的牆上所出現的雕刻是什麼，然而有些似乎是我夢中的年代過後才又新添上去的。由於這是一條門戶相通的地下公路，所以並沒有拱門，除了當它要通往更底下的諸棟建築物時。

在某些交叉口上，我會把頭撇向一邊，將那些記憶猶新的房間看個仔細。只有兩次發現和我夢中的情況截然不同，有一次我則可以追溯出記憶中那道封鎖的拱門輪廓。

我抖得很厲害，且當我邁開一段匆忙而不情願的路程，通過其中一座巨大、無窗，且毀壞的隱密塔樓，那詭異的玄武石塊正訴說著眾人議論紛紛的恐怖根源，這時直感到一股令人麻木的虛弱感正急遽增加。

這是一間圓形的主要地下室，足足有兩百英尺寬，且在深色的石造物上沒有任何刻鑿的痕跡。這裡的地板上除了灰塵和沙之外空無一物，因此我可以清楚看到那些通往上層或下層的洞口。這裡既沒有樓梯，也沒有斜坡——我的夢中確實映現出這些古老的塔樓，完全不受到恐怖至尊者的干擾。而這些塔樓的建造者則無須使用樓梯或斜坡。

在我的夢中，通往下方的洞口已被嚴密封鎖起來，並受到高度戒備。但現在它卻門戶大開——黑壓壓地張著大口，並吐出一股凜冽而潮濕的氣流。至於底下可能盤據著多少永不見天日的無盡深淵，我不容自己多作揣測。

後來，我在一段亂七八糟的走廊上掙扎著爬過，然後到了一處屋頂完全塌陷的地點。碎石堆得像座山一樣，於是我爬了過去，再通過一片廣大而空曠的空間，我的手電筒在這裡照不出牆壁，也照不出拱頂。我想，此地應該就是金屬分配官的地下室了，面對著第三廣場，且距離中央資料室不遠。這些地下室到底發生了什麼事，這我就無法猜想了。

爬過那堆碎石瓦礫堆之後，我又再度發現那條走廊，但只在一小段距離之後，我又遇到一個全然堵死的地方，崩落的拱頂幾乎要碰到岌岌可危的變形天花板了。至於我是如何將足夠的石塊扳開並扯到旁邊，好開出一條通道的，而我又怎麼敢驚動那些緊密堆砌的碎片（須知道只要最輕微的震動，就足以讓上方整個結構物的重量將我壓得粉身碎骨），這些我通通不曉得。

唯有一股腦的瘋狂在驅策並引領著我——假如這整個地下探險過程如同我所盼望的，並不是一場可怕的幻想或夢境的話。但我確實——或如此夢到——開出了一條足以穿身的通道。當我扭著身體爬過瓦礫堆後——保持亮著的手電筒一直緊緊地含在我的口中——我覺得自己被上方那片崎嶇不平的鐘乳石給撕裂了。

此刻我已經接近巨大的地下資料室了，那兒似乎是我最終的目標。我連滾帶爬地滑下一座障礙物的彼端，然後手上持著忽明忽滅的手電筒，繼續沿著剩下來的走廊前進，最後終於來到一間低矮而有拱門的圓形地下室，這裡保存完整得令人嘖嘖稱奇，每一側的門都是開著的。

手電筒的燈光可以照到那些牆壁，或諸如此類的建物，密密匝匝地鑿刻著典型的曲線符號——有些是我夢中的時期過後才又加上去的。

然後我明白了，這就是我命中注定的目的地，於是我立刻轉身，穿過左手邊一道熟悉的拱門。在此我可以發現乾淨的走道，連接著向上或向下的斜坡，能夠通往現存所有的樓層。奇怪得很，我對此幾乎沒有疑問。這間受到地表保護的偌大房間，保存了關於太陽系的一切紀錄，曾經耗費超凡的技術和力氣打造而成，且將一直維持到太陽系毀滅爲止。

體積驚人的石塊展現出數學天分，並由某種無比堅硬的水泥包裹起來，於是形成一整塊和這顆星球的核心一樣堅固的物體。此地所經歷的年代，驚人地超出了我的理智所能掌握的範圍，然而它埋藏起來的主體，卻仍然維持著基本的輪廓，其寬闊而灰塵遍佈的地板，倒是少有其他地方所常見的凌亂廢棄物。

我腦海中突然靈機一動，想到從此處開始，行走會變得比較容易。於是，之前受到阻撓的瘋狂急切感，這時全都飛快地拋到腦後了，於是我沿著一道道記憶猶新的低矮走道，自由自在地全速前進。眼前所見到的熟悉景象，讓我不只是張口結舌而已。每回我的手一觸摸，那刻著象形文字的金屬櫃，便邪惡地浮現出龐大的門；有些金屬櫃還保持原狀，有些則已經打開來了，還有一些在昔日地表的重壓下而扭曲變形，但還不至於強烈到讓整座龐大的建築化爲灰燼。

在打開來的空櫃子底下，有時會有一堆佈滿灰塵的資料，彷彿說明這裡曾有箱子被地震搖落下來。偶然出現的柱子上則有碩大的象徵符號和字體，顯示出這些資料的類別。

有一次我駐足在一間敞開的地下室前方，看到某些熟悉的金屬箱仍然放在原地，周圍則佈滿了無所不在的塵沙。於是我湊上前去，費了一番力氣搬動其中一個較薄的箱子，然後將它擱在地板上仔細觀察。上面標示著那些常見的曲線象形文字，雖然這些字體的排列順序似乎有點微妙地不尋常。

其彎彎曲曲的環扣是一種特殊的機械構造，但對我來說卻熟悉無比，於是啪的一聲，我將那尚未生鏽故障的蓋子打了開來，然後取出裡面的書。一如我所預料的，這本書的面積大約是二十乘以十五平方英寸，厚度爲兩英寸；而用來覆蓋的薄金屬片則可從上方打開。

纖維質的粗糙書頁似乎沒有受到時間巨輪的影響，於是我帶著縈繞不去而半被勾起的回憶，開始研究起內文裡那些顏色奇特、毛筆書寫的字體——既不像經常出現的曲線象形符號，也不像人類已知的任何字母。

我突然想到，這也許是某個被奴役的心靈所使用的文字，我在夢中似乎依稀知道此人；它來自於一個龐大的星團，許多古代的生物和原始星球的傳說都還保存在那兒，包括它的星球在內。同時我也想起，這一層的資料庫貯藏著地球以外的行星紀錄。

當我停止飽覽這些不可思議的文件，這才發現手電筒的燈光開始變暗了，於是趕忙換上隨身攜帶的備用電池。然後，我在較強烈的燈光輔助下，又開始急步走過這些錯綜複雜、永無止盡的通道和走廊，三不五時還會認出某些熟悉的櫃子，且隱隱受到某種聲音所困擾，致使我踩在這片地下陵寢的腳步聲顯得有些突兀。

在身後這片數千年來無人踩過的灰塵上，出現了我的足跡，使我不禁一顫。假如我的夢境具有任何眞實性的話，那麼我們可以說，在此之前，人類的腳步從來不曾踏過這些歷久彌新的通道。

至於我瘋狂的疾走想要到達什麼樣的目的地，我的意識一點概念也沒有。然而有一股邪惡的力量，一直在拉扯著我昏昧的意志和淹沒的記憶，於是我只能模模糊糊地感覺到，自己並非漫無目標地在奔跑。

我來到一道向下的斜坡，然後隨著它降到驚人的深處。在我奔跑的同時，一層層的地板則從我身旁飛掠而過，但我並沒有停下來多作探索。在我暈眩的腦海中，開始響起了某種節奏，致使我的右手跟著抽搐了起來。我想要打開某樣東西，並感覺我知道一切必要的複雜轉動和使力方式。那就像一只配上暗碼鎖的現代保險箱一樣。

無論是否在作夢，我曾經瞭解，此刻也依然瞭解。任何一場夢，或是被潛意識所吸收的片段傳說，是如何能夠這般詳細地教我打開如此精密、複雜而又繁瑣的開關呢？我壓根不想對自己解釋。我已經喪失所有前後一致的想法了。因爲這整個經驗——對一整片未知的廢墟感到令人訝異的熟悉，還有每一樣東西都和之前只出現在夢中或神話中的片段如此驚人地吻合——難道不是一樁超乎一切理智之外的恐怖事件嗎？

也許基本上我相信——例如在較爲理智的此刻——自己壓根不是清醒的，而那整座埋在地下的城市，都只是高燒所引起的部分幻覺而已。

最後，我終於到達最底層，然後立刻趨向右邊的斜坡。基於某個不明的理由，我試著放輕腳步，就算我會因此減緩速度也無妨。因爲在這最後、最深的地下層裡，有個我不敢僭越的空間。

當我靠近時，才想起那裡有什麼東西是我所畏懼的。原來是那道被金屬封鎖而嚴密看守的活動門。現在已經沒有守衛了，且基於這個原因，才更讓我渾身發抖，並且躡手躡腳地通過那間漆黑的玄武岩地下室，裡面就有一道類似的活動門在噴著氣呢！

我感覺到一股又濕又冷的氣流，且當我在那兒時，又感到我的步伐帶我走到另一個方向。我爲什麼會選擇這條路徑呢？我眞的不曉得。

當我接近那個空間時，看見活動門正大剌剌地張著口。前方再次出現檔案櫃，接著我在其中一個櫃子前方的地板上，瞥見了一堆箱子，上面覆蓋著薄薄的一層灰，是最近才剛墜落的幾口箱子。就在此時，一陣新的恐慌揪住了我，但我卻一時找不到原因。

一堆堆掉落的箱子並非罕見，因爲歷經歲月悠悠，這座暗無天日的迷宮已被地殼的變動所破壞，於是翻倒的物品不時會發出震耳欲聾的回音。但唯有當我快要通過此地時，這才發現自己抖得那樣劇烈。

並不是因爲那堆箱子，而是地面上的灰塵中有某種東西在困擾著我。在手電筒的照耀下，此地灰塵似乎要比正常的情況更不平整——有些地方看起來較薄，彷彿是幾個月前才剛形成的。這我無法確認，因爲就算是那些明顯較薄的地方，也還是有夠多的灰塵；然而在這片看似不平整的灰塵上，彷彿還帶一絲模糊的規則性，讓人感到相當不安。

當我把手電筒靠近其中一個奇怪的地方後，眼前所見到的景象讓我感到厭惡——因爲那種規則性的幻覺變得非常強烈。那裡彷彿有條規則的混合腳印，每三個腳印一組，每個腳印約超過一平方英尺，並由五個三英寸、幾近圓形的痕跡所組成，其中一個領先於其他四個。

這幾條面積達一平方英尺的痕跡，顯然有兩個不同的方向，彷彿是某個東西先走到某處，然後又回過頭來似的。這些腳印當然非常模糊，而且有可能是幻覺或意外所造成的，但我對於它們行進的路線，卻感到一股曖昧而說不出來的恐懼。因爲在這些腳印的一端，正是那堆不久前才剛掉落的箱子，而另一端則是那道險惡的活動門，在無人看守的情況下張著大口，吐出淒冷而潮濕的風，直通往底下無以想像的深淵。

VIII

這股奇怪的驅力是如此的深刻與強烈，從它最終征服了我的恐懼感即可得知。當那些腳印引起我一絲可怕的懷疑，還勾起了令人毛骨悚然的夢境回憶之後，沒有任何一個合理的動機會讓我繼續往前的。然而儘管我的右手害怕地發抖，卻仍然一意孤行地將一道它希望找到的鎖，配合著抽搐的節奏給打了開來。在我明白過來以前，我已經越過了那堆近來才掉落的箱子，並躡手躡腳地跑過被完全不知名的灰塵所覆蓋的走廊，到達一處似乎熟悉到既異常又可怕的地方。

我的腦子正自我盤問著這些東西的來源和相關性，而這也是我剛要猜測的。人類的軀體可以接觸到那個書櫃嗎？而我這隻人類的手可以掌控那道恆被記住的旋轉鎖嗎？那道鎖至今仍然完好如初而未被破壞嗎？而我又該怎麼做——我敢怎麼做——我這才開始明瞭，原來我既希望又害怕找到的東西是什麼？它是否能夠證實某些超乎正常概念的事物，其實是令人敬畏且惱人的眞相呢？抑或只會證明那是我在作夢而已？

接著我又知道，我已經不再躡手躡腳地跑步了，而是直楞楞地站著，瞪看一排異常眼熟的書櫃，上面刻著象形文字。它們的保存狀態幾乎完美，而且其中只有三道門是已經打開的。

我想要接近這些書櫃的感覺是無法形容的——如此徹底而又堅持，一如昔日的感覺。我正仰望著一排接近最上方的書櫃，但我完全搆不著，心裡盤算著要怎樣能爬到最有利的地點。從底下算起來的第四層書櫃，有一道打開的門，這也許會有幫助，至於其他沒有打開的門，則可以利用它們的鎖固定我的手和腳。而假如有一些地方需要騰出雙手的話，那我可以用牙齒咬住手電筒。最重要的是，我必須不出聲才行。

要如何把我想搬動的東西拿下來是一件棘手的事，不過也許我會把可動式的環扣勾在我的衣領上，然後像背包一樣揹在身上。但我又想到它的鎖不曉得壞了沒。假如沒壞，那我就可以毫不猶豫地重複每一個熟悉的動作。不過我希望那東西沒有磨損或裂開——這樣的我手才可以適當地發揮作用。

才在思索這些事情的同時，我就已經用嘴巴咬著手電筒，開始攀爬的行動了。那些突出來的鎖並不是很好的支撐點；不過還好，一如我的預料，那道敞開的門倒是非常有用。我同時利用它的旋轉門和縫隙的邊緣讓自己攀升，而且成功地避免製造任何嘈雜的嘎吱聲。

我在那扇門的上緣平衡著身子，然後往右邊盡量靠近，這樣一來就可以搆到我要找的鎖了。經過攀爬之後，我的手指幾乎要麻痺了；起先變得非常笨拙，不過我很快地發現，它們又能活動自如了。而且手指頭有一種非常強烈的節奏感。

通過無以知曉的時光隧道，那複雜而神祕的動作，似乎又絲毫無誤地回到我的腦海中——因爲不到五分鐘的嘗試之後，就出現了的熟悉的喀擦聲，完全出乎我的意料之外，因而讓我更感驚訝。又過了一彈指的時間，這道金屬門便緩緩地旋轉開來，只發出最微弱的咯吱聲。

我兩眼茫然地瀏覽著那排暴露在外的灰色箱子，並感到一股龐大而完全無法言喻的情緒浪潮。在我右手的探觸範圍內有一口箱子，上面的曲線象形符號讓我不禁全身發抖，內心的痛楚遠比單純的恐懼複雜許多。依然顫抖的我，從層層沙礫堆中將它搬出來，朝自己挪近，沒發出任何劇烈的噪音。就像另一個我曾經處理過的箱子一樣，它的體積大約超過二十乘以十五英寸，帶有數學曲線式的淺浮雕。至於厚度，則剛好超過三英寸。

我把它卡在身體和我方才攀爬過的櫃子之間，弄了一會兒環扣之後，終於把勾子扳開了。我打開盒蓋，將這整個沉重的物體放在背上，並讓勾子緊抓住我的衣領。這時兩手騰空的我，開始笨拙地往下爬到灰塵遍佈的地板上，準備好好檢視我的戰利品。

我跪在灰塵堆裡，將箱子轉了過來，然後放在我的前方。我的雙手顫抖著將裡面的書籍拿出來，恐懼之情就如同渴望之情一樣強烈——而且感覺非這麼做不可。我漸漸明白，原來我要找的東西是什麼，而這種了然於胸的心情幾乎要把我的神經給麻痺了。

假如那東西眞的在裡面的話——假如那不是我在作夢的話——那麼它的意義將超出人類的靈魂所能承受的限度。最讓我痛苦不堪的，是我暫時性的感覺喪失，致使我無法察覺周遭的一切全是一場夢。那種眞實感實在是太可怕了。當我回憶起這幕情景時，還是那樣憬然赴目。

我終於顫抖地將那本書從箱子裡取出來，然後神魂顛倒地凝視著封面上那些熟悉的象形文字。它似乎保存得很完善，而且標題上的曲線字體簡直會對我產生催眠作用，彷彿我能閱讀。確實，一旦我接觸到某些短暫而恐怖的異常回憶時，我彷彿眞的能夠閱讀它們。

我不知道過了多久，才膽敢把那片薄薄的金屬封面打開來。我不斷拖延時間，並爲自己編織藉口。我從嘴裡拔出手電筒，然後關掉電源以節省電力，然後，我在這片闃暗中，鼓起全部的勇氣——終於在沒有光線的情況下打開了封面。一直撐到最後，我才把手電筒照在毫無遮掩的扉頁上。我克制住自己，以防止發出任何可能的聲音，無論我將會發現什麼。

我只看了一會兒，就昏了過去。但我還是咬緊牙關，一直保持靜默。我整個身體癱垮在地板上，在這片吞噬萬物的黑暗中，將一隻手擱在額頭上。我所害怕與期待的東西全都在那兒；不論是我在作夢，還是時空眞的開了我一個大玩笑。

我一定是在作夢——不過我會把這個東西帶回去，給我兒子瞧瞧，讓他判斷這個恐怖的東西到底是不是眞的。我的腦袋滿溢著恐懼，即使在這片打不破的幽暗中，身邊沒有任何具體可見的事物在纏著我。然而最赤裸而恐怖的想法和意象——由我驚鴻一瞥而揭開的整幅畫面所引起的——卻開始蜂擁至我的腦海，而讓我的理智模糊了起來。

我想起灰塵上的可疑腳印，而我呼吸的聲音則讓我渾身發抖。我再次打開手電筒，然後看著書頁，彷彿一位遭到蛇吻的受害者正注視著兇手的眼睛和毒牙。

接著我在黑暗中，用笨拙的手指闔上書，再放回箱子裡，啪的一聲，把蓋子和那奇形怪狀的勾形環扣關上。那是我必須帶回外界的東西，假如它眞的存在的話，假如這整個洞穴眞的存在的話，假如我，和這世界本身，眞的存在的話。

當我舉起蹣跚的腳步，開始往回走時，我幾乎無法確定。但奇怪的是，我卻突然想到——由此證實我的感官已和正常世界脫節了——置身在地底的這幾個可怕的鐘頭裡，我竟然連一眼都沒看過手錶。

我的一隻手上握著手電筒，另一隻手臂則夾著那只可怕的箱子，終於發現自己正戰戰兢兢地走過那座涼風颼颼的洞穴，和那些曖昧不明的腳印。當我爬上永無止盡的斜坡，我的戒慎感才稍微鬆弛了些，卻還是甩不掉那片明白眞相的陰影，那是我之前往下的過程中所不曾感覺到的。

我很怕自己得再經過那間漆黑的玄武岩地下室，它比這座城市本身還要古老，而且還有冷風從無人看守的深處一陣陣地湧上來。我想起至尊者所恐懼的對象，也想起有什麼東西可能還潛藏在地下——不論它已經非常虛弱或者奄奄一息。我想起那五個圓形爲一組的腳印，又想起我的夢告訴我這些腳印是什麼。我想起奇怪的風，和夾帶而來的呼嘯聲。然後我又想起那些現代原住民所說的故事，而可怕的強風和無以名狀的廢墟，就是從那兒生根茁壯的。

我從一面牆壁上的雕刻符號得知我應該進入哪一個樓層，再經過另一本我查閱過的書後，我終於到了那片寬闊而有許多拱門的圓形空間。我立刻認出，在右手邊的是我方才通過的拱門。現在我又進來了，心裡明白接下來的路程將會更難走，因爲在這棟檔案建築物的外頭是那樣的凌亂。況且這座金屬箱又是另一個沉重的負擔，於是我發現，當我在碎石殘礫間踉蹌走過時，愈來愈難讓自己保持安靜了。

接著我來到那堆高達天花板的瓦礫堆，之前我蠕動的身軀已經弄出了一條小通道。我害怕到了極點，擔心免不了又是一次掙扎，因爲我第一次的通行製造了一點噪音，而現在——在看到那些可疑的腳印之後——沒有什麼東西會比聲音更可怕的了。況且，當我越過那道狹窄的裂口時，這個箱子無疑會增加麻煩。

但我還是盡我所能地爬了上去，然後先將箱子推過前方的洞口。接著含著手電筒，讓自己也鑽了過去——背部又像之前那樣被鐘乳石劃傷了。

當我試著再把箱子抓在手上，它卻在我前方的一段距離之外，從瓦礫堆的斜坡上滑落下去，而發出惱人的匡噹聲和陣陣迴響，讓我全身直冒冷汗。我立刻撲身過去抱住它，沒再發出別的噪音。但一會兒過後，我腳下滑動的石塊，卻又突然發出前所未聞的巨響。

那聲巨響是我鑄下的大錯。因爲，不管眞切與否，我想我聽到某個可怕的聲音，從遙遠的身後回應著我。我想我聽到的是一種尖銳的呼嘯聲，不像地球上的任何東西，也絕非任何筆墨所能貼切形容的。假如眞是如此的話，那麼隨之而來的，便是無情的嘲弄了吧——要不是那東西引起了恐慌，那麼第二件事也就永遠不會發生了。

結果，我的瘋狂不但眞切，而且毫不鬆懈。我的手上拿著手電筒，另一隻手則無力地抓著那口箱子，瘋狂也似的往前又奔又跳，我熱切盼望離開這片地獄般的廢墟，盡早回到沙漠和月光所屬的清醒世界，而它們就在遙遠的上方，除此之外，我的腦海裡一點雜念也沒有。

當我到達那座高過坍塌的屋頂、直沒入遼闊的黑暗中的瓦礫堆時，我幾乎渾然不覺，且在佈滿碎石殘片的陡坡上攀爬時，還不斷地把自己弄得傷痕累累。

接著是大難臨頭。因爲當我盲目地跨越頂點時，卻沒想到前方即將出現的陡坡，於是我的雙腳完全滑陷下去，然後發現自己置身在一堆混亂的落石陣中，如雷般的聲響劃破洞穴裡的黑暗空氣，一如地殼搖晃時所掀起的震天軋響。

我想不起是怎樣從這團混亂中脫身的，不過當我沿著轟然作響的走廊，一路俯衝、絆倒、爬行時，短暫而殘缺的意識還是引領著我，而箱子和手電筒也還在我身邊。

然後，就在我快要到達那間主要的玄武岩地下室的當口，我感到如此的恐懼，以至於完全發瘋了。隨著方才那陣亂石所引起的回音安靜下來，這時卻不斷傳來我之前聽過的呼嘯聲，既可怖又詭異。這回是絕對錯不了的——而且更糟糕的是，它並不是從背後傳來的，而是來自**我的前方**。

也許當時我有尖叫出聲。我依稀記得的畫面是，自己正在飛越這座隱藏著古老生物的玄武岩地獄洞穴，一面還聽到那該死的怪聲，從底下那片深不可測的黑暗中，穿過那扇無人看守的敞開大門傳上來。還有風聲——還不只是一股濕冷的氣流而已，而是一陣猛烈而蓄意的強風，從一陣陣邪惡的呼嘯聲所來自的可恨深淵狂吹而來。

我記得自己在障礙物上，跳過障礙物，跌跌撞撞地奔跑，而風勢和尖叫聲則隨著每分每秒增強，當它們從背後和底下不懷好意地竄出之後，便似乎刻意地在我周圍纏繞與扭絞。

雖然風出現在我背後，但奇怪的是，它的效果卻是阻力，而非助力。不小心發出噪音的我，七手八腳地跨過一座巨大的石塊障礙，然後又到了那棟通往地表的建築物。

我記得自己瞥見了那間機械房的拱門，且當我看見那片斜坡，可以通往底下一扇邪惡的活動門時，幾乎尖叫而出。不過我還是忍住了，只是反覆地喃喃自語著，說這些全是一場夢，我馬上就會醒過來了。也許我是在營地裡，說不定還在阿克罕鎮的自家裡呢！這些希望振作了我的理智，於是我又開始爬上斜坡，邁向較高的樓層。

我當然知道，我必須再度通過那道四英尺寬的裂縫，然而其他的恐懼卻讓我飽受折磨，使我一直要到跨過之際，這才意識到這項徹底的恐怖。在我下坡的時候，跳過這道裂縫是一件輕而易舉的事，不過當我在上坡的時候，是否也能夠同樣輕易地跨越呢？更何況是在恐懼、疲憊和沉重的金屬盒子的阻撓下，還有那股妖邪的風，不懷好意地從背後拉扯著我。我是在最後一秒鐘才想起這些事的，另外也想到可能有什麼無名的生物，正蟄伏在這道裂縫底下的黑洞中。

忽明忽滅的手電筒開始變得微弱，但我還是能靠著模糊的記憶，知道自己接近裂縫了。在我身後一陣陣陰冷的強風和令人厭惡的呼嘯聲，這時倒是起了慈悲的麻痺作用，讓我對於前方張著大口的深淵，想像力因此變鈍了。接著我又意識到，前方吹來的巨風和呼嘯聲增強了——從想像不到、也無法想像的深淵穿過裂縫，一股腦兒地湧上來。

現在，我總算遇上惡夢的純粹本質了。理智已經離我遠去。我什麼都不在乎，只除了動物性的逃命本能以外，於是我只能衝上那道礫石遍佈的斜坡，作困獸之鬥，假裝深淵根本就不存在。接著我看到裂縫的邊緣，於是使出渾身解數，瘋狂地跳了過去，卻立刻被一陣可憎的喧囂聲，和可觸知的徹底黑暗所構成的渦流，給大口吞沒。

這就是我所能想起的最後經歷。至於接下來的印象，就全然屬於精神錯亂所引起的幻覺了。夢境、瘋狂和回憶，全都亂七八糟地攪在一起，而以異想天開、支離破碎的幻覺形式出現，它們與任何眞實事物都毫無瓜葛。

先是出現駭人的墜落，穿過那深不可測、黏膩而若有所知的黑暗，接著是鬧哄哄的一片，迥異於地球和它的有機形態所發出來的聲音。潛在的基本官能似乎在我體內活動了起來，告訴我這裡是某些會飛的怪物所居住的巢穴和黑洞，並帶領我到暗無天日的峭壁、海洋，和終年不見陽光的擁擠城市，到處都是沒有窗戶的玄武岩高塔。

這顆星球的原始祕密和不復記憶的歷史，全都在我的腦中閃現，儘管沒有影像或聲音的輔助；我甚至還知道一些事情，是連之前最瘋狂的夢境都不曾提示過的。潮濕的氣流彷彿伸出冰冷的手，一直抓著我、戲弄我；在周遭黑暗的渦流中，喧囂和靜默互相交替，卻被那陣可怕而該死的呼嘯聲殺氣騰騰地凌駕而過。

然後又出現夢中那座巨大城市的景象——這會兒可不是以廢墟的形態出現，而是和我夢中一模一樣。我又出現在非人類的錐形體內，並和一大群至尊者與其他被奴役的心靈混雜在一起，後者正在高聳的走廊和寬闊的斜坡上，將書本搬上搬下。

接著，除了這些畫面之外，則是看不見的意識，可怕而短暫地一閃而過，其中包括絕望的掙扎、奮力擺脫那陣呼嘯的風緊抓不放的觸角、像蝙蝠一樣瘋狂地飛過半凝結的空氣、急忙鑽過那片強風侵襲的黑暗、七手八腳地在塌落的石塊上爬了又跌、跌了又爬。

有一回，有個似有若無的奇幻景象快速地闖進來，那是從遙遠的頭頂射來的一絲模糊的泛藍光。接著展開一場被風追逐的攀爬之夢——夢中我扭動著身體，從碎石堆裡鑽進一片獰笑也似的月光下，之後又經歷一場非比尋常的颶風，遂使身後的亂石堆滑落與崩塌下來。最後是那片令人瘋狂的月光，以其邪惡而單調的波動告訴我，我已經回到曾經熟悉的客觀而清醒的世界了。

我臉部朝下，手上抓著澳洲沙漠的沙子，周圍則呼嘯起地表上前所未聞的風聲。我身上的衣服破破爛爛，而且全身瘀青、遍體鱗傷。

我的意識非常緩慢才完全恢復過來，而我也沒辦法分辨，方才那場如夢似幻的景象是從哪裡消失的，而真正的記憶又是從哪裡開始的。似乎出現過一堆巨大的石塊，底下則有一道深淵，然後從過去的時空揭露出驚人的真相，最後以惡夢般的恐怖收場——但這其中有多少是真實的呢？

我的手電筒已經不知去向了，還有那口被我發現的箱子也是。而這樣的一口箱子——或任何深淵、任何石堆——是否真的存在過呢？我抬起頭來往後張望，只見到這片寸草不生、高低起伏的沙漠。

那陣鬼風已經平息下來了，而一輪浮腫而慘白的月亮則在西方沉沒，逐漸將天空染紅。我東倒西歪地站了起來，開始舉步維艱地朝著西南方的營地邁進。發生在我身上的真相究竟是什麼？難道我只是在沙漠上暈倒了，然後拖著飽受夢境折磨的身體，穿越連綿數英里的沙漠和埋沒的亂石嗎？假如不是的話，我又怎麼受得了繼續活下去呢？

原先我相信這些不眞實的影像，都是神話產生的結果，但在新的疑問下，這樣的信念馬上煙消雲散，而回歸到從前的可怕疑惑。假如那道深淵是眞實的，那麼至尊者也是眞實的——而它們在盡虛空、遍法界的時間渦流中，不懷好意地到處探勘和佔領，這些也都不是神話或惡夢，而是驚心動魄的眞實啊！

難道血淋淋的事實是，在那段黑暗而令人困惑的失憶期間，我眞的被拉回一億五千萬年前，一個早於人類的世界嗎？難道我眼前的身體，眞的曾是一群來自萬古以前的恐怖外星意識所利用的媒介嗎？

當我的心靈被那些搖搖晃晃的怪物監禁時，難道我確實見證了那座該死的石造城市的全盛時期嗎？而且還以囚禁者的可恨形象，鑽到地下那些熟悉的走廊嗎？難道這些長達二十年以上的痛苦夢境，竟然都是赤裸裸的驚人回憶嗎？

難道我眞的和那些從各個到不了的時空角落而來的心靈交談過，因而得知宇宙的奧祕，無論是過去、還是未來，而且還寫下地球的紀錄，以存放在那些宏偉的檔案室裡的金屬盒子嗎？至於狂野的風和邪惡的呼嘯聲，這些令人戰慄的古老種族呢？難道這些，事實上都是徘徊不去的潛在威脅，在黑暗的深淵裡伺機等候，並逐漸耗弱中，然而各種形態的生物，卻使它們千千萬萬年的生命，繼續在歲月摧殘的地表上苟延殘喘下去？

我不知道。假如那座深淵和它裡面的東西都是眞的，那一切都沒有指望了。這樣一來，人類的世界便籠罩著一團不可思議的時光魅影在譏笑著我們，這可是千眞萬確的事啊！天可憐我，所幸沒有證據顯示這些不是我在神話的催化下所作的清晰之夢。我沒有將那只金屬盒子帶回來，而那可能會成爲一項證據，而且到目前爲止，那些地下的走廊也還沒被人發現。

假如宇宙的法則是良善的，那麼它們將永遠不會被人發現。但我還是必須告訴我兒子，我看到、或以爲我看到的東西是什麼，並讓他拿出心理學家的判斷力，以衡量我遭遇的眞實性，並將這些陳述傳達給別人。

我說過，在我飽受夢魘折磨的這幾年裡，其背後所隱藏的可怕眞相，絕對和我自以爲在這些埋沒的巨石廢墟中所見到的事實息息相關。坦白說，要將殘酷的眞相寫下來，對我來說是一件難如登天的事，雖然讀者必定可以猜想得到。當然，眞相就躺在那只金屬盒子裡的書本上——那只我在億萬年的灰塵下，將它從貯藏室撬開來的盒子。

自人類降臨地球以來，沒有任何一隻眼睛或一隻手，曾經觸摸過那本書。然而，當我置身在那座駭人的深淵裡，把手電筒往書上一照，在一張張被歲月摧黃、脆弱無比的書頁上，我看出那些墨色奇特的字體，實際上並不是任何一種地球早期的無名象形文字。相反的，那是我們所熟悉的字母。一筆一畫都是我親手拼寫出來的英文字啊！

戰慄傳說中英名詞對照表

A

Abdul Alhazred .... 阿巴度・亞爾哈茲瑞德
Abigail Sargent .... 愛比嘉・薩爾金特
Abijah Hoadley ....阿畢佳・侯德利
Adams Street ....亞當斯街
Adoniram Saouthwick............... 阿多尼蘭・邵斯魏克
Aklo ....阿克羅咒語
Albert N. Wilmarth .... 阿爾伯特・威爾瑪斯
Alderney ....奧德尼島
Alert ....警戒號
Alfred ....阿福
Algernon Blackwood ....布萊克伍
Alice Keezar ....愛麗斯・姬賈
American Archaeological Society ....美國考古學會
Ammi Pierce ....阿米・皮爾斯
Anchester ....安徹斯特
Andros and Phipps .... 安卓斯與菲普斯
Angarola ....安佳洛拉
Angekok...........................安格寇
Angstrom ....安斯托姆
Anna Tilton ....安娜・蒂爾頓
Antarctica.........................南極洲
Anziques ....安崎魁族
Arachnid ....蜘蛛類動物
Aram-period ....阿拉姆時期
Ardrois-Bonnot ....安卓斯—波奈特
Arkham ....阿克罕鎮
Arkham Advertiser .... 《阿克罕新聞報》
Armington ....亞冥頓
Art Club.....................藝術俱樂部
Arthur Machen ....亞瑟・馬欽
Asaph Sawyer ....阿薩夫・索耶
Asbury M. E. Church .... 阿克罕愛斯貝里教會
Asenath Waite......雅森娜絲・魏特
Ashtoreth ....亞斯她錄
Associated Press ....美聯社
Athol ....亞索爾市
Atlantis ....亞特蘭提斯
Atlantis and the Lost Lemuria 《亞特蘭提斯與失落的黎姆利亞》
Atys ....亞提斯
Augusta.........................奧古斯塔
Augustan.......................奧古斯都
Aunt Marthy ....瑪莎姑媽
Ayer ....艾爾市
Aylesbury ....亞茲貝里
Aylesbury Transcript................. 《亞茲貝里快報》
Azathoth ....阿瑟特斯
Azathoth and Other Horrors ...... 《阿瑟特斯諸邪記》
Azazel ....阿撒茲勒

B

Babson Street ....巴布森街
Babylon ....巴比倫
Back Bay..............................後灣

Charles Lamb..........查理斯・蘭姆
Charter Street....................查特街
Chauncey ....喬西
Chesuncook ....赤森科
Chimaeras ....噴火獸
Christiania ....克立斯坦尼亞
（挪威首都兼海港奧斯陸的舊稱）
Christopher ....克里斯多夫
Cimmerian.................辛梅里安人
Circular Quay ....環形碼頭
Clark Ashton Smith...................
克拉克・艾希頓・史密斯
Clark's Corner ....克拉克街角
Cold Spring Glen ....冷泉幽谷
College Hill ....大學山丘
College Street ....大學街
comparative mythology.............
比較神話學
Comte d'Erlette ....厄爾烈特
Concord ....康科特市
Constitution Wharf........憲政碼頭
Copp's Hill.......................古柏丘
Cornwall ....康瓦耳郡
Cotton Mather ....科頓・馬瑟
Crane Street ....克蘭街
Croesus ....克里薩斯
Cromwell ....克倫威爾
Crom-Ya ....克洛姆一亞
Crowninshield ....克洛寧歇德
crux ansata ....T型十字架
Cryptomenysis Patefacta...........
《祕辛開啟術》
Cthulhu Cult ....克蘇魯邪教
Cultes des Goules..........《食屍教》
Curtis Whateley ..科悌思・華特立
Cybele ....大神母西比莉

D

D'Iberville ....伊伯維爾
Daemonolatreia ....《惡魔崇拜》
Dampier St ....丹皮爾街
Dante ....但丁
Danvers ....丹佛士
Danvers asylum ..丹弗斯精神病院
Darius Peck..........達瑞烏斯・佩克
Dark Mountain ....黑山
Darling Harbour................達令港
Davys ....戴維斯
De Furtivis Literarum Notis ......
《詭異的文字》
De Grey River ....德格雷河
De Vermis Mysteriis ....
《邪毒的祕密》
De Vigenere ....維瓊內爾
Dean's Corner ....狄恩角
Delapore ....德拉波家族
Deneb ....天鵝尾
Dho-Hna ....達虎一哈納咒語
Doctor Davis ....戴維斯醫生
Doctor Dexter ....德克斯特博士
Doels ....竇爾族
Donovan...........................多諾凡
Doré.......................................朵瑞
Doric ....多利斯式的
Douglas..........................道格拉斯

Henry Garrison ......亨利・賈瑞森
Henry the Third ....亨利三世
Henry Wentworth Akeley ....
亨利・溫特渥茲・阿克萊
Henry Wheeler ....亨利・威樂
heptarchy ....七王國
High Street ....高街
Hiram Gilman ....希蘭・吉爾曼
Hoffmann..........................霍夫曼
Holmes, Lowell and Longfellow Lie Buried in Mount Auburn ....
〈霍姆茲、婁威爾與隆斐羅長眠在奧本山〉
Hounds of Tindalos....汀達羅斯犬
Hurons ....呼倫族
Huysmans ....海斯曼
Hyde Park.....................海德公園
Hydra ....九頭蛇怪

I

Iäl Shub-Niggurath ....
伊亞・舒伯一尼古拉斯
Ibn Ghazi...................伊本・賈奇
Ilek-Vad ....伊烈克一法德
In the Vale of Pnath ....
《普拿司谷地》
Industrial Trust ....工業信託局
Innsmouth.....................印斯茅斯
Inutos ....伊努托族
Ipswich ....伊普威治
Irem ....伊倫（石柱之城）
Isaiah Thomas......以撒亞・湯瑪斯

J

James the First ....詹姆斯一世
James Williamson ....
詹姆斯・威廉森
James Woodville ....
詹姆斯・伍德維
Jevons ....介逢斯
Joanna Spring ....瓊安娜泉
Joe Minot...................裘依・米諾
Joe Sargent ....喬・撒吉特
John Clave ....約翰・克雷夫
John Hay Library ....海約翰圖書館
John Raymond Legrasse ....
約翰・雷蒙・勒格拉斯
Johns Hopkins University ....
約翰霍普金斯大學
Jonathan Wingate Peaslee..........
喬納森・溫蓋特・皮斯里
Joseph D. Galvez ....
約瑟夫・加爾菲茲
Journal of the American Psychological Society ....
《美國心理學會刊》
Joy Street ....喬伊街
Judge Capwell ....卡波威爾法官
Justin Geoffrey ....賈斯丁・傑福瑞

K

K'n-yan ....金一陽星
Kadath ....卡達思
Kamog ....卡墨格
Kanaky ....卡納卡人

Mesopotamia ....美索不達米亞
Mesozoic ....中生代
Midianites ....米甸人
Mi-Go ....米高
Milton ....密爾頓
Milwaukee ....密爾瓦基
Minoan ....邁諾斯(克里特)文明
Miskatonic Club ....
米斯卡塔尼克俱樂部
Miskatonic University................
米斯卡塔尼克大學
Miskatonic Valley ....
米斯卡塔尼克谷地
Mont Saint-Michel ....聖米歇山
Montpelier ....蒙佩列
Morrison Co.........莫立森船運公司
Moses ....摩西
Mother Hydra ....聖母海德拉
Mowry................................莫利
Mr. Noyes ....諾伊斯先生
Murray ....莫瑞
Museum in College Street ....
大學街博物館

N

N'kai................................恩欸星
Nabby ....娜比
Nahum Gardner ......拿漢・佳德納
Narath ....納拉斯
Narragansett Bay........納拉干瑟灣
Nathaniel Wingate Peaslee ....
納撒尼爾・溫蓋特・皮斯里
native Cymric ......威爾斯本土流派
Neb ....奈伯
Nemesis ....納米西斯
Nepal ....尼泊爾
Nephren-Ka ....奈夫倫一卡
Nevel Kingston-Brown ....
納維爾・京斯頓一布朗
New Hampshire..........新罕布夏州
New Orleans.................新奧爾良
Newbury Street.............紐貝里街
Newburyport ....紐貝里波特
Newfane ....紐芬
Nhhngr ....獰甲星
Nick Pierce.............尼克・皮爾斯
Nigger-Man..........................黑人
Nitokris ....尼托克里斯
Norrys ....諾瑞家族
North End ....北尾區
Northfield ....諾斯菲市
Notre Dame ....聖母院
Nug-Soth ....努戈一索思
Nyarlathotep ....奈亞魯法特

O

Obed Marsh ....歐畢德・馬許
Oberlin ....歐柏林
oconography ....圖像學
Odysseus.......................奧德修斯
Olaus Wormius ....
歐勞司・渥米爾斯
Oliver ....奧力弗
Onesiphorus................萬西弗魯斯
onyx bridge...................縞瑪瑙橋
Orrin B. Eddy ....歐林・愛迪

Z

國家圖書館出版品預行編目資料

戰慄傳說／霍華・菲力普・洛夫克萊夫特（Howard Philips Lovecraft）著；
趙三賢譯.--初版.--台北市：奇幻基地出版：城邦文化發行；2004（民93）
面：　公分.　--（戰慄之城：2）
ISBN 957-28457-3-X（平裝）
874.57　　92003169

戰慄之城系列002

戰慄傳說

原著書名／Bloodcurdling Tales of Horror and the Macabre
作　　者／霍華・菲力普・洛夫克萊夫特（Howard Philips Lovecraft）
譯　　者／趙三賢
審　　校／刁筱華
副總編輯／黃淑貞
責任編輯／楊秀真

發 行 人／何飛鵬
法律顧問／中天國際法律事務所
出　　版／奇幻基地出版
台北市 104 民生東路二段141號9樓
電話：(02)25007008　傳真：(02)25007759、25007579
e-mail：ffoundation@cite.com.tw
發　　行／城邦文化事業股份有限公司
台北市 100 信義路2段213號11樓
連絡地址：台北市 104 民生東路二段141號2樓
電話：(02)25000888　傳真：(02)25001938
讀者服務專線：(02)25007397　讀者訂閱傳真：(02)25001990
郵政劃撥 1896600-4 戶名：城邦文化事業股份有限公司
網　　址／www.cite.com.tw.
香港發行所／城邦（香港）出版集團有限公司
香港北角英皇道310號雲華大廈4/F, 504室
電話：25086231　傳真：25789337
馬新發行所／城邦（馬新）出版集團
Cite(M)Sdn. Bhd.(458372U)11, Jalan 30D/146, Desa Tasik,
Sungai Besi, 57000 Khala Lumpur, Malaysia.
電話：603-9056 3833　傳真：603-9056 2833
e-mail：citekl@cite.com.tw

封面設計／黃聖文
版型設計／小題大作
封面插畫／郭慶芸
電腦排版／普林特斯資訊有限公司
印　　刷／鴻霖印刷傳媒事業有限公司

■2004年（民93）3月9日初版　　Printed in Taiwan.

售價／480元

Copyright:
1)1990 by THE BALLANTINE PUBLISHING GROUP
2)1995 by ARKHAM HOUSE PUBLISHERS, INC.
3)1963 by AUGUST DERLETH
This Edition Arranged With JABBERWOCKY
LITERARY AGENCY.
Through Big Apple Tuttle-Mori Agency, Inc. Complex Chinese Edition Copyright: 2004 FANTASY FOUNDATION PUBLICATIONS, A DIVISION OF CITE PUBLISHING LTD.
All Rights Reserved.

著作權所有・翻印必究
ISBN　957-28457-3-X

廣　告　回　函
北區郵政管理登記證
北臺字第10158號
郵資已付，免貼郵票

100 台北市信義路二段213號11樓

城邦文化事業（股）公司　收

奇幻基地網址：www.ffoundation.com.tw

奇幻基地e-mail：ffoundation@cite.com.tw

請沿虛線對摺，謝謝！

書號： 1HH002	**書名：** 戰慄傳說

請於此處用膠水黏貼

奇幻基地

讀者回函卡

謝謝您購買我們出版的書籍！請費心填寫此回函卡，我們將不定期寄上城邦集團最新的出版訊息。

姓名：________________

性別：□男　□女

生日：西元 ________ 年 ________ 月 ________ 日

地址：________________

聯絡電話：________________ 傳真：________________

E-mail：________________

學歷：□1.小學 □2.國中 □3.高中 □4.大專 □5.研究所以上

職業：□1.學生 □2.軍公教 □3.服務 □4.金融 □5.製造 □6.資訊
□7.傳播 □8.自由業 □9.農漁牧 □10.家管 □11.退休
□12.其他 ________________

您從何種方式得知本書消息?

□1.書店□2.網路□3.報紙□4.雜誌□5.廣播 □6.電視 □7.親友推薦
□8.其他 ________________

您通常以何種方式購書?

□1.書店□2.網路□3.傳真訂購□4.郵局劃撥 □5.其他 ________

您喜歡閱讀哪些類別的書籍?

□1.財經商業□2.自然科學 □3.歷史□4.法律□5.文學□6.休閒旅遊
□7.小說□8.人物傳記□9.生活、勵志□10.其他 ________

對我們的建議：________________

____

____

____

請於此處用膠水黏貼